O caçador

LARS KEPLER

O caçador

TRADUÇÃO
Renato Marques

Copyright © 2016 by Lars Kepler

Grafia atualizada segundo o Acordo Ortográfico da Língua Portuguesa de 1990, que entrou em vigor no Brasil em 2009.

Título original
The Rabbit Hunter

Capa
Estúdio Nono

Foto de capa
Fran García/ EyEm/ Getty Images

Preparação
Fernanda Villa Nova

Revisão
Ana Maria Barbosa
Clara Diament

Dados Internacionais de Catalogação na Publicação (CIP)
(Câmara Brasileira do Livro, SP, Brasil)

Kepler, Lars
   O caçador / Lars Kepler ; tradução Renato Marques. — 1ª ed. — Rio de Janeiro : Alfaguara, 2020.

   Título original: The Rabbit Hunter.
   ISBN: 978-85-5652-095-1

   1. Ficção sueca I. Título.

20-37639   CDD-839.73

Índice para catálogo sistemático:
1. Ficção : Literatura sueca   839.73

Cibele Maria Dias – Bibliotecária – CRB-8/9427

[2020]
Todos os direitos desta edição reservados à
EDITORA SCHWARCZ S.A.
Praça Floriano, 19, sala 3001 — Cinelândia
20031-050 — Rio de Janeiro — RJ
Telefone: (21) 3993-7510
www.companhiadasletras.com.br
www.blogdacompanhia.com.br
facebook.com/editora.alfaguara
instagram.com/editora_alfaguara
twitter.com/alfaguara_br

O caçador

É de manhã bem cedo e a água tranquila da baía brilha como aço escovado. As luxuosas mansões estão adormecidas, mas as luzes de seus jardins e piscinas cintilam atrás de cercas e sebes altas.

Com uma garrafa de vinho na mão, um bêbado percorre a estrada à beira-mar. Para em frente a uma casa branca com uma fachada alongada e voltada para a água. Com muita cautela, pousa a garrafa no meio da estrada, atravessa uma vala e escala a grade de metal preto.

Ele abre caminho ziguezagueando pelo gramado, depois se detém e cambaleia fitando os janelões, os reflexos das luzes do pátio, o contorno indistinto da mobília do lado de dentro.

Continua em direção à casa, acenando para saudar um enorme anão de jardim de porcelana e depois tropeça no deque de madeira. Bate um dos joelhos, mas mantém o equilíbrio.

A água da piscina reluz como uma lâmina de vidro azul.

Na borda, o homem se posiciona, instável, abre a calça e começa a urinar na piscina, depois vai andando trôpego na direção dos móveis de jardim azul-marinho e passa a encharcar as almofadas, as cadeiras e a mesa redonda.

Sua urina emana vapor no ar frio.

Ele fecha a braguilha e observa um coelho branco saltitar pelo gramado e desaparecer sob um arbusto.

Sorrindo, retoma a caminhada na direção da casa, escorando-se na cerca. Chega ao gramado, depois estaca e se vira.

Seu cérebro atordoado pela embriaguez tenta entender o que ele acabou de ver.

Uma figura vestida de preto com um rosto esquisito o encara.

Ou a pessoa estava de pé dentro da casa às escuras ou estava do lado de fora, observando-o no reflexo dos vidros.

1

VERÃO

Do céu escuro cai um chuvisco. As luzes da cidade brilham bem acima dos telhados. Não há vento, e as gotas iluminadas formam uma cúpula enevoada que cobre Djursholm.

Ao lado das águas tranquilas da baía de Germaniaviken esparrama-se uma mansão.

No interior da casa, uma jovem caminha pelo chão lustroso e pelo tapete persa tão cuidadosamente quanto um animal.

Seu nome é Sofia Stefansson.

Sua inquietação a faz registrar ínfimos detalhes da sala.

No braço do sofá há um controle remoto preto, com a tampa da bateria presa com fita adesiva. Veem-se marcas de copos no tampo da mesa. Um curativo velho está grudado na longa franja do tapete.

O chão range, como se alguém rastejasse em seu encalço, cômodo a cômodo.

Em seus saltos altos e panturrilhas tonificadas há salpicos de lama da trilha de pedras molhadas pela chuva. Suas pernas ainda são musculosas, apesar de ter parado de jogar futebol dois anos antes.

Sem que o homem que a espreita consiga ver, Sofia aperta nas mãos um spray de pimenta. Ela continua repetindo para si mesma que escolheu essa situação. Está no controle e quer estar ali.

O homem está de pé ao lado de uma poltrona e observa seus movimentos com franqueza descarada.

Os traços de Sofia são simétricos, mas seu rosto é bochechudo como o de uma menina. Ela está usando um vestido azul que deixa à mostra os ombros. Uma fileira de botões pequenos e forrados se estende pescoço abaixo por entre os seios. O coraçãozinho de ouro em seu colar balança para cima e para baixo na base da garganta, no mesmo compasso de sua acelerada frequência cardíaca.

Ela poderia alegar que não está se sentindo bem, que precisa ir embora. Isso provavelmente aborreceria o homem, mas ele aceitaria.

O homem olha para Sofia com uma fome que faz o estômago dela vibrar de medo.

Ela é tomada pela sensação de que já o viu antes — talvez tenha sido um gerente sênior em algum lugar onde trabalhou, ou o pai de uma colega de turma de muito tempo atrás?

Sofia se detém a uma curta distância, sorri e sente as rápidas batidas de seu coração. O plano é manter distância até decifrar o tom e os gestos dele.

As mãos dele não parecem ser as de um homem violento: as unhas são bem cortadas e a aliança simples está arranhada por anos de casamento.

— Bela casa — ela diz, afastando do rosto uma mecha de cabelo.

— Obrigado — ele responde.

Ele não pode ter muito mais que cinquenta anos, mas ainda assim seus movimentos são pesados, como os de um idoso em sua velha casa.

— Você pegou um táxi para chegar até aqui? — ele pergunta e engole em seco.

— Sim — ela responde.

Eles ficam novamente em silêncio. O relógio no cômodo ao lado bate duas vezes com um tinido quebradiço.

Silenciosamente, um pouco de pólen cor de açafrão cai de um lírio.

Desde nova Sofia percebeu que se excita com situações de forte carga erótica. Ela gosta de ser admirada, da sensação de ter sido escolhida.

— A gente já se viu? — ela pergunta.

— Eu não teria esquecido algo assim — ele responde.

O cabelo loiro-acinzentado do homem é ralo e penteado para trás. Seu rosto flácido é brilhante e sua testa é atravessada por um profundo vinco.

— Você coleciona arte? — ela pergunta, meneando a cabeça na direção da parede.

— Tenho interesse em arte — ele diz.

Os olhos pálidos encaram Sofia através dos óculos com armação de tartaruga. Ela se vira e desliza o spray de pimenta para dentro da bolsa, depois caminha até uma enorme pintura numa moldura dourada.

Ele vai até ela e se detém um pouco perto demais, respirando pelo nariz. Sofia se assusta quando ele levanta a mão direita a fim de apontar para um dos quadros.

— Século XIX... Carl Gustaf Hellqvist — ele explica. — Morreu jovem. Teve uma vida conturbada, cheia de dor. Foi submetido a terapia de eletrochoque, mas era um artista maravilhoso.

— Fascinante — ela responde calmamente.

— Acho que sim — o homem diz, e depois caminha em direção à sala de jantar.

Sofia vai atrás dele, embora pressinta que está sendo atraída para uma armadilha. É como se a porta de saída estivesse se fechando atrás dela com preguiçosa lentidão, pouco a pouco obstruindo sua rota de fuga.

A sala imensa está decorada com cadeiras estofadas e armários lustrosos. Há fieiras de janelas com caixilhos de chumbo com vista para a água.

Ela nota duas taças de vinho tinto na beira da mesa de jantar oval.

— Posso te oferecer uma taça de vinho? — ele pergunta, voltando-se para ela.

— Prefiro branco, se você tiver — ela responde, preocupada que ele possa tentar drogá-la.

— Champanhe? — ele pergunta, sem tirar os olhos dela.

— Seria adorável — ela responde.

— Então vamos tomar champanhe — ele declara.

Quando você visita a casa de um completo desconhecido, cada cômodo pode ser uma armadilha; cada objeto, uma arma.

Sofia prefere hotéis, porque pelo menos há uma chance de alguém ouvi-la caso precise de ajuda.

Ela está seguindo o homem em direção à cozinha quando ouve um som estranho e agudo. Não consegue localizar a origem do ruído. O homem parece não ter notado, mas ela se detém e se vira para olhar as janelas escuras. Está prestes a dizer algo quando ouve um som muito nítido, como o estalido de um cubo de gelo caindo em um copo.

— Tem certeza de que não há mais ninguém aqui? — ela pergunta.

Ela poderia tirar os sapatos e correr em direção à porta da frente caso alguma coisa acontecesse. Ela é mais ágil do que o homem e, se saísse correndo, deixando o casaco pendurado onde está, conseguiria escapar.

Fica parada na porta da cozinha enquanto ele tira uma garrafa de Bollinger de uma adega refrigerada. Ele a abre e enche duas taças finas, espera que as bolhas se assentem e depois as cobre antes de caminhar até ela.

2

Sofia toma um gole do champanhe. Deixa o sabor se espalhar pela boca, ouve as bolhas estourarem na taça. Algo a faz olhar de novo para as janelas. Um cervo, talvez, ela pensa. Está escuro lá fora. Nos vidros ela vê refletidos os nítidos contornos da cozinha e das costas do homem.

O homem levanta mais uma vez a taça e bebe. A mão treme levemente quando gesticula na direção dela.

— Desabotoe um pouco seu vestido — ele diz em voz baixa.

Sofia esvazia a taça, vê a marca do batom na borda e a coloca em cima da mesa antes de abrir delicadamente o primeiro botão.

— Você está usando sutiã — ele diz.

— Sim — ela responde, e solta o segundo botão.

— Que tamanho?

— 44.

O homem permanece onde está e observa Sofia com um sorriso, e ela sente as axilas um pouco suadas.

— Que calcinha você está usando?

— Azul-clara, de seda.

— Posso ver?

Ela hesita, e ele percebe.

— Desculpe — ele se apressa em dizer. — Estou sendo muito direto? É isso?

— Talvez a gente precise lidar com o pagamento primeiro — ela diz, tentando parecer ao mesmo tempo firme e despreocupada.

— Entendi — ele diz, lacônico.

— É melhor tirarmos isso do...

— Você vai receber seu dinheiro — ele a interrompe com uma pitada de irritação na voz.

Quando ela atende seus clientes regulares, as coisas geralmente são muito diretas — agradáveis, até —, mas clientes novos sempre a deixam nervosa. Ela se preocupa com as coisas pelas quais já passou antes, como o pai de duas crianças em Täby, que a mordeu no pescoço e a trancou na garagem dele.

Ela anuncia seus serviços nas páginas de classificados das revistas on-line *Pink Pages* e *Stockholmgirls*. Quase todas as pessoas que entram em contato com ela são uma perda de tempo. Muita linguagem grosseira, promessas de sexo maravilhoso, ameaças de violência e punição.

Ela sempre confia em sua intuição quando começa a se corresponder com alguém novo. Essa mensagem específica era particularmente bem escrita. Bastante direta, mas não desrespeitosa. O homem disse que seu nome era Wille, seu número de telefone era privado e ele morava em uma área agradável.

No terceiro e-mail, ele explicou o que queria fazer com ela e quanto estava disposto a pagar.

Ela interpretou como um sinal de alerta.

Se parece bom demais para ser verdade, então tem algo de errado. Não existe refeição grátis neste mundo, e é melhor perder uma oportunidade de ouro do que correr riscos.

Ainda assim, ela está aqui agora.

O homem retorna e lhe entrega um envelope. Ela conta o dinheiro rapidamente e o coloca na bolsa.

— É o suficiente para você me mostrar sua calcinha? — ele quer saber.

Ela abre um sorriso caloroso, segura suavemente os dois lados do vestido e o levanta devagar até acima dos joelhos. A bainha roça sua meia-calça de náilon. Ela faz uma pausa e olha para ele.

Ele não retribui o olhar, mira apenas o meio das pernas de Sofia, enquanto ela vai pouco a pouco erguendo o vestido até a cintura. Sob as meias claras, sua calcinha de seda brilha como madrepérola.

— Você está depilada? — ele pergunta com uma voz um pouco mais rouca.

— Depilei com cera.

— Tudo?

— Sim — ela responde.

— Isso deve doer, hein? — ele pergunta, parecendo genuinamente interessado.

— Você se acostuma — ela diz com um meneio de cabeça.

— Como muitas coisas na vida — ele sussurra.

Ela deixa o vestido cair novamente e aproveita a oportunidade para limpar o suor das palmas das mãos enquanto alisa o tecido sobre as coxas.

Apesar de já ter recebido o dinheiro, ela começa a se sentir nervosa de novo.

Possivelmente porque ele pagou muito, cinco vezes mais do que qualquer cliente anterior.

Em um dos e-mails, ele explicou que estava disposto a pagar um adicional pela discrição dela e pela satisfação de desejos específicos, mas esse valor está muito acima da taxa que ela normalmente cobra.

Quando ele escreveu para lhe dizer o que queria fazer, Sofia não achou que parecia tão ruim.

Ela se lembra de um homem de olhos preocupados que colocava a calcinha da mãe e queria que ela o chutasse na virilha. Ele pagou para ela fazer xixi nele encolhido no chão e uivando de dor, mas Sofia não conseguiu. Apenas agarrou o dinheiro e saiu correndo.

— As pessoas se excitam com todo tipo de coisa — Wille diz com um sorriso envergonhado. — Obviamente você não pode forçar ninguém... quero dizer, a pessoa tem que pagar por algumas coisas. Não espero que você realmente goste do que faz.

— Depende, mas se o homem for gentil, às vezes eu gosto de verdade — ela mente.

É óbvio que Sofia promete discrição total em seu anúncio, mas ainda assim ela toma suas precauções. Mantém em casa um diário em que anota os nomes e os endereços das pessoas com quem combina de encontrar, para que alguém possa achá-la caso venha a desaparecer.

Além disso, Tamara viu Wille uma vez, pouco antes de parar de trabalhar como acompanhante de luxo, se casar e se mudar para Gotemburgo. Sofia sabe que Tamara teria postado um aviso no fórum das profissionais do sexo se ele se comportasse de forma inadequada.

— Desde que você não me ache nojento e repugnante — o homem diz, dando um passo para mais perto dela. — Quero dizer, você é tão linda e eu sou... bem, sei como eu sou. A minha aparência até que era razoável quando eu tinha a sua idade, mas...

— Você não está nada mal agora — ela assegura.

Sofia pensa em todas as vezes que ouviu pessoas dizerem que as acompanhantes devem ser como psicólogos, mas a maioria dos homens com quem ela faz programas nunca conta nada de sua vida pessoal.

— Vamos para o quarto? — Wille pergunta com voz suave.

3

Enquanto sobe atrás do homem a ampla escadaria de madeira, Sofia pensa no quanto está apertada para ir ao banheiro. Em cada degrau o tapete macio é mantido no lugar por finas varinhas de latão. A luz de um enorme lustre incide no corrimão envernizado.

O plano inicial de Sofia era se concentrar em clientes exclusivos, aqueles que estivessem dispostos a pagar mais por uma noite inteira, aqueles que quisessem companhia para uma festa ou uma viagem.

Nos três anos em que ela vem trabalhando como acompanhante, teve talvez uma dúzia de encontros desse gênero, mas em sua maioria os clientes só querem um boquete depois do trabalho antes de voltar para casa e ficar junto da família.

A suíte principal é bem iluminada e dominada por uma imponente cama de casal com belos lençóis de seda cinza.

Do lado da esposa há sobre a mesinha de cabeceira um romance de Lena Andersson e um pote de um caríssimo creme para as mãos; do lado de Wille, um iPad com marcas de dedos no vidro escuro.

O homem mostra a ela as correias de couro preto que ele já amarrou nas colunas da cama e na cabeceira. Ela observa que não são novas, têm leves rachaduras nos vincos, e sua cor começou a desbotar.

De repente, o quarto estremece e rodopia algumas vezes. Ela olha para o homem, mas ele parece alheio a isso.

Nos cantos da boca o homem tem marcas brancas de pasta de dente.

As escadas rangem e o homem se vira para dar uma olhada de relance na direção do corredor antes de olhar de novo para ela.

— Preciso confiar em você pra me soltar quando eu pedir — ele diz enquanto desabotoa a camisa. — Tenho que ter certeza de que você não vai tentar me roubar ou simplesmente fugir, agora que já está com seu dinheiro.

— É claro — ela responde.

O peito dele é coberto de pelos louros, e ele está se esforçando para encolher a barriga enquanto ela olha para ele.

Sofia decide pedir para ir ao banheiro só depois que ele já estiver amarrado. A porta do banheiro da suíte está entreaberta e ela pode ver pelo espelho o chuveiro e um naco de parede de mosaico dourada.

— Quero que você me amarre e não tenha pressa: não gosto de violência nem de força — ele diz.

Sofia assente e tira os sapatos; quando endireita o corpo para se aprumar, sente outra vertigem. Seu olhar se cruza com o do homem antes de ela levantar o vestido até o umbigo. O tecido crepita de eletricidade estática. Ela enfia os polegares sob a parte de cima da meia-calça e começa a puxá-la para baixo. A sensação de compressão desaparece assim que o tecido fino se amontoa em torno de suas panturrilhas.

— Você prefere ser amarrada no meu lugar? — ele pergunta, sorrindo com a sugestão.

— Não, obrigada — ela responde quando começa a desabotoar o vestido.

— É bastante confortável, de verdade — ele brinca, puxando suavemente uma das correias.

— Eu não faço esse tipo de coisa — ela explica em tom alegre.

— Nunca experimentei inverter os papéis. Estou disposto a pagar o dobro do seu preço se você aceitar fazer isso — ele diz, rindo, como se o pensamento o surpreendesse e o deliciasse.

O que ele está oferecendo agora é mais dinheiro do que ela ganha em dois meses, mas ter que ficar lá deitada e amarrada é perigoso demais.

— O que você me diz? — ele sorri.

— Não — ela responde, curta e grossa.

— Tudo bem — ele diz rapidamente e solta a correia.

A fivela faz um som tilintante ao atingir a coluna da cama.

— Você quer que eu tire toda a minha roupa?

— Espere um pouco — ele responde, cravando nela um olhar estranhamente inquisitivo.

— Tudo bem se eu usar o banheiro?

— Daqui a pouco — o homem diz. Pelo som da voz, dá a impressão de que ele está tentando controlar a respiração.

Os lábios de Sofia parecem estranhamente frios. Quando ela leva uma das mãos à boca, vê o rosto do homem se abrir em um largo sorriso.

Ele se aproxima de Sofia, segura com força seu queixo e depois cospe em cheio no rosto dela.

— O que você está fazendo? — ela pergunta, enquanto uma onda de vertigem passa por sua cabeça.

As pernas de Sofia de repente cedem e ela desaba com tanta violência no chão que morde a língua. Ela afunda de lado enquanto sua boca se enche de sangue, e vê o homem em cima dela, desabotoando a calça de veludo.

Sofia não tem forças para se arrastar para longe. Ela pousa a bochecha no chão e vê uma mosca morta na poeira debaixo da cama. Seu coração está batendo com tanta força que ela consegue ouvir os ecos surdos dentro da orelha. Percebe que deve ter sido dopada.

— Não. Não faça isso — ela balbucia em um grito sufocado antes de fechar os olhos.

Antes de Sofia perder a consciência, ocorre-lhe que o homem pode estar prestes a matá-la e que essa talvez seja a última experiência que ela terá na vida.

4

Sofia acorda tossindo. De súbito ela se lembra de onde está. Amarrada à cama de Wille. Deitada de costas, presa no lugar pelas correias de couro. Ele a amarrou com tanta força que os músculos de suas pernas e braços estão tensionados. Seus pulsos queimam e seus dedos estão gelados.

Sua boca está completamente seca, sua língua inchada e dolorida. Suas coxas foram abertas, o que empurrou o vestido para a cintura.

Isso não pode estar acontecendo, ela pensa.

Ele deve ter colocado alguma substância numa das taças de champanhe enquanto ainda estava dentro do armário.

Sofia ouve uma conversa em tom formal no quarto ao lado. Alguém acostumado a dar ordens está falando.

Ela tenta levantar a cabeça de modo a espiar pela janela, para ver se é noite ou se já amanheceu, mas não consegue. Seus braços doem muito.

No instante em que Sofia se dá conta de que não tem ideia de quanto tempo faz que está ali, o homem entra no quarto.

O medo toma conta de Sofia. Ela sente a garganta se contrair e o coração acelerar.

O que definitivamente não deveria ter acontecido aconteceu.

Ela tenta se acalmar, pensa que precisa iniciar uma conversa. Tem que fazer o homem perceber que escolheu a mulher errada, mas que ela não dirá nada se ele a deixar ir embora imediatamente.

Sofia promete a si mesma que vai abandonar a carreira de acompanhante, que ela já faz isso há bastante tempo e esbanja o dinheiro com coisas inúteis de que não precisa.

O homem olha para ela com a mesma volúpia de antes. Ela tenta adotar uma expressão relaxada. Sabia desde o início que havia algo de errado ali. Mas em vez de dar meia-volta e sair pela porta, ela ignorou seu instinto. Cometera um erro fatídico.

— Eu disse "não" para isto aqui — ela afirma em uma voz serena.

— Sim — ele responde com um sorriso lento e deixa seus olhos percorrerem todo o corpo dela.

— Conheço garotas que encaram isto aqui numa boa. Posso colocar você em contato com elas, se quiser.

Ele não responde, apenas respira pesadamente pelo nariz e caminha até a beirada da cama, entre as pernas dela. Ela sente o suor escorrer por todo o corpo e tenta se preparar para o que está por vir.

— Isto é uma agressão, você entende isso, não é?

Ele não responde, apenas ajeita os óculos no nariz e olha para ela com grande interesse.

— Estou me sentindo muito desconfortável e violentada — Sofia começa a dizer, mas se detém quando sua voz começa a tremer.

Ela se obriga a respirar mais devagar, a tentar não parecer assustada, a não suplicar. O que Tamara teria feito? Ela pode ver o rosto sardento da amiga à sua frente, aquele sorriso ligeiramente irônico, o olhar duro.

— Eu tenho informações sobre você escritas em um caderno no meu apartamento — ela diz, olhando-o nos olhos.

— Que detalhes? — ele pergunta, com indiferença.

— Seu nome, que provavelmente é inventado, mas também o endereço daqui, seu e-mail, o horário do nosso encontro…

— Então agora eu já sei disso — ele assente.

O colchão balança quando ele sobe na cama e começa a rastejar na direção de Sofia. Ele para entre as coxas dela, balançando, depois agarra a calcinha e dá um puxão. As costuras não se rompem, e Sofia sente uma dolorosa fisgada no ombro, como se ele tivesse saído do lugar.

O homem puxa com força outra vez, com as duas mãos. Sofia sente uma ferroada quando a calcinha corta seus quadris, mas as costuras reforçadas não rasgam.

Ele sussurra algo para si mesmo, depois a deixa sozinha na cama.

O colchão balança mais uma vez, e Sofia começa a sentir cãibra nas coxas.

Ela tem uma lembrança fugaz dos treinos de futebol, do jeito que ela conseguia reconhecer quando uma cãibra estava a caminho, a tensão nas panturrilhas enquanto tentava arrancar fragmentos de lama dos cravos das chuteiras.

O rosto corado de suas amigas. O vestiário barulhento, o cheiro de suor, pomada de massagem e desodorante.

Como as coisas podem ter chegado a este ponto? Como ela acabou aqui?

Sofia tenta não chorar. Ela sente que, se mostrar medo, está liquidada.

O homem volta com uma pequena tesoura e corta a calcinha de ambos os lados, depois a tira de vez.

— Há uma porção de pessoas dispostas a ser submissas — Sofia diz. — Eu conheço...

— Não quero garotas que estejam dispostas a fazer isso — ele a interrompe, jogando a calcinha na cama ao lado dela.

— Quero dizer, existem garotas que se excitam quando são amarradas — ela diz.

— Você não deveria ter vindo aqui — ele declara, sem rodeios.

Sofia já não consegue mais segurar as lágrimas e começa a chorar. Ela arqueia as costas e puxa as correias com tanta força que sua pele se rasga e o sangue começa a escorrer em fios pelo antebraço direito.

— Não faça isso — ela soluça.

O homem tira a camisa, joga-a no chão, empurra a calça para baixo e desenrola uma camisinha no pênis meio ereto.

O homem se ajoelha na cama e Sofia pode sentir o cheiro do látex nos dedos dele quando ele enfia dentro de sua boca a calcinha rasgada. Ela é invadida pela náusea e está prestes a vomitar. Sua língua está completamente seca e em suas bochechas escorrem fios de lágrimas. O homem espreme um de seus seios através do vestido, depois se deita pesadamente em cima dela.

Sofia faz xixi de medo e sente uma poça quente de urina espalhar-se debaixo dela.

Quando o homem tenta penetrá-la com uma estocada, ela torce o corpo para o lado rapidamente e o empurra com o quadril.

Uma gota de suor escorre do nariz dele sobre a testa dela.

Ele agarra a garganta de Sofia com uma das mãos, olha para ela, a segura com mais força e se deita em cima dela de novo. Com o peso, Sofia afunda no colchão, o que faz suas coxas se abrirem ainda mais. Os tornozelos dela ardem de dor quando as colunas da cama rangem.

Ela luta para respirar, sacudindo a cabeça até conseguir fazer com que um pouco de ar entre nos pulmões.

Ele aperta com mais força a garganta de Sofia, cuja visão começa a estremecer. O quarto desvanece aos poucos enquanto ela o sente tentando penetrá-la à força. Sofia peleja para se contorcer, mas é impossível, vai acontecer de qualquer maneira. Ela não pode permanecer dentro de seu corpo, tem que pensar em outra coisa. Flashes de lembranças passam como raios, noites frias no grande campo de futebol, a respiração entrecortada, nuvens de vapor na frente de sua boca, o silêncio na beira do lago, a antiga escola em Bollstanäs.

O técnico do time aponta para a bola, apita e depois tudo silencia.

O aperto na garganta de Sofia desaparece, ela cospe a calcinha enfiada em sua boca e, com dificuldade, tenta puxar uma lufada de ar enquanto abre e fecha os olhos.

Alguém está tocando a campainha lá embaixo.

O homem agarra o queixo de Sofia e abre sua boca à força, depois empurra a calcinha de volta; ela começa a ter ânsia de novo, respirando pelo nariz, incapaz de engolir.

A campainha toca novamente.

O homem cospe em Sofia e desce da cama, puxa a calça para cima e agarra a camisa antes de sair do quarto.

Assim que ele sai, Sofia puxa a mão direita com todo o vigor de que é capaz, sem pensar nas consequências.

Sente uma dor insuportável, mas sua mão se desprende da correia.

Apenas a calcinha em sua boca a impede de soltar um berro.

Sua cabeça está latejando com baques surdos. Ela está prestes a desmaiar, e todo o corpo treme de dor. Seu polegar talvez esteja quebrado, e o ligamento aparentemente se rompeu. Sua pele parece uma luva velha, e o sangue escorre ao longo do braço. Ela tira a calcinha da boca.

Sofia choraminga alto enquanto tenta afrouxar a correia que prende seu pulso esquerdo. Seus dedos continuam escorregando, mas por fim ela consegue abrir a fivela. Rapidamente dá um puxão na correia através da trava, depois se senta e desata as amarras dos tornozelos.

Ela se levanta com as pernas trôpegas, segurando a mão machucada junto à barriga, e começa a atravessar o espesso tapete. Sua cabeça está martelando de pânico e dor. Seus pés estão dormentes e o vestido está molhado e gelado nas nádegas.

Com cuidado, ela sai do quarto e se arrasta ao longo do corredor onde o homem desapareceu há pouco.

Sofia se detém antes de chegar às escadas. Pode ouvir outra voz no andar de baixo e decide pedir socorro. Não consegue ouvir o que o outro homem está dizendo e, hesitante, chega mais perto. Há algumas roupas da lavanderia penduradas no corrimão. Através do plástico fino, ela pode ver montes de camisas brancas idênticas.

Limpa a garganta com cuidado, pronta para gritar por ajuda, quando percebe que o outro homem não está dentro da casa. Sua voz está vindo do interfone. É um mensageiro, pedindo permissão para entrar pelo portão. Wille diz que ele terá que voltar outra hora, depois desliga o interfone e anda de novo na direção das escadas.

Ela cambaleia, mas consegue manter o equilíbrio. Sente os pés formigarem, porque a circulação sanguínea voltou ao normal.

Sofia recua. O chão range sob seus pés; ela olha em volta e, mais adiante no corredor, avista uma sala maior, com pinturas de retratos nas paredes. Pensa em correr lá para dentro e abrir uma janela para pedir ajuda, mas percebe que não tem tempo.

5

Sofia desloca-se rápido rente à parede e passa pela escadaria, até chegar a uma estreita porta de armário. Ela agarra a maçaneta e puxa.

Trancada.

Através dos prismas do lustre, observa o homem subir as escadas. Daqui a pouco ele a alcançará.

Sofia recua de novo até as escadas e se agacha no chão, escondida pelas camisas da lavanderia. Se olhar exatamente na direção de Sofia, ele a verá, mas se simplesmente passar, ela terá alguns segundos de vantagem.

A mão de Sofia dói tanto que a faz tremer inteira, e seu pescoço e garganta estão inchados.

Os degraus são velhos e gastos, e a escadaria range. Sofia vê o homem entre os corrimões e se encolhe, com cautela.

Wille chega ao topo e percorre o corredor.

Ele caminha em direção ao quarto sem reparar no sangue que ela deixou no tapete.

Sofia se levanta com cuidado, observando as costas e a nuca bronzeadas do homem, que entra no quarto.

Sem fazer ruído, ela dá a volta ao corrimão e corre em disparada escadaria abaixo.

Sofia percebe que ele saiu do quarto e já está atrás dela.

As batidas surdas dos passos se aceleram.

Sofia usa a mão ilesa para proteger a mão machucada, apertando os dedos latejantes e ensanguentados.

Tudo o que sabe é que precisa sair da casa. Ela se precipita pelo comprido corredor, ouvindo o rangido áspero da escada enquanto o homem a persegue.

— Não tenho tempo para isso! — ele grita.

Sofia passa por cima de um tapete estreito em direção à porta. Ela tropeça em um par de sapatos, mas mantém o equilíbrio.

O sistema de alarme pisca ao lado da porta da frente.

Os dedos de Sofia estão tão encharcados de sangue que a maçaneta escorrega de sua mão. Ela limpa a mão no vestido e tenta novamente, mas a maçaneta não cede. Sofia força o trinco para baixo e empurra a porta com o ombro, porém está trancada. Os olhos dela vasculham de um lado para o outro, procurando as chaves enquanto ela tenta mais uma vez girar o trinco. Ela desiste e atravessa correndo as portas duplas que levam à sala de estar.

Algo metálico atinge o chão em outro cômodo.

Sofia se afasta dos janelões, e seu próprio reflexo é uma silhueta em contraste com a parede clara atrás dela.

Ela ouve o homem vindo da outra direção, refaz os próprios passos e se esconde atrás de uma das portas.

— Todas as portas estão trancadas — ele diz em voz alta ao entrar na sala de estar.

Sofia prende a respiração; seu coração galopa no peito, e a porta range baixinho. Ele se detém no vão da porta. Pode vê-lo através da fresta entre as dobradiças, a boca entreaberta, as bochechas afogueadas.

Suas pernas começam a tremer novamente.

O homem dá mais alguns passos e depois para, à escuta. Sofia tenta não fazer ruído, mas está apavorada e respira com arquejos altos.

— Estou cansado deste joguinho agora — ele diz enquanto passa por ela.

A julgar pelos sons, Sofia percebe que ele está à procura dela, abrindo portas e fechando-as novamente. Ele diz em alto e bom som que quer apenas falar com ela.

A mobília raspa o chão, e depois há silêncio.

Ela aguça os ouvidos. Escuta a própria respiração, o sinistro tique-taque de um relógio, nada além disso.

Apenas silêncio.

Espera um pouco mais, atenta para ouvir passos furtivos, sabendo que isso pode ser uma armadilha, mas ainda assim escolhe sair de seu esconderijo, porque sabe que essa pode ser sua única chance.

Sofia rasteja ainda mais para dentro da sala de estar. Tudo está quieto, como se envolto em um sono secular.

Vai até uma das cadeiras ao redor da mesa lustrosa e tenta levantá-la, mas é pesada demais. Em vez disso, ela agarra a cadeira e a arrasta pelo espaldar com a mão ilesa, puxando-o em direção às portas francesas do pátio, gemendo de dor quando é obrigada a usar ambas as mãos. Ela corre dois passos, gira o corpo e, com um grito, arremessa a pesada cadeira contra o vidro.

A cadeira bate na janela e ricocheteia de volta no chão da sala. A vidraça interna se despedaça e desaba com estrépito, espalhando lascas de vidro por toda parte. Outros cacos, maiores, deslizam para baixo e ficam enfiados na vidraça externa intacta.

O alarme contra roubo começa a uivar em um volume ensurdecedor.

Sofia agarra novamente a cadeira, ignorando o fato de que as lascas de vidro estão cortando seus pés, e está prestes a lançá-la mais uma vez contra a janela quando vê que o homem está vindo em sua direção.

Ela solta a cadeira e caminha diretamente para a espaçosa cozinha; ágeis feito flechas, seus olhos inspecionam as tábuas brancas do assoalho e as superfícies das bancadas de aço inox.

Ele vai atrás dela com passos calculados.

Ela tem a lembrança de ser perseguida como parte de uma brincadeira de infância: a sensação de impotência quando percebia que seu perseguidor estava tão perto que não havia a menor chance de escapar.

Sofia se encosta na bancada em busca de esteio e derruba no chão um par de óculos e uma pulseira de aparência incomum.

Não sabe o que fazer. Olha para as portas fechadas do pátio, depois atravessa a cozinha até a ilha central, sobre a qual há duas panelas cintilantes; abre as gavetas com as mãos trêmulas, ofegando muito. Ela se vê fitando uma fileira de facas.

O homem entra na cozinha; ela pega uma das facas e se vira para encará-lo, recuando lentamente. Ele crava os olhos nela, segurando com as duas mãos um atiçador de brasas manchado de fuligem da lareira.

Sofia o ameaça erguendo a faca de cozinha de lâmina larga, mas imediatamente se dá conta de que não tem a menor chance.

Ele poderia matá-la facilmente. A arma dele é muito mais pesada.

O alarme continua guinchando. Os cortes nas solas dos pés de Sofia ardem e sua mão machucada está dormente.

— Por favor, pare — ela ofega, recuando para a ilha central. — Vamos voltar pra cama, prometo que não vou te causar nenhum problema.

Ela mostra a faca, coloca-a sobre a bancada de aço inox e tenta sorrir para ele.

— Ainda assim eu vou bater em você — ele diz.

— Você não precisa fazer isso — Sofia implora. Ela sente que está perdendo o controle do rosto.

— Vou te machucar muito — ele diz, erguendo acima da cabeça a arma improvisada.

— Por favor, eu me rendo, eu...

— Você é a única culpada — ele a interrompe e, em seguida, de forma inesperada, deixa cair o atiçador.

O objeto cai pesadamente no piso com um estrondo, depois se aquieta no chão. Das pontas das garras metálicas voam cinzas.

O homem sorri de espanto, depois olha para o círculo de sangue que se alastra por seu peito.

— Mas que diabos? — ele sussurra. Com uma das mãos, tateia em busca de um ponto de apoio, porém erra a bancada e cambaleia.

Outra mancha de sangue aparece no meio de sua camisa branca. As feridas vermelhas em seu corpo florescem feito chagas.

O homem pressiona uma das mãos contra o peito e, aos trancos e barrancos, começa a se arrastar em direção à sala de jantar, mas se detém e vira a palma da mão lambuzada de sangue. Ele parece uma criança assustada. Tenta dizer alguma coisa antes de cair de joelhos.

O sangue esguicha no chão na frente dele.

O alarme ainda está vociferando.

Sofia vê um homem com uma cabeça de formato muito bizarro por entre as cortinas claras.

Ele está parado, os pés bem afastados, e segura uma pistola com as duas mãos.

Seu rosto está completamente coberto por um gorro ninja preto com abertura apenas para a boca e os olhos. De uma das bochechas pendem o que parecem ser fios de cabelo ou rígidos pedaços de tecido.

Wille pressiona novamente a mão contra o peito, mas o sangue penetra por entre os dedos e escorre pelo braço.

Cambaleante, Sofia se vira e fita o homem armado. Sem desviar os olhos de Wille, ele tira uma das mãos da pistola e rapidamente recolhe do chão as duas cápsulas disparadas.

Ele corre para a frente, passando por Sofia como se ela não existisse. Com suas botas militares ele chuta o atiçador de brasas, agarra Wille pelo cabelo, puxa a cabeça dele para trás e pressiona o cano da pistola contra seu olho direito.

É uma execução, Sofia pensa, e, como se estivesse em um sonho, caminha em direção à sala de estar. Ela bate o quadril na borda da bancada e desliza a mão ao longo do aço inox. Quando passa pelos dois homens, um calafrio percorre sua espinha e ela começa a correr, mas escorrega no sangue. Seus pés derrapam, ela cai para trás e bate a cabeça com força no chão.

Sua visão fica borrada e por um momento tudo escurece, depois ela abre de novo os olhos.

Ela vê que o homem ainda não puxou o gatilho, o cano ainda pressiona suavemente a pálpebra fechada de Wille.

A nuca de Sofia está queimando e latejando.

Sua visão está desfocada, tudo rodopia. O que instantes atrás ela pensou serem tiras de couro ásperas penduradas na bochecha do homem agora parecem mais penas molhadas ou fios de cabelo emaranhados.

Ela fecha os olhos, dominada pela tontura, depois ouve vozes sobrepostas ao estridente lamento do alarme.

— Espere, espere — Wille implora, respirando rápido. — Você pensa que sabe o que está acontecendo, mas não sabe.

— Eu sei que Ratjen abriu a porta e agora...

— Quem é Ratjen? — Wille diz com a voz entrecortada.

— E agora o inferno vai devorar todos vocês — o encapuzado conclui.

Eles param de falar e Sofia volta a abrir os olhos. Uma singular câmera lenta parece ter tomado conta da casa. O homem mascarado consulta seu relógio de pulso, depois sussurra algo para Wille.

Ele não responde, mas parece entender. De sua barriga jorra sangue, que escorre até sua virilha e forma uma poça no chão.

Sofia vê que os óculos de Wille estão caídos no chão ao lado dela, perto do objeto que ela inicialmente julgou ser uma pulseira.

Agora ela percebe que é um alarme pessoal.

Uma pequena engenhoca de aço com dois botões, acoplados a uma pulseira de relógio.

O homem encapuzado está totalmente imóvel, olhando para a vítima.

Com cuidado, Sofia move a mão para o lado na direção do alarme, esconde-o atrás do corpo e aperta várias vezes os botões.

Nada acontece.

O homem solta o cabelo de Wille, mas continua pressionando o cano da pistola contra o olho direito dele. Espera alguns segundos e depois aperta o gatilho.

Há um clique alto quando sai o disparo. A cabeça de Wille é empurrada para trás e o crânio verte uma cascata de sangue. Fragmentos de osso e massa cinzenta se espalham pelo chão da cozinha e chegam até a sala de jantar.

Sofia sente gotas quentes salpicarem seus lábios quando vê o cartucho expelido cair e quicar pelo chão.

Uma nuvem de pó cinza paira no ar; o cadáver desmorona como um saco de roupas molhadas e fica ali, imóvel.

O mascarado se inclina para pegar a cápsula, e seu relógio de pulso desliza para as costas da mão.

Ele se posiciona com as pernas abertas, uma de cada lado do corpo, inclina-se para a frente e pressiona o cano da pistola contra o outro olho do cadáver. Em seguida sacode a cabeça para afastar do rosto o que parece ser cabelo emaranhado, antes de apertar mais uma vez o gatilho.

6

O toque do celular de trabalho se torna parte de um sonho sobre um riacho que atravessa uma densa vegetação. Um momento depois, Saga Bauer é arrancada do sono e sai da cama, tão rápido que arrasta os lençóis pelo chão.

De calcinha, corre até o armário de armas e digita o número que sabe de cor. O brilho das luzes dos postes de rua se infiltra através das lâminas da veneziana, iluminando suas pernas sinuosas e costas nuas.

Ela destrava rapidamente a pesada porta de aço e ouve as instruções no celular enquanto pega uma bolsa preta e enfia nela uma Glock 21 no coldre, junto com cinco pentes de munição sobressalentes.

Saga Bauer trabalha como agente da Polícia de Segurança, especializada em combate ao terrorismo.

O toque que a acordou significa que um Código Platina foi declarado.

Ela vai às pressas para o corredor enquanto ouve as instruções finais e coloca o telefone na bolsa.

Não há tempo a perder.

Veste o macacão de couro preto diretamente sobre o corpo nu, sentindo o toque do tecido frio nas costas e nos seios, depois enfia os pés descalços nas botas e agarra na prateleira o capacete, o pesado colete à prova de balas e as luvas.

Sem perder tempo trancando a porta, sai do apartamento, puxa o zíper do macacão até o queixo. Coloca o capacete, ajeitando dentro dele alguns fios de cabelo loiro.

Há uma imunda motocicleta Triumph estacionada na rua Tavast. O silenciador do escapamento é de péssima qualidade, os protetores laterais de carenagem foram consertados várias vezes e a transmissão está quebrada. Ela corre até a moto, abre a trava antifurto e a deixa cair no asfalto, junto com sua pesada corrente.

Monta na motocicleta, liga o motor com um coice no pedal de partida e sai em disparada.

Ignorando semáforos e placas de pare, ela acelera para ultrapassar um táxi.

O motor vibra contra a parte interna de seus joelhos e coxas, e o barulho no capacete parece uma criatura mugindo debaixo d'água.

A inspetora Saga Bauer tem um metro e sessenta e sete de altura e músculos de bailarina. Já foi uma das melhores boxeadoras do norte da Europa, mas parou de competir no pugilismo há alguns anos.

Ela tem vinte e nove anos e ainda é bonita de tirar o fôlego, com a pele pálida, pescoço esbelto e olhos azul-claros.

Ela não pensa muito em sua aparência e nunca percebe que em sua presença as pessoas tendem a sorrir e corar.

Uma sacola plástica gira no ar em frente à motocicleta, arrancando Saga de seus pensamentos.

Quando chega a Söder Mälarstrand, dá uma brusca guinada à esquerda. O pedal raspa o asfalto, mas ela consegue manter o equilíbrio enquanto passa por baixo da Ponte Central e sobe a rampa de acesso.

É a primeira vez que se envolve com um Código Platina. É o nível máximo de alerta, reservado para as maiores ameaças à segurança nacional.

Ela tem a sensação de estar voando enquanto passa pelos pináculos e becos estreitos do centro histórico de Gamla Stan, a Cidade Velha, e Riddarholmen.

Saga foi treinada para situações como essa. Dela se espera que aja de forma independente e não seja influenciada por nada, nem mesmo pelas leis em vigor.

Pode ver os sombrios prédios de tijolos do Hospital Karolinska à frente e entra na E4, forçando o motor de três cilindros a novecentas cilindradas ao limite e atingindo duzentos e vinte quilômetros por hora. Ela passa por Roslagstull e vira à esquerda em direção à universidade.

O ar frio ajuda Saga a manter a calma enquanto ela avalia as informações que recebeu e formula uma estratégia operacional inicial.

Saga sai da estrada e acelera ao longo de Vendevägen em direção a Djursholm, com sua vegetação luxuriante e suas enormes mansões. O brilho turquesa das piscinas bruxuleia entre arbustos e árvores frutíferas.

Ela contorna muito rapidamente uma rotatória e pega a primeira saída à direita. Antes que seu cérebro tenha tempo de notar o carro estacionado, seus músculos reagem instintivamente e, com uma manobra brusca, a moto muda de direção. Saga quase cai, mas consegue neutralizar o impulso usando o peso do corpo. A roda traseira desliza no asfalto. Há um baque surdo quando ela atinge um grande contêiner de lixo de plástico antes de recuperar o controle da moto e acelerar com tudo.

Seu coração está martelando.

Felizmente, sua motocicleta tem um baixo centro de gravidade e uma direção bastante responsiva.

Provavelmente foi isso que a salvou.

Saga vê imensos iates na água enquanto percorre a ampla curva da estrada ladeada de casas imponentes. Ela já está bastante inclinada para a esquerda, mas acelera ainda mais quando chega à beira-mar.

7

Saga diminui a velocidade ao se aproximar do endereço.

Ela deixa a moto cair de lado na grama na beira da rua, tira o capacete, veste o colete à prova de balas e ajusta o coldre.

Treze minutos se passaram desde que seu celular a acordou.

O alarme da casa está guinchando.

Por um momento ela deseja que o detetive Joona Linna esteja lá. Trabalhou com ele em seus maiores casos até então. Ele é o melhor policial que já conheceu na vida.

Ela o deixou na mão uma vez, mas isso jamais se repetirá.

Perderam contato depois que ele recebeu a sentença de prisão. Ela gostaria de visitá-lo na cadeia, mas sabe que ele precisa construir uma nova vida. Vai levar um bocado de tempo para ganhar a confiança dos outros prisioneiros.

Agora, um Código Platina foi declarado, e Saga está sozinha.

Ninguém mais da Polícia de Segurança chegou.

Ela pula o portão e sobe correndo até a entrada principal da casa. Insere na fechadura uma chapa de metal e depois a ponta fina e em gancho de um rebite metálico. Move a haste levemente para a direita no mecanismo até que os pinos da trava se soltam.

A tranca se abre com um clique surdo.

Saga deixa as ferramentas caírem no chão, saca a Glock, solta a trava de segurança e abre a porta. O uivo do alarme abafa todo o resto.

Rapidamente Saga verifica a entrada e o longo corredor adiante, depois corre às pressas até o painel de controle do alarme e insere a senha que memorizou.

O silêncio paira sobre a casa. Como um presságio.

Com a pistola em riste e o dedo no gatilho, ela atravessa o corredor, passa pela escada e chega a uma enorme sala de estar. Verifica atrás das portas e ao longo da parede à direita, depois continua em frente, agachada.

Um dos janelões dos fundos está quebrado. Há uma cadeira tombada no chão, cercada por estilhaços cintilantes de vidro.

Saga vai em frente em direção à porta da cozinha e vê a própria imagem refletida nas superfícies de vidro.

Sangue e fragmentos de crânio estão espalhados pelo chão, sofá e mesinha de centro.

Com a pistola empunhada, esquadrinha a sala, em seguida continua se movendo lentamente à medida que vislumbra cada parte da cozinha. Ela vê armários brancos e bancadas de aço inox.

Então se detém e aguça os ouvidos.

Pode ouvir um tique-taque baixo, como se alguém estivesse tamborilando uma unha no tampo da mesa.

Apontando a arma para a porta da cozinha, Saga se move em silêncio para o lado e vê um homem deitado de costas no chão.

Ele foi baleado no peito e nos dois olhos.

A parte de trás da cabeça já não existe.

Por baixo dele formou-se uma poça escura.

As mãos estão ao lado do corpo, como se tomasse um banho de sol.

Saga levanta a pistola novamente e checa o resto da cozinha.

As cortinas na frente das portas do pátio estão balançando, ondulando no quarto. As argolas na haste da cortina estão batendo de leve umas contra as outras.

Há borrifos do sangue do primeiro tiro disparado contra a cabeça do homem espalhados pelo chão, e alguém os pisou com pés descalços.

As pegadas levam direto até onde Saga está.

Ela rapidamente se vira e com a pistola erguida perscruta a cozinha antes de caminhar de volta até as portas duplas que dão acesso à sala de estar.

Saga tem um sobressalto quando, pelo canto do olho, vê uma pessoa rastejando para sair do esconderijo atrás de um dos sofás.

Ela gira no exato momento em que a pessoa se levanta. É uma mulher de vestido azul. Saga aponta a pistola entre os seios da mulher quando ela dá um passo cambaleante.

— Mãos atrás da cabeça! — Saga berra. — Fique de joelhos! Ajoelhe-se!

Mantendo a pistola levantada, Saga corre para a frente.

— Por favor — a mulher sussurra, deixando cair no chão o alarme pessoal.

Ela mal tem tempo para mostrar que suas mãos estão vazias antes que Saga lhe acerte um pontapé na lateral do corpo, logo abaixo do joelho, com tanta força que suas pernas desmoronam e ela desaba no chão com um baque, primeiro o quadril, depois sua bochecha e têmpora.

Em um instante, Saga está em cima de Sofia. Dá um murro no rim esquerdo dela e depois pressiona a pistola em sua nuca, espremendo-a no chão com o joelho direito enquanto esquadrinha a sala mais uma vez.

— Tem mais alguém na casa?

— Só o atirador, ele foi pra cozinha — a mulher responde, ofegando. — Ele disparou e depois foi...

— Quieta! — Saga a interrompe.

Saga rapidamente faz Sofia rolar de bruços e imobiliza seus braços atrás do corpo. A mulher se submete a tudo com uma calma desconcertante. Saga a algema com uma braçadeira, depois se levanta e corre cozinha adentro, passando pelo homem morto.

As cortinas ainda se avolumam, infladas pelo vento.

Com a pistola à frente do corpo, passa por cima de um atiçador de brasas manchado de fuligem, verifica o lado esquerdo da cozinha e depois se move por trás da ilha central em direção às portas de correr.

Há um buraco redondo no vidro, feito por um cortador de diamante, e a porta está aberta. Saga sai para a varanda e, com a pistola em punho, esquadrinha o gramado e os canteiros de flores.

A água está imóvel, a noite silenciosa.

Quem invade uma casa para realizar uma execução tão limpa jamais permaneceria na cena do crime.

Saga volta para junto da mulher. Amarra os tornozelos com mais algemas do tipo braçadeira, mas mantém um joelho pressionado contra o cóccix dela.

— Eu preciso de algumas respostas — diz calmamente.

— Não tenho nada a ver com isso, eu só estava aqui, não vi nada — a mulher sussurra.

Saga puxa o vestido da mulher para baixo de modo a cobrir as nádegas antes de ela se levantar. Dali a pouco, cinco utilitários pretos aparecerão do lado de fora e a Polícia de Segurança entrará na casa.

— Quantos pistoleiros?

— Apenas um, eu só vi um.

— Você consegue descrevê-lo?

— Eu não sei. Ele estava com uma máscara no rosto, eu não vi nada, roupas e luvas pretas, tudo aconteceu tão rápido. Achei que ele ia me matar também, pensei...

— Certo, apenas espere — Saga a interrompe.

Ela vai até o cadáver. O rosto redondo do homem está preservado o bastante para que não tenha problemas em identificá-lo. Ela pega o celular, se afasta um pouco e liga para o chefe da Polícia de Segurança. É madrugada, mas ele está esperando a ligação e atende imediatamente.

— O ministro das Relações Exteriores está morto — ela diz.

8

Sete minutos depois, a casa e o entorno estão fervilhando de agentes da unidade especializada da Polícia de Segurança.

Nos últimos dois anos, a Polícia de Segurança aumentou drasticamente o nível de proteção dos membros do governo, com guarda-costas e modernos alarmes pessoais. Há diferentes níveis de alerta, mas, como a mulher apavorada conseguiu pressionar os dois botões do alarme simultaneamente por mais de três segundos, um Código Platina foi declarado.

A cena do crime foi isolada com cordões de segurança, três zonas separadas ao redor da área da Grande Estocolmo estão sendo monitoradas de perto e barreiras foram montadas.

Janus Mickelsen entra e aperta a mão de Saga. Ele está assumindo o comando da operação na casa, e ela rapidamente o informa sobre a situação.

Janus tem um charme quase hippie, com seu cabelo loiro-acobreado e um restolho de barba ruivo-clara. Apesar de Saga sempre achar que ele tem um estilo todo paz e amor, sabe que Janus era um militar de carreira antes de chegar à Polícia de Segurança. Participou da Operação Atalanta e foi designado para missões nas águas ao largo da Somália.

Janus posiciona um agente à porta, mas eles não seguirão o procedimento habitual de fazer uma lista das pessoas que visitam a cena do crime. De acordo com os protocolos do Código Platina, não deve haver registros de quem foi alertado ou está ou não ciente dos eventos.

Dois agentes da Polícia de Segurança vão falar com a jovem que Saga algemou. Os olhos dela estão vermelhos de tanto chorar, e o rímel escorreu pelas têmporas.

Um dos homens se ajoelha ao lado dela e saca uma seringa. Ela fica tão assustada que começa a tremer, mas o outro policial a segura com força enquanto o sedativo é injetado diretamente em sua veia.

As bochechas da mulher ficam vermelhas, ela estica o pescoço, o corpo tensiona e depois fica frouxo.

Saga observa enquanto os homens cortam as braçadeiras, colocam uma máscara de oxigênio sobre o nariz e a boca da mulher sedada, depois a levantam para colocá-la em um saco mortuário e fecham o zíper. Eles carregam o corpo inerte para o lado de fora até um furgão que está à espera.

As outras quatro equipes já estão ocupadas no processo de examinar a cena do crime, documentando tudo minuciosamente. Registram impressões digitais e de sapatos, mapeiam padrões de respingos, identificam orifícios de balas, ângulos e trajetórias de disparo, coletam evidências biológicas, fibras têxteis, fios de cabelo, fluidos corporais, fragmentos de osso e cérebro, além de recolher estilhaços de vidro e lascas de madeira.

— A esposa e os filhos do ministro estão a caminho de casa — Janus diz. — O avião deles pousa no aeroporto de Arlanda às oito e quinze, e até lá tudo precisa estar limpo aqui.

Os membros da unidade precisam coletar informações em uma única sessão de varredura. Não terão outra chance.

Saga sobe as escadas, que rangem, e entra no quarto do ministro das Relações Exteriores. O lugar cheira a suor e urina. Correias de couro estão penduradas nas quatro colunas da cama. Há manchas de sangue nos lençóis.

Em cima de uma cômoda, sob o brilho de um estojo porta-relógio, vê-se um chicote de jóquei. Do outro lado do vidro, um Rolex tique-taqueia em silêncio ao lado de um luxuoso Breguet.

Saga se pergunta se a esposa do ministro sabia das prostitutas.

Provavelmente não.

Talvez simplesmente não tenha perguntado.

Ao longo dos anos, a pessoa percebe que é capaz de suportar todos os tipos de rachaduras na sua autoimagem e ainda assim aferrar-se à sensação de segurança.

A própria Saga passou anos em um relacionamento com um pianista de jazz, Stefan Johansson, até ser abandonada por ele.

Agora ele se mudou para Paris. Toca em uma banda e está noivo. Quando está em turnê na Suécia, Stefan liga para Saga tarde da noite e ela o deixa visitá-la em seu apartamento. Saga sabe que não há a mínima chance de ele deixar a noiva por sua causa, mas não tem nada contra ir para a cama com ele.

Saga sabe que não é uma pessoa com quem seja fácil conviver. Tem um temperamento belicoso e a tendência a reagir de forma desmedida em determinadas situações.

Ela desce as escadas para ir até o corpo crivado de balas na cozinha.

O brilho das luzes se reflete nas placas do piso de alumínio sulcado. Ela tem a sensação de que está de pé em uma ponte de prata suspensa sobre uma paisagem de caos sangrento.

Saga passa um tempão observando as palmas das mãos do morto, viradas para cima, o calo amarelado sob a aliança de casamento, as manchas de suor nas axilas.

A equipe ao redor está trabalhando com rapidez e em silêncio. Tudo é filmado e catalogado em um iPad usando coordenadas tridimensionais. Fios de cabelo e fibras de tecido são recolhidos com um filme transparente adesivo, enquanto fragmentos de tecido e crânio são colocados em tubos de ensaio que são imediatamente refrigerados.

Saga aproxima-se da porta do pátio e examina o orifício circular nas três camadas de vidro.

Os sensores do alarme só dispararam depois que alguém arremessou a cadeira contra a janela, quando os detectores acústicos e os contatos magnéticos reagiram e foram ativados.

Então a cadeira não foi jogada pelo assassino.

Saga relembra o olhar de terror no rosto da mulher, os pulsos feridos, o fedor de urina.

Ela estava sendo mantida em cativeiro na casa?

Dois homens estão cobrindo o piso com grandes folhas de película térmica laminada, estendendo-as e pressionando-as com um grande rolo de borracha.

Um especialista em TI envolve em plástico-bolha o disco rígido do sistema de câmeras de vigilância e o coloca em uma caixa térmica.

Janus está estressado. Sua mandíbula está cerrada e sua testa sardenta, quase branca e salpicada de gotículas de suor.

— Certo, vamos lá... o que você acha? — ele pergunta, chegando ao lado de Saga.

— Eu não sei — ela responde. — O primeiro tiro no abdome foi disparado à distância e de um ângulo um pouco estranho.

O sangue esguichara da barriga do ministro das Relações Exteriores e escorrera pelo chão.

A bala disparada por uma pistola deixara vestígios que formam um anel pulverizado de sujeira ao redor do orifício de entrada. Há dois círculos de pólvora sobre a camisa do ministro.

Os dois primeiros tiros foram à distância, depois houvera dois disparos de muito perto.

Saga se inclina sobre o corpo e olha para os ferimentos de entrada nas órbitas oculares, notando que não há as costumeiras crateras de impacto ao redor dos orifícios.

— Ele usou um silenciador — ela sussurra.

O assassino deve ter usado o tipo de silenciador capaz de abafar também o clarão, porque não há evidências de ignição de gases de percussão. Caso contrário, os gases teriam penetrado à força sob a pele e deixado uma depressão evidente ao redor do ferimento.

Ela se endireita e se afasta para dar espaço a um técnico forense, que estende uma folha de plástico adesivo sobre o rosto do morto. Ele a pressiona contra os buracos de bala, em um esforço para coletar partículas do anel de sujeira; depois, com um marcador, assinala no plástico o exato centro dos orifícios de entrada.

— Ele foi colocado de bruços depois de morto e em seguida virado de costas novamente — Saga diz.

— Para quê? — o técnico forense pergunta. — Por que o...?

— Cale a boca — Janus o interrompe.

— Quero ver as costas dele — Saga anuncia.

— Faça o que ela diz.

Todos sabem que o tempo está começando a se esgotar. Ansiosos, colocam sacos nas mãos do ministro das Relações Exteriores e abrem ao lado do corpo um saco mortuário. Levantam cuidadosamente o cadáver e o deitam de bruços sobre o saco. Saga olha para os grandes ferimentos de saída nas costas e o vão na parte de trás da cabeça.

Ela fita o chão onde o ministro estava deitado e observa os orifícios dos dois tiros finais, e então percebe por que razão o corpo fora deslocado para o lado.

— O atirador levou as balas embora.

— Ninguém faz isso — Janus murmura.

— Ele usou uma pistola semiautomática com silenciador... quatro tiros foram disparados, dois dos quais claramente letais — Saga diz.

Um homem corpulento está zanzando pelos móveis de tons escuros da sala de estar, borrifando luminol sobre o tecido enquanto outro técnico forense reposiciona uma poltrona no lugar por cima das depressões no tapete.

— Preparem-se para encerrar — Janus grita, batendo palmas. — Vamos limpar a casa em dez minutos, e o vidraceiro e o pintor estarão aqui em uma hora.

O homem corpulento remove as chapas laminadas de proteção do chão da equipe forense. Assim que saem pela porta, outra equipe entra na casa para limpá-la.

O assassino não apenas levou consigo os cartuchos, mas também recolheu as balas do chão e das paredes enquanto o alarme soava e a polícia estava a caminho. Nem mesmo os melhores assassinos profissionais fazem isso.

Eles estão lidando com um homicídio executado à perfeição, mas o matador deixou uma testemunha. É difícil que não tenha notado que alguém o observava de perto na cena do crime.

— Vou conversar com a testemunha — Saga diz. — A mulher deve ter algum tipo de envolvimento.

— Você sabe que nossos especialistas já estão lá — Janus diz.

— Eu preciso fazer minhas próprias perguntas — Saga responde, e parte em direção ao local onde deixara sua moto.

9

Na época de sua construção, no início da Guerra Fria, o abrigo antiaéreo sob Katarinaberget, em Estocolmo, foi o maior abrigo nuclear do mundo. Hoje, toda a estrutura do bunker, exceto a seção que costumava alojar os geradores de reserva e as unidades de ventilação, é usada como estacionamento.

A casa das máquinas é um prédio separado, encravado no leito de rocha ao lado do abrigo propriamente dito.

Atualmente o local é usado pela Polícia de Segurança.

É onde fica a prisão secreta conhecida como Spinnhuset. Os interrogatórios mais confidenciais são realizados nas entranhas das antigas piscinas de gelo.

Ainda nas primeiras horas da manhã, Saga cruza de moto a ponte da eclusa Slussen. Seu suado macacão de couro está gelado junto aos seios. Ela pega a entrada em arco ao lado do posto de gasolina e desce pela garagem. A mudança na acústica amplifica o rugido do motor.

Há lixo acumulado sob as grades amarelas descascadas, e fios soltos pendem dos alto-falantes.

Os painéis que cobrem o largo sulco no chão estrondeiam sob os pneus quando Saga passa pelas imensas portas de correr do abrigo, desenhadas para proteger o edifício contra uma onda de pressão.

Enquanto ela desce a rampa de concreto, sua mente pondera sobre o enigma não resolvido.

Por que a mulher ativaria o alarme de segurança e depois permaneceria na cena do crime se estivesse envolvida no assassinato?

Se, pelo contrário, ela não estava envolvida no assassinato, por que o assassino deixaria uma testemunha com vida?

A Polícia de Segurança vê a mulher como uma ameaça, ou porque está envolvida no crime ou simplesmente porque estava no lugar errado na hora errada.

Saga vai acionando os freios com cautela à medida que penetra cada vez mais fundo nos círculos da garagem subterrânea.

A identidade da mulher foi verificada. O nome dela é Sofia Stefansson e aparentemente trabalha meio período como prostituta, embora isso não tenha sido confirmado.

Até agora, eles contam apenas com o que ela disse e com os poucos documentos que encontraram no apartamento dela.

Saga não pode descartar a possibilidade de Sofia ter sido recrutada por uma organização terrorista.

Talvez ela tenha sido a isca; será que filmou o que aconteceu na cama para chantagear o ministro das Relações Exteriores?

Mas, nesse caso, por que ele foi assassinado?

Saga solta os freios e faz a curva para entrar no nível mais profundo da garagem.

Cantando os pneus, passa por alguns carros estacionados. Um pó vermelho rodopia em torno da motocicleta. Ela estaciona e caminha até uma porta à prova de explosão, pintada de azul.

Desliza no leitor eletrônico o cartão de identificação, insere o código de nove dígitos e aguarda alguns segundos. A porta se abre para uma câmara de ar de segurança.

Ela mostra novamente seu documento de identificação e assina um formulário, e sua entrada é autorizada por um guarda que pega sua pistola e chaves. Depois de passar pelo escâner de corpo inteiro, recebe permissão para entrar pela porta interna da câmara.

Jeanette Fleming está sentada na sala dos funcionários. Ela é psicóloga e uma das especialistas em interrogatórios da Polícia de Segurança. É uma linda mulher de meia-idade, e seu cabelo loiro-acinzentado é cortado estilo joãozinho.

Vestida com a elegância de sempre, Jeanette está comendo salada de um recipiente de plástico.

— Você sabe que não estou dando em cima de você, mas você é ridiculamente atraente — ela diz, empurrando o garfo de plástico para dentro da salada. — De alguma forma eu me esqueço disso toda vez... suponho que seja alguma espécie de instinto de autopreservação.

Jeanette coloca o resto da salada na geladeira. Elas andam em direção aos elevadores.

— A quantas anda o seu recurso? — Saga pergunta.

— Foi negado.

— Lamento ouvir isso.

Jeanette esperou oito anos para o marido decidir que estava pronto para ter filhos, e então ele a deixou. Ela passou três anos tentando arranjar namorado pela internet antes de solicitar ao serviço de saúde sueco o tratamento de inseminação artificial.

— Sei lá, se eles disserem não, talvez eu vá até a Dinamarca para fazer isso... mas ainda quero que a criança fale sueco — Jeanette brinca ao entrar no elevador com Saga.

Ela aperta o botão para o nível mais baixo.

— Li apenas o relatório inicial no meu celular — Saga diz.

— Eles foram muito duros com a garota. Ela ficou assustada e se fechou — Jeanette diz. — Eles receberam ordens para pegar pesado.

— Quem deu as ordens?

— Não faço ideia — Jeanette responde.

O elevador desce rapidamente. A luz da gaiola reflete nas ásperas paredes de rocha, e o contrapeso brilha no breve instante em que passa por elas.

— Sofia está com medo de que a machuquem de novo. Ela precisa de alguém que a ouça, a proteja.

— Quem não precisa disso? — Saga sorri.

Elas chegam à parte mais profunda do prédio e andam rapidamente pelo corredor. Nesse nível, tudo parece imóvel e cinzento.

A história de Sofia Stefansson foi corroborada pela descoberta em seu sangue de uma alta dose de flunitrazepam, um sedativo de ação rápida. Seus pulsos e tornozelos estão feridos e há hematomas na parte interna de suas coxas. Suas impressões digitais foram encontradas na cadeira que quebrara a janela.

Se a história de Sofia for verdadeira, ela deve ser considerada uma vítima, de acordo com a lei que proíbe a compra de serviços sexuais: foi agredida e explorada pelo cliente e deve ter permissão para falar tanto com a polícia quanto com um psicólogo.

Porém, como também pode estar envolvida em um grave ato de terrorismo, a lei de nada vale.

— Acho melhor eu esperar na sala de controle — Jeanette diz.

Saga digita o código e abre a porta do antigo depósito de gelo.

A iluminação na sala sem janelas é muito resplandecente. Uma câmera de segurança de circuito fechado registra tudo o tempo todo.

O depósito foi construído para acomodar duzentas toneladas de gelo com o propósito de manter o abrigo resfriado em caso de guerra nuclear.

Sofia Stefansson está de pé, numa posição desconfortável, no centro da sala, suspensa sobre um lençol de plástico. Seus ombros estão puxados firmemente para trás e as mãos amarradas junto às costas. O que sustenta o peso de seu corpo é o cabo ao qual ela está enganchada e que se estende até uma prancha sob uma das vigas. Sua cabeça está abaixada, e a cabeleira fina esconde seu rosto.

10

Saga se aproxima imediatamente de Sofia. A policial se certifica de que ela ainda está viva e depois explica que vai abaixá-la até o chão.

Saga começa a girar a manivela. Sofia vai aos poucos descendo até o piso. Uma das pernas dela começa a se envergar.

— Coloque os calcanhares no chão e aguente firme — Saga a instrui em voz alta.

A pele dos tornozelos de Sofia está rasgada, e Saga pensa nas correias ensanguentadas amarradas nas colunas da cama no segundo andar da casa.

Primeiro ela estava lá e agora está aqui embaixo.

Sofia se deixa cair de lado sobre o lençol de plástico. Sua respiração é penosa. Sem maquiagem ela parece ainda mais jovem. Talvez seja muito jovem. Suas pálpebras estão inchadas e os hematomas no pescoço estão mais escuros.

Quando Saga afrouxa as alças dos braços de Sofia, ela começa a tremer e seu corpo se retesa.

— Não me machuque — ela suspira. — Por favor, eu não sei de nada.

Saga aciona a manivela para puxar o cabo vazio de volta até o teto e depois arrasta uma cadeira para Sofia.

— Meu nome é Saga Bauer. Sou oficial da Polícia de Segurança.

— Chega — ela sussurra. — Por favor, eu não aguento mais.

— Sofia, me escute… eu não sabia que estavam te tratando assim. Sinto muito por isso e vou levar a questão ao meu chefe esta tarde — Saga diz.

Sofia levanta a cabeça do chão. Suas bochechas estão manchadas de lágrimas. Todas as suas joias foram tiradas e seu cabelo castanho está grudado no rosto pálido e empapado de suor.

Saga foi submetida a afogamento simulado. Fazia parte de seu treinamento avançado, mas ela não considera essa técnica de interrogatório particularmente eficaz.

Ela olha para um balde de água ensanguentada com uma toalha boiando e pensa consigo mesma que a única coisa que a tortura revela são os segredos do próprio torturador.

Saga pega uma garrafa de água e ajuda Sofia a beber um pouco, depois lhe dá um pedaço de chocolate.

— Quando eu vou poder ir embora para casa? — Sofia sussurra.

— Eu não sei. Primeiro precisamos de respostas a algumas perguntas — Saga diz, em tom de quem pede desculpas.

— Eu já contei a vocês tudo o que sei. Eu não fiz nada de errado. Não entendo por que estou aqui — Sofia soluça.

— Eu acredito em você, mas ainda preciso saber o que você estava fazendo naquela casa.

— Eu já contei tudo a eles — ela choraminga.

— Conte para mim — Saga diz com voz suave.

Sofia levanta devagar os braços rígidos para tirar as lágrimas dos olhos.

— Eu trabalho como acompanhante de luxo, e ele entrou em contato comigo — ela responde em voz baixa.

— Como ele entrou em contato com você?

— Eu pus um anúncio e ele escreveu um e-mail explicando o que estava interessado em fazer.

Vagarosamente, a jovem se senta com a coluna reta e aceita outro pedaço de chocolate.

— Você tinha spray de pimenta com você. Costuma andar com esse tipo de coisa?

— Sim, geralmente, sim, embora a maioria das pessoas seja gentil e atenciosa... na verdade, tenho mais problemas com as pessoas que se apaixonam por mim do que com as que ficam violentas.

— Há alguém que saiba para onde você está indo, que possa ir até você caso precise de ajuda?

— Eu escrevo os nomes e endereços em um caderno... e a Tamara, ela é minha melhor amiga, ele já era cliente dela, e ela não teve nenhum problema.

— Qual é o sobrenome da Tamara?
— Jensen.
— Onde ela mora?
— Ela se mudou para Gotemburgo.
— Você tem um número de telefone?
— Sim, mas não sei se está funcionando.
— Você tem outras amigas trabalhando como acompanhantes?
— Não.

Saga dá alguns passos para trás e olha para Sofia. Acha que a jovem está dizendo a verdade sobre seu trabalho.

Não há nada que contradiga a história dela, apesar de haver pouca coisa que a confirme.

— O que você sabe sobre o seu cliente?
— Nada. Só que ele estava disposto a pagar muito dinheiro para ser amarrado na cama — Sofia responde.
— E você o amarrou na cama?
— Por que vocês todos continuam perguntando a mesma coisa? Eu não entendo. Não estou mentindo. Por que eu mentiria?
— Apenas me conte o que realmente aconteceu, Sofia — Saga diz, tentando chamar a atenção dela.
— Ele me drogou e me amarrou na cama.
— Como era a cama?
— Era grande. Não me lembro muito da cama. Que importância isso tem?
— Sobre o que vocês conversaram?
— Nada.

A equipe técnica já vasculhou o computador, o telefone celular e o caderno de Sofia com os endereços — não há nada que sugira que ela soubesse que seu cliente era o ministro das Relações Exteriores da Suécia.

Saga olha para o rosto esgotado da jovem. Ocorre-lhe a suspeita de que talvez Sofia esteja aferrada à sua história original com fidelidade um pouco excessiva. É quase como se ela estivesse evitando certos pormenores para não cair em contradição.

— Você viu algum carro estacionado do lado de fora do portão quando chegou?

— Não.

— O que ele disse pelo interfone quando você tocou a campainha? — Saga pergunta.

— Eu não sei quem ele é — Sofia diz, com a voz quase embargada. — Entendo que ele é rico e importante, mas não sei nada a respeito dele, só que ele disse que se chamava Wille. Mas é normal que os homens usem nomes falsos.

Saga sabe que, se Sofia fizer parte de algum grupo radical e simpatizar com objetivos subversivos, jamais vai confessar o que quer que seja. Mas, se foi enganada ou forçada a participar, há uma chance de que ela se abra.

— Sofia, estou te ouvindo, se houver algo que você queira me dizer... você não matou ninguém, eu já sei, e é por isso que acho que posso te ajudar. Mas, para poder fazer isso, preciso saber a verdade.

— Estou sendo acusada de alguma coisa? — Sofia pergunta num fiapo de voz.

— Você estava presente quando o ministro das Relações Exteriores da Suécia foi assassinado, estava deitada na cama dele, jogou uma cadeira para quebrar a janela e pisou no sangue dele.

— Eu não sabia — Sofia murmura, e seu rosto empalidece.

— Então, eu preciso de algumas respostas... entendo que você pode ter sido enganada ou coagida, mas gostaria que me dissesse qual era sua missão ontem à noite.

— Eu não tinha missão nenhuma. Não sei do que você está falando.

— Se você não está disposta a cooperar comigo, não há nada que eu possa fazer por você — Saga diz com firmeza e se levanta da cadeira.

— Por favor, não vá embora — a jovem pede, desesperada. — Vou tentar te ajudar, prometo.

11

Enquanto caminha em direção à porta, Saga deixa Sofia implorar para que ela não vá.

— Se alguém estiver ameaçando você ou sua família, podemos ajudar — Saga diz, abrindo a porta. — Podemos arranjar um refúgio, novas identidades, você vai ficar bem.

— Eu não entendo... quem está nos ameaçando? Por que faria isso? Isso é loucura.

Mais uma vez Saga se pergunta se de fato Sofia estava simplesmente no lugar errado na hora errada. Mas isso ainda suscita a pergunta: por que um assassino profissional deixaria para trás uma testemunha?

Se Sofia realmente é uma testemunha, deve ter visto algo que possa ser útil na investigação. Durante os primeiros interrogatórios, ela não conseguiu fornecer uma descrição do assassino. Simplesmente continuou repetindo que o rosto dele estava escondido por uma máscara e que a coisa toda aconteceu muito rápido.

Saga precisa que Sofia comece a se lembrar de algum detalhe concreto. O mais ínfimo pormenor poderia desencadear memórias que ela havia bloqueado devido ao estado de choque.

— Você viu o assassino — Saga diz, virando-se.

— Mas ele estava usando um gorro. Eu já disse isso.

— De que cor eram os olhos dele? — Saga pergunta, fechando novamente a porta.

— Eu não sei.

— Como era o nariz dele?

Sofia balança a cabeça, e um corte no lábio começa a sangrar.

— O ministro das Relações Exteriores foi fuzilado. Você se virou e viu o assassino parado lá com a arma na mão.

— Eu só queria fugir. Comecei a correr, mas caí e depois encontrei aquele alarme, que...

— Você precisa me dizer como estava o criminoso quando você se virou — Saga diz.

— Ele estava segurando a pistola com as duas mãos.

— Assim? — Saga pergunta, simulando empunhar uma arma com ambas as mãos.

— Sim. Ele estava olhando fixamente para a frente, não tomou conhecimento de mim... ele não se importava que eu estivesse lá. Nem sei se ele me viu. Tudo aconteceu em questão de segundos. Ele estava atrás de mim, mas passou correndo e agarrou o...

Ela para de falar e franze a testa, olhando à sua frente como se estivesse revendo os eventos se desenrolarem em sua imaginação.

— Ele o agarrou pelo cabelo? — Saga pergunta com voz suave.

— O Wille caiu de joelhos depois do segundo tiro... o assassino o segurou pelo cabelo e pressionou a pistola contra um dos olhos. Foi tudo tão irreal.

— Ele estava sangrando muito, não estava?

— Sim.

— Ele estava com medo? — Saga pergunta.

— Ele parecia aterrorizado — Sofia sussurra. — Tentava ganhar tempo, dizendo que a coisa toda era um erro. Ele tinha sangue na garganta, por isso era difícil ouvir o que ele falava, mas estava tentando dizer que era um erro, que o homem devia deixá-lo viver.

— Quais foram as palavras exatas dele?

— Ele disse... "Você pensa que sabe o que está acontecendo, mas não sabe"... e depois o assassino disse... com muita calma, que... "Ratjen abriu a porta". Não, espere, ele disse: "Ratjen abriu a porta"... e "o inferno vai devorar todos vocês", foi o que ele disse.

— Ratjen?

— Sim.

— Poderia ter sido outro nome?

— Não... bem... quero dizer, é o que pareceu.

— O ministro das Relações Exteriores deu a impressão de saber quem era Ratjen?

— Não — Sofia responde, fechando os olhos.

— Vamos lá, o que mais ele disse? — Saga insiste.

— Nada. Não ouvi mais nada.

— O que ele quis dizer com Ratjen abrindo a porta?

— Eu não sei.

— É o tal Ratjen quem está fazendo isso? Ele é responsável por desencadear o inferno? — Saga pergunta em voz alta.

— Por favor...

— O que você acha? — Saga pergunta.

— Eu não sei — Sofia responde e limpa as lágrimas das bochechas.

Saga caminha a passos rápidos em direção à porta. Ela ouve Sofia chamando seu nome.

12

O rosto impassível do motorista olha de relance pelo retrovisor para verificar se o veículo de segurança atrás dele ainda o segue de perto.

Como um ronronar reconfortante, o som do motor percorre o interior do Volvo construído sob encomenda para o primeiro-ministro.

Um ano atrás, a Polícia de Segurança decidiu que o primeiro-ministro sueco precisava de um veículo blindado e reforçado. O carro tem doze cilindros e 453 cavalos de potência e pode fazer cem quilômetros por hora de marcha a ré. Suas janelas são projetadas para resistir a projéteis de armas de alta velocidade.

O primeiro-ministro está sentado no amplo assento de couro na parte de trás do carro e usa o indicador e o polegar da mão esquerda para massagear suavemente suas pálpebras fechadas. O paletó do terno azul-marinho está desabotoado e a gravata vermelha pende, toda torta, na frente da camisa.

Saga está a seu lado, ainda vestindo o macacão de couro. Ela não teve tempo de se trocar e está com calor. Sente vontade de abrir o zíper até a cintura, mas não faz isso porque por baixo ainda está nua.

Na frente, no banco do passageiro, está o diretor da Polícia de Segurança, Verner Sandén. Sua mão está curvada sobre o encosto do assento, e seu corpo comprido contorcido de modo que consiga olhar para o primeiro-ministro enquanto o coloca a par da situação.

Com seu vozeirão ele percorre a cronologia dos fatos, desde a declaração do Código Platina até o acelerado exame de perícia da cena do crime e os relatórios em andamento da equipe de técnicos forenses.

— A casa voltou ao seu estado original. Não resta nenhum vestígio que indique o que aconteceu lá ontem à noite — Verner conclui.

— Meus pensamentos estão com a família — o primeiro-ministro diz em voz baixa, virando-se para olhar pela janela.

— Vamos deixar a família fora disso. Naturalmente, estamos mantendo o mais alto nível de sigilo.

— Você está me dizendo que a situação é grave? — o primeiro--ministro pergunta enquanto responde a uma mensagem de texto.

— Sim, há circunstâncias específicas que nos levaram a solicitar uma reunião urgente com o senhor — Verner responde.

— Bem, como você sabe, vou viajar para Bruxelas hoje à noite. Eu realmente não tenho tempo para tratar disso — o primeiro-ministro explica.

Saga pode sentir as nádegas grudadas em seu traje de couro.

— Estamos lidando com um assassino profissional ou semiprofissional que cumpre à risca um plano muito bem definido — Saga diz, tentando levantar um pouco a bunda.

— A Polícia de Segurança está sempre propensa a grandiosas teorias da conspiração — o primeiro-ministro diz, prestando atenção novamente à tela do celular.

— O assassino usou uma pistola semiautomática com um silenciador que resfria o gás de percussão — ela diz. — Ele matou o ministro das Relações Exteriores com um tiro no olho direito. Depois recolheu a cápsula vazia, inclinou-se sobre o cadáver, encostou a pistola no olho esquerdo, atirou novamente, recolheu o projétil, depois virou...

— Mas que diabos? — o primeiro-ministro diz, olhando para ela.

— Não foi o assassino quem acionou os alarmes — continua Saga. — Porém, mesmo com os alarmes soando alto o suficiente para acordar todo o bairro, e mesmo com a polícia a caminho, ele ficou para arrancar as balas da parede e do assoalho de madeira antes de sair da mansão. Ele sabia onde estavam todas as câmeras de segurança, por isso não há uma única imagem dele em lugar nenhum... e posso lhe dizer agora que a perícia não vai encontrar nada que nos permita chegar mais perto dele.

Ela se cala e olha para o primeiro-ministro, que toma um gole de água, abaixa o copo pesado e enxuga a boca.

O carro desliza em direção ao norte de Djurgården. À esquerda está a grande extensão de grama do bairro de Gärdet. No século XVII, a área era usada para exercícios militares, mas hoje as únicas pessoas que a frequentam são alguns praticantes de corrida e pessoas que levam os cães para passear.

— Então foi uma execução? — ele pergunta com voz rouca.

— Sim. Ainda não sabemos o porquê, mas pode ser chantagem. Talvez o assassino estivesse tentando obter informações confidenciais — Verner explica. — Pode ser que o ministro tenha sido forçado a dar algum tipo de declaração diante de uma câmera de vídeo.

— Isso não parece nada bom — o primeiro-ministro murmura.

— Não. Estamos convencidos de que se trata de um ato de terrorismo político, mesmo que ninguém tenha assumido a responsabilidade ainda — Verner responde.

— Terrorismo?

— Havia uma prostituta na casa do ministro das Relações Exteriores — Saga diz.

— Ele tem os problemas dele — o primeiro-ministro diz, franzindo levemente o nariz comprido.

— Sim, mas...

— Deixem isso pra lá — ele a interrompe.

Saga olha de relance para o primeiro-ministro. Nos olhos dele há uma expressão distante, e sua mandíbula está contraída. Saga pensa com seus botões se ele está tentando compreender o que aconteceu. O ministro das Relações Exteriores de seu governo foi assassinado. Talvez esteja pensando na última vez que acontecera algo semelhante.

Em um dia cinzento de outono em 2003, a ministra das Relações Exteriores Anna Lindh fazia compras com uma amiga quando foi atacada por um homem que a esfaqueou nos braços e no peito.

A ministra não andava com guarda-costas, tampouco tinha proteção pessoal. Ficou gravemente ferida e morreu na sala de cirurgia.

A Suécia era diferente naquela época. Era um país onde os políticos ainda acreditavam que tinham o direito de proclamar ideais socialistas de decoro internacional.

— A mulher que o ministro das Relações Exteriores estava usando... — Saga continua, encarando o primeiro-ministro nos olhos. — Ela ouviu um fragmento de conversa que nos leva a crer que estamos diante do que parece ser o primeiro de vários assassinatos planejados.

— Assassinatos? Mas que assassinatos, porra? — o primeiro-ministro indaga, elevando o tom.

13

O Volvo do primeiro-ministro desliza pela estreita ponte de pedra de Djurgårdsbrunn e vira à esquerda ao longo do canal. Os pneus esmagam o cascalho da estrada. Dois patos entram na água e nadam para longe da margem.

— O assassino mencionou um certo Ratjen como uma espécie de figura-chave — Verner diz.

— Ratjen? — o primeiro-ministro repete em tom interrogativo.

— Talvez já o tenhamos identificado. O nome dele é Salim Ratjen e está cumprindo uma longa sentença de prisão por crimes relacionados a entorpecentes — Saga explica, inclinando-se para a frente a fim de se desgrudar da umidade do traje de couro.

— Vemos fortes ligações entre os eventos da noite passada e um xeique, Ayad al-Jahiz, que comanda um grupo terrorista na Síria — Verner acrescenta.

— Estas são as únicas imagens que temos de Ayad al-Jahiz — Saga diz, estendendo o celular.

Uma breve gravação de vídeo mostra um homem de idade, de rosto agradável. Ele tem barba grisalha e usa óculos. Olha para a câmera enquanto fala. Parece que se dirige a um grupo de atentas crianças em idade escolar.

— Ele tem gotas de sangue nos óculos — o primeiro-ministro sussurra.

O xeique Ayad al-Jahiz conclui seu breve discurso e abre os braços em um gesto de benevolência.

— O que ele estava dizendo?

— Ele disse… "Arrastamos os infiéis atrás de caminhões e blindados até que as cordas se soltassem… nossa tarefa agora é encontrar os líderes que apoiam os bombardeios e atirar neles até que seus rostos desapareçam" — Saga responde.

O primeiro-ministro limpa a boca com a mão trêmula.

Eles atravessam outra ponte e seguem em direção à marina.

— O serviço de segurança do Presídio Hall interceptou um telefonema que Salim Ratjen fez para um celular não identificado — Verner diz. — Na ligação eles discutem, em árabe, três grandes celebrações. O primeiro festejo coincide com a data em que o ministro das Relações Exteriores foi morto... o segundo deve acontecer na quarta-feira e o terceiro, no dia 7 de outubro.

— Meu Deus — o primeiro-ministro murmura.

— Temos quatro dias — Verner diz.

Galhos roçam o teto do carro quando eles dão uma guinada abrupta e começam a voltar na direção da Torre Kaknäs.

— Por que diabos vocês não estavam mantendo esse tal Ratjen sob vigilância mais rigorosa? — o primeiro-ministro pergunta, tirando um lenço de papel da caixa na porta do carro.

— Ele não tem ligações anteriores com nenhuma rede terrorista — Verner responde.

— Então ele se radicalizou na prisão — o primeiro-ministro diz, secando o pescoço.

— É o que achamos.

A chuva está ficando mais forte, e o motorista aciona os limpadores de para-brisa. As lâminas varrem as gotículas do vidro.

— E vocês acham que eu posso ser... uma dessas celebrações?

— Temos que levar em consideração essa possibilidade — Saga responde.

— Então vocês estão sentados aqui para me dizer que alguém pode me matar na quarta-feira? — o primeiro-ministro diz, incapaz de esconder sua agitação.

— Precisamos fazer Ratjen falar... precisamos saber quais são os planos dele, antes que seja tarde demais — Verner responde.

— Que diabos vocês estão esperando?

— Não acreditamos que Salim Ratjen possa ser interrogado da maneira convencional — Saga tenta explicar. — No primeiro interrogatório, cinco anos atrás, ele não respondeu nada, e durante o julgamento não disse uma única palavra.

— Mas vocês dispõem de meios e métodos, não é?

— Quebrar alguém pode levar muitos meses — ela responde.

— Tenho um trabalho bastante importante — o primeiro-ministro responde enquanto amassa o lenço. — Sou casado, tenho dois filhos e...

— Lamentamos muitíssimo por isso — Verner diz.

— Esta é a primeira vez que vocês realmente são necessários. Portanto, não me digam que não há nada que vocês possam fazer.

— Pergunte-me o que devemos fazer — Saga diz.

O primeiro-ministro olha para ela, surpreso, e depois afrouxa a gravata.

— O que devemos fazer? — ele repete.

— Diga ao motorista que pare o carro e saia.

Eles chegaram a Loudden e o sombrio terminal de petróleo. O longo braço do píer é quase invisível sob a chuva cinzenta.

Embora o primeiro-ministro ainda pareça hesitante, ele se inclina para a frente e fala com o motorista.

A chuva diminuiu, uma chuva fria que faz as poças chapinharem. O motorista da Polícia de Segurança para em frente a um dos tanques de combustível.

O motorista sai e fica a alguns metros do carro. Em questão de segundos a chuva escurece o tecido bege da jaqueta de seu uniforme.

— Então, o que devemos fazer? — o primeiro-ministro pergunta mais uma vez, olhando para Saga.

14

O dia de trabalho termina na Unidade T do presídio de segurança máxima de Kumla, e quinze presos acotovelam-se disputando espaço na apertada academia de musculação.

Não são permitidos pesos de ferro, halteres, barras nem nenhum equipamento que possa ser usado como arma.

Quando Reiner Kronlid e seus guarda-costas da Irmandade entram, os presos se afastam. O poder de Reiner baseia-se no fato de que ele controla todo o tráfico de drogas na unidade e defende sua posição como um deus ciumento.

Sem que ele precise dizer uma palavra, um homem magro desce da bicicleta ergométrica e rapidamente limpa com toalhas de papel o selim e o guidão.

As luzes de tira fluorescentes e estáticas revelam as paredes descascadas. O ar está pesado com o cheiro de suor e pomada chinesa.

Como sempre, o grupo de velhos drogados se reúne do lado de fora da divisória de acrílico, e dois albaneses da gangue de Malmö matam o tempo junto à mesa de pingue-pongue.

Joona Linna termina uma série de flexões na barra fixa, se solta da barra e pousa suavemente no chão. Olha para a janela. A luz solar poeirenta enche novamente a academia. Por alguns segundos seus olhos cinzentos parecem chumbo derretido.

Joona está barbeado e seu cabelo loiro foi cortado bem curto, quase à escovinha. Sua testa está franzida, a boca firme. Ele veste uma camiseta azul-clara, as costuras repuxadas sobre os músculos salientes.

— Mais uma série antes de mudarmos para uma de pegada mais ampla — Marko diz.

Marko é um detento esguio e mais velho que se encarregou de atuar como guarda-costas de Joona.

Um preso recém-chegado, de rosto fino e parecido com o de um pássaro, está se aproximando da academia. Esconde algo junto ao quadril. As maçãs do rosto são afiladas, os lábios pálidos, e o cabelo ralo está preso em um rabo de cavalo.

Ele não está usando roupas adequadas para a academia. Veste uma jaqueta de lã vermelho-ferrugem que deixa à mostra as tatuagens no peito e no pescoço.

O homem magro passa por baixo da última câmera de segurança instalada no teto e entra na academia, depois se detém na frente de Joona.

Um dos guardas da prisão do lado de fora da divisória de acrílico se vira, e o bastão pendurado em sua cintura balança e bate no vidro.

Alguns dos presos dão as costas a Joona e Marko.

A atmosfera fica tensa, e todos se movem com cautela renovada.

O único som é um zumbido de alta frequência da ventilação.

Joona volta a se posicionar embaixo da barra, dá um salto e iça o corpo.

Marko está atrás dele, seus braços tatuados e sinuosos pendurados na lateral do corpo.

As veias nas têmporas de Joona palpitam enquanto ele puxa as omoplatas para trás e levanta o corpo pelos braços, de novo e de novo, erguendo o queixo acima da barra.

— Você é o policial? — o homem de rosto magro quer saber.

Pequenas bolotas de poeira flutuam suavemente pelo ar parado. O guarda do outro lado da parede de acrílico troca algumas palavras com um detento, depois começa a caminhar de volta para a sala de controle.

Braços e cotovelos esticados, Joona ergue o corpo em mais uma flexão.

— Mais trinta — Marko diz.

O homem de rosto fino está olhando para Joona. O suor brilha em seu lábio superior e escorre pelas bochechas.

— Vou pegar você, seu desgraçado — ele diz com um sorriso tenso.

— *Nyt pelkään** — Joona responde calmamente e se levanta de novo.

---

* "Já estou com medo", em finlandês. (N. T.)

— Sacou? — O homem sorri. — Você entende o que eu estou dizendo, porra?

Joona percebe que o recém-chegado está escondendo junto ao quadril uma faca, uma arma improvisada feita de um longo e fino pedaço de vidro envolto em fita adesiva.

Ele vai mirar baixo, Joona pensa. Vai tentar me atingir abaixo das minhas costelas. É quase impossível apunhalar alguém com vidro, mas se o caco for reforçado com talas sob a fita, ainda consegue penetrar no corpo antes de se soltar.

Alguns outros detentos se agruparam do lado oposto da parede de acrílico, olhando com curiosidade para a academia de musculação. Sua linguagem corporal revela um entusiasmo contido. De forma aparentemente casual, estão obstruindo o campo de visão das câmeras.

— Você é policial — o homem sibila entre dentes, depois olha para os outros. — Vocês sabiam que ele é policial?

— Isso é verdade? — um dos espectadores pergunta com um sorriso e toma um gole de uma garrafa de plástico.

Um crucifixo balança numa corrente em volta do pescoço de um homem de aparência abatida. As cicatrizes na parte interior de seus braços estão desbotadas das queimaduras do ácido ascórbico que ele usou para dissolver a heroína.

— É, eu juro, porra — o prisioneiro de rosto magro insiste. — Ele é da Investigação Criminal, é um porco do caralho, um policial imundo.

— Isso provavelmente explica por que todo mundo chama o cara de "o policial" — o homem com a garrafa de plástico diz com sarcasmo e abafa uma risadinha.

Joona continua fazendo flexões na barra.

Reiner Kronlid está sentado na bicicleta ergométrica com um olhar impassível no rosto. Seus olhos estão perfeitamente imóveis, como os de um réptil, enquanto ele observa a cena.

Um dos homens de Malmö entra e começa a correr na esteira. Os baques secos de suas passadas e o zumbido da correia da esteira enchem a apertada sala.

Joona solta a barra, pousa suavemente no chão e olha para o homem armado.

— Posso sugerir um tema para você refletir a respeito? — Joona diz em seu sueco com sotaque finlandês. — "A ignorância fingida nasce da confiança, a fraqueza ilusória nasce da..."

— Do que você tá falando, porra? — o homem o interrompe.

Após o tempo em que serviu na unidade de operações especiais dos paraquedistas, Joona recebeu, nos Países Baixos, treinamento aprimorado em combate corpo a corpo não convencional e armamentos inovadores.

O tenente Rinus Advocaat o treinou para situações muito semelhantes a essa. Joona sabe exatamente como desviar o braço do homem, como esmagar sua garganta e traqueia com uma série de golpes repetidos, como torcer a faca de vidro de sua mão, como enfiá-la no pescoço dele e quebrar a ponta.

— Mete a faca no policial — um membro da Irmandade rosna e depois ri. — Você não tem coragem...

— Cala a boca — um homem mais jovem diz.

— Esfaqueia o cara — outro homem diz, gargalhando.

O prisioneiro de rosto fino aperta na mão a faca improvisada e Joona o encara nos olhos quando ele se aproxima.

Se Joona for atacado agora, sabe que terá que impedir a si mesmo de seguir adiante com a sequência de movimentos impressos em seu corpo.

Durante seus quase dois anos de prisão, ele conseguiu evitar brigas sérias. Seu único objetivo era cumprir sua pena e começar uma nova vida.

Ele precisa apenas desviar o braço, arrancar a arma da mão do homem e derrubá-lo no chão.

Joona vira as costas para o recém-chegado com a faca. Enquanto troca algumas palavras com Marko, pode ver o reflexo do homem na janela olhando para o pátio.

— Eu poderia ter matado o policial — o homem diz, respirando com dificuldade pelo nariz fino.

— Não, você não poderia — Marko responde por cima do ombro de Joona.

15

Vinte e três meses se passaram desde que Joona foi considerado culpado de usar violência para ajudar um criminoso condenado a escapar da custódia. Ele foi levado para a unidade de avaliação de riscos do presídio de Kumla.

A unidade de transporte do serviço prisional levou seus poucos pertences pessoais, documentos de custódia e identificação. Levado ao centro de recepção, Joona foi obrigado a se despir e a fornecer uma amostra de urina para exame toxicológico, e recebeu roupas novas, lençóis e uma escova de dentes.

Após cinco semanas de avaliação, Joona foi colocado na Unidade T em vez de na unidade de segurança em Saltvik, para onde geralmente são enviados policiais condenados. Ele passaria os anos seguintes em uma cela de seis metros quadrados, com piso de plástico, uma pia e uma janelinha de acrílico gradeada.

Nos primeiros oito meses, Joona trabalhou na lavanderia com os demais detentos. Conheceu muitos homens no segundo andar e contou a cada um deles sobre seu trabalho na Investigação Criminal e sua condenação. Sabia que seria impossível manter em segredo seu passado. Sempre que um novo prisioneiro chega à unidade, os outros rapidamente pedem a um parente do lado de fora para descobrir o motivo pelo qual o novato foi condenado.

Joona tem um relacionamento tranquilo com a maioria dos grupos da unidade, mas mantém distância da Irmandade e de seu líder, Reiner Kronlid. A Irmandade tem ligações com grupos de extrema direita e está envolvida em tráfico de drogas e esquemas ilegais de proteção a detentos em todos os grandes presídios.

No final do verão, Joona havia incentivado dezenove prisioneiros a começar a estudar, em vários níveis. Eles formaram um grupo de apoio e, até agora, apenas dois deles haviam desistido.

A monotonia das rotinas faz todo o estabelecimento funcionar muito lentamente. Todas as portas das celas são abertas às oito da manhã e trancadas às oito da noite.

Assim que a trava automática se abre com um clique, todas as manhãs, Joona sai da cela para tomar banho e café da manhã antes de todos os detentos rumarem para os túneis gelados que, tal qual um sistema de esgoto, ligam as diferentes partes da prisão.

Os homens passam pela bifurcação onde antes costumava ficar o armazém de suprimentos, agora fechado. Eles esperam as portas se abrirem, permitindo que avancem ainda mais túnel adentro.

Supersticiosos, os caras de Malmö passam a ponta dos dedos sobre o mural do jogador de futebol Zlatan Ibrahimović antes de seguir para a oficina de pintura com tinta em pó.

O grupo de estudo dirige-se à biblioteca. Joona está no meio de um curso de horticultura, e Marko finalmente conseguiu seu certificado de conclusão do ensino médio. Seu queixo tremia quando ele disse que estava pensando em estudar ciências.

Esse poderia ter sido um dia como qualquer outro na prisão. Mas não será para Joona, porque sua vida está prestes a dar uma guinada inesperada.

Joona prepara a mesa na sala dos visitantes, posiciona xícaras e pires de café, alisa a toalha de mesa que ele estendeu e liga a cafeteira na pequena cozinha.

Quando ouve o tilintar das chaves na porta, ele se levanta e sente o coração bater mais depressa.

Valéria está vestindo uma blusa azul-marinho com bolinhas brancas e jeans preto. Seu cabelo castanho-escuro encaracolado está preso e cai em espirais suaves.

Ela entra, para na frente de Joona e ergue os olhos.

A porta se fecha com um clique da tranca.

Eles ficam um bom tempo entreolhando-se antes de sussurrarem um cumprimento.

— Ainda é uma sensação muito estranha toda vez que eu vejo você — Valéria diz timidamente.

Ela observa Joona com olhos luminosos, fitando os chinelos com o logotipo da prisão, a camiseta cinza-azulada com mangas cor de areia, a calça larga gasta na altura dos joelhos.

— Não tenho muita coisa a oferecer — ele diz. — Apenas biscoitos recheados e café.

— Biscoitos recheados — ela assente e puxa levemente a calça para cima antes de se sentar em uma das cadeiras.

— Não são tão ruins — ele diz, e sorri de uma maneira que realça as covinhas nas bochechas.

— Como alguém pode ser tão fofo?

— A culpa é destas roupas — Joona brinca.

— É claro — ela ri.

— Obrigado por sua carta. Eu a recebi ontem — ele diz, sentando-se do outro lado da mesa.

— Desculpe se fui um pouco atrevida — ela murmura e cora.

Joona sorri, ela faz o mesmo e olha para baixo, antes de erguer os olhos novamente.

— Por falar nisso, é uma pena que tenham recusado seu pedido de saída temporária — Valéria diz, reprimindo outro sorriso de uma forma que faz seu queixo se enrugar.

— Vou tentar novamente daqui a três meses... sempre posso me candidatar a uma saída temporária para ressocialização — Joona diz.

— Vai dar tudo certo — ela assente, procurando a mão dele sobre a mesa.

— Falei com a Lumi ontem — ele continua. — Ela acabou de ler *Crime e castigo* em francês... foi bom, ficamos conversando sobre livros, e eu esqueci que estava aqui... até acabar o tempo da ligação.

— Não me lembro de vocês terem conversado tanto assim antes.

— Se você espalhar ao longo de duas semanas, são apenas algumas palavras por hora.

Uma mecha de cabelo desliza sobre a bochecha de Valéria e ela balança a cabeça para afastá-la. Sua pele é acobreada, e ela tem profundas rugas de expressão nos cantos dos olhos. A pele fina sob seus olhos é cinza, e sob as unhas curtas ela tem vestígios de terra.

— Você costumava encomendar bolos de uma padaria lá fora — Joona diz servindo café.

— Preciso começar a pensar na minha silhueta para quando você sair daqui — ela responde, com uma mão na barriga.

— Você está mais bonita do que nunca — Joona diz.

— Você deveria ter me visto ontem — ela ri, os dedos compridos tocando uma margarida de esmalte pendurada em uma correntinha em volta do pescoço. — Eu estava na piscina ao ar livre em Saltsjöbaden, rastejando na chuva para preparar os canteiros.

— Cerejeiras de Yoshino, certo?

— Escolhi uma variedade que dá flores brancas, milhares delas. Elas são incríveis… todos os anos em maio, parece que uma tempestade de neve atinge apenas aquelas árvores minúsculas.

Joona olha para as xícaras e os guardanapos azul-claros. A luz do lado de fora se derrama em faixas largas sobre a mesa.

— Como vão os seus estudos? — ela pergunta.

— Empolgantes.

— É estranho se instruir em algo novo? — ela pergunta, dobrando o guardanapo.

— Sim, mas de um jeito bom.

— Você ainda tem certeza de que não quer voltar ao trabalho policial?

Joona diz que sim com a cabeça e olha para a janela. Por entre as barras horizontais vê-se o vidro sujo. Sua cadeira range quando ele se recosta, desaparecendo na lembrança de sua última noite em Nattavaara.

— Em que você está pensando? — ela pergunta com uma voz séria.

— Nada — ele responde calmamente.

— Você está pensando na Summa — ela diz, sem rodeios.

— Não.

— Por causa do que eu disse sobre uma tempestade de neve.

Joona encontra os olhos cor de âmbar dela e assente. Ela tem a insólita habilidade de quase ler os pensamentos dele.

— Não existe nada mais silencioso do que a neve depois que o vento amaina — ele diz. — Você sabe… a Lumi e eu ficamos sentados com ela, segurando as mãos dela…

Joona relembra a estranha calma que tomou conta de sua esposa antes de ela morrer, e o silêncio absoluto que se seguiu.

Valéria se inclina sobre a mesa e afaga a bochecha dele sem dizer nada. Ele pode ver a tatuagem no ombro direito dela através do tecido fino da blusa.

— Nós vamos superar isso, não vamos? — ela pergunta em voz baixa.

— Nós vamos superar isso — ele assente.

— Você não vai partir meu coração, vai, Joona?

— Não.

16

Depois que Valéria vai embora, Joona sente uma alegria prolongada. É como se a cada visita ela lhe trouxesse um pedacinho da vida.

Ele quase não tem espaço em sua cela, mas quando se posiciona entre a mesinha e a pia, tem o suficiente para praticar golpes de boxe e aprimorar suas técnicas de combate militar. Ele se move de forma lenta e sistemática, pensando nas intermináveis planícies dos Países Baixos, onde recebeu seu treinamento.

Joona não sabe há quanto tempo está treinando, mas o céu está tão escuro que, quando a fechadura clica e a porta da cela se abre, o muro amarelo que cerca o presídio não é mais visível através da janela gradeada.

Dois guardas que ele nunca viu estão parados na porta, olhando-o com expressão bastante ansiosa.

Joona supõe que deve ser uma revista. Alguma coisa aconteceu, talvez uma tentativa de fuga na qual suspeitem que ele esteja envolvido.

— Você vai falar com um advogado de defesa — um dos guardas anuncia.

— Por quê?

Sem responder, eles algemam suas mãos e o levam para fora da cela.

— Não solicitei uma reunião — Joona alega.

Eles descem juntos as escadas e avançam pelo longo corredor. Um guarda da prisão passa por eles em silêncio e desaparece.

Joona se pergunta se eles descobriram que Valéria vem usando os documentos de identidade da irmã dela quando o visita. Ela tem seu próprio histórico de antecedentes criminais, e não receberia permissão para vê-lo se usasse o próprio nome.

A cor e o estilo das imagens ao longo das paredes vão mudando. A iluminação severa mostra o desmazelo do degradado piso de concreto.

Os guardas conduzem Joona através de portas blindadas e câmaras de ar de segurança. Precisam mostrar várias vezes o mandado autorizando o deslocamento do detento. Mais fechaduras se abrem com um zunido, e eles avançam até uma seção com a qual Joona não está familiarizado. No outro extremo do corredor, dois homens estão de guarda do lado de fora de uma porta.

Joona imediatamente reconhece que são agentes da Polícia de Segurança. Sem olhar para Joona, eles abrem a porta.

A sala mal iluminada está completamente vazia, exceto por duas cadeiras de plástico. Uma delas já está ocupada por um homem.

Joona fica parado no meio da sala.

A luz da lâmpada do teto baixo não atinge o rosto do homem. Ela se detém nos vincos de sua calça bem passada e nos sapatos pretos, a lama úmida visível sob as solas dos pés.

Há algo brilhando na mão direita dele.

Quando a porta se fecha atrás de Joona, o homem se levanta, dá um passo à frente na luz e enfia os óculos de leitura no bolso do paletó.

Só então Joona vê seu rosto.

É o primeiro-ministro da Suécia.

Seus olhos estão imersos na penumbra, e a sombra de seu nariz pontudo desce como uma pincelada de tinta preta sobre sua boca.

— Este encontro nunca aconteceu — o primeiro-ministro diz com a voz rouca característica. — Eu não estive pessoalmente com você, e você não me conhece. Aconteça o que acontecer, você dirá às pessoas que teve uma reunião com seu advogado de defesa.

— Seu motorista não fuma — Joona diz.

— Não — o outro responde, surpreso.

Antes de continuar, o primeiro-ministro, meio atordoado, leva a mão em direção ao nó da gravata.

— Ontem à noite, o ministro das Relações Exteriores do meu governo foi assassinado na casa dele. A versão oficial é que morreu após padecer de uma breve doença, mas na verdade estamos lidando com um ataque terrorista.

O nariz do primeiro-ministro brilha de suor, e as bolsas sob os olhos estão escuras. A pulseira de couro que carrega o alarme de emergência desliza por seu pulso enquanto ele puxa a outra cadeira de plástico para Joona.

— Joona Linna. Farei a você uma proposta extremamente não ortodoxa, uma oferta válida apenas para aqui e agora.

— Estou ouvindo.

— Um detento do Presídio Hall será transferido e colocado em sua unidade. O nome dele é Salim Ratjen. Ele foi condenado por crimes relacionados a tráfico de drogas, mas absolvido da acusação de assassinato... as evidências sugerem que ele ocupa uma posição central em uma organização terrorista e pode até mesmo ser o responsável pela execução do ministro das Relações Exteriores.

— Informações básicas?

— Aqui — o primeiro-ministro entrega a Joona uma pasta fina.

Joona se senta na cadeira e pega a pasta com as mãos algemadas. O plástico range quando ele se recosta no espaldar. Enquanto lê, nota que o primeiro-ministro continua checando o celular.

Joona examina o relatório da cena do crime, os resultados do laboratório e a entrevista com a testemunha, a mulher que diz ter ouvido o assassino dizer que Ratjen havia aberto as portas para o inferno. O relatório termina com gráficos do tráfego de comunicações via telefone e a ordem do xeique Ayad al-Jahiz de que os líderes ocidentais fossem perseguidos e tivessem o rosto destruído por balas.

— Há muitas lacunas — Joona diz, devolvendo a pasta.

— É apenas um relatório preliminar. Ainda faltam muitos resultados de testes e...

— Lacunas que foram deixadas de propósito — Joona o interrompe.

— Eu não sei nada a respeito disso — o primeiro-ministro diz, colocando o celular de volta no bolso interno do paletó.

— Houve outras vítimas?

— Não.

— Há algum indício que sugira que mais ataques estão planejados?

— Acho que não.

— Por que o ministro das Relações Exteriores? — Joona pergunta.

— Ele estava fazendo pressão por uma ação coordenada antiterrorismo na Europa.

— O que eles ganham matando o ministro?

— Estamos diante de um claro ataque contra o próprio coração da democracia — o primeiro-ministro continua. — E eu quero as cabeças desses terroristas na porra de uma bandeja, com o perdão da expressão. Trata-se de uma questão de justiça, de agir com firmeza. Eles não podem e não vão nos assustar. É por isso que estou aqui, para perguntar se você está disposto a se infiltrar na organização de Salim Ratjen de dentro da prisão.

— Eu presumi isso. Agradeço sua confiança em mim, mas o senhor precisa entender que construí uma vida aqui. Não foi fácil, porque as pessoas conhecem meu passado, mas com o tempo descobriram que podem confiar em mim.

— Estamos falando de segurança nacional aqui.

— Não sou mais policial.

— Se você fizer isso, a Polícia de Segurança anulará sua condenação e você receberá liberdade condicional.

— Não estou interessado.

— Foi assim que ela disse que você reagiria — o primeiro-ministro afirma.

— Saga Bauer?

— Ela disse que você não ouviria nenhuma oferta da Polícia de Segurança... por isso decidi vir pessoalmente.

— Eu estaria mais inclinado a considerar a hipótese de aceitar o trabalho se não achasse que o senhor está ocultando de mim informações essenciais.

— O que há para esconder? O alto escalão da Polícia de Segurança acha que você pode ajudá-los a identificar o contato de Salim Ratjen do lado de fora.

— Sinto muito que o senhor tenha perdido seu tempo — Joona diz, depois se levanta e começa a caminhar em direção à porta.

— Eu posso obter o perdão oficial para você e anular sua pena — o primeiro-ministro diz às costas de Joona.

— Isso exigiria a aprovação do governo — Joona diz, dando meia-volta.

— Eu sou o primeiro-ministro.

— Enquanto julgar que não estou recebendo todas as informações disponíveis, terei que recusar — Joona repete.

— Como é que você pode alegar não ter conhecimento daquilo que não sabe? — o primeiro-ministro pergunta, obviamente irritado.

— Sei que o senhor está sentado aqui, embora devesse estar em Bruxelas para uma reunião do Conselho Europeu — Joona diz. — Sei que o senhor deixou de fumar há oito anos, mas agora sofreu uma recaída, a julgar pelo cheiro de suas roupas e pela lama dos seus sapatos.

— Lama nos meus sapatos?

— O senhor é um homem cortês e, como seu motorista não fuma, saiu do carro para fumar um cigarro.

— Mas...

— Eu notei que o senhor checou seu telefone onze vezes, mas não respondeu a nenhuma mensagem, então sei que há algo faltando, porque naquele relatório que eu li não há nada que indique uma urgência real.

Pela primeira vez, o primeiro-ministro parece sem palavras. Ele esfrega o queixo e parece estar pensando muito.

— Acreditamos estar lidando com planos para uma série de assassinatos — ele diz, por fim.

— Um número? — Joona repete.

— A Polícia de Segurança removeu isso do relatório, mas parece haver três assassinatos planejados, pelo menos para começar, e acredita-se que o próximo deverá ocorrer na quarta-feira. Por isso a urgência.

— Quem são os alvos prováveis desses ataques?

— Não sabemos ao certo, mas as informações que temos sugerem execuções precisas e bem planejadas.

— Políticos?

— Provavelmente.

— E o senhor acha que pode ser um deles? — Joona pergunta.

— Pode ser qualquer um — o primeiro-ministro se apressa em responder. — Mas fui levado a acreditar que você é a nossa melhor opção e espero que aceite o trabalho. E se você realmente conseguir

descobrir informações que ajudem a impedir esses terroristas, tomarei providências para que recupere sua antiga vida.
— O senhor não é capaz de fazer isso — Joona responde.
— Escute, você tem que fazer isso — o primeiro-ministro diz. Joona pode ver que ele está realmente assustado.
— Se o senhor conseguir que a Polícia de Segurança coopere totalmente comigo, prometo identificar as pessoas responsáveis.
— E você entende que isso deve acontecer antes de quarta-feira...? É quando eles vão matar o próximo alvo — o primeiro-ministro diz.

17

O Caçador de Coelhos caminha inquieto de um lado para o outro no grande contêiner de transporte, sob o clarão oblíquo da luz fluorescente do teto.

Ele para na frente de alguns caixotes abertos e um galão de gasolina. Pressiona os dedos na têmpora esquerda e tenta acalmar a respiração.

Checa o celular.

Sem mensagens.

Quando volta até seu equipamento, pisa em um mapa laminado de Djursholm aberto no chão.

Ele colocou suas pistolas, facas e rifles empilhados em cima de uma mesa velha. Algumas armas estão sujas e gastas, outras ainda estão na embalagem original.

Há um monte de ferramentas enferrujadas e velhos frascos de vidro cheios de molas e percussores, cartuchos de reserva, rolos de sacos de lixo pretos, fita adesiva, sacos de braçadeiras, machados e uma faca Emerson de lâmina larga, com a ponta afiada feito uma seta.

Ele empilhou contra a parede caixas contendo diferentes tipos de munição. No topo de três delas há fotografias de três pessoas.

Muitas dessas caixas ainda estão fechadas, mas a tampa foi arrancada de uma caixa de munição de 5,56 por 45 milímetros, e em outra há impressões digitais ensanguentadas.

O Caçador de Coelhos enfia uma caixa de balas de nove milímetros numa sacola plástica de supermercado amarrotada. Examina um machado de cabo curto e o enfia também na sacola, depois deixa a coisa toda cair no chão, com um estrépito metálico.

Ele estende a mão, pega uma das pequenas fotografias e a posiciona na borda de uma das nervuras de metal do contêiner, mas ela cai.

Ele coloca a foto de volta com cuidado e olha para o rosto com um sorriso: a expressão alegre da boca, o cabelo despenteado. Inclina-se para a frente e olha nos olhos do homem, e decide que vai cortar suas pernas e vê-lo rastejar como um caramujo no rastro do próprio sangue.

E depois assistirá às tentativas desesperadas do filho do homem de amarrar torniquetes nas pernas do pai, em um esforço para salvar sua vida; talvez permita que o filho estanque o jorro de sangue do pai, até que por fim ele irá até lá e rasgará a barriga do homem.

A fotografia cai novamente e se enfia por entre as armas.

Ele solta um rugido e derruba a mesa inteira, fazendo rolar pelo chão pistolas, facas e munições, com um tinido estridente.

Os potes de vidro se despedaçam em uma cascata de estilhaços e peças.

O Caçador de Coelhos se encosta na parede, ofegante. Ele se lembra da antiga área industrial que ficava entre a rodovia e a estação de tratamento de esgoto. A tipografia e os armazéns tinham sido destruídos em um incêndio, e sob os alicerces de um velho chalé havia um vasto labirinto de tocas de coelhos.

Na primeira vez que ele montou a armadilha, dez coelhos ficaram presos, todos exaustos, mas ainda estavam vivos quando ele os esfolou.

Ele recupera o controle de si mesmo. Está calmo e focado novamente. Sabe que não pode ceder a sua raiva, não pode mostrar seu rosto hediondo, nem mesmo quando está sozinho.

É hora de ir.

Ele lambe os lábios e depois pega do chão uma faca, junto com duas pistolas, uma Springfield e uma Glock 19 encardida. Adiciona dentro da sacola plástica outra caixa de munição e quatro carregadores de reserva.

O Caçador de Coelhos sai para o ar fresco da noite. Fecha a porta do contêiner, desliza sobre ela a barra de ferro e tranca o cadeado, depois caminha na direção do carro atravessando o capim alto. Quando abre o porta-malas, sai uma nuvem de moscas. Ele joga dentro a sacola com armas, ao lado de um saco de lixo com carne podre, fecha a porta e se vira para a floresta.

Ele fita as árvores altas, evoca o rosto impresso na fotografia e tenta expulsar da cabeça aquela cantiga infantil.

18

Na sede do Exército da Salvação, no número 69 da rua Östermalms, está em andamento um almoço privativo. Doze pessoas juntaram três mesinhas para formar uma mesa comprida e agora estão sentadas tão perto umas das outras que podem ver o cansaço e a tristeza estampados em seus respectivos rostos. A luz do dia cintila nos móveis de madeira clara e na tapeçaria dos apóstolos pescando.

Numa das pontas está sentado Rex Müller, que veste um paletó sob medida e calça de couro preta. Ele tem cinquenta e dois anos e ainda é bonito, apesar do cenho franzido e das bolsas inchadas sob os olhos.

Todo mundo olha para Rex enquanto ele pousa a xícara de café de volta no pires e passa a mão pelo cabelo.

— Meu nome é Rex e geralmente não digo nada, apenas fico sentado e escuto — ele começa e depois esboça um sorrisinho constrangido. — Realmente não sei o que vocês querem que eu diga.

— Conte pra gente por que você está aqui — diz uma mulher com rugas tristes em torno da boca.

— Sou um bom chef de cozinha — ele continua, e limpa a garganta. — E na minha linha de trabalho, a pessoa precisa saber sobre vinho, cerveja, entender de vinhos fortificados, destilados, licores e assim por diante... não sou alcoólatra. Talvez eu beba um pouco demais. Às vezes faço coisas estúpidas, embora vocês não devam acreditar em tudo que sai publicado nos jornais.

Ele faz uma pausa, abre um sorriso e dá uma olhada nos outros, mas eles se limitam a esperar que continue.

— Estou aqui porque meu patrão insistiu, caso contrário vou perder meu emprego... e eu gosto do meu trabalho.

Rex esperava provocar gargalhadas, mas todos estão olhando para ele em silêncio.

— Eu tenho um filho. Ele já está crescido, no último ano do ensino médio… e uma das coisas de que eu provavelmente deveria me arrepender na vida é não ser um bom pai. Aliás, não tenho sido nem sequer um pai de verdade. Sempre estive presente nos aniversários e coisas do tipo, mas… a realidade é que eu não queria ter filhos, não era maduro o suficiente para…

Sua voz falha no meio da frase e, para sua surpresa, ele sente lágrimas brotando nos olhos.

— Tudo bem, eu sou um idiota, vocês já devem ter percebido — ele diz baixinho, e em seguida respira fundo. — É o seguinte: a minha ex, ela é maravilhosa, não existem muitas pessoas que possam dizer isso sobre a ex, mas a Verônica é sensacional… e agora ela foi escolhida a dedo para desenvolver um grande projeto sobre assistência médica gratuita em Serra Leoa, mas está pensando em recusar a proposta.

Rex sorri ironicamente para os outros.

— Ela é perfeita pro trabalho… então eu disse a ela que estava tentando me manter sóbrio e que o Sammy pode morar comigo enquanto ela estiver fora. Desde que comecei a vir a estas reuniões, ela acredita que comecei a mostrar mais responsabilidade… e agora está embarcando em sua primeira viagem para Freetown.

Ele enterra os dedos no cabelo preto bagunçado e se inclina para a frente.

— O Sammy passou por maus bocados. Provavelmente é minha culpa, não sei, a vida dele é muito diferente da minha… nem por um minuto penso que posso consertar nosso relacionamento, mas estou realmente ansioso para conhecê-lo um pouco melhor.

— Obrigada por compartilhar — uma das mulheres diz em voz baixa.

Rex Müller passou os últimos dois anos como chef residente em um popular programa matinal na tv4. Ganhou medalha de prata no concurso Bocuse d'Or, trabalhou com Magnus Nilsson no restaurante Fäviken Magasinet, publicou três livros de receitas e, no outono passado, assinou um lucrativo contrato com a rede de restaurantes Grupp F12, tornando-se o chef principal do Smak.

Depois de passar três horas no novo restaurante, ele entrega o comando das coisas a Eliza, sua *sous chef*, veste uma camisa e terno azul e segue para a inauguração de um novo hotel em Hötorget. É fotografado com o músico e DJ Avicii e em seguida pega um táxi para Dalarö a fim de se reunir com seus sócios.

David Jordan Andersen — ou DJ, como todo mundo o chama — tem trinta e três anos e montou a empresa de produção e marketing de conteúdo que comprou os direitos da culinária de Rex. Em três anos, elevou o status de Rex de um dos principais chefs do país a genuína celebridade.

Agora Rex entra a passos impetuosos no restaurante do Dalarö Strand Hotel, aperta a mão de DJ e se senta à sua frente.

— Achei que a Lyra estava pensando em vir — Rex diz.

— Ela foi encontrar os amigos da escola de arte.

Com sua barba loira hirsuta e olhos azuis, DJ parece um viking moderno.

— A Lyra achou que eu fui muito chato da última vez? — Rex pergunta com uma careta.

— Você *foi* muito chato da última vez — DJ responde sem papas na língua. — Você não precisa dar uma palestra ao cozinheiro toda vez que vai a um restaurante.

— Era para ser uma piada.

O garçom chega com os aperitivos. Ele se demora um pouco, depois enrubesce quando pergunta a Rex se ele importaria em dar um autógrafo à equipe da cozinha.

— Isso depende da comida — Rex responde em tom sério. — Não suporto quando uma emulsão de limão tem gosto de confeitos.

O garçom permanece ao lado da mesa, sorrindo sem jeito, enquanto Rex pega a faca e o garfo e corta um pedaço de aspargo grelhado.

— Calma — DJ o bajula, passando a mão na barba loira.

Rex mergulha um pedaço de salmão defumado no molho de limão, cheira e depois prova, mastigando com um olhar de intensa concentração. Por fim, pega uma caneta e escreve no verso do cardápio: *Meus parabéns aos chefs do Dalarö Strand Hotel. Atenciosamente, Rex.*

O garçom agradece e volta correndo para a cozinha com um olhar de alegria fingida no rosto.

— Está realmente tão bom? — DJ pergunta em voz baixa.

— Está razoável — Rex responde.

DJ se inclina sobre a mesa, enche de água o copo de Rex e depois empurra a cesta de pão em sua direção. Rex toma um gole e olha para um enorme iate que zarpa da marina para o mar aberto.

Chegam os pratos de arenque gratinado, cebolas roxas salteadas e purê de batatas.

— Você verificou se está livre no próximo fim de semana? — DJ pergunta timidamente.

— É quando temos um encontro com os investidores? — Rex quer saber.

Faz um ano que Rex e sua equipe estão trabalhando na produção das primeiras peças de um conjunto de utensílios de cozinha com o nome do famoso chef.

São produtos de muito boa qualidade, design elegante a um preço razoável e destinam-se à "realeza da cozinha". Para quem é o *Rex da Cozinha.*

— Pensei que poderíamos passar algum tempo com eles, fazer uma refeição decente. É realmente importante que eles se sintam especiais — DJ explica.

Rex assente e corta um pedaço de arenque, depois estende a mão sobre a mesa para pegar o copo de cerveja gelada de DJ.

— Rex?

— Ninguém precisa saber — ele diz com uma piscadela.

— Não faça isso — DJ pede, calmamente.

— Você também vai começar? — Rex diz, sorrindo, e abaixa o copo. — Estou sóbrio, mas isso é bastante ridículo. Sem nem me perguntar, todo mundo simplesmente decidiu que eu tenho um problema.

Eles terminam a refeição, pagam e vão a pé até o cais do hotel, onde o barco a motor de DJ, um Sea Ray Sundancer que já viu dias melhores, está atracado.

É um começo de noite quente, bonito de um jeito quase impossível. A água está imóvel, o sol se põe devagar, e seus raios luminosos tingem de dourado as nuvens.

Eles soltam as amarras e se afastam lentamente do píer, balançando na esteira de outra embarcação. Manobram para entrar com cuidado no canal principal. A encosta do lado da marina está repleta de casas de madeira ornamentadas.

— Como está sua mãe? — Rex pergunta, sentando-se ao lado de DJ no banco de couro branco.

— Um pouco melhor, na verdade — ele responde, acelerando ligeiramente. — Os médicos trocaram os remédios e agora ela não está se sentindo tão mal.

A voz dele é abafada pelo barulho do motor quando eles chegam ao mar aberto. A espuma branca rodopia atrás deles, a proa se eleva e o casco golpeia as ondas. Eles continuam acelerando, e o barco começa a aplanar e dispara, rompendo as águas.

Rex se levanta e, cambaleante, começa a puxar os esquis aquáticos que estão encaixados atrás dos assentos.

— Você não vai tirar o terno? — DJ grita.

— O quê?

— Vai ficar encharcado.

— Eu não vou cair na água! — Rex responde, aos gritos.

Ele começa a desenrolar a corda e sente o celular vibrar no bolso do paletó. É Sammy, e Rex gesticula para DJ diminuir a velocidade.

— Alô?

Ele pode ouvir música e vozes ao fundo.

— Oi, pai — Sammy diz, com o telefone muito perto da boca. — Só estou ligando para ver o que você está fazendo hoje à noite.

— Onde você está?

— Em uma festa, mas...

A onda levantada por um imenso iate faz Rex balançar. Ele perde o equilíbrio e se senta na almofada de couro branco.

— Você está se divertindo? — ele pergunta.

— O quê?

— Estou em Dalarö com o DJ, mas na geladeira tem um pouco do linguado que sobrou de ontem à noite... você pode comer frio ou aquecer no forno por alguns minutos.

— Não estou te ouvindo — Sammy diz.

— Não vou me atrasar — Rex tenta gritar.

Ele pode ouvir música alta no telefone, o baque de uma pesada linha de baixo e uma mulher gritando alguma coisa.

— Te vejo mais tarde — Rex diz, mas a linha já está muda.

19

É tarde da noite quando o táxi desce a rua Rehns e para em frente a uma porta de madeira ornamentada. Rex pegou emprestadas algumas roupas secas de DJ e colocou seu terno molhado em um saco de lixo preto. Ele confirmou presença em um programa de TV na manhã seguinte e deveria estar dormindo há horas.

Rex entra, e está tremendo quando aperta o botão do elevador, que não se move. Ele dá um passo à frente e espia dentro do poço. A cabine está parada no quinto andar. Há um som de rangido e raspagem. Os cabos estão balançando e ele se pergunta se alguém está se mudando no meio da noite.

Rex espera um pouco mais e começa a subir as escadas, a sacola com as roupas molhadas atirada por cima do ombro, como se fosse o Papai Noel.

Quando chega à metade do caminho, ouve o estalo metálico do elevador que começa a se movimentar de novo. A cabine passa por ele no terceiro andar e, pela grade, ele pode ver que está vazia.

Rex chega ao último andar, coloca o saco no chão e recobra o fôlego. Quando enfia a chave na fechadura, ouve o elevador voltar e parar no seu andar.

Sammy?

As portas se abrem, mas a cabine está vazia. Alguém deve ter pressionado o botão do sexto andar e depois saiu.

Rex percorre o apartamento sem acender as luzes, imaginando se vale a pena verificar se Sammy deixou algum pedaço de linguado antes de ir para a cama. O piso reluz, prateado, na escuridão, e, através da porta de vidro do terraço, Rex avista o tapete de luzes espalhado pela cidade.

Rex abre a geladeira, mal tem tempo de registrar que Sammy nem tocou no peixe, e seu celular toca.

— Rex falando — ele responde com voz rouca.

O receptor crepita. Ele pode ouvir ao fundo música pesada e alguém choramingando.

— Pai? — uma voz sussurra.

— Sammy? Pensei que você estivesse em casa agora.

— Não estou me sentindo muito bem — o filho balbucia.

— O que aconteceu?

— Perdi minhas coisas, e o Nico está chateado comigo... eu não sei. Pelo amor de Deus, porra, quer parar com essa merda? — ele diz para alguém do outro lado da linha.

— Sammy, o que está acontecendo?

Rex não consegue ouvir o que o filho diz, porque a voz dele é engolida pelo barulho, e em seguida há o som de pratos quebrando e um homem começa a gritar.

— Sammy? Me diga onde você está e eu vou te buscar.

— Você não precisa...

Há um barulho alto, como se Sammy tivesse deixado o telefone cair no chão.

— Sammy? — Rex grita. — Me diga onde você está!

Uma barulheira de estalidos, e por fim Rex ouve alguém pegar o telefone de novo.

— Venha buscar esse cara antes que eu fique realmente de saco cheio dele — diz uma mulher com voz grave.

Com o coração disparado, Rex anota o endereço, chama um táxi e desce as escadas. Quando sai ao ar livre, tenta ligar de novo para Sammy, mas não obtém resposta. Ele tenta pelo menos mais dez vezes antes de o táxi parar em frente ao prédio.

O endereço que a mulher lhe deu fica em Östermalm, a parte mais rica de Estocolmo, mas Rex constata que o prédio na rua Kommendörs é um alojamento público da década de 1980.

Uma porta no andar térreo despeja música alta. Na caixa do correio há um pedaço de fita adesiva em que se lê: "Mais anúncios, por favor".

Rex toca a campainha, depois gira a maçaneta, abre a porta e fita um pequeno corredor atulhado de sapatos. Música alta reverbera pelas paredes. O apartamento cheira a fumaça de cigarro e vinho tinto.

Há uma pilha de casacos amontoados no corredor cujo assoalho de madeira está bem gasto. Rex entra na cozinha mal iluminada e olha em volta. O balcão está apinhado de garrafas de cerveja vazias. Dentro de uma panela há restos ressecados de um ensopado de feijão, e a pia transborda de pratos e cinzeiros improvisados.

Um homem todo vestido de preto, usando maquiagem pesada, está sentado no chão da cozinha, bebendo de uma garrafa de plástico. Uma jovem de short jeans e sutiã rosa brilhante vai cambaleando até o balcão, abre um dos armários e pega um copo. O cigarro entre seus lábios balança enquanto ela se concentra em encher seu copo com vinho de uma caixa.

A moça bate as cinzas do cigarro na pilha de pratos sujos quando Rex passa por ela. Lentamente ela exala uma coluna de fumaça, seguindo Rex com os olhos.

— Ei, chef, você pode fazer uma omelete? — ela diz com um sorriso. — Eu adoraria a porra de uma omelete agora.

— Você sabe onde está o Sammy? — ele pergunta.

— Acho que sei basicamente tudo — ela responde, entregando-lhe o copo de vinho.

— Ele ainda está aqui?

Ela faz que sim com a cabeça e pega outro copo do armário. Um gato preto pula no balcão e começa a lamber pedaços de comida de uma faca de cozinha.

— Quero dormir com uma celebridade — ela graceja, e começa a rir sozinha.

Ele empurra uma cadeira para poder passar pela mesa da cozinha e sente a jovem abraçar sua cintura. O peso do corpo dela faz Rex se inclinar para a frente.

— Vamos entrar e acordar a Lena, aí a gente pode fazer sexo a três — a mulher murmura, pressionando o queixo contra as costas dele.

Rex coloca o copo sobre a mesa, remove as mãos dela da cintura, vira-se e olha para o rosto bêbado e sorridente.

— Estou aqui apenas para buscar meu filho — ele explica, e se vira para olhar a sala de estar.

— De qualquer forma, eu só estava brincando. Na verdade, eu não quero sexo, só quero *amor* — ela diz, e o solta.

— Melhor você ir embora pra casa.

Rex se espreme entre uma cadeira alta e uma cama de lona dobrada. Dois copos tilintam um contra o outro no ritmo da música.

— Eu quero um papai — ele a ouve murmurar enquanto entra na sala de estar.

Em um sofá xadrez, um homem com uma longa cabeleira grisalha está ensinando um rapaz a cheirar cocaína. Alguém trouxe uma caixa de enfeites de Natal. No chão há colchões, encostados nas paredes. Um homem corpulento, com a calça aberta, está sentado com as costas apoiadas na parede, tocando violão.

Rex avança por um corredor estreito com o chão todo riscado de arranhões. Espia dentro de um quarto onde uma mulher está dormindo apenas de calcinha, com o braço tatuado por cima do rosto.

Na cozinha, um homem ri e grita em voz alta.

Rex se detém e aguça os ouvidos. Ele escuta baques e suspiros vindos de muito perto. Dá outra espiada no quarto e seu olhar vai parar entre as pernas da mulher. Ele se vira.

A porta do banheiro está entreaberta, sua luz fraca escoa pelo corredor.

Rex se afasta para o lado e avista um esfregão e um balde na frente de uma máquina de lavar.

Ele ouve mais uma vez os suspiros quando se aproxima do banheiro. Estende a mão e empurra delicadamente a porta, e vê seu filho ajoelhado na frente de um homem narigudo e com profundas rugas em volta da boca entreaberta. O rosto de Sammy está suado e seu rímel escorreu. Com uma das mãos ele está segurando o pênis ereto do homem e o enfia na boca. Um brinco de pérola negra bate contra sua bochecha.

Rex recua quando vê o homem passar os dedos pelo cabelo descolorido de Sammy e agarrá-lo com força.

Rex ouve berros vindos do corredor.

Ele dá meia-volta e retorna para a sala, tentando recuperar o fôlego enquanto é invadido pelo impacto de ondas de emoções conflitantes.

— Ah, meu Deus — ele suspira, e tenta sorrir de sua própria reação.

Sammy é adulto, e Rex sabe que ele não quer ser definido por sua sexualidade. Ainda assim, está extremamente constrangido por ter dado de cara com uma situação tão íntima.

No sofá xadrez, o homem de cabelo comprido e grisalho enfiou a mão por baixo da camiseta do jovem.

Rex precisa ir embora para casa e dormir um pouco. Ele espera alguns segundos, limpa a boca e depois se dirige ao banheiro novamente.

— Sammy? — Rex chama antes de entrar. — Você está aí?

Dentro do banheiro, alguma coisa cai, tilintando na pia. Rex espera alguns segundos antes de chamar de novo o nome do filho.

Pouco depois a porta se abre e Sammy sai, vestido com um jeans apertado e uma camisa floral desabotoada. Com uma das mãos ele se apoia na parede. Suas pálpebras estão caídas e seu olhar está desfocado.

— O que você está fazendo aqui? — ele balbucia.

— Você me ligou.

Sammy levanta os olhos, mas parece não entender o que Rex está dizendo. Seus olhos estão borrados de rímel e suas pupilas estão dilatadas.

— Mas que merda está acontecendo? — o homem no banheiro pergunta, aos berros.

— Eu estou indo, eu só... só...

Sammy perde o equilíbrio e quase cai.

— Vamos pra casa — Rex diz.

— Eu tenho que voltar pro Nico. Ele vai ficar bravo se...

— Você fala com ele amanhã — Rex o interrompe.

— O quê? O que você disse?

— Eu sei que você tem sua própria vida, não estou tentando brincar de ser seu pai. Eu posso te dar dinheiro para um táxi, se você quiser ficar — Rex diz, tentando suavizar o tom de voz.

— Eu... é melhor eu dormir um pouco.

Rex tira a jaqueta, cobre os ombros do filho e começa a levá-lo para fora do apartamento e do prédio.

Quando chegam à rua, o céu já começa a clarear e os pássaros estão cantando alto. Sammy dá passos vagarosos. Sua fraqueza é assustadora.

— Você aguenta ficar de pé enquanto eu chamo um táxi? — Rex pergunta.

Seu filho assente e se encosta com todo o peso do corpo na parede. Seu rosto está extremamente pálido. Ele enfia o dedo na boca e inclina a cabeça para a frente.

— Eu... eu estou...

— A gente não pode simplesmente tentar passar essas três semanas juntos? — Rex sugere.

— O quê?

Sammy engole em seco, enfia o dedo na boca novamente e parece estar prestes a vomitar.

— O que está acontecendo, Sammy?

Seu filho ergue os olhos e arqueja, pelejando para respirar. Seus olhos reviram e ele desaba na calçada, batendo a cabeça contra uma caixa de eletricidade.

— Sammy! — Rex grita e tenta ajudá-lo.

A cabeça do rapaz está sangrando e seus olhos boiam por trás das pálpebras semicerradas.

— Olhe pra mim! — Rex grita, mas o filho não responde. Seu corpo está completamente inerte.

Rex o coloca no chão de novo e escuta seu peito. O coração dele está batendo rápido, mas sua respiração é muito lenta.

— Puta que pariu — Rex murmura enquanto tateia os bolsos à procura do celular.

Suas mãos estão tremendo enquanto tenta chamar uma ambulância.

— Não morra, você não pode morrer — ele sussurra enquanto espera atenderem a ligação.

20

O celular toca, fazendo Rex pular com tanta violência que seu braço dá um solavanco e ele bate a mão contra as costas do sofá. Ele se levanta e limpa a boca. O céu do lado de fora das janelas do hospital está pálido como um pergaminho. Ele deve ter cochilado.

Não sabe ao certo quanto tempo demorou a lavagem gástrica de Sammy. Repetidas vezes despejaram água através de um tubo enfiado na garganta e a aspiraram de volta usando uma enorme seringa. Sammy continuou agitando os braços frouxamente, na tentativa de remover o tubo, e choramingou quando os restos do vinho tinto e dos comprimidos saíram dele.

O celular de Rex ainda está tocando e, quando ele pega a jaqueta, o aparelho escorrega para fora do bolso e cai no chão.

Rex rasteja atrás dele e atende de quatro:

— Alô — ele sussurra.

— Por favor, Rex — a produtora do programa diz, e pelo tom de voz está estressada e irritada. — Diga-me que você está sentado em um táxi.

— Ainda não chegou — Rex consegue dizer.

É domingo. Rex cozinha ao vivo na tv4 todos os domingos. É impossível que ele tenha esquecido, mas não faz ideia de que horas são.

O piso de linóleo e as luzes elétricas desaparecem na escuridão quando Rex se levanta. Encostado no sofá, ele tenta explicar que quer uma imagem dos ingredientes crus no telão e um close quando refogar o camarão.

— Você deveria estar na sala de maquiagem agora — a produtora diz.

— Eu sei — Rex concorda. — Mas o que posso fazer se o táxi não chega?

— Ligue para outro táxi — ela suspira e desliga.

Uma enfermeira passa por ele no corredor e lhe lança um olhar indecifrável. Rex se apoia na parede, fita o celular para ver que horas são e depois chama um táxi.

Ele pensa no rosto de Sammy quando ingeriu a solução de carvão vegetal ativado que decompõe e absorve substâncias tóxicas no intestino. Rex sentou-se com ele, limpando a testa úmida do rapaz com uma toalha molhada, dizendo-lhe o tempo todo que tudo ficaria bem. Por volta das seis da manhã, colocaram Sammy no soro e o deitaram na cama, garantindo a Rex que o filho estava fora de perigo. Rex foi se sentar em um sofá no corredor, de onde poderia ouvir Sammy caso ele o chamasse.

Ele acordou quarenta minutos depois, quando o celular tocou.

Rex dá passos rápidos até a porta e olha para o filho, que ainda está dormindo profundamente. Sua maquiagem foi lavada e seu rosto está muito pálido. O curativo sobre a cânula em seu braço se dobrou. O tubo e a bolsa de infusão pela metade estão brilhando à luz do sol da manhã. A barriga do rapaz sobe e desce no ritmo da respiração.

Rex corre para os elevadores; no instante em que aperta o botão verde, a gerente de compras do grupo TV4 liga.

— Estou sentado no táxi agora — ele responde, exatamente quando o mecanismo do elevador entra em ação.

— Devo me preocupar? — Sylvia Lund pergunta.

— Não há necessidade. Eles apenas confundiram os horários das atrações do programa.

— Você deveria ter entrado na maquiagem há vinte minutos — ela diz cautelosamente.

— Estou chegando. Estou a caminho agora. Já estamos em Valhallavägen.

Ele encosta a testa no espelho do elevador e sente as pontadas da exaustão que o alcançou.

O táxi está esperando junto à entrada do setor de emergência do hospital. Rex entra no banco de trás e fecha os olhos. Tenta tirar uma breve soneca durante o curto percurso, mas não consegue parar de pensar no que aconteceu. Ele vai ter que ligar para a mãe de Sammy, Verônica.

Pelo que Rex entendeu, Sammy será encaminhado a um psicólogo, que o avaliará quanto a sinais de abuso de substâncias e tendências suicidas.

O carro faz uma curva e para em frente ao prédio da TV4. Rex paga, sem se preocupar em esperar por um recibo. Entra pela porta de vidro.

Sylvia corre em sua direção. O rosto dela está perfeitamente maquiado, o cabelo arrumado com secador em um penteado que faz os cachos caírem em direção ao pescoço e à mandíbula.

— Você não fez a barba — ela diz.

— Não fiz? Eu esqueci — ele mente, afagando o queixo.

— Deixe-me olhar para você.

Ela observa a jaqueta amassada, o cabelo bagunçado e os olhos injetados.

— Você está de ressaca — ela diz. — Isso não pode estar acontecendo.

— Para com isso, eu dou conta — Rex responde bruscamente.

— Respire perto de mim — ela vocifera.

— Não — ele diz com um sorriso.

— Você pode até estar passando por sérias dificuldades, mas isso não vai fazer diferença... a TV4 vai suspender o contrato se você aprontar de novo.

— Sim, você já me disse.

— Eu não vou deixar você entrar neste estúdio, a menos que me deixe cheirar o seu hálito.

Rex cora quando bafeja no rosto da chefe, olha nos olhos dela e depois se afasta.

Uma jovem vem correndo a fim de segurar a porta aberta para Rex e Sylvia.

— Ainda temos tempo — ela diz sem fôlego.

Rex começa a caminhar em direção aos camarins, mas, quando chega aos íngremes degraus de metal, se sente mal. Ele é obrigado a se agarrar ao corrimão antes de seguir em frente.

Ele passa pela sala verde onde os convidados da semana estão esperando e entra rapidamente em seu camarim. Corre para a pia e lava o rosto e a boca com água fria, cospe e depois se limpa com uma toalha de papel.

Suas mãos tremem quando ele veste o terno impecavelmente passado a ferro, depois o avental de chef.

A jovem está esperando no corredor e segue Rex enquanto ele corre em direção à sala de maquiagem.

Ele se senta na cadeira em frente ao espelho e tenta controlar a tensão assistindo ao noticiário. Uma assistente de maquiagem faz sua barba e uma segunda mistura dois tipos de base em uma paleta.

A intervalos regulares, os apresentadores anunciam que o "chef superestrela Rex estará aqui em breve e vai compartilhar conosco algumas de suas melhores dicas para curar a ressaca".

— Não preguei os olhos ontem à noite — ele consegue dizer.

— Tudo bem, podemos consertar isso — uma das assistentes de maquiagem garante, segurando uma esponja úmida sobre os olhos inchados dele.

Rex pensa em quando Sammy era pequeno e disse suas primeiras palavras. Era um dia gelado de outono, e seu filho estava brincando na caixa de areia quando, de repente, ergueu os olhos, bateu de leve no chão ao lado dele e disse "Senta, papai".

Ele nunca quis ter filhos. A gravidez de Verônica não foi planejada. Tudo o que ele queria era beber, cozinhar e trepar.

A maquiadora passa os dedos pelo cabelo dele uma última vez para fazê-lo abaixar.

— Por que as pessoas são tão loucas por chefs? — ela pergunta retoricamente.

Ele apenas ri, agradece a ela por fazê-lo parecer humano novamente e sai correndo para o estúdio.

21

A porta à prova de som se fecha atrás de Rex. Ele se esgueira estúdio adentro e vê que a apresentadora, Mia Edwards, está sentada no sofá conversando com um escritor de cabelo cor-de-rosa.

Com cautela, Rex passa por cima dos cabos e se instala na cozinha, ao lado do grupo de sofás. Um técnico de som ajeita seu microfone enquanto verifica se todos os ingredientes para a massa estão no devido lugar, se a água está fervendo e a manteiga derretida.

Ele observa o monitor grande enquanto o escritor que está sendo entrevistado ri e joga as mãos para o alto. As legendas que rolam na parte inferior da tela dão as últimas notícias sobre a avalanche de críticas ao Conselho de Segurança da onu.

— Você está com fome? — Mia pergunta ao escritor, depois de receber um aviso pelo fone. — Espero que sim, porque hoje o Rex preparou algo superespecial.

As luzes se acendem e, quando as lentes pretas das câmeras se viram na direção de Rex, ele está adicionando um fio de azeite de oliva numa panela de cobre martelado.

Rex aumenta a chama do queimador do fogão a gás, começa a colher folhas de manjericão de um vaso grande e sorri diretamente para a câmera:

— Alguns de vocês podem estar se sentindo um bagaço hoje… então, nesta manhã, vamos focar a comida perfeita para curar a ressaca. Tagliatelle com camarões salteados, manteiga derretida e alho, pimentão vermelho, azeite de oliva e ervas frescas. Imagine uma manhã realmente preguiçosa… acordando ao lado de alguém que você, tomara, consegue reconhecer… e talvez na verdade você não queira se lembrar do que aconteceu ontem à noite, porque tudo de que você precisa agora é comida.

— Esqueçam tudo sobre dieta — Mia diz, com expectativa.

— Mas só por esta manhã — Rex ri e passa a mão pelo cabelo, bagunçando tudo. — Vai valer a pena, eu prometo.

— Acreditamos em você, Rex.

Mia se aproxima e observa enquanto ele corta pimenta e alho com agilíssimos movimentos da faca.

— Tome muito cuidado se estiver se sentindo frágil...

— Eu consigo fazer isso com a mesma rapidez — Mia brinca.

— Vamos ver!

Rex joga a faca no ar e ela gira duas vezes antes de ele pegá-la novamente e colocá-la ao lado da tábua de corte.

— Não — Mia ri.

— A minha ex sempre me chamava de *babaca*... ainda não tenho muita certeza sobre o que ela queria dizer com isso — ele sorri e mexe a frigideira funda.

— Então você secou o camarão em papel-toalha?

— E como eles não são pré-cozidos, pode ser necessário adicionar um pouco mais de sal do que o habitual — Rex diz, enquanto coloca a massa fresca na água fervente.

Através da nuvem de vapor, os olhos dele observam as últimas notícias nas legendas inseridas na parte inferior do monitor: *O ministro das Relações Exteriores da Suécia, William Fock, morreu após uma breve doença.*

O estômago de Rex revira de angústia e sua cabeça fica subitamente vazia. Ele se esquece de onde está e do que deve fazer.

— Hoje em dia a gente pode comer camarão orgânico, não é? — Mia pergunta.

Ele olha para ela e faz que sim com a cabeça, sem realmente entender o que ela está dizendo. Suas mãos estão tremendo quando ele pega o pano de prato na bancada. Ele seca a testa com leves batidinhas para não estragar a maquiagem.

É uma transmissão ao vivo. Rex sabe que precisa chegar até o fim dela, mas tudo em que consegue pensar é no que ele fez três semanas antes.

Isso não pode ser verdade.

Ele segura a borda da bancada com uma das mãos enquanto sente o suor escorrendo entre as omoplatas.

— Num outro programa, você falou sobre como reservar um pouco da água do cozimento para despejar sobre a massa cozida depois, se quiser reduzir a quantidade de azeite de oliva — Mia diz.

— Sim, mas...

— Mas hoje não, né? — ela diz com um sorriso.

Rex olha para as mãos, vê que ainda estão funcionando. Elas acabaram de aumentar a chama sob a frigideira e agora estão espremendo sumo de limão sobre os camarões. Enquanto ele aperta a fruta, algumas gotas vão parar na borda da panela. Parecem um colar de minúsculas pérolas de vidro.

— Certo — ele sussurra. Seu cérebro continua repetindo a notícia: o ministro das Relações Exteriores morreu após uma breve doença.

Ele estava doente, e nada do que eu fiz teve a menor relevância, Rex pensa enquanto pega a tigela de camarão.

— A última coisa a fazer é saltear os camarões — ele diz, observando o azeite de oliva quente girar em movimentos oníricos. — Vocês estão prontos? *Um, dois, três...*

A câmera montada em um carrinho enquadra a grande panela de cobre enquanto ele esvazia a tigela com um gesto teatral e o camarão cai no óleo com um silvo barulhento.

— Fogo alto! Fiquem de olho na cor e escutem... dá para ouvir a umidade evaporando — Rex diz, virando os camarões.

A panela chia quando Rex salpica sobre ela uma pitada de sal. A segunda câmera o filma de frente.

— Esperem alguns segundos. A pessoa amada pode ficar na cama porque a comida está pronta agora — ele sorri, levantando da panela o camarão rosado.

— O aroma é fantástico. Já estou sentindo os joelhos bambos de fraqueza — Mia diz, inclinando-se sobre o prato.

Rex escorre o macarrão, despeja-o rapidamente em uma tigela, mexe na manteiga de alho e pimentão, acrescenta o camarão com azeite de oliva, adiciona um pouco de vinho branco e vinagre balsâmico, depois bastante salsinha picada, manjerona e manjericão.

— Aí você pode levar os pratos para o quarto com você — Rex diz diretamente para a câmera. — Abra uma garrafa de vinho se quiser ficar debaixo das cobertas, mas, caso contrário, água vai muito bem.

22

O ministro das Relações Exteriores está morto, Rex repete para si mesmo enquanto sai do estúdio onde os convidados estão comendo seu prato de macarrão. Ele os ouve elogiar a comida quando abre com um empurrão a porta à prova de som.

Rex atravessa a passos rápidos o corredor até o camarim, tranca a porta, entra cambaleando no banheiro e vomita na privada.

Exausto, lava a boca e o rosto, deita-se na cama estreita e fecha os olhos.

— Puta que pariu — ele sussurra, e se entrega às confusas lembranças daquela noite de três semanas antes.

Ele estava em uma festa em Matbaren e já tinha bebido demais. Chegou à conclusão de que estava apaixonado por uma mulher que trabalhava em uma empresa de investimentos de nome estúpido.

Em quase todas as ocasiões que se embebedava, Rex terminava a noite na cama com alguma mulher. Se tivesse sorte, ela não seria uma assistente de produção na tv4 ou a ex-esposa de um colega. Dessa vez, era uma completa desconhecida.

Eles foram de táxi para a casa dela em Djursholm. Ela era divorciada e seu único filho havia viajado para os Estados Unidos, em um programa de intercâmbio. Ele beijou a nuca da mulher enquanto ela desativava o alarme e abria a porta. Um velho *golden retriever* veio atravessando os cômodos ao encontro deles.

Ambos sabiam o que queriam e não conversaram muito. Ele selecionou uma garrafa da adega refrigerada e se lembra de cambalear enquanto tentava abri-la.

Ela pegou um pouco de queijo e biscoitos que eles nunca chegaram a tocar.

Com um ar de inevitabilidade, ele seguiu a mulher pelo corredor acarpetado em direção à suíte principal.

Ela diminuiu a iluminação do quarto e desapareceu no banheiro.

Quando voltou, vestia camisola e quimono prateados. Abriu a gaveta da mesinha de cabeceira e entregou a ele uma camisinha.

Ele se lembra de que ela queria ser comida por trás, talvez porque não quisesse olhar para o rosto dele. Ela ficou de quatro, com o traseiro branco descoberto, a camisola levantada, enrolada na cintura, e o cabelo de comprimento médio pendendo sobre as bochechas.

A cama antiga rangeu e um anjo bordado emoldurado balançou na parede.

Ambos estavam muito cansados, muito bêbados. Ela não gozou, nem sequer fingiu um orgasmo, apenas murmurou que precisava dormir assim que ele terminasse, deitou de bruços e pegou no sono com as pernas abertas.

Rex voltou para a cozinha, serviu-se de uma taça de conhaque e folheou o jornal da manhã, que acabara de ser entregue. O ministro das Relações Exteriores tinha feito alguns comentários estúpidos sobre a existência de forças feministas extremistas que queriam destruir o milenar relacionamento entre homens e mulheres.

Rex atirou o jornal no chão e saiu da casa.

Ele tinha uma coisa em mente. Caminhou direto para Germaniaviken e seguiu ao longo da baía até a mansão do ministro das Relações Exteriores.

Estava bêbado demais para se preocupar com alarmes ou câmeras de segurança. Impulsionado por um senso muito claro de justiça, ele escalou a cerca, atravessou o gramado e subiu na varanda. Qualquer um poderia tê-lo visto lá. A esposa do ministro das Relações Exteriores poderia estar de pé na janela ou um vizinho poderia ter passado de carro. Rex não deu a mínima. Um único pensamento dominava sua mente: ele tinha que mijar na piscina iluminada do ministro das Relações Exteriores. Parecia a coisa certa a fazer na ocasião, e ele sorriu de êxito como um triunfante campeão enquanto sua urina chapinhava na água azul-turquesa.

23

Rex ignora o táxi que está esperando do lado de fora do prédio da tv4 e começa a caminhar. Ele precisa de espaço para respirar, precisa reorganizar os pensamentos.

Alguns meses antes, teria acalmado os nervos com um generoso copo de uísque, seguido por outros três.

Agora ele anda ao longo da movimentada Lidingövägen, tentando ponderar sobre qual será o custo de seu comportamento; nesse momento, recebe uma ligação de dj.

— Você me assistiu?

— Sim, muito bom — dj diz. — Você quase pareceu estar de ressaca de verdade.

— A Sylvia também achou. Ela perguntou se andei bebendo.

— Ah, é? Eu posso falar com ela e jurar que você só bebeu água ontem… mesmo que uma boa parte tenha sido água do mar.

— Não sei… é tão ridículo eu ter que fingir que sou alcoólatra para não perder o emprego.

— Mas não pode ser uma má ideia se você levar isso um pouco…

— Pare com isso. Eu não quero ouvir isso — Rex interrompe.

— Não tive a intenção de dizer nada ruim — dj se desculpa em voz baixa.

Rex suspira e olha para as grades da entrada do imenso estádio esportivo construído para as Olimpíadas de 1912.

— Você ouviu falar que o ministro das Relações Exteriores morreu? — ele pergunta.

— Claro.

— Tínhamos um relacionamento complicado — Rex diz.

— Em que sentido?

— Eu não gostava dele — Rex responde enquanto passa pelo portão de entrada do estádio e sai na pista de atletismo vermelha.

— Tudo bem, mas você não deveria falar sobre isso logo após a morte dele — DJ diz calmamente.

— Não é só isso...

David Jordan fica em silêncio enquanto Rex admite o que fez. Ele diz que três semanas atrás tinha bebido demais e por acaso urinou na piscina do ministro das Relações Exteriores.

Conclui a confissão dizendo que pegou todos os anões do jardim e os jogou dentro da piscina também.

Rex entra no campo de futebol e para no círculo central.

As arquibancadas vazias o cercam. Ele se lembra de que alguns dos anões de jardim boiaram enquanto outros afundaram, cercados por pequenas bolhas de ar.

— Certo — DJ diz depois de um longo silêncio. — Alguém mais sabe o que você fez?

— As câmeras de segurança.

— Se houver um escândalo, os investidores vão pular fora, você sabe. Você tem noção disso, não é?

— O que devo fazer? — Rex pergunta em tom patético.

— Vá ao funeral — DJ diz lentamente. — Vou dar um jeito de você ser convidado. Divulgue isso nas mídias sociais, diga que perdeu o seu melhor amigo. Fale com o maior respeito sobre ele e as realizações políticas dele.

— Vai pegar mal se as imagens de segurança forem divulgadas — Rex diz.

— Sim, eu sei. Mas você pode evitar isso se antecipando e falando sobre o relacionamento bem-humorado entre vocês dois e as brincadeiras tolas que costumavam fazer um com o outro. Diga que às vezes você ia longe demais, mas que era exatamente assim que vocês eram. Não admita nada específico, porque com alguma sorte a gravação já foi apagada.

— Obrigado.

— O que você tinha contra o ministro das Relações Exteriores, afinal? — DJ pergunta, com interesse.

— Ele sempre foi um filho da puta safado e um valentão. Vou mijar no túmulo dele. Uma última brincadeirinha.

— Contanto que ninguém filme você — David Jordan ri e encerra a conversa.

Sammy está sentado na cama secando o cabelo com uma toalha quando Rex entra no quarto de hospital.

— Gostei da maquiagem, papai — ele diz com uma voz rouca.

— Ah, sim — Rex diz. — Eu vim direto do estúdio.

Ele dá um passo em direção à cama. Imagens caóticas da lavagem estomacal do filho e de sua própria angústia pela morte do ministro das Relações Exteriores lutam por espaço em sua cabeça.

Ele lembra a si mesmo que a única opção agora é manter a calma, não fazer críticas nem julgamentos.

— Como você está? — ele pergunta, hesitante.

— Bem, eu acho — Sammy responde. — Meu pescoço dói. Como se alguém tivesse enfiado um tubo na minha garganta.

— Vou fazer uma sopa quando chegarmos em casa — Rex diz.

— O médico acabou de sair daqui. Aparentemente, preciso conversar com uma psicóloga antes de receber alta.

— Marcaram consulta?

— Ela chega daqui a uma hora.

— Eu tenho tempo para me encontrar com o DJ antes disso — Rex diz quando se lembra de que tem uma reunião dos Alcoólicos Anônimos dali a meia hora. — Mas volto pra cá logo depois... a gente pode ir de táxi pra casa.

— Obrigado.

— Sammy, precisamos conversar.

— Tudo bem — o filho diz, calando-se instantaneamente.

— Eu nunca mais quero ter que passar por isso de novo — Rex começa.

— Não deve ter sido muito divertido — Sammy diz, virando a cabeça.

— Não foi — Rex responde.

— Papai é uma celebridade — Sammy diz com um sorrisinho perverso. — Papai é um chef famoso, uma superestrela da TV, e não quer um filho fracassado, uma bicha que usa maquiagem e...

— Eu não dou a mínima para isso — Rex o interrompe.

— Você não vai ter que me aguentar por muito tempo, são só algumas semanas — o filho diz.

— Espero que nós dois ainda possamos passar dias agradáveis juntos, mas você tem que prometer que vai tentar.

Sammy ergue as sobrancelhas.

— O quê? Como é que eu devo tentar? Tem a ver com o Nico?

— Não se trata de um debate moral — Rex explica. — Não tenho opinião, acredito que o amor apenas acontece entre as pessoas.

— Mas quem está falando de amor, porra? — Sammy murmura.

— Sexo, então.

— Você ama a mamãe? — Sammy pergunta.

— Não sei. Eu era muito imaturo — Rex responde com honestidade. — Mas agora, olhando para trás, posso ver que ela era a pessoa com quem eu deveria ter ficado... eu gostaria de ter vivido minha vida com vocês dois.

— Olha, pai, tenho dezenove anos. Eu não entendo. O que você quer de mim?

— Chega de lavagens gástricas, para começar.

Sammy se levanta devagar e vai pendurar a toalha.

— Eu achei que o Nico estava contando os comprimidos que ele foi me dando — ele diz ao voltar. — Mas foram muitos.

— Conte você mesmo no futuro.

— Eu sou frouxo. E, na verdade, não tem problema nenhum eu ser fraco — ele se apressa em dizer.

— Então você não vai conseguir. Não existe lugar para fraqueza neste mundo.

— Tá legal, pai.

— Sammy, não estou inventando isso, é assim que as coisas são.

Seu filho está encostado no batente da porta, os braços cruzados. Suas bochechas estão coradas e ele engole em seco.

— Me prometa que você não vai fazer nada perigoso — Rex diz.

— Por que não? — Sammy sussurra.

24

Nenhuma organização terrorista reivindicou a autoria do assassinato, mas a Polícia de Segurança não acha isso estranho, dada a natureza específica do atentado. A razão subjacente para matar o ministro das Relações Exteriores é assustar um restrito grupo de políticos de alto escalão, em vez de aterrorizar a população em geral.

No domingo, os analistas continuam avaliando as evidências forenses e os milhares de resultados de laboratório. Tudo indica que estão lidando com um assassino extremamente profissional. Ele não deixou impressões digitais nem vestígios biológicos, não abandonou projéteis ou cartuchos na cena do crime e não apareceu em nenhuma filmagem de câmera de segurança.

A perícia conseguiu recolher várias pegadas de botas, mas são um modelo vendido no mundo inteiro, e a análise dos resíduos nelas não produziu resultado algum.

Saga está sentada com Janus, que é o chefe da investigação, e alguns colegas em uma das salas de reuniões da sede da Polícia de Segurança. Janus veste uma camiseta verde-clara *tie-dye*. Suas sobrancelhas quase brancas adquirem um tom ligeiramente rosado quando ele fica agitado.

A segurança em torno dos prédios do governo foi reforçada, e os indivíduos mais importantes passaram a contar com mais guarda-costas, mas todos sabem que essas medidas talvez não sejam suficientes.

O nível de tensão na sala de reuniões está altíssimo.

Salim foi transferido para o isolamento no Presídio Hall, em preparação para sua transferência para a unidade de Joona. Ninguém acredita que isolá-lo evitará mais homicídios, porque, mesmo que ele não tenha mais condições de dar novas ordens, é possível que os três primeiros assassinatos já tenham sido planejados.

No momento, quase todas as esperanças estão depositadas em Joona e sua tentativa de ganhar a confiança de Salim na prisão. Se ele falhar, a única opção real que resta é esperar e ver o que vai acontecer na quarta-feira.

— Estamos lidando com um assassino meticuloso. Ele não comete erros, não se deixa empolgar, não se assusta — um dos homens diz.

— Então ele não deveria ter deixado uma testemunha com vida — Saga diz.

— Isso tudo pressupõe que ele não seja apenas um cafetão que se convenceu de que o ministro das Relações Exteriores havia ido longe demais dessa vez — Janus sorri, afastando do rosto os fios de cabelo ruivo.

Jeanette e Saga realizaram mais três interrogatórios com a testemunha, mas nada de novo surgiu. Ela está repetindo sua história e não há nada que sugira que está mentindo. Mas eles não conseguiram verificar o fato de que ela é prostituta.

Ninguém mais naquele meio conhece Sofia, porém os investigadores conseguiram localizar o paradeiro de Tamara Jensen, que agora parece ser a única pessoa capaz de confirmar a história dela.

O número de Tamara estava entre os contatos no celular de Sofia e, usando três estações-base para rastrear o aparelho dela, eles identificaram um local exato: os movimentos de Tamara estão restritos a uma pequena área a sudoeste de Nyköping.

Ela não é casada e não se mudou para Gotemburgo, como Sofia afirmou.

Ainda publica anúncios em um site que diz oferecer um serviço exclusivo de acompanhantes de luxo na região de Estocolmo. A fotografia mostra uma mulher de vinte e poucos anos, com olhos vivos e cabelo brilhante. Em sua apresentação ela promete companhia refinada para eventos sociais e viagens, noites e pacotes de fim de semana.

Saga está de copiloto enquanto Jeanette dirige o BMW cinza-escuro. As duas mulheres sempre gostam da companhia uma da outra, apesar de serem muito diferentes em personalidade e aparência. Jeanette prendeu o cabelo com um gancho de prata e está usando uma saia cinza-clara e jaqueta branca, meia-calça grossa e sapatos de salto baixo.

Elas estão conversando e comendo alcaçuz de uma sacola encaixada no console central.

Saga está contando a Jeanette como seu ex-namorado, Stefan, enviou muitas mensagens de Copenhague na noite passada, bêbado, querendo que ela fosse ao hotel onde ele estava hospedado.

— Ora, por que não? — Jeanette diz, servindo-se de outro pedaço de alcaçuz.

Saga ri, depois olha pensativa pela janela lateral e vê os galpões industriais passando rapidamente.

— Ele é um idiota, e não acredito que ainda estou dormindo com ele — ela diz em voz baixa.

— Mas, falando sério — Jeanette diz, tamborilando levemente uma das mãos no volante. — Quem se importa com princípios? Esta é a sua vida, a única que você tem, e você não está saindo com mais ninguém no momento.

— Esse é o seu conselho como psicóloga? — Saga sorri.

— Eu acredito nisso, de verdade — ela responde, olhando para Saga.

Já é tarde da noite quando chegam a Nyköpingsbro, um restaurante que funciona a noite toda em um viaduto sobre a rodovia.

Jeanette entra no estacionamento e dá várias voltas até encontrar o velho Saab de Tamara. Elas o bloqueiam com o BMW e depois entram no restaurante.

O restaurante está quase vazio. Mesmo assim Saga e Jeanette passam as mesas em revista, mas não há sinal de Tamara. Há uma piscina de bolinhas deserta atrás de uma tela de vidro manchado, ao lado de uma placa verde com informações turísticas.

— Tudo bem, vamos lá fora — Jeanette diz em voz baixa.

Está escuro na área de descanso dos caminhoneiros. O ar está frio, e Saga fecha a jaqueta de couro quando elas passam entre as mesas e bancos. Algumas gralhas-do-campo saltitam em cima das lixeiras transbordantes.

Saga e Jeanette caminham em direção à área de caminhões, quando uma carreta articulada azul para diante delas. O peso do veículo faz o chão tremer. A carreta manobra e estaciona chiando ao lado do caminhão mais distante.

Há dezenove caminhões estacionados desse lado da ponte. Mais adiante, a turva escuridão da floresta toma conta do cenário. O rugido da estrada chega em ondas, como a arrebentação exausta morrendo na praia.

Entre os veículos está escuro e estranhamente quente. O cheiro do diesel se mistura com o de urina e fumaça de cigarro. O metal quente estala. Água suja goteja de um para-lama.

Alguém joga um saco de lixo para debaixo de um reboque e sobe de volta para dentro da cabine.

Cigarros acesos cintilam aqui e ali na escuridão.

Saga e Jeanette andam em meio aos enormes veículos. O asfalto está coberto de manchas de óleo, latinhas de tabaco de mascar vazias, embalagens de comida do Burger King, guimbas de cigarro e uma surrada revista pornô das mais vulgares.

Saga se agacha e espreita embaixo de um dos reboques. Vê pessoas se movendo entre os caminhões mais distantes. Um homem está mijando em um pneu. Elas podem ouvir uma conversa abafada, e em algum lugar um cachorro late.

Um caminhão sujo de terra ao lado delas liga o motor e fica parado por algum tempo para aquecê-lo. As luzes traseiras vermelhas iluminam uma pilha de garrafas vazias na borda da floresta.

Saga se agacha novamente para olhar por debaixo do chassi enferrujado do veículo e vê uma mulher sair de uma das cabines. O olhar de Saga acompanha suas pernas finas, que se afastam a passos trôpegos em suas botas de salto plataforma.

25

Saga e Jeanette correm em direção à mulher de salto alto, no exato momento em que o caminhão articulado sai rugindo do estacionamento. Ele dá uma violenta guinada e passa tão perto que elas precisam se espremer contra outra carreta para não serem esmagadas.

Os enormes pneus passam amassando ruidosamente o asfalto.

No ar fica uma nuvem quente de fumaça dos canos do escapamento, e Jeanette tosse baixinho.

A alguma distância, um homem grita, depois assobia.

As duas contornam outro caminhão e avistam a mulher de botas de salto plataforma. Ela está de pé com as mãos fechadas em concha em volta de um cigarro, o brilho do isqueiro refletido em seu rosto. Não é Tamara. Os cantos dos olhos da mulher estão vermelhos e ela tem rugas profundas que descem do nariz até os cantos da boca.

Seu cabelo ralo foi descolorido, mas as raízes são completamente grisalhas.

Está usando uma blusa decotada e uma saia de camurça.

A mulher está de pé ao lado de um caminhão polonês e diz algo para os homens na cabine. Ela dá uma tragada profunda no cigarro e de repente cambaleia para trás, quase caindo entre a cabine e o reboque. Saga e Jeanette ouvem os homens do caminhão explicarem em inglês que não estão interessados em pagar por sexo. Estão tentando ser bem-educados, dizendo que tudo o que querem é ligar para os filhos, dizer boa-noite e depois dormir um pouco.

A mulher reage com um aceno de desprezo e segue em frente. Ela acabou de bater na porta de outra cabine quando Saga e Jeanette a alcançam.

— Com licença, mas você sabe onde está Tamara Jensen? — Saga pergunta.

A mulher se vira para elas com um movimento rígido e tira o cabelo do rosto.

— Tamara? — ela repete com voz rouca.

— Eu devo um dinheiro pra ela — Jeanette diz.

— Posso entregar a ela por você — a mulher diz, incapaz de conter um sorriso.

Saga ri.

— Ela está aqui?

A mulher aponta para os fundos do restaurante.

— Vou verificar — Saga diz.

Jeanette permanece junto aos caminhões e observa Saga andar por entre os enormes veículos, uma silhueta fina em contraste com a luz do restaurante.

— Posso perguntar uma coisa? — ela diz, voltando-se para a prostituta.

— Olha só, eu já encontrei a salvação — a mulher responde automaticamente, cambaleando mais uma vez.

O caminhão ao lado delas ruge. O motor chia e começa a avançar lentamente, espalhando fumaça quente de diesel. O pneu traseiro rola por cima de uma garrafa de vidro. Há um estrondo quando os cacos voam com força considerável. Jeanette sente uma ferroada na panturrilha. Ela toca com os dedos as meias rasgadas, depois olha para eles e vê que estão cobertos de sangue. Quando ela se endireita novamente, a mulher desapareceu.

Saga passa pelo restaurante, pelos banheiros e chuveiros públicos. Através das árvores vê-se o brilho do letreiro amarelo do posto de gasolina. Os fundos do restaurante estão atulhados de lixo: caixas de leite velhas, tiras de papel higiênico e restos de comida espalhada.

Tamara está sentada no chão, encostada na parede, segurando uma bolsa térmica sobre o nariz e a boca.

— Tamara?

A mulher amassa a bolsa térmica e a abaixa lentamente. Seus olhos reviram para trás e um suspiro profundo emerge de seus lábios.

— Meu nome é Saga Bauer e gostaria de falar com você a respeito da sua melhor amiga, Sofia Stefansson.

Tamara olha para Saga enquanto um fio de saliva escorre pelo queixo. Seu cabelo é oleoso e seu rosto é cinzento e indiferente, como o de uma pessoa inconsciente.

— Esta é minha melhor amiga — ela diz, levantando a bolsa térmica.

— Eu sei que você conhece a Sofia.

Tamara tosse. Ela quase tomba de lado, mas abaixa a mão para se firmar e mais uma vez inspira profundamente da bolsa térmica.

— Sofia — ela murmura, e meneia de leve a cabeça.

— Ela é uma acompanhante?

— Ela acha que é melhor que os outros, mas é apenas uma vaca estúpida que não entende nada.

Os olhos dela se fecham e a cabeça afunda no peito.

— O que ela não entende?

— As vantagens do trabalho — ela sussurra.

— Você já a viu quando ela está com clientes?

Tamara suspira e abre os olhos novamente. Ela percebe que está com uma camisinha grudada no pulso, a agarra e a joga no chão.

— Estou com um gosto muito estranho na boca — ela diz, olhando para Saga. — Se você quiser me pagar algo pra beber, a gente pode conversar.

— Tudo bem.

Tamara tosse novamente, se esforça para ficar de pé e olha de canto de olho para Saga.

Ela é muito magra. Suas mãos e bochechas estão cobertas de pequenas crostas, e seus lábios estão rachados e secos. Pendurado sobre a testa, há um prendedor de cabelo que perdeu o ornamento.

Há muito pouco nela que se assemelha à mulher sorridente no site.

Tamara começa a andar, encurvada, a cabeça caída. Quando entram no restaurante, ela se detém por um momento, hesitante, como se tivesse esquecido para onde está indo, depois caminha em direção ao balcão.

— Quero um milk-shake de chocolate... e batatas fritas com ketchup... e uma Pepsi grande... e isso — ela diz, colocando na frente do caixa um saquinho de balas em forma de carrinho.

Jeanette Fleming está caminhando perto dos caminhões na direção em que acha que a prostituta desapareceu. Mais perto da orla da floresta, a escuridão é tão intensa entre os veículos que ela precisa levantar as mãos para ir tateando o caminho. O ar está impregnado de diesel e os caminhões irradiam calor como cavalos suando. Ela passa por uma cabine com uma cortina xadrez nas janelas.

De repente, Jeanette vê a mulher. Ela está parada a uma curta distância à frente, cuspindo no chão enquanto bate na porta de uma das cabines. Ela se apoia com todo o peso do corpo na enorme roda dianteira.

— Onde mais você trabalhou? — Jeanette pergunta quando a alcança.

— Eu costumava trabalhar em lugares muito chiques.

— Você já teve clientes em Djursholm?

— Eu só pego os melhores — a mulher murmura.

A porta da cabine se abre e um homem robusto de óculos e barba olha para elas. Atira um beijo para Jeanette, depois encara, impaciente, a outra mulher.

— O que você quer? — ele pergunta.

— Eu estava querendo saber se você gostaria de companhia — ela responde.

— Você é muito feia — o homem diz, mas não fecha a porta.

— Não, não sou — ela responde. É óbvio que o homem está gostando de ser cruel com ela.

— Então, qual parte de você que não é feia?

A mulher levanta a blusa, mostrando os seios claros.

— E você espera ser paga por isso aí? — ele diz, mas ainda assim faz sinal com a cabeça para ela entrar.

26

Jeanette observa a mulher subir na cabine e fechar a porta. Espera um pouco na escuridão, ouvindo o rangido das molas nos assentos.

Os faróis de um carro varrem o chão e as sombras deslizam rapidamente para longe. Risos e música abafada chegam até ela, vindos do outro lado da área de descanso dos caminhoneiros.

Com voz furiosa e rouca, uma mulher bêbada grita em algum lugar.

Jeanette espia embaixo da carroceria. Ao longe, um cigarro cai no chão em uma cascata de faíscas antes que alguém o apague. Ela detecta um movimento na direção oposta. Parece que alguém está se aproximando, rastejando sob os caminhões. Um arrepio percorre sua espinha. Jeanette começa a caminhar em direção ao restaurante.

Outro caminhão está se dirigindo à área de descanso, mas se detém com um guincho estridente para deixar Jeanette passar. Os freios sibilam. Uma corrente balança com estrépito sob o veículo. Jeanette não consegue ver o motorista, mas ainda assim atravessa a rua passando entre o clarão ofuscante do feixe de luz dos faróis.

Ela olha em volta enquanto se aproxima do restaurante, mas não há ninguém a seguindo.

Jeanette diminui um pouco o passo e decide tirar as meias rasgadas e lavar o corte na perna antes de ligar para Saga.

Ela entra no banheiro, mas todos os reservados estão ocupados. O sangue coagulou ao redor do ferimento e escorreu pela panturrilha.

A fina porta de metal de um dos cubículos se abre, e uma mulher com cabelo tingido de loiro sai. Ela está segurando o celular no ouvido e grita que estava com um cliente e que não pode fazer tudo ao mesmo tempo.

Enfurecida, a mulher desaparece no corredor agitando os braços.

Na porta desse reservado colaram uma folha de papel com um recado escrito à mão avisando que o banheiro está "enguiçado", mas Jeanette entra assim mesmo e tranca a porta.

É um banheiro para deficientes, com finas paredes divisórias de metal. Os apoios brancos para os braços estão dobrados e junto ao chão há um botão de alarme vermelho iluminado.

Ela tira as meias rasgadas e as joga fora. O cesto de lixo está atulhado de preservativos usados. Há papel higiênico molhado espalhado por todo o chão e as paredes estão rabiscadas e pichadas de fora a fora.

Jeanette se olha no espelho, tira o blush da bolsa e se inclina sobre a pia. Pode ouvir alguém no cubículo ao lado, remexendo-se no espaço confinado.

Enquanto espalha o pó no rosto, ela percebe que há um buraco redondo entre a parede de seu cubículo e a do outro. Talvez fosse onde ficava encaixado o suporte de papel higiênico. Ela guarda o blush na bolsa e se vira; nesse momento, percebe que a parede está se movendo um pouco.

Alguém se encostou na parede do outro lado.

Há um som de farfalhar e alguém joga uma cédula dobrada pelo buraco; a nota cai no chão e a parede range. Jeanette está prestes a dizer algo quando um enorme pênis aparece através do buraco e fica pendurado na frente dela.

A situação é tão absurda que ela não resiste à vontade de sorrir.

Sua mente evoca a lembrança de algo que uma vez ela leu sobre um clube de suingue na França, onde havia quartos como aquele.

O homem do outro lado acha que ela é uma prostituta.

Ela fica lá por um momento e engole em seco. Olha para o pênis, sentindo o coração bater rápido no peito, depois olha para a porta para se certificar de que está mesmo trancada.

Lentamente, ela estende a mão e segura o membro quente e grosso.

Jeanette aperta o pênis suavemente e sente que ele endurece e começa a subir. Ela o acaricia com delicadeza para a frente e para trás e depois o solta.

Ela não tem ideia de por que está fazendo aquilo, mas se inclina para a frente e enfia o pênis na boca, chupa-o com sugadas tímidas, sentindo-o intumescer e enrijecer. Faz uma pausa para respirar, coloca a mão entre as coxas, abaixa a calcinha até tirá-la pelos pés enquanto massageia o pênis ereto.

Tenta respirar com calma e sem ruído. Acha que é melhor parar. Não pode fazer algo assim. Ela perdeu o juízo. Seus batimentos cardíacos acelerados pulsam nas têmporas. Ela se vira e se apoia com uma das mãos no vaso sanitário. Com as pernas trêmulas, fica na ponta dos pés, inclina o pênis para baixo e o deixa deslizar para dentro dela por trás. Ela geme e olha de novo para a tranca da porta. A parede de metal range quando uma estocada empurra o corpo dela para a frente, e ela se agarra com força à privada e impele as nádegas para trás, contra o metal frio.

Saga está sentada de frente para Tamara a uma das mesas do restaurante, esperando enquanto ela come um prato de batatas fritas com o ketchup ao lado. Um fio de ranho brilha sob o nariz dela. Lá fora, abaixo delas, o tráfego passa na estrada, luzes brancas numa direção, vermelhas na outra.

— Você conhece bem Sofia Stefansson? — Saga pergunta.

Tamara dá de ombros e através do canudo sorve um pouco de seu milk-shake, contraindo as bochechas. Sua testa fica branca.

— Congela o cérebro — ela murmura quando finalmente solta o canudo.

Com cuidado, mergulha as batatas fritas no ketchup e come, sorrindo suavemente para si mesma.

— Quem você disse que era mesmo? — ela pergunta.

— Sou amiga da Sofia — Saga responde.

— Ah, sim.

— Ela podia estar fingindo que trabalhava como prostituta?

— Fingindo? Mas que merda você está querendo dizer? Uma vez fizemos um programa juntas na sala de separação de lixo de um prédio... comeram o rabo dela... isso conta como fingimento?

O rosto de Tamara fica subitamente flácido, como se ela estivesse perdida em um torvelinho de recordações irresistíveis.

— Por que você parou de trabalhar como acompanhante no circuito de Estocolmo? — Saga pergunta.

— Você também poderia fazer uma longa carreira... eu tenho contatos, eu costumava ser modelo de lingerie... só que sem a lingerie — Tamara diz, e seu corpo vibra com uma risada silenciosa.

— Uma vez você atendeu um cliente em Djursholm, uma casa grande de frente para a baía. Pode ser que o homem tenha dito que se chamava Wille — Saga diz calmamente.

— Talvez — Tamara diz, comendo as batatas fritas com a boca aberta.

— Você se lembra dele? — Saga pergunta.

— Não — Tamara boceja, depois limpa as mãos na saia e despeja em cima da mesa o conteúdo da bolsa.

Sobre a toalha de mesa encerada saem rolando uma escova de cabelo, um rolo de saquinhos plásticos, um toco de lápis delineador, preservativos e um frasco de perfume Victoria's Secret. Saga repara que Tamara tem três ampolas de vidro marrom-escuro de Demerol, um opioide extremamente viciante. Tamara aperta uma cartela para tirar um comprimido azul-pálido de Valium e o toma com um gole de Pepsi.

Saga espera pacientemente até que a mulher coloque tudo de volta na bolsa e depois lhe mostra uma fotografia do ministro das Relações Exteriores.

— Eu não dou a mínima pra ele — Tamara diz, depois contrai os lábios.

— Ele falou com alguém pelo telefone enquanto você estava lá?

— Sério. Ele estava estressado pra cacete e tinha bebido muito. Não parava de falar sobre como a polícia deveria ficar alerta... ele disse isso umas cem vezes.

— Que a polícia deveria ficar alerta?

— É... e que havia um sujeito com duas caras atrás dele.

Ela bebe mais um pouco de Pepsi e sacode o copo, fazendo tilintar os cubos de gelo.

— Estava atrás dele de que maneira?

— Eu não perguntei.

Tamara mergulha duas batatas fritas no ketchup e as enfia na boca.
— O que ele quis dizer com duas caras?
— Sei lá. Ele estava bêbado. Talvez quisesse dizer que o cara tinha dupla personalidade — Tamara sugere.
— O que mais ele disse sobre esse homem?
— Nada. Não era importante. Foi só conversa.
— Ele ia encontrar o homem?
— Eu não sei. Ele não disse nada a respeito disso... eu só queria que ele ficasse feliz, então o fiz falar sobre todas aquelas pinturas nas paredes.
— Ele foi violento com você?
— Foi um cavalheiro — Tamara responde laconicamente.

Tamara pega o saco de balas da mesa, levanta-se e vai cambaleando em direção à porta. Assim que Saga sai atrás dela, seu celular toca. Ela olha para a tela e vê que é Janus.
— Bauer.
— Analisamos todas as imagens do disco rígido do sistema de segurança do ministro das Relações Exteriores... treze câmeras, dois meses, quase vinte mil horas de filmagem — Janus diz.
— Algum sinal do assassino? Fazendo reconhecimento ou algo assim?
— Não, mas tem mais alguém que está bastante visível numa das gravações — você precisa ver isso. Ligue pra mim quando chegar ao prédio e eu desço e abro pra você.

Saga sabe que Janus é bipolar e está preocupada que ele esteja tendo um episódio maníaco, ele deve ter parado de tomar o remédio por algum motivo.
— Você sabe que horas são? — Saga pergunta.
— Quem se importa? — ele responde rapidamente.
— Preciso dormir um pouco. Vejo você amanhã — ela diz com voz suave.
— Dormir — Janus repete, depois dá uma sonora gargalhada.
— Estou bem, Saga, só estou ansioso para avançar na investigação, assim como você.

Ela caminha em direção à área de descanso dos caminhoneiros, olhando o tráfego abaixo, e liga para Jeanette.

Ao que tudo indica, Sofia vinha trabalhando como prostituta, exatamente como ela dissera. O mais provável é que estava contando a verdade o tempo todo — e não tem nenhum tipo de envolvimento com o assassinato.

Se é assim, então por que foi poupada? É o que Saga se pergunta quando para na frente do carro, plenamente consciente de que eles ainda não têm a menor ideia do que o assassino quer.

27

Na rua Ceder, arredores de Helsingborg, há uma grande casa branca de telhado colmado de cor clara. Nas primeiras horas da manhã o parque ao redor está coberto de bruma cinza, mas a luz amarela brilha nas janelas do térreo.

Nils Gilbert acorda assustado. Deve ter cochilado em sua cadeira de rodas. Seu rosto está quente e o coração bate forte. O sol ainda não se levantou acima das copas das árvores, e a casa e o parque estão mergulhados na penumbra.

O jardim sombrio lembra o reino dos mortos.

Ele tenta ver se Ali chegou, se ele pegou o carrinho de mão e a pá do galpão.

No momento em que Nils se aproxima da porta da cozinha para deixar entrar um pouco de ar fresco, ouve um barulho estranho. O ruído parece vir da espaçosa sala de estar. Deve ser a gata tentando sair.

— Lizzy?

O som cessa abruptamente. Nils ouve atento por um tempo, depois se inclina para trás.

Suas mãos começam a tremer sobre os braços da cadeira de rodas. Suas pernas se contorcem e saltam em uma dança sem sentido.

Ele escondera os sinais do mal de Parkinson o máximo que pôde: a rigidez em um dos braços, o pé que se arrastava ligeiramente, a maneira como sua caligrafia mudou até ficar tão minúscula que nem mesmo ele era capaz de ler os microscópicos rabiscos.

Ele não queria que Eva percebesse nada.

E então ela morrera, três anos atrás.

Eva passou várias semanas se queixando de cansaço.

Era um sábado, e ela acabara de chegar de Väla com um punhado de pesadas sacolas. Estava com dificuldades para respirar e sentia um peso no peito. Ela disse que provavelmente era o começo de uma gripe das brabas.

Quando se sentou no sofá, o suor escorria por suas bochechas.

Ela se deitou, e já estava morta quando ele perguntou se ela queria que ele ligasse a televisão.

Então agora ficaram apenas ele e a gorducha Lizzy.

Ele chega a passar semanas a fio sem falar com ninguém. Às vezes, ele se preocupa, com medo de ter perdido a voz.

Uma das poucas pessoas com quem ele tem contato é a garota que cuida da piscina. Ela usa jeans e um top dourado e parece muito desconfortável quando ele tenta falar com ela.

A primeira vez que Nils tentou lhe dizer alguma coisa, ela o olhou como se ele tivesse noventa anos de idade ou uma grave doença mental.

As pessoas que entregam suas compras estão sempre com pressa. Mal pedem que ele assine o recibo e vão embora correndo. E a fisioterapeuta, uma mulher irritadiça de seios enormes, apenas faz o trabalho dela. Ela lhe dá ordens breves e finge não ouvir suas tentativas de puxar conversa.

Somente o iraniano da empresa de manutenção de jardins, Ali, tem tempo para Nils. Às vezes toma uma xícara de café com ele.

Na verdade, é por causa dele que Nils mantém a piscina em funcionamento, mas ele ainda não teve coragem de perguntar se Ali gostaria de nadar.

Ali trabalha com afinco e muitas vezes fica suado.

Nils sabe que chama o jardineiro com frequência demasiada, e é por isso que o jardim tem a aparência que tem: arbustos e sebes cortados com precisão, arcos frondosos e veredas de pedras impecáveis.

Está quieto. É sempre tão silencioso aqui.

Nils estremece e se empurra até o jukebox.

Ele comprou a máquina quando tinha vinte anos: uma Seeburg genuína, fabricada pela empresa sueca Sjöberg.

Nils costumava mudar os discos de tempos em tempos. Datilografava novos rótulos na máquina de escrever e os enfiava por debaixo do tampo de vidro.

Ele insere a moeda na ranhura, ouve-a cair e sacudir dentro da máquina para ativar o mecanismo antes de rolar novamente para a bandeja.

Ele vem usando a mesma moeda todos esses anos.

Com a mão trêmula, aperta os botões para escolher a música C7. A máquina gira enquanto o disquinho é colocado no prato giratório.

Nils se afasta na cadeira de rodas enquanto começa a tocar o rápido solo de bateria da introdução de "Stargazer". Ele é jogado de volta no tempo para o dia em que viu o Rainbow ao vivo na Sala de Concertos em Estocolmo no final dos anos 1970.

A banda começou o show com mais de uma hora de atraso, mas quando Dio entrou e começou a cantar "Kill the King", o público se lançou como uma onda em direção ao palco.

Nils vai até os janelões. Todas as tardes ele abaixa as persianas das janelas voltadas para o oeste de modo a proteger as suas pinturas da luz intensa.

Através da tela de náilon, a janela parece ainda mais escura e acinzentada.

Para Ali, todo esse lugar deve parecer uma trágica manifestação da ausência de filhos e netos.

Nils sabe que a casa é ridiculamente exibicionista, que o jardim é exagerado e que ninguém jamais usa a piscina.

Sua empresa produz avançados dispositivos para sistemas eletrônicos e equipamentos de navegação por radar. Ele tem boas relações com o governo e agora já faz quase vinte anos que vem exportando produtos de uso militar e civil.

De repente seus braços começam a tremer.

Por cima da música alta, ele acha que ouviu uma criança pequena cantando uma cantiga de ninar.

Ele vira a cadeira de rodas e vai para o corredor.

A voz vem do andar de cima, que está abandonado. Ele desliza com a cadeira até a escada, na qual não põe os pés há muitos anos, e vê que a porta do quarto no topo está entreaberta.

A música do jukebox acaba. Há um clique quando o disquinho é colocado de volta no lugar entre os outros, e então cai o silêncio.

Nils começou a sentir medo do escuro há seis meses, depois de ter um pesadelo com a esposa. Ela voltava da morte, mas só conseguia permanecer ereta porque estava empalada por uma estaca de madeira áspera que a partir da virilha lhe atravessava o corpo e o pescoço, saindo pela cabeça.

Ela estava com raiva por ele não ter feito nada para ajudá-la, por não ter chamado uma ambulância.

A estaca ensanguentada chegava até o chão, e Eva era forçada a caminhar de forma bizarra, marchando com as pernas arqueadas no encalço de Nils.

Nils coloca as mãos no colo. Elas tremem e se agitam, erguendo-se em gestos exagerados.

Quando se aquietam de novo, ele aperta a correia por cima das coxas, o que o impede de deslizar para fora da cadeira.

Ele vai para a sala de estar e olha em volta. Tudo parece normal. O lustre, os tapetes persas, a mesa de mármore e o sofá e as poltronas em estilo imperial que Eva trouxera de sua casa de infância.

O telefone não está mais em cima da mesa.

Às vezes, a presença de Eva na casa é tão real que ele acha que a irmã mais velha dela tem uma chave sobressalente e anda furtivamente pelos cômodos, como em algum desenho animado do *Scooby-Doo*, para assustá-lo.

Nils parte de novo em direção à cozinha, depois pensa ter visto algo pelo canto do olho. Ele vira rapidamente a cabeça e imagina ver um rosto no espelho antigo, antes de perceber que é apenas uma mancha no vidro.

— Lizzy? — grita com voz fraca.

Uma das gavetas da cozinha faz barulho, e Nils ouve passos no chão. Ele se detém, com o coração batendo forte, vira a cadeira e imagina o sangue escorrendo pela estaca entre as pernas de Eva.

Avança em silêncio, empurrando a cadeira em direção às grandes portas duplas, as rodas fazendo um leve chiado pegajoso no assoalho de madeira.

Agora Eva, que manca com as pernas tortas, está atravessando a cozinha. A estaca raspa o chão de ardósia, deixando um rastro de sangue antes de bater contra a soleira da sala de jantar.

A estúpida cantiga infantil começa de novo.

O rádio na cozinha deve estar ligado.

O apoio para os pés da cadeira de rodas bate na porta dos fundos com um ruído suave.

Ele olha em direção à porta fechada da sala de jantar.

Suas mãos estão tremendo, e a rigidez no pescoço dificulta que ele se incline para a frente e pressione o botão que controla as cortinas.

Com um zumbido, o tecido de náilon cinza desliza feito uma cortina de teatro, e o jardim gradualmente se ilumina.

Os móveis do jardim estão arrumados. Há punhados de agulhas de pinheiro acumulando-se nas dobras das almofadas. As luzes ao redor da piscina não estão acesas, mas da água sobe uma bruma suave.

Assim que a cortina se erguer o suficiente, ele poderá abrir a porta e sair.

Nils decidiu esperar Ali do lado de fora, pedir a ele que dê uma olhada na casa toda. Vai admitir que está com medo do escuro, que deixa as luzes acesas a noite inteira, e talvez até pague um adicional para que ele fique mais tempo.

Com as mãos trêmulas, ele gira a chave na fechadura. A trava clica e ele puxa a maçaneta e entreabre a porta alguns centímetros.

Nils recua, olha para a sala de jantar e vê a porta se abrir lentamente.

Ele faz a cadeira deslizar para atravessar a porta do pátio o mais rápido que consegue. A porta se abre e ele vê de relance uma figura se aproximando dele por trás.

Nils ouve passos pesados quando desliza para a varanda e sente no rosto uma lufada de ar frio.

— Ali, é você? — ele diz em voz alta, assustado, enquanto avança. — Ali!

O jardim está em silêncio. O quartinho de ferramentas está trancado. A névoa da manhã flutua acima do solo.

Nils tenta virar a cadeira de rodas, mas um dos pneus fica preso na fenda entre duas placas de pedra. Ele mal consegue respirar. Tenta parar de tremer pressionando as mãos sob as axilas.

Alguém está vindo de dentro da casa na direção de Nils e ele olha por cima do ombro.

Um homem encapuzado, carregando na mão uma bolsa preta. Ele avança diretamente para Nils, disfarçado de carrasco.

Nils dá puxões nas rodas para se libertar.

No momento em que ele está prestes a gritar por Ali novamente, um líquido frio encharca sua cabeça, escorrendo pelo cabelo, pescoço, rosto e peito.

Leva apenas alguns segundos para ele perceber que é gasolina.

O que ele pensava ser uma bolsa preta é na verdade o tanque de gasolina do cortador de grama.

— Por favor, espere, eu tenho muito dinheiro... eu prometo, posso transferir tudo pra você — ele engasga, tossindo por causa da exalação.

O homem encapuzado dá a volta e despeja as últimas gotas de gasolina no peito de Nils, depois joga o recipiente vazio no chão, em frente à cadeira de rodas.

— Meu Deus, por favor... eu faço qualquer coisa...

O homem pega uma caixa de fósforos e pronuncia algumas palavras incompreensíveis. Nils está histérico e não consegue entender o que o homem está dizendo.

— Não faça isso, não faça isso, não faça isso...

Ele tenta afrouxar a alça sobre as coxas, mas ela está emaranhada e apertada demais. Com as mãos trêmulas, dá puxões para se desvencilhar. Sem nenhuma pressa, o homem risca um fósforo e o joga no colo de Nils.

Há uma torrente de ar e um som de sucção, como um paraquedas se abrindo.

O pijama e o cabelo de Nils explodem em chamas.

E, através do clarão azul, ele vê o homem mascarado se afastar do calor.

A cantiga infantil passa pela cabeça de Nils enquanto a tempestade de labaredas se alastra ao seu redor. Ele não consegue aspirar o ar para dentro dos pulmões. É como se estivesse se afogando, e depois sente uma dor absoluta e envolvente.

Nils nunca poderia ter imaginado algo tão torturante.

Ele se inclina para a frente na posição fetal e ouve um estalido metálico, como se estivesse a uma grande distância, quando a cadeira de rodas começa a se envergar no calor.

Antes de perder a consciência, Nils tem tempo de pensar que parece que o jukebox está procurando um novo disco.

28

O detento do Presídio Hall está a caminho do bloco D, onde a atmosfera é tensa.

Através do vidro reforçado, os guardas podem ver que, pela primeira vez, Joona está tomando café da manhã na mesma mesa que o líder da Irmandade, Reiner Kronlid. Os dois conversam durante alguns instantes, em seguida Joona se levanta, pega o café e o sanduíche e vai se sentar em outra mesa.

— Em que merda ele está se metendo? — um dos guardas pergunta.

— Talvez ele tenha ouvido algo sobre o cara novo.

— A menos que se trate da autorização de saída temporária.

— A solicitação dele foi aprovada ontem — o terceiro guarda assente. — Primeira vez pra ele.

Joona olha para os três guardas que o observam através do vidro, depois se vira para Sumo e faz a mesma pergunta que acabou de fazer a Reiner.

— O que posso fazer por você amanhã? — ele quer saber.

Sumo já cumpriu oito anos por um duplo homicídio e agora sabe que matou pessoas por causa de um mal-entendido. Hoje seu rosto é a imagem do pesar. Ele parece estar sempre chorando, mas tentando se recompor.

— Compre uma rosa vermelha... a melhor que você puder encontrar. Entregue-a pra Outi e diga que ela é minha rosa e... e diga que peço desculpas por ter estragado a vida dela.

— Você quer que ela venha visitar você? — Joona pergunta, olhando-o nos olhos.

Sumo balança a cabeça e seu olhar fixo desliza na direção da janela. Ele fita a cerca cinza encimada por arame farpado e o paredão amarelo monótono e sujo depois dela.

Joona se vira para o próximo homem sentado à mesa, Luka Bogdani, um baixinho cujo rosto está trancado em permanente estado de escárnio.

— E quanto a você?

Luka se inclina para a frente e sussurra:

— Quero que você verifique se o meu irmão começou a se livrar do meu dinheiro.

— O que você quer que eu pergunte?

— Não, porra, sem perguntas. É só olhar pro dinheiro, contar a grana. Tem que ter exatamente seiscentos mil.

— Não posso fazer isso — Joona responde. — Eu quero sair daqui, e esse dinheiro é fruto de um roubo, e se eu...

— Policiais do caralho — Luka sibila entre dentes, e joga pelos ares sua xícara de café.

Joona continua andando de mesa em mesa no refeitório. Pergunta a cada um dos detentos o que pode fazer por eles quando estiver fora. Memoriza todos os recados e mensagens de cumprimento enquanto espera a chegada de Salim Ratjen.

Joona explicou ao primeiro-ministro que precisa de uma saída temporária de trinta e seis horas, a começar na segunda-feira, para se infiltrar na organização de Ratjen.

— Mas assim você não vai ter muito tempo aqui para descobrir o que ele sabe — o primeiro-ministro tinha alertado.

Joona não disse a ele que a quantidade limitada de tempo era uma vantagem.

Antes de sair da sala das visitas, Joona havia perguntado até onde ele poderia ir em caso de circunstâncias extremas. Os cantos da boca do primeiro-ministro tremeram ligeiramente quando ele respondeu:

— Se você puder deter os terroristas, pode fazer praticamente tudo o que for necessário.

Reiner Kronlid se levanta da mesa, limpa a boca nervosamente, depois encara o corredor e a câmara. Fica lá imóvel, com o pescoço tenso, antes de lamber os lábios e se sentar de novo. Os outros na mesa da Irmandade se inclinam para a frente enquanto ele fala.

Joona repara que a luz no corredor atrás do vidro reforçado diminui quando uma sombra cinza aparece.

A fechadura produz um zumbido, e dois guardas entram trazendo Salim Ratjen.

O rosto de Salim Ratjen é redondo e inteligente. Seu cabelo, que já começa a rarear, está penteado para trás, e o bigode é salpicado de fios grisalhos.

Ele está carregando seus pertences pessoais em uma mochila cinza do serviço penitenciário e toma cuidado para não olhar nos olhos de ninguém.

Um dos guardas o leva primeiro à cela, depois para o refeitório.

Com uma tigela e uma caneca, Salim se senta na cadeira vazia ao lado de Magnus Duva.

Joona se levanta e vai até eles. Olhando para Magnus, ele se senta ao lado da mesa e pergunta o que pode fazer por ele enquanto estiver fora.

— Vá ver minha irmã e arranque o nariz dela com uma faca — Magnus diz.

— Ela te manda dinheiro todos os meses — Joona diz.

— Não se esqueça de filmar — Magnus diz.

Salim escuta, olhos baixos, enquanto come sua granola.

Reiner e dois de seus homens param para conversar em frente à janela da sala de controle, bloqueando a visão pelos poucos segundos necessários.

Os outros dois membros da Irmandade atravessam o refeitório, os braços musculosos pendurados rigidamente ao lado do corpo. Um deles ostenta a tatuagem de um lobo cercado por arame farpado. O outro traz a mão enfaixada por um curativo sujo.

É a hora errada para um assassinato, Joona pensa, e se vira para Salim Ratjen.

— Você fala sueco? — Joona pergunta.

— Sim — Salim responde sem erguer os olhos.

Os homens vão em direção aos banheiros.

— Talvez você já tenha percebido que recebi uma autorização de saída para breve e estou perguntando a todos do bloco se há algo que querem que eu faça por eles lá fora... nós não nos conhecemos, mas você provavelmente vai ficar aqui por algum tempo, então vou perguntar a você também.

— Obrigado, mas estou bem — Ratjen diz em voz baixa.
— Porque sou um infiel?
— Sim.

A colher de plástico treme na mão sardenta de Salim Ratjen.

Cadeiras raspam o chão, e os dois caras de Malmö se levantam do outro lado do refeitório. Imre, que tem dentes de ouro, mede quase dois metros de altura, e Darko parece um minerador de sessenta anos.

O grupo de Reiner começa a reclamar ruidosamente que o café está aguado. Eles se voltam para a janela.

— Vocês não conseguem enganar a gente, porra! — um deles grita.
— Antes de os albaneses chegarem aqui, sempre havia café suficiente!

Atrás do vidro, os dois guardas da prisão se preparam para entrar e acalmar as coisas.

Os homens da Irmandade começam a se aproximar de Salim. Eles cobrem a cabeça com o capuz e ficam de costas para as câmeras de segurança.

Não estão armados, querem apenas intimidá-lo.

Joona permanece imóvel, percebendo que estão prestes a atacar. Salim controlava grande parte do tráfico de drogas em Hall, e Reiner Kronlid precisa assustá-lo ou matá-lo imediatamente para mostrar quem é o mandachuva do pedaço.

— No começo você será colocado para trabalhar na lavanderia, mas também pode optar por estudar — Joona diz calmamente. — Temos um grupo de estudo, se você estiver interessado. Este ano, três dos caras receberam seus certificados de conclusão do ensino médio, e...

O primeiro dos dois homens empurra Salim, cuja cadeira tomba, fazendo-o cair junto com ela. Sua tigela bate no chão, entornando o conteúdo.

Salim tenta se levantar, mas o segundo homem acerta um pontapé no seu peito, empurrando-o contra as cadeiras atrás dele.

Ele cai com a perna direita esticada, e a sola do sapato desliza sobre a comida derramada.

Joona continua sentado onde está, bebendo seu café.

Os caras de Malmö aparecem e entram na briga. Eles são mais altos que todos os outros e afugentam os homens da Irmandade, conversando em albanês com um sorriso nos lábios.

Os guardas e carcereiros entram correndo no refeitório para separar os homens.

Salim se levanta. Tenta parecer despreocupado, tenta esconder o medo enquanto esfrega o cotovelo machucado e se senta novamente.

Joona lhe entrega um guardanapo de papel.

— Obrigado.

— Caiu um pouco de leite na sua camisa.

Salim limpa a nódoa e dobra o guardanapo. Joona tem a sensação de que o ataque foi fingido, algum tipo de manobra de distração.

Ele olha de relance para Reiner, tentando interpretar sua reação, e conclui que uma segunda onda está a caminho.

Os guardas estão conversando com os dois agressores, que juram de pés juntos que foi Salim Ratjen quem os provocou.

A situação já está resolvida no momento em que a equipe de resposta rápida entra às pressas, cassetetes e spray de pimenta a postos.

Joona sabe que sua única chance de se aproximar de Salim e de sua organização antes de quarta-feira é tirar proveito do fato de que Salim foi transferido de Hall sem aviso prévio.

Lá, ele supostamente havia organizado uma rede para se proteger e se comunicar com o mundo exterior.

É provável que soubesse que sua trama poderia ser descoberta, mas não pensava na possibilidade de ser transferido.

Se ele realmente estava comandando o grupo terrorista de dentro da prisão, agora está fora do jogo.

Como líder operacional, Salim teria que encontrar o quanto antes um novo mensageiro, estabelecer uma nova rede de contatos, de modo a poder dar o sinal para o assassinato na quarta-feira.

Se a Polícia de Segurança estiver certa, a situação de Salim Ratjen é desesperadora.

Joona olha para Salim, que está sentado com a mão em volta da xícara. Uma pálida película se assentou sobre a superfície marrom--escura do café.

— Eu não beberia isso — ele diz.

— Não, você tem razão — Salim diz.

Ele rapidamente agradece a Deus pela comida e se levanta.

Joona diz a Salim para pensar seriamente no grupo de estudo.

Todos eles têm dez minutos para se arrumar antes de ir para a lavanderia e as oficinas, ou para os estudos.

Quando Joona volta, sua cela foi revistada: a cama está desfeita e desmontada, suas roupas espalhadas pelo chão e suas cartas, livros e fotografias foram pisoteados.

Ele entra e pendura de novo no lugar a fotografia de sua filha Lumi, afaga o rosto dela e depois começa a arrumar a bagunça.

Joona recolhe as cartas que havia guardado e as desamarrota, mas se detém, com a primeira carta de Valéria na mão, lembrando-se de tê-la recebido no Natal. Os detentos haviam comido o jantar natalino, sem bebidas alcoólicas, é claro, e então o Papai Noel apareceu.

"Ho, ho, ho, tem alguma criança travessa aqui?", o bom velhinho perguntou.

Naquela noite, quando Joona se sentou em sua cela e leu a primeira carta de Valéria, pareceu-lhe o mais maravilhoso presente de Natal:

Querido Joona,

Você provavelmente está se perguntando por que resolvi escrever para você depois de todos esses anos. A resposta é simples. Eu apenas não ousei entrar em contato antes. Só criei coragem agora porque você está na prisão.

Nós dois sabemos que escolhemos caminhos muito diferentes na vida. Talvez não tenha sido uma grande surpresa você entrar para a polícia, mas eu nunca tive a menor ideia de que acabaria tomando a direção oposta — você sabe disso. Eu não sabia que seria esse o meu destino, mas as coisas acontecem, escolhemos um caminho que surge diante de nós e nos leva para um lugar onde nunca quisemos estar.

Hoje sou uma pessoa diferente, vivo uma vida normal. Sou divorciada, com dois filhos adultos, e trabalho como jardineira há muitos anos. Mas nunca me esquecerei de como é cumprir uma pena de prisão.

Talvez você tenha se casado. Talvez tenha muitos filhos que vão visitá-lo na cadeia o tempo todo, mas se você estiver se sentindo sozinho, eu gostaria de visitá-lo.

Sei que éramos muito jovens quando nos conhecemos, e na verdade só convivemos naquele último ano do ensino médio, mas nunca deixei de pensar em você.

Desejo-lhe tudo de bom,
Valéria

Joona dobra a carta e a coloca com as outras. Pega os lençóis do chão e os sacode. Ele não se atreve a pensar no fato de que a missão do primeiro-ministro pode resultar em perdão oficial, na anulação de sua pena.

Se ele começasse a fantasiar sobre a liberdade, o fato de estar preso e a sensação de impotência que acompanha a detenção rapidamente se tornariam avassaladores. Joona começaria a sonhar em ir a Paris para ver Lumi, em ver Valéria, em visitar o túmulo de Disa no Cemitério de Hammarby, em rumar para o norte, onde Summa está enterrada.

Ele rechaça seus anseios enquanto arruma a cama, esticando os lençóis sobre o colchão, afofa o travesseiro e o coloca de volta no lugar.

29

Depois de passarem três horas estudando, Joona e Marko saem da biblioteca e começam a percorrer de volta o túnel para ir almoçar.

O sistema de segurança de Kumla baseia-se na limitação da amplitude de movimento dos detentos e na restrição das oportunidades de contato entre indivíduos presos.

Os prisioneiros são responsáveis por se deslocar sozinhos de um lugar para outro, seção por seção, a fim de impedir que qualquer problema se espalhe entre as diferentes alas. De vez em quando a violência ainda explode, mas tende a se apaziguar no mesmo local em que começou, sem se alastrar.

Eles chegam ao entroncamento, onde Salim e os caras de Malmö já estão esperando que a porta seja aberta. Imre pressiona o botão novamente.

Salim olha para o antigo mural dos anos 1980: uma praia branca com uma garota de biquíni.

— Enquanto você estava ocupado lavando vinte toneladas de cuecas, recebi meu diploma do ensino médio — Marko diz com um sorriso.

Em vez de responder, Salim escreve com um toco de lápis "Vá se foder" nas costas da mulher.

Após o almoço, os detentos têm permissão para fazer uma hora de exercícios físicos no pátio. É a única vez em que saem ao ar livre, quando conseguem sentir o vento no rosto, observar uma borboleta adejar, quando é verão, ou, no inverno, triturar com os pés o gelo que se forma sobre as poças.

Quando Joona sai, vê que Salim está sozinho, encostado na cerca.

O pátio não é exatamente grande. É encerrado por edifícios dos dois lados e grades nos outros. Mais para trás há um muro alto e, depois dele, a cerca elétrica.

Não é possível nem sequer enxergar as copas das árvores por cima do muro, apenas o céu cinzento.

Dois guardas observam os presos.

A maioria dos detentos está fumando; alguns conversam em grupos aqui e ali. Joona costuma usar o tempo para correr, mas hoje está caminhando com Marko, concentrado em se manter perto de Salim, mas não perto demais.

Joona e Marko passam pela surrada estufa. Reiner está de pé junto à rede de vôlei, de frente para uma das câmeras de segurança. O restante da Irmandade está amontoado, conversando.

Joona sabe que é alto o risco de haver problemas e já instruiu Marko a chamar os carcereiros se algo acontecer.

Eles passam pela fina réstia de luz do sol que consegue passar por cima do muro, e as longas sombras dos dois se estendem por todo o caminho até chegar a Salim Ratjen, que ainda está de costas para a cerca.

Marko se detém para acender um cigarro. Joona continua andando e passa por Salim, que dá um passo em sua direção.

— Por que você estaria interessado em me fazer um favor? — ele pergunta, fitando Joona com olhos sombrios, dourados.

— Porque aí você vai me dever quando eu estiver de volta — Joona responde com naturalidade.

— Por que eu deveria confiar em você?

— Você não precisa — Joona diz, e continua andando.

Rolf, membro da Irmandade, vem caminhando na direção deles. Reiner está batendo uma bola de vôlei no chão e grita algo para os dois homens que atacaram Ratjen no café da manhã.

— Eu sei quem você é, Joona Linna — Salim Ratjen diz.

— Que bom — Joona responde.

— O tribunal foi muito duro com você.

— Preciso pedir que você mantenha distância — Joona diz. — Eu não pertenço a nenhum grupo. Nem ao seu e nem ao de ninguém.

— Desculpe — Salim diz, mas não se mexe.

Joona pode ver que os dois homens da Irmandade estão arrastando os pés na terra, levantando uma nuvem de poeira.

Aflito, Marko olha de esguelha para a direita e se aproxima de Joona.

Reiner passa a bola de vôlei para Rolf, que a joga de volta.

A nuvem de poeira do caminho sobe lentamente através da luz do sol. Reiner segura a bola com as duas mãos enquanto se aproxima de Salim.

— O Reiner vai dar o bote a qualquer momento — Joona diz.

Ele se vira e vê que os outros dois homens estão chegando pela direção oposta. Ambos carregam armas escondidas coladas ao corpo.

Eles levantam mais poeira, brincando e se empurrando à medida que chegam mais perto.

Alguns outros membros da Irmandade pararam Marko. Eles o seguram pelos ombros, mantendo-o fora do caminho, fingindo que é tudo apenas por diversão.

Os caras albaneses de Malmö estão fumando com os guardas da prisão.

A poeira no pátio fica mais espessa e os guardas começam a perceber que algo está acontecendo.

Joona dá alguns passos na direção de Rolf com as mãos estendidas, tentando acalmar a situação.

— Largue a arma — ele diz.

Rolf está empunhando uma chave de fenda afiada, uma arma simples com limitada variedade de ataques possíveis. Joona supõe que é provável que ele a aponte diretamente para a garganta ou golpeie a partir da direita, por baixo do braço esquerdo de Joona.

Reiner ainda está segurando a bola em uma das mãos enquanto se aproxima de Salim por trás. Está tentando esconder uma faca na outra mão.

Joona se afasta, atraindo Rolf atrás dele.

Marko se solta e consegue chamar os guardas antes de levar um violento soco na boca do estômago.

Salim ouve o grito e se vira. A bola o atinge no rosto e o faz dar um passo para trás, mas ainda assim ele consegue agarrar o braço que empunha a faca quando Reiner se lança contra ele. Salim mantém a lâmina longe de si, mas tropeça e desaba para trás contra a cerca.

É um ataque muito mais agressivo e perigoso do que Joona esperava.

Rolf murmura alguma coisa e desfere um golpe com a chave de fenda. Joona torce seu corpo para se desviar do braço armado e agarra a manga do agressor por trás. Com força total, enfia o cotovelo esquerdo sob o ombro do homem. O golpe é tão violento que quebra o braço de Rolf. A extremidade do osso se projeta, imprestável, da cavidade do ombro.

Com a potência do golpe de Joona, Rolf geme e tropeça para a frente. A chave de fenda cai no chão e seu braço fica pendurado, preso ao corpo por músculos e ligamentos.

Um dos homens no caminho de cascalho vem correndo, brandindo nas mãos um porrete improvisado feito de pesados parafusos e porcas atarraxados a um grande pedaço de madeira.

Joona tenta evitar o golpe, mas é tarde demais. O porrete atinge suas costas, e a dor explode entre as omoplatas. Ele cai de joelhos, mas consegue se levantar de novo, tossindo com força. Antevê o golpe seguinte, inclina bruscamente a cabeça para sair do caminho e sente o porrete roçar, zunindo, sua nuca.

Joona agarra o braço que empunha o porrete. Usa o impulso a fim de puxar o homem para si, atinge-o no quadril e o faz desabar no chão. Joona cai pesadamente por cima do homem, esmagando-o com o joelho sobre o peito.

Rolf ainda está cambaleando, segurando o ombro e berrando em agonia.

Salim está no chão, mas usa a mão ensanguentada para se levantar.

Marko vem correndo, ofegante. Ele para na frente de Joona e limpa o sangue da boca.

— Vou assumir a culpa — ele diz.

— Você não precisa fazer isso — Joona se apressa em responder.

— Está tudo bem — Marko balbucia. — Você precisa sair pra ver a Valéria.

A poeira já começa a assentar quando Joona caminha até Salim Ratjen.

Reiner deixa a faca cair no chão e bate em retirada.

Os caras de Malmö estão se aproximando do outro lado. Agitados, os guardas falam em seus radiocomunicadores.

Joona leva Salim para o meio dos caras de Malmö. Eles abrem caminho para deixá-los passar e depois se aglomeram novamente.

Marko vai até o homem que Joona derrubou e o empurra pelas costas de novo, depois lhe acerta um murro no rosto no momento em que os guardas começam a espancá-lo com seus bastões telescópicos.

Marko cai no chão e se encolhe. Os guardas continuam batendo nele. Enrodilhado, Marko tenta proteger o rosto e o pescoço, mas os guardas só param quando ele perde os sentidos, o corpo flácido.

— Sinto muito por isso — Salim diz a Joona.

— Diga isso ao Marko.

— Vou dizer.

O braço e a mão de Salim estão sangrando, mas ele não se preocupa em olhar para os ferimentos.

— O Reiner é imprevisível — Joona diz. — Não sei o que ele quer com você, mas seria melhor ficar fora do caminho dele.

Eles observam mais guardas entrarem no pátio carregando macas.

— O que você planeja fazer lá fora? — Salim pergunta.

— Vou me candidatar a um emprego.

— Onde?

— No Departamento Nacional de Investigação Criminal — Joona responde.

Salim ri, depois fica sério quando olha para Reiner, que está de pé junto à rede de vôlei.

— Parece que você ainda acha que vai sair — Salim diz de repente.

— O Marko vai assumir a culpa.

— Posso te pedir que me faça um favor?

— Se eu tiver tempo.

Salim esfrega o nariz e depois se aproxima de Joona.

— Preciso muito que você passe uma mensagem para a minha esposa — ele diz calmamente.

— Que mensagem?

— Ela precisa ligar para um número e pedir para falar com Amira.

— Isso é tudo?

— Ela mudou o número, então você terá que ir ao apartamento dela. Ela mora nos arredores de Estocolmo, em Bandhagen: rua Gnestavägen, número 10.

— E por que ela abriria a porta para mim?

— Diga a ela que você tem uma mensagem da parte de *da gawand halak*, que sou eu. Significa "o filho do vizinho" — ele responde com um breve sorriso. — A Parisa é muito tímida, mas se você disser que tem uma mensagem de *da gawand halak*, ela deixará você entrar. Quando você entrar, ela oferecerá chá. Aceite... mas espere até que ela coloque sobre a mesa as azeitonas e o pão antes de passar a mensagem.

30

David Jordan tira os sapatos. Ele está ao telefone com o diretor de programação de notícias e assuntos sociais da tv4.

O diretor explica que está preparando uma longa matéria sobre o ministro das Relações Exteriores para o noticiário da dez da noite.

dj entra na casa e caminha para a sala de jantar. A luz refletida no mar encrespado penetra pelas janelas.

— Você sabia que Rex Müller e o ministro das Relações Exteriores eram velhos amigos? — dj pergunta.

— Sério?

— E eu acho... bem, sei que o Rex ficaria feliz em contribuir se você quiser um ponto de vista pessoal — ele diz, deixando o olhar deslizar por sobre os rochedos em direção ao cais.

— Isso seria sensacional.

— Vou falar com ele e pedir que ligue pra você.

— Sim, o mais rápido possível, por favor — o diretor diz.

Ondas estão quebrando sobre o molhe. As amarras do barco estão esticadas, suas defesas batendo contra a água.

Assim que desligam, dj envia a Rex uma mensagem de texto dizendo que o diretor de programação mordeu a isca, mas que Rex deve esperar quarenta minutos antes de ligar, para não parecer muito ansioso.

dj já elaborou várias postagens para Rex usar nas mídias sociais. Ele está bastante confiante de que essas postagens, combinadas com a entrevista na televisão, serão suficientes para evitar um escândalo.

Se as pessoas descobrirem que Rex urinou na piscina do ministro das Relações Exteriores, interpretarão o gesto como uma derradeira brincadeira entre velhos amigos. Rex vai alegar que tem certeza de que o ministro deve ter começado a rir quando viu as imagens da câmera de segurança antes de dar um mergulho na manhã seguinte.

DJ fica na janela. Em sua mente os pensamentos se atropelam. Ele cuidou do problema de Rex e agora é hora de lidar com o seu. Nos últimos tempos, aconteceram muitas coisas sobre as quais ele não pode falar com ninguém.

Rex lhe daria ouvidos, é claro, mas o trabalho de DJ é ajudar Rex, e não sobrecarregá-lo com suas próprias preocupações.

DJ entra na cozinha e para em frente à pasta de couro preto sobre o balcão de mármore, pensando que deveria pelo menos dar uma olhada no conteúdo antes de tomar uma decisão.

Lá embaixo, as ondas estão iluminadas como vidro derretido.

David Jordan estende o braço e tenta abrir o fecho da pasta com a mão direita, mas não consegue. É muito dura. Seus dedos não parecem ter força. Um imenso cansaço toma conta dele. Seu pescoço mal consegue manter a cabeça erguida.

Com as mãos fracas ele fuça nos bolsos, encontra o pequeno frasco de Modiodal e coloca os comprimidos sobre o balcão. Solta o recipiente vazio, que rola no chão enquanto ele leva um dos comprimidos à língua e engole.

Ele não consegue mais fechar a boca, mas sente o comprimido deslizar garganta abaixo. Com extrema delicadeza, tenta se deitar e acaba de lado. Fecha os olhos, mas ainda consegue vislumbrar a luz do sol através das pálpebras.

Acorda no chão meia hora depois.

David Jordan sofre de narcolepsia e cataplexia há sete anos. Sempre que fica aflito ou com medo, perde o controle de certos músculos e adormece.

De acordo com o médico, o distúrbio — que é herança genética — provavelmente foi desencadeado por uma faringite estreptocócica, muito embora ele prefira dizer que teve a ver com um experimento secreto do qual participou durante o serviço militar.

Ele se senta direito. Sua boca está completamente seca. Apoia as mãos no chão, fica de pé, a cabeça latejando, e contempla o mar.

DJ tenta organizar os pensamentos antes de examinar novamente a pasta de couro.

Com as mãos trêmulas, abre o fecho e puxa o conteúdo.

Folheia as informações sobre Carl-Erik Ritter. Seu coração está batendo tão forte que seus ouvidos zumbem quando ele olha fixamente para a fotografia.

Tenta encontrar algum tipo de calma interior e se concentra na leitura.

Depois de algum tempo, precisa pousar os documentos, ir até o armário e se servir de uma dose de uísque escocês Macallan.

DJ bebe e depois enche de novo o copo.

Está pensando em sua mãe e fecha os olhos, fazendo força para conter as lágrimas.

Ele não é um bom filho. Trabalha demais e raramente a visita.

Ela está doente, ele sabe disso, mas ainda tem dificuldade em aceitar o sombrio estado de ânimo dela.

Sente vergonha por ficar tão mal a cada visita.

Na maioria das vezes ela nem sequer lhe dirige a palavra, tampouco olha para ele, apenas fica lá na cama, fitando pela janela.

Durante toda a infância de David Jordan, sua mãe recebeu tratamento para depressão, delírios e comportamento autodestrutivo. Há um ano, ele a transferiu para uma clínica exclusiva, especializada em cuidados psiquiátricos de longo prazo.

Lá, a depressão dela está sendo tratada como um efeito colateral do transtorno de estresse pós-traumático crônico. Sua medicação e terapia foram drasticamente ajustadas.

Da última vez que David a visitou, ela não ficou deitada passivamente na cama. Com as mãos trêmulas, pegou as flores que ele trouxera e as colocou em um vaso. Por causa da doença e dos vários medicamentos, sua mãe parecia muito envelhecida.

Eles se sentaram a uma mesinha no quarto dela, beberam chá de xícaras com pires fundos e comeram biscoitos de gengibre.

Ela não parava de repetir que deveria ter preparado uma refeição decente para ele, e a cada vez ele respondia que já havia comido.

Uma película de gotas de chuva cobria a pequena janela.

Quando DJ perguntou como ela estava, se a nova medicação era melhor, os olhos dela tornaram-se tímidos e envergonhados, e sua mão começou a se remexer, inquieta, sobre os botões de seu cardigã.

— Eu sei que não fui uma boa mãe — ela disse.
— Foi, sim.

Ele tinha consciência de que isso se devia à medicação alterada, mas era a primeira vez em muitos anos que sua mãe falava diretamente com ele.

Ela olhou para DJ e explicou, como se declamasse um roteiro, que suas tentativas de suicídio quando ele era pequeno foram uma reação ao trauma.

— A senhora começou a conversar com seu terapeuta sobre o acidente? — ele perguntou.

— Acidente? — ela repetiu com um sorriso.

— Mamãe, a senhora sabe que não está bem e que às vezes não era capaz de cuidar de mim, então fui morar com a vovó.

Lentamente, ela pousou a xícara no pires e depois contou sobre o horrível estupro.

Com voz suave, ela descreveu toda a sequência de eventos.

Os fragmentos de lembranças às vezes eram assustadoramente exatos, e às vezes ela parecia quase delirante.

Mas, de repente, tudo fez sentido para David Jordan.

A mãe nunca o deixava vê-la nua quando ele era criança, mas ainda assim DJ conseguia vislumbrar as cicatrizes nas coxas e nos seios devastados.

— Eu nunca o denunciei — ela sussurrou.
— Mas...

Ele se lembra do modo como a mãe, sentada com a mão magra sobre a boca, se desfez em lágrimas e depois sussurrou o nome Carl-Erik Ritter.

As bochechas dele coraram. Ele tentou dizer algo, mas sofreu o pior ataque de narcolepsia que já tivera na vida.

DJ acordou no chão com a mãe afagando seu rosto. Ele mal podia acreditar no que tinha ouvido.

Ele passara toda a vida adulta decepcionado com a mãe por sua incapacidade de lutar contra a depressão.

Um acidente de carro pode ser uma coisa terrível, mas ela tinha sobrevivido, afinal. Ela escapara.

Agora ele podia ver como ela era frágil. Seu corpo envelhecido ainda estava assustado, ainda se encolhia de medo instintivamente, sempre à espera de violência e dor.

Alguns períodos eram melhores que outros, e às vezes eles levavam uma vida quase normal, mas então ela despencava para um buraco profundo, até que se tornou impossível para ela cuidar do filho.

DJ sente uma tremenda pena da mãe.

Mesmo sabendo que de nada adiantaria, ele localizou Carl-Erik Ritter para poder olhar nos olhos dele. Talvez seja o suficiente. Talvez DJ nem sequer precise perguntar a Ritter se ele pensa no que fez, se tem alguma ideia do sofrimento que causou.

Enquanto a vida de Carl-Erik Ritter prosseguia, o estupro condenara sua mãe a uma vida de depressão recorrente e inúmeras tentativas de suicídio.

É possível que Ritter negue tudo. O evento está enterrado nas profundezas do passado e há muito já prescrevera. Mas DJ ainda pode dizer a ele que sabe o que aconteceu.

Como Ritter não tem nada a temer do ponto de vista judicial, pode até estar disposto a conversar.

Ele vira a foto e olha de novo para o rosto.

David Jordan sabe que o encontro provavelmente não lhe trará nenhum alívio, mas ele não consegue parar de pensar a respeito. Ele precisa enfrentar o agressor de sua mãe.

31

São quase onze da noite e um vento frio sopra por entre os prédios próximos à estação de metrô Axelsberg. David Jordan atravessa a praça, dirigindo-se para um bar e restaurante do bairro, El Bocado, que Carl-Erik Ritter frequenta na maioria das noites.

DJ tenta respirar calmamente. Sabe que a turbulência emocional pode desencadear um ataque narcoléptico, mas os comprimidos que ele tomou em casa devem mantê-lo acordado por mais algumas horas.

Do outro lado da praça, um bêbado grita com seu cachorro.

A paisagem urbana é dominada por enormes arranha-céus e um shopping center de tijolos vermelhos.

Ele olha de relance para a banca de jornal, o salão de cabeleireiro e a lavanderia ao lado do bar.

Atrás do vidro da banca de jornal, junto com um pôster desbotado anunciando um polpudo prêmio da loteria, vê-se uma tela negra.

Duas mulheres na casa dos quarenta anos terminam de fumar um cigarro na porta do cabeleireiro e voltam para o bar.

No elevado acima da praça, o tráfego pesado passa com estrondo, e embalagens velhas de sanduíches do McDonald's rodopiam em torno de uma lata de lixo transbordando.

David Jordan respira fundo, abre a porta do bar e entra na escuridão e no tumulto. O ar cheira a frituras e roupas úmidas. As paredes caiadas de branco acima das mesas e assentos estão atulhadas de velhas ferramentas de jardim e lâmpadas de parafina. Um letreiro luminoso verde indicando a saída de emergência está pendurado no teto baixo, e os cabos que passam pelo aparelho de som empoeirado são presos às vigas com fitas adesivas.

Dois casais estão sentados à mesa perto da porta, vociferando uns com os outros numa barulhenta discussão.

Sob uma pequena cobertura azulejada, um grupo de clientes de meia-idade, alinhado ao longo de um balcão desleixado, bebe e conversa. Um cartaz amarelado anuncia o cardápio completo, além de uma oferta especial de refeições para aposentados.

David Jordan pede uma garrafa de cerveja Grolsch e paga em dinheiro. Toma um primeiro gole refrescante e observa um homem com um rabo de cavalo tentando mostrar a uma mulher mais velha alguma coisa em seu celular.

Um homem limpa a cerveja dos lábios e ri de outro homem que experimenta um par de óculos de sol.

DJ se vira, olha para o outro lado e se vê encarando o homem que fora encontrar.

Ele o reconhece imediatamente da fotografia.

Carl-Erik Ritter está sentado nos fundos do recinto com uma das mãos em volta de um copo de cerveja. Veste um jeans surrado e um suéter de malha com furos nos cotovelos.

DJ pega a cerveja e abre caminho pela multidão, pedindo desculpas enquanto avança. Ele se detém na última mesa.

— Tudo bem se eu me sentar? — ele pergunta, deslizando em uma cadeira em frente a Carl-Erik Ritter.

O homem ergue lentamente a cabeça e o encara com olhos lacrimejantes, mas não responde. O coração de DJ está batendo muito rápido. Um cansaço perigoso toma conta dele, e a garrafa quase escapa de sua mão.

DJ fecha os olhos por um momento e depois coloca a garrafa sobre a mesa.

— Você é Carl-Erik Ritter? — ele pergunta.

— Eu era da última vez que alguém tentou me pedir dinheiro emprestado para pagar uma bebida — o homem responde bruscamente.

— Eu gostaria de conversar com você.

— Boa sorte — o homem diz. Ele toma um gole da cerveja e pousa o copo, mas não tira a mão.

Carl-Erik comeu bife grelhado: o prato em que foi servido está junto do copo, com restos de purê de batata e meio tomate grelhado. Um copinho de dose vazio contendo um resíduo escuro está ao lado do porta-guardanapos.

DJ tira do bolso uma fotografia de sua mãe e a coloca na mesa em frente a Carl-Erik. É uma foto antiga. Ela está com dezoito anos, usando um vestido de túnica claro, e olha com um sorriso radiante para a câmera.

— Você se lembra dela? — DJ pergunta quando tem certeza de que a voz não vai falhar.

— Ouça — Carl-Erik Ritter diz, erguendo o queixo. — Eu só quero ficar aqui sentado em paz e beber até apagar. É pedir muito?

Carl-Erik despeja no copo de cerveja as últimas gotas do copinho.

— Olhe pra foto — DJ pede.

— Me deixe em paz. Ouviu? — o homem diz devagar.

— Você se lembra do que você fez? — DJ pergunta, e sua voz começa a ficar estridente. — Admita que você…

— Mas que porra de papo é esse? — Carl-Erik Ritter berra e bate com o punho na mesa. — Você não pode simplesmente aparecer aqui e me fazer acusações!

O barman olha para eles de relance por cima do aparelho de som.

DJ sabe que precisa se acalmar. Ele não pode se meter em uma briga, porque isso pode respingar em Rex, e no momento eles não podem se dar ao luxo de lidar com publicidade negativa.

Com a mão trêmula, Carl-Erik segura novamente o copinho de dose vazio por cima da cerveja. Suas unhas estão imundas, e ao se barbear se esqueceu de aparar um trecho na lateral de uma das bochechas.

— Não estou aqui para causar problemas — DJ diz baixinho, afastando a garrafa para o lado. — Eu só gostaria de te perguntar…

— Me deixe em paz, já te falei!

Um homem na mesa ao lado olha para eles enquanto desenrola dois torrões de açúcar e os enfia na boca.

— Só quero saber se você já parou pra pensar que arruinou a vida dela — DJ diz, fazendo o possível para lutar contra as lágrimas.

Carl-Erik se inclina para trás. O colarinho da camisa está sujo, seu rosto está enrugado e avermelhado e os olhos são pouco mais que fendas.

— Você não tem o direito de vir aqui e me fazer acusações, caralho — ele repete com uma voz rascante.

— Tá legal. Eu sei quem você é. Eu te vi, e você recebeu o que merecia — DJ diz, e se levanta.

— Do que diabos você está falando, porra? — Carl-Erik balbucia.

David Jordan vira as costas para ele e se dirige à porta. Ouve a voz brusca e rouca do homem chamando-o de volta.

O corpo inteiro de DJ está tremendo quando ele sai para a praça novamente. Está escuro, e o ar frio golpeia seu rosto.

Há algumas pessoas na frente do supermercado ICA, do outro lado da praça.

DJ começa a tossir e para em frente ao salão de cabeleireiro, encostando a testa no vidro. Ele tenta respirar mais devagar. Sabe que deveria ir embora para casa, mas não consegue deixar de pensar que gostaria de se deitar por alguns minutos.

— Volte aqui! — Carl-Erik Ritter grita e sai tropeçando atrás de DJ.

Sem se dar ao trabalho de responder, DJ começa a andar novamente, mas para na frente da lavanderia e estende a mão para se apoiar na parede. Observa na vitrine um manequim usando um vestido branco. Ouve passos atrás dele.

— Quero que você peça desculpas — Carl-Erik Ritter grita.

David Jordan perde subitamente toda a força. Ele encosta a testa na vitrine fria e luta para ficar de pé. O suor escorre por suas costas, e seu pescoço está fraco demais para suportar o peso da cabeça.

Um ônibus passa no elevado.

Carl-Erik está bêbado e, cambaleando, agarra as lapelas do casaco de David e o puxa para si.

— Não faça isso — DJ diz, tentando se desvencilhar.

— Beije minha mão e peça desculpas — Ritter rosna.

DJ tenta encerrar a discussão, mas o ruído do metrô abafa sua voz, por isso ele precisa se repetir.

— Não estou me sentindo bem. Eu preciso ir pra casa e...

Carl-Erik o agarra pela cabeça e tenta forçá-lo a se abaixar e beijar sua mão. Engalfinhados, os dois tropeçam para trás, e DJ pode sentir o cheiro do suor que emana do corpo do outro homem.

— Eu quero um pedido de desculpas, porra! — Ritter grita, puxando o cabelo de DJ.

David o empurra e tenta se afastar, mas Carl-Erik agarra novamente seu casaco e o golpeia por trás.

— Já chega! — DJ grita, gira o corpo e empurra o homem com um tranco no peito.

Carl-Erik dá dois passos para trás, perde o equilíbrio e bate na vitrine. O vidro se estilhaça às suas costas e ele cai dentro da lavanderia.

Enormes estilhaços espalham-se pelo calçadão, despedaçando-se praça afora.

David Jordan se apressa e tenta ajudá-lo a se levantar. Carl-Erik se inclina para a frente e se agarra ao vidro com uma das mãos. Ele se desequilibra e cai de joelhos. Seu pescoço desliza contra a borda afiada de um fragmento de vidro saliente.

O sangue esguicha sobre o vestido branco do manequim e sobre o cartaz amarelado que anuncia uma oferta especial de lavagem de camisas.

A veia jugular do homem fora cortada.

Carl-Erik se levanta com um gemido e volta a cair de lado. O vidro cede sob seu peso. Sangue escuro jorra do ferimento no pescoço e escorre ao longo do corpo. Ele está berrando, tossindo e sacudindo a cabeça, tentando fugir da dor e do pânico.

David Jordan tenta estancar a hemorragia e pede socorro, aos berros, gritando na direção da praça para que alguém chame uma ambulância.

Carl-Erik cai de costas e tenta repelir as mãos de David.

O sangue se espalha pela calçada em frente ao prédio.

O corpo de Ritter treme enquanto ele joga a cabeça para a frente e para trás.

Ele olha fixamente para DJ, abre a boca, e entre seus lábios aparece uma bolha trêmula de sangue.

As pernas de Carl-Erik agitam-se convulsivamente enquanto a poça de sangue se esparrama por baixo dele e escoa em direção a uma tampa de bueiro enferrujada.

32

Rex está ouvindo as três fantasias para piano de Wilhelm Stenhammar enquanto esvazia a máquina de lavar louça. Ele acabou de voltar dos estúdios da TV4, onde no início da noite gravou um bate-papo sobre sua amizade com o ministro das Relações Exteriores.

Nunca se sentiu tão hipócrita na vida, mas depois que o vídeo foi ao ar, recebeu uma enxurrada de reações positivas nas mídias sociais.

Sammy está em um show no clube Debaser, mas prometeu estar em casa no mais tardar às duas da manhã. Rex está com medo de ir para a cama antes que o filho volte. Cansado, enche uma chaleira para ferver água para o chá e tenta sufocar a ansiedade. Seu celular toca. Ele vê que é DJ e atende imediatamente.

— O que você achou da entrevista? — Rex pergunta. — Eu me senti como...

— O Sammy está em casa? — DJ interrompe.

— Não, ele...

— Posso subir?

— Você está por perto?

— Estou sentado dentro do carro, na frente do prédio.

Só agora Rex percebe o tom estranho na voz do amigo e começa a se preocupar com o fato de que ele traz más notícias.

— O que aconteceu?

— Posso subir um pouco?

— Claro — Rex diz.

Ele desce a escada e destranca a porta da frente, depois a abre assim que ouve o elevador parar no patamar do lado de fora.

Quando por fim vê DJ sob a luz intensa, Rex engasga e recua um passo, sobressaltado.

Os braços de David Jordan, bem como seu peito, rosto e barba, estão cobertos de sangue.

— Jesus Cristo! — Rex exclama. — O que aconteceu?

DJ entra e fecha a porta atrás dele. Seu olhar está vidrado, vazio.

— O sangue não é meu — ele diz laconicamente. — Foi um acidente... vou te contar, eu só preciso...

— Você quase me matou de susto.

— Desculpe, eu não deveria ter vindo... acho que provavelmente estou em choque.

DJ se apoia no batente da porta enquanto tira os sapatos, deixando na madeira uma marca de mão ensanguentada.

— O que diabos aconteceu?

— Não sei bem como as coisas acabaram assim... ou melhor, é complicado, mas eu me meti numa discussão com um bêbado. Ele veio atrás de mim, depois caiu e se cortou.

Ele olha para Rex com expressão encabulada.

— Acho que ele se machucou gravemente.

— Mas foi muito grave?

DJ fecha os olhos e Rex vê que ele também tem sangue nas pálpebras e cílios.

— Desculpe arrastar você para essa história — DJ sussurra. — Eu deveria te manter longe desse tipo de coisa... merda...

— Apenas me conte o que aconteceu.

DJ não responde. Ele passa por Rex, entra no banheiro de hóspedes e começa a lavar as mãos. Aos poucos a água avermelhada vai ficando rósea à medida que centenas de gotículas salpicam os azulejos brancos atrás da torneira.

DJ usa um chumaço de papel higiênico para limpar o rosto. Ele joga o papel sujo no vaso sanitário e dá descarga, se olha no espelho, solta um profundo suspiro e se vira para Rex.

— Eu entrei em pânico. Não sei, naquele momento me pareceu a coisa certa a fazer. Saí andando e entrei no carro quando ouvi a ambulância.

— Isso não é nada bom — Rex diz calmamente.

— Eu apenas não queria... eu não queria que isso afetasse você — ele tenta explicar. — Não pode te prejudicar, não agora que estamos arrumando novos investidores, não agora que tudo está realmente avançando.

— Eu sei, mas...

— A Lyra está em casa — ele continua. — Eu não sabia para onde ir, então vim aqui.

— Vamos descobrir o que fazer — Rex diz, esfregando o rosto.

— É melhor ligar para a polícia e explicar que não fiz nada. Não foi minha culpa — ele diz, e começa a vasculhar os bolsos à procura do celular.

— Espere um pouco — Rex diz. — Me conte mais a respeito. Vamos subir.

— Por que tudo tem que ser tão complicado? Só fui a um bar em Axelsberg e...

— O que você estava fazendo lá?

DJ se deixa cair pesadamente em uma das cadeiras da mesa da cozinha. Toda a água da chaleira evaporou faz tempo, e a cozinha cheira a metal quente.

— Às vezes, só preciso ir a algum lugar onde não conheço ninguém — DJ explica.

— Isso eu posso entender — Rex diz, colocando água fresca na chaleira.

— Mas aí me meti numa discussão boba e fui embora — DJ diz, deslizando os cotovelos sobre a mesa. — O bêbado foi atrás de mim e queria brigar, e no fim das contas ele caiu na vitrine de uma loja e se cortou.

DJ se senta novamente e tenta respirar mais devagar. As mangas de seu casaco deixam riscos de sangue sobre a mesa.

— E agora há sangue aqui — DJ diz. — Precisamos limpar antes que o Sammy chegue em casa.

— Ele provavelmente vai ficar fora metade da noite.

— Acho que tem muito sangue no carro também — DJ sussurra.

— Vou descer e dar uma olhada enquanto você toma uma chuveirada — Rex diz.

— Não, e se alguém vir você? Você precisa ficar fora disso. Eu cuido do carro amanhã, enquanto a Lyra estiver na escola de arte.

Rex se senta de frente para DJ.

— Ainda não entendi — ele diz. — Você brigou? Uma briga de verdade?

Os olhos de DJ estão brilhando, injetados.

— Olha, ele estava bêbado, cambaleando. Ficou me chamando de volta... e eu estava tentando afastá-lo quando ele tropeçou na vitrine.

— A coisa foi feia?

— Ele cortou o pescoço. Não sei se vai sobreviver. Tinha...

— Mas e se a ambulância chegou lá logo?

— Tinha muito sangue — DJ conclui.

— Então, o que vamos fazer? — Rex pergunta. — Simplesmente torcer pra que ninguém tenha visto você?

— Ninguém no bar me conhecia, e a praça estava bem escura.

Rex assente e tenta pensar com clareza.

— Você precisa tomar uma ducha — ele diz. — Vou pegar umas roupas ... ponha tudo na máquina de lavar e se limpe, e vou ver se já tem alguma coisa on-line.

— Tá legal, obrigado — DJ sussurra.

Rex pega o alvejante e borrifa sobre a mesa e a cadeira onde DJ estava sentado. Usa folhas de papel-toalha para secar, depois desce as escadas e limpa a porta manchada de sangue, a maçaneta da porta do banheiro de hóspedes, a torneira, a pia e os ladrilhos atrás dela. Volta para o andar de cima, limpando o corrimão, e deixa as toalhas de papel e o alvejante no meio da mesa para não se esquecer de limpar o chuveiro e a máquina de lavar assim que DJ tiver terminado.

Ele pega uma garrafa de uísque Highland Park e um copo para DJ, depois checa as notícias no celular. Não há nada sobre uma briga ou acidente que corresponda ao que DJ disse.

Talvez não seja tão grave quanto ele pensava.

Se o homem tivesse morrido, àquela hora a notícia já teria sido divulgada.

33

O diretor da prisão acatou a solicitação de Joona e lhe concedeu permissão para uma saída temporária de trinta e seis horas.

Joona chega ao fim do túnel subterrâneo. O guarda da prisão à sua frente hesita por alguns segundos, depois levanta a mão e abre a porta. Eles atravessam, esperam o clique da tranca, então avançam para a outra porta e aguardam que o comando central autorize sua passagem para a seção seguinte.

Exatamente como Joona havia previsto, Salim Ratjen concluíra que o ex-policial era sua única chance de enviar uma mensagem antes da quarta-feira. A mensagem de Ratjen parece consistir em pouco mais que um número de telefone e um nome, mas ainda assim era possível que se tratasse de um código autorizando um assassinato.

Depois de receber de volta seus pertences pessoais, Joona é levado por outro guarda ao Comando Central.

Durante o julgamento, dois anos antes, o terno lhe caía como uma luva, mas desde então Joona passara quatro horas por dia se exercitando, e agora o paletó está muito apertado nos ombros.

A fechadura zune, Joona abre a porta e deixa para trás o enorme muro.

Uma dor conhecida atrás do olho esquerdo o ataca com intensidade quando ele começa a atravessar o asfalto. A cerca elétrica com sua bobina de arame farpado é o último obstáculo à liberdade. À frente de Joona, as torres brancas dos holofotes se erguem, destacando-se em contraste com o cinzento céu de aço.

Ele resiste à tentação de acelerar o passo e se lembra de quando era criança, seguindo o pai floresta adentro para pescar truta.

Toda vez que avistava o lago cintilando por entre as árvores, ficava tão entusiasmado que queria sair correndo no último trecho, mas sempre fazia força para se conter. O pai dele lhe explicara que era necessário aproximar-se com cautela da água.

O imenso portão desliza para trás com um pesado zumbido metálico.

O sol desponta por detrás de uma nuvem e faz Joona olhar para cima. Pela primeira vez em dois anos, consegue ver o horizonte. Ele está olhando para campos, estradas e florestas.

Joona deixa o recinto da prisão e chega ao estacionamento. O portão desliza atrás dele. É como sentir os pulmões se encherem de ar fresco, beber um gole de água, trocar com o pai um tácito olhar de mútuo entendimento.

Mais uma vez, Joona é tomado pela lembrança daquelas viagens de pescaria, a lenta descida em direção à margem e o momento em viam que a água estava fervilhando de peixes. A superfície brilhante do lago era entrecortada por pequenos anéis, como se estivesse chovendo.

A sensação de estar livre é avassaladora. As emoções se agitam, inquietas, no peito de Joona. Ele poderia parar e cair no choro, mas continua andando sem olhar para trás. À medida que caminha até o ponto de ônibus, seus músculos começam a relaxar.

Ele sente que está lentamente voltando a seu estado normal.

Ao longe, pode ver o ônibus se aproximando em meio a uma nuvem de poeira. De acordo com o itinerário previsto no passe de Joona, ele precisa pegar o ônibus até Örebro e de lá embarcar no trem rumo a Estocolmo.

Ele sobe no ônibus, mas já sabe que não vai pegar o trem. Em vez disso, vai encontrar seu contato, um agente da Polícia de Segurança. A reunião deve ocorrer dali a quarenta e cinco minutos no estacionamento subterrâneo do shopping center Vågen.

Consulta o relógio de pulso e, com um sorriso, se recosta no banco.

Devolveram-lhe o relógio Omega de modelo simples que ele herdara do pai. Sua mãe nunca o vendeu, embora pudessem ter usado o dinheiro.

Quando Joona desce do ônibus e segue para o shopping, o sol já desapareceu e o vento diminuiu. Embora disponha de apenas cinco minutos, para em um quiosque de fast-food e pede um hambúrguer com bacon e queijo americano tipo Monterey Jack e uma porção de batatas fritas.

— E para beber? — o proprietário do quiosque pergunta enquanto prepara a comida.

— Fanta Exótica — Joona responde.

Ele coloca no bolso a lata de refrigerante sabor maracujá, melão e laranja, depois se posiciona ao lado da bandeirinha vermelha anunciando sorvetes e come o hambúrguer.

No estacionamento, um homem vestido de jeans e jaqueta forrada com pluma de ganso está parado ao lado de um BMW preto, olhando fixamente para o celular.

— Você deveria ter chegado há vinte minutos — ele diz, zangado, quando Joona aparece e aperta sua mão.

— Eu quis pegar uma bebida para você — Joona responde e lhe entrega a lata.

Surpreso, o agente agradece e pega a lata antes de abrir a porta do carro para Joona.

No banco de trás, há um telefone celular básico, um cartão de débito e três volumosos envelopes de Saga Bauer, contendo o relatório forense do assassinato do ministro das Relações Exteriores. Tudo o que Joona solicitou está nos envelopes: o relatório preliminar da investigação, as descobertas iniciais da autópsia, os resultados do laboratório e as transcrições de todos os depoimentos das testemunhas.

Eles passam pela estação ferroviária e pegam a estrada em direção a Estocolmo.

Joona lê o histórico de Salim Ratjen: ele fugiu do Afeganistão e buscou asilo na Suécia, depois se envolveu com uma rede de tráfico de drogas. Além da esposa, seu único outro familiar no país é o irmão, Absalon Ratjen. A Polícia de Segurança realizou uma investigação completa e está confiante de que os irmãos não têm nenhum contato há oito anos. De acordo com a correspondência que descobriram, Absalon cortou relações com Salim quando este lhe pediu que escondesse um grande bloco de haxixe para um traficante.

Joona acaba de pegar o dossiê de fotografias da casa do ministro das Relações Exteriores quando o celular toca.

— Você conseguiu estabelecer contato com Ratjen? — Saga Bauer pergunta.

— Sim. Ele me incumbiu de uma tarefa, mas é impossível saber aonde isso pode levar — Joona diz. — Ele me pediu para visitar a esposa dele e instruí-la a ligar para um número e perguntar por Amira.

— Certo. Você fez um bom trabalho. Um trabalho realmente muito bom — Saga diz.

— A operação de hoje à noite vai ser de grande envergadura, não é? — Joona pergunta, olhando para as fotografias em papel cuchê: sangue, armários de cozinha respingados, um vaso de plantas caído, o corpo do ministro das Relações Exteriores sob vários ângulos, seu torso ensopado de sangue, mãos e dedos tortos e amarelados.

— Você realmente acha que dá conta do recado? — ela pergunta em tom sério.

— Dar conta do recado? É isso que eu faço — ele responde.

Ele ouve Saga rir consigo mesma.

— Você tem noção de que está ausente há dois anos e que esse assassino é extremamente eficiente?

— Sim.

— Você leu a linha do tempo da perícia?

— Ele sabe o que está fazendo, mas há alguma outra coisa, eu posso sentir. Há algo de perturbador na história.

— Como assim?

34

Pouco antes de chegarem a Norrtull, o agente recebe um novo itinerário. Ele entra no estacionamento em frente ao restaurante Stallmästaregården e para.

— A equipe que comanda a operação está esperando por você no pavilhão — ele diz.

Joona sai do carro e parte em direção à casa de veraneio amarela com vista para as águas do lago Brunnsviken. Há pouco tempo, essa área era incrivelmente bonita, mas agora o restaurante está entalado em um emaranhado de rodovias, pontes e viadutos.

Quando ele abre a fina porta de madeira, um dos dois homens à mesa se levanta. Ele tem cabelo loiro-acobreado e sobrancelhas quase brancas.

— Meu nome é Janus Mickelsen. Sou responsável pela Unidade de Resposta Rápida da Polícia de Segurança — ele diz, enquanto apertam as mãos.

Janus se move de maneira estranhamente vacilante.

Ao lado dele, senta-se um jovem com um sorriso torto. Ele está olhando para Joona com uma expressão séria.

— O Gustav vai ficar no primeiro grupo, liderando a operação terrestre da Unidade Nacional de Resposta em Campo — Janus diz.

Joona aperta a mão de Gustav e a segura por um momento a mais enquanto encara seus olhos.

— Vejo que você cresceu e não cabe mais na sua fantasia de Batman — Joona diz com um sorriso.

— Você se lembra de mim? — o rapaz pergunta, incrédulo.

— Vocês dois se conhecem? — Janus pergunta e sorri, revelando uma pequena rede de linhas de expressão ao redor dos olhos.

— Eu trabalhava com a tia de Gustav na Investigação Criminal — Joona explica.

Joona se lembra de uma festa no chalé de verão de Anja, às margens do lago Mälaren. Gustav tinha apenas sete anos de idade. O menino vestia uma fantasia de Batman e passara o tempo todo correndo na grama. Eles se sentaram sobre cobertores, comendo salmão defumado frio e salada de batata e bebendo cerveja. Mais tarde, Gustav sentou-se ao lado de Joona e insistiu em saber como era o trabalho de um policial.

Joona tirou o pente da pistola e deixou o garoto segurá-la. Depois, Anja tentou convencer Gustav de que não era uma pistola de verdade, mas uma réplica utilizada para prática de tiro.

— A Anja sempre foi como uma segunda mãe para mim — Gustav sorri. — Ela acha que ser policial é muito perigoso.

— As coisas podem mesmo ficar muito perigosas hoje à noite — Joona assente.

— E ninguém vai te agradecer se você for morto — Janus diz com um tom inesperadamente amargo na voz.

Joona se recorda de que Janus Mickelsen havia sido algum tipo de denunciante há muitos anos. Na época, fora um escândalo e tanto, pelo menos por algumas semanas. Ele fizera carreira nas Forças Armadas e participara de uma operação pan-europeia organizada para combater a pirataria nas rotas marítimas na costa da Somália. Quando seus superiores se recusaram a ouvi-lo, ele declarou à mídia que os rifles semiautomáticos que haviam sido fornecidos a seus homens se superaqueciam muito rapidamente. Janus alegou que as armas eram tão imprecisas que representavam um risco à segurança. Os semiautomáticos permaneceram, e Janus perdeu o emprego.

— Iniciaremos a operação na casa da esposa de Salim Ratjen. Começamos às sete da noite — Janus explica enquanto desdobra um mapa.

Ele aponta para um prédio em um trecho de floresta onde a Unidade de Resposta Rápida ficará à espera, logo em frente à casa de Parisa.

— Vocês conseguiram descobrir alguma coisa sobre quem é essa Amira e a localização do número de telefone? — Joona pergunta.

— Não encontramos nenhum registro. Esse número de telefone fica em algum lugar na área de Malmö, mas no momento não temos como rastreá-lo.

— Por enquanto, estamos nos concentrando na operação que temos pela frente — Gustav diz. — A esposa de Ratjen trabalha como enfermeira em uma clínica odontológica em Bandhagen. Ela encerra o expediente às seis e estará em casa por volta das seis e quarenta e cinco se parar para fazer compras no supermercado, como de costume.

— Ratjen planejou o segundo ataque para quarta-feira — Janus diz. — Essa é a nossa chance de impedir.

— Mas vocês ainda não sabem qual é o papel da esposa dele? — Joona pergunta.

— Estamos trabalhando nisso — Janus responde, limpando o suor da testa sardenta.

— Talvez ela seja apenas uma intermediária.

— Na verdade não sabemos de nada — Gustav diz. — É um tiro no escuro, sem dúvida, mas ao mesmo tempo... não falta muita coisa para encaixarmos as peças do quebra-cabeça, um detalhe ínfimo talvez seja suficiente. Se você conseguir descobrir qualquer coisa a respeito do funcionamento do plano, quem será o alvo do ataque de quarta-feira ou onde será realizado, talvez possamos acabar com tudo isso agora.

— Quero falar com a testemunha antes da operação — Joona diz.

— Por quê?

— Quero saber o que o assassino fez entre o primeiro disparo e o tiro que matou o ministro.

— Ele disse aquelas coisas sobre Ratjen e o inferno. Está no relatório, devo ter lido centenas de vezes — Janus afirma.

— Mas isso não explica o lapso de tempo restante — Joona insiste.

— Ele pegou os projéteis disparados.

A análise interna da equipe forense não está completa, mas Joona estudou os padrões de respingos, o sangue no chão e os pontos de convergência, e tem certeza de que a autópsia mostrará que mais de quinze minutos se passaram entre os dois primeiros tiros no torso da vítima e o disparo fatal nos olhos.

Por ora, os especialistas forenses estimam que a sequência de eventos não levou mais de cinco minutos no total.

Recolher as balas, deslocar-se pela casa e proferir aquelas poucas frases equivalem a esses cinco minutos.

Se Joona estiver certo, ainda há mais de dez minutos que são impossíveis de explicar.

O que aconteceu durante esse intervalo de tempo?

O assassino é um profissional extremamente bem treinado. Deve haver uma razão pela qual ele não concluíra a execução o mais rápido possível.

Joona não faz ideia do motivo, mas tem a sensação de que falta uma peça decisiva, algo muito mais sombrio do que o que eles viram até agora.

— Ainda assim eu gostaria de falar com ela, se possível — ele insiste.

— Vamos providenciar isso — Janus assente, e rasga o lacre em um grande envelope acolchoado. — Temos tempo, já que a operação só começará às sete horas. Nós nos encontraremos em uma reunião final às cinco.

Ele entrega a Joona uma surrada pistola de serviço, com um carregador extra, duas caixas de munição, balas de 9×19 parabellum e as chaves de um Volvo.

Joona tira a pistola do coldre e a examina. É uma Sig Sauer Tática P226 preta fosca.

— Serve? — Janus pergunta e sorri como se tivesse acabado de dizer algo muito engraçado.

— Você não tem outro coldre de ombro? — Joona pergunta.

— Este é o modelo padrão — Gustav responde, ligeiramente perplexo.

— Eu sei. Na verdade não faz mal, é que este aqui se mexe um pouco demais — Joona diz.

35

Joona segue o BMW preto de seu contato até as profundezas da garagem sob Katarinaberget e estaciona em frente a uma parede de concreto áspero.

Eles estão bem abaixo das imensas portas de correr do abrigo.

Ele já ouvira boatos sobre a existência de uma prisão secreta da Polícia de Segurança, mas não sabia que ficava ali.

O contato de Joona está à sua espera. Ele desliza o cartão de identificação através de um leitor e digita um longo código.

Joona segue o agente até a câmara de ar de segurança. Assim que a porta da garagem se tranca, o homem passa o cartão por outro leitor e digita um segundo código. Eles são autorizados a entrar na sala de controle de segurança. Joona desliza a identificação por uma escotilha e o guarda atrás do vidro reforçado a verifica.

Joona tem de se registrar e se submeter ao escaneamento biométrico de suas íris e impressões digitais.

Ele coloca a jaqueta, a pistola e os sapatos em uma esteira, passa pelo escâner corporal e entra na câmara de ar de segurança seguinte, onde se apresenta a uma agente do sexo feminino cujo cabelo castanho-escuro está enrolado em uma espessa trança sobre um dos ombros.

— Eu sei quem você é — ela diz, corando levemente.

Ela devolve a pistola, observa quando ele coloca de novo o coldre e lhe entrega a jaqueta.

— Obrigado.

— Você é muito mais jovem do que eu esperava — ela acrescenta, e seu rubor se espalha pelo pescoço.

— Você também — ele sorri, e calça de novo os sapatos.

Eles começam a andar, e a agente explica que transferiram Sofia

Stefansson do antigo depósito de gelo para uma sala de isolamento na casa de máquinas.

Joona leu e comparou todos os interrogatórios a que Sofia foi submetida.

O depoimento dela é bastante coerente.

As poucas discrepâncias podem ser atribuídas ao medo da testemunha: ela quis colaborar e disse o que achava que o interrogador queria ouvir.

O interrogatório conduzido por Saga é o mais útil: é bastante excepcional, dadas as circunstâncias. Destacando pormenores específicos, ela conseguira ajudar a testemunha a se lembrar da breve conversa em que o nome de Ratjen fora mencionado.

Sem esse interrogatório, eles nem sequer teriam um caso.

Mas se Joona estiver certo sobre a duração dos eventos na noite do crime, a testemunha se calara em relação a uma parte considerável do que aconteceu.

O assassino disparou dois tiros, depois agiu de forma rápida e resoluta, correndo para agarrar o ministro das Relações Exteriores pelo cabelo, obrigou-o a ficar de joelhos e depois pressionou a pistola contra um dos olhos dele.

O assassino tratou a vítima como um inimigo, Joona pensa.

Excluindo-se os minutos que faltam, o ataque parecia mais algo que acontecera no calor da batalha do que uma execução.

Sofia escorregou e bateu com a nuca no chão, depois ficou deitada ouvindo a breve conversa sobre Ratjen antes de o ministro das Relações Exteriores ser assassinado com um tiro no olho.

— Estou pensando — Joona explica, sem que a agente tenha perguntado.

— Você não tem que me dar explicações — ela diz, parando em frente a uma porta de metal.

A agente bate na porta de metal, diz a Sofia que ela tem uma visita e deixa Joona entrar, trancando a porta atrás dele.

Sofia está sentada em um sofá azul-ciano na frente de uma televisão, assistindo a um episódio da série que a BBC produzira adaptando *Sherlock Holmes*. A televisão está conectada apenas a um aparelho de

DVD. À frente dela há uma pilha de DVDs, ao lado de uma garrafa plástica de coca-cola tamanho família.

O rosto de Sofia está pálido e ela não está usando maquiagem. Com o corpo frágil e o cabelo castanho-claro preso em um rabo de cavalo, ela parece uma menina. Está vestindo calça de moletom cinza e uma camiseta branca com o desenho de um gatinho cintilante na frente. Uma de suas mãos está enfaixada, e há hematomas cinzentos ao redor dos pulsos.

Joona pode ver que, embora ainda não tenha aceitado sua nova vida e esteja aterrorizada com a ideia de que comecem a torturá-la novamente, Sofia começou a entender que não vão matá-la, mas também não vão deixá-la ir embora tão cedo.

— Meu nome é Joona Linna — ele diz. — Eu trabalhava como detetive... li todas as transcrições dos seus depoimentos. Tudo me diz que você é totalmente inocente, e entendo por que você está com medo, tendo em vista a forma como a trataram aqui.

— Sim — ela sussurra, desligando a televisão.

Joona espera um momento antes de se sentar ao lado dela. Ele sabe que movimentos bruscos ou ruídos agudos podem desencadear um estresse pós-traumático, o que levaria Sofia a ficar na defensiva e se fechar. Ele a viu tremer quando a agente trancou a porta: talvez o som metálico a lembrasse do barulho do disparo de um projétil.

— Não tenho autoridade para libertar você — ele explica com franqueza. — Mas ainda assim eu gostaria que você me ajudasse. Preciso que se esforce mais do que nunca para se lembrar das coisas que vou perguntar.

Ele pode sentir que Sofia está tentando decifrá-lo, o instinto de sobrevivência dela tentando superar o estado de choque.

Muito lentamente, Joona tira do dossiê os dois retratos falados que a polícia produziu usando a descrição dela.

Em um deles, o gorro ninja cobre a cabeça do assassino, de modo que são visíveis apenas seus olhos e boca.

No outro, eles tentaram imaginar o rosto do assassino sem o gorro — mas a ausência de detalhes precisos faz com que de alguma forma ainda pareça coberto.

Não há nos traços do assassino nada que chame muito a atenção. Seus olhos talvez sejam singularmente calmos, seu nariz é maior que o normal. A boca é quase branca e sua mandíbula é bastante larga, mas o queixo é banal.

No desenho o homem não tem barba nem bigode, mas, com base na cor das sobrancelhas, eles optaram por lhe atribuir cabelo loiro-acastanhado e sem graça, com um corte indefinível.

— Eles tentaram um nariz mais longo e eu disse "não sei" — Sofia explica. — Diminuíram o tamanho e eu disse "Talvez, eu não sei"; eles fizeram mais fino e eu disse "não sei"; eles fizeram mais largo e eu disse "talvez"... no final, eles ficaram irritados e decidiram que estava bom.

— Parece bom — Joona disse.

— Talvez eu me sinta insegura com relação a tudo porque eles continuaram questionando a minha memória o tempo todo. Em determinado momento o rosto dele ficou negro, mas eu não disse nada nesse sentido. Talvez eles estivessem tentando me fazer lembrar de outras coisas, como a cor dos olhos e das sobrancelhas dele.

— Eles são especialistas no modo como as pessoas se lembram de rostos — Joona assente.

— Por algum tempo ele teve cabelo comprido, com mechas desgrenhadas caídas na altura das bochechas — ela diz, franzindo a testa. — De repente, surgiu na minha cabeça que eu tinha visto isso, mas eu sabia que ele ficou o tempo todo com o rosto coberto por um capuz, então não podia ser verdade, eu não tive como ver o cabelo dele.

— O que você acha que viu? — ele pergunta com voz suave.

— O quê?

— Se não era cabelo?

— Eu não sei. Quero dizer, naquele momento eu estava deitada no chão... mas havia algo pendurado nas bochechas dele, como tiras de pano.

— Você não acha que ainda assim podia ter sido cabelo?

— Não, era mais grosso, mais parecido com couro, talvez.

— De que tamanho eram as tiras?

— Vinham até aqui — ela diz, colocando uma das mãos no ombro.

— Você pode desenhá-las nesta imagem?

Sofia pega o esboço do retrato falado e, com a mão trêmula, acrescenta à lateral do rosto encapuzado o que ela vira pendurado.

No início, parecem ser grandes plumas ou penas, mas depois começa a se parecer com cabelo emaranhado. A ponta da caneta faz buracos no papel.

— Ah, eu não sei — ela diz, afastando o desenho.

— O ministro das Relações Exteriores disse algo sobre um homem de duas caras?

— O quê?

— Pode ter sido uma metáfora — Joona diz, observando o desenho.

— Não temos todos nós duas caras, então?

36

Sofia fica imóvel, os olhos apontados para baixo, os cílios trêmulos. Joona fica impressionado com o fato de que ela parece se lembrar de tudo, como se estivesse, de fora do próprio corpo, observando a si mesma.

— Você acha que o assassino era terrorista? — ele pergunta depois de uma pausa.

— Por que você está perguntando pra mim? Eu não sei.

— O que você acha?

— Parecia pessoal... mas talvez seja, para os terroristas.

Primeiro ela testemunha os dois tiros à distância, depois o assassino começa a se mover. Ela tenta escapar e escorrega no sangue.

— Você cai e acaba deitada no chão — Joona diz, mostrando-lhe uma fotografia da cozinha manchada de sangue que havia sido tirada da perspectiva dela.

— Sim — ela diz baixinho e desvia o olhar.

O ministro das Relações Exteriores está de joelhos, sangrando pelos dois tiros no tronco. O assassino o agarra pelo cabelo e aperta o cano da pistola contra o olho.

— O olho direito — ela sussurra, com o rosto impassível.

— Você mencionou a conversa entre eles, mas o que aconteceu depois disso?

— Eu não sei. Nada. O cara atirou nele.

— Mas isso não aconteceu imediatamente, aconteceu?

— Não? — ela pergunta com voz dócil.

— Não — Joona responde, e vê os finos pelos nos braços dela se eriçarem.

— Eu bati minha cabeça no chão. Tudo parecia estar acontecendo muito devagar — ela diz, levantando-se do sofá.

— O que aconteceu?

— Foi como se o tempo tivesse parado e simplesmente... não, eu não sei.

— O que você ia dizer?

— Nada — ela responde.

— Nada? Estamos falando de um intervalo de dez minutos — ele diz.

— Dez minutos.

— O que aconteceu? — Joona insiste.

— Eu não sei — ela diz, coçando um braço.

— Ele filmou o ministro das Relações Exteriores?

— Não, não filmou; do que você está falando? — Sofia geme, depois caminha até a porta e bate.

— Ele se comunicou com alguém?

— Não aguento mais fazer isso — ela sussurra.

— Sim, você aguenta, Sofia.

Ela se vira e olha para Joona; o rosto dela está perturbado, desesperado.

— Aguento? — ela pergunta.

— Ele se comunicou com alguém?

— Não.

— Ele parecia estar rezando? — Joona pergunta.

— Não — ela responde, enxugando as lágrimas das bochechas.

— Ele poderia ter forçado o ministro das Relações Exteriores a dizer alguma coisa?

— Os dois ficaram em silêncio — ela responde.

— O tempo todo?

— Sim.

— Você ficou lá olhando para eles, Sofia. O assassino realmente não fez nada? — Joona pergunta. — Quero dizer, ele parecia assustado, ele estava tremendo?

— Ele parecia calmo — ela responde, enxugando os olhos novamente.

— Ele poderia estar travando uma batalha interna... talvez não tivesse certeza se deveria matá-lo ou não?

— Ele não hesitou, não foi assim... acho que ele simplesmente gostou de ficar lá parado. O ministro estava respirando muito rápido o tempo todo. Estava à beira de perder a consciência, mas em momento algum o assassino soltou o cabelo dele. Apenas ficou olhando pro rosto dele.

— O que o fez atirar?

— Eu não sei... depois de algum tempo ele largou o cabelo, mas sempre mantendo a pistola pressionada contra o olho... de repente, houve um estrondo, mas não da pistola, que apenas emitiu um som estridente... o barulho veio da parte de trás da cabeça, eu acho. Quando o crânio dele explodiu, talvez?

— Sofia — Joona diz com toda calma. — Vou pegar a minha pistola. Ela não está carregada. Não há perigo nenhum, mas precisamos olhar para esclarecer os últimos detalhes.

— Tudo bem — ela diz, seus lábios empalidecendo.

— Não se assuste.

Lentamente, ele tira a Sig Sauer do coldre e a coloca em cima da mesa.

Joona percebe que Sofia tem dificuldades até mesmo de olhar para a pistola e que as veias no pescoço dela estão latejando.

— Eu sei que é difícil — Joona diz em voz baixa. — Mas eu gostaria que falássemos sobre a forma como ele empunhava a arma. Sei que você é capaz de se lembrar porque disse que o assassino estava segurando a pistola com as duas mãos.

— Sim.

— Qual das mãos ele usou como apoio?

— Como assim?

— Uma das mãos segura a pistola, o dedo no gatilho, e a outra mão serve de apoio — ele explica.

— Ele usou... a mão esquerda dele como apoio — ela responde e tenta sorrir para ele antes de abaixar o olhar novamente.

— Então ele estava mirando com o olho direito?

— Sim.

— E ele estava com o olho esquerdo fechado?

— Ele mirou com os dois olhos abertos.

— Entendi — Joona diz, pensando em como essa técnica é incomum.

Joona também dispara com os dois olhos abertos. Isso lhe proporciona uma melhor visão periférica em situações arriscadas, mas exige um bocado de treinamento meticuloso para ser feito da maneira correta e eficaz.

Joona continua a fazer perguntas sobre os movimentos do assassino. Ele faz Sofia revisar a posição e o ângulo dos ombros do assassino no momento em que ele atirou à distância, a maneira como ele passou a pistola para a outra mão de modo a não perder a linha de tiro ao pegar as balas no chão.

Sofia descreve mais uma vez a aparente lentidão dos eventos, o tiro no olho, a maneira como o corpo caiu para trás em um ângulo, com uma perna esticada e a outra dobrada por baixo, e em seguida como o assassino se lançou por cima do corpo e atirou no outro olho.

Deixando a pistola sobre a mesa, Joona se levanta e pega dois copos na pequena área da cozinha. Está pensando em como o assassino não precisou trocar de carregador.

Mas, se eu estivesse no lugar dele, teria feito isso logo após o quarto disparo, para ter um carregador cheio na pistola quando saísse do local, Joona pensa consigo mesmo enquanto serve a coca-cola.

Eles bebem, depois colocam os copos cuidadosamente sobre a mesa. Joona pega a pistola e espera enquanto Sofia limpa a boca com as costas da mão.

— Depois do último tiro… ele substituiu o carregador na pistola?

— Eu não sei — ela diz, cansada.

— Você tem que soltar a trava e o cartucho desliza na sua mão, assim — Joona diz, demonstrando. — E depois você insere um novo.

O ruído a faz estremecer. Ela engole em seco e assente.

— Sim, foi o que ele fez — ela diz.

37

Enquanto o carro de Joona percorre devagar a acidentada trilha de cascalho rumo ao ninho de Valéria, ele pensa na descrição que Sofia fizera do assassino: atira com os dois olhos abertos, recolhe as balas e insere na pistola um cartucho cheio antes de sair da casa.

Para disparar uma arma de ação única, é preciso engatilhar manualmente o cão para alimentar a bala na câmara.

Há várias maneiras de fazer isso. Os policiais suecos apoiam a mão esquerda sobre o cão, apontam para o chão e puxam para trás, para cima.

O assassino, por sua vez, colocou o polegar e o indicador sobre a pistola e, em vez de puxar para trás, empurrou a pistola para a frente de modo a conseguir disparar de imediato. Não é uma técnica que vem naturalmente, mas depois que a pessoa a aprende, permite economizar segundos valiosos.

Joona se lembra de que, certa vez, examinou algumas imagens antigas da Interpol, uma câmera de segurança que gravara o assassinato de Fathi Shaqaqi em frente ao Hotel Diplomat em Malta.

O atentado fora realizado por dois agentes da Kidon, uma unidade de operações especiais do Mossad, o serviço secreto israelense.

As imagens pouco nítidas da filmagem em preto e branco granulada mostram um homem com o rosto escondido, alimentando balas na câmara exatamente dessa maneira. Depois de atirar três vezes na vítima, ele monta numa motocicleta dirigida por outro homem e desaparece.

Tudo o que Sofia descrevera reforça a ideia de que o assassino recebeu treinamento militar de altíssimo nível.

Durante toda a ação, ele mantivera a pistola na altura da cabeça, sem vacilar, o cano da arma sempre apontado à sua frente.

Joona imagina o homem, o modo como ele dispara, corre e troca de carregador, sem jamais perder a linha de tiro.

Vêm à sua mente a unidade polonesa de forças especiais, a Grom, ou os Seals da Marinha dos EUA. No entanto, o assassino ainda optou por permanecer no local por muito mais tempo do que o necessário.

Ele não sente medo nem ansiedade, apenas deixa o tempo passar enquanto observa a agonia da vítima.

Joona olha para o relógio. Em três horas ele transmitirá a mensagem de Salim Ratjen para a esposa.

Ele estaciona na porta do pequeno chalé de Valéria, circundado por um jardim frondoso, e pega um dos dois buquês do banco do passageiro. Os galhos dos grandes salgueiros-chorões roçam o chão. O ar do fim do verão é quente e úmido. Não há resposta quando ele bate à porta, mas as luzes estão acesas, então ele dá a volta por trás para procurar Valéria.

Ele a encontra em uma das estufas. Os painéis de vidro estão embaçados por causa da condensação, mas Joona pode vê-la claramente. Seu cabelo está preso em um nó frouxo, e ela veste um jeans desbotado, botas e uma jaqueta de lã vermelha, justa e com manchas de terra. Ela está mudando de lugar vários vasos pesados contendo laranjeiras. Ela se vira e o vê.

Aqueles olhos escuros, aquele cabelo encaracolado e rebelde, aquele corpo esbelto.

É como se ele voltasse no tempo.

Valéria estava na mesma turma de Joona no ensino médio, e ele não conseguia tirar os olhos dela. Ela foi uma das primeiras pessoas a quem ele contou sobre a morte de seu pai.

Os dois se conheceram em uma festa e ele a acompanhou até a porta. Ele a beijou com os olhos bem abertos e ainda se lembra do que pensou naquele momento: acontecesse o que acontecesse no futuro, pelo menos ele tinha beijado a garota mais bonita da escola.

— Valéria — ele diz, abrindo a porta da estufa.

Ela mantém a boca fechada para impedir uma risadinha, mas seus olhos estão sorrindo. Ele lhe entrega o buquê de lírios-do-vale. Ela limpa as mãos no jeans antes de pegar as flores.

— Então você é o presidiário que conseguiu uma saída temporária para se candidatar a uma vaga de estágio? — ela pergunta, olhando-o de cima a baixo de brincadeira.

— Sim, eu...

— Você acha que seria capaz de lidar com a vida normal quando for solto de vez? Trabalhar como jardineiro pode ser bem difícil às vezes.

— Eu sou forte — ele responde.

— Sim, eu acredito nisso — ela sorri.

— Prometo que você não vai se arrepender.

— Que bom — ela sussurra.

Eles ficam um bom tempo se entreolhando, até Valéria abaixar o olhar.

— Desculpe a minha aparência — ela diz. — Mas tenho que carregar quinze nogueiras... Micke e Jack vêm buscar o carregamento daqui a uma hora.

— Você está mais bonita do que nunca — Joona diz, seguindo-a até a estufa.

As árvores estão dentro de grandes vasos de plástico preto.

— Tudo bem levantá-las pelos troncos?

— É melhor usar isto aqui — ela responde, puxando uma carretinha amarela.

Joona ergue a primeira nogueira e a coloca no carrinho de mão, que Valéria empurra porta afora e vereda acima. A folhagem verde-clara das árvores treme enquanto Joona as transporta para dentro do semirreboque.

— É legal os garotos ajudarem você — Joona diz, depois de colocar mais um vaso no chão com um baque pesado.

Eles pegam mais árvores e as colocam no semirreboque. As folhas farfalham, e um punhado de terra se espalha na senda gramada.

Valéria sobe e empurra as árvores ainda mais para trás, de modo a que haja espaço para todas.

Ela desce, tira o cabelo do rosto, sopra a terra das mãos e se senta na barra do reboque.

— É difícil acreditar que eles já são adultos — ela diz, olhando para Joona. — Eu cometi meus erros e as crianças cresceram sem mim.

Os olhos âmbar de Valéria escurecem e ficam sérios.

— O que importa é que eles voltaram agora — Joona diz.

— Mas não posso aceitar isso numa boa... considerando o que eu fiz enquanto estava presa em Hinseberg. Eu os decepcionei muito.

— Eles deveriam ter orgulho da pessoa que você se tornou — Joona diz.

— Eles nunca serão capazes de me perdoar completamente. Quero dizer, você perdeu seu pai ainda jovem, mas ele era um herói. Isso deve ter significado muito, talvez não na época, mas mais tarde.

— Sim, mas você voltou. Você pode explicar o que aconteceu, os erros.

— Eles não querem falar sobre isso.

Ela abaixa o olhar, e um vinco aparece entre as sobrancelhas.

— Pelo menos você não morreu — ele diz.

— Mesmo assim, foi o que eles disseram aos amigos, porque tinham vergonha.

— Eu tinha vergonha do fato de que mamãe e eu vivíamos num grande aperto financeiro... é por isso que nunca levei você à minha casa.

Valéria vira a cabeça e seu olhar encontra o de Joona.

— Sempre achei que era porque sua mãe queria que você namorasse garotas finlandesas — ela diz.

— Não — Joona ri. — Ela teria adorado você. Ela gostava de cabelo encaracolado.

— Então, do que você tinha vergonha? — ela pergunta.

— Mamãe e eu morávamos em um apartamento de um quarto em Tensta. Eu dormia na cozinha em um colchão que tinha que enrolar e enfiar no guarda-roupa todas as manhãs... não tínhamos televisão nem aparelho de som, e os móveis eram todos velhos...

— E você tinha um emprego de meio período em um depósito, não tinha?

— Um depósito de madeira em Bromma... de outra forma não conseguiríamos pagar o aluguel.

— Você deve ter pensado que eu era muito mimada — Valéria murmura, olhando para as próprias mãos.

— A gente logo aprende que a vida não é justa.

38

Valéria parte rumo à estufa novamente, levando a carretinha. Eles continuam carregando as nogueiras para dentro do semirreboque. O passado paira ao redor deles, arrastando consigo uma enxurrada de antigas lembranças.

Quando Joona tinha onze anos, seu pai, Yrjö, que era policial, fora morto em serviço, baleado durante uma briga doméstica em um apartamento em Upplands Väsby. A mãe dele, Ritva, era dona de casa e não tinha renda própria. O dinheiro acabou e ela e Joona tiveram que se mudar da casa de Märsta.

Joona logo aprendeu a dizer que não queria ir ao cinema quando os amigos o convidavam e aprendeu a dizer que não estava com fome sempre que ia com a turma a uma lanchonete.

Ele levanta a última árvore, endireita um dos galhos e fecha a porta com cuidado.

— Você estava falando sobre sua mãe — Valéria diz.

— Ela sabia que eu tinha vergonha da nossa situação — Joona diz, limpando a terra das mãos. — Deve ter sido difícil para ela, porque na verdade não vivíamos tão mal assim. Ela trabalhava o máximo que podia como faxineira, e pegávamos emprestados livros da biblioteca. À noite líamos juntos e conversávamos sobre as nossas leituras.

Depois de guardarem o semirreboque no barracão de ferramentas, eles sobem até a casa, que é pequena. Valéria abre uma porta que leva diretamente à área de serviço.

— Você pode lavar as mãos aqui — ela diz, abrindo a torneira de uma grande pia de metal.

De pé ao lado dela, ele enxágua as mãos sujas de terra na água morna. Ela esfrega entre as mãos uma barra de sabão e depois começa a ensaboar as mãos dele.

O único som é a água escorrendo na pia inclinada.

O sorriso desaparece do rosto dela enquanto eles lavam as mãos um do outro.

Eles mantêm as mãos sob a água morna, subitamente conscientes do toque. Ela aperta delicadamente com a mão inteira dois dedos da mão de Joona e olha para ele.

Ele é muito mais alto do que ela, e mesmo que se incline para beijá-la, Valéria tem que ficar na ponta dos pés.

Eles não se beijam desde que estavam no ensino médio, e agora se entreolham quase com timidez. Ela pega uma toalha limpa da prateleira e seca as mãos e os braços dele.

— Então, aqui está você, Joona Linna — ela diz com ternura, acaricia o rosto dele, e traça o contorno da bochecha acompanhando a linha do maxilar até a orelha e o cabelo loiro bagunçado.

Ela tira a blusa e lava as axilas, sem tirar o sutiã descolorido. Sua pele é da cor do azeite de oliva em uma tigela de porcelana. Ela tem tatuagens nos dois ombros e seus braços são musculosos.

— Pare de olhar — ela sorri.

— É difícil não olhar — ele diz, mas se afasta.

Valéria veste uma blusa amarela e um agasalho preto com listras brancas.

— Vamos subir?

A casa dela é pequena e mobiliada com simplicidade. O teto, as paredes e o piso são todos pintados de branco. Joona bate a cabeça na lâmpada quando entra na cozinha.

— Cuidado com a cabeça — Valéria diz, e coloca em um copo com água as flores que ele trouxera.

Não há cadeiras ao redor da mesa da cozinha, e sobre o balcão há três bandejas de pão cobertas com panos de prato.

Valéria coloca mais lenha no fogão velho, sopra as brasas e depois pega uma panela.

— Você está com fome? — ela pergunta, buscando pão e queijo na despensa.

— Estou sempre com fome — Joona responde.

— Que bom.

— Você tem cadeiras?

— Só uma... então você vai ter que se sentar no meu colo. Não, costumo tirar as cadeiras quando asso pão, para ter mais espaço — ela diz, apontando para a sala de estar.

Ele entra na sala contígua, onde há uma televisão, um sofá e uma velha cômoda pintada à mão. Seis cadeiras de cozinha estão alinhadas ao longo da parede, então ele pega duas delas e as leva de volta para a cozinha. Bate de novo a cabeça na lâmpada, usa a mão para fazê-la parar de balançar e depois se senta.

A lâmpada continua oscilando por algum tempo, sua luz deslizando sobre as paredes.

— Valéria... a verdade é que não estou aqui numa saída temporária — Joona diz.

— Você escapou da prisão? — ela pergunta com um sorriso.

— Desta vez não — ele responde.

Ela abaixa os olhos castanhos e brilhantes, e seu rosto fica quase cinza, como se ela tivesse ficado presa atrás de uma parede de gelo.

— Eu sabia que isso ia acontecer. Eu sabia que você voltaria a ser policial — ela diz, engolindo em seco.

— Não sou policial, mas fui forçado a fazer um último trabalho. Não havia opção.

Ela se encosta suavemente contra a parede. Não olha para Joona. As veias em seu pescoço estão latejando com força e seus lábios empalideceram.

— Você estava mesmo preso?

— Aceitei o trabalho anteontem — ele responde.

— Entendi.

— Não quero ter mais nada a ver com a polícia.

— Não — ela sorri. — Bem, você pode acreditar nisso, mas eu sempre soube que você queria voltar.

— Isso não é verdade — ele refuta, mesmo sabendo que é.

— Nunca estive tão apaixonada por alguém quanto por você — ela diz lentamente, desligando o fogão. — Sei que fracassei na maioria das coisas na minha vida e sei que ser jardineira não é motivo de orgulho... mas quando descobri que você estava em Kumla... não sei, senti que não precisava mais me envergonhar diante de você, que você entenderia. Mas agora... você não quer trabalhar aqui. Por que diabos faria isso? Você será sempre um policial. É quem você é, e eu sei disso.

— Eu seria feliz aqui — Joona diz.

— Não daria certo — ela responde, com a voz embargada.

— Daria.

— Não se preocupe, Joona, está tudo bem — ela diz.

— Eu sou policial. Faz parte de quem eu sou. Meu pai morreu em serviço... ele não teria gostado de me ver de uniforme, mas preferiria isso a roupas de presidiário.

Ela abaixa os olhos e cruza os braços sobre o peito.

— Provavelmente estou exagerando, mas gostaria que você fosse embora — ela diz em voz baixa.

Joona meneia a cabeça devagar, desliza a mão pela mesa e depois se levanta.

— Tudo bem, vamos fazer o seguinte — ele diz, tentando chamar sua atenção. — Vou reservar um quarto em um hotelzinho em Vasastan, o Hotel Hansson. Preciso voltar para Kumla amanhã, mas espero que você me visite antes que eu vá, independentemente de eu ser ou não um policial.

Quando Joona sai da cozinha, ela desvia o olhar rapidamente, para que ele não veja que ela está prestes a irromper em choro. Ela ouve seus passos pesados no corredor, depois ouve a porta se abrir e se fechar.

Valéria vai até a janela e o observa entrar no carro e ir embora. Assim que ele desaparece na estrada, ela afunda no chão com as costas contra o aquecedor e se desfaz em lágrimas, deixa caírem todas as lágrimas que estavam represadas dentro dela desde o ensino médio, quando um abismo se abriu entre eles.

39

Saga trava sua moto e começa a andar pela rua Luntmakar enquanto pensa na rapidez com que Joona se infiltrara na organização de Salim Ratjen. A operação terá início dali a duas horas.

Ela passa por um restaurante asiático vegetariano e vê um casal na faixa dos cinquenta anos fazendo uma refeição. Eles estão segurando as mãos um do outro por cima da mesa, entre os pratos e copos.

Saga percebe que, desde que o ministro das Relações Exteriores foi assassinado, ela se esqueceu de comer.

Todos foram afetados pela ameaça que ronda o país.

Jeanette adoeceu após a viagem para ver Tamara em Nyköpingsbro. Saga teve que dirigir o carro de volta a Estocolmo enquanto Jeanette ficou deitada de olhos fechados no banco de trás.

Quando ela encontrou Janus no escritório naquela manhã, ele estava com os olhos injetados, bebendo água sem parar.

Ele não tinha feito a barba e admitiu que não voltara para casa para ver a família, mas em vez disso dormira no carro. Ocorre a Saga que ela precisa conversar com ele sobre a importância de tomar a medicação. Ela sabe que ele passou várias semanas internado no hospital depois de ter sido dispensado das Forças Armadas, mas que desde então vinha administrando bem a doença.

Os colegas de Janus examinaram as imagens do disco rígido das câmeras de segurança do ministro. Nem sinal do assassino, embora ele já devesse ter estado lá pelo menos uma vez antes, a fim de estudar o local do crime.

Três semanas antes, no entanto, as câmeras capturaram imagens de outro intruso.

Na calada da noite, Rex Müller, o chef celebridade, fora filmado escalando a cerca, atravessando o gramado e, cambaleante, abrindo caminho até a varanda.

As imagens mostram Rex urinando diretamente na piscina iluminada. Depois ele sai coletando anões de jardim e os joga na piscina, um após o outro.

É difícil ver alguma ligação com o assassinato, mas é sem dúvida um ato agressivo e desequilibrado.

Limpando o suor do lábio superior, Janus enfatizou diversas vezes que nenhuma manifestação de ódio poderia ser descartada. Algumas palavras hostis na seção de comentários ou em uma postagem no Facebook ou Instagram podem ser o prelúdio de um horrendo crime de ódio.

Rex pega o cinzeiro que Sammy deixou na sacada, enxágua-o e coloca na máquina de lavar louça quando a campainha toca. Deixando a torneira aberta, ele desce correndo as escadas.

A mulher mais bonita que ele já vira na vida está do lado de fora de sua porta.

— Meu nome é Saga Bauer. Eu trabalho para a Polícia de Segurança — ela diz, olhando diretamente para ele.

— Polícia de Segurança? — ele diz.

Ela mostra sua identificação.

— Tudo bem — ele responde, sem olhar.

— Posso entrar? — ela pergunta.

Rex se afasta, ouve o ruído da água escorrendo na cozinha e se lembra de que estava ocupado lavando a louça.

A policial arranca seus tênis velhos e os empurra para o lado.

— Podemos ir até a cozinha? — ele diz com voz fraca. — Eu estava apenas enchendo a máquina de lavar louça e...

Ela assente e o segue pelas escadas até a cozinha. Ele fecha a torneira e olha para ela.

— Você... aceita de uma xícara de café?

— Não, obrigada — ela diz, olhando a vista da cidade. — Você conhecia o ministro das Relações Exteriores, não?

Ela se vira para encará-lo, e Rex percebe que um dos dedões do pé da mulher está despontando num buraco da meia.

— Não acredito que ele se foi — ele responde, balançando a cabeça. — Eu não sabia que era algo tão sério, ele quase nunca mencionava a doença... isso é típico de homens de certa idade, creio eu, sempre achando que precisam guardar as coisas para si...

A voz dele desaparece.

Ela vai até a mesa da cozinha, e, durante alguns instantes, crava os olhos numa tigela de limões antes de olhar para Rex novamente.

— Mas você gostava dele?

Rex dá de ombros.

— Não nos víamos com muita frequência nos últimos anos. Nós dois éramos pessoas muito ocupadas... é sempre assim para quem deseja uma carreira de sucesso. Tudo tem seu preço.

— Você o conhece há muito tempo — ela diz, colocando a mão no espaldar de uma das cadeiras.

— Desde o ensino médio. Estudávamos no mesmo colégio interno, Ludviksberg. Éramos da mesma turma... crianças mimadas, para dizer a verdade, nenhuma piada era grosseira demais para nós, nenhuma brincadeira extrema demais — ele mente.

— Parece divertido — ela diz secamente.

— Melhor época da minha vida — ele sorri, depois se vira para a máquina de lavar louça porque não suporta a falta de sinceridade estampada em seu próprio rosto.

Quando ele olha de novo para a mulher, sente um súbito espasmo no peito. Em uma das cadeiras da cozinha, vê-se nitidamente um pouco do sangue da noite em que DJ chegou ao apartamento. Como foi que ele deixou passar despercebido aquele trecho quando estava limpando? De alguma forma, o sangue escorreu sob o apoio de braço e secou em gotas escuras e secas.

— Por que tenho a impressão de que você não está dizendo a verdade?

— Meu rosto, provavelmente — Rex sugere. — Ele é assim, não faz sentido tentar mudar.

Ela não sorri, apenas abaixa os olhos por um momento e depois volta a encará-lo.

— Quando foi que você viu o ministro pela última vez?

— Não me lembro. Nós nos encontramos para tomar café há algumas semanas — ele mente, passando a mão pelo cabelo em um gesto nervoso.

A expressão nos olhos claros dela é séria, pensativa.

— Você falou com a esposa dele?

— Não. Eu não a conheço, só nos vimos pessoalmente algumas poucas vezes.

Ele não consegue pensar em nada além do sangue. Tem a sensação de que tudo o que diz é vazio e falso.

Saga tira as mãos da cadeira e caminha ao redor da mesa, sem desviar os olhos de Rex.

— O que você está escondendo de mim?

— Preciso guardar alguns segredos para que você volte.

— Você não quer que eu volte, pode acreditar.

— Eu quero, sim.

— Vou atirar no seu joelho — ela diz, mas não consegue conter um sorriso diante da expressão apalermada no rosto de Rex.

— Vamos nos sentar no jardim de inverno? — ele sugere com um gesto vago. — É um pouco mais fresco lá...

Ela o segue até a parte coberta do terraço e se senta em uma das macias poltronas de pele de carneiro ao redor da velha mesa de mármore.

Rex tenta inventar algum motivo para voltar para a sala, de modo que possa limpar a cadeira com água sanitária e se livrar das evidências antes que ela tenha tempo de perceber.

— Posso buscar um copo de água pra você? — ele sugere.

— Não vou me demorar — ela diz, acariciando com uma das mãos as folhas de um grande vaso de erva-cidreira.

— Champanhe?

Saga esboça um sorriso cansado e Rex nota a cicatriz abaixo da sobrancelha dela. De alguma forma, a marca apenas a faz parecer mais viva.

— O ministro já mencionou que se sentia ameaçado? — ela pergunta.

— Ameaçado? Não... acho que não — ele responde, e sente a pele arrepiar ao começar a entender que o ministro das Relações Exteriores tinha sido assassinado.

Por que outro motivo a Polícia de Segurança estaria envolvida?

O ministro não estava doente, essa era apenas a versão oficial divulgada para o público.

Rex sente o suor brotar no lábio superior quando se lembra do que acabou de dizer sobre o ministro não querer falar a respeito de sua doença. Ele sugeriu que sabia do estado de saúde, mas não tinha noção da gravidade.

— Bem, tenho que ir embora — ela diz, e se levanta.

Ele volta para a cozinha com ela. Ela se detém ao lado da mesa e se vira para olhá-lo.

— Há alguma coisa que você queira me dizer? — ela pergunta em tom sério.

— Não, só o que eu já disse, na verdade... e que às vezes íamos longe demais nas nossas brincadeiras.

Em vez de sair, a agente puxa a cadeira para longe da mesa, senta-se e olha para ele com uma expressão que diz que agora ela espera ouvir a verdade.

— Mas de vez em quando você o visitava em Djursholm?

— Não — ele sussurra, olhando para o armário da cozinha onde guarda a água sanitária.

Se o ministro das Relações Exteriores foi realmente assassinado, sua brincadeirinha não será vista apenas como um ato escandaloso, mas o transformará em suspeito.

Rex pode sentir que está começando a entrar em pânico e se indaga se o melhor a fazer é admitir o que ele realmente pensava sobre o ministro, e depois jurar que seria incapaz de machucar alguém.

Ele nunca fez nada violento, mas percebe que sua tentativa de ajudar DJ na noite anterior também pode ter sérias consequências.

O noticiário local nada divulgara sobre assalto ou assassinato, mas havia muito sangue, e DJ estava convencido de que o homem devia ter ficado gravemente ferido.

Será que ainda estava na mesa de cirurgia? Se ele morrer, Rex pode ser acusado como cúmplice de assassinato, ou pelo menos de ter acobertado um criminoso.

Se a policial mover a mão apenas uma fração adiante, ela sentirá o sangue endurecido.

— Quando foi a última vez que você esteve em Djursholm?

Rex crava os olhos na mão dela.

— Eu adoraria falar sobre antigas lembranças, mas daqui a pouco vou precisar sair... estou mudando o cardápio do restaurante e...

Ela tamborila os dedos nos dois braços da cadeira, depois se inclina para trás e olha atentamente para ele. Os dedos dela estão bem perto do sangue.

— Ele já mencionou um homem com duas caras?

— Não — ele responde rapidamente.

— Você não deveria querer saber o que eu quero dizer? — ela pergunta. — Se você não sabia a que eu estava me referindo?

— Suponho que sim, mas...

O dedo indicador dela cutuca preguiçosamente uma das gotas pegajosas de sangue.

— Mas o quê?

Rex chega perto de passar a mão pelo cabelo novamente, mas consegue se conter.

— Eu realmente estou com muita pressa e... bem, para ser sincero, a verdade é que eu não vejo como posso ajudar você.

— Não se surpreenda se eu voltar — ela diz, e se levanta.

Ela contorna a cadeira, lentamente a agarra pelo espaldar e a encaixa sob a mesa, e encara Rex nos olhos por alguns momentos antes de se dirigir à escada.

40

Joona estaciona ao lado de um velho e surrado trailer branco no número 16 da rua Almnäsvägen em Bandhagen. Ele olha a hora e pensa de novo em sua conversa com Sofia Stefansson.

Eles estão lidando com um assassino que age fora do âmbito de sua área de competência e especialidade, apesar de seu excepcional treinamento militar.

Meticuloso, ele toma cuidado extremo para apagar todas as evidências, mas ainda assim poupara a vida de uma testemunha.

Ele é incrivelmente rápido e eficiente, mas deixa passar dez minutos sem fazer nada. É calmíssimo, não mostra sinais de nervosismo, não reza, não faz perguntas, não faz exigência alguma.

Esse intervalo de tempo vazio deve ser de alguma forma importante para ele, deve ser um ritual em algum nível, Joona pensa.

No entanto, se isso for verdade, então os motivos por trás do assassinato são muito mais complexos do que eles supunham. Significa que não pode se tratar simplesmente de um ato terrorista convencional.

A porta do trailer se abre e aparece uma mulher vestindo uma capa de chuva verde, cujo capuz cobre seu cabelo loiro. Joona sai do carro e vai até ela.

— Joona Linna — ela diz.

— Esse é o meu nome também — ele responde, estendendo a mão.

O sorriso desaparece do rosto da mulher.

— Meu nome é Ingrid Holm. Vou levar você ao chefe.

— Obrigado.

Ingrid o conduz através de um portão junto a uma cerca sem pintura entre a casa e a garagem, por onde se entra em um pedaço de bosque. O ar tem um perfume de urze e musgo quente. Quando o vento sopra por entre as copas das árvores, agulhas secas de pinheiro caem no chão.

— Você precisa seguir exatamente meus passos para não ser visto da estrada — ela diz, parando-o na borda da colina.

Ingrid chama alguém no radiocomunicador, fica à escuta e aguarda alguns segundos. Ela instrui Joona a se agachar, depois o guia entre dois pinheiros e por trás de um rochedo coberto de musgo branco antes de lhe indicar que agora ele já pode se levantar novamente. Eles mudam de direção e avançam ao longo de uma trilha muito batida, passando por alguns lilases altos e atravessando uma campina atrás de uma casa de madeira amarela com janelas e beirais brancos. Uma velha churrasqueira vermelha e uma pequena cama elástica estão abandonadas no mato alto ao lado de uma antiga macieira.

Ingrid leva Joona até a porta branca da varanda. Há policiais usando coletes à prova de balas no corredor, cozinha e sala de estar. O ar está impregnado de um odor de ansiedade, um amálgama de suor e graxa lubrificante para armas. Rifles semiautomáticos pendem de correias de couro, capacetes pretos cobrem o chão. Todas as janelas do andar térreo foram tapadas para ocultar a atividade dentro da casa.

— O primeiro grupo está na cozinha — ela diz, indicando com um gesto para além da escada.

Joona passa por um grupo de homens vestidos de preto que aguardam, inquietos, ao pé da escada.

Ninguém sabe que, em algumas horas, vários deles estarão mortos.

Na pequena cozinha estão espremidos os membros da Unidade Operacional 1, a equipe comandada por Gustav, que serão os primeiros a entrar logo após Joona, abrindo caminho à força pelas portas e janelas se surgir uma situação hostil.

— Joona? — um homem de olhos castanho-escuros pergunta.

— Sim.

— Este é Joona Linna, ele será o primeiro a entrar — o homem explica para os demais.

— E nós é que vamos resgatá-lo — diz um homem de cabeça raspada e pescoço grosso.

— Já me sinto mais seguro. — Joona sorri e aperta a mão dos quatro homens, que se apresentam um por um: Adam, August, Jamal e Sonny.

— Hoje seria o meu dia de folga — Sonny diz. — Mas como é que eu ia perder uma coisa destas?

Adam está andando de um lado para o outro, fazendo o chão estalar. Ele bebe goles de uma latinha de Red Bull enquanto ajusta o colete e as roupas.

— Você quer que eu ligue pro seu irmão pra contar que hoje você tem suas próprias asas? — August pergunta, sentado no chão de costas para a parede.

— O irmão mais velho dele é o engenheiro de voo de um de nossos helicópteros — Jamal explica.

Sonny abre a geladeira, encontra um pote de geleia e cheira um pote de iogurte de baunilha.

— Não gosto da hipótese de encontrar terroristas lá — August diz, depois boceja.

— Mas se eu encontrar, eu mato — Sonny murmura, comendo presunto defumado de uma embalagem de plástico.

— O Gustav está lá em cima? — Joona pergunta.

— Sim, ele está revisando os últimos detalhes com o Janus — Jamal responde.

Um dos homens da Unidade de Resposta Rápida está sentado no degrau mais baixo, com o olhar perdido. Quando Joona se aproxima, ele pula e sai do caminho, com movimentos desajeitados de nervosismo.

Joona sobe a escada de madeira, que range sob seus pés, e se vê em um espaçoso patamar aberto levando a dois quartos. Ali também as janelas foram encobertas. Todos já estão em posição. As conversas acontecem em voz baixa e com poucas palavras.

Janus está examinando as plantas originais do edifício do outro lado da rua, discutindo algo com Gustav.

— De volta aos homens de preto — Janus diz, apertando a mão de Joona.

— O que você acha da operação? — Gustav pergunta.

— Provavelmente tudo vai correr às mil maravilhas — Joona diz.
— Mas se as coisas esquentarem, devo alertar vocês de que o assassino é muito mais perigoso do que pensávamos inicialmente.

— Temos a situação sob controle — Janus diz, com uma nota de impaciência na voz.

— Como vocês sabem, falei com a testemunha após a nossa reunião… e, na minha opinião, o assassino recebeu excelente treinamento militar, pelo menos no nível dos Seals da Marinha americana.

— Tá legal, essa informação é útil — Gustav diz com uma voz séria.

— Pelo amor de Deus, temos seis franco-atiradores em posição, incluindo eu mesmo — Janus diz. — Contamos com vinte e seis homens da Unidade de Resposta Rápida armados com metralhadoras automáticas, granadas atordoantes e M46.

— Eu só quero que vocês tenham consciência do fato de que esse cara é capaz de antecipar as táticas de vocês sem nem sequer ter que pensar — Joona diz. — Vai tirar proveito das coisas das quais vocês se orgulham: ele conhece o modo como vocês entram numa casa e a vasculham, como seguram suas armas.

— Você vai se borrar de medo — Janus diz, dando um tapinha no ombro de Gustav.

Gotas de suor escorrem do cabelo para sua testa sardenta.

— É que a gente não se preparou para isso — Gustav diz, limpando a boca.

— Se vocês sofrerem alguma baixa, precisarão abortar o procedimento padrão — Joona diz, desejando que aquele rapaz estivesse bem longe da operação.

— Vou descer e discutir algumas táticas alternativas com a equipe — Gustav diz, corando de leve. — Não posso deixar você contar para minha tia Anja que eu fiz papel de bobo, não é?

— Apenas tenha cuidado — Joona diz.

— Estamos todos preparados para morrer em nome da honra do nosso estimado ministro das Relações Exteriores — Janus sussurra, depois sorri.

Gustav desaparece no andar térreo com o capacete na mão.

Joona entra no quarto de frente para as árvores e olha para a tela do computador que mostra o que está acontecendo na rua do lado de fora. Os galhos de algumas árvores nuas estão se movendo ao sabor do vento em frente à casa de Parisa.

O número 10 da rua Gnestavägen é uma casa geminada amarela dos anos 1950. Ao pé da escadaria, ao lado dos degraus rachados, acumulou-se um monte de folhas secas, e há uma vassoura velha encostada na parede.

A previsão é que Parisa chegue em vinte e cinco minutos.

Janus entra com as plantas do Departamento de Habitação da prefeitura.

— Não observamos nenhum sinal de atividade na casa desde que Parisa saiu hoje pela manhã — ele diz, colocando as plantas sobre a mesa. — Mas existem alguns pontos cegos.

— O corredor e o banheiro — Joona diz, apontando para o desenho da casa.

— E lá em cima pode haver alguém deitado na banheira ou no chão. Mas os maiores espaços não monitorados são a sala da caldeira e a área de serviço.

— A casa foi construída nos anos 1950, então pode ser que haja um grande abrigo antiaéreo lá embaixo e...

— Espere — Janus o interrompe e atende uma chamada no radiocomunicador. Ele escuta, depois se vira para Joona. — Parisa está voltando mais cedo do que esperávamos. Ela está a caminho agora, chegará em casa em menos de cinco minutos.

41

Janus muda de frequência no radiocomunicador e informa todas as unidades de que Parisa está a caminho.

— Joona, você veio com uma porção de alertas, e só quero dizer que, se as coisas derem errado... — Janus olha fixamente para Joona.

— Se tivermos que invadir a casa, suba as escadas. No guarda-roupa há um alçapão que leva ao forro e dá acesso ao telhado.

A tela mostra Parisa se aproximando da casa, carregando sacolas de compras. Ela veste um casaco preto fino, um *hijab* cor-de-rosa e botas de couro preto com salto baixo.

Ela pega a correspondência na caixa de correio, coloca as sacolas no chão e destranca a porta da frente.

— Precisamos conectar você — Janus diz. — Vá para o quarto à direita e a Siv estará com você assim que eu puder encontrá-la.

Joona volta para o patamar e entra no quarto. Uma jovem de camisa polo preta está sentada na cadeira ao lado da janela de frente para a rua. Quando o ouve entrar, ela se levanta.

— Meu nome é Jennifer — ela diz, apertando a mão dele.

— Eu não quero te incomodar, mas...

— Você não está me incomodando — a mulher se apressa em dizer, e tira uma mecha de cabelo do rosto.

— Só preciso de ajuda com um microfone.

O cabelo de Jennifer está preso em um rabo de cavalo, e ela usa calça cargo preta e botas pesadas. Seu capacete, óculos de proteção e colete à prova de balas estão pousados no chão ao lado da cadeira.

Joona vê que ela tem um fuzil de precisão, um PSG 90, montado sobre um robusto tripé. Com um movimento ágil ela pode deslocar o cano de um lado da janela para o outro.

Três carregadores extras estão alinhados sobre uma mesinha ao lado de uma caixa de munição — 7,62 milímetros — e uma garrafa verde de água mineral Pellegrino.

Um gráfico de balística deslizou da caixa para o chão. Joona pensa que não faz diferença; Jennifer não vai precisar disso de qualquer maneira. O rifle tem uma velocidade de saída de quase 1300 metros por segundo e a distância aqui não é superior a sessenta metros.

Joona tira a jaqueta e a coloca em cima da cama, afrouxa o coldre e começa a desabotoar a camisa.

— Parisa está no quarto agora — Jennifer diz. — Você quer ver?

Ele se aproxima e olha pela mira do fuzil, aumenta a ampliação para oito e vê Parisa tirando o *hijab*. O cabelo dela está preso em uma trança grossa e preta que lhe desce pelas costas. No centro exato da mira ele pode ver claramente o rosto da mulher: os poros do nariz, a marca de nascença acima de uma sobrancelha e uma grossa linha ao longo de uma bochecha, onde ela borrou o delineador.

Quando a mulher vai ao banheiro, Joona nota que a porta de um armário grande com papel de parede dourado e marrom tipo medalhão está aberta.

Deve ser onde fica a escada para o forro.

Ele endireita o corpo e observa a casa. No espaço entre as cortinas, pode ver a sombra de Parisa se movendo atrás do vidro texturizado na janela do banheiro.

A engenheira de som do grupo de vigilância entra. Siv é uma mulher de meia-idade, com olhos azul-escuros e cabelo loiro na altura dos ombros. Ela para, sua blusa branca esticando-se sobre o peito enquanto respira.

Ela encara Joona com um olhar de concentração no rosto. Ele está sem camisa no meio da sala. Todo aquele exercício na prisão lhe deu muito músculo. Seu torso tem as cicatrizes de onde foi baleado e esfaqueado no passado.

Siv caminha lentamente ao redor de Joona, tocando-o por baixo da omoplata direita e erguendo um pouco o braço dele. Jennifer os observa e não consegue conter um sorriso.

— Acho que vou colocar o microfone abaixo do músculo peitoral esquerdo — Siv diz, e abre a caixa de plástico de fundo preto acolchoado.

— Está bem.

Siv fixa o microfone no lugar e tenta alisar a fita adesiva.

— Desculpe, minhas mãos estão frias — ela diz com voz rouca.

— Sem problemas.

— Eu posso fazer isso — Jennifer sugere. — Tenho mãos quentes.

Siv finge que não a ouviu. Ela adiciona outra tira de fita adesiva e verifica se o transmissor está funcionando. Eles ouvem suas vozes através do receptor, mas a proximidade do microfone cria um alto eco.

— Posso me vestir? — Joona pergunta.

Siv não responde, e Jennifer sufoca uma risadinha. Joona agradece a ajuda, veste a camisa, ajusta o coldre e depois coloca a jaqueta.

— Este microfone é praticamente indetectável — Siv diz. — E o alcance é mais do que suficiente para a casa, mas não vai muito além, só para você saber.

Eles estão testando a recepção mais uma vez quando Janus aparece segurando o laptop. Joona observa a câmera seguir Parisa enquanto ela desce a escada vestindo apenas sutiã e uma calça de agasalho de corrida de tecido macio. Ela entra na cozinha e começa a comer batatas fritas de um saquinho prateado.

Joona verifica a pistola, pega a fita adesiva de Siv e envolve a fita ao redor da parte inferior da coronha da arma, para que sua mão não escorregue. Ele solta o pente, testa rapidamente o mecanismo, aciona e prende o pino, depois reposiciona de novo a trava de segurança, reinsere o cartucho e coloca uma bala na câmara.

— Eu vou indo — ele diz laconicamente.

Ao descer as escadas, vê Gustav parado no corredor escuro, com as mãos no rosto, o rifle semiautomático pendurado no quadril.

— Como você está? — Joona pergunta.

Gustav tem um ligeiro sobressalto. Ele abaixa as mãos e parece envergonhado. Seu rosto geralmente feliz está tenso e brilhante de suor.

— Acabei de ter uma sensação realmente estranha — ele diz em voz baixa. — Tem alguma coisa me incomodando. Talvez a casa toda seja uma armadilha, com uma bomba escondida.

— Apenas tenha cuidado — Joona diz novamente.

A agente de segurança Ingrid Holm, que antes mostrara a Joona o caminho pelo bosque, está esperando do lado de fora para levá-lo de volta ao carro sem ser visto da rua.

42

Joona sai da área e dirige por Bandhagen antes de voltar ao tranquilo bairro residencial, para que o motor não esteja frio quando ele chegar.
Ele estaciona a uma curta distância da casa de Parisa.
Acima do telhado são visíveis as copas frondosas de algumas bétulas altas.
A área é calma. Parece quase adormecida.
Joona não viu nenhum sinal da equipe de resposta, mas sabe que os agentes estão lá, esperando por uma ordem definitiva, nervosos e impacientes, cheios da energia conflitante que advém tanto da ânsia pelo momento atemporal em que tudo acontece como do temor de ferimentos ou da morte.
Se começassem a abrir fogo, eles conseguiriam perfurar toda a fileira de casas em menos de um minuto.
Joona se aproxima da porta da frente, pensando no detalhado mapa da área pendurado na parede e que mostrava as zonas de perigo nos dois lados da casa. As posições de todas as unidades operacionais e suas trajetórias e linhas de avanço individuais também estavam marcadas.
Uma árvore sussurra ao vento. Joona ouve um carro ao longe.
Ele estende a mão e aperta a campainha.
Ele sabe que atiradores de elite estão vigiando a porta.
Uma mulher empurrando um carrinho de bebê sai de uma das casas ao lado perto do beco sem saída. Seu rabo de cavalo loiro balança enquanto ela caminha. Ela chega mais perto, depois para de repente e atende o celular.
Joona aperta a campainha novamente.
Uma ventoinha entra em ação num telhado, mas para quase de imediato. A mulher com o carrinho de bebê ainda está de pé no mesmo lugar, falando ao telefone.

Há um som estrondoso quando um caminhão de lixo entra na Gnestavägen e para com um silvo no final da rua.

Dois homens descem para recolher o lixo.

Joona ouve passos dentro da casa e se afasta da janela. Parisa Ratjen coloca a corrente de segurança na porta antes de abrir. Ela está completamente vestida de novo, o mesmo *hijab* cor-de-rosa de antes e um suéter grosso que desce até as coxas. Ela é magra, não muito alta. Está usando maquiagem sutil, apenas batom e sombra para os olhos.

— Tenho uma mensagem de *da gawand halak* — Joona anuncia.

O olhar da mulher se agita por meio segundo. Os olhos dela dardejam ao redor, miram Joona, depois a rua, então se deslocam novamente para ele. Ela respira fundo e fecha a porta.

A mulher do carrinho de bebê encerra a ligação e começa a andar de novo. Ela se aproxima da casa de Parisa no momento em que os coletores de lixo retornam ao veículo.

Joona se afasta para que os franco-atiradores possam mirar a fresta da porta que aparecerá caso Parisa a abra novamente.

O caminhão de lixo acelera, barulhento, em direção ao beco sem saída.

Parisa remove a corrente de segurança, abre a porta de novo e pede que ele entre. Ela fecha a porta, tranca e olha pelo buraco da fechadura.

A casa se parece exatamente com o que a planta mostrou. À esquerda, há uma escada estreita e curva que leva ao quarto.

Parisa leva Joona até o mezanino, que fica de frente para os fundos da casa.

Ele segue a mulher, observando a forma como as roupas dela ficam soltas enquanto ela caminha.

Ela não está carregando uma arma nem usando uma bomba amarrada ao corpo.

O piso gasto é parcialmente coberto por um bonito tapete. As janelas e a porta semienvidraçada do terraço têm cortinas de renda.

— Por favor, sente-se — ela diz calmamente. — Posso lhe oferecer um pouco de chá?

— Obrigado — ele responde, sentando-se no sofá de couro marrom.

Parisa passa diante de uma lareira de tijolos na qual não há vestígios de cinzas nem de lenha e entra na cozinha. Ele a vê olhar pela janela da rua e depois tirar uma chaleira de uma gaveta.

Joona pensa no que ele já sabe sobre o assassino, os movimentos do homem pelo chão na casa do ministro das Relações Exteriores, a maneira como substituiu o carregador em sua pistola e alimentou uma bala na câmara sem perder sua linha de fogo.

Parisa volta com pequenos copos de chá em uma bandeja de prata, um açucareiro e duas colherinhas ornamentadas. Ela pousa a bandeja em uma mesa redonda de latão e depois se senta de frente para Joona. Os pés pequenos da mulher estão descalços e são bem tratados, as unhas pintadas com esmalte dourado-escuro.

— Salim foi transferido do Presídio Hall para Kumla — Joona começa a falar.

— Para Kumla? — ela pergunta, ajeitando delicadamente o suéter. — Por quê?

O rosto da mulher é vivo e inteligente, e seus olhos traem um ceticismo gentil, como se ela não fosse capaz de esconder um cansaço diante do absurdo de tudo o que lhe aconteceu.

— Eu não sei. Ele não explicou o motivo, mas queria que você soubesse que ele não pode mais fazer telefonemas e que por enquanto ninguém pode entrar em contato com ele.

Joona leva aos lábios o copo fino enquanto pensa no que Salim Ratjen disse, que ele deve esperar até que ela lhe sirva pão e azeitonas antes de transmitir a mensagem real.

— Então você conhece Salim? — ela pergunta, inclinando ligeiramente a cabeça.

— Não — Joona admite com franqueza. — Mas ele foi colocado no meu bloco... e é sempre bom cuidar um do outro.

— Eu posso entender isso.

— Recebi uma permissão de saída temporária, então a gente sempre tenta ajudar os outros, se puder.

Um som de raspagem faz Parisa olhar rápido para o jardim. Os franco-atiradores na parte de trás provavelmente estão com Parisa na alça de mira agora.

— Então, qual é a mensagem que ele queria que você me entregasse? — ela pergunta.

— Ele queria que eu avisasse você de que ele foi transferido.

Parisa derrama um pouco de chá, e quando Joona se inclina para lhe passar um guardanapo, ele sente o coldre e a pistola deslizarem um pouco para a frente.

— Obrigado — ela diz.

Joona percebe que Parisa viu a arma. Os olhos escuros dela tornam-se mais vítreos e ela olha para baixo por um momento, fingindo soprar o chá. Ele entende que ela está tentando controlar os nervos.

A pistola não arruinou necessariamente o disfarce de Joona. Parisa acredita que ele é um criminoso, mas de súbito a situação tornou-se mais perigosa.

— Deixe-me pegar algo para comer — ela diz, e desaparece de volta na cozinha.

Joona vê minúsculos flocos de cinza deslizando chaminé abaixo e ouve um baque surdo no andar superior.

A unidade operacional está se movendo pelo telhado.

O caminhão de lixo para na frente da casa com um pesado ruído de chiado.

Parisa volta e coloca sobre a mesa uma tigela de azeitonas e dois garfos pequenos.

— Eu era muito jovem quando nos casamos — ela diz baixinho, olhando Joona nos olhos. — Eu tinha acabado de chegar do Afeganistão. Foi depois das eleições de 2005.

Joona não tem certeza se deve passar a mensagem. Ela ofereceu azeitonas, mas sem pão. Parisa olha de relance, ansiosa, na direção da cozinha. Há um som estridente quando a engrenagem do caminhão começa a comprimir o lixo. Um pote de vidro se despedaça com um estalo. Parisa se assusta, depois faz força para sorrir para Joona.

43

Parisa come algumas azeitonas e olha para Joona. As pupilas dela estão dilatadas e suas mãos afundam no colo.

— Você gostaria de mandar uma mensagem de volta para Salim? — Joona quer saber.

— Sim — ela responde hesitante. — Diga que está tudo bem comigo e que estou contando os minutos para que ele seja solto.

Joona pega uma azeitona e percebe que as sombras dos galhos na parede acima da televisão começaram repentinamente a se mexer em um ritmo diferente. Alguma coisa está acontecendo. Ele imagina ter a sensação de que a equipe de policiais está se aproximando do bosque. Não olha na direção da janela com vista para a varanda; sabe que, em todo caso, provavelmente não seria capaz de enxergá-los.

— O Afeganistão é tão diferente... ontem li um artigo que eu tinha separado, do jornal *The Telegraph*, sobre o "Dia Internacional da Bobagem" — Parisa diz, com um sorriso amável. — De repente, todos em Londres decidiram entrar sem calça no metrô. Isso também acontece em Estocolmo?

— Eu não sei. Acho que não — ele responde, e olha para as grandes azeitonas.

De repente, uma agácia assustada solta um grito estridente. Um som rangente vem de baixo, como se alguém estivesse no porão.

— Uma vez vi um grupo de meninas serem expulsas da piscina pública porque se recusavam a usar a parte de cima do biquíni — ela diz.

— Sim, isso meio que virou moda agora — Joona responde calmamente.

O reflexo de um raio de luz do sol se move ao longo da parede atrás de Parisa. Ela pega o celular, digita uma mensagem de texto e a envia.

— Entendo que se trata de uma questão de igualdade — ela diz, pondo de lado o telefone. — Mas mesmo assim... por que elas querem mostrar os seios para todo mundo?

— Os suecos têm uma atitude bastante tranquila em relação à nudez — Joona diz, inclinando-se para a frente de modo que fique mais fácil alcançar a pistola.

— Mesmo que aqui vocês não andem sem calça no metrô — ela sorri, e esfrega as pernas com um gesto nervoso.

— Esse dia provavelmente chegará — Joona responde.

— Não — ela ri, e uma pequena gota de suor escorre pelo rosto, soltando-se da linha do cabelo.

— Os suecos gostam muito de nadar nus quando vão para o campo, junto da natureza.

— Talvez eu aprenda a fazer isso também — ela diz, e olha pela janela, na direção da floresta.

Durante alguns segundos ela fita o vazio, sonhadora, depois se vira para o quarto. Há uma estranha rigidez em seu pescoço.

Parece quase intencional quando ela deixa cair a colher de chá, que tilinta ao tocar no assoalho de madeira de lei.

Ela se abaixa com cuidado para pegar a colher e a coloca na bandeja. Quando volta a olhar para Joona, os olhos dela estão assustados e seus lábios, empalidecidos.

Janus instruiu Joona a subir até o forro através do armário e correr de telhado em telhado em direção ao beco sem saída, onde um helicóptero o pegaria.

— Salim era um homem diferente quando nos casamos — ela diz, levantando-se. — Há uma fotografia do nosso casamento no corredor.

Joona se levanta e a segue até o corredor, que é um dos poucos lugares da casa onde nenhum dos atiradores pode vê-los.

A fotografia está pendurada na parede ao lado das escadas. Salim parece feliz, envergando um terno branco com uma rosa vermelha presa na lapela. Parisa é muito jovem, com um vestido de noiva branco e *hijab*. Eles estão rodeados por parentes e amigos em ternos e vestidos longos.

— Ele não tem tanto cabelo agora — Joona diz.

— Não, ele parece mais velho — ela suspira.
— Diferente de você.
— Você acha?
— Quem é este? — Joona pergunta, apontando para o outro homem de terno branco.
— Esse é o Absalon, irmão de Salim. Cortou todas as relações com Salim depois que o irmão foi pego por envolvimento com tráfico de drogas...

Eles ficam em silêncio.

— Este é o time de Salim, FOC Farsta — ela diz, depois de uma pausa, apontando para a foto de um time de futebol, jovens alinhados em uniformes de treino vermelho-escuros.
— Eles eram bons?
— Não — ela ri.

Uma sombra passa num piscar de olhos pelo vidro da porta da frente.

— Tenho mais fotos no porão — ela diz, e respira fundo e nervosamente. — Você espera no sofá, eu já volto.

Ela se vira, apoiando-se na parede com uma das mãos, depois abre uma porta estreita e começa a descer um íngreme lance de degraus.

— Por que não vou com você? — ele diz, e a segue.

Joona se vê em uma apertada área de serviço, com uma máquina de lavar e uma pilha de roupa no chão de azulejos. Em um canto há um torcedor de roupas manual à moda antiga.

— O porão é por ali — Parisa diz com uma voz tensa, calçando um par de sapatos. — Você pode esperar aqui.

Ela prossegue por uma passagem estreita, passando por prateleiras de sapatos de inverno, até uma porta de metal.

Se Parisa está escondendo alguém na casa, será no porão, Joona pensa enquanto segue a mulher.

No instante em que Parisa destranca a porta, Joona enfia a mão debaixo da jaqueta, desata a correia do coldre e agarra a pistola. Os pelos da nuca dele se eriçam quando ela abre a pesada porta de aço e aperta o interruptor.

Um túnel de várias centenas de metros bruxuleia sob a luz antes que os tubos fluorescentes se acendam de vez.

— Todas as casas compartilham esse espaço de armazenamento? — Joona pergunta, mesmo duvidando que o receptor ainda seja capaz de captar qualquer sinal de microfone.

Ele a segue ao longo da passagem fria, transpondo duas dúzias de portas de metal fechadas antes de virarem à esquerda e acessarem um túnel ainda mais comprido.

Parisa está andando o mais rápido que pode, usando a mão direita para segurar o *hijab* no lugar.

Eles passam pelas portas blindadas fechadas de um abrigo antiaéreo subterrâneo e dutos de ventilação revestidos com folhas de papel-alumínio.

Por fim, Parisa abre outra porta pesada e juntos eles sobem alguns lances de escada, passam por uma sala de separação de lixo e chegam a um hall de entrada.

Saem pela porta.

O longo túnel levou os dois, sob a estrada principal, a uma área cheia de prédios de apartamentos.

Ao longo da borda da floresta há um pequeno escorregador e alguns balanços com correntes quebradas. Rosas-selvagens estremecem na brisa, e lufadas de vento espalham o lixo.

Parisa vai até um Opel sujo estacionado em meio a vários outros carros. Ela destranca a porta e Joona se senta no banco do passageiro.

— Você sabe... eu só estava sendo simpático quando disse que queria ver mais fotografias — Joona brinca, mas não recebe em resposta nem o mais leve indício de sorriso.

44

Parisa Ratjen diminui a velocidade antes de pegar a saída para a Rodovia 229. Sem conversar, eles passam por galpões industriais baixos e por trechos irregulares de bosques.

O rosto dela está pálido, a boca tensa. Ela está sentada muito ereta e rígida, segurando o volante com as duas mãos.

Joona desistiu de perguntar para onde estão indo. Eles estão muito além do alcance do microfone dele agora.

Tudo o que ele pode fazer é tentar manter seu disfarce o máximo que puder. Talvez o papel de Parisa seja levá-lo ao esconderijo dos terroristas.

Ela freia atrás de um caminhão com uma lona amarela sobre a carroceria. Há um estalo agudo quando uma pedra atinge o para-brisa.

— Não sei de que lado você está, mas Salim não pediria que você me transmitisse uma mensagem se isso não fosse importante — ela diz de repente, mudando de pista. — Você pode me dizer por que não transmitiu a verdadeira mensagem?

— Você não me ofereceu pão.

— Muito bem — ela sussurra.

Agora eles estão ao lado do caminhão; as barras de aço à sua esquerda piscam, enquanto a carroceria balança com uma rajada de vento.

— Salim me deu um número de telefone — Joona diz. — Você precisa ligar para 040 6893040 e pedir para falar com Amira.

Quando ouve esse nome, Parisa perde por um momento o controle do carro, que dá uma guinada brusca. A roda dianteira do caminhão assoma, ameaçadora, na janela do passageiro de Joona, e o rugido do motor enche o carro.

— Foi só isso, mais nada — Joona diz calmamente.

Ela agarra o volante com força, acelera e ultrapassa o enorme veículo.

— Diga o número de novo — ela diz, engolindo em seco.

— 040 6893040.

Parisa entra novamente na faixa da direita e sai da estrada principal com uma manobra tão brusca que um mapa de estradas no banco de trás cai no chão.

Eles passam por um enorme galpão industrial amarelo-claro e entram em uma larga área asfaltada entre um posto de gasolina e uma loja McDonald's. Ela vira o carro, estaciona de ré e para.

O facho suave dos faróis brilha sobre o asfalto em direção às bombas de gasolina.

À esquerda, uma família sai do fast-food.

Parisa deixa o carro em ponto morto e abaixa os vidros das janelas dos dois lados. Sem dizer uma palavra, abre a porta e sai. Tateia embaixo do assento, pega uma Glock e aponta para ele através da janela aberta.

— Saia do carro muito devagar — ela diz.

— Não estou envolvido, estou apenas passando adiante uma...

— Levante as mãos — ela vocifera. — Eu sei que você está armado.

— É apenas para proteção.

A pistola treme nas mãos dela, mas o dedo está no gatilho e ela provavelmente ainda o acertaria se disparasse agora.

— Não faço ideia do que está acontecendo — ela diz. — Mas cresci no Afeganistão. Eu vi o atirador na janela do outro lado da rua.

— Eu não sei o que você pensa que viu, mas...

— Saia do carro ou eu atiro — ela diz, elevando o tom de voz. — Eu não quero, mas vou atirar em você se for necessário.

— Tudo bem, eu saio — Joona diz, e lentamente abre a porta do carro.

— Mantenha as mãos onde eu possa vê-las — ela diz, lambendo os lábios.

— Quem é Amira? — ele pergunta enquanto coloca o pé direito no chão.

— Afaste-se do carro sem se virar.

Joona se endireita de costas para ela. Ele observa que há três carros estacionados do lado de fora do McDonald's. O vento puxa com força as bandeiras que esvoaçam em frente ao restaurante.

— Mais longe — ela diz enquanto se aproxima do carro, mantendo a arma apontada para Joona.

Ele começa a caminhar em direção aos carros estacionados.

Parisa volta ao assento do motorista, ainda apontando a pistola para ele.

— Talvez eu possa ajudar você — ele diz, e para de andar.

— Continue andando — ela grita atrás dele.

Joona dá mais alguns passos e vê um homem corpulento sair do McDonald's carregando uma sacola de papel. Ele entra no banco da frente do carro, enfia a chave na ignição e começa a devorar seu hambúrguer.

— Só para você saber — ela diz, com um traço de histeria na voz: — Se você tentar me usar para pressionar Salim, não vai funcionar, porque já entrei com o pedido de divórcio. Ele não vai dar a mínima para o que acontecer comigo.

— Não estou envolvido — Joona repete, e a ouve pousar a pistola no banco do passageiro.

— Continue caminhando. Eu juro que vou atirar se você parar de novo.

No momento em que ele a ouve engatar a primeira e acelerar, Joona começa a correr. Ele pula a cerca viva baixa que delimita o estacionamento, abre a porta do carro em que o homem corpulento está comendo um hambúrguer. Joona o arrasta para o chão. O copo tamanho família de coca-cola cai no chão, espalhando seus cubos de gelo.

Joona vê Parisa quase perder o controle do carro ao passar pelo galpão industrial amarelo.

Ele rapidamente engata a primeira, pisa no acelerador e avança direto contra a cerca viva bem aparada.

Os tacos de golfe no banco de trás se entrechocam com estrépito quando as rodas traseiras batem no asfalto do outro lado.

O homem corpulento se levanta e fica lá imóvel, rodeado pelos restos do hambúrguer, enquanto seu carro sobe o íngreme declive gramado ao lado da estrada.

Joona atravessa o canteiro de grama, faz uma curva acentuada à direita e entra na estrada principal. Derrapando e dando trancos bruscos, o Volvo atravessa as três pistas. A traseira do carro ainda está deslizando para o lado quando Joona pisa com força no pedal do acelerador.

A roda traseira esquerda bate no *guard rail* central com um baque surdo.

Pelo retrovisor, Joona percebe a calota saltar num átimo para o outro lado da estrada.

Joona vê Parisa pegar a entrada para Huddingevägen. Uma luz de alerta aparece no painel.

Ele ultrapassa uma perua branca, chega a cento e quarenta quilômetros por hora, depois freia quando avista o Opel sujo duzentos metros à frente.

Joona entra na faixa da direita, deixando dois carros de distância entre eles, depois pega o celular e liga para Janus Mickelsen e fornece todas as informações sobre o carro de Parisa e sua posição e direção atuais.

— Certo, entendi — Janus diz. — Mantenha-nos informados. Vou conseguir a autorização para redirecionar nossa operação.

— Não sei do que se trata ou para onde estamos indo — Joona diz. — Mas eu só tenho gasolina suficiente por mais cinquenta quilômetros, então vou precisar de reforço antes disso.

Quando a luz de alerta se acende pela primeira vez, restam oito litros de combustível. Isso permitiria cinquenta e quatro quilômetros em velocidade normal, mas como ele está dirigindo em ritmo vertiginoso, talvez só consiga percorrer uma distância consideravelmente menor.

Joona não tem ideia de para onde Parisa está indo, e não vê alternativa a não ser segui-la pelo tempo que for possível.

Eles estão rumando para o norte, a oeste de Estocolmo. Ele pensa no estranho nervosismo dela e no esforço que empreendeu para bater papo com ele antes de detectar um dos franco-atiradores e resolver fugir.

Trinta minutos mais tarde, Joona está descendo uma longa colina ao lado de um campo de golfe. Sopra um vento forte, com rajadas que sacodem o carro.

Ele vê um posto de gasolina e uma fila de carros alugados. Mas, se parar, pode perder Parisa de vista.

E então ela desapareceria de vez.

Ele tem que se arriscar e continuar dirigindo, mesmo sabendo que a gasolina vai acabar em cerca de quatro quilômetros.

Joona liga para Janus e faz uma atualização concisa, informando-o de que passaram por Åkersberga e estão seguindo em frente ao longo da Roslagsvägen. Nesse ínterim, florestas e prados vão sendo engolidos pelo crepúsculo.

Ao longe, as luzes traseiras vermelhas de Parisa são visíveis, muito à frente do carro de Joona. Às vezes elas desaparecem por alguns instantes, apenas para reaparecer quando ele sai de uma curva.

A estrada atravessa um trecho da floresta imerso em sombras. Sob o brilho dos faróis, os troncos das árvores parecem um cenário.

Joona pensa no olhar no rosto de Parisa quando ele transmitiu a mensagem de Salim. As emoções que ele viu foram medo e surpresa.

Ele acaba de passar por uma estrada lateral isolada, bloqueada por uma barreira enferrujada, quando ouve um zumbido.

O motor parece estar em alta rotação, depois fica completamente silencioso. Joona entra no acostamento, para e acende o pisca-alerta.

Ao longe, avista as luzes do carro de Parisa piscarem e sumirem.

Agarrando o celular, Joona sai do carro e começa a correr pela estrada atrás dela.

O som do motor do Opel desapareceu.

Mesmo em uma estrada sinuosa como essa, Parisa pode dirigir um carro três vezes mais rápido do que Joona é capaz de correr. A cada minuto, a distância entre eles cresce exponencialmente.

Dos dois lados da estrada há uma densa floresta.

Ele passa por um ponto de ônibus deserto e desce rapidamente uma ladeira. A floresta se abre, revelando prados enevoados na escuridão.

Ele está correndo rápido e sabe que consegue manter esse ritmo por mais de dez quilômetros.

Ao longe, em um dos descampados, dois cervos levantam a cabeça quando Joona passa feito uma flecha.

45

Embora ainda haja uma réstia de luz no céu, a floresta circundante está completamente às escuras. Pisando no freio, Parisa desce uma longa colina. Ela vira devagar à direita, depois segue uma trilha de cascalho que passa ao lado de um pedaço de terra coberto de mato e uma carcaça de carro abandonada no outro extremo.

Pensa no homem alto que veio a sua casa com uma mensagem de *da gawand halak*. O estranho lhe disse que Salim acabara de ser transferido para sua unidade em Kumla, mas que na verdade não o conhecia. Provavelmente, Salim se sentiu obrigado a enviar uma mensagem por meio da primeira pessoa que recebera permissão de saída temporária.

Salim deu ao homem um código que significava que ele era alguém cuja lealdade não podia ser garantida, mas que ainda assim ela deveria ouvir o que ele tinha a dizer.

Ela percebeu que o mensageiro loiro estava armado, mas a verdade é que só começou a entrar em pânico quando, da cozinha, viu o atirador de elite.

No andar superior da casa do outro lado da rua.

Uma janela entreaberta, um anel preto e um círculo brilhante: a boca do fuzil e a mira.

Era impossível dizer se ele conhecia o franco-atirador, se estavam trabalhando juntos.

Talvez o mensageiro fosse o alvo do atirador?

Sua cabeça está tomada pelo zumbido de pensamentos em alvoroço. Ela não consegue entender como todas as peças se encaixam, mas agora sua irmã é a única coisa que importa.

Depois de obrigar o homem a sair do carro, Parisa ligou para o número que ele havia lhe dado, e a ligação foi encaminhada automaticamente. Ela ouviu um segundo toque e, após uma longa espera, um homem respondeu em um idioma eslavo. Ela perguntou se ele falava inglês, e ele disse "sim, claro".

O cascalho crepita sob os pneus do carro, e as árvores ao redor tremem na escuridão. Os faróis iluminam um pequeno riacho através das árvores à esquerda.

Parisa perguntou ao homem onde estava sua irmã caçula Amira. Ela explicou que Amira fazia parte do grupo de Sheberghan, cuja chegada à Suécia estava prevista para quarta-feira.

O homem conversou com outra pessoa próxima, depois respondeu que a jornada fora mais rápida que o normal e que o grupo havia chegado ao local de encontro cinco dias antes do combinado. A irmã mais nova de Parisa já estava na Suécia. Amira a estava esperando fazia três dias, e Parisa não sabia de nada.

A floresta se abre para revelar um céu noturno mais claro e, a uma curta distância, o mar. Parisa atravessa um cruzamento e segue em direção a uma marina.

Um gigantesco galpão de metal corrugado ergue-se acima das silhuetas de mais de cem barcos ancorados: imensos iates com quilhas enormes, lanchas longas e estreitas, aerodinâmicas como pontas de flechas.

A luz que vem de um prédio baixo, parecido com um alojamento, ilumina uma placa na parede de madeira: "Estaleiro Nyboda".

Parisa manobra o carro e estaciona de ré contra a parede.

Quando sai do carro, a brisa do mar se infiltra através de seu suéter tricotado. Ela só está usando isso e uma confortável calça de moletom; nos pés, tênis sem meias.

As lonas estapeiam os cascos dos barcos, o plástico farfalha, e a corda de uma bandeira bate ritmicamente contra o mastro.

Parisa percebe movimento atrás da cortina suja do alojamento.

Um caminho estreito entre o alto galpão de metal e as compactas fileiras de barcos leva até a água.

Parisa pendura por cima do ombro a bolsa com a pistola e sobe o íngreme lance de escadas que leva ao alojamento. Ela bate, espera alguns segundos e depois entra em um escritório com uma escrivaninha desmazelada e cartas náuticas grampeadas nas paredes. Um homem que parece ter mais de setenta anos está sentado à escrivaninha, examinando alguns recibos. Em uma cadeira de vime no canto, uma mulher da mesma idade tricota.

O homem veste uma camisa de mangas curtas, e seus braços peludos estão apoiados na escrivaninha. No pulso ele está usando um relógio de ouro com o visor todo riscado. A mulher pousa no colo as agulhas de tricô e olha, intrigada, para Parisa.

— Estou aqui para buscar minha irmã — Parisa diz calmamente. — O nome dela é Amira.

O homem passa a mão pela cabeça careca e a convida a se sentar na cadeira das visitas.

Parisa se senta e ouve um suave clique nas costas quando a mulher na cadeira de vime retoma o tricô.

— Estávamos começando a pensar que ninguém viria buscar a última — o homem diz ao pegar uma pasta de arquivo.

— Ela só deveria chegar aqui na quarta-feira — Parisa explica com frieza.

— Sério? Bem, isso vai custar um bocado — o homem continua a falar, desinteressado, depois lambe um dedo e folheia os registros de transporte na pasta.

— Tudo já foi pago — Parisa diz.

— Se você a tivesse buscado assim que ela chegou — o homem responde, dando-lhe uma rápida olhada.

— Ela não quer pagar? — a mulher pergunta, ansiosa.

— Ah, ela vai pagar — o homem diz, apontando para uma folha de papel cor-de-rosa na pasta. — Hospedagem e alimentação por três dias, taxa de limpeza e custos administrativos.

A mulher começa a tricotar novamente atrás de Parisa enquanto o homem tecla alguns números em uma calculadora de bolso ao lado de um telefone empoeirado.

Parisa ouve uma lixadeira no galpão.

O homem lambe os lábios enrugados e se recosta na cadeira.

— Trinta e duas mil e trezentas coroas — ele diz, virando a calculadora na direção dela.

— Trinta e duas mil?

— Não podemos nos dar ao luxo de fazer caridade. Infelizmente, não temos margem financeira de manobra — ele explica.

— Você aceita cartão? — Parisa pergunta, mesmo sabendo que não tem tanto dinheiro em sua conta.

— Não — ele sorri.

— Não tenho todo esse dinheiro.

— Então você terá que ir a Åkersberga e sacar o dinheiro, mas tenha em mente que a dívida continuará aumentando, quanto mais tempo ela ficar aqui.

— Preciso falar com ela primeiro — Parisa diz, levantando-se.

— Se começarmos a abrir exceções, então...

— Ela é minha irmã — Parisa explica, erguendo a voz. — Você não entende? Ela veio de longe até aqui. Ela não sabe uma palavra de sueco. Eu tenho que falar com ela.

— Entendemos que você está aflita, mas não é nossa culpa que não veio buscá-la e...

— Diga-me onde ela está! — Parisa o interrompe, espera alguns segundos, depois passa pela mulher e sai pela porta.

— Apenas espere aqui. Tenho certeza de que podemos resolver a situação — o homem berra atrás dela.

Parisa desce as escadas e corre ao longo da estreita trilha entre os barcos e o enorme galpão. Mais abaixo, vê um guindaste balançando ao vento, sua silhueta em contraste com as nuvens que se adensam, cada vez mais próximas. As ondas quebram contra as rochas e a rampa dos barcos.

Parisa percebe que há luzes acesas através do plástico que cobre vários dos barcos.

O cheiro de óleo quente traz à tona lembranças do Afeganistão, e ela se vê de novo na oficina de engenharia onde seu pai e seu avô trabalhavam, junto ao rio Safid, nos arredores de Sheberghan.

— Amira? — ela chama do outro lado da marina. — Amira?

46

Parisa grita mais uma vez o nome da irmã. Pensa entrever sombras movendo-se atrás do plástico iluminado que cobre uma lancha grande junto à margem.

Ela começa a caminhar em direção ao barco, mas tropeça em um motor de popa enferrujado. Por toda parte há peças de motor e outras porcarias: cabos, janelas, boias, caixas úmidas cheias de rolos de fita adesiva, âncoras e uma porção de tubos de neon encostados a uma grande empilhadeira.

— Senhorita! — o homem diz atrás dela. — Não é permitido...

— Amira? — Parisa grita com toda a força dos pulmões.

O casal de idosos saiu do escritório agora, e, por cima do ombro, Parisa vê o homem ajudar a velha a descer os degraus íngremes, com passos lentos e instáveis.

O som da lixadeira no galpão cessa abruptamente.

Parisa detecta movimento a alguma distância. Alguém está descendo uma escada de alumínio de um dos barcos mais próximos da água.

É Amira.

Parisa tem certeza.

Sua irmãzinha está vestindo uma jaqueta forrada azul, com um xale cobrindo a cabeça e a boca.

— Amira! — ela grita e começa a correr pelo caminho estreito.

O velho berra de novo. Parisa acena para a irmã. Ela tropeça em um cavalete, mas consegue passar por ele.

De olhos semicerrados, sua irmã está tentando enxergá-la através da escuridão que cresce para envolver o extenso estaleiro.

De repente, um homem corpulento de macacão aparece na esquina do galpão. Ele está mancando, apoiando-se em uma muleta enquanto caminha em direção a Parisa. Segura em uma das mãos uma pesada lixadeira. O cabo serpenteia atrás dele, e do filtro fora do lugar uma poeira branca sai rodopiando.

— Amira! — Parisa chama novamente, no exato instante em que três pequenos holofotes se acendem na frente do edifício.

O homem com a lixadeira avança em direção a Parisa, seguido pela irmã dela, com uma expressão de pavor no olhar.

— Pare de gritar — o homem murmura, entrando no raio de luz mais distante.

— Anders, vá pra casa — o homem mais velho grita atrás dela.

— Eu quero minha esposa — ele balbucia e estaca.

Ele olha para Parisa através de óculos de proteção manchados. Amira está de pé atrás dele, como que paralisada, incapaz de passar.

— Olá — Parisa diz.

— Olá — ele responde em voz baixa.

— Eu não quis incomodar você — ela diz. — Só estava gritando para dar um jeito de a minha irmã me ouvir.

— Parisa, eles são loucos, você precisa de ajuda! — a irmã grita em língua pachto.

Quando ouve a voz de Amira, o homem se vira para ela, dá um passo adiante na direção da luz áspera do holofote do prédio e acerta na bochecha dela uma violenta pancada com a muleta. Com a força do golpe, Amira desaba de lado no chão. Aos berros, o homem vai atrás dela e tenta acertá-la no rosto com a pesada lixadeira. Erra o alvo e perde o controle da máquina, que voa pelo ar, desloca o caixilho de uma velha janela e cai com um baque no chão.

— Pare! — Parisa grita, tentando abrir a bolsa onde a arma está escondida.

Amira está caída de lado, tentando se arrastar para longe. O homem dá pontapés nela, balançando a muleta.

— Minha esposa! — ele grita.

— Chega! — Parisa grita, e com as mãos trêmulas puxa a pistola de dentro da bolsa.

O homem se volta para Parisa, que puxa a trava da arma para trás e mira nele.

— O papai falou que ela era minha esposa agora — ele diz com uma voz empastada.

Parisa observa o homem lançar um olhar em direção ao prédio de escritórios e se vira para ver que o velho continua escorando a mulher enquanto os dois percorrem lentamente o caminho de cascalho.

— Ela me foi dada — o homem grandalhão diz, limpando o ranho do nariz com a manga da camisa.

— Saia da frente — Parisa diz bruscamente.

— Não — ele diz, balançando a cabeça de forma obstinada.

Parisa se aproxima e o acerta no rosto com uma coronhada, bem no meio dos óculos. Ele tropeça para trás e cai sentado no mato em frente ao prédio.

Segurando a pistola com as duas mãos e mantendo o homem sob a mira, ela chama a irmã. Amira começa a rastejar na direção dela, mas solta um grito assustado quando o homem rola para o lado e agarra um de seus tornozelos.

— Solte-a ou eu atiro! — Parisa grita.

Ela levanta a arma e dispara para o alto, depois rapidamente aponta a pistola para o peito do homem enquanto o tiro ecoa entre os prédios.

— Solte-a! — Parisa grita de novo, a voz embargada.

— O Anders não entende. Ele é apenas uma criança — o homem mais velho grita atrás deles.

Arquejando, Parisa gira o corpo e aponta a pistola para o velho quando ele se aproxima. A velha está sentada mais adiante, sobre uma pilha de motores de partida.

— Papai, você disse que eu ia ter uma esposa — o homem corpulento grita do chão.

— Anders — o pai dele ofega. — O que eu falei foi que... que se ninguém a quisesse, você poderia ficar com ela.

Parisa pode sentir a histeria queimando em seu peito. O homem idoso levanta as mãos e dá um passo na direção dela.

— Pare, senão eu vou atirar — Parisa grita. — A Amira vem comigo. Eu te pago depois. Você vai receber seu dinheiro, mas...

A cabeça de Parisa chameja e sua visão desaparece quando algo atinge violentamente sua nuca. Ela se inclina para a frente, seus joelhos se dobram, ela bate a testa contra um poste, deixa cair a arma e desaba de lado. Sente o sangue começar a escorrer pelo rosto.

Com um gemido, ela peleja para se levantar, mas é como se alguém estivesse pressionando uma esponja quente contra o seu pescoço.

O chão oscila embaixo de Parisa. Enquanto ela procura, às apalpadelas, algo a que se agarrar, ouve Amira gritando de medo. Parisa tenta se escorar na fria parede de metal, cuspindo sangue. Ela vê que outros imigrantes saltaram de outros barcos e estão se aproximando com cautela.

— Vocês não existem! — vocifera um homem barbudo na casa dos cinquenta anos. Ele empunha uma espingarda.

O homem a agride uma segunda vez com a coronha da espingarda e Parisa cai, derrubando um carrinho velho cheio de filtros de óleo usados e arranhando um dos ombros no cascalho.

Ela levanta a cabeça e tenta ver onde está a arma, mas o golpe na nuca afetou sua visão. O mundo em volta está trêmulo e turvo. Ela só consegue vislumbrar vagamente o homem corpulento com os óculos de proteção, que se move em direção a Amira.

Tentando puxar o ar, Parisa se esforça para se levantar novamente. Ela cospe sangue e ouve o homem barbudo dizer que vai acabar com todos eles.

O homem dá um pontapé nas costelas de Parisa, que sai rolando de lado. Ela tenta recuperar o fôlego, mas ele vai para cima dela e arranca seu véu com tamanha violência que a fricção lhe queima o pescoço, que arde.

— Vocês têm rosto! Porra, vocês têm rosto! — o homem barbudo grita.

— Linus, já chega — o pai idoso diz.

Limpando a boca, Parisa tenta localizar a pistola. Acima do homem com a espingarda, ela vê o mastro balançar ao vento, sua flâmula azul e amarela adejando e se contorcendo.

Linus, o homem barbudo, vai até Parisa, aperta o cano da espingarda com força entre os seios dela, depois abaixa o cano, deslizando-o sobre a barriga e entre as coxas. Por fim ele para e fica lá imóvel, respirando com dificuldade.

— Por favor — ela implora em voz baixa.

— Linus, acalme-se — o pai pede.

O homem barbudo estremece, em seguida aponta bruscamente a arma para o rosto de Parisa e coloca o dedo no gatilho.

— Ou você prefere não ter um rosto? Na verdade, você não quer um, não é mesmo? — ele pergunta.

— Pare com isso agora — o pai chora, com medo na voz.

— Ela não quer um rosto — ele responde.

Parisa tenta mexer a cabeça, mas ele acompanha com a arma os movimentos dela.

Anders está chorando, cobrindo a boca e o nariz de Amira com a mão. Suas pernas estão chutando fracamente e seus olhos reviraram.

— Por favor, Linus, não vá longe demais, não queremos a polícia aqui — o pai implora.

O suor escorre da barba do homem pescoço abaixo. Ele murmura alguma coisa e encosta o cano frio da espingarda contra a testa de Parisa.

47

Joona está correndo através da escuridão ao longo da Roslagsvägen. Quase vinte minutos se passaram desde que ele deixara o carro na beira da estrada. Durante todo esse tempo, não viu ninguém. As únicas coisas que ouviu foram repentinas rajadas de vento nas copas das árvores e o ruído da própria respiração.

Ele está descendo uma longa ladeira, então aumenta as largas passadas e acelera ainda mais. A única coisa que consegue distinguir é o brilho de um edifício ao longe, através das árvores.

Sua pistola bate contra as costelas.

Ele atravessa um pequeno viaduto com o gradil empoeirado, mas se detém quando ouve atrás de si um estrondo agudo.

Um tiro de pistola.

Ele se vira e fica à escuta.

O ruído é transportado através da água e ressoa por entre as ilhas.

Joona começa a correr o mais rápido que pode no sentido inverso, em direção a uma estradinha de terra batida pela qual passara pouco antes. Um carro vem de encontro a ele em alta velocidade. Ofuscado pelos faróis, ele entra em uma valeta e abre caminho através da grama alta. Quando o carro passa, o chão treme e tudo fica escuro novamente. Joona volta a subir para a estrada e corre um pouco mais, até que encontra a trilha de terra que leva ao edifício e segue por esse caminho.

Percorrendo essa estradinha, ele passa pela carcaça de automóvel enferrujada e entra em um túnel de árvores negras.

Quando sai da floresta, Joona vê o carro de Parisa. Está estacionado em frente ao escritório de um pequeno estaleiro. Enquanto avança em direção às fileiras de barcos, Joona entra em contato com Janus, informando suas coordenadas por meio do GPS e pedindo reforços à Unidade de Resposta Rápida.

— Mas espere — ele repete. — Espere enquanto eu avalio a situação. Te ligo assim que puder.

Ele ouve vozes agitadas e se aproxima furtivamente, colocando o celular no modo silencioso enquanto se esconde sob uma imensa lancha.

Agachando-se, se esgueira pelo espaço estreito entre os barcos.

Primeiro ele vê uma velha sentada numa pilha de motores de partida, depois avista os outros.

Um homem idoso está parado no caminho de cascalho com uma faca Stanley escondida na mão, e há outro homem sentado no chão, segurando uma mulher nos braços.

Joona se aproxima rapidamente. A grama seca farfalha sob seus pés.

A lona que cobre um dos barcos se ergue como uma vela, dando-lhe um vislumbre do que está acontecendo. Um homem barbudo golpeia Parisa na nuca com a coronha de uma espingarda e depois aponta o cano para ela.

A água escorre até o chão quando a lona cai novamente.

O homem barbudo permanece imóvel com o cano da espingarda apontado entre as pernas de Parisa. É uma espingarda de cano duplo, que pode disparar dois tiros sem precisar ser recarregada.

Joona rasteja por baixo de um barco a vela. O som chega distorcido a seu ouvido esquerdo enquanto ele desliza rente à quilha enferrujada.

O homem barbudo grita alguma coisa e aponta o cano para o rosto de Parisa.

Joona se afasta a passos rápidos de seu esconderijo, endireita o corpo, aproxima-se do homem barbudo pelo lado e empurra o cano da espingarda para cima, longe da cabeça de Parisa.

Ele conclui o movimento puxando para baixo a ponta da espingarda com a outra mão, tirando-a assim do alcance do homem, depois gira a arma e põe o dedo no gatilho.

Joona enfia o cano na cara do homem, que cambaleia para trás, levando as mãos à boca. Mantendo o homem na alça de mira, Joona dá um passo à frente, vira-se para os lados e o golpeia violentamente na bochecha com a coronha da arma. A pancada faz jorrar uma cascata de sangue.

Joona rapidamente vira a arma para o velho.

O homem barbudo desaba, derruba um caixote de latas de aerossol e fica deitado de bruços.

O velho permanece parado e joga a faca no chão.

— Chute a faca para longe e se ajoelhe — Joona diz.

O velho obedece, apoiando-se na lateral do prédio para ficar de joelhos.

Cai um silêncio quase completo; os únicos sons são do vento e o farfalhar do plástico. Parisa olha para cima e vê que o homem loiro a seguiu. Apontando a arma para o peito de Anders, ele puxa Amira para livrá-la das mãos do outro.

— Não brinquem com armas, rapazes — ele diz com sotaque finlandês.

Anders limita-se a olhar para ele com espanto, lambendo ranho do lábio superior.

Quando Parisa rola de lado, tem a sensação de que sua cabeça vai explodir. Ela respira fundo, mas faz força para manter os olhos abertos e vê Amira avançar aos tropeções em sua direção e depois cair de joelhos.

— Amira — ela sussurra.

— Temos que fugir daqui. Você precisa se levantar!

Parisa não consegue se mexer. Ela encosta a bochecha no chão pedregoso e vê mais três imigrantes se aproximando ao longo do caminho. Primeiro um menino pequeno de olhos sérios, seguido por uma mulher mais velha vestindo um traje tradicional.

Atrás deles está um homem com um agasalho preto brilhante.

Parisa sabe que já o viu antes, mas leva alguns momentos para perceber que ele é um famoso jogador de futebol. Em dias de jogo, Salim costumava apontá-lo, porque ele tinha nascido na mesma cidade que eles.

48

Joona tenta fazer uma rápida avaliação da situação, e quando o homem barbudo começa a se mexer novamente, aponta a arma para ele.

Está claro que houve algum tipo de conflito entre traficantes de pessoas, imigrantes e Parisa.

A velha senhora ainda está sentada na pilha de motores de partida, tricotando, e o velho está de joelhos, com as mãos na cabeça.

— Precisamos sair daqui — Joona diz.

Três refugiados avançam em direção a eles pelo caminho estreito entre o galpão e os barcos.

Joona ouve um som rítmico e olha de relance para a água antes de voltar para Parisa.

— Está todo mundo aqui? — ele pergunta, notando que as luzes da casa mais adiante se apagaram.

— Só sobraram minha irmã e os três outros — ela responde.

— Diga a eles para virem conosco.

Parisa, arquejando, balbucia alguma coisa, e sua irmã chama os outros três. Eles parecem confusos à medida que se aproximam. A mulher mais velha está relutante, mas o menino dá um tapinha na mão dela e tenta acalmá-la.

— Vamos — Joona diz, virando a arma para o velho.

O menino aponta, diz alguma coisa, e em seguida se arrasta para debaixo de um iate branco. Reaparece alguns momentos depois, segurando nas mãos a pistola de Parisa. Ele parece satisfeito consigo mesmo enquanto sacode o pó dos joelhos e entrega a arma para a dona.

Apoiando-se com um dos braços em volta dos ombros da irmã, Parisa estende a mão livre.

O menino entra no cone branco de luz dos holofotes, e um

segundo depois sua cabeça dá uma chicotada para o lado, quando a metade direita de seu rosto se desintegra.

Antes mesmo que o som do tiro do rifle chegue até eles, os outros veem o esguicho de sangue, tecido cerebral e fragmentos de crânio manchar o casco do elegante iate.

— Sigam-me, venham! — Joona chama, tentando puxar Parisa e sua irmã em direção à grande empilhadeira.

O som ritmado fica cada vez mais alto, e por fim o estrépito agudo de um rotor de helicóptero os envolve de todos os lados, com rajadas de ar que os fustigam no peito e no pescoço.

— Para o chão! — Joona grita acima do barulho.

O helicóptero da Unidade de Resposta Rápida voa em círculos, uma silhueta escura em contraste com o céu negro. Um atirador de elite está pendurado do lado de fora da cabine, com os pés no trem de pouso.

A afegã mais velha se arrasta para debaixo dos barcos, e o jogador de futebol corre agachado com as costas na lateral do prédio. O homem que Joona jogou no chão rola em direção ao mato alto perto do prédio e desaparece de vista.

Joona consegue esconder Parisa e a irmã atrás da empilhadeira, pousa a espingarda na grama ao lado da parede do galpão e tenta ligar para a Polícia de Segurança.

Joona só consegue ouvir um som vibrante, mas repete várias vezes que a operação deve ser abortada, que não há terroristas no estaleiro.

Anders se levanta, com o auxílio da muleta; depois, sorrindo, aponta para o helicóptero e começa a caminhar em direção à água. As copas das árvores farfalham e o ruído do rotor se altera quando o helicóptero dá uma abrupta guinada atrás deles.

Os quatro holofotes na parte inferior do helicóptero brilham como faróis brancos.

Joona pode ver, por baixo do helicóptero, cinco membros da Unidade de Resposta Rápida pendurados em cordas de infiltração e exfiltração. Todos estão munidos de capacetes e coletes à prova de balas e carregam rifles semiautomáticos.

Estão estranhamente inertes quando se aproximam do solo, pendurados em uma corda feito fantoches. A madeira molhada do píer reluz no facho dos holofotes enquanto eles sobrevoam a água.

Anders está de pé na beira da água, rindo para o helicóptero.

O céu está escuro, mas os três refletores na frente do galpão iluminam parte do caminho de cascalho.

O ruído das pás do helicóptero fica ainda mais alto. Joona tenta ligar novamente, vê na tela do celular que alguém atendeu e grita para que interrompam a operação, que não há terroristas no estaleiro.

— Interrompam a operação imediatamente! — ele repete.

Todo mundo se escondeu, exceto Anders e a velha, que ainda está sentada sobre a pilha de motores.

Joona observa o helicóptero se aproximar do solo e pairar sobre a estreita faixa de praia.

A água é empurrada para trás em um círculo de espuma. Ondas quebram sobre os molhes do pontão. Os holofotes projetam sombras trêmulas ao longo do caminho de cascalho e na parede do galpão.

Uma súbita rajada de vento faz o helicóptero cambalear, e o mecânico de voo usa o pé para tentar afastar o cabo e não deixar que ele se choque contra a cabine.

O som dos rotores fica mais grave à medida que o helicóptero paira no ar. Os cinco oficiais da equipe de resposta ainda estão balançando nas cordas táticas. O plástico que cobre um dos barcos se solta e é levado para longe pelo vento.

Os homens alcançam o chão e rapidamente se desvencilham dos cabos, depois correm à procura de refúgio. O helicóptero recupera altitude e, lentamente, manobra para se afastar.

Uma arma dispara nas proximidades, e o eco ricocheteia na ilha em frente à marina.

O tiro de rifle veio de trás de Joona, ele tem tempo para pensar que a Polícia de Segurança deve ter trazido mais franco-atiradores, mas depois vê o helicóptero perdendo altura e entende o que aconteceu.

Há outro traficante de pessoas no estaleiro: foi ele quem apagou as luzes da casa, disparou um tiro de rifle de caça contra o helicóptero e conseguiu acertar o piloto.

Joona vê o rotor principal atingir o mastro. Há uma explosão ensurdecedora, seguida por uma chuva de faíscas. O helicóptero cai de lado como uma mariposa que se queima em uma lâmpada.

O helicóptero se precipita em direção ao chão e bate com força na fileira de lanchas cobertas com lonas. O som do motor gaguejante e do plástico sendo rasgado em tiras corta o ar.

Há mais três estrondos, e metade de uma das pás do rotor passa raspando pela cabeça de Anders.

A lâmina se choca contra a parede de estanho do galpão e se despedaça.

Uma bola de fogo amarela enche o céu por alguns segundos. O calor da explosão incendeia a grama e a borda da floresta, bem como as cabines dos barcos ao redor.

49

Gustav comanda a primeira unidade e, com suas duas equipes de tiro e manobra, se esconde atrás dos alicerces de concreto de um posto de combustível. Ele ouve um som sincopado e vê o helicóptero perder altitude. Adam grita alguma coisa e se levanta.

— Abaixem-se! — Gustav grita.

Adam consegue dar meio passo em direção à água antes de ser derrubado pela onda de pressão da explosão.

Ele desaba para trás e seu capacete atinge violentamente o chão.

O calor incendeia as árvores ao redor.

Lascas de metal chovem sobre o estaleiro, mas a princípio Gustav não consegue ouvir nada além de um som sibilante, como o sussurro do vento passando por entre as folhas.

E quando ele pede que os outros permaneçam abaixados, sua voz parece existir apenas em sua própria cabeça.

O painel do posto de combustível está queimando.

Gustav observa as chamas, ouve uma leve crepitação e, de repente, sua audição retorna e, com ela, o caos. Adam está ao lado dele, gritando desesperadamente.

— Markus! Markus!

Adam perdeu o irmão. Sua voz falha quando ele se levanta novamente. Antes que Gustav tenha tempo de reagir, Adam dispara seu rifle semiautomático e esvazia o carregador inteiro contra as fileiras de luxuosos iates; em seguida, solta a arma e a deixa pendurada na correia.

— Fiquem abaixados, eles têm um atirador de elite — Gustav grita.

Adam arranca os óculos de proteção e fita o fogo. Os barcos estão ardendo e adernando, e ainda se ouvem explosões menores. Jamal abandona sua posição, arrasta Adam para o chão e o segura lá.

Com as mãos trêmulas, Gustav pega o radiocomunicador e faz contato com Janus.

Estilhaços de vidro e lascas de madeira estão voando pelo ar.

Eles perderam o helicóptero e sua tripulação de quatro homens.

Gustav ainda pode ver as faíscas na escuridão no momento em que a lâmina do rotor atingiu o guindaste.

Como o golpe crepitante de uma imensa varinha mágica.

Ele luta para conter as lágrimas enquanto recita os nomes dos colegas que acredita estarem mortos.

— Os grupos três e quatro estão a caminho, mas é preciso entrar imediatamente e capturar ou neutralizar os terroristas — Janus diz.

— E Joona? — Gustav pergunta. — O que aconteceu com Joona Linna?

— Não tivemos mais notícias dele desde que chegou ao local — Janus responde. — Temos que presumir que ele está morto.

— Não temos como saber se eles estão mantendo reféns ou...

— Baixas civis são aceitáveis — Janus interrompe. — O reforço está a caminho, mas vocês precisam fazer tudo ao seu alcance para deter imediatamente os terroristas. Isso é uma ordem.

Gustav encerra a transmissão e tenta acalmar a respiração enquanto olha para os homens ao seu redor. Jamal está mordendo o lábio inferior, August está com a boca escancarada, e Sonny tem um olhar inexpressivo.

Adam está ajoelhado, chorando enquanto insere em seu rifle um carregador novo. Seu irmão mais velho, Markus, era o mecânico de voo responsável pelas cordas táticas, o cara que havia manobrado os cabos para que os homens pousassem em segurança, pouco antes de o helicóptero cair.

— Tudo bem, escutem — Gustav diz, colocando a coronha de seu semiautomático na posição: — Nossas ordens são capturar ou neutralizar todos os terroristas.

— Quando vai chegar o reforço? — Jamal pergunta.

— Daqui a pouco, já estão a caminho, mas nós vamos entrar agora — Gustav responde. — Adam, você fica aqui.

Adam passa a mão no rosto, olha para ele e balança a cabeça.

— Eu vou — ele diz com voz rouca. — Estou bem.

— Eu ainda acho que seria melhor se você ficasse aqui.
— Você precisa de mim — Adam insiste.
— Então você é o número quatro e eu sou o último — Gustav diz, sentindo outro lampejo do mau pressentimento que tivera antes. — Jamal, você assume a liderança.
— Certo — Jamal responde.
— Não corram riscos. Pensem em trezentos e sessenta graus. Vocês conseguem fazer isso. Agora vamos lá!

Jamal aponta a direção, levanta-se mantendo as costas arqueadas e corre em direção aos barcos através da grama em chamas. Com um gesto, instrui os outros a segui-lo, depois começa a abrir caminho em meio ao estreito espaço entre duas fileiras de luxuosos iates.

Eles avançam como uma única unidade, tentando proteger todos os ângulos à medida que marcham adiante. É difícil obter uma visão geral da marina, e antes não houve tempo para estudar um mapa do terreno. Atrás deles erguem-se as chamas do helicóptero e dos barcos. As labaredas proporcionam luz extra, mas também dão a ilusão de que tudo está em movimento. As chamas refletem pedaços de metal, e sombras compridas bruxuleiam e se remexem, irrequietas, sobre os cascos dos barcos.

Em algum lugar à frente deles há um atirador de elite, mas é praticamente impossível saber até que ponto estão visíveis e expostos ao tiro. Talvez seja possível vê-los claramente em contraste com o fogo, ou pode ser que se fundam ao negrume dos barcos e do terreno ao redor.

Gustav se obriga a não pensar nos policiais que acabaram de morrer. Ele precisa se concentrar.

O grupo avança através da passagem estreita. De costas arqueadas, eles cobrem todos os ângulos e instintivamente protegem cada linha de tiro.

Gustav olha para trás e logo esquadrinha a área atrás deles. O chão está seco sob os barcos, e o lixo soprado pelo vento amontoou-se em volta dos cabos e suportes.

O cheiro de fumaça está ficando mais forte.

As chamas altas se refletem nos capacetes dos homens.

De repente, Jamal sinaliza para que parem, depois se agacha e pousa a mão esquerda sobre o antebraço direito: um sinal que indica a presença de pessoas hostis.

Jamal não tem mais certeza, mas pensou ter visto pelo canto do olho um rosto.

Seu coração bate tão forte que seu peito chega a doer.

Ele se apoia sobre um dos joelhos e espreita embaixo do casco. Talvez tenha acabado de ver o reflexo do fogo em um leme branco.

Jamal mantém o dedo no gatilho e avança com cautela. Tenta espiar além da parte da frente da quilha.

Em meio à desordem, ele pode ver a parede de um edifício de zinco semelhante a um hangar e uma empilhadeira amarela.

Por baixo do barco seguinte, alguém está se chegando muito perto deles.

Um gato preto foge correndo quando o dedo de Jamal treme sobre o gatilho.

Sobre as fileiras de barcos cai uma chuva de brasas incandescentes.

Gustav mantém sua posição como último homem e observa Jamal seguir em frente. Ele deseja poder lhe dizer que seria melhor proteger o flanco à direita deles.

Jamal olha para a esquerda. Uma folha de plástico azul se move ao vento, e gotas de água respingam no chão.

De repente, um par de olhos cintila junto ao edifício. Em um instante Jamal gira sua arma e enquadra o rosto através da mira da arma.

Alguém geme atrás dele: é Adam, tropeçando em uma viga saliente. O cano do rifle bate contra um dos postes com um clangor metálico.

Jamal não sabe como seu dedo não sucumbiu ao instinto de apertar o gatilho. A adrenalina esfria seu sangue quando ele percebe o quanto chegou perto de matar a velha que tricotava.

Ele se apoia com uma das mãos contra um casco branco e respira fundo.

Gustav se vira para verificar a área atrás deles. O fogo continua a se alastrar, e folhas de plástico queimado flutuam pela água. O vento alimenta as labaredas, e o fogo devora mais e mais barcos.

Jamal faz sinal para os outros seguirem adiante, e Gustav olha para a frente, passa por seus homens e sobe em direção à área de estacionamento. À esquerda, vê-se a carcaça de um automóvel em meio às ervas daninhas. Do capô aberto saem cardos e grama.

Sussurrando consigo mesmo, Adam pega o carregador, examina-o e depois o encaixa de volta no lugar com um leve estalido.

Um homem de agasalho preto sai correndo de seu esconderijo atrás do carro destruído.

Sonny reage instantaneamente e dispara seis tiros.

O torso do homem é despedaçado; o sangue explode no ar, seu braço esquerdo é arrancado e fica pendurado apenas pela manga do agasalho, que se enrola em volta do pescoço como um cachecol quando o homem gira sobre si mesmo e cai.

Ao mesmo tempo, Jamal desaba no chão. Ele se deita de lado, como se precisasse descansar.

Gustav não consegue ver o que está acontecendo. Agachando-se, Sonny corre até ele, então o cano de uma arma dispara na frente deles.

O som da explosão do tiro é breve, mas ensurdecedor.

O projétil atinge em cheio o rosto de Sonny, trespassa-o e sai pela parte de trás da cabeça. Gustav vê o sangue esguichar em Adam. O capacete de Sonny sai voando, e o tiro ainda está ecoando quando ele cai para trás.

Gustav se joga no chão e rola para debaixo de um enorme iate. O cheiro de terra empoeirada e grama seca enche suas narinas. Ele rasteja até um pedestal de concreto na proa e escora nele sua arma.

O corpo de Sonny está produzindo um chiado, um som quase borbulhante.

Através da mira do rifle, Gustav perscruta a área onde julgou ter visto o clarão do disparo da arma. Ele pode ver terra cinzenta, pequenos barcos, uma caçamba. Tudo parece feito de chumbo, coberto de fuligem. Ele continua vasculhando e vê os arbustos baixos, um saco de lixo amarrado, uma lata de tinta vazia.

Adam está segurando Sonny em seus braços. O peito dele está manchado de sangue.

— Meu Deus do céu... Sonny — ele choraminga.

Respirando em ritmo errático, Gustav continua olhando através da mira do rifle. A grama treme na brisa enquanto brasas fuliginosas caem ao redor. A fumaça sufoca sua garganta. Barcos em chamas se reduzem a frangalhos atrás dele. Seus cascos se entrechocam, e os pesos que seguram a lona acima de Gustav começam a balançar.

Ele vê o cano de um rifle atrás de um palete enferrujado, e seu coração começa a bater acelerado. Um arbusto sacode ao vento logo atrás do atirador.

Gustav limpa o suor das sobrancelhas para enxergar melhor e endireita os óculos. Ele geralmente é um exímio atirador, mas agora pode sentir as mãos trêmulas.

Regula meticulosamente a mira para a posição em que supõe que a cabeça do atirador aparecerá quando ele tentar atirar de novo.

— Estão todos mortos — Adam diz para ninguém em especial.
— Acho que estão todos mortos.

A mira de Gustav sacode e cai escorregando pelas telhas. Ele não pode responder. Precisa manter o foco.

Somente ele e Adam são visíveis e expostos.

Gustav sabe que não terá muitos segundos antes que o atirador dispare.

Um dos pesos balança em sua corda na frente da mira.

Gustav vê o fuzil do atirador de elite se mover ligeiramente para a esquerda, e uma cabeça aparece por alguns segundos antes de desaparecer de novo. O cano desliza para baixo e se detém. A cabeça surge novamente, o olho no rifle, procurando um novo alvo.

Com extrema delicadeza, Gustav move o rifle até o rosto aparecer na alça de mira e depois aperta o gatilho.

O G36 dá um coice contra seu ombro. O atirador desaparece. Gustav pisca várias vezes e tenta abrandar a respiração. A arma sumiu. Ele começa a pensar que deve ter errado o alvo, até que vê algo escuro pingando dos galhos do arbusto atrás do esconderijo do atirador.

50

Joona está de pé ao lado da empilhadeira, observando as chamas e a fumaça negra se enroscarem e subirem furiosamente em direção ao céu.

Parisa abraça a irmã, que está encolhida de medo no chão. Cobrindo os ouvidos com as mãos, ela chora descontroladamente, como uma criança.

— Pergunte à sua irmã se ela tem condições de correr. É melhor tentarmos chegar à beira da floresta — Joona se apressa em dizer.

— Temos que encontrar Fátima, a mulher que estava aqui agora há pouco — Parisa diz. — Não podemos deixá-la pra trás. Ela salvou minha irmã, disse a todo mundo que era filha dela, para que a deixassem em paz.

— Onde ela está? Você sabe?

— Ela ia pegar as coisas dela. Está vendo aquele barco grande, sem lona nenhuma? — ela aponta.

— É muito perigoso...

De repente, eles ouvem tiros de uma arma automática, um carregador inteiro sendo esvaziado junto à margem. As balas se enterram na madeira e ricocheteiam nas traves de aço dos suportes dos barcos.

Joona tenta ver onde está a Unidade de Resposta Rápida.

Eles ouvem explosões mais fracas; estilhaços de vidro voam pelo ar e barcos tombam.

Ele pega o celular e liga novamente para Janus, e de repente percebe que Parisa deixou a irmã aos prantos e se afastou empunhando o rifle. Ela está correndo com as costas encurvadas, ao longo da lateral do galpão, em direção ao barco que indicou.

Joona saca a pistola e engatilha o cão da arma.

O fogo do helicóptero em chamas está se alastrando para o lado e parece desaparecer no céu escuro.

Joona vê Parisa desacelerar no momento em que chega ao final do galpão. A sombra dela ondula na parede de metal corrugado.

Sua irmã está sentada em silêncio, as mãos sobre as orelhas.

Parisa olha de relance para a água, depois se apoia com a mão na parede e se prepara para atravessar correndo o espaço aberto de cascalho até o barco.

Joona a vê dar um passo à frente e olhar para um lado e para o outro da esquina, então todo o seu corpo sente um frêmito, ela cai de costas e fica sentada, com uma expressão vazia no rosto.

De repente, ela desaba para trás e bate a cabeça no chão. Depois, é arrastada pelos pés.

É como se algum predador a tivesse abatido para depois puxá-la à força em direção à vegetação rasteira.

Segurando a pistola junto ao peito, Joona percorre o caminho rente à parede, depois para e levanta a arma quando se aproxima da esquina onde ela desapareceu.

Ele fica à escuta, sentindo no rosto o sopro do calor do fogo.

Fragmentos reluzentes de plástico ardente flutuam pelo ar.

Rapidamente, Joona dá uma olhada pela esquina e esquadrinha a cena: a rampa de concreto, as portas de cinco metros de altura do galpão.

O brilho amarelo do fogo ilumina os troncos dos pinheiros na borda da floresta.

Há um trailer branco estacionado um pouco mais para dentro da floresta, atrás de uma tela de galinheiro.

Joona corre até uma porta menor, puxa a maçaneta, abre e olha dentro do galpão.

Máquinas reluzem, lúgubres, na escuridão, e mais adiante há uma lancha azul-escura com a parte externa da proa danificada.

Joona entra correndo, verifica os cantos mais próximos e corre com as costas arqueadas até um grande torno.

O cheiro de metal, óleo e solvente se mistura no ar.

A porta se fecha com um clique atrás dele.

O fogo ainda é visível através de rachaduras e pequenos orifícios nas paredes de metal.

Ele se move em direção ao barco, certificando-se de verificar ângulos perigosos.

Um homem vocifera:

— Você é apenas um animal. Você não é nada. Você é apenas um maldito animal, porra!

Joona corre em direção à voz, agacha-se e os vê no outro extremo do galpão.

Parisa está pendurada de cabeça para baixo, erguida pelos pés com uma roldana. Seu suéter grosso caiu em volta da cabeça. A alça branca do sutiã se estende por suas costas nuas.

A boca do homem barbudo ainda está sangrando. Parisa tenta se agarrar ao suéter e balança quando o homem dá um puxão e o afasta dela.

— Vou arrancar sua cabeça! — ele grita, erguendo o machado.

Joona começa a correr, mas o barco obstrui sua linha de fogo. Ele pode vê-los apenas através da escuridão por baixo do casco.

Parisa tenta gritar, apesar de ter a boca tapada com fita adesiva. O homem espelha os movimentos dela e dá um passo para o lado.

— Aqui é Guantánamo! — ele grita e desfere uma violenta machadada.

A lâmina pesada atinge Parisa por trás, em seu ombro, e rasga o músculo. O corpo de Parisa gira, espalhando sangue pelo chão. Joona passa correndo por barris azuis de petróleo velho, rola sob o barco e consegue vê-los novamente.

— Afaste-se! — Joona grita.

O homem está de pé atrás de Parisa, limpando o sangue da barba. Uma das pernas da calça deslizou até o joelho. Agora ela está girando para trás, respirando pelo nariz e tentando usar as mãos para se defender.

— Se você não soltar o machado, eu vou atirar — Joona grita, movendo-se de lado para encontrar um ângulo melhor.

O homem recua alguns passos e olha fixamente para Parisa, que se contorce, fazendo a corrente estalar.

— Olhe para mim, não para ela. Olhe para mim e afaste-se — Joona diz, aproximando-se lentamente com o dedo no gatilho.

— Eles são só uns animais de merda — ele murmura.

— Coloque o machado no chão.

O homem está prestes a obedecer quando se ouve um estrondo no momento em que um tiro atinge o teto de metal. Uma chuva de bolinhas de chumbo ricocheteia no teto e nas paredes, depois elas perdem velocidade e caem no chão do galpão.

— Completamente imóvel agora — a voz do velho diz atrás de Joona.

Joona segura a pistola e a mão livre acima da cabeça. Depois de todos os anos de treinamento, ele cometeu o mesmo erro que custara a vida de seu pai. Ele se deixou levar pela situação, pelo desejo de salvar alguém, e por alguns segundos se deixou vulnerável a ataques pela retaguarda.

A barriga de Parisa está doendo e sobe e desce no ritmo da respiração aterrorizada. Seu sutiã branco está encharcado de sangue e uma poça escura se alastra debaixo dela. Ofegante, o homem barbudo abaixa o machado.

— Largue a pistola — o velho diz.

— Devo colocá-lo no chão?

Joona começa a se virar para o homem e vê a sombra dele em algumas latas velhas de tinta.

— Jogue a arma para longe de você — o velho responde.

Joona se vira lentamente e vê o homem parado a quatro metros de distância. Ele está ao lado de um motor a diesel pendurado em um guincho. Joona abaixa suavemente a pistola, como se tivesse decidido render-se, mas está apenas esperando o momento certo para disparar. Ele vai mirar logo abaixo do nariz, para nocautear imediatamente seu tronco encefálico.

— Não tente nenhuma gracinha — o homem diz em voz alta.

— Para que lado você quer que eu jogue a pistola?

— Devagar agora... isto aqui é uma espingarda, eu não vou errar o alvo.

— Estou fazendo o que você mandou — Joona responde.

O rosto do velho se enrijece, e o cano da arma se move ligeiramente para a direita. Uma sombra escura se alarga sobre o motor pendurado.

Joona ouve os passos do filho atrás de si, fica imóvel, depois dá um rápido passo para a frente e para os lados no momento em que o golpe é desferido. O machado erra o alvo, mas a ponta da lâmina faz um corte na parte de trás do ombro dele.

Joona gira e, com o cotovelo esquerdo, aplica uma pancada na base do pescoço do homem, quebrando-lhe a clavícula.

O machado gira no ar, acerta um macaco hidráulico e cai no piso de cimento. Joona aperta o braço em volta do pescoço do homem, ergue-o até acima de seu quadril e o atira ao chão a sua frente para fazer as vezes de escudo, enquanto aponta a pistola em direção ao pai.

O velho já apoiou a coronha da espingarda no chão e colocou a ponta do cano na boca.

— Não faça isso — Joona grita.

O velho se abaixa e se esforça para conseguir alcançar o gatilho. Suas bochechas acendem quando a explosão dispara, e ao mesmo tempo sua cabeça é jogada para trás com um solavanco, e fragmentos de crânio e tecido cerebral se espalham pelo teto e caem no chão atrás dele.

O corpo dele desaba para a frente e a espingarda cai no chão ao seu lado.

— O que diabos aconteceu? — o filho suspira.

Joona rapidamente amarra seus braços e pernas com um grosso arame de aço, depois o obriga a se levantar e o empurra de volta para o motor pendurado.

— Eu vou te matar! — o filho grita histericamente.

Joona enrola duas vezes o fio de arame em volta do pescoço peludo do homem e do eixo robusto do gerador, depois pega em uma bancada o painel de controle e eleva o motor a uma altura suficiente para que o homem seja forçado a ficar na ponta dos pés.

Joona ouve mais tiros de rifle do lado de fora, depois disparos de armas semiautomáticas.

Ele corre e abaixa Parisa ao chão, dizendo várias vezes que ela vai ficar bem. Ele a faz virar-se de bruços, rapidamente limpa o sangue com a palma da mão e veda com fita adesiva o ferimento profundo.

— Você vai ficar bem — ele diz calmamente.

Joona adiciona mais camadas de fita adesiva, mesmo sabendo que o curativo não vai aguentar muito tempo. Ele pode ver que, se conseguir levá-la imediatamente para o hospital, o ferimento não será fatal.

Ela tenta se levantar, mas Joona a instrui a ficar imóvel.

— Eu só queria buscar Fátima — ela diz, tentando controlar a respiração irregular.

Ela fica de joelhos e depois descansa um pouco.

Está tremendo e cambaleante por causa de todo o sangue que perdeu, mas Joona a ampara e a ajuda a atravessar o galpão, embora por várias vezes os joelhos dela ameacem ceder.

Eles saem no ar frio. A marina inteira está queimando, as rajadas de vento espalham as chamas.

Joona os conduz pelo caminho de cascalho ao longo da lateral do galpão, empunhando a pistola numa das mãos.

Quando Amira os vê, ela se levanta ao lado da empilhadeira e caminha na direção deles, com o rosto cinzento e impassível. Seus olhos parecem distantes, as pupilas dilatadas. Joona ajuda Parisa a se sentar e coloca a jaqueta em volta de seus ombros.

Gustav está mais adiante no caminho. Seu pesado colete à prova de balas e o rifle semiautomático estão caídos no chão.

A operação foi encerrada e, com voz instável, ele está prestando contas ao comandante, dizendo que a situação está sob controle e solicitando ambulâncias e carros de bombeiros. Ele assente, murmura alguma coisa, depois abaixa o radiocomunicador ao lado do corpo.

— As ambulâncias estão a caminho? — Joona pergunta em voz alta.

— As primeiras chegarão aqui em dez minutos — Gustav responde, encarando Joona com olhos vítreos.

— Que bom.

— Meu Deus... eu sinto muito. Sinto muito, Joona. Fiz tudo errado.

— Vai ficar tudo bem.

— Não, não vai. Nada vai ficar bem.

Alguns metros atrás dele, a senhora idosa está sentada sobre a pilha de motores, ainda tricotando, com uma expressão tristonha no rosto. O filho mais novo está deitado no chão, os braços algemados com braçadeiras.

— Recebemos ordens para entrar imediatamente — Gustav diz, enxugando lágrimas das bochechas.

— Ordens de quem?

Ouve-se um barulho forte, e Gustav dá um pequeno passo à frente.

O estrondo ecoa entre os prédios enquanto o cheiro de pó se dissipa.

A velha está segurando a pistola de Parisa com ambas as mãos. Seu tricô está pousado no chão junto a seus pés.

Ela atira de novo e Gustav se atrapalha tentando usar uma das mãos para se apoiar na parede. O sangue escorre de sua barriga e de uma ferida no braço. Adam, que está ao lado da mulher, arranca a arma e joga a mulher no chão, quebrando o braço dela na altura do ombro e prendendo-a com a bota contra o chão.

Quando Gustav começa a cair, Joona o segura e, com delicadeza, ajuda-o a se deitar no chão. Gustav parece confuso, e sua boca se move como se ele quisesse dizer alguma coisa.

51

Joona passou duas horas esperando no corredor do lado de fora da sala de cirurgia onde Gustav estava recebendo tratamento. Por fim, ele teve que ir embora, ainda sem informações sobre suas chances de sobrevivência.

Ele estaciona o carro próximo ao topo da rua Tule e sente o ar frio do parque. Lembra-se de que uma parte de um dos livros de Sjöwall e Wahlöö se passa ali, em um apartamento com vista para Vanadislunden.

Enquanto Joona desce a colina em direção ao hotel, o efeito do anestésico local que ele recebeu por conta do ferimento causado pela machadada começa a desvanecer. Ele levou onze pontos e agora a dor está voltando a despontar.

O ombro de sua jaqueta foi rasgado e remendado com fita adesiva, mas ainda está amarrotado e manchado de sangue. Ele cheira a fumaça, tem um corte no nariz e os nós dos dedos estão arranhados.

A mulher na recepção o encara de boca aberta. Joona sabe que sua aparência mudou bastante desde o dia em que chegara.

— Dia difícil — ele diz.

— Estou vendo — ela responde com um sorriso caloroso.

Ele não pode deixar de perguntar se há alguma mensagem, mesmo sem esperança de que Valéria tenha telefonado.

A recepcionista verifica primeiro o computador, depois o compartimento de chaves, mas não há nada lá.

— Posso perguntar para Sandra — ela sugere.

— Não há necessidade — Joona diz rapidamente.

Ainda assim ele tem que esperar enquanto a mulher vai falar com a colega. Joona olha para o balcão vazio e o padrão de arranhões no verniz enquanto pensa no fato de que sua parte da missão terminou.

Todos sabiam que a infiltração e a operação subsequente eram um tiro no escuro, mas não havia opção. Não havia tempo.

Joona fizera tudo o que foi possível para ajudar a Polícia de Segurança e gostaria de poder dizer a Valéria que agora ele é apenas um detento comum em saída temporária.

— Não, desculpe — a mulher diz, sorrindo, ao voltar. — Ninguém ligou para você.

Joona agradece a ela e sobe para seu quarto. Deixa os sapatos enlameados em cima de um jornal, enche uma banheira com água quente e depois afunda, mantendo o braço machucado pendurado na lateral.

Seu celular está na prateleira de azulejos ao seu lado. Ele pediu ao hospital que ligasse assim que houvesse alguma notícia sobre Gustav.

A torneira goteja lentamente, os anéis de água se espalham pela superfície e desaparecem. O corpo de Joona relaxa na água morna, e a dor começa a se atenuar.

A mensagem de Salim Ratjen significava simplesmente que a irmã de Parisa havia entrado de forma ilegal no país antes do esperado. E, antes que Salim tivesse tempo de contar à esposa, fora transferido do Presídio Hall e isolado do mundo exterior.

O casal de idosos e os três filhos transformaram o estaleiro em uma central de tráfico de pessoas.

Quando Joona parou de dar informações pelo radiocomunicador, Janus ficou preocupado, receoso de que estivessem perdendo contato com a célula terrorista.

E derrotar a ameaça contra o Estado era a prioridade absoluta.

Foi por isso que ele tomara a decisão de levar a Unidade de Resposta Rápida para a marina.

Janus viu que Joona estava tentando ligar para ele, mas não ouvira nada além de estática.

Do helicóptero, a equipe de resposta viu várias pessoas ao lado de um grande edifício de metal. Havia corpos no chão, e uma terceira pessoa estava de joelhos. Eles tiveram que tomar uma decisão em uma fração de segundo, e quando o atirador viu através da mira que um jovem estava apontando uma pistola para uma mulher, foi obrigado a abrir fogo.

A equipe de resposta não tinha como saber que os dois homens no local eram traficantes de pessoas e que o jovem com a pistola havia fugido do Talibã no Afeganistão.

O terceiro filho da família foi acordado pela barulheira do lado de fora do galpão, pegou um rifle de caça no armário de armas, esgueirou-se para fora da casa e se escondeu atrás de um palete repleto de azulejos.

Quando a equipe de resposta desceu do helicóptero, o filho disparou e conseguiu acertar o piloto no peito.

O restante da equipe a bordo do helicóptero morreu na explosão, dois outros morreram durante o combate ao incêndio que se seguiu, e dois imigrantes foram mortos a tiros por acidente.

Não havia terroristas no estaleiro.

A operação foi um fiasco.

O pai se matou com um tiro, o filho do meio foi morto pela equipe de resposta e a mãe e os outros dois filhos foram presos.

Gustav, o líder da equipe, foi baleado e sofreu graves ferimentos, e ainda estava em condições críticas. Parisa Ratjen teria plena recuperação, sem lesões permanentes. Sua irmã, Amira, e a mulher mais velha pedirão asilo na Suécia.

Joona sai da banheira, se seca e depois liga para Valéria. Enquanto o telefone toca, ele olha para a rua. Um grupo de ciganos está preparando suas camas para a noite, na calçada em frente a um supermercado.

— Sei que você não vem — ele diz quando ela por fim atende.

— Não, é que...

Ela se cala, respirando pesadamente.

— Em todo caso, a minha missão para a Polícia já terminou — ele explica.

— Foi tudo bem?

— Na verdade eu não posso dizer que foi.

— Então você não terminou — ela diz calmamente.

— Não existe uma maneira simples de responder a isso, Valéria.

— Eu entendo, mas sinto que preciso dar um passo atrás — ela diz. — Tenho uma vida que funciona, com os meninos, o viveiro...

olha, não quero parecer chata, mas sou adulta e as coisas estão bem como estão. Não preciso de uma paixão que faça tremer a terra.

Silêncio na linha. Ele percebe que ela está chorando. Alguém liga uma televisão na sala ao lado.

— Sinto muito, Joona — ela diz, e respira fundo, trêmula. — Eu estava enganando a mim mesma. Nunca poderia ter dado certo entre nós.

— Assim que eu obtiver minhas qualificações formais de jardinagem, espero ainda poder ser seu aprendiz — ele diz.

Ela ri, mas Joona ainda consegue ouvir um soluço de choro em sua voz; ela assoa o nariz antes de responder:

— Envie um formulário de inscrição e veremos.

— Vou fazer isso.

Eles ficam sem palavras de novo.

— Você precisa dormir um pouco — Joona diz calmamente.

— Sim.

Eles dizem boa-noite, depois emudecem, despedem-se de novo e encerram a ligação.

Na rua, um grupo de jovens surge de um bar e segue em direção a Sveavägen.

Enquanto se veste e sai para o ar fresco da cidade, Joona não consegue deixar de pensar em como é irreal não estar atrás das grades. As pessoas ainda estão sentadas nos terraços ao ar livre ao longo da rua Oden. Joona caminha até a Brasserie Balzac e pega uma mesa de frente para a rua. Chegou bem a tempo de pedir linguado frito na manteiga antes de a cozinha fechar.

A investigação policial continuará sem ele.

Nada acabou.

O assassino provavelmente não tem ligações com grupos terroristas.

Talvez seu motivo para matar o ministro das Relações Exteriores seja completamente diferente.

E algo sem dúvida o fizera comportar-se de maneira insólita: ele permaneceu com a vítima, observando-a esvair-se em sangue, por mais de quinze minutos, e deixou uma testemunha com vida.

Ele sabia onde as câmeras estavam localizadas e usava um gorro ninja, mas por alguma razão ostentava tiras de tecido em volta da cabeça.

Se ele nunca havia cometido um homicídio, cruzara essa linha na sexta à noite. Qualquer medo que pudesse ter sentido antes do assassinato agora fora substituído pelo sentimento de que ele controlava a situação. Agora não há nada que o impeça de matar novamente.

52

Há um lugar no canto mais afastado do Cemitério de Hammarby, ao norte de Estocolmo, de onde é possível ver muito além dos campos e do lago rodeado de juncos.

Embora a cidade fique bem perto, tudo aqui parece ter permanecido como era mil anos atrás.

Disa jaz na fileira mais interna, junto a um muro de pedra baixo, ao lado do túmulo de uma criança em cuja lápide há uma marca de mão gravada. Joona esteve com Disa por muitos anos após sua separação de Summa, e não se passa um único minuto sem que sinta a falta dela.

Ele remove as flores velhas, pega água fresca e coloca no vaso o ramo fresco.

— Sinto muito por não te visitar há tanto tempo — ele diz, livrando-se de algumas folhas que caíram sobre o túmulo. — Você se lembra de mim falando sobre a Valéria, por quem eu era apaixonado no ensino médio? Trocamos cartas no ano passado e nos encontramos pessoalmente várias vezes, mas não sei o que vai acontecer entre nós agora.

Uma menina vem cavalgando pela trilha do outro lado da mureta de pedra. Dois pássaros levantam voo e traçam um amplo arco por cima de um rochedo na borda da floresta.

— Você acredita que Lumi está morando em Paris? — ele sorri. — Ela parece feliz, está trabalhando em um projeto de cinema para a faculdade, sobre os imigrantes em Calais...

O caminho de cascalho crepita à medida que uma figura esbelta com tranças coloridas em seu cabelo loiro se aproxima a pé. Ela para ao lado de Joona e fica em silêncio por algum tempo.

— Acabei de falar com os médicos — Saga diz, por fim. — Gustav ainda está sedado. Ele vai sobreviver, mas precisará de mais operações. Tiveram que amputar o braço dele.

— O mais importante é que ele vai viver.
— Sim — Saga suspira, cutucando o cascalho com o tênis.
— O que foi? — Joona pergunta.
— Verner já abafou a coisa toda. Tudo foi declarado confidencial. Ninguém tem acesso a nada. Eu nem sequer consigo consultar os meus próprios relatórios. Se eles soubessem o que tenho arquivado no meu computador pessoal, eu perderia o emprego. Verner impôs um nível tão alto de sigilo que agora nem ele mesmo tem acesso.
— Neste caso, quem sabe? — Joona pergunta com um sorriso.
— Ninguém — ela ri, e fica séria novamente.
Eles começam a voltar a pé, passando pela pedra rúnica com suas serpentes entrelaçadas, e pelo anjo sombrio colocado ao lado da entrada.
— A única coisa que sabemos após a maior operação antiterrorista da história da Suécia é que absolutamente nada aponta para ligações com o terrorismo — ela diz, parando no estacionamento.
— O que exatamente deu errado? — Joona pergunta.
— O assassino mencionou o nome de Ratjen... e vinculamos isso à conversa que os agentes de segurança do Presídio Hall conseguiram gravar... eu mesma já li a tradução inteira, Salim Ratjen falou sobre três grandes celebrações... e a data da primeira parte coincidiu com a data do assassinato do ministro das Relações Exteriores William Fock.
— Até aí eu sei.
Ela joga uma das pernas por cima do assento de sua motocicleta imunda.
— Mas essas festas significavam apenas que os parentes de Ratjen estavam vindo para a Suécia — ela continua. — Não há nada que sugira que ele tenha se tornado radical na cadeia, e não conseguimos encontrar nenhuma conexão com o extremismo islâmico ou com organizações ligadas ao terrorismo.
— E o xeique Ayad al-Jahiz? — Joona pergunta.
— Sim, bem — Saga ri amargamente. — Temos a gravação dele dizendo que vai encontrar os líderes que apoiaram os bombardeios na Síria e explodir o rosto deles.
— E o ministro das Relações Exteriores levou dois tiros na cara — Joona salienta.

— Sim — Saga assente. — Mas há um pequeno problema com essa conexão... a cúpula da Polícia de Segurança já sabia, antes da operação, que Ayad al-Jahiz estava morto havia quatro anos, então ele não poderia ter tido contato com Ratjen.

— Então... por quê?

— A Polícia de Segurança acabou de receber um aumento de quarenta por cento em seu orçamento, para que possa manter o mesmo alto nível de proteção no futuro.

— Entendi.

— Bem-vindo ao meu mundo — Saga suspira, e dá partida na motocicleta. — Venha para o clube de boxe comigo.

53

O Clube de Boxe Narva está quase vazio. A corrente que prende o saco de pancadas produz um ruído metálico ritmado enquanto um lutador peso pesado desfere socos fortes, um olhar distante em seu rosto. Partículas de poeira dançam no ar acima do ringue. Grunhindo, dois homens mais jovens fazem abdominais em tapetes de borracha debaixo de um saco de boxe de velocidade avariado.

Saga surge do vestiário com um top cor de vinho, calça de malha preta e luvas de boxe muito gastas pelo uso. Ela para na frente de Joona e pede que ele a ajude a enfaixar as mãos.

— O principal trabalho do serviço de segurança, em qualquer país do mundo, é apavorar seus políticos — ela diz em voz baixa, entregando-lhe uma das bandagens enroladas.

Joona puxa o laço na ponta da bandagem sobre o polegar, depois enrola o tecido elástico na palma da mão e ao redor dos nós dos dedos. Enquanto isso, Saga mantém o punho cerrado.

— A verdade é que para a Polícia de Segurança pouco importa que não haja terroristas; de qualquer forma, a ameaça foi neutralizada — ela continua enquanto Joona dá voltas nas bandagens entre os dedos. — E como os políticos não podem admitir um desperdício de dinheiro dos contribuintes, a operação está sendo saudada como um triunfo.

O boxeador peso pesado aumenta a velocidade dos socos agora, e os dois homens mais jovens mudaram de exercício e estão pulando corda.

Joona enfia as luvas nas mãos de Saga, aperta os cordões e depois enrola fitas adesivas esportivas em volta dos pulsos.

Saga sobe no ringue e Joona vai atrás, levando consigo dois aparadores de soco de couro acoplados às mãos.

— A Suécia foi salva — Saga diz, testando os aparadores de soco.
— Mas não graças a nós.

Joona começa a andar em círculos, mudando a altura e a posição dos aparadores, e Saga o acompanha, golpeando com uma complicada série de ganchos e diretos de baixo para cima.

Ele contra-ataca empurrando um dos aparadores à frente, mas Saga se esquiva e desfere outra sequência de golpes que ecoam pela academia de boxe.

Ela encolhe os ombros, inclina a cabeça e dá socos curtos com a mão esquerda.

— Janus e eu vamos continuar trabalhando na investigação preliminar para verificar se não há nada que envolva o ministro das Relações Exteriores — ela diz, ofegante.

Joona angula os aparadores para que Saga possa praticar socos retos, depois balança o da mão direita e acerta a bochecha dela, antes de recuar e deixá-la partir para cima dele com dois pesados ganchos de direita.

— Abaixe um pouco o queixo — ele diz.

— Eu sou orgulhosa demais pra fazer isso — ela sorri.

— Então, o que acontece se vocês encontrarem o assassino? — Joona pergunta, seguindo-a até o canto azul do ringue.

Ela dispara uma sequência de quatro socos rápidos nos dois aparadores.

— Meu trabalho principal é garantir que ele não confesse o assassinato — ela diz. — Portanto, que ele não seja vinculado de forma alguma ao crime, não possa ser incriminado ou...

— Ele é extremamente perigoso — Joona a interrompe. — E não sabemos se vai matar de novo. Não temos ideia de quais são os motivos dele.

— É por isso que estou falando com você.

O peso pesado parou de dar socos; ele está de pé com os braços em volta do saco de pancadas, admirando Saga com ar sonhador.

— Você precisa abaixar o queixo.

— Ah, não — ela ri.

Saga sai do canto do ringue, acerta um potente gancho de direita, movimenta os ombros e segue adiante com um soco centralizado na altura do peito de Joona, com tanta força que o faz dar alguns passos para trás.

— Se eu estivesse na polícia, tentaria um enfoque diferente — ele diz.

— O quê? — Saga pergunta, limpando o suor do rosto.

— O outro Ratjen.

— Vamos fazer uma pausa — ela diz, estendendo as mãos.

— Salim Ratjen tem um irmão na Suécia — Joona diz, arrancando a fita adesiva.

— Ele está sob forte vigilância desde o assassinato do ministro.

— O que vocês descobriram? — Joona pergunta, desatando os cordões das luvas.

— Ele mora em Skövde, é professor do ensino médio e não tem contato com Salim — ela diz, descendo do ringue.

Saga deixa as luvas caírem no chão enquanto caminha em direção ao vestiário. Quando ela volta, tem uma toalha no pescoço e tirou a fita das mãos.

Eles entram no pequeno escritório, e Saga coloca sobre a escrivaninha seu laptop verde-militar. As paredes são forradas de armários com portas de vidro contendo medalhas e troféus, recortes de jornais amarelados e fotografias emolduradas.

— Não gosto de pensar no que aconteceria se Verner descobrisse que eu ainda tenho essa informação — Saga murmura enquanto clica para abrir uma pasta. — Absalon Ratjen mora no número 38A da rua Länsmans, dá aulas de matemática e ciências na Escola Helena...

Ela afasta o cabelo do rosto e lê:

— Ele é casado com uma tal Kerstin Rönell, que é professora de educação física na mesma escola... eles têm dois filhos, ambos no ensino fundamental.

Ela se levanta e abaixa a persiana na porta do escritório.

— Obviamente, estamos monitorando os telefones — ela diz para Joona. — Estamos de olho nas atividades on-line e assim por diante, verificando seus e-mails, tanto privados quanto na escola... a esposa dele é a única que ocasionalmente assiste a material pornográfico.

— E ele não tem absolutamente nenhuma ligação com o ministro das Relações Exteriores?

— Nenhuma.
— Então, com quem ele esteve em contato nas últimas semanas?
Saga limpa a testa enquanto verifica o laptop.
— Coisas de rotina... e ele mencionou uma reunião com um mecânico de automóvel, que na verdade nunca aconteceu...
— Investiguem isso.
— Também temos um e-mail estranho de um computador sem endereço IP.
— Estranho em que sentido?
Saga vira o laptop em direção a Joona e exibe um texto em branco sobre fundo preto: *Vou devorar seu coração morto no campo de batalha feroz.*
A luz da lâmpada da escrivaninha pisca quando o metrô passa abaixo deles.
— Parece bastante ameaçador — ela diz. — Mas na verdade achamos que se trata de um jargão relacionado a uma competição... Absalon Ratjen ensina matemática avançada na escola, e seus alunos participam da Primeira Liga Lego, um concurso internacional para robôs programáveis feitos de blocos de Lego.
— De qualquer maneira, levem essa mensagem a sério — Joona diz.
— Janus está levando a sério... ele vem trabalhando em período integral nesse e-mail e num telefonema interceptado que... bem, não sabemos se é um trote ou uma ligação para o número errado. Só dá para ouvir o som da respiração de Ratjen e uma criança recitando uma cantiga infantil.
Ela clica em um arquivo de áudio, e um momento depois a voz hesitante de uma criança ecoa do alto-falante do laptop:

Dez coelhinhos, todos de branco enfeitados,
Tentaram chegar ao céu na ponta de uma pipa amarrados.
Rompeu-se a linha da pipa, todos despencaram,
Em vez de irem para o céu, todos eles acabaram...
Nove coelhinhos, todos de branco enfeitados,
Tentaram chegar ao céu na ponta de uma pipa amarrados...

O telefonema é encerrado abruptamente e é seguido por silêncio. Saga clica para fechar o arquivo de áudio e, enquanto pesquisa o relatório, murmura que a cantiga de ninar também pode ter relações com o campeonato.

— Absalon é a próxima vítima — Joona diz, e se levanta da cadeira.

— Isso não é possível — ela rebate, sorrindo a contragosto. — Examinamos de todos os...

— Saga, você precisa mandar gente para lá imediatamente.

— Vou ligar para o Carlos, mas será que você poderia me explicar por que você...

— Faça a ligação primeiro — Joona a interrompe.

Saga pega o celular e pede para falar com Carlos Eliasson, chefe da Unidade Nacional de Investigação Criminal e ex-chefe de Joona.

Ratjen, coelhos e inferno, Joona repete para si mesmo.

Ele pensa na voz aguda e levemente atônita da criança, bem como no poeminha infantil sobre os coelhinhos que vão parar no inferno.

Durante o interrogatório de Sofia, Joona havia tentado analisar os esboços do retrato falado do assassino.

Sofia dissera que achava que o assassino tinha longos fios de cabelo pendurados nas bochechas.

Vasculhando sua memória, ela os descrevera como tiras de tecido grosso, possivelmente couro.

Quando ela tentou desenhar as tiras no retrato falado, a princípio pareciam grandes penas, antes de se transformarem em cabelo emaranhado.

Mas não eram penas, pensa Joona.

Ele tem quase certeza de que o que ela vira penduradas nas bochechas do assassino eram orelhas de coelho cortadas.

Ratjen, coelhos e inferno.

O assassino mencionara Ratjen e disse que o inferno os devoraria: ele está planejando matar todos os coelhos da cantiga.

Saga está tentando explicar a Carlos por que eles precisam enviar urgentemente uma equipe à casa do irmão de Salim Ratjen em Skövde.

— Olha, eu preciso saber o motivo — Carlos diz.

— Porque o Joona disse para fazer isso — Saga diz.

— Joona Linna? — ele pergunta, surpreso.
— Sim.
— Mas... mas ele está na cadeia.
— No momento não — Saga responde sem rodeios.
— No momento não? — Carlos repete.
— Mande uma equipe para lá e pronto.
Joona pega o telefone da mão de Saga e ouve a voz do ex-chefe:
— Só porque Joona é a pessoa mais teimosa do...
— Só sou teimoso porque provavelmente tenho razão — Joona o interrompe. — E, se eu tiver, não há tempo a perder se você quiser salvar a vida dele.

54

Um robô feito de peças de Lego vermelhas e cinza está de pé sobre a mesa da cozinha. É do tamanho de uma caixa de vinho e lembra um tanque de guerra antiquado, com uma garra acoplada.

— Digam oi para o nosso novo amigo — Absalon sorri.

— Oi — Elsa diz.

— E ele vai para a cama daqui a pouco — Kerstin avisa.

Ela distribui toalhas de papel para serem usadas como guardanapos, olha o rosto radiante do marido e pensa que ele deve ter ganhado alguns quilos.

As crianças já estão de pijama. As pernas da calça do pijama de Peter estão muito curtas. Elsa está usando todos os seus elásticos de cabelo como pulseiras.

Absalon muda de lugar a caixa de leite sem lactose, um frasco de ketchup grudento e a tigela de cenoura e maçã raladas.

O robô começa a andar pela toalha de mesa encerada com estampa floral. Suas pequenas rodas dianteiras de borracha trombam na panela de macarrão e acionam a ação seguinte. Peter ri quando a parte superior do corpo móvel do robô desliza para a frente sobre dois trilhos. Com um som de chocalho de plástico, a concha de madeira afunda no macarrão e, em seguida, volta a subir, muito rápido.

As crianças dão gargalhadas quando o macarrão voa sobre a mesa.

— Esperem um pouco — Absalon diz, inclinando-se para a frente e ajustando a mola no braço-garra. Ele aponta o controle remoto para o robô novamente.

Com movimentos mais suaves, o robô pega um pouco mais de macarrão, dá uma meia-volta sobre si mesmo e depois desliza em direção ao prato de Elsa. Os olhos da menina cintilam quando ele deposita a comida no prato.

— Que fofo! — ela diz em voz alta.

Ouvem-se sirenes ao longe.

— Ele tem nome? — Kerstin pergunta com um sorriso irônico.

— Bóris! — Peter declara.

Elsa bate palmas e repete o nome várias vezes.

Absalon comanda o robô em direção ao prato do filho, mas acaba fazendo-o colidir com a panela de pedaços de cebola frita crocante, e não consegue impedir que ele esvazie sua colher de massa dentro do copo de leite. Peter começa a rir e coloca as mãos no rosto.

— Bóris, eu acho você muito inteligente — Elsa diz, em tom consolador.

— Mas agora ele precisa dormir um pouco — Kerstin diz mais uma vez, e tenta chamar a atenção do marido.

— Ele pode pegar as salsichas também? — Peter pergunta.

— Vamos ver.

Absalon passa a mão pelo cabelo encaracolado, depois troca a concha acoplada no braço por um garfo e aperta o controle remoto. O robô dirige-se para a frigideira rápido demais e Absalon não consegue pará-lo antes de colidir com a borda de ferro fundido e tombar para a frente.

— Mamãe, podemos ficar com ele? — as crianças gritam em uníssono.

— Podemos? — Absalon pergunta com um sorriso.

— Mamãe?

— Ele pode ficar, mas só se aquele que está no banheiro for embora — Kerstin responde.

— Não, o James não! — Elsa diz, horrorizada.

James é um robô amarelo que faz as vezes de porta-papel higiênico. Kerstin acha que ele é um pouco assustador e interessado demais nos hábitos das pessoas no banheiro.

— A gente pode emprestar o James pro vovô — ela diz, tirando o garfo de Bóris e colocando salsicha nos pratos das crianças.

— Ele vem neste fim de semana? — Absalon pergunta.

— A gente dá conta disso?

— Eu posso fazer uma boa...

De repente, a porta da cozinha se fecha com uma pancada, e o calendário com as fotos das crianças cai no chão.

— É a janela do quarto — Kerstin diz, levantando-se.

A porta parece emperrada, como se alguém a estivesse segurando do outro lado, e no momento em que se abre, ouve-se um silvo quando a corrente de ar passa abruptamente pelo vão. Kerstin sai para o corredor, fechando a porta da cozinha com força excessiva antes de passar pelas escadas e entrar no quarto.

As cortinas estão tremulando.

Não é a janela que está aberta, mas a porta do pátio. As persianas chocalham com o vento.

O quarto está gelado, e por causa do vento sua camisola caiu no chão. Quando Absalon arruma a cama, geralmente coloca a camisola do lado em que Kerstin dorme.

Kerstin atravessa o chão frio e fecha a porta do pátio, empurrando a maçaneta para baixo até ouvir o ligeiro clique.

Ela pega a camisola e a coloca sobre a cama, depois acende a luz da mesinha de cabeceira e percebe que o tapete está sujo. O vento arrastou para dentro do quarto terra e grama do jardim. Ela decide passar o aspirador de pó depois do jantar, e em seguida começa a voltar para a cozinha.

Algo a faz parar no corredor escuro.

Do lado de dentro da porta da cozinha não vem um único ruído.

Ela olha para o punhado de casacos e bolsas, todos pendurados no mesmo gancho.

Muito lentamente, ela avança em direção à cozinha, vê a luz através do buraco da fechadura e, de repente, ouve a voz de uma criança desconhecida.

Dez coelhinhos, todos de branco enfeitados, tentaram chegar ao céu na ponta de uma pipa amarrados. Rompeu-se a linha da pipa, todos despencaram, em vez de irem para o céu, todos eles acabaram...

Pensando que Absalon havia decidido demonstrar um novo robô enquanto ela estava ausente, Kerstin abre a porta e entra, depois estaca.

Um homem encapuzado está de pé junto à mesa da cozinha. Veste jeans e uma capa de chuva preta e em uma das mãos segura uma faca de lâmina serrilhada.

De um celular pousado em cima da mesa ecoa a voz trêmula de uma criança.

Dez coelhinhos, todos de branco enfeitados, tentaram chegar ao céu.
Absalon se levanta, derrubando no chão um punhado de macarrão que estava em seu colo. Horrorizados, Elsa e Peter estão olhando fixamente para o homem em sua cozinha.

— Não sei o que você quer, mas não vê que está assustando as crianças? — Absalon diz, com a voz trêmula.

Cinco longas orelhas de coelho estão penduradas nas bochechas do homem. Há manchas vermelho-escuras no ponto onde foram cortadas antes de serem enfiadas no arame e amarradas em volta do gorro ninja.

O coração de Kerstin está batendo tão forte que ela mal consegue respirar. Com as mãos trêmulas, ela pega a bolsa em cima da bancada e a oferece ao intruso.

— Tem dinheiro aqui — ela diz, em um fiapo de voz.

O homem pega a bolsa e a coloca sobre a mesa, depois levanta a faca e gesticula com a ponta da faca na direção do rosto de Absalon.

Kerstin observa o marido fazer gestos tímidos tentando afastar a faca.

— Pare com isso — ele diz.

A mão que empunha a faca desce de novo, depois se move para a frente e se detém. Absalon respira fundo e olha para baixo. A lâmina inteira está enterrada em seu abdome.

Uma mancha de sangue se alastra por sua camisa.

Quando o intruso puxa a faca, um jorro de sangue acompanha a lâmina e esguicha no chão entre os pés de Absalon.

— Papai! — Elsa grita com uma voz assustada, e coloca a colher em cima da mesa.

Absalon permanece absolutamente imóvel enquanto o sangue encharca a parte inferior da camisa enfiada na calça, depois escorre pelas virilhas, desce pelas pernas e sai por cima dos pés.

— Chame uma ambulância, Kerstin — ele diz, atordoado, dando um passo para trás.

O homem o observa, depois lentamente ergue a mão que empunha a faca.

Elsa corre até Absalon e joga os braços em volta das pernas dele, fazendo-o balançar.

— Papai! — ela soluça. — Papai, por favor...

A menina pega o guardanapo de Absalon sobre a mesa e o segura junto à barriga ferida do pai.

— Você é bobão! — ela grita para o homem mascarado. — Este é o meu papai!

Como se estivesse sonhando, Kerstin avança e puxa Elsa para longe do marido, segura a menina nos braços e a abraça com força, sentindo seu corpo pequenino tremer.

Peter rasteja por baixo da mesa, segurando a cabeça com as mãos.

O homem fita Absalon com interesse, depois afasta da bochecha as orelhas de coelho, ajusta lentamente o ângulo da faca e a crava do outro lado do torso.

A explosão de dor faz Absalon gritar.

O homem solta a faca, deixando-a pendurada, entalada sob as costelas inferiores.

Absalon cambaleia para o lado, mas sua queda é interrompida pela mesa. Ele estende um braço, e sua mão ensanguentada derruba um copo de leite.

O homem mascarado tira um facão preso a uma alça dentro de sua capa de chuva e caminha de novo em direção a Absalon.

— Pare com isso! — Kerstin grita.

Absalon desaba em uma cadeira, levanta a mão defensivamente e balança a cabeça.

— Por favor, pare com isso agora! — Kerstin soluça.

A lâmpada do teto acima da mesa gira lentamente. A luz das duas lâmpadas perambula pela toalha da mesa. O leite goteja sem parar no chão.

— O que foi que eu fiz? — Absalon engasga.

Ele está suando e arquejando, prestes a entrar em estado de choque. O homem mascarado fica imóvel, olhando para a vítima.

— Você deve ter entrado na casa errada — Kerstin diz com voz atônita.

Elsa se contorce nos braços da mãe, tentando escapar para ver o que está acontecendo.

Uma gota de sangue cai da cadeira.

O ponteiro dos segundos do relógio de parede avança devagar.

Há crianças brincando lá fora, e Kerstin ouve a campainha de uma bicicleta.

— Somos apenas pessoas normais. Não temos dinheiro — ela diz com voz fraca.

Peter está sentado debaixo da mesa, fitando o pai.

Absalon tenta dizer algo, mas uma convulsão enche sua boca de sangue. Ele engole, tosse, depois engole novamente.

O carro do vizinho para e estaciona próximo ao deles. As portas do carro se abrem e se fecham. Sacolas de compras são descarregadas do porta-malas.

A camisa de Absalon está vermelho-escura, quase preta. Um fluxo constante de sangue escorre da cadeira, e a poça já chegou a Peter agora.

— Papai, papai, papai... — o menino choraminga em voz alta.

O homem mascarado olha para o relógio e agarra o cabelo de Absalon.

— Posso levar as crianças para fora? — Kerstin pergunta, enxugando as lágrimas das bochechas.

Elsa está choramingando, e o campo de visão de Kerstin fica distorcido. Dentro de sua cabeça ressoa um zumbido agudo quando ela vê os lábios do marido ficarem brancos.

Ele está agonizando de dor agora.

O intruso se inclina e sussurra algo para Absalon. As orelhas de coelho balançam ao lado de sua bochecha. Ele se endireita novamente, e Absalon encontra seu olhar e assente.

Sem nenhuma urgência, ele levanta a cabeça de Absalon e ergue o facão.

A lâmpada acima da mesa da cozinha começa a girar sobre si mesma.

Peter balança a cabeça. Kerstin quer gritar com ele e mandar que feche os olhos, mas nenhuma palavra sai.

Com tremenda força, o homem enfia o facão por trás do pescoço de Absalon, através de suas vértebras.

O sangue espirra no fogão.

O corpo cai no chão. As pernas ainda estão se contorcendo, os calcanhares batendo no tapete de plástico.

Com a boca escancarada, Peter fita o pai.

A cabeça de Absalon está pendurada em seu corpo, frouxa, um sangue brilhante salta da garganta em jorros pesados.

Gotas de sangue escorrem da alça do forno.

O homem se inclina, puxa a faca da barriga de Absalon e sacode o sangue da lâmina antes de sair da cozinha.

55

Enquanto Saga toma uma chuveirada no clube de boxe, Joona liga para Carlos a fim de confirmar se a polícia foi à casa de Ratjen. Ele tenta falar com Carlos cinco vezes antes de desistir e deixar uma mensagem de voz dizendo que está fora da prisão e quer interrogar Absalon Ratjen o mais rápido possível.

— Talvez ainda possamos deter o assassino antes que mais alguém morra — conclui.

Joona e Saga saem do clube de boxe e caminham juntos em direção ao estacionamento.

— Verner prometeu cuidar pessoalmente da sua soltura — Saga diz.

— Se eu não tiver notícias, tenho que voltar para a prisão em três horas.

Eles atravessam a rua e passam pelos portões pretos. De repente, Saga estaca.

— Meu telefone acabou de travar — ela diz, mostrando o aparelho. — Olha só, está bloqueado. Vou ter que ir à sede para descobrir o que aconteceu.

Eles chegam ao Volvo de Joona e veem dois homens de aparência séria, vestindo ternos escuros e fones de ouvido, vindo em sua direção.

— Afaste-se do carro, Bauer — o mais jovem dos dois agentes grita.

Tirando o laptop da mochila, Saga faz o que ele diz.

— Isso é ideia do Verner? — ela pergunta.

— Entregue-nos o laptop — o agente mais velho de cabelo grisalho diz.

— Este aqui? — Saga pergunta, incapaz de conter um sorrisinho.

— Sim — ele responde, e estende a mão.

Saga joga o laptop por cima do teto do carro, e o computador gira no ar antes de Joona agarrá-lo sem nem sequer mudar de expressão.

Os dois agentes trocam de direção e começam a avançar para cima de Joona. De uma das janelas abertas da escola ecoa uma música folclórica melódica. Joona fica parado com o computador na mão. Os homens contornam o carro e se aproximam com cara de não se meta comigo.

— Esse laptop está sendo confiscado de acordo com o parágrafo...

Um instante antes de ser alcançado pelos homens, Joona mais uma vez joga o laptop por cima do teto do carro. Saga o agarra com uma das mãos e dá um passo para trás.

— Isso é uma infantilidade — o agente mais velho diz, lutando para sufocar um sorriso involuntário.

Eles se viram novamente e recomeçam a caminhar em direção a Saga. O mais novo ajusta os punhos das mangas.

— Vocês sabem que terão que nos dar o computador — ele diz pacientemente.

— Não — Saga responde.

Antes que os homens cheguem, ela coloca o laptop fino entre a grade de uma tampa de esgoto. Ouve-se um tchibum quando o computador atinge a água lá embaixo. Os dois agentes param e a encaram.

— Isso foi um pouco estúpido, não foi? — o agente mais velho diz, com uma careta.

— Você tem que vir conosco, Bauer — o outro diz.

— Vocês deviam ter visto a cara que vocês fizeram — ela diz, sorrindo, e começa a acompanhar os dois agentes ao longo da lateral do prédio.

Ela é muito mais baixa que eles, e sua jaqueta de couro reluz, úmida por causa do cabelo molhado.

— Você quer que eu faça alguma coisa por você? — Joona pergunta em voz alta.

— Você precisa ligar pro Verner — ela responde, virando-se para olhá-lo. — Ele prometeu que você não precisaria voltar para a prisão.

Depois de Saga ter entrado no carro dos agentes e partir com eles, Joona pega o celular e tenta mais uma vez falar com Carlos, e em seguida liga para a Central de Comunicação da Polícia de Segurança.

— Polícia de Segurança.

— Quero falar com Verner Sandén — Joona diz.

— Ele está em uma reunião agora.
— Ele precisa atender esta ligação.
— Quem devo dizer que está ligando? — a mulher pergunta.
— Joona Linna. Ele sabe quem eu sou.

A linha crepita, então Joona ouve uma voz gravada encorajando-o a seguir a Polícia de Segurança no Twitter e no Facebook. A voz é bruscamente interrompida quando a mulher regressa.

— Ele diz que não conhece você — ela fala em uma voz reservada.
— Diga a ele...
— Ele está em uma reunião e não pode atender nenhum telefonema agora — a mulher interrompe e encerra a ligação antes que ele tenha tempo de dizer mais alguma coisa.

Embora saiba que é inútil, Joona liga para o prédio principal do governo e diz que o primeiro-ministro está esperando um telefonema dele. Em tom cortês, o secretário sugere a Joona que envie um e-mail ao Departamento de Administração.

— O endereço está no nosso site — ele diz, e desliga.

Joona entra no carro e tecla o número de Janus Mickelsen, mas a ligação não é completada, e uma voz automatizada informa que o número está fora de serviço. Ele tenta os outros contatos armazenados na memória do celular emprestado, mas nenhum dos números está em funcionamento.

Ele olha para o relógio.

Se começar a dirigir agora, ele conseguirá voltar a Kumla a tempo. Ele não tem alternativa. Não pode se arriscar a ter a pena agravada e receber uma sentença de prisão ainda maior.

Ele liga o carro e dá marcha a ré, depois pisa no freio para deixar uma mulher e um cão-guia passarem na calçada antes de virar à direita em direção a Norrtull.

O noticiário no rádio inclui um relatório que afirma que os serviços de segurança impediram um ataque terrorista de grandes proporções ao território sueco. Como de costume, nenhum detalhe da operação é fornecido, nem mesmo informações sobre se os suspeitos de terrorismo foram detidos. O chefe do gabinete de imprensa da Polícia de Segurança emitiu um comunicado oficial elogiando a abrangente vigilância estratégica e uma operação conduzida de forma exemplarmente bem-sucedida.

56

Joona atravessa o amplo trecho de asfalto e ouve os portões eletrônicos se fecharem com um clangor metálico atrás de si.

Ele entra na sombra do sujo muro amarelo da prisão, para a dez metros do centro de comando e faz uma última tentativa de falar com Carlos. Uma voz gravada informa que o chefe de polícia está ocupado e ficará indisponível o dia todo.

Durante o procedimento de registro de retorno, Joona tem a sensação de que o tempo está desacelerando. Suas mãos se movem lentamente enquanto os guardas colocam o relógio, a carteira, as chaves do carro e o telefone na bandeja de plástico azul.

Um guarda com dedos manchados de nicotina conta o dinheiro de Joona e assina um recibo que discrimina a quantia.

Joona se despe e passa, nu, pelo escâner de segurança. Enormes hematomas floresceram feito nuvens carregadas sobre seu peito, e o ferimento causado pela machadada inchou, fazendo esticar os pontos de sutura pretos.

— Vejo que você se divertiu por aí — o guarda diz.

Joona se senta no surrado banco de madeira e veste o uniforme e os tênis incolores da prisão.

— Aqui diz que você será confinado na solitária — o guarda continua.

— Por que motivo? Não pedi isolamento na solitária — Joona diz, pegando o saco cinza contendo roupas de cama e itens de higiene.

Outro guarda da prisão leva Joona para sua nova seção.

O túnel vazio cheira a concreto úmido, e o único som que se ouve é o radiocomunicador do guarda.

Joona diz a si mesmo para parar de se preocupar com o assassino; ele sabe que de agora em diante será completamente apartado do mundo exterior.

Ele não está envolvido na investigação.

Ele não é mais um policial.

Eles chegam à unidade de isolamento; Joona faz seu registro, ouve a leitura explicativa das regras e depois é conduzido ao longo de um silencioso corredor até sua nova cela, o espaço minúsculo onde passará todas as horas do dia sem contato algum com os outros detentos.

Quando a porta da cela de isolamento se fecha atrás dele, Joona vai até a janela gradeada e olha fixamente para o muro amarelo.

— *Olen väsynyt tähan hotelliin** — diz consigo mesmo em finlandês.

Ele coloca o saco cinza sobre a cama e pensa no fato de que as orelhas de coelho que o assassino usava amarradas na cabeça eram espécies de troféus ou símbolos fetichizados.

Talvez caçar e matar coelhos fossem uma forma de preparação ritual antes dos assassinatos.

Ele matou William Fock e planeja matar Absalon Ratjen, Joona pensa, pegando no chão de cascalho duas pedras miúdas de areia e colocando-as no estreito parapeito da janela.

Duas vítimas.

Ele se inclina e olha mais de perto: um dos pedriscos de areia é quartzo amarelado, com uma ponta aguda, e o outro tem uma superfície reluzente, como uma escama de peixe.

Joona pensa na gravação da voz da criança e na cantiga infantil sobre os coelhos indo para o inferno, um após o outro.

Dez coelhinhos, ele diz para si mesmo.

Joona olha embaixo da cama, pega mais oito pedrinhas de areia e as alinha no parapeito da janela ao lado das outras.

O assassino está caçando coelhos. Ele vai matar todos os dez.

O tempo realmente parece não chegar à célula de isolamento.

As pessoas trancafiadas no presídio estão morrendo de forma quase imperceptível.

Joona fica imóvel e observa a luz se mover lentamente sobre a fileira de pedriscos. As sombras se alongam, giram como os ponteiros de um relógio.

---

* Estou farto deste hotel. (N. T.)

Cada grão de areia é seu próprio relógio de sol.
A Polícia de Segurança pensou que estava caçando terroristas.
Teria sido muito mais fácil enfrentar um soldado de elite endoidecido, ele pensa.
Um assassino-relâmpago.
Um terrorista treinado jamais deixaria uma testemunha com vida, mas para assassinos-relâmpago é importante não matar a pessoa errada.
Talvez ele tivesse uma motivação de natureza religiosa ou política, exatamente como um terrorista. A maior diferença é que ele não dá satisfações a ninguém senão a si próprio.
E é por isso que é tão difícil prever suas ações.
Joona passa a mão pelo cabelo rebelde.
O aço cromado ao redor da escotilha da porta está coberto de impressões digitais. O interruptor está encardido e há nacos de tabaco de mascar grudados no teto.
Na verdade, não faz diferença nenhuma se a polícia estiver caçando um assassino em série, um assassino-relâmpago ou um assassino impulsivo. O fator decisivo é a maneira como sua motivação particular e comportamento se ajustam entre si.
Um contexto ou histórico específico pode conduzir alguém a uma direção específica, o que leva a um modus operandi específico.
Um "assassino-relâmpago" é "uma pessoa que comete dois ou mais assassinatos sem nenhum período de reflexão", de acordo com o FBI.
Nenhum assassino se encaixa perfeitamente em nenhuma definição; contudo, dispondo do conhecimento adequado, pode ficar mais fácil encaixar algumas das peças do quebra-cabeça.
Um assassino em massa comete seus assassinatos em um só lugar, ao passo que um assassino-relâmpago se desloca.
Um assassino em série muitas vezes sexualiza seus assassinatos, enquanto um assassino-relâmpago racionaliza seus crimes.
O intervalo entre os assassinatos raramente é superior a sete dias.
Joona olha para os pedriscos de areia no peitoril da janela.
Dez coelhinhos.
A polícia está lidando com um assassino que alimenta uma espécie de raiva que, em certas circunstâncias, o faz surtar e começar a matar as pessoas que ele considera responsáveis.

Ele está selecionando suas vítimas com muita precisão ou então tem como alvo um grupo específico, matando o maior número possível de membros.

O que a princípio parece ser coincidência geralmente acaba sendo o oposto.

Joona olha para os grãos de areia na janela, depois caminha impaciente até a porta e então volta para a janela, oito passos ao todo.

Se esse assassino está escolhendo seus alvos com cuidado e se ele se encaixa na definição de assassino-relâmpago, ainda há algo que não faz sentido, ele pensa.

Há uma lacuna na lógica.

Sem dúvida, a polícia está lidando com um assassino inteligente: ele usou um cortador de diamante para abrir um buraco na porta de vidro da casa do ministro a fim de evitar os alarmes, sabia onde estavam as câmeras e não deixou para trás nenhum vestígio.

E a contagem regressiva na cantiga dos coelhinhos sugere que ele já decidiu quem vai morrer.

Ele planejou dez assassinatos — e começou com o ministro das Relações Exteriores.

Por que ele faz isso?

É aí que está o problema.

Não faz sentido.

O assassino devia ter consciência de que a polícia empregaria uma enorme quantidade de recursos para caçá-lo. Devia saber que seu plano se tornaria muito mais difícil de executar se começasse matando o ministro.

O assassino-relâmpago começa com o ministro das Relações Exteriores, pensa Joona. E faz planos para seguir em frente e matar um professor do ensino médio em Skövde.

O ministro das Relações Exteriores e o professor, ele pensa.

Com muito cuidado, Joona toca os dois primeiros grãos de areia, depois coloca o dedo no terceiro pedrisco e, de repente, sabe a resposta para o enigma.

— O funeral — ele sussurra, depois caminha até a porta e bate com força.

Foi por isso que ele matou o ministro das Relações Exteriores primeiro. O funeral do ministro é uma armadilha. Uma das pessoas na lista do assassino é um alvo ainda mais difícil do que William Fock.

O assassino sabe que será necessário um funeral desse calibre para atrair seu próximo alvo e deixá-lo vulnerável.

— Ei! Venham aqui! — Joona chama, batendo na porta de aço.

— Ei!

O visor da porta escurece e Joona se afasta. A escotilha retangular se abre e através do vidro espesso ele vê o rosto do guarda barbudo.

— O que está acontecendo? — o guarda pergunta.

— Eu preciso fazer uma ligação — Joona diz.

— Esta é a unidade de isolamento e isso significa...

— Eu sei — Joona o interrompe. — Mas eu não quero estar aqui, quero voltar para a ala D, não pedi para ser confinado na solitária.

— Não, mas o comitê de administração achou que você precisava de proteção.

— Proteção? O que aconteceu?

— Isso não é da minha conta — o homem diz, abaixando a voz. — Mas Marko está morto... eu sinto muito. Sei que vocês eram amigos.

— Mas como pode...?

Joona fica em silêncio, pensando em como Marko dissera que tinha decidido assumir a culpa pela briga no pátio, para que Joona não perdesse o direito de sair temporariamente da prisão. A última vez que Joona viu o amigo finlandês foi quando os guardas o nocautearam e o algemaram.

— A Irmandade? — Joona pergunta.

— Isso está sendo investigado.

Joona dá um passo para mais perto, mas se detém e levanta as mãos quando vê o medo estampado no rosto do homem.

— Ouça, é de extrema importância que eu faça uma ligação agora — Joona diz, tentando demonstrar tranquilidade.

— O status de isolamento na segurança máxima é reavaliado a cada dez dias.

— Você sabe que tenho direito de ligar para meu advogado sempre que...

O guarda bate com força a escotilha e a trava. Joona vai até a porta e dá um soco no visor no exato momento em que ele escurece. Ouve um baque do outro lado da porta e percebe que o homem barbudo tropeçou e bateu as costas na parede atrás dele.

— Mais pessoas vão morrer! — Joona berra, esmurrando a porta. — Você não pode fazer isso! Eu preciso fazer a ligação!

Joona mira e chuta a porta com tanta força que as paredes tremem. Acerta outro pontapé e vê uma finíssima camada de pó de cimento se soltar das dobradiças e cair no chão.

Ele agarra com as duas mãos a cadeira e a arremessa contra a janela com todas as forças. Uma perna se solta ao colidir com as barras metálicas e vai parar sobre a mesinha, fazendo uma barulheira. Joona repete o gesto, depois deixa a cadeira cair no chão e se senta na cama com o rosto entre as mãos.

57

A luz do entardecer entra obliquamente através das janelas do jardim de inverno e se assenta em listras no piso da cozinha.

As batatas cortadas em palito começam a estalar quando Rex abaixa o cesto dentro do azeite de oliva quente.

DJ está diante da ilha central, picando o endro.

— Estou na lista de suspeitos — Rex diz, enquanto assiste às batatas fritas dourarem lentamente.

— Se isso fosse verdade, a essa altura você estaria deitado amarrado a um banco com uma toalha molhada em cima do rosto — DJ brinca.

— Mas é verdade — Rex insiste. — Por que outro motivo a Polícia de Segurança viria aqui se não tivesse me identificado nas filmagens das câmeras de segurança?

— Porque você era amigo do ministro das Relações Exteriores.

— Acho que ele foi assassinado.

— Então eu posso te fornecer um álibi — DJ sorri e raspa o endro para dentro da tigela de camarão.

— Mas... isso seria um escândalo.

— Não tem como — DJ diz. — Mesmo que as imagens gravadas fossem divulgadas publicamente... você não faz ideia das reações positivas que sua entrevista gerou. Todo mundo adora a ideia de vocês dois pregando peças um no outro.

— Eu sou péssimo para mentir — Rex murmura, tirando as batatas do óleo fervente.

— Iremos ao funeral amanhã e depois ficaremos limpos — DJ diz, enxaguando a faca pesada.

— Sim — Rex suspira, notando que de alguma forma DJ conseguiu encher a barba loira com pedacinhos de endro.

— Temos a situação sob controle. Está bem. A única coisa que me incomoda é essa maldita briga — DJ diz.

— Eu sei.

— Rex, me desculpe por ter vindo para cá. Eu entrei em pânico.

— Não se preocupe com isso — Rex diz.

— Se o homem tivesse morrido, certamente a imprensa já teria divulgado, não é?

— Bem, você não tem certeza se ele...

— Eu já chequei todos os jornais e noticiários, tudo.

— O que ele queria de você?

— Não estou com vontade de falar sobre isso — DJ diz, balançando a cabeça.

— O que é?

— Não, não é nada — DJ sussurra, e se afasta.

— Você precisa falar comigo — Rex insiste com DJ, que agora está de costas.

— Eu vou falar — ele responde e respira fundo várias vezes.

Sammy entra na cozinha, sem camisa.

— DJ? — Rex diz.

— Mais tarde — ele responde calmamente.

— O que vocês dois estão cochichando? — Sammy pergunta com um sorriso.

— Uma porção de segredos — Rex diz com uma piscadela.

Sammy vai até a varanda francesa, abre uma fresta da porta e acende um cigarro.

— Você ainda está pensando em ir àquela festa em Nykvarn?

— Sim — Sammy assente, clicando o isqueiro para produzir uma chama transparente.

— Contanto que você esteja em casa a tempo para ir ao funeral.

Sammy dá uma tragada profunda, fazendo o cigarro crepitar, depois exala a fumaça pela fenda da porta antes de olhar para Rex.

— Eu voltaria pra casa hoje à noite, mas não há ônibus depois das nove da noite — ele diz.

— Pegue um táxi — Rex sugere. — Eu pago.

Sammy dá outra tragada profunda, depois coça a bochecha com o polegar.

— Não dá para achar um táxi lá no meio da noite... não é exatamente o Café Opera.

— Você quer que eu vá te buscar?

— Como?

— Não se esqueça de que você tem que ir à cerimônia de premiação hoje à noite — DJ diz, colocando a mesa.

— Você não vai ficar na casa da Lyra hoje?

— Sim — DJ diz.

— Posso pegar seu carro emprestado, então?

— Claro — DJ diz, arrumando os talheres.

— Então eu vou te buscar em Nykvarn, Sammy.

— Sério? — Sammy pergunta com um sorriso, apagando o cigarro no parapeito da varanda.

— Me dê o endereço e me diga o horário. De preferência que não seja tarde demais. Já sou um senhor de idade...

— Uma da manhã é tarde demais? Ou pode ser antes, tipo...

— Uma da manhã está bom — Rex responde. — Isso vai me dar tempo para receber o prêmio e me livrar dele.

— Obrigado, pai.

— Posso falar com você? — DJ diz, levando Rex para o jardim de inverno.

— O que é?

O rosto de DJ está calmo, mas seus movimentos são contidos e nervosos.

— Pegar meu carro emprestado pode não ser uma boa ideia — ele diz. — Eu me sentei nele com a roupa toda ensanguentada e eu...

— Mas você limpou — Rex o interrompe.

— Eu sei... deve ser o carro mais limpo da Suécia inteira, mas nunca se sabe... todos nós já assistimos a episódios de CSI. Eles podem aparecer com aquelas luzes especiais e encontrar DNA.

— Eu não acho que a polícia sueca pediria ajuda pro CSI — Rex ri.

— Mas e se o cara morreu? — DJ sussurra. — Não consigo parar de pensar nisso. Não entendo como isso pode ter acontecido.

Sammy aparece na porta.

— Vocês estão sussurrando de novo — ele diz em tom severo.

58

Um tapete vermelho entre duas fileiras de tochas acesas abre caminho até o átrio envidraçado do Café Opera. Rex é recebido por uma mulher com uma trança loira que o conduz a um painel de fundo composto por anúncios e logomarcas dos principais patrocinadores.

O evento da noite é para entregar a Rex um prêmio do qual ele se julga merecedor há muito tempo. Demorou tanto que ele começou a declarar que não queria mais a honraria, que não a aceitaria nem mesmo se a colocassem dentro de um bolo.

Quando ele recusou o convite para comparecer à cerimônia, recebeu um telefonema da organizadora dizendo que um passarinho lhe havia sussurrado o nome do vencedor do ano.

Em meio à multidão de pessoas espremidas entre a mesa do bufê e os bares onde se serve champanhe, o nível de ruído é ensurdecedor.

Rex se desculpa e abre caminho até um dos bares, onde pede uma garrafa de água mineral. O volume da música diminui e as luzes mudam.

Uma mulher alta, representante da mais importante revista do setor, a *Restaurant World*, sobe ao palco e entra no cone de luz do refletor.

Mesmo que Rex já saiba que vai receber o prêmio, seu coração começa a bater mais forte e ele não consegue deixar de passar uma das mãos pelo cabelo.

Quando a mulher leva o microfone à boca, o silêncio se espalha pelo salão.

— Pelo vigésimo quarto ano consecutivo, chegamos ao momento em que celebramos as realizações do Chef dos Chefs — ela diz, ofegando tão alto que o sistema de alto-falantes estrondeia. — Cento e dezenove dos melhores chefs da Suécia votaram, e nós temos um vencedor...

Enquanto a mulher fala, Rex se pega pensando em uma festa de aniversário, quando Sammy se escondeu debaixo da mesa da cozinha e se recusou a sair e abrir seus presentes. Mais tarde Verônica explicou que ele estava tão empolgado com a presença de seu pai que a coisa toda se tornara demais para ele.

A plateia ri educadamente quando a mulher no palco faz uma piada.

Mathias Dahlgren, que já venceu o prêmio diversas vezes, está sentado com os olhos fechados e uma expressão tensa no rosto.

Rex sente a mão tremer quando bebe o último gole de água mineral e coloca o copo no balcão.

A mulher no palco rasga o selo do envelope. Farelos de cera vermelha caem no chão enquanto ela desdobra o papel, segura-o contra a luz e depois olha para a plateia.

— E o Chef dos Chefs deste ano é… Rex Müller!

Aplausos e gritos eclodem. As pessoas se voltam para olhar para Rex. Ele se dirige ao palco, parando brevemente para apertar a mão de Mathias. Tropeça de leve nos degraus, mas consegue chegar ao palco.

A mulher alta da *Restaurant World* o abraça com força e lhe entrega o microfone e um diploma emoldurado.

Ele puxa a camiseta sob a jaqueta para impedir que a barriga apareça com excesso de destaque. Os flashes das câmeras disparam na escuridão.

— Vocês estão me ouvindo bem? Bom… é uma grande surpresa — Rex diz. — Porque na verdade não sei nada sobre comida, gosto de experimentar… pelo menos foi o que meu professor da faculdade de culinária em Umeå me disse…

— Ele estava certo! — seu amigo do chique restaurante Operakällaren grita.

— E quando eu estava trabalhando no Le Clos des Cimes, o chef Régis Marcon veio correndo e declarou — Rex continua com um sorriso e uma tentativa de arremedo de sotaque francês: — *Talvez seus serviços sejam solicitados no McDonald's… em algum lugar fora das fronteiras da França.*

A plateia aplaude.

— Eu amo o Régis — Rex ri. — Mas vocês podem entender por que esse prêmio é uma surpresa... eu gostaria de agradecer a todos os meus queridos colegas e prometer que no próximo ano votarei em vocês, não apenas em mim.

Ele segura o diploma e começa a andar em direção aos degraus, mas se detém e levanta o microfone novamente em meio aos aplausos:

— Eu só gostaria de dizer... eu gostaria que o meu filho Sammy pudesse estar aqui hoje à noite, para me ouvir dizer a todos o quanto estou orgulhoso dele por ser a pessoa que ele é.

Há aplausos dispersos quando Rex devolve o microfone para a mulher e sai do palco. As pessoas abrem caminho para ele e dão tapinhas em suas costas quando ele passa.

Rex se dirige à saída, pedindo desculpas e agradecendo as pessoas pelos cumprimentos, apertando a mão de gente que ele não conhece e seguindo em frente.

Do lado de fora está frio, e a chuva fina forma poças. Ele olha para a fila de limusines, pensa que o melhor seria voltar para casa, mas em vez disso começa a caminhar em direção a Gamla Stan.

No meio da ponte Strömbron, ele lança o diploma por cima do parapeito e o observa planar sobre a correnteza; por um instante, teme ter atingido um dos cisnes lá embaixo, até que por fim o diploma rodopia na superfície da água e desaparece no turbilhão escuro.

Rex não sabe há quanto tempo está caminhando por becos e ruelas reluzentes da água de chuva antes de chegar a um bar cuja fachada é enfeitada por uma fieira de lanternas coloridas. Parece um pequeno carrossel em meio aos prédios escuros que o rodeiam. Ele para do lado de fora e pega a maçaneta da porta. Hesita por um momento, depois entra.

O interior do bar é quente e mal iluminado. Rex se senta, cumprimenta o barman e pega a carta de vinhos.

— Parabéns, Rex — ele diz ao ver o próprio rosto no espelho atrás das garrafas.

— Parabéns — uma mulher sentada a uma curta distância diz, erguendo o copo de cerveja em um brinde.

— Obrigado — ele responde, colocando os óculos de leitura.

— Eu te sigo no Instagram — ela explica, e se instala no banquinho ao lado dele.

Rex meneia a cabeça e percebe que DJ postou algo sobre o prêmio. Ele se inclina para o barman e ouve a si mesmo pedindo uma garrafa de Clos Saint-Jacques 2013.

— Duas taças, por favor.

Guarda os óculos no bolso e olha para a mulher, que está desabotoando o casaco de pele falsa que chega até a cintura. Ela é muito mais jovem que ele. Seu cabelo escuro está encaracolado por causa da chuva, e ela tem olhos sorridentes.

Rex prova o vinho, depois enche as taças e empurra uma na direção dela. A mulher coloca o celular ao lado da taça e o encara nos olhos.

— Saúde — Rex diz à jovem, e bebe.

Ele sente o gosto na boca, depois o calor do álcool se espalhando pelo corpo a partir do estômago, e bebe mais. A sensação é boa, não parece nem um pouco perigosa, ele pensa enquanto enche mais uma vez a taça. Ele ganhou o maldito prêmio, e a verdade é que nunca quis parar de beber.

— Você é rápido demais para mim — a mulher ri, bebericando lentamente um gole do vinho.

— A vida é uma festa — Rex murmura, e bebe um gole generoso.

Ela abaixa os olhos e ele fita aquele belo rosto, os cílios trêmulos, a boca e a ponta do queixo.

Quando a garrafa termina, Rex já sabe que o nome da mulher é Edith. Ela é mais de vinte anos mais nova que ele e trabalha como jornalista freelancer em uma das maiores agências de notícias.

Ela ri quando Rex lhe conta sobre suas reuniões obrigatórias nos Alcoólicos Anônimos, os mortos-vivos ao redor da mesa que só conseguem pensar em uma coisa enquanto confessam seus pecados.

— Você deveria estar sentado aqui? — ela pergunta em tom sério.

— Eu sou rebelde.

Eles terminaram a segunda garrafa, e Rex acabou de contar que seu filho adulto faz tudo o que pode para evitá-lo e sai de casa todas as noites.

— Talvez ele também seja um rebelde — ela sugere.

— Ele está apenas sendo esperto — Rex responde, pegando o copo de cerveja dela.

— Como assim?

— Preciso ir embora para casa e dormir — ele murmura.

— Ainda são onze horas — Edith diz, lambendo as pequenas manchas de vinho tinto nos cantos da boca.

Está chovendo forte quando ele pede um táxi e fica de pé junto à janela, olhando para o beco.

— Você vai ficar? — Rex pergunta quando o táxi aparece do lado de fora.

— Vou pegar o ônibus — Edith diz.

— Por que não vamos juntos, se estamos indo na mesma direção?

— Eu moro em Solna, então...

— Bem, então se você vier comigo vai estar praticamente em casa — ele declara.

— Tá legal, obrigada — ela diz, e o segue.

Dentro do táxi, o rádio está tocando algum tipo de música lenta de cabaré. Edith se senta com as mãos no colo, um sorrisinho nos lábios. Está olhando pelo para-brisa por cima do ombro do motorista.

Rex se recosta no banco e pensa em como é patético esquadrinhar o rosto e o tom de voz do filho em busca de sinais de que Sammy começara a sentir afeto por ele.

Eles nunca serão próximos, é tarde demais para isso.

O carro entra na rua Luntmakar, diminui a velocidade e para suavemente.

— Obrigado por esta noite — Rex diz, desafivelando o cinto de segurança. — Hora do meu soninho da beleza agora.

— Você promete? — Edith pergunta.

— Juro de pés juntos — ele diz, puxando a carteira do bolso interno da jaqueta.

— Pensei que você tivesse dito que era rebelde — ela sorri.

— Um velho rebelde — ele corrige com a voz cansada.

Rex se inclina para a frente para usar o leitor de cartão magnético entre os assentos. Edith se mexe um pouco a fim de dar espaço para ele, mas ainda assim Rex é atingido pelo aroma quente do corpo dela.

— Devo subir junto para me certificar de que você vai direitinho para a cama? — ela pergunta.

59

Rex conduz Edith pelo apartamento e sai para o jardim de inverno ao lado do terraço. As folhas pálidas das oliveiras fazem pressão contra o teto de vidro, e as gavinhas das ervilhas-tortas se enroscaram em volta da mesinha de mármore.

Edith contempla a cidade por algum tempo antes de se sentar em uma das poltronas de pele de carneiro em meio às plantas. Rex lhe serve uma taça de vinho tinto e, para si mesmo, uma generosa dose de uísque puro malte.

Rex se senta na outra poltrona, deleitando-se com o relaxamento proporcionado pelo álcool e sabendo que poderá dormir até mais tarde na manhã seguinte. O funeral do ministro das Relações Exteriores só acontecerá no fim do dia, então ele pode se permitir beber um pouco mais.

— Neste país, você acaba recebendo um diagnóstico de doença no minuto em que revela um pouquinho de humanidade — ele diz, depois bebe um gole de uísque. — Você sabe... eu não sou alcoólatra nem anônimo. Só vou a essas reuniões porque meu chefe quer que eu vá.

— Prometo não dizer nada — ela sorri.

— Como é o seu chefe? — ele pergunta.

— Åsa Schartau... trabalho para ela faz três anos, mas se eu dissesse um palavrão, ela me mandaria embora na hora, sem hesitar — Edith admite.

— Se você falasse um palavrão? Por quê?

— Ela acha que é grosseiro. Na verdade, eu realmente não sei.

— Bem, você pode falar palavrões agora — ele diz, enchendo mais uma vez a taça.

— Não...

— Vá em frente, pode xingar — ele brinca.

— Tudo bem, ela é uma puta do caralho — Edith diz, depois cora de vergonha. — Desculpe, isso é injusto.

— Mas a sensação foi boa, não foi? — Rex pergunta.

— Pareceu injusto.

— Então provavelmente foi — ele diz em voz baixa.

— Eu gosto da Åsa. Ela pode não ter muito senso de humor, mas é extremamente profissional.

A cabeça de Rex está trovejando com pensamentos sobre Sammy, e ele já não consegue mais ouvir Edith. Ele olha fixamente para os telhados.

— É melhor eu ir para casa agora — Edith diz, vendo a hora no celular.

— Você tem tempo para experimentar a minha musse de chocolate antes de ir? — ele pergunta, enchendo novamente a taça.

— Isso parece uma oferta perigosa — ela ri.

Rex cambaleia um pouco ao se levantar e a leva até a espaçosa cozinha. Ele tira a musse da geladeira, coloca a tigela sobre a mesa branca e entrega uma colher para ela. Ela se inclina para a frente e ele se pega olhando para a blusa decotada. A renda do sutiã está manchada de base, e os seios se espremem enquanto Edith enfia a colher na musse.

Rex coloca os óculos de leitura e põe para tocar no sistema de alto-falantes o *Concerto Grosso* de Corelli.

Ele sente uma leve tontura enquanto o álcool percorre seu sistema e a melódica música barroca enche a sala. Ocorre-lhe que ele terá que pegar um táxi para buscar Sammy na festa.

— Já que você é jornalista — ele diz —, ouviu alguma coisa sobre um ataque em Axelsberg?

— Não — ela responde com curiosidade.

— Uma briga de bêbados — ele diz, e percebe que está falando demais.

— Por que você está perguntando sobre isso?

— Ah, eu não sei... um amigo meu viu algo, mas... esquece.

Rex pega na adega refrigerada uma garrafa de champanhe Pol Roger e vê que é uma edição exclusiva com o blend de Winston Churchill.

— Tenho que ir embora — Edith murmura.

— Quer que eu chame um táxi?

Ele tenta enfiar os óculos no bolso, mas erra a pontaria, e os ouve cair no chão e se quebrarem.

— Posso pegar o ônibus que sai da praça Odenplan. Isso não é um problema.

Ele abre a garrafa, enrijecendo o corpo quando a rolha se abre, depois pega duas taças e começa a servir, esperando que as bolhas se assentem para enchê-las até a metade. Ele vê a expressão hesitante nos olhos de Edith.

— Eu venci hoje à noite — ele diz.

— Você quer que eu fique?

Edith acaricia a bochecha dele, e um pequeno sulco aparece entre as sobrancelhas claras dela.

— Eu tenho namorado — ela sussurra, pegando a taça.

— Entendo.

Eles bebem, Edith se inclina para a frente e beija a boca fechada de Rex, muito suavemente, depois o olha com expressão séria.

— Você não precisa fazer isso — ele diz, reabastecendo as taças.

Ele tenta ver as horas, mas tem dificuldade em se concentrar no relógio de pulso.

— Eu gosto de beijar — ela diz com calma.

— Eu também.

Ele toca o rosto de Edith, ajeita uma mecha de cabelo atrás da orelha dela, retribui o sorriso, depois se inclina e a beija. Ela entreabre os lábios e ele sente sua língua quente. Enquanto se beijam, ele acaricia as costas e as nádegas dela. Assim que começa a tirar o cinto dele, ela se detém.

— Só para você saber, não fico correndo atrás de celebridades para ir pra cama com elas.

— Nem eu — ele sorri.

— Mas gostei de você.

— É aí que as semelhanças entre nós terminam, não posso fingir que gosto muito de mim — ele diz, desviando o olhar e servindo mais champanhe.

Ele bebe enquanto Edith ajusta as roupas, tira o celular da bolsa, tecla um número e insere o fone de ouvido.

— Oi, Morris, sou eu. Desculpe, mas não consegui ligar... sim, bem, parece que a Åsa acha que eu não tenho vida própria. Era isso que eu estava prestes a dizer: preciso entrar cedo no trabalho amanhã, então vou ficar na casa dela. Não adianta ficar bravo... eu sei, mas... tá legal, então tchau. Beijão.

Eles não se olham quando Edith termina a ligação. Ela abaixa os olhos, coloca o celular de volta na bolsa, depois leva a taça aos lábios, com a mão trêmula.

Rex pega o champanhe e caminha em direção ao quarto, cambaleando e batendo o ombro no batente da porta. Do gargalo da garrafa escorre uma nuvem de espuma, que molha a mão dele e cai no chão.

Com uma expressão séria no rosto, Edith o segue quarto adentro. O céu escuro é visível através de uma das claraboias e, do pé da cama, avista-se Estocolmo inteira, até a curva branca da arena multiuso Globen.

Edith para ao lado de Rex e acaricia o rosto dele, deslizando o dedo ao longo da profunda cicatriz rente aos ossos do nariz.

— Você está bêbado? — ela pergunta.

— Não muito — ele diz, e ouve o som da própria voz engolindo as palavras.

Ela começa a desabotoar o vestido e Rex puxa as cobertas. A combinação de movimento repentino e sua inesperada embriaguez o fazem cambalear, como se estivesse comandando o convés de um navio no mar revolto.

Edith coloca o vestido sobre uma cadeira, vira-se de costas para Rex e rapidamente tira a meia-calça.

Com um suspiro, Rex se senta na beirada da cama, consegue tirar a camiseta e bebe mais champanhe direto da garrafa. Ele sabe que é bastante musculoso, mas está com a cintura muito larga. Uma linha de pelos desce de seu peito até o umbigo.

Edith tira a calcinha cor-de-rosa e a dobra de forma a esconder o absorvente protetor diário, depois a coloca na cadeira e põe o sutiã por cima. As alças do sutiã deixaram marcas vermelhas nos ombros, e ela é mais gorducha do que ele tinha imaginado. Seus pelos pubianos são loiros, com um tom quase de tabaco, e sua pele é impecavelmente lisa.

Rex se levanta, empurra a calça e a cueca para baixo e se livra delas com um pontapé, depois segura e estica o pênis flácido para que não pareça tão pequeno.

— Os homens que me abandonam costumam se arrepender — ela diz.

— Eu acredito em você.

— Que bom — ela murmura, com uma expressão severa no rosto.

— Minhas mãos estão frias — ele sussurra enquanto agarra os quadris dela.

De forma brincalhona, ela o empurra de volta para a cama, e Rex cai de costas, empurra para longe um travesseiro desconfortável e fecha por um momento os olhos cansados. O quarto gira como se alguém estivesse puxando o lençol por baixo dele.

O celular de Edith começa a tocar na cozinha, com o som abafado por estar dentro da bolsa. Rex olha para as duas taças de champanhe na mesinha de cabeceira, a marca de batom cor-de-rosa em uma delas, as pequenas bolhas agarradas à borda. Ele inclina a cabeça para trás e se lembra do que disse sobre Sammy na cerimônia de premiação. No teto, descobre dois círculos claros que de alguma forma devem ser reflexos dos óculos.

Rex percebe que deve ter cochilado quando sente os lábios incrivelmente macios de Edith se fecharem em volta de seu pênis. Ela levanta a cabeça e olha para ele, ansiosa, depois continua.

Rex vê a cama e sua própria figura pálida refletida na claraboia. Ele não consegue entender por que acaba na mesma situação toda vez que bebe. É um roteiro que ele põe em ação, mas cujo andamento é incapaz de impedir.

Edith rasteja para cima da cama e monta sobre Rex com as pernas abertas, guiando o pênis meio ereto para dentro dela. Ela o beija na boca. Ele dá estocadas tímidas, para que seu pênis não escorregue para fora. Ela o encara nos olhos, agarra a mão direita dele e faz com que segure um dos seios. Ele endurece dentro dela, ela se inclina para a frente e geme junto à boca dele.

— Seu celular tocou — ele diz, grogue.

— Eu sei.

— Você não quer saber quem era?

— Não fale muito — ela sorri.

Os suaves caracóis do cabelo dela estão grudados na testa suada. O batom sumiu, e o rímel escorreu sob os olhos como uma sombra negra.

Edith respira mais rápido e coloca as mãos no peito de Rex, deixando quase todo o seu peso apoiar-se no corpo dele, depois se inclina para trás e suspira.

Rex acaricia os seios dela e os vê apertarem-se um contra o outro a cada movimento. Ela está ofegando e se mexendo mais rápido. Suas coxas começam a tremer e ela fecha os olhos.

— Continue — ela geme.

Ele goza sem tempo para reagir, ejacula dentro dela. Não adianta sair agora, é tarde demais, e ele apenas deixa acontecer, sentindo as contrações e a lenta desaceleração.

As bochechas, o pescoço e os seios de Edith estão vermelhos. Ela abre os olhos, dá um sorriso largo e lentamente começa a mover de novo os quadris. Uma gota cintilante de suor escorre de sua axila até o quadril.

60

Rex acorda nu na cama, ofegando como se estivesse debaixo d'água. Seu coração bate ansioso. Ele olha as horas e vê que são duas e meia.

Edith se foi.

Ela deve ter saído de fininho sem que ele notasse.

Com um gemido, ele se senta e tenta encontrar o celular, mas o quarto está girando tanto que ele não consegue se concentrar. Ele se levanta, e sua cabeça lateja a ponto de ele quase chegar a cair. Fecha os olhos e se encosta na parede por algum tempo antes de ter forças para continuar. O celular está embaixo da cama. Imagens estranhas rodopiam em sua cabeça enquanto ele se agacha e tenta alcançar o aparelho.

O celular de Rex diz que ele perdeu nove ligações de Sammy.

Rex sente um calafrio de angústia.

Ele tenta ligar, mas não consegue completar a ligação. O celular do filho está desligado ou sem bateria.

Ele vê que Sammy deixou três mensagens de voz na caixa postal e clica para ouvi-las. Seus dedos estão tremendo.

"Pai, se você quiser vir mais cedo, será ótimo."

Há um clique e a chamada termina. A mensagem seguinte é de algumas horas depois, e Sammy parece consideravelmente mais cansado dessa vez.

"Já é uma e meia. Você já está vindo?"

Após uma breve pausa, seu filho diz em voz baixa:

"O Nico ficou puto e me ignorou a noite toda, e agora ele está com uma garota e eu estou aqui com um bando de idiotas."

Rex o ouve suspirar para si mesmo.

"Vou te esperar na beira da estrada na frente da casa."

Rex se levanta e ouve a última mensagem. Toda vez que ele tenta enfocar as paredes, elas teimam em se afastar, cambaleantes.

"Pai, vou começar a ir embora a pé. Espero que você esteja bem."

Ele veste as roupas caídas no chão, tromba numa parede e tenta conter a ânsia de vômito. Tropegamente, abre caminho para o corredor, encontra as chaves do carro de DJ na cômoda, calça os sapatos e corre escada abaixo.

Quando sai no ar frio, vai direto até algumas lixeiras e vomita entre os recipientes verdes.

Ele estremece todo, como se o corpo estivesse enregelado, e vomita de novo, sentindo pedaços do bufê do Café Opera abrindo caminho à força através de sua garganta.

Com as pernas trêmulas, Rex vai até o carro de DJ. Ele pega o bilhete de Sammy e tecla o endereço no GPS.

Rex dirige em direção a Nykvarn. Os efeitos prolongados da embriaguez fazem girar o mundo do lado de fora do carro. Suas mãos tremem no volante e o suor escorre por suas costas, e ele reza em silêncio para que nada de ruim tenha acontecido.

Tenta ligar para Sammy novamente, mas o carro dá uma guinada e um caminhão buzina para ele.

Enquanto dirige, as lembranças da noite anterior lentamente se tornam mais claras: a bebedeira, a paciência de Edith para estimular sua ereção vacilante.

À primeira luz da manhã, a cidade parece emergir do mar: pináculos de igrejas e edifícios imponentes rompem a superfície, a água escorre dos telhados, jorra de janelas e portas, corre ruas e praças abaixo.

A água flui, revelando fragmentos cintilantes da noite.

Champanhe respingando no chão e nos lençóis, a mão de Edith segurando a cabeça dele enquanto ele a chupava, suas coxas suadas pressionando as bochechas dele, a luminária de pé tombando e se apagando.

Em algum lugar no meio de tudo isso, ele começou a se vestir para pegar um táxi até Djursholm, antes de se lembrar de que o ministro das Relações Exteriores estava morto.

Ele tropeçou na bolsa de Edith, pegou-a e viu dentro dela uma faca, junto com a carteira e o estojo de maquiagem.

Rex dá outra guinada quando uma ambulância passa em silêncio, as luzes azuis piscando.

Ele estremece e diminui a velocidade.

Depois de Södertälje, o tráfego fica menos intenso e a rodovia está quase vazia.

Rex acelera novamente, passa por um lago tranquilo e depois não há nada além de floresta.

Ele olha para o GPS e constata que a saída para Nykvarn fica a cinco quilômetros de distância. Em seguida terá que rumar para um lugar isolado chamado Tubergslund.

Ele ultrapassa uma perua branca com uma folha de papelão colada com fita adesiva na janela traseira, aciona a seta e está prestes a recuar para a faixa da direita quando vê uma figura magra tentando pegar carona do outro lado da estrada.

Ao perceber que é Sammy, Rex reage instintivamente e entra na faixa de cascalho ao lado da estrada, freando com tanta força que os pneus derrapam pela superfície irregular.

O motorista da perua passa dando uma longa buzinada.

Rex sai do carro sem fechar a porta e volta correndo ao longo do acostamento. Ele espera um ônibus branco passar antes de atravessar às pressas as duas pistas. Cruza o canteiro central gramado enquanto uma fila de carros passa em alta velocidade. Atravessa rapidamente as outras faixas e começa a correr atrás de Sammy.

Um enorme caminhão articulado faz o chão tremer. Passada a turbulência, redemoinhos de lixo e poeira giram no ar ao redor.

Ele tenta correr mais rápido quando vê Sammy à frente, iluminado pelos faróis do caminhão que passa trovejando. O corpo fino do rapaz fica vermelho por alguns segundos sob o brilho das luzes traseiras.

— Sammy! — Rex grita e para de correr, ofegando. — Sammy!

O rapaz se vira, vê o pai, mas mantém o polegar para cima quando o carro seguinte se aproxima.

Rex se apressa, ofegando, o suor escorrendo pelas costas.

— Desculpe. Sinto muito, eu peguei no sono...

— Eu confiei em você — o filho diz, e continua andando.

— Sammy — Rex implora, tentando fazê-lo parar. — Eu não sei o que dizer... não quero admitir, mas a verdade é que sou alcoólatra. É uma doença, e tive uma recaída esta noite.

Sammy se vira e finalmente olha para o pai. Seu rosto está pálido e ele parece exausto.

— Estou envergonhado — Rex diz. — Sinto muita vergonha, mas estou fazendo tudo o que posso para lidar com isso.

— Eu sei, pai, e isso é muito bom, de verdade — o filho responde com voz séria.

— Sua mãe te contou que frequento reuniões do AA?

— Sim.

— É claro que sim — Rex murmura.

— Achei que você não queria falar a respeito disso — Sammy diz.

— Eu apenas quero dizer... eu não estava levando a sério, mas a partir de agora vou levar.

— Sim.

— Estou fadado a ter outras recaídas, mas pelo menos agora estou admitindo que tenho um problema e sei que isso machucou você...

A voz dele fica embargada, e lágrimas quentes brotam em seus olhos. Os carros passam correndo, iluminando por alguns segundos o rosto de Sammy.

— Podemos ir para casa? — ele pergunta, e vê o olhar hesitante no rosto de Sammy. — Não quero dizer que vou dirigir. Podemos ir a pé até Södertälje e pegar um táxi de lá.

Eles começam a andar juntos quando um carro da polícia passa do outro lado da estrada. Rex se vira e vê a viatura parar logo atrás do carro de DJ.

61

Verner Sandén se recosta na cadeira e olha para Saga, que está de pé em frente à grande escrivaninha dele.

— Eu sei como a Polícia de Segurança funciona — ela diz baixinho, colocando sobre a escrivaninha a pistola e o cartão de identificação.

— Você não está sendo demitida, está apenas de licença — Verner diz.

— De jeito nenhum...

— Não fique com raiva agora — Verner a interrompe. — Não posso lidar com isso.

— De jeito nenhum vou deixar um assassino continuar matando só porque isso é conveniente para a Polícia de Segurança — ela conclui.

— É por isso que estamos te pagando uma viagem de férias para as Ilhas Canárias.

— Prefiro levar um tiro na nuca — ela retruca.

— Agora você está apenas sendo infantil.

— Posso até aceitar o fato de dizermos que o ministro das Relações Exteriores morreu de causas naturais, mas não posso deixar isso passar em branco. Está fora de cogitação.

— Janus é o responsável pela investigação — Verner explica.

— Ele me disse que tinha sido encarregado da logística em torno do funeral.

— Mas depois disso ele vai retomar as coisas do ponto onde você parou — ele diz.

— Isso não está me parecendo exatamente a mais alta prioridade para você.

Verner ajusta alguns papéis diante dele e depois junta as mãos.

— Não há necessidade de você ficar com raiva — ele diz. —

Acho que vai ser bom para você se afastar por um tempo, colocar certa distância entre...

— Não estou com raiva — ela diz, aproximando-se dele.

— Saga, eu sei que você está decepcionada com a operação na marina — ele diz. — Mas o lado positivo é que graças a isso recebemos um aumento na verba, e com um orçamento maior seremos capazes de combater com muito mais eficácia os terroristas de verdade.

— Ótimo.

— Já estamos recebendo solicitações de outros serviços de segurança para compartilhar nossas experiências.

— Então você está jogando no time dos peixes graúdos — ela diz com um sorriso, tão irritada que manchas vermelhas começam a aparecer na testa.

— Não... bem, sim, pelo menos estamos no mesmo campo de jogo — Verner confirma.

— Certo. Então eu preciso continuar trabalhando — ela diz.

— No seu computador havia informações que comprometiam a confidencialidade da operação. Isso constitui uma grave afronta contra o Estado democrático.

— Eu sei o que é confidencialidade — Saga retruca. — Mas o ministro das Relações Exteriores está morto, não é?

— Ele morreu de causas naturais — Verner aponta.

— Quem vai encontrar o assassino?

— Que assassino? — ele pergunta, olhando-a sem piscar.

— Absalon foi cortado em fatias na frente da esposa e dos filhos pelo mesmo...

— Isso é uma notícia muito triste.

— Pelo mesmo assassino.

— Na opinião de Janus não há ligação entre as duas mortes. É por isso que precisamos diminuir o nível de prioridade da investigação.

— Eu tenho que continuar procurando — ela diz com a voz agitada.

— Tudo bem, então continue procurando.

— Sem porra nenhuma de férias.

— Certo... mas você vai ter que trabalhar com o Janus.

— E o Joona — ela acrescenta.

— O quê?
— Você prometeu ao Joona um perdão incondicional.
— Não — ele diz.
— Não se atreva a mentir para mim — ela diz em tom ameaçador.
— Se você está se referindo a material confidencial, devo lembrá-la de que...

Ela passa impetuosamente a mão pela escrivaninha dele, derrubando o telefone e uma pilha de relatórios.

— Vou continuar a investigação com o Joona — ela diz.
— Por que estamos falando sobre ele?
— Joona entende assassinos, eu não sei como, mas ele entende. E agora você o mandou de volta pra Kumla.
— Você está proibida de ter contato com Joona Linna, e isso é uma ordem.

Saga derruba no chão uma xícara de café e uma pasta grossa.

— Por que você está fazendo isso? — Verner pergunta.
— Você fez uma promessa ao Joona, você prometeu a ele, porra! — ela grita.
— Agora é que você não vai mesmo tirar aquelas férias — ele diz.
— Enfia no cu a porra das Canárias! — Saga rosna e sai pisando duro porta afora.

62

Enquanto DJ ajuda Sammy a vestir o terno preto, Rex entra em seu quarto a fim de telefonar para a mãe de Sammy. Aguardando a ligação se completar, ele suspira e pensa em tudo o que aconteceu. Os policiais rebocaram o carro de DJ, e Sammy e Rex voltaram de táxi para casa. Sammy ainda estava dormindo quando Rex acordou às dez da manhã com uma dor de cabeça latejante e intensa. Ele foi até a cozinha e abriu a porta da adega refrigerada. Pegou a garrafa mais cara, uma Romanée--Conti safra 1996, tirou a rolha e despejou o vinho na pia. Observou o líquido rodopiar ralo abaixo e depois foi pegar outra garrafa.

— Alô?

Verônica soa estressada. Ouve-se ao fundo um som estrondoso e estridente, e uma mulher está chorando, exausta.

— É o Rex — ele diz, e limpa a garganta. — Desculpe se este é um momento ruim...

— O que foi? — ela pergunta sem rodeios. — O que aconteceu?

— Bem, ontem — ele diz, e sente as lágrimas espetarem seus olhos. — Eu tomei uma bebida e... eu...

— O Sammy já me ligou. Ele disse que vocês estão se dando bem, que você tomou uma bebida ontem, mas que não havia com o que se preocupar e que tudo estava ótimo.

— O quê? — Rex sussurra.

— Estou muito feliz de ver que o Sammy está feliz. Ele não anda passando por uma fase muito boa, você sabe.

— Verônica, tem sido... — ele começa, e tenta engolir o nó na garganta. — Para mim está sendo bom poder conhecer melhor o Sammy... espero que seja algo que possamos continuar fazendo.

— Podemos conversar sobre isso depois — ela diz secamente. — Tenho trabalho a fazer aqui.

Rex fica sentado com o telefone na mão. Sammy é muito mais maduro do que ele pensava. Ele já ligou para a mãe, mentiu e disse que as coisas estão bem, uma providência para assegurar que ela não tenha que largar tudo o que está fazendo e voltar correndo para casa.

Quinze minutos depois, Rex está sentado no banco de trás com Sammy em um Uber black, ouvindo DJ dizer ao motorista que eles podem descer na rua Regerings e percorrer a pé o último trecho até a igreja.

O motorista tenta virar, mas a rua lateral está fechada por enormes blocos de concreto, e um guarda de trânsito acena instruindo-os a seguir em frente.

Por razões de segurança, toda a área em torno da igreja de St. Johannes Kyrka foi isolada.

Entre os convidados incluem-se membros do governo sueco, ministros das Relações Exteriores dos países nórdicos, os embaixadores da Alemanha, França, Espanha e Grã-Bretanha. Mas a principal razão para o maciço aparato de segurança é a presença do secretário de Defesa dos EUA, Teddy Johnson, que era amigo íntimo do ministro das Relações Exteriores sueco. Por causa do envolvimento de Johnson na decisão do governo de invadir o Iraque, ele é considerado um fator de alto risco em termos de segurança.

— Sammy, não sei se você percebeu, mas me livrei de todas as garrafas de vinho e outras bebidas alcoólicas que havia na casa.

— Eu ouvi você fazendo isso hoje de manhã — o filho diz em voz baixa.

— Eu me dei conta de que não posso confiar em mim mesmo — Rex continua. — Sabe, desprezo os alcoólatras naquelas reuniões, mas não sou melhor que nenhum deles. É duro admitir, mas sou o pior pai do mundo, e se você me odeia, eu mereço, bem feito para mim.

A atmosfera ainda está calma quando eles saem do carro e começam a subir a rua David Bagares. Os três vestem terno preto, camisa branca e gravata preta, mas Sammy colocou um lenço vermelho no bolso do paletó.

Policiais e guardas de segurança foram posicionados em pontos estratégicos ao redor da igreja. As rotas de ônibus foram redirecionadas. Todas as lixeiras foram removidas, as tampas de bueiro lacradas com solda. O espaço aéreo acima da igreja foi fechado, de modo que apenas helicópteros da polícia e helicópteros-ambulância são permitidos. Os prédios da vizinhança foram revistados, cães farejadores verificaram toda a área interditada com cordões de isolamento.

Luzes azuis fazem a varredura da rua enquanto Rex, DJ e Sammy se aproximam de mais um posto de bloqueio. Um furgão da polícia está estacionado em frente a barreiras de contenção, e policiais com pistolas automáticas penduradas nos quadris os obrigam a parar a fim de verificar seus convites e documentos de identidade e confirmar a presença de seu nome na lista de convidados.

— Eu sei que nem todo mundo gosta de mim, mas essa quantidade de segurança parece exagerada — Rex brinca.

— Só queremos garantir que vocês estejam a salvo — o policial sorri quando os deixa passar.

Uma longa fila de convidados serpenteia pelos túmulos, sobe pelos largos degraus que levam à igreja, avança até o posto de controle de segurança nas portas de entrada da igreja.

Rex segue Sammy e DJ em meio à multidão quando um jornalista de um dos jornais vespertinos o para e pede uma breve entrevista.

— O que o ministro das Relações Exteriores significava para o senhor? — o repórter pergunta, apontando para Rex um microfone grande.

— Éramos velhos amigos — Rex diz, passando instintivamente uma das mãos pelo cabelo. — Ele era uma pessoa maravilhosa... uma...

A mentira deslavada o faz perder o fio da meada. De repente, ele não sabe o que dizer, nem como continuar a frase. O jornalista olha para ele com uma expressão neutra. O microfone balança na frente da boca de Rex e ele começa a contar que trouxe seu filho ao funeral, e por fim para de falar.

— Desculpe — ele diz. — Estou um pouco abalado. É uma perda... meus pensamentos estão com a família dele.

Ele se desculpa com um gesto e se afasta, depois espera alguns segundos antes de ir em direção à igreja para tentar encontrar DJ e Sammy na multidão.

O primeiro-ministro e a esposa estão subindo a escadaria, seguidos por dois guarda-costas.

Um cachorro começa a latir, e a equipe de segurança leva um dos convidados para o lado. Ele está claramente irritado, falando inglês com sotaque carregado enquanto gesticula em direção a seus companheiros que o esperam.

O barulho de um helicóptero ecoa entre os prédios. Um homem idoso com um andador está sendo ajudado a entrar na igreja.

— Aqui! — DJ chama.

Sammy e DJ estão acenando para ele da fila ao pé da escada. O delineador preto que o filho está usando apenas acentua a palidez de seus traços frágeis. Aos empurrões, Rex força passagem para abrir caminho.

— Aonde você foi? — DJ pergunta.

— Eu estava conversando com um jornalista sobre meu velho amigo — Rex responde.

— É por isso que estamos aqui — DJ diz em tom alegre.

— Eu sei, mas...

Uma mulher alguns degraus acima deixa cair sua bolsa, que sai rolando escada abaixo e espalha o batom e outras maquiagens ao redor dos pés das pessoas. Um espelhinho se despedaça quando atinge o chão.

Dois seguranças se aproximam, preocupados.

No topo da escadaria, pouco antes da verificação de segurança, Rex é levado para o lado por um repórter do noticiário televisivo. Ele fica de pé contra a parede de tijolos vermelhos, e seu rosto ganha uma expressão convenientemente solene enquanto fala sobre sua longeva amizade com o falecido ministro e todas as brincadeiras que aprontavam um com o outro.

Ele chega ao adro, passa pelo escâner de segurança e pela fila de guardas fortemente armados. Quando entra na igreja, não consegue mais ver Sammy e DJ.

Todos já estão ocupando seus lugares nos bancos, e sons ecoam pelas paredes altas.

Rex caminha pela nave central, mas não consegue avistá-los em lugar algum. Devem ter subido para a galeria. Um homem com luvas pretas passa às pressas por ele e segue em frente.

O caixão branco foi posicionado na capela-mor, envolto pela bandeira sueca.

Os sinos começam a tocar, e Rex precisa se espremer rapidamente em um dos bancos, ao lado de uma idosa. No começo ela parece irritada, mas depois o reconhece e lhe entrega um exemplar do folheto litúrgico da cerimônia.

Uma loira com olhos extraordinariamente escuros encontra o olhar dele e depois desvia o rosto. Ela se senta com as mãos enfiadas entre as coxas por alguns instantes antes de se levantar e sair da igreja.

O órgão começa a tocar o primeiro hino, e as pessoas ficam de pé. Rex olha em volta e tenta encontrar Sammy. A procissão avança lentamente ao longo da nave central. O coral das crianças se reúne nos degraus da capela-mor enquanto o padre caminha até o microfone.

Todos os presentes se sentam novamente, fazendo os bancos rangerem, em seguida o padre começa dizendo que estão ali reunidos para se despedir do ministro das Relações Exteriores e confiá-lo às mãos do Senhor.

Na fila dianteira estão sentados os familiares do ministro, e na fila atrás deles estão o primeiro-ministro e Teddy Johnson.

Rex vê um homem de aparência suada à sua frente usar os pés para enfiar a bolsa debaixo do banco.

O coro começa a cantar, e Rex se inclina para trás e fita o teto abobadado, fecha os olhos e ouve as vozes agudas.

Ele tem um sobressalto e limpa a boca quando o padre espalha um punhado de terra sobre a tampa do caixão e diz aquelas palavras perturbadoras:

— Porque do pó vieste e ao pó retornarás.

63

O Caçador de Coelhos está perfeitamente imóvel, os olhos cravados no chão, enquanto o elevador sobe. Encontra-se na torre norte do complexo de edifícios gêmeos na rua Kungs, bem longe da área bloqueada pela polícia.

Cobre a cabeça com a tira de orelhas de coelho, que ele amarra na parte de trás enquanto ouve o zunido dos cabos de aço.

Ele desce no décimo quarto andar, passa pela porta de entrada de vidro branco leitoso da empresa de fundos de investimento East Capital e continua subindo a escada que serpenteia ao redor do poço do elevador.

As chaves novas ainda encontram alguma resistência quando ele abre a porta da corretora Scope Capital Advisory Ltd., desativa o alarme e atravessa o tapete amarelo que cobre o piso de granito.

No balcão da recepção há um vaso de tulipas, as pétalas caídas enrodilhadas sobre a superfície preta.

O Caçador de Coelhos se abaixa, agarra a ponta do tapete amarelo e o arrasta atrás de si, passando pelos escritórios vazios de paredes envidraçadas.

Em todas as direções abrem-se janelões em formato de meia-lua — com caixilhos semicirculares que lembram um pôr do sol —, e a cidade de Estocolmo se estende inteira diante dele.

Ele não tem muito tempo.

Entra na sala de reuniões voltada para o norte, arrastando consigo o tapete até uma das janelas abobadadas.

Com o cabo da faca espatifa o painel de vidro inferior; depois, usando a parte traseira da lâmina, remove rapidamente todos os cacos da armação.

O vento faz caírem papéis de um armário baixo.

Ele contorna às pressas a mesa de reuniões e a empurra pelo chão em direção à janela. A mesa bate contra a parede, derrubando lascas de tinta no assoalho.

Ele levanta o tapete e o coloca sobre a mesa, estende-o e o dobra ao meio, depois busca sua mochila preta no armário. Rapidamente pega o .300 Winchester Magnum e o abre.

Ele usa um rifle da Accuracy International, um fuzil com cilindro de repetição, a versão nova com carregador curvo, câmara de carregamento aprimorada e cano mais curto.

Leva menos de vinte segundos para montar a arma, deitar-se de bruços no tapete dobrado e apontar o cano do rifle pela janela.

Do outro lado dos telhados dos edifícios ao longo da rua Malmskillnads ele pode avistar o telhado de cobre verde-claro da igreja de St. Johannes Kyrka, sua torre apontada para o céu como uma adaga.

Quando esteve ali horas antes, seu telêmetro havia indicado que a distância até a porta da igreja era de apenas trezentos e oitenta e nove metros.

Ele usou um pedaço de borracha esponjosa dura para fazer um apoio de queixo, que permite a seu olho ficar exatamente na altura alinhada em relação à mira do rifle.

O cano é equipado com um silenciador que reduz tanto o ruído do coice quanto o clarão do disparo. Ninguém será capaz de ouvir de onde veio o tiro. Ninguém verá nenhum flash de luz.

O Caçador de Coelhos afasta do rosto as orelhas de coelho, posiciona o olho direito na mira e fita a letra ômega dourada acima da porta da igreja, depois desce lentamente até o metal preto-amarronzado da maçaneta da porta e se recorda do verão seco quando tinha nove anos.

Ele se lembra da empolgação que sentiu ao se esgueirar por entre as estufas abandonadas. A luz esbranquiçada se derramava através do vidro quebrado e empoeirado. Cautelosamente, avançou pela grama amarelada e ergueu o pequeno rifle Remington Long, apertou a coronha contra o ombro e apoiou o dedo indicador no gatilho.

Um coelho castanho-acinzentado saiu em disparada e desapareceu na sombra de um arbusto.

Ele passou por cima de um pedaço de papelão sujo caído no chão, contornando cuidadosamente uma cadeira de vime quebrada, e esperou trinta segundos. Quando voltou a se mexer, o coelho começou a correr. Ele o seguiu com o cano da arma, moveu o dedo no gatilho, mirou no corpo, logo atrás da cabeça, e atirou. O coelho estremeceu, tombou para a frente algumas vezes, depois ficou imóvel.

A porta da igreja de St. Johannes Kyrka acabou de se abrir, e os convidados da cerimônia fúnebre e a equipe de agentes de segurança estão saindo.

Através da mira ele observa uma menina que parou no segundo patamar dos degraus. Não deve ter mais de doze anos. Devagar, o olhar dele percorre o pescoço dela. Vê a veia pulsando sob a pele fina, o colar de amizade um pouco torto.

O padre está de pé junto à entrada, conversando com aqueles que querem trocar algumas palavras. O primeiro-ministro aparece na porta, juntamente com a esposa e o guarda-costas. O Caçador de Coelhos move a mira de modo que a orelha direita do primeiro-ministro fique enquadrada exatamente no centro horizontal do alvo.

Um bando de pombos alça voo quando quatro policiais vestidos de preto se aproximam da igreja. As sombras dos pássaros se movem pelo chão em direção aos degraus.

Teddy Johnson surge entre dois guarda-costas norte-americanos e depois se detém para falar com a viúva e os filhos do ministro.

Pela mira, o Caçador de Coelhos pode ver a pele descascada do couro cabeludo tostado de sol de Johnson através de seu cabelo ralo, e a gota de suor que escorre por sua bochecha. O político cutuca os óculos mais para cima do nariz, pronuncia algumas palavras de condolências e desce as escadas.

Sem perder a linha de tiro, o Caçador de Coelhos pega o celular pré-pago, envia a mensagem de texto e volta a colocar o dedo no gatilho.

Ele observa quando Teddy Johnson, que sente a vibração no bolso, pega o iPhone, levanta os óculos e olha para a tela.

Dez coelhinhos, todos de branco enfeitados,
Tentaram chegar ao céu na ponta de uma pipa amarrados.

Rompeu-se a linha da pipa, todos despencaram,
Em vez de irem para o céu, todos eles acabaram...

O Caçador de Coelhos sabe que o vento é tão fraco que não afetará de forma alguma a trajetória da bala. E a distância é curta demais para ele ter que levar em conta o efeito da força de Coriolis, provocada pelo movimento de rotação da Terra.

64

O Caçador de Coelhos tem menos de um quilo de resistência no gatilho. Tão fraca que quase não existe.

Num primeiro momento, você ainda não disparou o rifle; no instante seguinte, o tiro parte.

Não é nenhuma surpresa, mas a ação não possui arestas definidas.

Agora ele pode ver policiais vestidos de preto e fortemente armados conversando em seus radiocomunicadores. Um cão policial alsaciano está deitado em uma das veredas de cascalho entre os túmulos, ofegando.

Teddy Johnson olha ao redor, coloca o celular de volta no bolso interno e fecha o último botão do paletó.

A fina cruz da mira se fixa suavemente na parte de trás do pescoço bronzeado, depois se move devagar para a parte inferior das costas. A intenção do Caçador de Coelhos é atingir a coluna vertebral de Teddy Johnson logo acima da pélvis.

O galho de uma árvore atravessa sua linha de fogo e ele espera o coração bater três vezes antes de colocar o dedo no gatilho.

Ele aperta suavemente, sente o solavanco no ombro e vê Teddy Johnson desmoronar no chão.

O sangue esguicha nos degraus da escadaria.

Os guarda-costas sacam as pistolas, tentam descobrir de onde veio o tiro e se há algum lugar onde possam se esconder, qualquer lugar seguro nas proximidades.

O Caçador de Coelhos respira calmamente enquanto vê de relance o rosto do homem baleado, sua aparência aterrorizada. Agora ele não consegue mais sentir a parte inferior do corpo e está ofegando.

Os guarda-costas tentam protegê-lo, formando um escudo humano para impedir outros tiros, mas não sabem onde está o atirador.

A mira desce ao longo do braço direito de Johnson. O atirador faz uma leve pressão no gatilho e a mão do alvo estremece, transformada em um caroço esfacelado e ensanguentado.

Os guarda-costas arrastam Teddy Johnson para o outro extremo da escadaria, deixando sobre a pedra um rastro vermelho-escuro.

As pessoas estão em pânico e correm de um lado para o outro, tentando fugir, aos gritos. A escadaria está deserta agora.

O político norte-americano fica caído, contorcendo-se de dor e pavor mortal.

O Caçador de Coelhos o deixará viver por mais dezenove minutos.

Enquanto espera, ele acaricia com as pontas dos dedos uma das orelhas de coelho, cuja fina cartilagem sente se mover sob sua mão enquanto a pelagem macia roça sua bochecha.

Sem perder de vista o alvo, o Caçador de Coelhos troca o carregador, inserindo munição mais pesada e de ponta macia, depois observa Teddy Johnson agonizar em prolongados estertores.

As primeiras ambulâncias já estão a caminho da rua Döbelns.

A polícia está tentando organizar a caça ao franco-atirador, mas ainda não tem a menor ideia de onde provêm os disparos. Um dos policiais observa atentamente o padrão de respingos desde o primeiro tiro e indica sua direção, apontando para o teto do quartel dos bombeiros nas imediações.

Três helicópteros da polícia pairam acima dos quarteirões que circundam a igreja.

Os paramédicos chegaram a Teddy Johnson. Estão tentando falar com ele, depois o colocam em uma maca.

O Caçador de Coelhos consulta novamente o relógio. Faltam quatro minutos. Ele precisa atrasar a operação de resgate.

Calmamente, aponta a arma na direção da escadaria que leva à Escola Francesa, fazendo a mira passear de um homem assustado de bochechas gordas para uma mulher de meia-idade com um penteado deprimente e um crachá de jornalista pendurado no pescoço.

Ele atira na mulher, apenas no tornozelo, mas a munição é tão potente que o pé dela é arrancado e cai rolando escada abaixo, indo parar na calçada. Com o impacto da explosão, a mulher é jogada para a frente e cai de lado.

As ambulâncias recuam, e as pessoas, dominadas pelo pânico, correm agachadas, fugindo da mulher mutilada. Um idoso cai e bate com o rosto no chão poeirento, mas ninguém se dá ao trabalho de ajudá-lo.

Os agentes da Polícia de Segurança tentam entender o que está acontecendo, tentam salvar a vida do político norte-americano enquanto gesticulam chamando os paramédicos. Outra ambulância entra na rua Johannes.

Respirando calmamente, o Caçador de Coelhos olha para o relógio.

Restam quarenta segundos.

O rosto de Teddy Johnson está pálido e suado. Colocaram uma máscara de oxigênio sobre seu nariz e sua boca, e seus olhos piscam rapidamente de pânico.

Os paramédicos conduzem a maca ao longo do caminho em direção à rua Johannes. A mira acompanha Teddy Johnson, tremendo sobre a orelha dele.

Eles empurram a maca para a calçada, e o Caçador de Coelhos fixa novamente a cruz da mira na orelha de Teddy Johnson, aperta o gatilho e sente no ombro a sacudida do coice da arma.

A cabeça do homem explode. Ossos e tecidos esguicham no asfalto. Os paramédicos continuam empurrando a maca por alguns segundos antes de parar e encarar o importantíssimo político norte-americano. A máscara de oxigênio está pendurada no tubo ao lado da maca, e onde antes costumava existir o rosto dele não há mais nada além de um minúsculo fragmento da parte de trás do crânio.

65

Rex levou três horas para conseguir sair da igreja. Os policiais conduziram para fora os convidados do funeral, um de cada vez, através de uma brecha na barreira de segurança, ao longo da rua Döbelns. Realizaram um minucioso trabalho de verificação da identidade de todos os presentes, colheram breves depoimentos e ofereceram informações sobre grupos de apoio.

Rex avistou Edith entre os repórteres que se aglomeraram do lado de fora do cordão de isolamento e tentou, sem sucesso, chamar a atenção dela.

Aparentemente ninguém sabia o que tinha acontecido, e a polícia se recusava a falar com a imprensa.

O círculo familiar do ministro das Relações Exteriores e os políticos mais importantes receberam permissão para deixar a igreja antes de todos os demais. Rex ainda estava empacado no meio da multidão na nave central quando ouviu uma gritaria e percebeu que as pessoas estavam começando a correr de volta para dentro da igreja.

Quarenta minutos depois, a polícia entrou e anunciou que a situação já estava sob controle.

O corpo de bombeiros começou a lavar o sangue da ampla escadaria, enquanto ao redor as pessoas zanzavam, aos prantos, tentando encontrar seus familiares.

Rex conseguiu ligar para Sammy e DJ, e eles combinaram de se encontrar no apartamento, onde tentariam descobrir o que tinha acontecido. Havia rumores de um ataque terrorista, e a mídia estava relatando um atentado de graves proporções, com um número desconhecido de vítimas.

Rex remove a bandeja de bolinhos de farinha e manteiga e serve o chá fumegante enquanto os outros dois estão sentados à mesa da cozinha tentando descobrir mais informações na internet.

— Parece que o político norte-americano foi assassinado — Sammy diz.

— Que confusão — DJ diz, colocando a manteiga e a geleia ao lado das xícaras e pires.

— Isso é uma loucura do caralho — Rex diz.

— Tentei sair pelo mesmo caminho por onde entramos — Sammy diz. — Pela rua David Bagares, mas estava bloqueada.

— Eu sei — DJ diz. — Tentei a escadaria ao lado da Drottninghuset.

— Onde você estava sentado? — Rex pergunta, carregando o prato de bolinhos.

— Nós dois acabamos na galeria.

— Eu estava bem no corredor central — Rex diz.

— Nós vimos você, pai. Você ficou assim o tempo todo — o filho diz, fechando os olhos e abrindo a boca.

— Eu estava apreciando a música — Rex diz com voz fraca.

— Então, obviamente, você notou que a gente estava competindo para saber quem conseguia jogar mais bolinhas de papel dentro da sua boca?

— Vocês fizeram isso?

— E tenho certeza de que eu venci — Sammy sorri, passando a mão pelo cabelo, exatamente do jeito que Rex sempre faz.

Um curativo está pendurado no braço de Sammy, e Rex consegue ver uma fieira de queimaduras de cigarro.

DJ levanta o celular e Rex olha para a foto do rosto bronzeado de Teddy Johnson, o corpo roliço e o olhar de arrogância em seus olhos azuis brilhantes.

— Estão informando que não há ligação com nenhuma organização terrorista conhecida — Sammy diz.

— Então eles pegaram o cara? — DJ pergunta.

— Eu não sei. Aqui não diz...

— O que está acontecendo com este verão? — Rex diz em tom muito sério. — Parece que o mundo inteiro está desmoronando. Orlando, Munique, Nice...

Ele se cala quando a campainha toca, depois murmura que não está a fim de lidar com nenhum repórter no momento e sai da cozinha. Enquanto desce as escadas, a campainha toca novamente. Ele chega à porta e a abre.

Do lado de fora está um homem de rosto suado e cabelo ruivo na altura dos ombros. Veste uma jaqueta de couro apertada com ombreiras e um cinto largo.

— Oi — ele diz, abrindo um sorriso tão largo que as linhas ao redor da boca e dos olhos se comprimem.

— Oi — Rex diz, hesitante.

— Janus Mickelsen, Polícia de Segurança — o homem anuncia, mostrando seu documento de identificação. — Você tem um minuto?

— De que se trata?

— Boa pergunta — ele sorri, olhando por cima do ombro de Rex.

— Você já esteve aqui.

— Sim, exatamente, isso mesmo, com a agente Bauer... estou trabalhando com ela — ele responde, jogando o cabelo para trás do rosto.

— Certo.

— Então, você gostava mesmo do ministro das Relações Exteriores — o homem diz com tamanha falta de cerimônia na voz que causa arrepios na espinha de Rex.

— Você quer dizer politicamente?

— Não.

— Éramos velhos amigos — Rex diz em tom cauteloso.

— A esposa dele diz que nunca esteve pessoalmente com você.

— Está na cara que não causei boa impressão — Rex diz, forçando um sorriso amarelo.

Sem retribuir o sorriso, Janus entra no corredor e fecha a porta. Olha ao redor, depois crava os olhos atentos em Rex.

— Você conhece alguém que... goste menos do ministro das Relações Exteriores do que você?

— Se ele tinha algum inimigo, você quer dizer?

Janus assente.

— Quando nos encontrávamos, conversávamos sobre os velhos tempos — Rex diz.

— Lembranças felizes — Janus murmura, fechando um dos botões da jaqueta.

— Sim.

— Podemos colocar você em um programa de proteção a testemunhas. Posso garantir pessoalmente o mais alto nível de segurança.

— Por que eu precisaria de proteção? — Rex pergunta.

— Quero apenas dizer o seguinte: se você tiver informações sobre as quais não deseja falar por estar preocupado ou com medo de que algo de ruim possa acontecer com você — ele explica em voz baixa.

— Há algum tipo de ameaça contra mim? — Rex pergunta.

— Espero que não; eu adoro suas coisas na TV — Janus responde. — Tudo o que estou dizendo é que eu ajudo as pessoas que me ajudam.

— Acho que não tenho nada para contar, infelizmente.

Janus finge ter ficado espantado com isso, como se duvidasse das palavras de Rex, ou ao menos muito surpreendido por elas.

— Estou captando energias que emanam de você. Eu gosto delas, mas me parecem um pouco reprimidas — ele diz, semicerrando os olhos.

— Como é que é?

— Estou brincando. Não posso evitar. Todo mundo acha que eu pareço um hippie.

— Paz e amor — Rex diz com um sorriso irônico.

— É um Chagall ali? — Janus pergunta, apontando para uma gravura na parede. — Maravilhoso... *A queda do anjo*.

— Sim.

— Você disse à minha colega que tomou café com o ministro algumas semanas atrás.

— Sim.

— Em que dia foi, exatamente?

— Não me lembro — Rex diz.

— Mas você se lembra em qual café foi?

— Vetekatten.

— Café e bolo?

— Sim.

— Isso é ótimo. Quero dizer, eles devem se lembrar de você: Rex, o chef celebridade, e o ministro das Relações Exteriores da Suécia sentados lá comendo bolo — Janus sorri.

— Desculpe, mas podemos fazer isso mais tarde? Acabamos de voltar do funeral e...

— Eu já ia mesmo perguntar sobre isso.

— Tudo bem, mas preciso cuidar do meu filho. Estamos muito abalados...

— Claro, eu entendo — Janus diz, levando a mão trêmula à boca.

— Na verdade, eu gostaria de conversar com ele também, quando for conveniente.

— Ligue para mim, e podemos marcar um horário — Rex diz, abrindo a porta.

— Você tem carro?

— Não.

— Sem carro — Janus repete, pensativo, antes de desaparecer escada abaixo.

66

Joona passou a noite se exercitando na minúscula cela enquanto repete as palavras de seu tenente holandês sobre coragem e medo: "Tudo gira em torno da distribuição estratégica da energia e da importância de manter ocultas pelo máximo tempo possível suas melhores armas".

Nessa noite Joona dormiu mal, de forma intermitente, e acordou cedo. Ele lava o rosto e começa a repassar o caso em sua cabeça. Examina todos os detalhes de que consegue se lembrar, avalia tudo a partir de uma perspectiva de trezentos e sessenta graus, peça por peça, como as minúsculas rodas dentadas de um mecanismo de relógio, e fica cada vez mais convicto de sua teoria.

O céu sólido e cinzento despeja chuva contra a janela. O tempo passa.

Já é tarde quando dois guardas da prisão batem na porta de Joona, a destrancam e pedem que ele os acompanhe.

— Preciso fazer uma ligação, mesmo que provavelmente seja tarde demais — ele diz.

Sem responderem, os carcereiros o conduzem através do túnel. Como numa repetição dos eventos de alguns dias antes, Joona é levado a uma reunião que ele não solicitou. Dessa vez, vai parar numa das salas menores, depois das salas de visitas habituais, onde os presos costumam conversar com seus advogados.

Os guardas mandam Joona entrar e depois trancam a porta.

Um homem está sentado com a cabeça apoiada nas mãos. A escrivaninha é dividida no meio por um anteparo de vidro de trinta centímetros de altura. Uma parede da sala é decorada com uma fotografia em preto e branco de Paris. A Torre Eiffel foi colorida com uma tonalidade amarelo-dourada.

— Absalon Ratjen está morto? — Joona pergunta.

Carlos Eliasson se recosta na cadeira e respira fundo. Seu rosto está na sombra, e há uma ansiedade escura em seus olhos, geralmente simpáticos.

— Eu só quero que você saiba que levei a sério o que você disse. Enviei duas equipes de resposta.

— Ele foi morto a tiros? — Joona pergunta, sentando-se diante do ex-chefe.

— Esfaqueado — Carlos diz com voz abafada.

— Primeiro no intestino. Sangrou profusamente, mas continuou consciente, apesar da dor extrema. Cerca de quinze minutos depois, foi despachado de vez por...

— Um golpe de facão na nuca — Carlos sussurra, surpreso.

— Um golpe de facão na nuca — Joona assente.

— Eu não entendo como você poderia ter ouvido falar a respeito disso. Você foi mantido em isolamento, mas...

— E como vocês não foram capazes de antever o plano do assassino — Joona continua —, não conseguiram perceber que o ministro das Relações Exteriores foi a primeira vítima porque o assassino precisava de um funeral pomposo para atrair o alvo seguinte.

O rosto de Carlos fica vermelho; ele se levanta e afrouxa a gravata-borboleta.

— O secretário de Defesa em exercício dos EUA — ele murmura.

— Quem estava certo? — Joona pergunta.

Carlos puxa um lenço do bolso e enxuga a cabeça.

— Você estava certo — ele diz, impotente.

— E quem estava errado?

— Eu. Fiz o que você disse, mas ainda assim duvidei de você — Carlos admite, e se senta novamente.

— Estamos diante de um assassino inteligente, com treinamento militar de primeiro nível... e ele tem outras sete vítimas em sua lista.

— Sete — sussurra Carlos, encarando Joona.

— O matador tem uma forte motivação pessoal para cometer esses assassinatos... algo que de alguma forma distorce sua percepção da realidade.

— Eu tenho uma proposta — Carlos diz, hesitante, e pega uma pasta de couro.

— Estou ouvindo — Joona responde gentilmente, assim como fizera alguns dias antes, quando o primeiro-ministro viera vê-lo.

— Isto aqui é um acordo já assinado — Carlos diz, mostrando uma folha de papel. — O restante da sua sentença será comutado para serviço comunitário com a polícia... com efeito imediato, se você aceitar os termos.

Joona apenas olha para ele.

— E, depois do serviço comunitário, posso garantir que você será readmitido na sua antiga função — Carlos diz, tamborilando a pasta.

A expressão de Joona permanece inalterável.

— O mesmo salário de antes. Você pode receber um aumento, se isso for importante para você.

— Posso ter de volta a minha antiga sala? — Joona diz por fim.

— Muita coisa mudou na sua ausência — Carlos diz, se contorcendo em seu assento. — Não somos mais o Departamento Nacional de Investigação Criminal, como você sabe... hoje somos a UNO, Unidade Nacional de Operações. E o Centro Forense Nacional é o novo nome para...

— Quero minha sala de volta — Joona interrompe. — Quero minha antiga sala, ao lado da Anja.

— Isso não vai funcionar, não agora. É cedo e precipitado demais, e não daria certo no prédio, porque afinal você *é* um criminoso condenado.

— Entendo.

— Não se deixe abalar — Carlos diz. — Temos uma sede excelente na rua Tors, número 11... não é a mesma coisa, eu sei, mas há um apartamento onde você poderá dormir e... bem, está tudo aqui por escrito. Leia, então...

— Prefiro confiar nas pessoas — Joona diz sem tocar no documento.

— Isso é um "sim"? Você quer voltar, não quer? — Carlos pergunta.

— Não é um jogo para mim — Joona diz, sério. — O risco de haver mais mortes aumenta a cada dia que o assassino sai impune.

— Podemos partir imediatamente — Carlos diz, levantando-se da cadeira.

— Eu preciso do meu Colt Combat — Joona diz.

— Está no carro.

67

Joona recebeu acesso a um escritório de quatrocentos metros quadrados em um prédio estreito de vidro e aço, situado em um terreno entre a rua Tors e o pátio de manobras da Estação Central.

As instalações pertenciam ao Collector Bank e parece que haviam sido abandonadas às pressas. Duas cadeiras ergonômicas foram deixadas para trás, juntamente com uma mesa semidesmontada, alguns cabos empoeirados e diversos folhetos espalhados.

Na primeira noite, ele prepara um prato de macarrão simples na pequena cozinha dos funcionários, serve-se de uma taça de vinho e se senta para comer em uma das cadeiras do escritório na sala de reuniões às escuras. Através das janelas empoeiradas, tem uma visão dos trilhos de trem enferrujados e dos vagões que deslizam para dentro do pátio.

O noticiário é dominado pelo assassinato do secretário de Defesa em exercício dos EUA. Nenhuma prisão foi feita. Fala-se de um desastre para a polícia, ainda pior do que o homicídio do primeiro-ministro Olof Palme nos anos 1980. O FBI está enviando a própria equipe e há uma tensa troca de farpas entre os representantes diplomáticos dos dois países.

O assessor de imprensa da Polícia de Segurança repete o roteiro de sempre: todas as ameaças conhecidas estão sob um contínuo e rigoroso monitoramento e obedecem aos mais altos padrões internacionais.

Joona lê o relatório da autópsia de Absalon Ratjen, assassinado na frente da esposa e dos filhos. Ele coloca o prato em cima de um pequeno arquivo de gavetas de aço e se vê pensando nos trilhos da ferrovia e nas impiedosas encruzilhadas.

Um dia Joona tinha sido casado e pai de uma filha, e depois ficou sozinho.

Ele é invadido por lembranças: seu pai, sua mãe, Summa, Lumi, Disa e Valéria.

Nessa noite, ele se deita em um sofá desbotado pela ação do sol na área da recepção. Em algum lugar no meio de seus sonhos, ouve Summa rindo ao pé de seu ouvido e se vira para olhá-la. Ela está descalça, e o céu arde atrás dela. Está usando uma grinalda feita de raízes vermelhas trançadas.

Às oito da manhã seguinte, chega uma entrega da UNO: computadores, impressoras, fotocopiadoras e caixas cheias da papelada relacionada à investigação.

Agora ele pode começar a trabalhar.

Joona sabe que nenhum dos assassinatos foi obra de terroristas — o autor é um assassino-relâmpago. Joona está à caça de um matador que segue um plano elaborado com cuidado e minúcia extremos, e que provavelmente matará de novo muito em breve.

Numa parede comprida ele afixa fotografias das três vítimas e depois desenha uma intrincada rede de conexões com parentes, amigos e colegas. Na parede oposta, traça uma linha cronológica mapeando a infância, a educação e a carreira dessas pessoas.

Joona cobre as paredes da imensa sala de reuniões com fotografias das cenas de assassinato: panoramas gerais, detalhes, retratos falados e a aprofundada análise do relatório da autópsia no corpo de Absalon Ratjen.

Ele forra o chão do corredor que leva à cozinha com fotos da cena do crime e relatórios médicos e, em seguida, distribui as transcrições dos depoimentos de familiares, amigos e colegas de trabalho.

Joona espalha pelo chão do escritório folhas impressas de denúncias anônimas recebidas por telefone, além de três e-mails de uma repórter solicitando perfis do assassino de Absalon Ratjen e do franco-atirador na torre na rua Kungs.

O celular de Joona começa a vibrar no bolso; ele pega o aparelho e vê que a ligação é do Departamento Forense do Instituto Karolinska.

— Mas isso é legal? — a voz nasalada de Nils "Agulha" Åhlen pergunta.

— Isso o quê? — Joona pergunta com um sorriso.

— Quero dizer... você voltou para a polícia? Você está comandando a investigação? Você está autorizado a...

— Acho que sim — Joona o interrompe.

— Você acha?

— É o que parece no momento, pelo menos — Joona diz.

— Bem, eu quero permanecer anônimo quando responder a sua pergunta — Nils diz, e limpa a garganta. — Absalon Ratjen sangrou precisamente durante dezenove minutos antes de ser morto... que é exatamente o mesmo período de tempo que Teddy Johnson viveu entre o primeiro tiro e o tiro fatal... eu consideraria isso uma coincidência, se não tivesse sido você a me fazer a pergunta.

— Obrigado por sua ajuda, Nils.

— Eu sou anônimo — ele diz, e encerra a ligação.

Joona se vira para observar as fotografias na parede. Pela quantidade de sangue e pelo padrão de respingos na cozinha do ministro das Relações Exteriores, ele já havia calculado que aproximadamente quinze minutos se passaram entre o primeiro e o último tiro.

Agora Joona sabe que a resposta exata é dezenove minutos.

Ele está convencido de que em algum lugar há algo que conecta as três vítimas.

Essa conexão é a chave que irá desvendar o caso.

Não há a menor hipótese de terem sido escolhidos a esmo.

Entre William Fock e Teddy Johnson há muitíssimos vínculos que remontam à adolescência na Escola Ludviksberg, mas Ratjen parece totalmente dissociado deles.

Ele levava um tipo de vida completamente diferente.

Em meio à enorme quantidade de material que já havia sido coletada não há um único elemento que ligue os três homens.

Um artigo do jornal *Orlando Sentinel* inclui uma fotografia do ministro das Relações Exteriores e de Teddy Johnson quando era governador da Flórida, diante de uma baleia assassina no instante em que ela salta para fora da água.

A vida de Ratjen era muito diferente.

As portas do elevador se abrem na área de recepção e, em seguida, ouve-se uma leve batida na parede de vidro da sala de reuniões.

Saga entra sorrindo e entrega um saleiro e um pão como presente de inauguração da casa nova.

— Você deixou este lugar muito aconchegante — ela brinca.

— É um pouco maior que a minha cela no Kumla — ele responde.

Pisando com cuidado entre as folhas de papel espalhadas pelo chão, Saga vai até a janela, olha e depois se vira de novo para Joona.

— Não podemos ter nenhum contato — ela diz. — Mas pelo menos Verner concordou em me deixar continuar com minha investigação... fiquei tão feliz que dei um jeito de derrubar uma pilha de papéis na mesa dele... e aí um relatório caiu acidentalmente na minha bolsa... o que só percebi quando cheguei em casa.

— Que relatório?

— O arquivo da Polícia de Segurança sobre a família de Salim Ratjen — ela diz, retirando o relatório da bolsa.

— Uau.

— Você entende que, sob nenhuma circunstância, posso me esquecer de levar isso comigo... e claro que não posso dizer que talvez seja útil se você ainda estiver tentando encontrar um vínculo entre Absalon Ratjen e o ministro das Relações Exteriores.

Joona pega o arquivo e o folheia até encontrar as páginas sobre Absalon Ratjen. No fundo, ouve Saga dizer que vai visitar Lilla Bantorget para tomar um café.

— O que você quer que eu te traga? — ela pergunta.

Ele lê sobre como Absalon Ratjen fugira do serviço militar e depois murmura que precisa pensar.

Absalon tinha dezessete anos quando viera para a Suécia, quase três anos antes de Salim. Joona já sabe, pelos registros do Departamento de Empregos, que Absalon frequentou aulas de idiomas e se candidatou a todos os empregos que surgiram, mas a Polícia de Segurança tem mais informações. Encontraram o nome dele em uma investigação já arquivada sobre uma empresa de limpeza suspeita de crimes fiscais. Ele fazia parte de um grupo de refugiados em busca de asilo político sobre os quais recaía a suspeita de trabalharem ilegalmente como faxineiros, mas, como haviam sido lesados em seus salários, o processo legal teve que ser abandonado.

Joona entra em um escritório estreito com vista para a galeria de arte Bonniers Konsthall. De um lado da sala ele reuniu os fatos de que dispõe sobre o assassino; do outro, os possíveis parâmetros. Elaborou também uma lista de cursos de treinamento militar avançado em todo o mundo onde são ensinadas as técnicas demonstradas pelo assassino.

Ele examina as fotografias forenses dos ferimentos no corpo de Absalon Ratjen. A faca ainda não foi identificada, mas a lâmina larga tinha um dorso serrilhado e um gume muito afiado.

O golpe fatal no topo da medula espinhal fora causado por um facão com a lâmina enferrujada.

Joona se senta no chão para ler o restante do relatório da Polícia de Segurança.

O ameaçador e-mail sobre "*devorar seu coração morto*" era de um colega no Canadá e dizia respeito a um vindouro torneio de robôs Lego.

A mensagem de voz contendo a cantiga infantil sobre coelhos fora enviada de um telefone celular pré-pago cujo número não estava mais ativo.

Saga retorna e coloca um copo descartável de café no chão ao lado de Joona.

— Encontrou alguma coisa?

Joona folheia a lista de números de telefone, vasculha os endereços IP e a linha do tempo. Toma um gole do café e lê sobre as tentativas de Absalon de obter um financiamento estudantil.

— Parece que uma das crianças passou o dedo pelo sangue — Saga diz, apontando para as fotografias da cozinha de Absalon.

— É mesmo — Joona diz, sem levantar os olhos.

Ele esquadrinha a lista de endereços dos vários centros de acolhimento de refugiados e residências onde Absalon morara, comparando-os com as casas do ministro das Relações Exteriores e do político dos EUA. Ambos eram de famílias ricas e, quando saíram de casa pela primeira vez, foi para estudar em um internato.

Foi mais ou menos na mesma época em que Absalon deixou uma residência comunitária em Huddinge.

Um ano depois, seu nome apareceu em um relatório enviado ao Conselho de Saúde Ambiental.

Joona sente um arrepio percorrer a espinha.

Quando Absalon tinha dezoito anos, um supervisor do Departamento de Emprego lhe deu uma oportunidade. O filho do supervisor trabalhava como jardineiro em um internato ao sul de Estocolmo, mas estava tendo problemas com drogas. Em segredo, Absalon concordou em receber a metade do salário do filho se aceitasse assumir as funções de jardineiro até o filho do supervisor voltar da clínica de reabilitação.

Quando a história foi descoberta, ele já estava morando no apartamento do jardineiro havia quase um ano, dirigindo sem carteira de habilitação e manejando máquinas e equipamentos que não tinha qualificação para usar.

Joona se levanta e vai até a janela, pega o celular e liga para Anja.

Ele tem certeza de que descobriu o vínculo entre as três vítimas.

— Preciso saber quem apresentou uma queixa ao Conselho de Saúde Ambiental vinte e dois anos atrás.

— Quer falar sobre isso durante o jantar? — ela diz com a boca muito perto do bocal do telefone.

— Eu adoraria.

Ele a ouve cantarolando "Let's Talk about Sex", enquanto as unhas batem de leve no teclado do computador.

— Então, o que você quer saber?

— O nome da escola e a pessoa que registrou a queixa.

— Simon Lee Olsson... diretor da Escola Ludviksberg na época.

Assim que Joona termina a ligação, Saga joga seu copo descartável de café na lixeira e o encara.

— Você encontrou a conexão — ela diz.

— Absalon trabalhou como jardineiro na Escola Ludviksberg durante o último ano de William e Teddy no ensino médio.

— Então tem a ver com a escola?

— De alguma forma.

Joona vai até uma fotografia da escola de trinta anos atrás e vê que os dois futuros políticos não eram apenas colegas de classe, mas também estavam na mesma equipe de remo: oito meninos vestidos de branco, com ombros largos e bíceps salientes.

— Alguém mais que frequentou a escola já apareceu na investigação — Saga destaca.

— Quem?

— Rex Müller.

— Eu reconheço o nome.

— Sim, ele é um famoso chef de TV... sei que ele está escondendo alguma coisa, mas tem um álibi para todos os assassinatos — ela se apressa em dizer. — Fomos falar com Rex porque ele foi flagrado por uma câmera de segurança, bêbado, mijando na piscina da casa do ministro das Relações Exteriores.

— Não há nada sobre isso aqui.

— Janus cuidou dessa parte.

— A verdade está sempre gravada a ferro e fogo nos detalhes — Joona diz.

— Eu sei.

— Por que ele estava mijando na piscina?

— Uma brincadeira provocativa e estúpida, coisa de bêbado.

— Primeiro, parece uma brincadeira estúpida... então outra peça do quebra-cabeça se encaixa e de repente Rex Müller acaba no centro das atenções — Joona diz.

68

Rex e Sammy estão sozinhos na imensa cozinha do restaurante Smak. As amplas bancadas de aço inox foram lavadas e estão limpas e secas. Panelas, tachos, frigideiras, conchas, fuês e facas estão pendurados nos respectivos ganchos.

Sammy veste um suéter folgado. Pintou as sobrancelhas de preto e está usando um bocado de delineador. Na lapela de Rex há uma rosa, flor tirada do buquê que Edith, a jornalista bonitona, enviou a ele no dia anterior.

O restaurante vai renovar o cardápio em duas semanas; antes da abertura, Rex está testando cada novo elemento.

A precisão absoluta sob extremas restrições de tempo só acontece se todos os integrantes da hierarquia — o chefe de praça, o *sous chef* e o chef — executarem à perfeição suas tarefas. Quando a cozinha fecha no fim da noite, os cozinheiros finalmente descobrem os hematomas, pequenas queimaduras e cortes que sofreram durante as horas de trabalho intenso.

Hoje Rex está preparando um consomê de cogumelos com pão de centeio frito, cantarelos em conserva e azeite de ervas aromáticas; aspargos com molho *béarnaise* e medalhão bovino da fazenda Säby. Pouco antes de ele sair do apartamento, Sammy inesperadamente perguntou se poderia ir junto.

Enquanto a carne cozinha *sous vide*, Rex mostra a Sammy como fatiar as pequenas folhas de estragão e bater com o fuê uma mistura de gemas de ovo, caldo de vitela, mostarda e vinagre de estragão.

Com olhar concentrado, o rapaz desliza uma gema de ovo de uma metade da casca para a outra.

— Eu não sabia que você tinha interesse em culinária — Rex diz com voz suave. — Se soubesse, teria trazido você aqui antes.

— Não se preocupe, papai.

Sammy olha para ele timidamente por baixo de sua comprida franja oxigenada. No canto do olho o rapaz desenhou uma lágrima preta com delineador.

— Bem, você é muito bom nisso — Rex diz. — Eu gostaria...

Ele para de falar, as palavras grudando em sua garganta, e se lembra de que é inteiramente dele a culpa por não saber quase nada sobre o próprio filho.

Enquanto Sammy está cortando chalotas, Rex faz um consomê de cantarelos, shiitake, aipo e tomilho.

— Algumas pessoas apenas coam o caldo através de camadas de gaze fina — ele diz, olhando para o filho. — Mas eu sempre uso clara de ovo para pegar as impurezas.

— Você não tem que ir embora daqui a pouco? — Sammy pergunta, abaixando a faca.

— Vou encontrar um grupo de investidores em Norrland neste fim de semana... na verdade é só um pouco de conversa fiada, para fazê-los se sentirem especiais.

— Isso significa que você não pode deixar que eles vejam que seu filho é gay?

— Eu apenas achei que... se até eu me sinto frustrado com a ideia de passar um fim de semana com um bando de velhos tagarelando sobre negócios e sobre caçar renas, pensei que você...

Rex imita o gesto de vomitar em cima do fogão, na pia e em sua camisa.

— Tá legal, já entendi — Sammy sorri.

— Mas, no que diz respeito à minha opinião...

Ele para de falar quando ouve barulho na porta vaivém. A princípio pensa que seu chefe de cozinha chegou mais cedo, mas quando a porta da cozinha se abre, ele vê a linda agente da Polícia de Segurança Saga Bauer, acompanhada de Janus Mickelsen.

— Olá — ela diz, depois gesticula para o homem ao seu lado. — Este é meu colega, Janus Mickelsen.

— Já nos conhecemos — Rex diz.

— Ordens antigas do Verner — Janus explica a Saga.

— Este é meu filho, Sammy — Rex diz.

— Oi — Sammy diz, estendendo a mão.
— Você também é chef? — Saga pergunta com uma voz amigável.
— Não, é que... eu não sou nada — ele diz, corando.
— Gostaríamos de conversar com seu pai por alguns minutos — Janus diz, cutucando um limão-galego sobre a bancada.
— Devo ir pro salão do restaurante? — Sammy pergunta.
— Você pode ficar — Rex diz.
— Depende de você — Saga diz.
— Estou tentando não ter tantos segredos — Rex diz.
Ele remove delicadamente a clara do consomê e abaixa a temperatura.
— Eu vi a entrevista que você deu na televisão falando sobre o ministro das Relações Exteriores — Saga diz, encostando no balcão.
— Foi boa, muito tocante...
— Obrigado...
— Apesar de ser tudo mentira — ela conclui.
— O que você quer dizer? — Rex pergunta.
— Você mijou nas espreguiçadeiras dele e...
— Eu sei — Rex ri. — Isso foi um pouco exagerado, mas nós...
— Apenas fique quieto — ela diz, cansada.
— Esse era o nosso jeito...
— Cale a boca.
Rex fica em silêncio e olha para ela. Um pequeno músculo abaixo do olho começa a se contrair. Sammy não consegue conter um sorriso enquanto fita o chão.
— Você ia me explicar que isso era apenas uma parte da amizade dos dois — Saga diz com toda a calma do mundo. — Que vocês tinham em comum um senso de humor maluco, que punham em prática uma porção de pegadinhas... mas isso não é verdade. Vocês não eram amigos.
— Ele era meu amigo mais antigo — Rex arrisca, mesmo sabendo que de nada adianta.
— Eu sei que vocês não se viam havia trinta anos.
— Talvez não regularmente — ele responde num fiapo de voz.
— De jeito nenhum. Vocês não se viam.

Rex desvia o olhar e vê Janus tirar do punho da jaqueta de couro um comprido pelo de gato branco.

— Mas você e ele estudaram no mesmo colégio interno — Saga diz calmamente.

— Meu pai era diretor do Handels Bank. Éramos ricos, então supostamente eu deveria ter me encaixado muito bem na Escola Ludviksberg.

— Mas você não se encaixou lá?

— Eu me tornei chef de cozinha, não um diretor de multinacional — Rex, responde, levantando a panela do banho-maria.

— Que fracasso — ela sorri.

— Na verdade é mesmo, em muitos sentidos.

— É o que você acha?

— Às vezes, sim... às vezes, não — ele diz com sinceridade, e olha para Sammy. — Sou um alcoólatra sóbrio, mas tive algumas recaídas. Uma coisa que acontece quando estou bêbado é que me lembro de que não suporto nosso elegante ministro das Relações Exteriores, porque... bem, que se dane, ele está morto agora. Porque enquanto viveu ele foi um filho da puta.

Janus tira o cabelo do rosto e sorri, revelando rugas nos cantos dos olhos.

69

O alívio de Rex por finalmente dizer a verdade dura apenas alguns segundos antes que ele comece a sentir que foi pego em uma armadilha. Ele fatia o pão de centeio, mas pode sentir que as mãos não estão firmes, então pousa cuidadosamente a faca na tábua de cortar. Não consegue entender o que a Polícia de Segurança quer dele.

Sabiam o tempo todo das filmagens das câmeras de segurança?

Saga viu o sangue na cadeira quando o visitou em seu apartamento?

Rex se pergunta se deve ser cauteloso, se deve entrar em contato com um advogado ou apenas contar aos policiais sobre a briga de DJ com o bêbado.

— Eu pensei que vocês queriam falar sobre o assassinato de Teddy Johnson — ele diz após uma breve pausa.

— Você sabe alguma coisa sobre isso? — Janus pergunta.

— Não, mas eu estava lá quando aconteceu.

— Já temos muitas testemunhas — Janus diz, esfregando uma das orelhas.

— Então, sobre o que vocês realmente querem conversar? — Rex indaga, limpando a garganta.

— Quero saber por que você chamou o ministro das Relações Exteriores de filho da puta e por que mijou na piscina dele — Saga responde.

— Certo — Rex sussurra.

— Sammy, quero que você saiba que seu pai não é suspeito de nenhum crime — ela diz.

— Ele é meu pai só no papel — Sammy diz.

Rex lava as mãos e as seca em um pano de prato.

— Na juventude, nosso ministro era... como devo dizer? O Wille não suportava o fato de eu sempre ter notas melhores que ele. Quer dizer, obviamente ele tirava boas notas porque a família dele tinha ajudado a manter financeiramente a escola durante cem anos, mas isso não era suficiente para ele... quando o Wille descobriu que eu estava saindo com uma garota, ele decidiu que ia dormir com ela... só para destruir nosso relacionamento e mostrar o quanto ele era poderoso. Então foi isso que ele fez.

— Talvez ela quisesse dormir com ele — Saga sugere.

— Tenho certeza de que sim, mas eu estava apaixonado de verdade por ela... e pro Wille ela não significava nada.

— Como você pode ter tanta certeza de que ele não estava loucamente apaixonado por sua namorada? — Saga quer saber.

— Ele mesmo disse isso. Ele a chamava de coisas horríveis: piranha, periguete, depósito de porra...

— Parece um filho da puta — ela concorda.

— Tenho plena consciência de que qualquer pessoa que estuda na Ludviksberg é privilegiada — Rex continua. — Mas, do lado de dentro dos muros, a escola estava muito claramente dividida entre as crianças que, como eu, eram filhos de novos-ricos, e as poucas cujo status especial havia sido garantido por gerações e gerações. Todos sabiam que havia regras, bolsas e clubes especiais apenas para elas.

— Pobre papai — Sammy diz em tom sarcástico.

— Sammy, eu tinha dezessete anos. É uma idade vulnerável.

— Eu estava brincando.

— Eu só quero salientar isso — ele diz, depois se volta novamente para Saga. — De qualquer forma... nosso futuro ministro das Relações Exteriores era presidente de um clube muito exclusivo no campus da escola. Nem sei qual era o nome verdadeiro, mas me lembro de que ele chamava o lugar onde eles se reuniam de "a Toca do Coelho". Depois que Grace entrou para a turma que frequentava esse clubinho, eu soube que já não significava mais nada para ela. Entendi isso, e é claro que ela não sabia o que eles falavam dela pelas costas, ela via aquelas pessoas como estrelas, como celebridades da escola.

Ele percebe que o rosto de Saga se enrijeceu um pouco, como se algo que ele acabara de dizer tivesse chamado sua atenção.

— Quem mais fazia parte desse Clube do Coelho? — ela pergunta.

— Só eles sabem disso. Era tudo muito secreto. Eu realmente não dou a mínima.

— Então você não sabe quem eram os outros membros?

— Não.

— Isso é importante — Saga diz, levantando o tom da voz.

— Calma — Janus sussurra, pegando uma taça de vinho na prateleira.

— Nunca cheguei perto deles — Rex responde. — Eu não faço ideia. Só estou tentando explicar por que eu não suportava o Wille.

— Mas a Grace deve saber quem eram os membros? — Saga diz.

— Claro.

Janus Mickelsen deixa cair a taça no chão. Ela se estraçalha, espalhando estilhaços de vidro.

— Desculpe — Janus diz, as pálpebras claras agora brancas de inquietação. — Você tem uma pá e uma vassoura?

— Não se preocupe com isso — Rex diz.

— Desculpe — Janus repete, e começa a recolher os pedaços de vidro maiores.

— Você sabe como posso encontrar Grace? — Saga pergunta.

— Ela era de Chicago...

Depois que Saga e Janus vão embora, Rex frita na manteiga alguns cantarelos e duas fatias de pão de centeio, coloca tudo em dois pratos e despeja por cima um pouco do consomê.

Ele e Sammy ficam de pé lado a lado na bancada e comem.

— Está gostoso — o filho diz.

— Não tenha pressa, seja absolutamente honesto.

— Eu não sei... é apenas bom.

— Acho que talvez falte um toque de acidez — Rex diz. — Eu posso tentar colocar um pouco de limão amanhã.

— Não olhe para mim — Sammy sorri.

Rex não consegue se desvencilhar da persistente inquietação causada pela conversa com os agentes. Só o fato de falar sobre Grace deixou seu coração pesado de angústia. Ele se lembra de que ela se recusara a vê-lo pessoalmente e parou de atender seus telefonemas.

— Ela é incrível — Sammy diz, terminando a comida.
— Quem?
— Quem — ele ri.
— Ah, a policial. Eu sei, ela é a mulher mais bonita que eu já vi... com exceção da sua mãe, obviamente.
— Pai, não posso acreditar que você invadiu o quintal do ministro das Relações Exteriores pra mijar na piscina dele — o filho diz com um sorriso.
— Eu realmente não gostava dele.
— Obviamente.
Rex coloca o prato sobre a bancada.
— Eu não contei tudo para a polícia... neste momento eu simplesmente não posso ser arrastado para nenhuma história.
— O que aconteceu?
— Ah, nada... só não quero que eles pensem que tenho algo a ver com a morte do ministro.
Sammy ergue as sobrancelhas.
— Por que eles pensariam isso?
— Porque a verdade é que certa noite aquele grupo na escola me atraiu para os estábulos e me deu uma surra. Eles me moeram de pancada, me quebraram várias costelas e me deixaram com esta pequena recordação — Rex diz, apontando para a profunda cicatriz na ponte do nariz. — Talvez não tenha sido tão grave assim, mas você sabe qual é a sensação de quando a gente fica com o orgulho ferido... eu não aguentava imaginar vê-los todos os dias, fingindo que não tinha acontecido nada. Então eu saí da escola imediatamente.
—— Eles é que deveriam ter sido expulsos.
— Sem chance — Rex diz, dando de ombros. — Eles tinham todo o poder, e eu não tinha ninguém do meu lado... o diretor e os outros professores os protegiam.
— Você deveria contar isso pra polícia — Sammy diz, sério.
— Não posso — Rex responde.
— Pare com isso, pai, tudo vai ficar bem. Você é um chef, é uma pessoa doce. Quero dizer, você já fez algo realmente violento em toda a sua vida?
— Não é assim tão simples — Rex responde.

Sammy cutuca a carne embalada a vácuo no banho-maria e confere a temperatura e o cronômetro.

— A carne está pronta já faz duas horas — ele diz.

— Certo, pegue a manteiga, alguns raminhos de tomilho, um dente de alho e...

O sol passa por trás de uma nuvem e uma chuva cinzenta cai batendo preguiçosamente na janela de frente para o pátio. A iluminação elétrica é simples, escassa e impassível. De repente, Rex imagina ter ouvido algo farfalhando no restaurante, como se alguém estivesse andando em cima de filme plástico.

Ele caminha em direção à passagem e de súbito se detém. Empurra de leve a porta e fica à escuta.

— O que é isso? — Sammy pergunta atrás dele.

— Eu não sei.

Rex passa pela porta vaivém e entra no salão vazio. Há algo de onírico no restaurante, com a água da chuva escorrendo pelas janelas, as ondas de luz lambendo as toalhas de linho brancas sobre as mesas postas, os talheres e as taças de vinho.

Rex tem um sobressalto quando seu celular toca no bolso de trás. O número de quem está ligando é privado, mas ainda assim ele atende. O sinal é fraco e a linha crepita em seu ouvido. Através das grandes janelas ele pode ver carros e pessoas com guarda-chuvas andando no aguaceiro. Está prestes a desligar quando ouve a voz distante de uma criança.

Dez coelhinhos, todos de branco enfeitados, tentaram chegar ao céu na ponta de uma pipa amarrados...

— Acho que você ligou pro número errado — Rex diz, mas a criança parece não tê-lo ouvido. Continua entoando a cantiga de ninar.

— *Nove coelhinhos, todos de branco enfeitados, tentaram chegar ao céu na ponta de uma pipa amarrados. Rompeu-se a linha da pipa, todos despencaram, em vez de irem para o céu, todos eles acabaram...*

Rex ouve a contagem regressiva da cantiga infantil antes que a linha fique muda.

Pela janela, ele vê uma criança parada debaixo da ponte, a cinquenta metros de distância. Rex observa o menino virar as costas e entrar no estacionamento às escuras.

70

O ar está úmido e uma luz densa paira sobre os campos ao lado de Nynäsvägen. Joona passa por uma carreta lotada de entulho de demolição.

O diretor interino da Escola Ludviksberg recusou-se a fornecer qualquer lista de alunos, a menos que Joona apresentasse uma solicitação formal e oficial de um promotor público ou do chefe da investigação.

— Isto aqui é um colégio interno particular — explicou o diretor por telefone. — E não estamos sob a jurisdição da legislação sobre liberdade de acesso à informação.

As três primeiras vítimas tinham vínculos com aquele internato, uma ligação que remontava a trinta anos, Joona pensa enquanto dirige rumo à Escola Ludviksberg.

Parece muito provável que futuras vítimas compartilhem a mesma conexão.

Talvez o assassino também.

A escola é o elo geográfico, Joona pensa.

Mas, de alguma forma, tudo tem que se encaixar em um nível mais profundo.

Ele precisa encontrar o algoritmo, resolver o enigma.

Enquanto dirige, Joona ouve uma playlist que ele montou para sua filha, Lumi. Gravações antigas de música folclórica sueca e canções dançantes. Violinos que evocam a melancolia do verão, os anseios da juventude e o efeito transformador das iluminadas noites de verão.

Ele pensa na coroa nupcial feita de raízes entrelaçadas de Summa e no sorriso dela ao subir no banquinho para beijá-lo.

Joona avança para o leste em direção à costa. Seguindo pela estrada estreita, passa por duas pontes e através de um túnel.

Enquanto atravessa a ilha de Muskö, Joona recebe uma ligação de Saga. A música silencia, ele toca na tela do painel do carro e atende.

— Preciso falar com você — ela diz sem nenhum preâmbulo, e Joona a ouve dar partida na motocicleta.

— Você tem permissão?

— Não.

— Também não tenho autorização para falar com você.

Joona reflete sobre a ironia que há no fato de ele e Saga estarem tentando resolver juntos uma série de assassinatos, embora suas tarefas oficiais sejam tão opostas quanto a noite e o dia: ela tem a missão de abafar as coisas; ele está incumbido de revelar tudo.

A água é prateada e imóvel, e Joona vê um bando de patos levantar voo. Saga está dizendo que Rex teve uma namorada, Grace Lindstrom, que o deixara para ficar com William Fock.

— Mas é aí que a história fica interessante — ela diz.

— Estou ouvindo — Joona diz, enquanto contorna a orla de uma área de treinamento militar.

— O William tinha algum tipo de clube na escola. Era apenas para alunos selecionados, não sei qual era o objetivo, mas o lugar onde eles se encontravam era chamado de "a Toca do Coelho".

— A Toca do Coelho — Joona repete. Eles estão chegando perto da resposta.

— É isso que estamos procurando, não é?

— Você tem os nomes dos membros?

— Somente Grace e Wille.

— Ninguém mais?

— O Rex diz que não sabe.

— Mas a Grace deve saber — Joona diz.

— Claro, mas parece que ela mora em Chicago...

— Eu posso ir até lá — Joona diz.

— Não, eu já falei com Verner; embarco assim que conseguir um endereço.

— Que bom.

Freando suavemente, Joona pega a entrada que conduz à Escola Ludviksberg. O edifício principal parece uma antiga mansão senhorial, com paredes de pedra caiadas de branco e um telhado moderno.

Ele deixa o carro no estacionamento de visitantes e atravessa o gramado até o amplo lance de escadas. O chão está forrado de flores azuis, mas foram mordiscadas por veados ou coelhos. Joona se inclina e pega uma das flores estragadas.

Ele passa por um grupo de estudantes vestindo uniformes azul-marinho e carregando nos braços pilhas de livros.

Na entrada, há uma imensa fotografia colorida das dependências da escola, com setas e legendas. O complexo inclui quatro dormitórios para meninas e quatro para meninos, além de um apartamento para o jardineiro, casas para professores, estábulos, galpões, uma casa de bombas, instalações esportivas e um pavilhão de praia.

Joona atravessa as portas de vidro do gabinete do diretor, mostra sua identificação à secretária e é levado a um grande salão revestido de painéis de carvalho lustroso e enormes janelas com vista para o parque. Atrás da escrivaninha há fotografias emolduradas de membros da realeza que foram alunos da escola.

O diretor está de pé em frente a uma poltrona de couro escuro e em uma das mãos segura uma pilha de papéis. É um homem magro, na casa dos cinquenta anos, rosto escanhoado, cabelo loiro-escuro partido na lateral e uma postura muito rígida.

Joona vai até ele e lhe entrega a florzinha azul, depois tira de dentro de uma pasta de plástico uma folha de papel.

— Aqui está a solicitação do promotor.

— Não é necessário — o diretor diz, sem nem sequer olhar para o documento. — Fico feliz em ajudar da maneira que eu puder.

— Onde está o registro dos alunos?

— Fique à vontade — ele sorri, fazendo um gesto abrangente em direção a uma estante embutida que cobre uma das paredes.

Joona vai até a biblioteca, que contém os anuários encadernados de todos os anos desde a fundação da escola. Desliza os dedos pelas lombadas e volta trinta anos no tempo.

— Posso perguntar do que se trata? — o diretor pergunta, colocando a flor ao lado do teclado do computador antes de se sentar.

— Uma investigação preliminar — Joona diz, e pega um dos volumes.

— Disso eu sei, mas... eu gostaria de saber se há algo que possa ter uma repercussão negativa para a imagem da escola.

— Estou tentando deter um assassino-relâmpago.

— Não sei o que é isso — o diretor diz.

Joona pega outros quatro anuários e os coloca sobre a mesa.

Ele começa a folhear as fotografias de trinta anos antes, vendo imagens de uma palestra do escritor William Golding, além de celebrações de Santa Lúcia, torneios de tênis, partidas de críquete, provas equestres de adestramento e salto de obstáculos.

Ele examina as fotos de cerimônias de formatura dos alunos usando capelos brancos, bailes escolares com música ao vivo de orquestras de jazz, jantares dominicais com toalhas de mesa brancas, lustres de cristal e criados de libré.

De acordo com os índices remissivos dos anuários, o colégio interno tem cerca de quinhentos e trinta alunos. Somando o corpo docente, o pessoal administrativo, os funcionários dos dormitórios e outros empregados, há por volta de seiscentos e cinquenta nomes em cada volume.

Uma fotografia mostra um William Fock ainda muito jovem, o homem que mais tarde se tornaria ministro das Relações Exteriores da Suécia, recebendo um prêmio do diretor da época.

Joona lentamente coloca os cinco anuários em sua bolsa.

— Esta é uma biblioteca de referência — o diretor protesta. — O senhor não pode levar nossos anuários...

— Conte-me sobre a Toca do Coelho — Joona diz, fechando a bolsa.

O diretor é tomado pela surpresa, e por um instante seu olhar titubeia e o maxilar se contrai.

— Vejo-me forçado a concordar com a imprensa internacional. Talvez a polícia sueca pudesse empregar um bocado mais de esforço para encontrar o assassino de Teddy Johnson. Apenas uma pequena sugestão, pois vejo que o senhor e seus colegas parecem estar tendo problemas para encontrar coisas com que ocupar seu tempo.

— Há um clube aqui nesta escola — Joona diz.

— Eu não estou ciente disso.

— Talvez seja um segredo?

— Infelizmente, não acredito que tenhamos sociedades de poetas mortos — o diretor diz com frieza.

— Então não há aqui nenhum tipo de clube antiquado ou associação tradicional?

— Eu me dispus a permitir que o senhor tivesse acesso a nossas atividades, embora julgue difícil acreditar que o senhor encontrará seu assassino aqui, mas não responderei a perguntas sobre assuntos privados de nossos alunos ou de qualquer grupo ou associação ao qual eles hipoteticamente possam ou não pertencer.

— Algum funcionário ou professor trabalhou aqui por mais de trinta anos?

O diretor não responde, e Joona contorna a mesa e começa a procurar o computador. Abre uma pasta de contas e encontra a folha de pagamento dos funcionários.

— O chefe da estrebaria — o diretor diz com voz fraca.

— Qual é o nome dele?

— Emil... alguma coisa.

71

Um grupo de estudantes está fumando ao lado dos estábulos. Uma garota está cavalgando no cercado, e vários cavalos pastam em um descampado atrás do prédio. Os alunos podem levar para a escola seus próprios cavalos, pois a instituição garante a manutenção completa dos animais durante o ano letivo.

No momento em que Joona entra no estábulo, seu celular vibra com uma mensagem de texto de Saga. Ela vai embarcar no próximo voo direto para Chicago a fim de conversar com o único membro e frequentador assíduo conhecido do grupo da Toca do Coelho.

Grace Lindstrom.

Agora que Joona chegou perto da estrebaria, o ar fica pesado com o cheiro dos cavalos, couro e feno. O estábulo é composto por vinte e seis baias e uma sala de arreios aquecida.

Um homem magro na faixa dos sessenta anos, vestindo uma jaqueta verde acolchoada e botas de cano longo, está escovando um capão marrom-café.

— Emil? — Joona pergunta.

O homem para e o cavalo bufa. As orelhas do animal se contraem em espasmos nervosos ao ouvir a voz desconhecida.

— O garrote e as ancas são formidáveis — Joona diz.

— São sim — o homem diz sem se virar.

Com as mãos trêmulas, o homem abaixa a escova.

Joona vai até o cavalo e acaricia o dorso com leves tapinhas. O capão é sensível e sua pele reage instantaneamente, contraindo-se sob a mão dele.

— Um pouco nervoso, só isso — Emil diz, virando-se para Joona.

— Muito ansioso, talvez.

— Você deveria vê-lo galopar, ele corre como o vento.

— Eu estava conversando com o diretor e ele disse que talvez você possa me ajudar — Joona diz, mostrando sua identificação policial.

— O que aconteceu?

— Estou no meio da montagem de um complicado quebra-cabeça e preciso de ajuda com uma das peças, e tem de ser de alguém que trabalha na escola há muito tempo.

— Comecei como cavalariço há trinta e cinco anos — Emil responde com cautela.

— Então você deve saber sobre a Toca do Coelho — Joona diz.

— Não — o homem diz abruptamente, depois olha para a janela baixa.

— É onde os membros de algum tipo de clube se reúnem — Joona diz.

— Eu preciso voltar ao trabalho — Emil diz, pegando uma pá.

— Vejo que você sabe do que estou falando.

— Não.

— Quem costumava se reunir na Toca do Coelho?

— Como é que eu vou saber? Eu era só um cavalariço. Ainda não passo de um chefe de estrebaria.

— Mas tenho certeza de que você vê coisas, viu coisas. Não viu?

— Eu cuido da minha própria vida — Emil responde, mas solta a pá como se toda a energia tivesse se esvaído dele.

— Conte-me sobre a Toca do Coelho.

— Ouvi falar dela nos primeiros anos, mas...

— Quem se reunia lá?

— Eu não tenho ideia — ele sussurra.

— O que eles faziam lá? — Joona insiste.

— Farreavam, fumavam, bebiam... o de sempre.

— Como você sabe disso?

— Porque era o que parecia.

— Você participava das festas?

— Eu? — Emil pergunta com o queixo tremendo. — Vá pro inferno.

O cavalo percebe o nervosismo e fica agitado, batendo os cascos nas laterais do estábulo, sacudindo as rédeas contra a parede.

— Você olhou para a casa de bombas na primeira vez que mencionei a Toca do Coelho. É lá que ela fica?

— Não é mais lá — Emil diz, respirando com dificuldade.

— Mas é onde ficava?

— Sim.

— Mostre-me.

Eles saem juntos, sobem a trilha de cascalho, passam pelo apartamento do jardineiro e vão até a casa de bombas, onde deixam a estrada e partem em direção à borda da floresta.

Emil leva Joona até os alicerces de um prédio abandonado recoberto por ervas daninhas e mudas de bétula. Ele se detém, hesitante, em frente a um pequeno buraco no chão, pega algumas compridas agulhas de grama alta e começa a separá-las.

— Esta é a Toca do Coelho?

— Sim — Emil responde, piscando para afastar as lágrimas.

Raízes enormes racharam partes dos alicerces maciços, e Joona pode ver um estreito lance de escadas bloqueado por terra e pedras entre alguns arbustos espinhosos.

— Como era esse lugar?

— Eu não sei. Não sou bem-vindo aqui — Emil sussurra.

— Por que você continuou na escola todos esses anos?

— Onde mais eu poderia conviver com cavalos tão bonitos? — o homem responde, depois se vira para voltar aos estábulos.

Os alicerces cobertos de mato e ervas daninhas ficam cinquenta metros atrás do bloco residencial da pensão de Haga.

Joona coloca a bolsa na grama, pega o anuário mais antigo e folheia de novo as fotos, olhando mais atentamente cada vez que a pensão de Haga aparece.

Ele se detém em uma foto de inverno de crianças loiras com bochechas rosadas brincando de guerra de bolas de neve.

Atrás delas há um belo pavilhão azul.

Que fica precisamente aqui.

A Toca do Coelho não era uma passagem subterrânea. Não era um porão sob um prédio velho e abandonado.

Trinta anos atrás existia um belo edifício ali.

Na fotografia, as persianas do pavilhão estão fechadas. Acima das portas, em letras douradas, lê-se "*Bellando vincere*", uma espécie de lema.

Joona pisa e chuta com força a borda da fundação coberta de mato, dá alguns passos ao redor, arranca um tufo de ervas daninhas com raiz e tudo, se abaixa e pega um pedaço de madeira carbonizada. Ele vira o toco e vê que fazia parte de uma janela arqueada.

Joona volta para o prédio principal da escola e marcha direto para o gabinete do diretor, seguido de perto pela secretária.

— Ann-Marie — o diretor diz, cansado. — Você poderia, por favor, explicar ao detetive como funcionam os horários de visitas e...

— Se mentir para mim de novo, vou prender você e te arrastar até o Presídio de Kronoberg — Joona diz.

— Estou ligando para nossos advogados — o homem suspira, pegando o telefone.

Joona coloca o pedaço de madeira enegrecido em cima da mesa de trabalho do diretor. Grânulos de terra e migalhas de carvão se espalham pela superfície lustrosa.

— Conte-me sobre o prédio azul que pegou fogo.

— O Pavilhão Crusebjörn — o diretor diz em voz baixa.

— Como é que os estudantes o chamavam?

O diretor solta o telefone, passa a mão pela testa e sussurra algo para si mesmo.

— O que você disse? — Joona pergunta bruscamente.

— A Toca do Coelho.

— Suponho que o comitê gestor da escola estivesse encarregado da manutenção do pavilhão? — Joona quer saber.

— Sim — o diretor admite.

Grandes manchas de suor se espalham sob os braços de sua camisa branca.

— Mas o comitê permitiu que o pavilhão fosse usado por algum tipo de clube?

— O poder nem sempre é visível — o diretor declara, sem expressão. — O diretor e o conselho escolar nem sempre tomam as decisões.

— Quem fazia parte do clube?

— Não sei. Isso está muito acima do meu nível de competência. Eu nunca teria acesso.

— Por que pegou fogo?

— Foi um incêndio criminoso... a polícia não se envolveu, mas um aluno foi expulso.

— Me dê um nome — Joona diz, cravando nele seus frios olhos cinza.

— Não posso — o diretor diz. — O senhor não entende. Vou perder meu emprego.

— Vai valer a pena — Joona diz.

O diretor olha para baixo por alguns segundos, as mãos tremendo sobre o tampo da mesa. Por fim ele diz, calmamente:

— Oscar von Creutz... foi ele quem incendiou o pavilhão.

72

Joona passa pela entrada principal do Hospital Danderyd. A Toca do Coelho é um buraco negro, arrastando para si todo o resto em torno.

No momento, há duas pistas a seguir.

Dois nomes.

Um é membro do clube, o outro é o homem que incendiou o local.

Saga conseguiu localizar o paradeiro de Grace, e Joona pediu a Anja para ajudá-lo a encontrar Oscar.

A Escola Ludviksberg não mantinha registros de quem tinha acesso à Toca do Coelho.

A administração da escola estava acostumada a tratar com discrição os privilégios de certas famílias.

Os próprios membros eram as únicas pessoas que sabiam quem pertencia ao clube.

William Fock fazia questão de ostentar o fato de que era associado ao clube, apenas para provar a Rex o quanto ele era poderoso.

Anja está a uma curta distância, esperando Joona junto aos elevadores. Usa um vestido amarelo brilhante que se agarra a sua silhueta roliça.

Os ombros fortes revelam que Anja já foi medalhista olímpica em natação. Agora ela trabalha para a UNO e, antes de Joona ser condenado à prisão, era sua colega mais próxima.

O elevador chega com um tinido e as portas se abrem. Anja e Joona entram ao mesmo tempo, trocam um olhar e sorriem.

— Quinto andar? — Joona pergunta e aperta o botão.

— Você deveria passar mais alguns anos em Kumla — Anja murmura, semicerrando os olhos.

— Talvez.

— Mas a prisão parece ter feito bem a você. Você está mais bonito do que nunca — ela diz, abraçando-o com força.

— Senti sua falta — ele sussurra contra a cabeça dela.

— Mentiroso — ela sorri.

Eles ficam ali abraçados até as portas se abrirem no quinto andar. Anja o solta, relutante, e enxuga as lágrimas dos cantos dos olhos enquanto avançam pelo corredor.

— Como está Gustav?

— Ele vai ficar bem — ela diz, tentando fazer a voz parecer alegre.

Eles passam por uma parede de vidro que leva a um balcão de recepção vazio e uma sala de espera.

O quarto de Gustav fica mais adiante, mas antes de chegarem lá, Anja se detém.

— Vou tomar um café, acho que ele gostaria de falar com você sozinho — ela diz em voz baixa.

— Tudo bem — Joona responde.

— Seja legal com ele — ela diz, depois desaparece.

Joona bate à porta e entra. O quarto é pequeno, com paredes cor de creme e um guarda-roupa estreito de madeira clara.

No parapeito da janela há um grande buquê de flores numa jarra.

Gustav está deitado em uma cama de hospital com um cobertor sobre as pernas. Ele está ligado a um suporte de soro intravenoso. O curativo da amputação cobre todo o peito.

— Como você está? — Joona pergunta, sentando-se na cadeira ao lado da cama.

— Estou bem — Gustav diz, olhando para Joona.

Ele gesticula apontando o coto em seu ombro.

— Passo o tempo todo meio chapado, porque estão me entupindo de medicamentos, e parece que não faço outra coisa a não ser dormir — ele diz, quase conseguindo esboçar um sorriso.

— Anja trouxe as flores?

— Na verdade, são do Janus. Espero que ele não esteja com problemas, porque ele é um cara legal. É um bom líder, um bom atirador e, como você mesmo disse, não desiste nunca e não deixa passar nada em branco.

O rosto dele, geralmente afável, está contraído e pálido, seus lábios quase brancos.

— Joona, pensei muito no que ia dizer a você quando tivesse a oportunidade... e a única coisa que não me sai da cabeça é que estou com vergonha... e sinto muitíssimo. Sei que não deveria falar sobre isso, mas tenho que te dizer que a operação foi um desastre. Eu ainda não consigo entender. Perdi Sonny e Jamal. Perdi o helicóptero. Perdi Markus e...

Seus olhos brilham, ele balança a cabeça e sussurra:

— Me desculpe.

— Você não tinha como prever qual seria o andamento da operação, ninguém é capaz de fazer isso — Joona diz calmamente. — Você faz o seu melhor, mas ainda assim às vezes as coisas dão errado. Você pagou um preço alto.

— Eu tive sorte — Gustav diz. — Mas os outros...

As palavras vão sumindo aos poucos e ele fecha os olhos, parecendo imergir em pensamentos. Devagar, sua cabeça desliza em direção ao peito, e Joona percebe que está dormindo.

Quando Joona sai, Anja está do lado de fora da porta comendo pãezinhos de canela. Ele lhe entrega a bolsa contendo os anuários da Escola Ludviksberg e pede que ela verifique todos os nomes nos bancos de dados para ver se algum deles tem antecedentes criminais, está desaparecido ou morreu.

— Só vou dizer um oi pro Gustav — ela diz.

— Você descobriu alguma coisa sobre Oscar von Creutz?

— Devo receber uma resposta a qualquer momento — ela diz, oferecendo-lhe o saco de pãezinhos.

Quando Joona enfia a mão, ela a agarra e ri um pouco alto demais quando ele tenta se libertar. Nesse momento o celular dela vibra.

— Tudo bem — ela diz. — O endereço registrado de Oscar von Creutz fica na rua Österlång... e ele também tem uma casa na Riviera Francesa. É solteiro, mas está saindo com alguém, uma tal Caroline Hamilton, que na minha opinião é jovem demais para ele. Nenhum dos dois atende o telefone.

O belo edifício do século XIX se ergue bem acima das construções ao redor.

Oscar von Creutz não apareceu no trabalho o dia todo, e sua namorada Caroline não deu as caras em nenhuma de suas aulas na escola.

Joona toca a campainha do apartamento de cobertura, espera alguns segundos, depois olha pela abertura para correspondências da porta e vê envelopes caídos no chão do corredor.

Ele puxa a maçaneta e pode sentir que a porta não foi trancada com duas voltas da chave.

O sol está brilhando através do vitral junto ao poço da escada.

Joona insere na fechadura a ponta fina e em gancho de um rebite metálico, dá cutucadas cuidadosas, destravando cilindro após cilindro, depois torce e ouve o clique do mecanismo.

A porta do apartamento de Oscar von Creutz se abre, despejando cartas e folhetos de publicidade no patamar.

— Polícia! — Joona grita. — Estou entrando!

Empunhando a pistola, ele se desloca no amplo corredor, revestido de armários embutidos. Espalhados pelo chão atravancado de sapatos e botas há montes de roupas caídas dos cabides.

Um saco plástico com xampu, condicionador e sabonete caiu, e uma poça de líquido cor-de-rosa se alastrou pelo chão de pedra calcária texturizada.

Joona entra com cautela em uma sala de estar. O ar é pesado e estagnado, e uma luz amarela penetra pelas janelas e se espalha pelo chão cintilante.

A superfície da mesinha de centro fora esmagada, e minúsculos estilhaços de vidro forram o chão da sala.

As luzes estão acesas no andar de cima. Seu brilho ilumina a cortina atrás da parede de vidro.

Joona fica imóvel durante alguns segundos, depois se esgueira para o corredor que dá acesso a uma cozinha repleta de retratos de família.

No chão há pó branco e pegadas que levam a uma porta fechada.

— Polícia! — Joona grita mais uma vez.

Com um movimento vagaroso, Joona estica a mão e empurra a porta. Silêncio. Ele entrevê parte de um banheiro.

Entra rapidamente, apontando a pistola para a escuridão, o cano da arma inspecionando as paredes e os cantos.

Há batom, creme para o rosto e sombra espalhados pelo chão e na pia.

Ele vai até a banheira e vê que estava cheia de água. O nível abaixou alguns centímetros, deixando um anel de sujeira.

Sob um armarinho cuja porta espelhada está aberta há alguns frascos de comprimidos e embalagens de curativo. No espelho, Joona pode ver o reflexo do corredor atrás de si, e, quando se afasta de lado, vê que alguém arrastou a mão ao longo da parede, traçando um risco na direção da cozinha.

Ele pensa nos coelhinhos tentando chegar ao céu amarrados a uma pipa.

O chão range sob seu peso.

Joona chega à cozinha, passa por cima de um pacote de farinha rasgado e abre caminho rente à parede à direita, apontando a pistola para a sala de jantar.

No centro da ilha da cozinha há um tubo de caviar Kalix, um pouco de bacon de porcos criados ao ar livre e um saco de legumes congelados, banhados pela luz do sol.

O balcão da cozinha está atulhado de potes e caixas de cereais. Quase todos os armários da parede estão abertos.

Joona caminha até os pesados móveis da sala de jantar — uma mesa de madeira escura e dezoito cadeiras — e para em uma das cabeceiras.

Ao lado de uma xícara de café pela metade e um prato com uma fatia intocada de torrada está o jornal da manhã. As notícias sobre o assassinato de Teddy Johnson às portas da igreja de St. Johannes Kyrka ocupam toda a primeira página.

Joona sobe ao andar superior e vasculha o segundo banheiro e os dois quartos de dormir. Em um deles, encontra uma mala preenchida pela metade em cima da cama de casal desfeita. No outro, alguém deixou abertas as gavetas de cuecas e meias.

Oscar só ficou sabendo da morte de Teddy Johnson ao se sentar à mesa para tomar o café da manhã com o jornal do dia.

O assassinato o fez entrar em pânico. Ele começou a fazer as malas, jogando as roupas pelo chão, e acabou discutindo com a namorada.

Oscar ficou aterrorizado.

E achou que não havia tempo a perder.

Talvez ele e a namorada tivessem deixado tudo para trás, talvez tivessem conseguido levar algumas coisas.

A comida sobre o balcão da cozinha sugere que estavam planejando levar suprimentos, portanto não estavam a caminho da casa na França. Estavam indo para um esconderijo.

73

Quando Saga acorda, o avião está sobrevoando o lago Michigan. A três mil metros de altitude, a água tem um aspecto perfeitamente liso e cintila com um brilho metálico.

Saga limpa a boca e pensa na breve mensagem de texto que recebeu de Joona, dizendo que a Toca do Coelho era um prédio que fora destruído durante um incêndio no último ano de Rex na escola.

O incêndio não foi denunciado à polícia, mas teve uma repercussão muito incomum: Oscar von Creutz, estudante de uma família importante, fora expulso.

Joona foi à casa de Oscar, mas diz que ele aparentemente fugira em pânico.

A tripulação da cabine repete seu pedido para que os passageiros se preparem para o pouso.

Saga puxa seu livro do compartimento do assento, enfia-o na bolsa, depois se recosta e espera o avião aterrissar.

Sua viagem é custeada por um acordo entre a Polícia de Segurança e o FBI após o assassinato na Suécia do secretário de Defesa norte-americano, e está no âmbito da competência do Grupo Antiterrorismo e da cooperação jurídica internacional.

Embora não acredite que o crime tenha sido cometido por um terrorista, Saga embarcou no primeiro voo para Chicago.

Agora que Joona a convenceu de que estão tentando encontrar um assassino-relâmpago, não há tempo a perder. Está claro que o matador entrou numa fase muito ativa, em que não há períodos de calmaria nem de descanso. E o ritmo da matança só vai ficar cada vez mais acelerado.

Ele matou três pessoas e planeja matar outras sete.

Dez coelhinhos.

Saga pensa na cantiga de ninar, nas orelhas de coelho cortadas e na Toca do Coelho.

No momento, a Toca do Coelho é a única pista que eles têm.

O jovem William, que viria a se tornar ministro das Relações Exteriores da Suécia, era o presidente do clube, e Rex perdeu a namorada para ele assim que ela passou a ser membro efetivo do grupo.

Talvez Oscar von Creutz fizesse parte do clube — ou talvez tenha incendiado o pavilhão por não ter sido aceito.

Mas Grace é o único membro do clube ainda vivo, disso eles têm certeza.

Ela estava lá e conhecia os outros.

Grace é a chave do mistério, Saga pensa enquanto as rodas tocam o solo.

Ela desafivela o cinto de segurança, levanta-se e passa pelos passageiros da classe executiva. Uma das comissárias de bordo está prestes a lhe pedir que volte a se sentar, mas por fim acaba deixando a agente sair do avião à frente de todos os outros.

Após o controle de passaporte, Saga passa correndo pela esteira de bagagens, pela alfândega e sai no saguão de desembarque. Finge não ver o motorista do FBI esperando por ela.

Ela não tem tempo para conversa fiada com os agentes especiais do FBI e para fingir estar investigando um ato de terrorismo.

Saga para no free shop para comprar uma pequena lata de biscoitos Swedish Dream Cookies, depois corre para a saída.

Grace estudou na Escola Ludviksberg quando seu pai, Gus Lindstrom, fora transferido para a Embaixada dos EUA em Estocolmo, onde ocupou o cargo de adido de Defesa.

Mais tarde, ela retornou a Chicago para cursar o último ano do ensino médio, na mesma escola em que seu pai havia estudado.

Grace agora tem pouco mais de cinquenta anos, nunca se casou, não tem telefone registrado em seu nome e não é ativa nas mídias sociais. Há um ano mora numa clínica de repouso exclusiva, o Centro de Tratamento e Residencial Timberline Knolls. Saga ligou de antemão e falou com uma recepcionista e um dos diretores, e pediu que eles passassem uma mensagem para Grace, mas não obteve resposta.

Joona enviou uma fotografia de Grace, uma menina loira com dentes perfeitos, segurando um pequeno troféu. Ela usa um colar duplo de pérolas, e o fecho reluz no flash da câmera.

Saga passa correndo pela fila de táxis do aeroporto. O ar quente está impregnado do cheiro de fritura e fumaça de escapamento.

Ela atravessa a rua na direção da agência de locação de carros. Entra em um escritório gelado e aluga um Ford Mustang amarelo.

Será que Grace é apenas uma menina privilegiada que abandonou Rex para conviver com os esnobes no clube exclusivo, a filha mimada de um diplomata norte-americano que nunca foi feliz na Suécia e só queria voltar para as amigas em Chicago?

Durante seu último semestre na Escola Ludviksberg, ela foi considerada digna de entrar na Toca do Coelho, apesar da sua falta de raízes e conexões aristocráticas.

O carro de Saga serpenteia pela Reserva Florestal da Cachoeira Glen, depois diminui a velocidade e entra na estradinha de acesso à clínica Timberline, margeada de árvores, onde estaciona em frente ao prédio principal.

No ar sente-se o cheiro de floresta úmida e de grama recém-cortada.

Menos de meia hora se passou desde que ela saiu do aeroporto.

Na área da recepção, uma mulher sorri para ela de trás de um alto balcão de cerejeira com uma prateleira de reluzentes folhetos em papel cuchê.

Em inglês, Saga explica o motivo de estar ali, apresentando-se como uma velha amiga da família Lindstrom que veio da Suécia para visitar Grace.

— Vou verificar a agenda dela — a mulher sorri. — Ela tem aula de arteterapia daqui a uma hora… e depois disso uma sessão de ioga.

— Não vou tomar muito tempo — Saga assegura, enquanto preenche o formulário de registro.

— Sente-se, pedirei a alguém que venha buscar a senhorita.

Saga se senta e folheia as brochuras, nas quais lê que a clínica Timberline Knolls é um centro de reabilitação holística e espiritual para mulheres e meninas a partir de doze anos de idade.

— Senhorita? — uma voz rouca diz.

Um homem corpulento, vestindo um uniforme muito apertado de guarda de segurança, está olhando para ela. Ele respira sonoramente pelo nariz e tem gotas de suor na testa. No cinto, por baixo do ventre protuberante, estão pendurados um cassetete, um *taser* e um revólver de grosso calibre.

— Meu nome é Mark e tenho a honra de acompanhá-la ao baile da escola — ele diz.

— Ótimo — ela diz, sem sorrir.

Há moradores caminhando ao lado de familiares ou sentados em bancos na grama viçosa.

— Algum de seus pacientes é violento? — ela pergunta.

— A senhorita pode se sentir perfeitamente segura comigo — ele diz.

— Não pude deixar de notar seu revólver.

— Alguns de nossos convidados são famosos e extremamente ricos... então eu pediria que a senhorita não encarasse ninguém — ele diz, respirando com dificuldade.

— Não vou encarar.

— E se a senhorita resolver sair correndo e tentar tirar uma selfie com a Kesha, vou dar um choque de seis milhões de volts no seu rabo.

O guarda caminha cambaleando e enxuga o suor do rosto com uma toalha de papel.

— Palavras de um cara durão — Saga murmura.

— Sim, mas se você for legal comigo, eu serei legal com você.

Eles passam por uma imponente estrutura com pilares brancos e uma placa em que se lê "Academia Timberline", depois por um prédio de pedra sendo usado como estúdio de pintura.

Mark está sem fôlego quando conduz Saga a um edifício de linhas modernas. Entra com ela em uma sala de atividades com janelas de chumbo e vista para o parque, e chegam a um corredor com paredes azul-pálidas.

— Ligue para a recepção quando quiser que venham buscá-la — ele diz, bate suavemente em uma porta e, com um meneio de cabeça, faz sinal a Saga para entrar.

74

Saga entra na saleta, mobiliada com uma cama, uma cômoda e uma poltrona. No chão há algumas bolinhas de argila caídas ao lado de um vaso com uma palmeira. Uma mulher magra está sentada junto à janela e fita a vereda, cutucando a borracha de vedação cinza entre o vidro e o caixilho.

— Grace? — Saga diz com voz suave e espera a mulher se virar.
— Meu nome é Saga Bauer e vim da Suécia.
— Eu não estou bem — a mulher diz com voz fraca.
— Você gosta de biscoitos? Eu comprei alguns no aeroporto.

Grace se vira para Saga e esfrega uma das bochechas, nervosamente. Os anos deixaram sua marca no rosto dela, apagando todos os vestígios da juventude e deixando uma mulher prematuramente envelhecida.

O cabelo grisalho está preso em uma trança frouxa sobre o ombro fino, o rosto está encovado e enrugado, e um dos olhos foi substituído por uma prótese sem vida.

— Temos uma máquina de café na lanchonete — ela diz num fiapo de voz.

Elas colocam pratinhos e xícaras sobre a mesinha redonda perto dos sofás e se sentam de frente uma para a outra. Saga oferece os biscoitos e Grace agradece enquanto coloca um no seu prato.

— Há muitas pessoas de origem sueca em Chicago — Grace diz, ajeitando o cardigã cinza. — A maioria foi morar em Andersonville. Eu li que durante algum tempo havia mais suecos aqui do que em Gotemburgo. A avó do meu pai, Selma, veio de Halland... chegou em maio de 1912 e foi trabalhar como empregada doméstica.

— E vocês conseguiram manter o idioma — Saga diz, para que ela continuasse falando.

— Papai viajava muito para a Suécia... no fim, acabou como adido de Defesa em Estocolmo — Grace diz com uma pitada de orgulho.

— Adido de Defesa — Saga repete.

— Há um bocado de história e tradição... você sabia que as primeiras relações diplomáticas entre os EUA e a Suécia foram estabelecidas por Benjamin Franklin?

— Eu não sabia disso.

— Papai era muito leal ao embaixador — Grace diz, pousando a xícara.

— Você morou na Suécia?

— Eu adorava aquelas noites límpidas...

A manga do cardigã da mulher desliza para baixo quando ela gesticula em direção ao teto, e Saga vê que o braço dela está coberto de cicatrizes.

— Você estudou em uma escola nos arredores de Estocolmo.

— A melhor que havia.

Ela fica em silêncio e deixa as mãos finas caírem sobre o colo. Saga lembra que o pai de Grace permaneceu na Suécia, mesmo depois de sua filha retornar para Chicago.

— Mas você voltou para cá depois de apenas dois anos? — ela pergunta, curiosa.

Grace, assustada, olha para ela.

— Eu fiz isso? Talvez estivesse com saudades de casa...

— Mesmo que seus pais tenham ficado na Suécia?

— Papai tinha acabado de assumir seu posto.

— Mas, antes de voltar para casa, você fez parte de um clube da Escola Ludviksberg — Saga diz calmamente. — Vocês costumavam se encontrar em um pavilhão conhecido como a Toca do Coelho.

O rosto de Grace estremece.

— Era apenas um nome bobo — ela murmura.

— Mas era um clube chique... para estudantes das melhores famílias — Saga diz, hesitante.

— Agora sei do que você está falando... eu tinha um namorado que me levou para a Ordem dos Cavaleiros Crusebjörn... esse era o nome verdadeiro. Eu tinha apenas dezoito anos, uma completa idiota... uma boa menina de Chicago que costumava ir à igreja luterana sueca todos os domingos. Antes de ir para a Suécia, nunca sonhei que namoraria alguém...

A respiração da mulher torna-se estranhamente superficial, e ela fuça no bolso à procura de sua medicação. Acaba espalhando os comprimidos no chão.

— Então você sabe quem eram os membros?

— Eles eram como astros do cinema... só o fato de estar lá com eles e eles me notarem me fazia sentir como a Cinderela.

Grace pega na mão os comprimidos que Saga recolheu do chão, agradece e engole um deles.

— Qual era o nome do seu namorado?

— Na verdade, "namorado" não é a palavra certa... mas tudo aconteceu há tanto tempo — ela conclui.

— Você não parece feliz.

— Não — Grace sussurra, depois fica sentada em silêncio novamente.

— Nem todos os namorados são boas pessoas — Saga diz, tentando chamar a atenção dela.

— Quando percebi que ele havia colocado alguma coisa na minha bebida, já era tarde demais, eu me senti mal, tentei chegar à porta... lembro-me deles me encarando... a sala girava... tentei dizer que queria ir embora para casa...

Grace cobre a boca com uma das mãos.

— Eles machucaram você — Saga diz baixinho, tentando parecer calma.

Grace abaixa a mão trêmula.

— Não sei, eu estava caída no chão — ela diz em tom monótono. — Não conseguia me mexer. Eles seguraram meus braços e pernas enquanto Wille me estuprava... fiquei pensando na mamãe e no papai, e o que eu diria a eles.

— Sinto muito — Saga diz, e aperta a mão dela.

— Mas eu nunca tive coragem de dizer nada, não podia contar a ninguém que o clube inteiro fez aquilo comigo... todos eles ficaram em fila, empurrando-se uns aos outros. Eu não conseguia entender por que estavam com tanta raiva de mim; não paravam de gritar, e me deram tapas na cara.

Ela junta as migalhas de biscoito em cima da mesa.

— Me conte tudo de que você conseguir se lembrar — Saga pede.

— Eu me lembro... eu me lembro de que começou a doer muito, a doer de verdade. Algo estava errado. Eu estava gravemente ferida... mas eles continuaram, grunhindo e gemendo, beijando meu pescoço, me apalpando.

A voz da mulher fraqueja, e ela está com dificuldade para respirar.

— Eles se revezavam, e vi sangue nas mãos deles... implorei e supliquei para que chamassem uma ambulância... como eu não parava de chorar, eles me bateram no rosto com um cinzeiro e depois quebraram uma garrafa...

Ela se inclina, ofegando.

— A última coisa de que me lembro é Wille enfiando o polegar no meu olho... pensei que ia morrer. Eu deveria ter morrido, mas só desmaiei...

Ela está chorando aos soluços agora, seus ombros tremem. Saga não diz nada, apenas a abraça forte e permite que ela termine a história.

— Acordei no monte de esterco atrás dos estábulos, onde eles me largaram. O homem que cuidava dos cavalos me encontrou. Foi ele quem me levou para o hospital.

Saga continua a abraçá-la até que ela se acalme.

— Você se lembra dos nomes deles?

Grace enxuga as lágrimas do rosto e olha para as mãos.

— Teddy Johnson e... qual era o nome dele? Kent... e Lawrence. Espere — ela sussurra e balança a cabeça. — Eu sei os nomes de todos eles.

— Você disse Wille antes — Saga sugere. — Ele se tornou ministro das Relações Exteriores da Suécia.

— Sim...

— Ele era seu namorado, não era? — Saga pergunta.

— O quê? Não, o nome do meu namorado era Rex... eu estava tão apaixonada por ele.

— Rex Müller? — Saga pergunta, e sente o suor escorrer ao longo das costas.

— Foi ele quem organizou a coisa toda — Grace diz. — Ele foi o pior de todos. Foi tudo culpa dele... oh, meu Deus... ele me enganou e me convenceu a entrar na Toca do Coelho e...

Ela para de falar abruptamente, como se tivesse perdido de vez a voz. Saga olha para a frágil mulher. Ela precisa ligar para Joona o mais rápido possível.

— Rex participou do estupro? — ela pergunta.

— É claro — Grace diz, fechando os olhos.

— Você se lembra de outros nomes?

— Daqui a pouco — ela sussurra.

— Você mencionou Wille... então, William Fock, Teddy Johnson e Kent...

A porta da sala se abre subitamente, e dois homens de terno cinza-escuro entram.

— Agente especial Bauer? — um deles pergunta, mostrando um distintivo do FBI.

75

O casco azul-escuro salta através das ondas, e a água espumejante atinge violentamente o para-brisa da cabine. Uma das defensas se solta da corda e rola pelo convés molhado.

— Segure o leme — o capitão instrui Joona, saindo da cabine.

À medida que a velocidade da embarcação da guarda costeira 311 aumenta ainda mais, ela começa a planar na água.

Através do para-brisa riscado, Joona observa o capitão agarrar a defensa solta e amarrá-la com um nó. Ele cambaleia quando uma onda volumosa atinge a proa e a água jorra por cima do parapeito, mas consegue manter o equilíbrio e voltar para a cabine, onde assume novamente o leme.

O capitão prende sua longa cabeleira em uma trança. Tem tatuagens até a ponta dos dedos e usa delineador preto ao redor dos olhos. O restante da tripulação parece encantado com sua figura à la Capitão Sparrow e o chama de Jack.

— Você consegue chegar até trinta e cinco nós? — Joona pergunta.

— Se eu cravar minhas esporas nos flancos desta belezura de barco — Jack responde, com um sorriso que deixa à mostra seus dentes tortos.

Ele acelera. Um dos tripulantes bate palmas e solta um assobio.

— Jack — um homem musculoso grita. — A essa velocidade, é melhor tomar cuidado com a guarda costeira.

— Ouvi dizer que eles podem ser bem durões — o capitão responde.

— Não tão durões quanto nós! — outros gritam em coro.

Joona sorri e observa a água agitada.

Nem o celular de Oscar nem o de sua namorada Caroline estão

ativos, mas Anja encontrou a última postagem de Caroline no Instagram. Ela havia tirado uma selfie com uma expressão amuada, e na foto lia-se a legenda "hora do lazer".

Na fotografia, ela está encostada a uma pilha de paletes cinza, e atrás dela há uma placa vermelha do Departamento de Transportes com informações sobre o cais de Stavsnäs.

Anja rapidamente descobriu que o meio-irmão de Oscar é dono de uma pequena casa no arquipélago externo, não muito longe de Stavsnäs.

— Pelo que sei, é meio que uma honra te dar uma carona — o capitão diz, olhando de relance para Joona.

Os motores fazem vibrar o convés. O barco dá uma guinada brusca para desviar de um grupo de afloramentos rochosos e se vê saltando quando as ondas atingem a lateral da embarcação. A água fustiga o convés.

O capitão aponta para uma ilhota preto-acinzentada, pouco visível na escuridão.

— Bullerön não é apenas outra ilha... pertencia a Bruno Liljefors, o pintor, mas ele a vendeu ao magnata dos jornais Torsten Kreuger, e durante essa época convidados como Zarah Leander, Errol Flynn e Charlie Chaplin vinham para cá, para esta ilhota, que é praticamente só um punhado de rochas. Dá para atravessá-la em meia hora. Faz a gente ter vontade de saber o que diabos faziam aqui, não é mesmo? — Jack diz.

Quando se aproximam, o capitão diminui a velocidade.

Não há luzes na ilha. As ondas quebram nas rochas íngremes enquanto árvores retorcidas se curvam à ação do vento.

— Podemos saber o que você espera encontrar aqui? — o capitão pergunta.

— Estou procurando alguém que preciso interrogar — Joona responde.

Eles entram na marina pública. O capitão coloca o barco em marcha a ré, mas ainda assim atinge o píer com um som rascante antes de o barco parar.

— Essa pessoa... ela é perigosa? — Jack pergunta.

— Ele provavelmente está assustado — Joona responde.

— Devo ir com você?

— Traga sua pistola.

Os dois homens saltam para a praia, e Jack prende o coldre na cintura enquanto eles percorrem o trecho rochoso. Na ilha é muito mais escuro do que no mar aberto. As ondas batem em ritmo constante contra as pedras, enquanto as gaivotas emitem seus gritos lamentosos.

A casa, antes uma simples choupana de pescador, fica em uma enseada voltada para o sul, a alguma distância das outras habitações.

Em contraste com o céu noturno, a fachada a princípio parece preta, como sangue seco, mas, à medida que se aproximam, podem ver que na verdade é uma tradicional casa de madeira vermelha ampliada para se ligar a uma casa de barcos erguida sobre palafitas.

Joona se detém a fim de checar sua arma, e o vento açoita suas roupas.

A casa parece fechada com tábuas, como se estivesse se preparando para um furacão iminente. As portas e janelas haviam sido lacradas por fora.

Joona e o capitão caminham em direção à casa. Das valetas despontam tufos de grama, e o vento forte sacode os arbustos de groselha.

Ao lado da casa há algumas boias e coletes salva-vidas vermelhos amontoados. Nos fundos há uma velha moldura com ganchos enferrujados que parece uma trave de futebol.

— Não há ninguém aqui — Jack diz.

— Veremos — Joona responde em voz baixa.

Ele se pergunta se Oscar e a namorada chegaram numa embarcação particular e se a guardaram na casa de barcos como se fosse uma garagem.

A entrada de água da casa de barcos talvez seja o único acesso que não está bloqueado.

Joona desliza pelas pedras ao lado da casa de barcos, encosta o rosto nas tábuas mais baixas na parede e tenta espreitar através das frestas.

Quando seus olhos se acostumam à escuridão, ele vê água balançando.

— Não há barco nenhum — Joona declara, e começa a subir de volta.

Ele passa por um galpão de lenha repleto de pilhas de troncos de bétula, vê o machado enfiado no cepo e algumas lascas de madeira espalhadas no chão ao lado.

Para junto a um barracão de ferramentas de madeira entalhado com ornatos. Há serragem nas frestas. Joona faz um gesto para Jack ficar parado, aproxima-se cautelosamente do galpão e entra.

As paredes são forradas por ferramentas penduradas, ordenadas com esmero, e no centro do galpão, ao lado de um cavalete de serrote, há uma bancada com uma serra manual.

— Acho que eles estão aqui — Joona diz, pegando um pé de cabra da parede.

— Onde? — Jack pergunta.

— Na casa — Joona responde.

— Não parece.

— Ele pregou as portas e janelas recentemente.

— O que te faz achar isso?

— Porque faz alguns dias que o vento está soprando do oeste... Oscar serrou as madeiras aqui dentro, depois as levou para a casa... a maior parte da serragem voou, mas não a das peças que estavam protegidas do vento oeste, aqui nestas fendas.

— Tudo bem — Jack diz. — Você está certo, não haveria serragem nenhuma lá se o vento tivesse mudado... mas em todas as entradas há tábuas pregadas pelo lado de fora. Ninguém poderia estar dentro da casa, a menos que tivesse sido ajudado por alguém aqui deste lado.

Eles voltam para a casa para dar outra olhada. Há um pouco de serragem numa teia de aranha abaixo de uma das janelas lacradas. Joona puxa a tábua, depois segue adiante e dobra a esquina. Ele se detém na frente da porta da cozinha e vê que ela se abre para dentro.

A prancha fixada com pregos sobre a porta é puramente um enfeite.

Ele abaixa a maçaneta e tenta abrir a porta.

Ela fora pregada por dentro.

Oscar e Caroline colocaram a prancha do outro lado da porta para dar a impressão de que a casa estava lacrada, depois entraram e a bloquearam por dentro.

Joona volta para a frente da casa, pega uma alavanca no galpão de ferramentas e caminha até a entrada principal.

76

Os pregos de dez centímetros rangem quando Joona tenta arrombar a porta da frente. Ele enfia a ponta do pé de cabra perto da fechadura e empurra, e o caixilho se estilhaça quando a tranca se solta.

Joona abre a porta com violência e espia pelo corredor escuro.

— Polícia! — ele grita alto. — Estamos entrando na casa!

Suas palavras são engolidas pela escuridão e pelo silêncio. O vento sopra através do telhado, fazendo o cata-vento chiar.

A respiração de Jack se acelera, e ele olha em volta, ansioso, sussurrando consigo mesmo. Joona saca a pistola e se move cautelosamente corredor adentro. Caída sobre o tapete há uma pequena boneca cujas pernas estão abertas num ângulo bizarro. Alguém rabiscou o rosto dela com uma caneta.

Há capas de chuva penduradas em ganchos acima de uma sapateira cheia de botas de cano alto e tamancos de madeira.

Joona abre a caixa de fusíveis ao lado da porta da frente e vê que a fonte de alimentação principal fora desligada.

— Não tem ninguém aqui — Jack sussurra novamente.

Eles entram em uma pequena sala de estar com uma televisão e um velho sofá de couro. O ar está perfeitamente imóvel e cheira a madeira seca e poeira.

— Polícia! — Joona anuncia mais uma vez. — Precisamos falar com você, Oscar!

Ele entra em um quarto de dormir. A cama do beliche superior está arrumada. As tábuas largas do chão rangem sob o peso dele. Há uma tela encostada na parede, o plugue da lâmpada padrão fora tirado da tomada, e no beliche de baixo há um desenho infantil, danificado pela água, mostrando uma menina alegre de mão dada com um esqueleto.

* * *

Jack entra no segundo quarto de dormir e ouve um breve farfalhar. Quase não há luz. As cortinas estão abaixadas e o espaço entre elas foi fechado com três prendedores de roupa.

Alguém está deitado na cama de casal. As cobertas estão puxadas e há marcas de sangue seco em um travesseiro.

Quando Jack abre o guarda-roupa, o móvel oscila por causa do piso irregular. Dentro há apenas duas camisetas claras e um biquíni azul.

Ele ouve um rangido atrás de si e gira o corpo, tentando puxar a pistola do coldre.

Jack dá um passo para o lado, mas não consegue ver nada no canto escuro atrás da cama. Com as mãos trêmulas, empunha a pistola e se aproxima mais — consegue vislumbrar uma silhueta, do tamanho da cabeça de uma criança, embaixo da cama.

Ele ouve de novo o barulho e percebe que deve estar vindo do telhado, provavelmente uma gaivota deslizando pelas telhas.

Continua andando em direção ao canto escuro e se inclina. Sua trança cai por cima do ombro quando ele descobre que é uma bola de plástico murcha com um logotipo amarelo do Pokémon.

Joona espia no banheiro. Em cima da máquina de lavar há um pacote úmido de detergente em pó e um cestinho cheio de prendedores de roupa. Joona entra e abre a porta do boxe, manchada por uma crosta de limo. Encontra apenas um balde e um esfregão de cabo vermelho.

Joona sai do banheiro e encontra Jack na passagem que leva à cozinha, o último cômodo da casa.

Eles se entreolham e assentem.

Jack estende o braço para abrir a porta fechada e dá um passo para trás quando Joona entra empunhando a pistola.

Não há ninguém.

Joona contorna rapidamente o balcão alto de café da manhã com seus quatro bancos sem encosto, aponta a pistola para a geladeira e depois a abaixa.

A janela está tapada por dentro com papelão, mas a luz fraca que consegue entrar permite que ele veja fileiras de latas empilhadas sobre o balcão.

Joona se detém na frente da porta da cozinha.

Ela fora lacrada com tábuas pregadas por dentro.

Foi por ali que eles entraram, exatamente como Joona havia pensado.

À sua frente há um par de portas trançadas e dobráveis de madeira que levam à casa de barcos. Parecem grandes persianas e vão do chão ao teto.

Joona coloca a mão no velho fogão a lenha que fica ao lado do moderno fogão elétrico.

Está frio.

Num canto há uma pá e uma vassoura, contendo cacos de uma tigela e alguns doces.

Joona se agacha e inspeciona manchas de sangue em uma perna da mesa da cozinha, depois vê um rastro de sangue que atravessa o piso em direção à casa de barcos.

Ele levanta a pistola, vai até as portas dobráveis e tenta abrir uma, mas ela emperra depois de se deslocar alguns centímetros.

Ele puxa com força, mas a porta está presa.

De repente, julga ter visto um clarão branco na casa de barcos. Inclina-se para a fresta entre a porta e o caixilho e espreita. Através da minúscula abertura, parece que essa parte da casa de barcos é usada como sala de jantar. Ele consegue distinguir uma mesa comprida e estreita e os encostos das cadeiras de um dos lados.

Joona tenta mais uma vez abrir a porta, mas para quando ouve ruídos do lado de dentro.

Em seguida, tudo fica em silêncio novamente.

Ele espera alguns segundos e depois enfia um braço na abertura, até o ombro.

Não consegue mais ver dentro da sala, mas começa a tatear do outro lado da porta para descobrir o que a está bloqueando.

Joona ouve novamente o som de pancadas surdas vindo da casa de barcos.

Com a mão livre, ele pressiona o cano da pistola na porta enquanto continua tateando às cegas o espaço do outro lado.

— O que está acontecendo? — Jack sussurra.

Joona dobra um dos joelhos e encontra um grosso parafuso atarraxado perto do chão. Com cuidado, ele o desenrosca com a ponta dos dedos.

O parafuso se solta com um suave ruído surdo, e a fresta se abre um pouco mais.

Ele rapidamente puxa o braço para trás, recua e aponta em direção à abertura na altura do peito.

O barulho de batidas parou.

Ele abre a porta e esquadrinha a escuridão.

Em silêncio, ele se move de lado, com a arma em riste, tentando entender os contornos que consegue distinguir.

De súbito, percebe que há alguém no meio da sala.

Um rosto, não mais que um metro acima do chão.

Instintivamente, Joona se apoia sobre um joelho, identifica num átimo uma linha de tiro e coloca o dedo no gatilho.

À luz fraca da janela voltada para o oeste, ele pode ver que é uma mulher jovem amarrada a uma cadeira.

O cabelo loiro dela está embaraçado e sua boca está tapada com fita adesiva.

Ela olha para ele e começa a se sacudir violentamente, fazendo as pernas da cadeira baterem no chão de forma ritmada.

— Caroline? — Joona diz.

77

Com os olhos arregalados, a mulher amarrada encara Joona. Está suja de sangue seco debaixo do nariz, seus braços e tornozelos presos com fita adesiva.

— Caroline? — Joona repete. — Não tenha medo. Sou policial e estou aqui para ajudar você.

Atrás dela há uma mesa de jantar com latas abertas contendo colheres, biscoitos e um recipiente grande cheio de água.

— Que diabos é isso? — Jack sussurra.

A casa de barcos não tem isolamento térmico, e uma corrente de ar gelado penetra através das frestas no piso. Uma janela coberta por uma cortina de renda transparente deixa entrar uma réstia de luz, e eles veem uma roldana e um gancho de elevação suspensos no teto. Há cordas e luminárias de latão penduradas numa viga. Encostado a uma parede há um baú e, no extremo oposto, veem-se portas envernizadas de um grande armário de apetrechos de pesca.

Aterrorizada, a mulher sacode a cabeça, e lágrimas começam a escorrer por seu rosto.

— Não tenha medo — Joona diz. — Sou policial.

Ele coloca a pistola de volta no coldre e caminha lentamente pelo assoalho que range. O vento sopra com força, empurrando a janela de folha única. Joona se vira e olha de novo para a porta da cozinha, deixando seus olhos se demorarem nas sombras imóveis antes de se fixarem na mulher.

Com cuidado, ele remove a fita do rosto dela. Ela tosse e flexiona o maxilar várias vezes antes de levantar a cabeça e encará-lo nos olhos.

— Eu vou te matar — ela diz, baixinho.

O mar se agita embaixo deles, e as pernas da cadeira arranham o assoalho quando a mulher se contorce no esforço para se libertar.

— O Oscar acha que você vai me estuprar, mas eu não acho.
— Ninguém vai estuprar você, nós somos policiais.
— Você não parece policial.
— Onde está Oscar?
— Não tenho nada a ver com isso — ela sussurra com um olhar desesperado. — Eu nem conheço o Oscar. Eu só quero ir para casa. Não dou a mínima para o que você vai fazer com ele.

O chão range estranhamente sob os pés deles, e a colher em uma lata de ravióli começa a tilintar com as vibrações.

— Me diga onde ele está — Joona repete calmamente.
— Ali — ela responde, acenando com a cabeça por cima do ombro na direção das portas envernizadas.

Ouve-se um estranho ruído de tique-taque, e Joona vê uma pequena luz branca bruxulear no armário embutido; parece a tela de um telefone celular reluzindo, só que mais rápido.

— Ele está armado? — Joona pergunta.
— Eu não sei, mas acho que não — ela responde.

Joona se move em direção às portas fechadas.

A sala inteira está rangendo, como uma corda esticada.

Joona segura a pistola apontada para o armário, olha de novo para a cozinha e dá alguns passos para ter uma visão melhor de toda a casa de barcos.

O assoalho range.

Mirando diretamente as portas, Joona olha de relance para a mulher amarrada, a roldana vazia pendurada no teto e para Jack, que se desloca pela lateral da mesa de jantar.

Há um som de raspagem sob a casa de barcos, como madeira sendo arrastada contra a superfície de madeira. Uma lufada de ar levanta do chão um tufo de cabelo loiro.

Jack dá um passo à frente e, para passar, afasta o gancho na ponta da corrente embaixo da roldana.

— Estou me aproximando — Joona diz em direção ao armário.
— Posso te perguntar, por favor...

Há um violento estrondo no momento em que dois enormes alçapões se escancaram sob os pés de Jack. As portas se abrem abruptamente, batem com força na parede abaixo e quicam de novo para cima a uma curta distância.

Jack cai buraco adentro, mas se mantém agarrado à corrente que percorre de ponta a ponta o bloco de madeira.

O gancho voa para cima e trava, encaixando-se na roldana.

A queda de Jack é abruptamente interrompida, e ele urra de dor no instante em que seu ombro sai do lugar.

Mesas e cadeiras caem e batem na água escura abaixo dele.

Jack está balançando precariamente, mas consegue se segurar.

A porta do armário se abre e Joona vê Oscar sair correndo com um coquetel molotov na mão: uma garrafa de vidro e um trapo em chamas enfiado no gargalo.

Oscar arremessa a garrafa contra Joona, mas ela bate em uma roldana velha pendurada no teto. O vidro se despedaça com um estrondo, e a gasolina queimando respinga na mulher amarrada na cadeira.

Ela pega fogo instantaneamente; Joona corre e dá um pontapé no peito dela. A mulher tomba para trás, a cadeira bate na borda da larga abertura no chão e cai na água.

Oscar grita alguma coisa e tenta acender outra bomba de gasolina, mas o isqueiro não acende.

Joona conta os segundos enquanto atravessa a estreita faixa onde estão fixadas as dobradiças da porta esquerda do alçapão.

A mulher afunda na água negra, seu cabelo ondulando ao redor.

A jaqueta de Joona se engancha em alguma coisa e, na tentativa de se desvencilhar, ele quase perde o equilíbrio, depois estende um dos braços e se agarra à cortina.

— Me deixe em paz, porra! — Oscar grita.

O isqueiro acende novamente assim que Joona chega ao outro lado do alçapão e, com um golpe de braço, atinge Oscar na lateral do pescoço, o que faz com que sua cabeça se dobre para trás com um solavanco e seus óculos voem para longe.

Os dois se chocam contra a parede, e Joona acerta uma joelhada nas costelas de Oscar, puxa-o de lado, depois torce o próprio corpo na direção oposta e faz o outro virar, agarrando o quadril dele.

Oscar desaba no chão com um gemido, abre os olhos e fita o teto, aturdido.

A garrafa sai rolando pela borda e mergulha na água.

Enquanto arrasta o homem para longe do armário, Joona sabe que o tempo está acabando.

— Não, não, não — Oscar choraminga, tentando agarrar-se ao chão.

Uma lâmpada tomba, espalhando cacos de vidro pelo chão. Joona carrega Oscar atrás dele, algema um dos pulsos do homem e prende a outra argola da algema numa viga na parede.

— Não me mate — Oscar suspira. — Por favor, escute, eu pago...

Joona corre para o buraco no chão e pula dentro. Mergulha na água fria. Sente um rugido nos ouvidos quando bolhas o cercam como a cauda de um cometa.

Seus pés bateram numa das cadeiras e diminuíram a velocidade da descida.

Ele rodopia na água, impele as pernas e nada na escuridão.

Não consegue enxergar nada, mas sabe que precisa passar pelos destroços flutuantes.

Com um dos braços, ele tenta empurrar para longe a pesada mesa de jantar, depois desliza ao longo da lateral da mesa e chega ao fundo.

Suas roupas pesadas dificultam seus movimentos enquanto ele procura a mulher em meio às pedras ásperas no fundo do mar.

Ele vai mais para baixo, remexendo nos restos apodrecidos de um velho barco a remo.

Joona pisca na água escura e sente o frio atingir seus olhos.

Ele vai mais para o fundo.

Suas mãos deslizam através de colônias de cracas em um dos pilares da casa de barcos. De repente, uma luz oscilante se espalha na água.

Jack está segurando um lampião acima da superfície.

Através dos escombros e bolhas, Joona avista a mulher. Ela deslizou pelo declive do rochedo em direção a águas mais profundas e está deitada de lado, ainda amarrada à cadeira.

Ele impele as pernas e nada em sua direção.

A mulher olha fixo para ele, seus lábios brancos firmemente cerrados na tentativa de prender a respiração.

Joona agarra a cadeira e começa a puxá-la, tentando firmar um dos pés na pedra para ganhar mais impulso, mas a mulher está entalada nas outras cadeiras que se amontoaram ao redor da base do pilar.

Ele saca a faca e rapidamente corta a fita ao redor dos tornozelos da mulher e começa a arrancá-la. Entrando em pânico, a mulher dá pontapés e já não é mais capaz de resistir à ânsia de respirar.

Assim que ela inspira água para dentro dos pulmões, a dor é instantânea. Seu corpo dá um solavanco para trás, como se ela tivesse sido atingida por uma violenta pancada; ela tenta tossir, mas só consegue mandar mais água para os pulmões, e começa a ser tomada por cãibras e convulsões.

Joona corta a fita dos pulsos e da cintura da mulher, trabalhando rapidamente quando ela começa a ter espasmos e o sangue sai aos jorros da sua boca e nariz. Joona solta a faca, tira a mulher da cadeira, pega impulso com as pernas e nada para cima.

Desviando dos móveis à deriva na correnteza, ele toma impulso uma última vez e consegue colocar o rosto dela acima da superfície.

A mulher tosse e vomita água, enfia um pouco de ar nos pulmões e tosse novamente.

Jack ilumina com o lampião a óleo o buraco no chão.

— A ambulância aérea está a caminho — ele diz em voz alta.

Com um braço em volta da cintura da mulher, Joona sobe a escadinha e a levanta acima da borda. Ela se arrasta, apoiada sobre os joelhos, tossindo e ofegando, soluça e depois tosse de novo, cuspindo sangue, e em seguida eles ouvem o ruído do helicóptero se aproximando.

— Podem levá-la, podem ficar com ela — Oscar choraminga para si mesmo. — Para nós já era. Eu vou ficar aqui. Não vou dizer nada, prometo. Eu não vi nenhum de vocês.

Joona ajuda a guiar a jovem pela casa às escuras e pela encosta rochosa atrás da casa enquanto o helicóptero começa a descer. Jack os segue, segurando o braço ferido com a outra mão enquanto suas roupas esvoaçam ao redor do corpo. O delineador deixou riscas negras em seu rosto.

78

Assim que o helicóptero desaparece ao longe sobre as águas, levando Jack e Caroline, Joona volta para a casa, pega uma toalha no banheiro e retorna à casa de barcos.

Oscar von Creutz está sentado de costas para a parede. Quando vê Joona de volta, para de roer a unha do polegar e tenta se arrastar para longe.

Joona se aproxima e olha para o mecanismo de alçapões e roldanas vazias no telhado.

As cordas passam entre as polias, de forma que seja possível remover delicadamente a barra transversal abaixo do piso, fazendo cair os dois alçapões e permitindo o acesso ao barco.

— Por favor, não faça isso, você não precisa fazer isso — o homem implora, tentando em vão arrancar a mão da algema.

— Meu nome é Joona Linna. Sou detetive da Unidade Nacional de Operações da Suécia.

— Sério? — ele murmura, confuso.

— Sim.

— Eu não entendo — ele diz, e morde a unha novamente. — Isso é doentio. O que você quer, porra? O que você está fazendo aqui?

Joona caminha pela borda do alçapão escancarado, passa ao lado do buraco por onde caiu na água, para na frente do homem trêmulo e espera até que seus olhares se encontrem.

— Você é suspeito de sequestro, tentativa de assassinato e lesão corporal grave — ele diz calmamente.

— Isso é besteira. Eu tenho o direito de me defender — Oscar assobia e olha novamente para o chão. — Que porra você quer comigo? Eu não estou entendendo...

Ele para de falar e durante algum tempo permanece com a mão livre sobre o rosto, respirando com dificuldade.

— Conte-me sobre a Toca do Coelho — Joona diz.
— Primeiro quero falar com um advogado.
— Tudo o que aconteceu naquela época já prescreveu, isso está previsto no código penal.
— Ah, é? Não é o que parece — Oscar diz.
— Talvez não — Joona diz em tom sombrio.
— Eu preciso de proteção.
— Por quê? — Joona pergunta, pegando os óculos de Oscar que caíram no chão.
— Alguém está caçando a gente, matando a gente, um por um, feito coelhos.
— Você ouviu a cantiga infantil?
— Eu já falei tudo isso?
— Não.
— Eu não sou paranoico. Eu posso te contar tudo. Eu sei quem é... juro, é um estudante da Ludviksberg. Ele odeia a gente. Ele é como um demônio, esperou trinta anos para começar a agir.
— Quem?
— Se você é realmente um policial, precisa deter esse cara.
— Me dê um nome — Joona diz, entregando-lhe os óculos.
— Você não acredita em mim, acredita?
— Não.
— Eu posso provar tudo — Oscar diz, colocando os óculos de volta. — Faz sentido se você souber quem nós éramos... um grupinho que mandava naquela escola. Éramos como deuses. Você perguntou sobre a Toca do Coelho... era um pavilhão que pertencia à Ordem dos Cavaleiros Crusebjörn, que remonta à corte de Frederico I, blá-blá-blá. Nós sabíamos de tudo isso, mas na verdade não dávamos a mínima, era apenas um dos mil pequenos privilégios que vinham junto com o nosso status. A gente ia à Toca do Coelho para se embebedar e dormir com as meninas mais bonitas da escola.

Oscar abre um sorriso sardônico para si mesmo e limpa o lábio superior antes de continuar.

— Lá dentro era um mundo diferente. A gente costumava assistir a filmes pornô, e trocamos um retrato do príncipe Eugênio por um pôster da esquadrilha de caças da Otan porque eles tinham como logo um coelho da Playboy.

— Mas você pôs fogo no pavilhão — Joona diz com voz suave.

Oscar morde a unha do polegar e olha para o nada.

— Você diz que alguém está te caçando e quer te matar — Joona continua. — Isso tem algo a ver com o incêndio?

— O incêndio? — Oscar diz, como se tivesse acabado de acordar de um transe.

— Sim.

— Isso é totalmente real — ele diz, esfregando o rosto com a mão livre. — As pessoas estão morrendo, não é apenas a minha imaginação...

— Estou indo embora agora — Joona diz.

— Por favor, espere... estou apenas tentando explicar tudo para que você acredite em mim quando eu te der o nome — ele diz, ansioso. — Na nossa classe havia um cara, o nome dele era Rex. A gente achava que ele era um fracassado total, um zero à esquerda, mas ele estava sempre por perto, querendo fazer parte do nosso grupo, pegando cerveja para nós, fazendo nossa lição de casa... tenho uma lembrança muito clara de um dia chuvoso de verão em que estávamos fumando atrás do prédio principal — havia uma escadinha de tijolos que a gente usava pra descer — e o Rex estava por perto e disse que estava saindo com uma garota chamada Grace. O Wille sabia quem ela era e pareceu ter ficado interessado, ele quis saber mais, e instigou o Rex a se gabar de fazer sexo com ela no descampado atrás da escola. Foi tudo meio patético, mas o Wille gostava de provocá-lo. Então, poucas horas depois ele já estava conversando com a Grace e dizendo a ela que o Rex havia entrado para o clube e que ela também poderia se tornar membro, já que os dois estavam juntos. Eu realmente não sei o que ele disse, mas a ideia era que o Rex tinha organizado uma festa secreta para ela naquela noite. A maioria dos estudantes não tinha permissão para sair depois das oito horas, mas o jardineiro costumava nos ajudar, ele destrancou o internato e levou Grace até a Toca do Coelho.

Uma fria lufada de vento noturno sobe através do buraco do alçapão. As portas batem contra as paredes na borda.

— Penso nisso todos os dias — Oscar sussurra. — O fato de que... que ela fez um esforço para ficar bonita e estava ridiculamente feliz com tudo, corando e falando sobre o Rex, pensando que o namorado estava prestes a chegar, mas a verdade é que ele estava trancado nos estábulos.

A boca fina de Oscar se estica numa expressão que supostamente deveria ser um sorriso, mas seus olhos estão sombrios.

— O Wille prendeu o Rex e disse que a Grace era dele agora, que era assim que as coisas aconteciam.

Ele balança lentamente a cabeça. O vento varre o telhado do prédio e faz vibrar o vidro das janelas.

— Continue.

— Acho que não quero dizer mais nada — ele sussurra.

— Quantos anos você tinha quando isso aconteceu?

— Dezenove — ele responde.

— Então você não pode culpar ninguém — Joona diz.

— Não estou culpando, mas o Wille gostava de humilhar as pessoas — Oscar continua em voz baixa. — Ele gostava de deixar as pessoas sem graça, fazê-las se contorcer de vergonha, mas isto, o que aconteceu quando a Grace percebeu que tinha sido drogada... o inferno que ele desencadeou, as coisas que ele obrigou a gente a fazer... estávamos bêbados, nem quero pensar em quem fez o quê. Alguns de nós estavam gritando, outros se comportaram como animais. Eu me recusei, mas todo mundo foi obrigado a fazer aquilo, queriam que todos participassem, então colocaram em mim uma espécie de coroa feita de orelhas de coelho e eu fiz. Não sei como, mas consegui; no fim das contas a maldade estava lá dentro de mim. Porra, eu estava morrendo de medo, mas consegui... eles obrigaram até mesmo o maldito jardineiro a fazer aquilo com ela, só depois é que ele a carregou no colo e a tirou de lá.

— Absalon Ratjen?

Ele faz que sim com a cabeça, depois permanece sentado imóvel, com o olhar fitando o nada por algum tempo antes de continuar.

— Depois, quando soltamos o Rex e o deixamos sair dos estábulos, o Wille disse a ele que tinha transado com a Grace. Ele inventou uma porção de mentiras sobre o que os dois haviam feito e o quanto ela tinha gostado. Eu me senti apenas entorpecido. Eu estava vazio, minha alma havia sido sugada e meu único pensamento era ir para longe da escola, e saí andando. Mas quando cheguei à piscina, logo antes da ponte, decidi voltar e atear fogo no pavilhão.

— Você foi expulso.

— Não estou te contando isso para obter algum tipo de perdão. O que eu fiz foi errado. Sei disso, mas não quero morrer. Jesus Cristo, tudo que quero é que você acredite em mim quando digo que quem está nos caçando é Rex Müller.

— Você parece ter convicção disso.

— Eu tenho.

— Mas poucos minutos atrás você não pensou que eu era o assassino? — Joona diz.

— O Rex tem dinheiro. Ele não precisa sujar as próprias mãos, a menos que queira.

— Você tem certeza de que o Rex estava trancado enquanto o estupro acontecia?

— Eu mesmo ajudei a prender o Rex lá... e ajudei a soltá-lo depois — ele responde vagarosamente.

Joona tira do bolso interno da jaqueta o celular úmido, olha para a tela em branco e percebe que o aparelho está arruinado.

Os dezenove minutos de sofrimento das vítimas devem corresponder ao tempo de duração do estupro.

Rex estava trancado dentro dos estábulos. Todos os outros rapazes participaram, mas havia alguém além de Grace na Toca do Coelho.

— Você disse que todos tomaram parte — Joona diz.

— Sim.

— Mas isso não é a verdade completa, é?

— Não é? — Oscar murmura.

— Havia uma testemunha?

— Não.

— Quem viu vocês?

— Ninguém.

— Preciso dos nomes de todos que estavam na Toca do Coelho — Joona diz.

— Não vai saber por mim — Oscar diz.

— Preciso tomar providências para garantir que eles obtenham proteção.

— Mas eu não quero que eles obtenham proteção — Oscar responde, encarando Joona com um olhar vazio.

79

Valéria caminha em direção às estufas. Está frio, e ela aperta o surrado cardigã com mais força em volta do corpo. Está pensando em pedir à Micke para ajudá-la com a estrutura do novo politúnel. Ela adora a estufa: o ar fresco, as prateleiras de mudas, as fileiras de plantas e árvores.

Mas hoje há uma sensação de vazio em seu peito.

Ela sabe que tem que transferir as mudas para os vasos, porém não consegue se entusiasmar para isso.

Fecha a porta de vidro atrás de si, tira alguns baldes do caminho, senta-se no banquinho de metal e olha fixamente para o nada. Quando Micke abre a porta, ela tem um sobressalto e se levanta.

— Oi, mãe — ele diz, mostrando uma garrafa de champanhe embrulhada em uma sacola de presente.

— Não deu certo — ela diz em tom amargo.

— O que não deu certo?

Ela se vira e começa a arrancar as folhas mortas de uma cravina, apenas para manter as mãos ocupadas.

— Ele leva um tipo de vida diferente — ela diz.

— Mas eu pensei...

Ele se cala, e ela se vira para olhá-lo novamente com um suspiro. Ainda a surpreende que ele já seja adulto. O tempo congelou quando ela ficou trancafiada no presídio, e, em sua cabeça, de alguma forma seus filhos permaneceram com cinco e sete anos de idade. Eles serão para sempre dois menininhos de pijama que adoram quando ela corre atrás deles e lhes faz cócegas.

— Mãe... ele parece fazer a senhora feliz.

— Ele nunca vai deixar de ser um policial.

— Isso não tem importância, tem? — Micke diz. — Quero dizer, na verdade a senhora não está em posição de ditar como as pessoas devem viver a própria vida...

— Você não entende... enquanto ele estava na prisão, não precisava me envergonhar daquilo que me tornei.

— Ele fez a senhora sentir vergonha?

Ela assente, mas de repente não tem certeza se é verdade. Um calafrio desagradável floresce em seu peito.

— O que exatamente aconteceu, mãe? — Micke pergunta, pousando com cuidado a garrafa de champanhe no chão.

Sussurrando, Valéria diz que talvez devesse ligar e conversar com ele. Ela sai da estufa enxugando as lágrimas do rosto e tenta manter a calma, mas ainda assim percebe que está apressando o passo. Descalça as botas no corredor e corre para seu quarto, pega o telefone e liga para Joona.

A chamada cai na caixa postal. Ela ouve o bipe curto e respira fundo.

— Preciso que um policial venha me prender por ser tão estúpida — ela diz, e encerra a ligação.

Um soluço irrompe em sua garganta e seus olhos se enchem de lágrimas. Ela se senta na cama e cobre o rosto com as mãos.

80

O Caçador de Coelhos deixa o carro em uma trilha no meio da floresta, joga a bolsa por cima do ombro e caminha até a marina de visitantes em Malma Kvarn, onde seleciona um modelo mais antigo de lancha, uma Silver Fox, com um motor potente. Sobe a bordo, abre a tampa da ignição, conecta o cabo do motor de partida ao da bateria e imediatamente ouve um estrondo surdo.

A trinta metros, uma família está descarregando um barco a vela. As crianças mais novas estão de pé no píer, usam coletes salva-vidas vermelhos e parecem muito cansadas.

Nuvens deslizam pelo céu.

O Caçador de Coelhos solta as amarras, e a lancha parte baía afora.

O vento está forte em alto-mar, e ele precisa tomar cuidado enquanto manobra em meio às ondas maiores. O rádio crepita quando ele tenta encontrar a frequência certa e ouve fragmentos de uma conversa da guarda costeira sobre uma operação de resgate.

O Caçador de Coelhos segue em direção a Munkön, a fim de atravessar o arquipélago externo para chegar a Bullerön.

Uma onda atinge o para-brisa, e a água escorre pelo vidro no momento em que ele consegue captar a mensagem da guarda costeira pelo rádio.

Parece ter havido algum tipo de acidente.

A ambulância aérea chegou ao Hospital Södermalm.

O casco de alumínio estremece cada vez que a proa atinge as ondas, e em seguida ele ouve que a polícia prendeu um homem em Bullerön e o colocou a bordo do navio de guarda costeira 311.

Para ouvir melhor, o Caçador de Coelhos separa os cabos, desligando o motor.

O homem foi preso por tentativa de assassinato e sequestro e está sendo levado para o Presídio de Kronoberg, em Estocolmo.

É Oscar, eles o pegaram.

O Caçador de Coelhos pensa em um coelho cinza correndo e mudando de direção, suas patas levantando uma nuvem de poeira.

Ele se acocora no convés e cobre os ouvidos com as mãos.

Oscar enriqueceu com o dinheiro dos fundos de hedge e as contas de aposentadoria de outras pessoas — e, há muitos anos, junto com os amigos, estuprou uma garota. Deu chutes nela, colocou uma gravata--borboleta e amarrou na cabeça um par de orelhas de coelho branco e depois a violentou uma segunda vez, com uma garrafa.

A lancha enfrenta as violentas ondas, e o Caçador de Coelhos tem que se agarrar para não cair.

Ele não consegue entender de que modo a polícia conseguiu rastrear Oscar tão depressa. Simplesmente não é possível.

Oscar está fugindo, como um coelho que desaparece como uma flecha em sua toca.

Ele estava tão convicto de que sua missão seria bem-sucedida.

Era como perseguir um coelho com mixomatose, a doença que os cobre de feridas ao redor do focinho e dos olhos, os cega e os deixa tão fracos que, no final, dá para matá-los simplesmente pisoteando-os.

Ele não quer pensar nisso, mas seu cérebro evoca imagens de si mesmo, ainda menino, lavando com uma mangueira a bancada do matadouro e o chão de ladrilhos — o sangue e as vísceras rodopiando ralo adentro.

Há um súbito estrondo e ele cai de lado, levanta-se e percebe que a lancha bateu contra algumas pedras. Uma onda enorme cobre de espuma o parapeito da embarcação, e, antes de recuperar o equilíbrio, o Caçador de Coelhos bate a cabeça na estrutura de aço do para-brisa.

Ele fuça novamente nos cabos, que soltam uma faísca. Faz isso mais uma vez, e na segunda tentativa o motor volta à vida.

A lancha dá uma guinada. A água espirra em torno das pernas do Caçador de Coelhos, e o casco se inclina contra as rochas, soltando flocos de tinta azul-escura.

Ele engata a marcha a ré e a lancha flutua, relutante, para trás. As pedras riscam um sulco prateado ao longo da pintura na lateral, e depois a embarcação encalha outra vez. O Caçador de Coelhos solta um grito tão forte que sua voz falha.

A onda seguinte espanca a lancha e a empurra para a frente com um guincho metálico, e a espuma branca enche o ar. No momento em que a água retorna na direção oposta, ele aciona o motor e desencalha a lancha. Deslizando para trás, vira a lancha e manobra novamente rumo a Värmdö.

No dia seguinte, vai esperar do lado de fora da sede da polícia até a conclusão da audiência de custódia. Se Oscar for posto em liberdade sob fiança, tentará fugir do país, de carro ou de barco. Mas tudo ficará muito mais complicado se ele for mantido preso sob custódia até a data em que terá que comparecer ao tribunal.

81

O FBI de Chicago está sediado em um complexo de vidro cintilante numa parte enfadonha da cidade.

Saga está sentada com o comissário Lowe em uma sala de reuniões cujo tapete azul e amarelo cobre o piso de parede a parede.

Saga pediu desculpas e explicou que não viu ninguém esperando por ela no aeroporto, e por isso supôs que se encontrariam após sua visita ao centro de tratamento.

Desde sua ida à clínica de reabilitação, Saga ligou para Joona mais de dez vezes, mas o celular dele está desligado.

Agora já anoiteceu, e o escritório está quase vazio. Uma detetive de Washington entra na sala de reuniões e coloca a bolsa sobre a mesa. É uma mulher baixinha, de olhos pretos e cabelo entrançado, com um profundo vinco na testa.

— Agente especial López — ela diz em inglês, sem o menor indício de sorriso.

— Saga Bauer.

Apertam-se as mãos, e López desabotoa a jaqueta.

— Nosso secretário de Defesa em exercício foi assassinado na Suécia porque você e seus colegas fizeram um trabalho horroroso.

— Sinto muito por isso — Saga diz.

— O que você pode me dizer sobre os terroristas? — López pergunta, recostando-se na cadeira.

— Do meu ponto de vista pessoal, acho que não estamos lidando com terroristas. Mas, é obvio, estamos seguindo todas as linhas de investigação possíveis.

López levanta as sobrancelhas, numa expressão de ceticismo.

— Vir até aqui, por exemplo?

— Sim.

— O que você descobriu?

— Está muito acima do meu nível de competência determinar até que ponto posso compartilhar informações...

— Eu não dou a mínima para isso — López a interrompe.

— Eu preciso falar com meu chefe — Saga diz.

— Vá em frente.

Saga pega o celular e novamente tenta falar com Joona, e dessa vez consegue completar a ligação.

— Joona.

— Até que enfim — ela diz em sueco.

— Você está tentando me ligar? — ele pergunta.

— Eu deixei mensagens.

— Meu telefone caiu na água — Joona explica.

Saga olha para o quadro branco contendo os resquícios apagados de palavras escritas em tinta vermelha, verde e azul, enquanto explica que ela, na condição de agente da Polícia de Segurança, não pode de forma alguma dizer a ele que Grace foi vítima de um brutal estupro coletivo na Toca do Coelho.

— Ela se lembra dos nomes dos estupradores... William, Teddy Johnson, Kent, Lawrence e Rex Müller.

— Rex Müller? Ela disse o nome dele? — Joona pergunta.

— Sim — Saga responde, e sorri para López, que está olhando fixamente para ela, com expressão indefinível.

— O que significa que Rex foi identificado tanto como um dos estupradores quanto como o homem que está se vingando do estupro.

— O quê? Do que você está falando? — Saga pergunta.

— Eu prendi Oscar von Creutz... quero interrogá-lo de novo, mas ele me contou o que aconteceu, e está claro que Rex não fez parte disso — Joona diz. — Eles o trancaram no estábulo enquanto estupravam a namorada dele. Oscar está convencido de que Rex é a pessoa que começou a se vingar deles.

— Então Rex não participou do estupro? — Saga pergunta.

— Não.

López remexe na bolsa e tira um batom escuro.

— E você não acha que ele é o assassino? — Saga diz.

— Ele tem dinheiro suficiente para pagar alguém que faça isso por ele, mas...

— Nada disso parece certo — Saga conclui.

— Os assassinatos devem estar relacionados ao que aconteceu na Toca do Coelho — Joona diz. — Temos um assassino-relâmpago que está matando os estupradores, um por um.

— Mas por quê?

— Ele deve ter estado lá.

— Uma testemunha?

— Algo mais — ele diz. — Algo mais deve ter acontecido, algo que não sabemos, algum fator desconhecido, um terceiro elemento.

— Quem poderia ser? — ela pergunta.

— Temos uma vítima e os autores do crime... mas está faltando alguma coisa.

— O quê?

— É isso que precisamos descobrir.

— Vou conversar com a Grace e você fala com o Rex e o Oscar — Saga diz.

— Não há tempo a perder.

Saga encerra a ligação, coloca o celular no bolso e se volta para López com um sorriso no rosto.

— Meu chefe diz que entrará em contato com você amanhã — ela explica.

— Eu falo sueco — López diz friamente em inglês.

— Então você já sabe disso — Saga responde, e se levanta da cadeira.

O canto da boca de López se contorce com seu próprio blefe, depois ela assente.

— Seu chefe vai dizer que você deve nos contar tudo o que sabe.

— Espero que sim — Saga diz.

— Busco você amanhã no seu hotel, depois do café da manhã.

— Obrigada — Saga diz, e sai da sala de reuniões.

No térreo, ela devolve na recepção o crachá de visitante, entra no carro amarelo e começa a dirigir de volta ao centro de reabilitação exclusivo.

O tráfego nos subúrbios diminuiu, e o céu chuvoso de Chicago parece argila cinza-escura quando Saga estaciona o carro no acesso à clínica Timberline.

A quinhentos metros de distância ela avista as luzes na guarita de segurança e os portões fechados cintilando no intenso clarão dos holofotes.

O horário de visitas terminou faz tempo, e os pacientes provavelmente estão todos na cama.

Ela caminha a passos rápidos pela estradinha, mas antes de alcançar as luzes pula por cima da valeta e entra no bosque.

Os únicos sons são a chuva pingando nas árvores e seus próprios passos sobre a grama e entre as folhas mortas.

Ela se afasta da guarita em direção à cerca e empurra os galhos enquanto tenta enxergar através das árvores.

Não há tempo para esperar até a manhã seguinte; ela precisa entrar e conversar com Grace imediatamente. Porque, quer o assassino tenha sido contratado, quer esteja agindo por conta própria, está claro que ele pretende matar todos da lista da maneira mais eficiente possível. Seus motivos e modus operandi têm forte carga emocional, e todos os indícios sugerem que ele tem uma personalidade perturbada e caótica.

Saga atravessa a duras penas um bosque de samambaias molhadas, ouve atrás dela um ruído de algo se arrastando e, quando olha para as copas das árvores escuras, avista um pássaro enorme se movendo por entre os galhos mais altos.

Ela avança pela densa escuridão antes de ver a luz adiante.

Não há tempo a perder, porque esse criminoso tem todas as características de um assassino-relâmpago.

Cada assassinato é apenas um passo no caminho, uma pequena parte de uma solução final.

Saga chega a uma área onde as árvores foram cortadas e se detém em frente a uma alta cerca preta gradeada de aço.

A intervalos de poucos metros, placas avisam que a entrada é proibida e indicam o nome da empresa de segurança responsável pela patrulha do perímetro.

Saga ganha impulso e agarra uma das hastes mais finas que compõem a cerca, apoia o pé sobre uma placa amarela que diz

"Câmeras de segurança em operação" e se levanta, depois pula para o outro lado.

Uma malha de veredas iluminadas entrecruza o parque.

Saga corre entre as árvores e segue uma delas para além do alcance das luzes.

Se Grace ainda não tomou seu remédio, talvez seja possível conversar com ela sobre o que aconteceu na Toca do Coelho.

Saga se aproxima do edifício do dormitório e diminui a velocidade.

Os postes de luz lançam um brilho desolado sobre os caminhos úmidos e os bancos de parque molhados. Os prédios estão às escuras, suas janelas não passam de reflexos cegos.

Atrás de Saga, as folhas pingam e farfalham.

Alguém está se aproximando. Saga recua e se encolhe atrás dos arbustos.

É um homem da empresa de segurança, verificando se as portas de um dos edifícios estão trancadas. Saga o ouve falar pelo radiocomunicador antes de seguir em frente e desaparecer da vista.

82

O parque está em silêncio, e tudo ao redor cintila ao fulgor emudecido dos postes de luz. Saga se aproxima de um dos edifícios e se detém, apurando os ouvidos.

Assim que começa a caminhar novamente, uma luz se acende em uma das janelas, incidindo sobre a grama recém-cortada.

Saga se move com cautela para debaixo da copa de uma grande árvore. Há um estalido quando ela pisa em um graveto.

Uma mulher nua aparece na janela.

Não pode ter mais de vinte anos.

Saga observa o rosto pálido da jovem que perscruta a noite antes de se virar e, cambaleando, se afastar da janela.

Saga espera um pouco e depois corre pelo gramado até o caminho que leva ao prédio de Grace.

Só então ela percebe que sua calça jeans está encharcada até os joelhos.

Agora ela está perto do estúdio de artes e ouve seus próprios passos ecoando suavemente na fachada de pedra.

Saga planeja dizer a Grace que Rex não participou do estupro, que ele ficou trancado a noite toda.

Talvez isso faça Grace lhe contar exatamente o que aconteceu.

Talvez Grace consiga identificar o fator desconhecido de que eles precisam.

Saga mal começa a andar com toda cautela em direção à esquina do prédio quando ouve alguém rindo atrás dela.

Ela se vira.

Uma mulher de camisola fina está de pé atrás dela com uma peruca loira na mão.

— Minha bonequinha! — ela diz, com voz atônita.

O rosto da mulher é estranhamente indefeso e sua expressividade é quase ilimitada. Saga se afasta lentamente, mas a mulher vai atrás dela.

— Eu tive que fazer isso, Megan — ela diz, com uma careta triste. — O vovô disse que você não poderia ser minha.

— Você pensa...

— Eu juro — ela a interrompe em tom severo. — Pergunte você mesma a ele. Ele está parado ali, embaixo daquela árvore.

A mulher aponta nervosamente para as sombras do parque.

— Tudo bem — Saga diz, e se vira para olhar.

— Ele está apenas escondido! — ela suspira.

— Eu tenho que ir — Saga diz com voz suave.

— Vamos lá — a mulher assobia e começa a caminhar em direção ao parque. — Vamos fugir juntas... indiferentes a todo perigo, correndo pela floresta...

Saga sai correndo na outra direção, ao longo da lateral do edifício, olha de relance para trás e vê que a mulher parou no meio do caminho.

Saga atravessa um espaço aberto, longe do estúdio e em direção ao prédio onde ela falou com Grace da primeira vez.

A entrada está iluminada, mas todas as janelas estão apagadas. Saga anda até a porta e tenta abri-la, porém está trancada. Ela olha através do vidro, vê a lanchonete aberta e o brilho da máquina de venda de salgadinhos.

Ela se assusta quando ouve um barulho perturbador atrás dela — como se pés descalços corressem pelo chão molhado — e rapidamente olha em volta.

Não há ninguém. Tudo na maior serenidade: a quietude da lagoa, o parque com suas folhas gotejantes.

Saga contorna correndo o prédio e atravessa o gramado em direção a um banco de parque ao lado de um grande rododendro e depois se detém para descobrir qual é a janela de Grace.

Ela ouve gargalhadas frenéticas e se lança entre as sombras, depois vê a mulher com a peruca escondida atrás de uma árvore, acenando em sua direção.

Imóvel, Saga observa a mulher sorrir e se virar em outra direção, esfregar o nariz com força e depois desaparecer parque adentro.

Saga rapidamente arrasta o banco para debaixo da janela, depois sobe e tenta espiar o interior do quarto de Grace.

Entre as cortinas, ela consegue distinguir uma mesinha de cabeceira em cima da qual há uma caixinha de música de porcelana.

Saga mal tem tempo para registrar a figura correndo em sua direção antes de sentir uma pontada de dor nas costas, como a mordida de um cachorro furioso. Suas pernas se dobram e ela tomba para o lado, batendo o peito no braço do banco e soltando um gemido.

Suas costas latejam e ardem, seu corpo sacode em espasmos, e ela não sabe como foi parar no chão.

Saga abre os olhos, fita o céu escuro e carregado de chuva, e deduz que perdeu a consciência durante alguns instantes.

Há outra explosão de dor, como se alguém a estivesse chutando repetidamente nos quadris, e depois disso ela não enxerga mais nada, mas pode se sentir sendo arrastada pelas pernas ao longo da vereda e pela grama molhada.

Saga ofega, abre os olhos e vê Mark, o segurança de antes, debruçado sobre ela com o *taser* na mão.

Ele respira com dificuldade e a encara com uma expressão febril nos olhos.

Ela tenta levantar uma mão para empurrá-lo, mas não tem força nos músculos.

— Sou um menino grandalhão, um menino legal também, mas as regras dizem que preciso verificar se você está armada.

O coração de Saga começa a bater desenfreadamente quando ele abre o zíper da sua jaqueta. Ele encontra o celular dela e o arremessa com força contra a árvore mais próxima. O aparelho se despedaça e os fragmentos voam pela grama.

Ele se inclina sobre ela novamente e enfia a mão fria sob a blusa, debaixo do sutiã, e aperta com força um dos mamilos.

— Nada aqui — ele murmura e tira a mão de novo.

Ele respira com dificuldade pela boca entreaberta enquanto mantém a arma de eletrochoque encostada no pescoço dela e desabotoa a calça jeans. Ela consegue erguer a mão direita e agarrar a manga direita do uniforme do homem, puxando-a frouxamente.

— Pare — ela rosna.

— Preciso procurar armas escondidas — ele diz.

Mark começa a puxar para baixo a calça jeans e a calcinha dela, mas seu radiocomunicador crepita. Ele pousa uma das mãos sobre o peito de Saga e assim se apoia com todo o peso do corpo para se levantar, forçando o ar para fora dos pulmões dela.

— Temos um intruso, tragam a polícia pra cá — ele diz, caminhando para o cone de luz sob um dos postes de luz.

Saga tenta puxar a calça para cima quando vê dois guardas correndo na direção deles, entre os prédios, e duas enfermeiras se aproximando ansiosamente da outra direção.

83

Um dia depois de Joona prender Oscar von Creutz, uma breve audiência de custódia é realizada na sede da polícia.

Sentado em silêncio entre seus advogados de defesa, Oscar observa as janelas altas. O sol desponta por trás das nuvens e faz brilhar as partículas de poeira suspensas no ar.

Como se estivesse em um lugar muito distante, ele ouve o promotor público solicitar sua prisão, sob suspeita de sequestro, tentativa de homicídio e lesão corporal qualificada.

São acusações graves, mas ele sabe que só poderá ser mantido sob custódia se houver o risco de que venha a reincidir, destruir provas ou tentar fugir da justiça.

Quando o juiz decide que Oscar deve ser solto mediante pagamento de fiança, ele esconde o sorriso atrás da mão. Ocorre-lhe que ele deveria dizer "obrigado", mas não diz. Apenas caminha com seus advogados em direção à saída.

— Agora você não precisa mais se preocupar com isso — um deles sorri quando eles param na porta.

— Obrigado, Jacob — Oscar responde calmamente, apertando as mãos deles.

A equipe jurídica de Oscar já elaborou um plano de defesa para o caso de não conseguirem persuadir o promotor a desistir da investigação preliminar.

A primeira reunião de Oscar com o advogado contou com a presença de um médico, que recolheu oito amostras de sangue dele. Os tubinhos não seriam enviados a um laboratório para exames, mas poderiam ser usados depois durante qualquer julgamento subsequente.

Como eles sabem exatamente quais substâncias são detectadas

pelos exames toxicológicos exigidos pelo Ministério Público, os advogados farão sua defesa com base nas substâncias que a promotoria não é capaz de identificar.

O fato de essas substâncias jamais terem estado na corrente sanguínea de Oscar é irrelevante.

O plano é engendrar uma imagem convincente da doença, um quadro clínico em que diferentes médicos tenham receitado diferentes medicamentos sem verificar os efeitos colaterais e sua interação. Os advogados serão capazes de demonstrar que o comportamento temporariamente confuso e irregular de Oscar foi o resultado dessa interação.

Oscar não se importa com o julgamento. Ele pagou para ser libertado porque não pode simplesmente ficar sentado em uma gaiola, esperando para ser assassinado.

A prisão não tem condições de lhe oferecer nenhuma proteção.

É por esse motivo que ele está pensando em deixar o país e ficar longe pelo tempo que for necessário até que a polícia capture o assassino.

Mas Oscar não sabe que o Caçador de Coelhos está esperando por ele do lado de fora da sede da polícia e que o observa enquanto ele se afasta de seus advogados.

Oscar não percebe que alguém o segue, passa por ele pelo parque e o ouve chamar um táxi para o terminal da Linha Silja em Värtahamnen.

Durante o trajeto até o porto, Oscar reserva um lugar num cruzeiro a bordo do M/S *Silja Symphony*, paga o táxi em dinheiro vivo, depois faz o check-in e embarca.

Ele encontra sua cabine na extremidade da popa, uma suíte com janelas de vidro inclinadas, viradas para o mar e para o céu. Tranca a porta com cuidado e dá um puxão extra na maçaneta para ter certeza de que está em segurança. Assim que chegar a Helsinque, ele planeja pegar a balsa para Tallinn, depois alugar um carro e atravessar o Leste Europeu até o sul da Turquia.

Oscar se levanta e abre a porta do minibar, que chacoalha, cheio de garrafas. Ele pega duas garrafinhas marrons de uísque, enche um copo e depois se senta junto à janela e olha para a longa fila de veículos que lentamente vão deslizando para dentro da balsa.

* * *

Coelhos são criaturas nervosas. Eles se amontoam; sentados e imóveis, permanecem invisíveis, mas se o caçador parar e ficar à espera, não sabem lidar com isso.

O silêncio os faz entrar em pânico e começar a correr, porque se convencem de que foram vistos.

O Caçador de Coelhos desce para a garagem subterrânea sob o Parque Rådhusparken, abre o porta-malas do carro e, certificando-se de que não está sendo captado por nenhuma câmera de segurança, enche uma bolsa preta com armas, uma muda de roupa, luvas de vinil e lenços umedecidos, sacos de lixo, fita adesiva, cortadores de caixas e um pé de cabra especial para abrir portas antiarrombamento.

Levando a bolsa consigo, sai da garagem e desce a rua Fleming, onde pega um táxi para o terminal de balsas e, usando um nome falso, compra uma passagem barata.

Ele ganhou outra chance para deter Oscar, mas sabe que ainda há muita coisa que pode dar errado. Sempre há fatores imprevisíveis. O plano é sair da balsa antes de ela zarpar, mas pode ser que Oscar esteja sentado no meio de uma multidão de pessoas em um dos restaurantes quando o barco sair. Nesse caso, ele teria que ir atrás dele até a Finlândia para concluir o trabalho.

O Caçador de Coelhos está planejando rasgar o estômago de Oscar e arrancar o intestino dele.

Ele quer que cada uma das vítimas fique frente a frente com a própria morte.

O propósito da cantiga de ninar é prepará-los.

No começo, ele quer que as vítimas, apesar de toda a dor e medo, tenham a esperança de que talvez sobrevivam, para que assim lutem desesperadamente, mesmo que aos poucos tomem consciência de que qualquer vida futura será muito diferente daquela que conheceram até então.

Suas presas precisam perceber que ficarão cegas, mutiladas ou paralíticas.

Elas devem continuar lutando pela vida até a segunda etapa, quando se darão conta de que não há piedade, que essa dor e medo são as últimas coisas que sentirão na pele nos derradeiros instantes de sua existência.

O Caçador de Coelhos não sente prazer nenhum com o sofrimento de suas vítimas, mas é tomado por uma intensa sensação de justiça — e quando por fim morrem, o mundo fica completamente imóvel, como uma paisagem de inverno.

No terminal, ele faz check-in usando uma das máquinas automáticas, imprime o cartão de embarque, depois segue o fluxo de pessoas que sobem a bordo. O M/S *Silja Symphony* tem mais de duzentos metros de comprimento, com treze andares, e, com quase mil cabines, transporta mais passageiros do que o *Titanic*.

O Caçador de Coelhos mostra sua identidade falsa. Ele escolheu o sobrenome inventado "von Creutschen" para acabar ao lado de Oscar na lista de passageiros. Consulta na tela o número da cabine de Oscar, vai até o mapa do navio ao lado do elevador e depois desce as escadas de acesso à área reservada aos alojamentos dos funcionários.

O Caçador de Coelhos espera do lado de fora da área dos funcionários. Depois de mais ou menos um minuto, sai uma mulher. Ele abre a porta para ela e pergunta por Maria, demonstrando que tem uma justificativa válida para estar ali, e aproveita para entrar. Passa por dois homens que estão trocando a roupa normal pelo uniforme e cumprimenta uma mulher que digita uma mensagem em seu celular.

— Você tem um cartão-chave mestra? — ele pergunta.

— Eu preciso do meu — ela responde sem levantar os olhos.

— Eu te devolvo daqui a pouco — ele diz com um sorriso.

— Pede para Ramona — a mulher diz, apontando para o banheiro.

Sobre o banco junto à porta do banheiro há uma mochila de ginástica de couro sintético cinza e cor-de-rosa. Ele abre o zíper, vasculha o conteúdo e revira as roupas, enfiando as mãos até o fundo da mochila, e ouve a descarga ser acionada.

Ele apalpa rapidamente os dois bolsos internos da mochila enquanto ouve a mulher lavar as mãos e puxar algumas toalhas de papel. Abre os dois bolsos laterais e encontra o documento de identificação de Ramona e o cartão-chave mestra, no exato instante em que a fechadura da porta faz um clique.

Assim que a porta se abre, ele se afasta calmamente, com o cartão magnético na mão.

Seu cálculo inicial lhe permitia quinze minutos para encontrar um cartão-chave, mas precisou de apenas cinco.

Não ter que usar o pé de cabra lhe dará mais tempo com Oscar dentro da cabine.

O Caçador de Coelhos carrega a bolsa pelas escadas acarpetadas, passando por conveses que abrigam os bares e restaurantes, a avenida dos free shops, os corredores das salas de conferências, as máquinas caça-níqueis e o cassino.

No convés superior, chamado de Mozart, é onde ficam as suítes mais exclusivas.

Uma mulher bêbada sai cambaleando de uma cabine e anda na direção dele aos tropeções. Ela estica os braços para bloquear o corredor, como se estivesse brincando.

— Você é bonitinho — ela diz com uma risadinha. — Quer entrar na minha cabine e me ajudar a…?

É como se alguma coisa se rompesse dentro da cabeça do Caçador de Coelhos; ele escuta num dos ouvidos um som crepitante e estende uma das mãos para a parede em busca de esteio, enquanto se lembra de como chorou ao pregar os restos de suas últimas mortes em torno da porta ao lado dos coelhos em decomposição.

Agora eles vão ficar longe, agora eles vão ficar longe, ele sussurrou.

O Caçador de Coelhos apenas sorri para a mulher ao passar por ela. O suor escorre por suas costas e ele se vê pensando no calor da cadeira de rodas em chamas.

Ele encontrou a gasolina no quartinho de ferramentas e os fósforos na cozinha, e atualizou o status de Nils Gilbert no Facebook com um bilhete de suicídio.

Ele saiu e derramou gasolina sobre o corpo de Nils, disse-lhe por que motivo ele ia morrer e depois jogou o fósforo aceso em seu colo.

O calor o fez recuar enquanto ele ouvia o rugido de Gilbert e observava, durante dezenove minutos, o corpo se contorcendo em meio às chamas.

O corpo se encolheu sobre si mesmo, enegrecido.

Todos sabiam que Gilbert vivia sozinho e tinha depressão, e a polícia jamais pensaria em associar seu suicídio aos outros homicídios.

Agora o Caçador de Coelhos para na popa do navio, em frente à porta que leva a uma suíte com o bizarro nome de "Nannerl". Ouve vozes atrás dele enquanto coloca um par de luvas de vinil, entra na suíte usando o cartão-chave e fecha silenciosamente a porta.

Ele coloca a bolsa no chão, abre-a e retira uma sacola plástica manchada de sangue, de dentro da qual pega a tira de couro com as orelhas de dez coelhos amarradas.

84

O Caçador de Coelhos se vira para o espelho no vestíbulo, coloca na cabeça a tira com as orelhas e dá um nó na altura da nuca. Com um gesto habitual, afasta do rosto algumas orelhas e depois encara o reflexo, o que o enche de uma força gélida.

Agora é de novo um caçador.

Ele pega um de seus celulares pré-pagos e envia o arquivo de áudio para Oscar. Ouve um bipe de smartphone na cabine, depois o som da cantiga tocando.

Oscar provavelmente está sozinho, mas ainda assim o Caçador de Coelhos verifica o banheiro apenas por precaução e se certifica de que a sala está vazia.

Através das janelas raiadas ele pode ver a água negra do porto.

Escancara a porta do quarto e entra.

A televisão exibe uma partida de futebol sem som. Um brilho cinza-azulado se reflete pelas paredes do aposento.

Ele percebe imediatamente que Oscar está escondido no guarda-roupa, atrás da porta de correr de vidro branco, e que provavelmente está tentando ligar para a polícia.

Tudo é tão banal, mas simultaneamente tão estranho quando a morte chega.

Sobre a mesinha de cabeceira há um copo de uísque.

Ele vê as pernas da mesa lascadas, a colcha puída, as marcas escuras no tapete e as manchas no espelho.

O Caçador de Coelhos ouve Oscar deixar cair o celular. Oscar sabe que o barulho o denunciou, mas continua escondido, porque seu cérebro está tentando lhe dizer que o assassino talvez não tenha ouvido nada, que pode ser que não o encontre.

Alguns cabides tilintam uns contra os outros dentro do guarda-roupa.

O chão começa a vibrar quando os motores da balsa se aquecem para entrar em funcionamento.

O Caçador de Coelhos espera alguns segundos, depois se aproxima e dá um pontapé na porta de correr de vidro, que se desfaz em pedaços. Ele se afasta instintivamente enquanto os cacos se espalham ao redor das pernas de Oscar von Creutz.

Apavorado, o homem de meia-idade desliza para o chão e acaba acocorado dentro do guarda-roupa, erguendo os olhos para fitar seu algoz.

Num átimo, uma recordação perpassa por sua mente, e ele se lembra do terror dos coelhos quando inspecionava as armadilhas, virava as gaiolas de cabeça para baixo e os agarrava pelas patas traseiras.

— Por favor, eu posso pagar, eu tenho dinheiro, juro, eu...

O Caçador de Coelhos se aproxima a passos largos e agarra uma das pernas de Oscar, que se contorce, tenta se desvencilhar e escapa das mãos dele. Ele acerta dois socos no rosto de Oscar, usa uma das mãos para segurar os braços dele atrás do corpo e agarra novamente sua perna.

Oscar grita quando o Caçador de Coelhos o puxa para o chão e, com uma algema do tipo braçadeira, enrosca o tornozelo dele num dos pés da cama.

— Eu não quero! — ele urra.

Oscar acerta um chute no braço do Caçador de Coelhos, mas ele vira o corpo de Oscar e o empurra de lado para travar seus braços atrás das costas.

— Escute, você não precisa matar a gente — Oscar arfa. — Éramos jovens, não entendíamos, nós...

O Caçador de Coelhos tapa a boca dele com fita adesiva, depois dá alguns passos para trás e por algum tempo o observa fixamente, assistindo a seu esforço para se libertar, assistindo a suas tentativas de mover o corpo, embora as braçadeiras cortem sua pele.

Ele serviu por dois turnos no Iraque, então sabe o que é a matança sancionada pelo Estado. Está ciente da força de vontade necessária e da exaustão que se segue.

Costumava pensar que os homens que fizeram com ele o treinamento básico eram todos caras absolutamente normais.

Mas o massacre no sul de Nassíria os deixou confiantes em excesso.

Para eles os alvos não eram indivíduos, mas parte de um inimigo destrutivo e perigoso que eles arriscavam a própria vida para combater.

Havia uma unidade, um senso de propósito em comum.

Mas matar alguém depois de ter voltado para casa e sem usar a farda é diferente.

É uma ação solitária e muito mais potente. A decisão e a responsabilidade são suas e somente suas.

Ele consulta a hora no relógio e saca a faca que planeja usar. É uma faca tática SOCP, com suporte para os dedos e no formato de uma adaga com guarda chinesa, cuja lâmina e o punho são feitos de uma única peça de aço preto.

É uma arma esplendidamente afiada e bem balanceada.

O Caçador de Coelhos se aproxima a passos velozes e, com um dos joelhos, bloqueia a perna livre de Oscar; usa uma das mãos para empurrar o peito dele para baixo e cortar a camisa ao longo do tronco. Ele olha para a barriga peluda, que está subindo e descendo rapidamente no ritmo da respiração, e enfia a faca dez centímetros abaixo do umbigo. A lâmina desliza suavemente através de tecidos e membranas enquanto abre um rasgo no torso de Oscar, até quase chegar ao esterno.

Sorrindo, ele fita os olhos esbugalhados de Oscar enquanto enfia uma das mãos na abertura do abdome e sente o calor do corpo através do plástico da luva. O corpo de Oscar está tremendo. O sangue jorra ao longo dos quadris. O Caçador de Coelhos agarra os intestinos de Oscar e os puxa para fora, deixando-os pendurados entre as pernas da vítima. De repente, alguém bate à porta da suíte.

Uma batida forte.

Ele se levanta, aumenta o volume da televisão, vai até o pequeno vestíbulo, fecha a porta do quarto atrás de si e olha pelo olho mágico.

Do lado de fora, um idoso, vestido de branco, espera com um carrinho de serviço de quarto. Evidentemente, Oscar já pediu comida, e agora ele terá que aceitar a entrega.

O homem bate de novo enquanto o Caçador de Coelhos tira as luvas e fecha a bolsa. Ele rapidamente remove da cabeça sua coroa de troféus, pendura a tira em um cabide, olha-se no espelho, limpa o sangue do rosto, apaga a luz e abre a porta.

— Foi rápido — ele diz, bloqueando a porta.

Do quarto vem um barulho; é Oscar que tenta atrair a atenção chutando alguma coisa.

— Gostaria que eu servisse na sala de estar, senhor? — o idoso pergunta.

— Obrigado, pode deixar que eu faço isso sozinho — ele responde.

— Fico feliz de servi-lo — o homem diz, olhando de relance para o interior da suíte.

— É que eu ainda não estou pronto para comer — ele diz, e nesse momento o copo de uísque cai no chão do quarto.

— Então eu me contento com uma assinatura — o homem sorri.

O Caçador de Coelhos permanece na sombra enquanto pega o recibo e a caneta. Ao assinar, percebe que a parte inferior de seu braço direito está coberta de sangue até o cotovelo.

— Está tudo bem, senhor? — o garçom pergunta.

Ele assente, olha o homem nos olhos e tenta descobrir se vai ter que arrastá-lo para o banheiro e cortar a garganta dele na banheira.

— Por que não estaria?

— Eu não quis ser impertinente, senhor — o homem se desculpa, e se vira para o carrinho.

O barulho de batidas no quarto recomeça quando o garçom lhe entrega a bandeja. O Caçador de Coelhos agradece, volta para o vestíbulo e fecha a porta.

Ele pousa a bandeja no chão e olha através do olho mágico, pronto para sair correndo e agarrar o garçom. Através da lente grande angular, vê o velho destravar os freios das rodinhas do carrinho e depois percorrer vagarosamente o corredor.

Ele rapidamente enfia nas mãos um novo par de luvas, amarra o colar de orelhas de coelho em volta da cabeça e retorna ao quarto.

O aposento cheira a sangue, uísque e vômito.

Prestes a perder os sentidos, Oscar agora dá apenas chutes fracos, deixando o calcanhar cair no chão. Seu rosto está pálido e suado, e seus olhos vagueiam a esmo pelo quarto.

O Caçador de Coelhos desliga a televisão e parte direto para cima de Oscar, agarra seus intestinos e puxa um metro inteiro deles, dá uma violenta sacudida e depois os deixa cair no chão.

A dor faz Oscar recobrar a consciência quase que por completo. Sua respiração está acelerada e ele tenta instintivamente empurrar o corpo para trás.

Oscar vai morrer em três minutos, e o barulho dentro da cabeça do Caçador de Coelhos fica mais alto enquanto ele encara os olhos aterrorizados da vítima. O aposento está em silêncio, mas na mente do Caçador de Coelhos é como se alguém estivesse tamborilando em panelas e jogando pratos em uma banheira. Oscar estuprou uma garota, deixou-a inconsciente e sangrando em cima de uma pilha de esterco e achou que poderia se safar.

O chão oscila sob os pés do Caçador de Coelhos.

Ele se encosta à parede, tentando se concentrar e respirar com calma, depois vê a marca de sua mão ensanguentada na parede e faz uma anotação mental para limpá-la antes de ir embora, apesar de não haver o menor risco de ser identificado por causa dessa marca.

— Posso te dizer por que isto está acontecendo — o Caçador de Coelhos diz, retirando de novo a faca. — Isto é bom. Essa é a questão.

Oscar choraminga e se contorce, lutando para se libertar. O sangue que sai da cavidade no torso escorre pelo chão e encharca o tapete, que agora está brilhante e preto.

Os alto-falantes anunciam que a balsa partirá em trinta minutos. O Caçador de Coelhos está confiante de que terá tempo de voltar à costa antes disso.

Oscar só será encontrado na manhã seguinte, em Helsinque, o Caçador de Coelhos pensa consigo mesmo, olhando para a faca na mão.

Ela é como a língua negra de um demônio, pontiaguda e dentada.

Daqui a pouco ele enterrará a lâmina no coração de Oscar, através do esterno.

O mundo inteiro é um alvoroço, ruidoso e estridente como um cassino.

E então uma lufada de vento o trespassa, deixando em seu rastro o silêncio.

É como quando um coelho está caído no chão, dando pontapés com uma pata só. No momento em que o animal finalmente para de se debater, parece que o mundo é tomado por uma calmaria.

O tempo cessa.

Ele sempre trilhou o caminho rumo a esse ponto.

Desde aqueles domingos depois da missa, quando morava com a vovó e o vovô.

85

Rex sai do metrô no parque Mariatorget e está andando pela rua Sankt Pauls quando seu celular vibra para avisar que ele recebeu uma nova mensagem de voz. É de Janus Mickelsen, dizendo que providenciou um esconderijo seguro para Rex e Sammy, com vidro reforçado, porta de aço, alarme e uma linha direta para a sala de controle de emergência.

— Sei que você não pode falar livremente por se sentir ameaçado. Eu entendo, realmente entendo. Esta é uma boa solução, a curto prazo. Meu chefe autorizou e eu gostaria que você me encontrasse hoje à noite, às sete horas, nos arredores de Knivsta, em um refúgio pertencente à Polícia de Segurança, para que possamos conversar sobre a situação — Janus diz, depois repete o endereço completo duas vezes antes de a mensagem terminar.

Rex decide ir ao encontro e descobrir mais sobre essa ameaça que a Polícia de Segurança parece levar tão a sério.

Ele passa pela porta de vidro do número 34 da rua Krukmakar, em cujo degradado porão funciona o Salão de Bilhar, pensando que parece haver um cabo de guerra entre a Polícia de Segurança e a Unidade Nacional de Operações.

Ele passa pelo bar e desce as escadas, abrindo caminho entre as mesas.

O único ruído que se ouve é o das bolas que se chocam umas contra as outras, e depois rolam em silêncio pelo pano de feltro da mesa.

Na extremidade da sala há uma mesa de sinuca maior que as outras. Ao lado, um homem alto, com cabelo loiro rebelde e olhos cinzentos feito tronco queimado.

— A bola amarela se chama Kaisa — Joona diz.

O jogo de sinuca finlandês, Kaisa, é como a Pirâmide Russa. Requer uma mesa maior, bolas maiores e tacos mais longos. Dá para jogar Kaisa em equipes, mas geralmente é um duelo entre dois jogadores.

Rex escuta enquanto o homem mais alto explica as regras e entrega a ele um taco comprido.

— Parece um pouco com sinuca — Rex diz.

— O primeiro a chegar a sessenta pontos vence.

— É por isso que eu estou aqui?

Joona não responde, apenas coloca as bolas em suas posições. Se Rex não está envolvido nos assassinatos, provavelmente é uma das próximas vítimas. As mortes parecem girar em torno do estupro, mas há algo mais do que isso, talvez outra pessoa envolvida, um participante desconhecido, Joona pensa.

— Se você me derrotar, pode ir embora; mas se perder, vou te prender — Joona diz, lançando um olhar penetrante para Rex.

— Claro — Rex sorri, passando as mãos pelo cabelo despenteado.

— Estou falando sério — Joona diz, sisudo. — Você tinha um forte motivo para matar o ministro das Relações Exteriores.

— Eu tinha?

Joona acerta a bola branca, produzindo um sonoro estalido quando ela bate na amarela e a lança rolando sobre o pano verde, atinge a borda da mesa, quica e desaparece dentro de uma das caçapas.

— Seis pontos para mim — Joona explica.

Rex olha para ele sem compreender.

— Eu tinha um motivo para matar o ministro porque mijei na piscina dele?

— Você disse que ele era um filho da puta e que roubou sua namorada no ensino médio.

— Sim — Rex admite.

— Mas você não mencionou que ficou trancado a noite toda.

— Eram três contra um — Rex diz com relutância. — Eles me deram uma surra e depois me trancaram. Não foi nada legal, mas não é motivo para...

— Por que eles fizeram isso? — Joona o interrompe.

— O quê?

— Trancar você.

— Foi para que o Wille pudesse ficar com a Grace sem ser incomodado, eu suponho.

— E ele fez isso?

— Ele sempre conseguia o que queria — Rex murmura, passando o giz na ponta do taco.

— Faça mira na Kaisa — Joona o instrui, apontando para a bola amarela. — Ela precisa entrar nesta caçapa.

Rex se inclina para a frente e dá a tacada, mas acaba acertando uma das bolas vermelhas, que desliza e bate em outra vermelha.

— E isso se chama beijo — Joona diz. — Não te rende nenhum ponto.

Rex balança a cabeça com um sorriso quando Joona se aproxima e manda a Kaisa direto na caçapa do canto.

— O que Grace diz? — Joona pergunta enquanto continua jogando.

— Sobre o quê?

— Sobre a noite em que você ficou trancado — ele responde, dando outra tacada que mete na mesma caçapa a bola branca de Rex.

— Sei lá. Nunca mais a vi — Rex diz. — Saí da escola e ela nunca respondeu a minhas cartas nem atendeu meus telefonemas.

— Estou falando de agora — Joona insiste.

— Ouvi dizer que ela voltou pra Chicago, mas não a vejo há trinta anos.

— Você foi acusado de assassinar o ministro das Relações Exteriores — Joona diz.

— Quem me acusaria de uma coisa dessas? — Rex consegue dizer.

— Você está bastante encrencado aqui — Joona diz, afastando-se da mesa.

— Fiz muitas coisas estúpidas — Rex tenta explicar enquanto ajusta a posição de seu taco. — Mas não matei ninguém.

Ele erra a tacada. A bola branca passa pela Kaisa, bate na borda da mesa e volta.

— Se você não está envolvido nos assassinatos, então pode estar na lista de futuras vítimas.

— Vou receber proteção?

— Se puder explicar por que motivo precisa de proteção — Joona diz.

— Não faço ideia — Rex diz, limpando a testa.
— Vingança? — o detetive sugere, dando a tacada.
— Isso não é muito provável.
Joona olha de soslaio para ele e depois acerta outra tacada.
— Depende do que você fez — ele diz.
— Nada — Rex protesta. — Que merda, eu irrito as pessoas, talvez vá para a cama com as mulheres erradas, eu digo coisas estúpidas, e sem dúvida há muitas pessoas que gostariam de me cobrir de porrada, mas...
— Quarenta e um — Joona diz, depois se endireita e o encara com expressão séria.
— Não sei o que falar — Rex diz.
— Então você fez uma porção de coisas estúpidas — Joona lembra.
— Mijei na piscina do ministro das Relações Exteriores, mas eu...
— Você já disse isso — Joona o interrompe.
— Eu fiz isso mais de uma vez — Rex confessa, corando de repente.
— Eu não me importo onde você mijou.
— Umas cem vezes, talvez — ele diz, com uma estranha intensidade na voz.
— Arranje outro passatempo.
— Vou arranjar, é claro que vou. O que estou tentando dizer é que, uma vez, quando eu estava lá, eu vi algo.
Joona se inclina e dá outra tacada, para impedir que Rex veja o sorriso satisfeito em seu rosto. As bolas se chocam com um estalo, e uma delas bate na borda da mesa e ricocheteia caçapa adentro.
— Quarenta e nove — Joona diz, lentamente passando o giz na ponta de seu taco.
— Escute — Rex continua. — Hoje em dia sou um alcoólatra sóbrio, mas antes que as coisas mudassem, antes de eu começar a levar isso a sério, costumava ir muito à casa dele... às vezes eu jogava aqueles horríveis anões de jardim dele na água, às vezes vasos de terracota e móveis de jardim. Quero dizer, ele devia saber disso e simplesmente não se importava, ou então pensava que era uma retaliação justa.

— Você acha que viu alguma coisa? — Joona o instiga a falar, enquanto contorna a mesa, verificando os ângulos.

— Eu sei que vi algo, mesmo estando bêbado... não me lembro quando, mas ainda sei o que vi...

Rex fica calado e balança tristemente a cabeça.

— Você pode pensar o que quiser — ele diz em voz baixa —, mas vi alguém usando uma máscara, com um rosto esquisito e inchado... dentro da casa do ministro.

— Faz quanto tempo?

— Quatro meses, talvez? Eu não tenho certeza.

— O que você tinha feito horas antes nesse mesmo dia?

— Não tenho ideia.

— Onde você ficou bêbado?

— Assim como Jack Kerouac, tento me embebedar em casa, para limitar os danos, mas nem sempre dá certo.

Joona dá outra tacada, as bolas clicam e a Kaisa desaparece na caçapa do canto.

— Em que mês foi isso?

Ele enfia a bola branca de Rex no mesmo buraco, atingindo simultaneamente uma bola vermelha, que rola para atravessar a mesa na diagonal e cai na caçapa oposta.

— Não sei — Rex diz.

— Cinquenta e nove pontos — Joona diz. — O que você fez depois?

— Depois? — Rex repete, tentando se lembrar. — Ah, sim... fui à casa da Sylvia, ela nunca dorme, e tentei contar o que eu tinha visto. Na ocasião pareceu uma ideia muito inteligente, mas...

— E o que ela achou? — Joona quer saber, adiando a tacada final.

— Eu não disse nada — ele diz, aparentemente frustrado.

— Você foi ver Sylvia... e não disse nada?

— Nós fizemos sexo — ele murmura.

— Você costuma visitar Sylvia quando está bêbado? — Joona pergunta.

— Espero que não — Rex diz, encostando o taco na parede.

— Podemos parar de jogar. Podemos até concordar com um empate — Joona diz. — Se você ligar pra Sylvia e perguntar a data em que isso aí aconteceu.

— Sem chance.

— Está bem.

Joona se inclina sobre a mesa com o taco em posição.

— Espere — Rex se apressa em dizer. — Você estava brincando sobre me prender, certo?

Joona se endireita, vira-se para ele e o encara com uma expressão completamente neutra.

Rex passa a mão pelo cabelo e pega o iPhone, coloca os óculos e procura o nome de Sylvia na lista de contatos. Ele caminha em direção ao bar enquanto faz a ligação.

— Sylvia Lund — ela diz ao atender.

— Oi, sou eu, Rex.

— Oi, Rex — ela diz em um tom pouco entusiasmado.

Ele faz um esforço para manter a voz amigável e livre de estresse.

— Como vai você?

— Você está bêbado?

Rex olha para o homem de aparência cansada atrás do bar.

— Não, não estou bêbado, mas…

— Você está esquisito — ela o interrompe.

Rex sobe um pouco a rampa em direção à rua para poder falar em paz.

— Preciso te perguntar uma coisa — ele diz.

— A gente pode fazer isso amanhã? Estou meio ocupada — ela diz, impaciente.

A voz dela fica distante quando ela se vira para dizer algo a outra pessoa.

— Mas eu só preciso…

— Rex, a minha filha foi convidada para…

— Escute, eu só preciso saber em que dia fui ver você naquela noite e…

Sylvia desliga na cara dele.

Rex olha para a rua e vê uma bexiga flutuando entre os carros. Pode sentir suas mãos tremerem quando liga para ela novamente.

— Porra, com quem você pensa que está brincando? — Sylvia pergunta, furiosa.

— Eu só preciso saber quando foi — ele insiste.

— Acabou — ela diz. — Eu quero que você pare.

— Cale a boca.

— Você está bêbado, eu sabia...

— Sylvia, se você não me disser, vou ligar pro seu marido e perguntar quando foi a última vez que ele voltou pra casa de uma viagem e você foi mais agradável com ele do que de costume.

Silêncio completo na linha. O suor escorre pelas costas dele.

— No último dia de abril — ela diz, e encerra a ligação.

86

Um estudante com cabelo embaraçado sai do elevador no décimo sétimo andar, mas Joona sobe para o topo do prédio, carregando na mão uma caixa térmica. Está com a mesma sensação de quem tenta iniciar um incêndio soprando suavemente as brasas e sabe que as labaredas vão saltar a qualquer momento. Está ali para ver Johan Jönson, especialista em computadores da UNO e um dos melhores analistas de tecnologia da informação da Europa. Johan era conhecido como "o nerd", até desenvolver o programa de descriptografia Transvector, que começou a ser usado pelo MI6, o serviço de inteligência britânico.

Johan abre a porta com um sanduíche na mão e convida Joona para sua espaçosa sala de estar.

Em troca de recusar todas as lucrativas ofertas que recebera do setor privado, Johan exigiu que fosse colocado à sua disposição todo o último andar do edifício Nyponet, cujos apartamentos servem de residência para estudantes universitários.

Todas as paredes internas haviam sido removidas e substituídas por pilares de aço liso. A enorme sala está repleta de equipamentos eletrônicos.

Johan é um homem de baixíssima estatura, com bigode preto e um cavanhaque pequeno. A cabeça é raspada e as sobrancelhas escuras e espessas se juntam na parte superior do nariz. Ele está vestindo uma camisa justa parecida com o uniforme do time de futebol Paris Saint-Germain e que se levantou para revelar sua barriga protuberante.

Joona tira da caixa térmica o disco rígido contendo as filmagens da câmera de segurança da casa do ministro das Relações Exteriores, remove o invólucro de plástico-bolha e o entrega a Johan Jönson.

— Você consegue encontrar material apagado, não é? — Joona pergunta.

— Às vezes, "apagado" significa exatamente isso — o analista responde. — Mas, em geral, significa apenas que aquilo que a pessoa diz que foi apagado ainda está lá. É um pouco parecido com o jogo Tetris, em que o material mais antigo vai descendo cada vez mais e mais fundo.

— Esta gravação tem quatro meses.

Johan coloca os restos de seu sanduíche em cima de um monitor empoeirado e avalia na mão o peso do disco rígido.

— Acho que devemos tentar um programa chamado Under Work Schedule, que recupera todos os dados e traz tudo à tona ao mesmo tempo... é tipo uma daquelas guirlandas de papel que você corta e desdobra e no fim fica com uma porção de anjinhos ou homenzinhos de gengibre todos juntos.

— Uma guirlanda bastante longa — Joona diz.

É possível restaurar o material digital deletado, mas, uma vez que as treze câmeras na casa do ministro das Relações Exteriores foram instaladas havia sete anos, a duração total das filmagens é de noventa e um anos, e eles teriam efetivamente que analisar todas essas cenas.

Nem mesmo Joona conseguiu convencer Carlos a propiciar os recursos necessários para examinar tamanha quantidade de material. Porém, agora que ele tem uma data exata, nada é capaz de detê-lo.

— Procure pela Noite de Santa Valburga, 30 de abril — ele diz.

Johan se senta em uma cadeira de escritório manchada e enfia a mão numa tigela de plástico para pegar balas.

Mais de quarenta computadores de vários tipos estão empoleirados na superfície de escrivaninhas, armários e mesas de cozinha. Feixes de cabos atravessam o chão por entre caixas apinhadas de discos rígidos antigos. Em um canto do enorme espaço há uma pilha de equipamentos obsoletos: variadas placas de circuito, placas de som, placas de vídeo, monitores, teclados, roteadores, consoles e processadores.

Joona vê em outro canto uma cama sem pés desarrumada, atrás de um banco coberto de peças sobressalentes e uma lâmpada com lente de aumento. Há um punhado de tampões de ouvido, amarelos e brilhantes, em cima de um balde de plástico emborcado, ao lado de um despertador. Johan provavelmente tem menos espaço para morar hoje do que quando era estudante.

— Tire essa impressora da cadeira e se sente — ele diz a Joona, enquanto conecta o disco rígido ao computador principal da rede.

— Nos nossos arquivos temos imagens da última vez que Rex mijou na piscina, mas estamos procurando o dia 30 de abril, então será material que já foi gravado por cima várias vezes — Joona explica, tirando da cadeira a impressora e um livro de Thomas Pynchon.

— Desculpe a bagunça, mas acabei de conectar trinta computadores em rede com a ajuda de uma nova versão de MPI para obter o tipo de supercomputador de que eu preciso.

A data e a hora aparecem no canto inferior da tela. A imagem mostra a primeira luz do amanhecer atingindo a fachada da casa e a porta da frente fechada.

— Boas câmeras, boas lentes, ultra-HD — Johan assente em sinal de aprovação.

Joona abre uma planta da casa mostrando a localização de todas as câmeras instaladas na propriedade do ministro, numeradas de um a treze.

— Tá legal, vamos queimar um pouco de borracha — Johan murmura enquanto digita comandos com um rapidíssimo estrépito de teclas.

Com um clique, a fieira de computadores entra em funcionamento, as ventoinhas ganham vida e os diodos começam a piscar.

— Agora o submundo subirá à tona... é devagar, mas líquido e certo — o analista decreta, cofiando a barba curta.

No monitor grande aparece uma imagem cinza, como limalhas de ferro reunindo-se em torno de campos magnéticos variáveis.

— É muito antigo — Joona sussurra.

Várias camadas de sombras tremeluzentes aparecem, e é possível distinguir partes do jardim. Joona vê duas silhuetas fantasmagóricas andando pela rua. O primeiro vulto é o ministro das Relações Exteriores, o outro é Janus Mickelsen, da Polícia de Segurança.

— Janus — Joona diz.

— Em sua primeira missão na Polícia de Segurança ele foi encarregado de proteger o ministro — Johan murmura enquanto digita novos comandos no computador principal.

A imagem desaparece, a casa é quase visível através do nevoeiro cinzento, e o jardim coberto de neve surge, tremeluzindo.

— A guirlanda ainda está dobrada, mas agora podemos começar a separar os homenzinhos de gengibre, um por um... 4 de junho, 3 de junho, 2 de junho...

Silhuetas pálidas deslizam para lá e para cá em um ritmo rápido, passando diretamente umas através das outras. Parece um raio X, com os contornos das figuras sobrepondo-se, atravessando carros que dão marcha a ré e entram na garagem.

— Quinze de maio, 14 de maio... e aqui temos treze adoráveis versões do último dia de abril — Johan Jönson diz com voz suave.

Com as imagens rodando a uma velocidade oito vezes acima do normal, eles assistem ao ministro e sua esposa saírem de casa às sete e meia da manhã em carros separados. Uma empresa de jardinagem e paisagismo aparece duas horas depois. Um homem poda a cerca viva e outro recolhe as folhas. O carteiro passa e, às duas da tarde, um menino de bicicleta para e fita o jardim enquanto coça a perna. Às sete e quarenta da noite, o primeiro carro retorna à garagem dupla e as luzes se acendem dentro da casa. Meia hora depois, o segundo carro chega e a porta da garagem se fecha. Por volta das onze horas, as luzes começam a se apagar e, à meia-noite, tudo está às escuras. Então, nada acontece até as três da manhã, quando Rex Müller pula a cerca e cambaleia gramado adentro.

— Agora vamos verificar as câmeras em tempo real, uma por uma — Joona diz, aproximando-se.

— Certo — Johan diz, teclando um novo comando. — Começaremos com a número um.

Na tela grande, aparecem uma imagem perfeita e nítida da porta da frente e uma vista do jardim iluminado até o portão. De vez em quando, pétalas cor-de-rosa das cerejeiras japonesas caem, levadas pelo vento.

87

Eles levam três horas para examinar as cenas daquela noite, nas gravações de todas as treze câmeras. Treze ângulos diferentes de uma casa mergulhada no sono na manhã de 1º de maio, entre 3h36 e 3h55. Quatro câmeras de vigilância filmaram Rex durante esses nove minutos, desde o momento em que ele pousa a garrafa no meio da estrada e escala as grades de ferro preto, até que sai do jardim e, com enorme prazer, "descobre" uma garrafa de vinho no asfalto.

— Nada — Johan suspira.

Rex permanece no local por nove minutos, e durante esse tempo não há sinal de mais ninguém em nenhuma das gravações, nenhum veículo na estrada, nenhum movimento atrás das cortinas.

— Mas ele viu o assassino — Joona diz. — Ele deve ter visto, porque a descrição que ele fez corresponde ao que outras testemunhas disseram.

— Talvez tenha sido em um dia diferente — Johan murmura.

— Não, essa foi a noite em que aconteceu... ele viu o assassino, mesmo que nós não consigamos ver — Joona diz.

— Não somos capazes de ver o que ele viu, tudo o que temos são essas câmeras.

— Se pelo menos soubéssemos exatamente quando ele o viu... comece com a câmera sete, a que aponta para a piscina.

Mais uma vez eles observam Rex na borda da tela no instante em que ele tropeça no terraço no limite externo da perspectiva distorcida da lente.

Ele caminha até a beira da piscina, cambaleia por alguns instantes, depois abre a braguilha e faz xixi na água; em seguida, caminha com passos trôpegos em direção aos móveis de jardim azul-marinho e direciona o jato de urina, que cai em cascata sobre as espreguiçadeiras e a mesa.

Ele fecha o zíper da calça, vira-se para o jardim e vê alguma coisa. Seu corpo oscila um pouco, depois ele anda de volta para a casa, onde se detém na frente da porta do pátio e olha para o interior da sala de estar. Apoia-se no corrimão e depois desaparece do enquadramento.

— O que ele está olhando logo depois de fechar a calça? Tem alguma coisa no jardim — Joona diz.

— Quer que eu amplie o rosto dele?

Na tela, Rex anda para trás em direção à piscina, contorna os móveis e vira as costas para a câmera.

Quando Rex começa a avançar novamente, Johan aproxima seu rosto em zoom e o acompanha enquanto ele urina em cima da mesa. Ele encosta o queixo no peito, fecha os olhos e solta um suspiro antes de fechar o zíper da calça.

Rex se vira para o jardim, vê algo e sorri preguiçosamente para si mesmo antes que seu rosto deslize para fora da tela enquanto ele perde o equilíbrio.

— Não, não é aí... continue — Joona diz.

Rex se vira para encarar a casa e começa a caminhar em direção a ela, e Johan aumenta ainda mais o zoom. O rosto bêbado de Rex preenche toda a tela: olhos injetados, lábio inferior escuro do vinho, restolho de barba por fazer.

Eles o veem parar na frente das portas do pátio e fitar a sala de estar. Ele abre ligeiramente a boca, como se percebesse que tinha sido visto; em seguida, seu olhar torna-se preocupado e assustado, ele se vira e desaparece.

— Aí! É nesse momento que ele o vê — Joona diz em tom urgente. — Rode de novo. Precisamos dar outra olhada.

Johan Jönson deixa rodar ininterruptamente os vinte segundos de Rex em frente à porta de vidro, no instante em que ele vê alguma coisa e começa a sorrir antes de se apavorar.

— O que você está vendo? — Joona sussurra.

Eles diminuem o zoom e tentam seguir o olhar de Rex. Ele parece estar olhando diretamente para o interior da sala de estar.

Sem interromper a exibição, eles mudam para a câmera seis e veem Rex por trás e ligeiramente de lado. O rosto dele se reflete no vidro, como se estivesse fitando a própria imagem.

— Ele está aí dentro? — Joona sussurra.

A mudança no rosto de Rex, de confusão para medo, é visível na imagem refletida. Através do vidro, os móveis da sala parecem sombras indistintas.

— Tem alguém parado ali? — Johan diz, inclinando-se para a frente.

— Tente a câmera cinco.

A quinta câmera está posicionada do lado de fora da sala de jantar, na parte da casa que fica em um ângulo perpendicular com relação ao resto da construção. A lente cobre parte da sala de estar do lado de fora, assim como toda a janela, e enquadra o canto em que a câmera seis está instalada.

Johan amplia o zoom.

O trecho de vinte e dois segundos se repete indefinidamente, mas tudo no interior da sala de jantar escura está completamente imóvel: o lustre acima da mesa, seu reflexo sobre o tampo da mesa, as cadeiras cuidadosamente encaixadas embaixo, um par de meias masculinas no chão.

— Não tem ninguém aí. O que diabos ele está olhando?

— Aumente o zoom embaixo do sofá — Joona diz.

Johan afasta a imagem, depois desce até a base da luminária de pé e segue o fio sob o sofá.

Há alguma coisa caída lá. Johan engole em seco e aumenta a luminosidade da imagem, mas perde o contraste. A escuridão leitosa é quase tão impenetrável quanto o negrume. A imagem gira lentamente para a direita, revelando um punhado de franjas pálidas junto ao pé do sofá.

— É só um tapete enrolado — Joona diz.

— Quase me assustei agora — Johan sorri.

— Só resta uma possibilidade — Joona diz. — Se o assassino não está dentro da sala, então Rex está vendo a imagem dele refletida na janela.

— Ele está bêbado que nem um gambá, então talvez não seja nada — Johan diz, hesitante.

— Volte para a câmera seis.

Mais uma vez a tela mostra Rex por trás, em frente à porta de vidro da sala de estar. Repetidamente, a expressão em seu rosto se altera da surpresa ao medo.

— O que é que está deixando Rex assustado?

— Ele não consegue enxergar nada além de si mesmo.

— Não, esse é o efeito Vênus — Joona responde, inclinando-se para mais perto da tela.

— O quê?

— Se ele está sendo filmado de lado, e podemos ver seu rosto de frente, então ele não pode estar observando a si mesmo.

— Porque ele está olhando diretamente para a câmera — Johan diz, mais uma vez afagando sua barba.

— Portanto, ele está olhando para algo que deve estar em algum lugar logo abaixo da câmera seis.

O analista troca as câmeras e deixa a imagem correr em panorama pelos janelões da sala até a borda da imagem, em direção à câmera seis, posicionada no canto mais distante do edifício, com um bosque de árvores escuras atrás dela.

— Mais perto, debaixo daquele salgueiro — Joona diz.

Os longos galhos quase roçam a grama e balançam na brisa suave.

Joona sente um arrepio na espinha no momento em que vislumbra pela primeira vez o assassino.

As sombras das folhas se movem sobre um rosto encapuzado, que de súbito desaparece.

88

Com as mãos trêmulas, Johan retrocede as imagens e reduz pela metade a velocidade, e eles veem os galhos do salgueiro se moverem para revelar o rosto e depois escondê-lo novamente.

— Um pouco mais — Joona sussurra.

As folhas balançam devagar, e então eles entreveem mais uma vez o assassino, no exato momento em que ele se afasta e some pelas sombras.

— De novo, desde o começo — Joona diz.

Dessa vez, ele consegue ver claramente as orelhas de coelho penduradas na frente do rosto mascarado.

— Pare... volte um pouco.

A tela está quase completamente preta, mas algo cinza se move em torno da cabeça do assassino, e há uma rápida cintilação na janela ao lado dele.

— O que diabos ele está fazendo?

— Amplie o zoom na escuridão — Joona diz.

— O que é isso? — Johan pergunta, apontando para a tela.

— Deve estar na parte de trás da orelha dele.

— Ele tirou a máscara?

— O contrário, eu diria... é nesse instante que ele a coloca, sob o manto das sombras.

O assassino deve ter descoberto que havia uma sombra de câmera alinhada com as árvores e entrou no jardim usando esse ponto cego antes de parar sob o salgueiro para enfiar o capuz.

— Profissional pra caralho — Johan diz, sem fôlego.

— Tente a número oito de novo... havia alguma coisa tremeluzindo na janela.

A imagem fica preta, e os movimentos cinzentos atravessam a tela quando o assassino puxa a máscara de costas para a câmera. Há um momentâneo lampejo de algo na janela antes que ele se vire, as orelhas de coelho balançando na frente do rosto.

— O que é isso, brilhando na janela da cozinha? — Johan pergunta.

— É um vaso. Eu já vi isso antes, na câmera sete — Joona diz.

— Está no peitoril da janela, ao lado de uma tigela de limões.

— Um vaso.

— Aumente o zoom.

Johan faz o vaso encher a tela, exatamente como o rosto de Rex pouco tempo antes. O metal curvo e brilhante reflete a janela e o jardim do lado de fora. Ao longo de uma borda do vaso há um indício de movimento, não mais do que uma fugaz alteração na luz.

— Volte — Joona diz.

— Eu não vi nada — Johan murmura enquanto faz recuar a filmagem.

O movimento ao longo da borda do vaso forma uma linha curva, a cor do papel amarelado.

— Talvez fosse o rosto dele antes de colocar a máscara — Joona diz.

— Puta que me pariu — Johan sussurra, fazendo uma captura de tela em alta resolução do reflexo convexo.

Ambos olham fixo para o reflexo curvo no vaso, um arco pálido correndo verticalmente tela abaixo.

— O que a gente faz agora? Precisamos ver o rosto dele.

Johan tamborila os dedos na coxa e murmura algo para si mesmo.

— O que você disse? — Joona pergunta.

— Em um espelho quase esférico, a imagem é muito distorcida porque os raios das bordas e do centro da superfície não se encontram no mesmo ponto.

— É possível corrigir isso?

— Só preciso tentar encontrar uma distorção côncava que corresponda exatamente à superfície convexa e alinhá-la com o eixo principal...

— Pelo visto isso demora um tempão.

— Levaria meses... se ainda não existisse o Photoshop — Johan sorri.

Ele abre o programa e começa a achatar a imagem, pouco a pouco. O único som audível na sala é o toque das teclas.

O clarão do reflexo é sugado para dentro do arco branco, deixando mais escuro o espaço circundante. Parece um singular fenômeno meteorológico.

— Estou arrepiado — Johan sussurra.

O rosto pálido se amplia lentamente e por fim se cristaliza em sua forma original.

Joona respira fundo e se levanta da cadeira. Pela primeira vez, ele consegue ver com nitidez o assassino.

89

Quando Rex pousa a mala no corredor de entrada, pode ouvir Sammy tocando seu violão elétrico. Reconhece o acorde e tenta se lembrar de qual é a canção enquanto se dirige para a sala de estar.

Quando Sammy fez a crisma, Rex deu de presente ao filho uma guitarra Taylor com cordas de aço, mas não sabia que o rapaz ainda o tocava. Assim que entra na sala, ele se lembra de qual é a canção: "Babe, I'm Gonna Leave You", do Led Zeppelin.

Sammy está com as unhas sujas e escreveu algo na própria mão. Sua franja loira paira na frente do rosto enquanto ele se concentra.

Ele dedilha delicadamente as cordas e cantarola junto em voz baixa, apenas para ouvir a música em sua cabeça.

Rex se senta em cima do amplificador e ouve. Sammy continua tocando até chegar à longa seção instrumental, então segura a mão sobre as cordas para silenciá-las e olha para cima.

— Você é bom! — Rex exclama.

— Não, não sou — Sammy diz, envergonhado.

Rex pega a guitarra Gibson semiacústica e ajusta o amplificador. Há um zumbido enquanto os cabos esquentam.

— Você conhece alguma música do David Bowie?

— "Ziggy Stardust" foi a primeira canção que aprendi a tocar. Eu me senti um cara muito descolado. A mamãe deve ter ouvido essa música um milhão de vezes — Sammy diz, e começa a tocar, sorrindo.

Rex canta junto, tentando acompanhar o filho na guitarra.

Do lado de fora das enormes janelas, nuvens cinzentas deslizam rapidamente pelo céu, e parece que uma tempestade está se formando.

Enquanto cantam juntos, Rex observa o rosto de Sammy e se lembra de quando Verônica, grávida, lhe disse que estava pensando em ter o filho. Rex já havia dito que não se sentia maduro o suficiente e era incapaz de conter seus sentimentos de impotência e frustração. Em seguida ele se levantou, colocou a cadeira no lugar e foi embora.

— Solo, pai! Solo! — Sammy grita.

Com um olhar de horror estampado no rosto, Rex começa a tocar a única escala de blues que ele conhece, mas o som parece todo errado.

— Desculpe — ele resmunga.

— Tente usar o mi bemol — Sammy diz.

Rex muda de posição e tenta novamente, e dessa vez o resultado é um pouco melhor, quase um solo de guitarra de verdade.

— Bravo! — Sammy diz com um sorriso e um olhar alegre.

Rex ri, e eles começam a tocar "It'll Never Be Over For Me", de Håkan Hellström, quando de repente a campainha toca.

— Eu atendo — Rex diz, e coloca o violão no chão, fazendo o amplificador rugir.

Ele corre para o corredor e abre a porta.

Uma garota com as bochechas perfuradas de piercings olha para ele com expressão grogue. Está vestindo jeans preto, camiseta da banda Pussy Riot e chapéu preto, e o braço esquerdo esquelético está engessado do cotovelo até as pontas dos dedos. Na outra mão, ela carrega uma sacola de plástico da H&M toda amarrotada.

Atrás dela, um homem na casa dos trinta anos, de olhos quentes e rosto de uma beleza juvenil, embora um tanto abatido, feito um astro do rock. Rex o reconhece. É o homem com quem Sammy estava na festa quando teve uma overdose.

— Entrem — Sammy diz atrás de Rex.

A garota tropeça no capacho e entrega a sacola a Sammy.

— Suas coisas — Nico diz, entrando no corredor.

— Valeu — Sammy responde.

A mulher abraça Nico e sorri para o rosto dele.

— Esse é o cara gay que pagou pelo seu carro? — ela pergunta.

— Ele é o meu Salaì. Eu amo esse cara — Nico diz a ela, retribuindo a carícia.

— Eu pensei que você me amava — ela reclama.

Sammy confere o conteúdo da sacola.

— Cadê a câmera?

— Merda, esqueci — Nico diz, dando um tapa na própria cabeça.

— Como estão as coisas? — Sammy pergunta em voz suave.

— O processo judicial começa em novembro... mas aluguei uma casa em Marselha, então vou passar o outono lá.

— Ele vai pintar uma série de retratos meus — a garota diz, cambaleando, e consegue pisar nas botas de Rex.

— A Filippa vai com a gente. Seremos uma pequena gangue lá, então vai ser muito legal.

— Tenho certeza que sim — Sammy diz.

— Ela não tem seus olhos — Nico diz em voz baixa.

Sammy olha para ele.

— Caramba, você é tão bonito — Nico suspira.

Sammy não consegue conter um sorriso.

— Quando você devolve a minha câmera? — ele pergunta.

— O que você vai fazer hoje à noite?

— Por que você quer saber? — Filippa sussurra no ouvido de Nico.

— Estou pensando em ir à festa do Jonny — Nico diz.

— Eles são uns fodidos doentios, eu não dou conta de lidar com eles — ela rosna, recostando-se nos casacos pendurados no corredor.

— Eu não perguntei a você — Nico diz, e olha para Sammy. — Você quer vir? Pode ser divertido, e eu vou levar a sua câmera.

— Na casa do Jonny? — Sammy diz, hesitante.

— Ele vai ficar em casa — Rex diz, em tom severo.

— Tudo bem, papai — Nico diz, e bate continência.

— Vou pensar a respeito — Sammy diz.

— Diga que sim, isso me deixaria...

— Obrigado pela visita — Rex o interrompe.

— Pare com isso, pai — Sammy sussurra, a voz magoada.

Filippa ri e começa a vasculhar os bolsos dos casacos atrás dela. Nico pega o braço da garota e sai porta afora.

— Eu te ligo — Sammy diz.

Rex fecha a porta e depois fica lá segurando a maçaneta, fitando o chão.

— Pai — Sammy diz, cansado. — Você não pode simplesmente fazer isso. O que você fez foi uma verdadeira merda.

— Você tem razão, me desculpe — começa Rex. — Mas... pensei que você e ele tinham terminado.

— Eu não sei o que vai acontecer.

— Você precisa viver sua própria vida, mas não posso fingir que gosto dele.

— O Nico é um artista. Ele estudou numa escola de arte em Gotemburgo.

— Ele é bonito, e posso ver que é fascinante, mas ele colocou você em perigo, e isso...

— Eu não sou completamente ingênuo — Sammy o interrompe, irritado.

Rex levanta as mãos na direção dele, como quem pede desculpas.

— Podemos apenas tentar sobreviver a essas semanas juntos, como combinamos no começo?

90

O Caçador de Coelhos está caminhando ao longo da calçada estreita da Luntmakar, uma ruela secundária e escura que corre entre os edifícios altos no centro de Estocolmo.

Dentro do casaco, balança uma machadinha, pendurada numa presilha na altura da cintura.

Em frente a um restaurante há vários paletes com pilhas de caixas de comida enlatada atravancando a calçada, e por isso ele é forçado a sair para a rua.

O Caçador de Coelhos coloca a mão sob o nariz, como se estivesse com um sangramento nasal, e olha para os dedos, mas não é nada. Ele pensa em como costumava amarrar coelhos vivos aos mortos, em cordas compridas, e depois os soltava. Libertos, os vivos e feridos arrastavam consigo os cadáveres, correndo em disparada para todos os lados e entrando em pânico na sua tentativa de fuga.

Eles traçavam estranhos desenhos de riscos de sangue no chão de cimento sujo.

Ele se lembra dos espasmos das patas traseiras, das unhas raspando ruidosamente o chão enquanto as criaturas tentavam escapar do peso dos mortos. Sem pressa, ele caminha pela rua, passando por uma garagem meio aberta. Parece que o portão eletrônico está quebrado e sendo mantido a cerca de um metro do chão por um cavalete. Ele pode ouvir uma mulher chorando, furiosa, dentro da garagem. Ela funga e diz algo, com uma voz agitada.

O Caçador de Coelhos passa pelo portão no momento em que a mulher para de falar.

Ele se detém, vira o corpo e fica à escuta.

A mulher voltou a chorar, e agora um homem está gritando com ela.

O Caçador de Coelhos retorna, agacha-se e espreita. Vê uma rampa íngreme, iluminada por lâmpadas fracas ao longo das paredes de concreto. A mulher está falando com mais calma agora, mas para abruptamente, como se tivesse levado uma pancada. O Caçador de Coelhos se esconde debaixo da porta e começa a descer a rampa.

O ar ali dentro é abafado e cheira a gasolina.

Ele continua até chegar a uma pequena garagem. Um homem de sessenta anos, usando uma jaqueta de couro e jeans folgado, está dando empurrões numa jovem vestida com roupas que deixam à mostra boa parte de seu corpo, encurralando-a entre um furgão vermelho com janelas embaçadas e um carro esportivo coberto com algum tipo de tecido prateado.

— Vocês estão se divertindo? — o Caçador de Coelhos pergunta em voz baixa.

— Quem é você, porra!? — o homem pergunta, aos berros. — Você não tem permissão para descer aqui!

O Caçador de Coelhos se encosta na parede, olha para eles e depois para o furgão, que está balançando ritmicamente, e pensa que poderia rasgar o homem e a mulher, decepar as mãos de ambos e assistir enquanto correm de um lado para o outro, esguichando sangue por toda parte.

— Suma daqui! — o homem diz.

A mulher olha fixamente para ele, sem entender.

Os componentes de alumínio de um sistema de ventilação estão dispostos sobre uma lona logo atrás do homem, e mais adiante há alguns rolos de grama sintética empilhados junto à parede.

O Caçador de Coelhos nunca teve nada contra combate corpo a corpo. Quando ia de casa em casa ajudando a "limpar" a área de combate em Ramadi, sempre era o primeiro homem a entrar nos edifícios.

Eles arrombavam a porta e jogavam granadas de atordoamento de fabricação polonesa. O comandante da unidade ficava parado de lado sem fazer coisa alguma, dando ordens aos outros.

Ele sempre foi direto para o alvo com seu fuzil M4, uma pistola ou uma faca. Era rápido e capaz de matar sozinho quatro ou cinco homens.

— Cai fora — o homem diz, aproximando-se.

O Caçador de Coelhos se endireita, limpa o lábio superior e olha para a luz fluorescente que cintila no teto.

— Isto aqui é uma garagem particular — o homem diz, ameaçador.

— Ouvi gritos quando eu estava passando e...

— Não é da sua conta — o homem o interrompe, estufando o peito.

O Caçador de Coelhos olha novamente para a jovem. Ela tem um olhar carrancudo, e uma das bochechas está vermelha no ponto em que o homem a estapeou. Ela está usando uma capa de chuva de comprimento médio e um vestido branco muito curto e justo, meia-calça preta com estampa de caveiras e sapatos de plataforma.

— Você quer estar aqui? — o Caçador de Coelhos pergunta com voz suave.

— Não — ela responde rapidamente e limpa o nariz.

— Olha só, você entendeu errado a situação — o homem sorri.

O Caçador de Coelhos sabe que não deveria estar ali, mas não pode evitar. Ele não dá a mínima para a mulher. Ela não vai escapar da prostituição, aconteça o que acontecer aqui. O que o atrai é o homem.

— Deixe-a ir embora — ele diz.

— Ela não quer ir — o homem responde, sacando uma pistola semiautomática.

— Pergunte a ela — o Caçador de Coelhos sugere, sentindo calafrios irradiarem de algum lugar nas profundezas de suas vísceras.

— O que você quer? — o homem pergunta. — Acha que é algum tipo de herói?

Ele aponta a pistola para o Caçador de Coelhos, mas fica inquieto com a absoluta ausência de medo do homem e dá alguns passos para trás.

— Nada vai acontecer com ela — o homem diz, com um traço de nervosismo na voz. — É só uma puta orgulhosa que se acha melhor que as outras.

O Caçador de Coelhos o ouve e não consegue refrear um sorriso.

O homem abaixou a arma. Agora está apontando para o chão, com o cano tremendo.

Ele recua até o grande ventilador industrial portátil, movendo-se sem rumo, tentando escapar como um coelho doente.

— Me deixe em paz, caralho.

O homem levanta de novo a pistola, mas o Caçador de Coelhos, com um gesto frio e suave, bloqueia sua mão, vira a arma para o homem e empurra o cano para dentro da boca dele.

— Bum — ele sussurra, depois puxa a arma novamente, deixa cair o carregador no chão e tira a bala da câmara. O projétil rola pelo chão até os pés da garota, que fica lá imóvel, olhando para baixo, como se tivesse medo de testemunhar a cena.

O Caçador de Coelhos sobe a rampa, limpa as impressões digitais da pistola e a joga dentro de um balde cheio de areia e guimbas de cigarro. Inclina o corpo para passar por baixo da porta da garagem e segue ao longo da calçada sombreada.

Na rua Rehns, ele vira à direita e caminha até a porta de madeira, no exato momento em que uma mulher de cabelo preto tingido e braço engessado segura a porta aberta para deixar entrar um homem de rosto atraente.

O Caçador de Coelhos passa pela porta e agradece a eles, caminha direto para o elevador e aperta o botão do último andar.

Ele se lembra de quando ajudava a mãe a preparar as armadilhas, borrifando as gaiolas com cidra de maçã para que os coelhos não farejassem o cheiro dos humanos.

O elevador chega ao último andar no momento em que as luzes da escada se apagam. Nesse andar há apenas uma porta, uma pesada porta blindada.

Depois que Rex morrer, o Caçador de Coelhos vai arrancar as orelhas dele, enfiá-las em uma pulseira de couro e usá-las em volta do pescoço por dentro da camisa.

Esse pensamento ocupa sua cabeça com um som crepitante, que se transforma em um barulho ensurdecedor, semelhante ao de um carrinho de supermercado cheio de garrafas sendo empurrado pelo estacionamento.

O Caçador de Coelhos fecha os olhos e tenta se recompor. Precisa confinar dentro de si o silêncio exterior e usar o silêncio para subjugar o caos.

Ele toca a campainha e ouve passos se aproximando do interior do apartamento. Olha para o chão de mármore apenas para vê-lo girando sob seus pés.

A porta se abre, e Rex surge na frente dele, a camisa pendurada do lado de fora da calça. Rex o deixa entrar, dá alguns passos para trás e quase tropeça numa mala.

— Entre — ele diz com voz ríspida.

O Caçador de Coelhos entra e fecha a porta atrás de si, pendura o casaco e desamarra os sapatos, enquanto Rex volta para o andar de cima.

Ele ajusta a machadinha pendurada sob a jaqueta e segue Rex lentamente para o bem iluminado primeiro andar.

— Estou com fome — ele diz quando entra na cozinha.

— Desculpe — Rex sorri e levanta os braços. — Eu estava tocando guitarra em vez de preparar os aspargos.

— Eu faço isso — o Caçador de Coelhos diz, pegando uma tábua de picar carne de plástico branca.

— Vou começar a fazer o caldo, então — Rex diz, tirando da geladeira quatro aspargos verdes.

O Caçador de Coelhos engole em seco. Precisa tomar seu medicamento o mais rápido possível. Seu cérebro está gritando, como se alguém o estivesse rasgando ao meio. Rex é um dos homens que estupraram sua mãe, que a abandonaram para morrer em uma pilha de estrume.

O Caçador de Coelhos encosta uma das mãos sobre o balcão e puxa do cepo uma faca de cortar legumes.

Sammy entra na cozinha segurando uma maçã, olha de relance para o Caçador de Coelhos e depois se vira para o pai.

— Podemos continuar conversando? — ele pergunta, depois enrubesce.

O Caçador de Coelhos segura o fio da lâmina da faca contra o polegar, pressiona-o suavemente e fecha os olhos por alguns momentos.

— Sammy — Rex diz. — Não tenho problema em você morar aqui, não foi isso que eu disse.

— Mas não é nada bom saber que a gente não é desejado — ele diz.

— Todo mundo vai morrer, mais cedo ou mais tarde — o Caçador de Coelhos diz.

Ele olha para a faca na mão e pensa de novo em sua mãe e no terrível estupro que a destruiu.

Agora o Caçador de Coelhos sabe que, durante sua infância, a mãe sofria de psicose depressiva reativa crônica, e que os recorrentes e sombrios delírios dela tiveram um sério impacto na vida de ambos.

Os dois sentiam um agressivo pavor de coelhos e daquelas repulsivas tocas de coelho no chão.

Ele costumava tentar manter suas memórias de infância à distância. As caçadas aos coelhos e os medos de sua mãe eram apenas uma parte de um passado secreto.

Mais recentemente, porém, essas memórias vêm aparecendo com maior frequência, rompendo todas as suas defesas.

Elas se alvoroçam feito uma avalanche diretamente para dentro dele, como se tudo estivesse acontecendo neste exato momento.

Ele não acha que é psicótico, mas o passado já provou para além de qualquer sombra de dúvida que nunca desistirá.

91

Enquanto pica as chalotas, Rex pode sentir que as pontas dos dedos da mão esquerda estão doloridas por ter tocado guitarra.

— Por que você diz que não é desejado? — ele pergunta timidamente, empurrando a cebola picada para dentro de uma panela.

— Porque você está sempre falando sobre como precisamos tentar sobreviver a essas três semanas juntos — Sammy explica.

Rex raspa a faca na borda da panela, olha para a lâmina larga e depois a enxágua na pia.

— Quando falo isso, não quero dizer que tenho que aturar você — ele explica. — Quero dizer... estou implorando para você me aguentar.

— Não parece — o filho diz com a voz carregada.

— Eu nunca vi o Rex tão feliz quanto ele está agora — DJ comenta, enquanto descasca os aspargos.

— Papai, você se lembra da última vez que eu fiquei de vir morar com você? — Sammy pergunta. — Lembra daquilo?

Rex olha para o filho, seus olhos reluzentes, o rosto sensível e os ombros magros. Sabe que o que ele está prestes a dizer não será bom, mas ainda assim quer que ele continue.

— Não, não me lembro — ele responde honestamente.

— Eu tinha dez anos de idade e estava muito feliz. Contei a todos os meus amigos sobre meu pai, sobre como eu iria morar com você no centro da cidade e sobre como íamos comer no seu restaurante todas as noites.

A voz de Sammy fica embargada, ele abaixa o rosto e tenta se acalmar. Rex tem vontade de ir até ele e abraçá-lo, mas não se atreve.

— Meu Sammy... não sei o que dizer, não me lembro disso — ele sussurra.

— Não — Sammy responde. — Porque você mudou de ideia quando viu que eu não tinha cortado meu cabelo.

— Isso não é verdade — ele diz.

— Eu tinha cabelo comprido, e você continuava fazendo o maior escarcéu, dizendo que eu deveria cortá-lo, mas eu não cortei e... quando eu cheguei na sua casa...

Os olhos de Sammy se enchem de lágrimas, seu rosto fica vermelho e seus lábios incham. Rex tira a panela do fogo e limpa as mãos no avental.

— Sammy — ele diz. — Agora eu sei do que você está falando, e não teve nada a ver com o seu cabelo. Olha, foi assim... quando a sua mãe trouxe você, eu estava tão bêbado que não conseguia nem parar em pé. Não havia como ela deixar você comigo.

— Não — Sammy funga, virando o rosto.

— Isso foi quando eu morava na rua Drottning — Rex diz. — Eu me lembro de que estava caído no chão da cozinha e me lembro de você. Você estava usando tênis de lona vermelhos e tinha aquela mala pequena de papelão...

Ele para de falar quando a materialização da lembrança se espalha por seu peito.

— Mas você achou que era o seu cabelo — ele diz, quase para si mesmo. — Claro que você achou.

Ele contorna o balcão da cozinha e tenta abraçar Sammy, mas o filho recua.

— Me perdoe — Rex diz, e delicadamente afasta a longa franja de Sammy de seu rosto. — Me perdoe, Sammy.

DJ enfia na boca um comprimido de Modiodal e engole. Não sabe de que modo será afetado emocionalmente por tudo o que está acontecendo. Não seria bom se de repente ele caísse adormecido no chão.

Ele corta em fatias os aspargos limpos e descascados, reserva as pontas e depois coloca o restante em uma panela cheia de água.

Está pensando que neste exato momento não poderá ser um caçador, que precisará ser o amigo DJ por mais algum tempo.

Não há pressa. Tudo está acontecendo em um ritmo perfeito, na ordem perfeita.

Ele se lembra de sua mãe lhe mostrando uma fotografia da escola, com todos os alunos reunidos em frente ao imenso prédio principal. Na foto, os olhos de nove deles haviam sido arrancados, substituídos por furos, e o décimo não estava na cena porque era o jardineiro. Ele se lembra com exatidão da mão trêmula de sua mãe e do modo como a luz da lâmpada sobre a mesa brilhava através dos orifícios do papel, como uma constelação desconhecida.

— Eu sou capaz de cuidar de mim mesmo — Sammy diz, num fiapo de voz. — Você ainda não entendeu?

— Mas eu sou responsável por você enquanto você estiver aqui... e do jeito que as coisas estão agora, acho que não devo ir a Norrland com o DJ.

— Podemos adiar a reunião — DJ opina, pousando a faca sobre a tábua de cortar. — Eu posso ligar para os investidores.

Rex lança na direção dele um olhar de gratidão.

DJ sorri e pensa em como vai matá-lo: Rex terá que rastejar pelo corredor do hotel com as costas mutiladas, e por fim ele vai desferir--lhe um golpe fatal na nuca.

Rex espreme um pouco de sumo de limão na panela, e Sammy pega o creme de leite na geladeira.

— Não preciso de babá — Sammy diz. — Pode parecer que sim, mas estou bem.

— Eu simplesmente não quero que você fique sozinho — Rex responde, enquanto começa a descascar o camarão.

— Mas você estava sonhando em ir até lá e caçar — Sammy sorri, fingindo apontar um rifle. — Bum, bum... Bambi cai morto.

— É apenas uma reunião de negócios — Rex responde.

— E estou arruinando tudo — Sammy diz.

— Você pode vir até a natureza selvagem de Norrland com a gente — DJ sugere, imaginando um coelho que rasteja ensanguentado pelo chão enquanto o que resta de suas patas está sobre a bancada de trabalho.

— O papai não quer isso — Sammy responde calmamente.

— É claro que eu quero! — Rex protesta, enxaguando as mãos.

— Não, você não quer — Sammy diz.

Rex mistura a sopa, salteia rapidamente os gomos de aspargos e pega a tigela com os camarões descascados.

— Seria ótimo — ele diz, entusiasmado. — Nós podemos cozinhar para os investidores, Sammy, e eu prometo que você vai amar a paisagem lá de cima.

— Mas eu não sou capaz de matar animais.

— Nem eu — Rex diz.

— Na hora H, talvez vocês descubram que têm essa capacidade inata dentro de vocês — DJ diz, tentando expulsar da cabeça o eco dos gritos de sua mãe.

Apenas dois dos estupradores tinham sido difíceis de matar. Um porque, ele bem sabia, receberia muita atenção da mídia e desencadearia uma operação policial de grandes proporções, e o outro porque morava em Washington, D.C. e, havia muitos anos, contava com forte proteção de agentes da empresa de segurança privada Blackwater.

Seu plano era tão engenhoso que ninguém seria capaz de desmascará-lo antes que fosse tarde demais.

Ele sabia que Teddy Johnson participaria do funeral do ministro das Relações Exteriores.

Mas teve que instigá-lo a aparecer em público exatamente no momento certo, antes que descobrisse que algum de seus velhos amigos da Toca do Coelho havia morrido; caso contrário, suspeitaria que se tratava de uma armadilha.

E aí, nenhuma isca que o caçador colocasse na gaiola de coelho faria a menor diferença.

Mas Teddy Johnson caíra na armadilha, e DJ arranjou uma maneira de se afastar de Rex na igreja lotada. Deu um jeito de ocupar um assento na galeria, junto à escada, com Sammy à sua direita. Enquanto soavam as notas de um hino particularmente animado, eles jogaram bolinhas de papel em Rex.

DJ saiu de fininho do culto e conseguiu chegar ao topo da torre na rua Kungs dez minutos antes das palavras finais do padre. Sabia que o caos que ia se desencadear depois de Teddy Johnson ser assassinado a tiros esconderia o fato de que ele havia desaparecido da igreja. As pessoas sairiam correndo aos gritos. Com o tumulto, levaria horas para que os três se encontrassem novamente, já no apartamento de Rex.

Um rifle .300 Winchester Magnum era a escolha mais óbvia. Ele geralmente segue seu instinto quando se trata de escolher uma arma.

Para matar o ministro, ele escolheu uma pistola com silenciador, porque sabia muito bem que, por mais que se preparasse e planejasse tudo com o máximo cuidado, mapeando as rotinas e horários da vítima, sempre há coisas impossíveis de prever.

Ele estivera duas vezes na casa do ministro a fim de estudar o sistema de alarme, identificar os locais das câmeras e verificar as rotinas de segurança. Porém, ao contrário da maioria das pessoas, um homem na posição de ministro das Relações Exteriores poderia facilmente contar com guarda-costas armados em casa.

O Caçador de Coelhos teria preferido cortar os pulsos do ministro na banheira, mas depois que a prostituta conseguiu se libertar e acionar o alarme, ele não quis correr nenhum risco.

Havia três razões para matar o ministro enquanto uma prostituta estava amarrada à cama dele. A primeira era que ele sabia que sua vítima só organizava esse tipo de encontro quando sua família saía em viagem.

A segunda era que ele sempre dispensava seus guarda-costas antes de seus programas com prostitutas.

A terceira era que a presença de uma prostituta aumentava a probabilidade de que as circunstâncias em torno da morte do ministro fossem abafadas pelas autoridades.

Assim que eles se sentam à mesa, DJ sorri para Rex, mas em seu íntimo sua mãe continua gritando de terror enquanto os coelhos escapam da armadilha. Eles entram em pânico tentando escapar da pá que ele maneja para golpeá-los.

92

Joona percorre a passos largos o corredor no oitavo andar da sede da polícia. Seu cabelo loiro está desarrumado, seus olhos cinzentos estão atentos. Veste um terno preto novo e uma camisa cinza-claro. A jaqueta está desabotoada e a empunhadura do Colt Combat é visível no coldre de couro gasto, sob o ombro esquerdo.

Uma jovem com profundas linhas de expressão no rosto abre um sorriso caloroso para ele, e um homem de barba grisalha parado na porta da sala dos funcionários leva a mão ao coração quando Joona passa.

Do lado de fora da porta da sala do chefe há um mapa mostrando os sete distritos policiais da Suécia: Estocolmo é o menor, e o mais ao norte cobre metade do país.

Carlos está curvado sobre o aquário; quando Joona entra, ele tem um sobressalto, como se tivesse sido flagrado fazendo algo ilegal.

— Você mima demais esses peixes — Joona diz, olhando para o aquário.

— Eu sei, mas eles adoram — Carlos assente.

Ele mudou a decoração do aquário. Em vez do navio naufragado e do mergulhador de plástico, os peixes agora nadam em torno de naves espaciais brancas, Stormtroopers, um Darth Vader inclinado e um Han Solo meio escondido pelas bolhas da bomba de oxigênio.

— Temos uma imagem do rosto do assassino agora — Joona explica. — Mas a fotografia não corresponde a ninguém que tenha antecedentes criminais ou que já foi suspeito.

Carlos abre o arquivo da foto em seu computador e fita o rosto que Johan Jönson conseguira extrair do reflexo no vaso de prata.

O assassino é um homem branco na faixa dos trinta anos, com cabelo loiro e uma barba cheia e bem cuidada, nariz reto e testa franzida.

O rosto está virado para o lado, o pescoço grosso está torcido e os músculos da garganta se destacam entre as sombras. Sua boca está ligeiramente aberta, seus olhos azuis reluzem e têm uma expressão distante.

— Precisamos divulgar essa imagem para todas as unidades da força policial, e isso precisa ser feito por você — Joona diz. — Prioridade absoluta. Vamos dar quinze minutos, e se não houver nenhuma resposta, podemos mandar divulgar a imagem nos sites dos jornais e solicitar informações à população em geral.

— Por que é que sempre há tanto alvoroço quando você...?

Ele interrompe a si mesmo quando Anja entra em sua sala sem bater. Ela contorna a grande escrivaninha e empurra Carlos e sua cadeira para o lado, como se ele fosse uma churrasqueira atrapalhando seu caminho.

Ela rapidamente transmite a imagem pela rede interna que cobre toda a corporação policial, atribuindo-lhe prioridade máxima, e abre o anexo de um e-mail que ela mesma enviou, contendo uma sugestão de texto para as redações de jornais de todo o país.

A imagem do assassino aparece no monitor do terminal de rádio do próprio Carlos, que está ao lado do teclado.

— Agora só temos que esperar — ela diz, cruzando os braços.

— Então, o que há de novo por aqui, além do nome? — Joona pergunta, observando o parque através da janela baixa.

— Estamos trabalhando exatamente da mesma maneira que antes — Carlos responde. — Só que um pouco pior.

— Parece ótimo — Joona diz, olhando o relógio e se perguntando por que Saga não entrou em contato.

Uma chamada chega em outro terminal. Carlos percebe que terá que responder e fuça nos botões até conseguir ativar a função do viva-voz.

— Rikard Sjögren, equipe de Resposta de Estocolmo — o oficial anuncia a título de introdução. — Não sei se o que vou dizer tem alguma utilidade, mas fiz parte da operação de segurança do funeral do ministro das Relações Exteriores na igreja de St. Johannes Kyrka e tenho certeza de que vi esse homem entre os enlutados.

— Mas você não sabe quem ele é? — Carlos pergunta, aproximando a boca do transmissor.

— Não.

— Ele estava com mais alguém ou perto de alguém que você reconheceu? — Joona pergunta.

— Não tenho certeza... mas eu o vi conversando com o chef que está sempre na televisão.

— Rex Müller?

— Sim, esse aí, Rex Müller.

Anja já começou a vasculhar os arquivos das fotografias do funeral publicadas pelos jornais e revistas semanais. Uma enxurrada de rostos se sucede, principalmente políticos e empresários sob a forte luz do sol do lado de fora da igreja.

— Aqui está ele — ela diz. — É ele, não é?

— Sim — Joona diz.

No plano de fundo de uma fotografia que mostra o presidente da Estônia há um homem em pé numa fila de pessoas. Ele protege os olhos contra o sol, que brilha intensamente em sua barba loira.

— Mas não há nome — Anja murmura para si mesma, e continua procurando.

Não demora muito para que ela encontre outra fotografia do homem, dessa vez ao lado de Rex Müller e seu filho. Rex está com o braço em volta dos ombros do filho e olha para a lente da câmera com uma expressão triste no rosto, enquanto o assassino se afasta. Sua testa está molhada de suor e a expressão em seus olhos parece estranhamente tensa.

— Segundo a legenda da foto, o nome dele é David Jordan Andersen — Anja diz.

Identificamos o assassino, Joona pensa. David Jordan Andersen é o assassino-relâmpago que está matando os estupradores, um por um.

Anja realiza uma rápida pesquisa pelo nome e descobre a existência de um David Jordan que é o fundador da empresa que produz os programas de culinária de Rex e atua como empresário do chef.

— Onde ele mora? — Joona pergunta.

— Ele mora... em Ingarö, e a empresa dele tem um escritório na rua Observatorie.

— Envie uma equipe para Ingarö, uma para o escritório e outra para a casa de Rex Müller — Joona instrui Carlos. — Mas não se esqueça de que ele é extremamente perigoso... é provável que tente matar os primeiros homens a chegarem.

— Não diga essas coisas — Carlos murmura.

Joona e Anja esperam enquanto Carlos rapidamente organiza uma equipe de liderança e dá à Unidade Nacional de Operações a ordem de invadir a casa em Ingarö, depois fornece os dois outros endereços às equipes de resposta da polícia local.

Antes de encerrar a ligação, ele enfatiza a importância de que todos os homens usem armamentos pesados e coletes à prova de balas.

— Ele é capaz de atirar através de nossos coletes de proteção — Joona diz, e sai da sala.

93

Agora que a chuva arrefeceu, o céu está branco. Pétalas de rosa-canina desbotadas estão grudadas nas tampas dos ralos. A água goteja do telhado do Departamento de Medicina Legal do Instituto Karolinska.

Nils "Agulha" Åhlén passa pelo estacionamento em seu Jaguar branco, sobe na calçada e para exatamente em frente à entrada com uma das rodas traseiras em cima do canteiro de flores.

O rosto magro do Agulha está escanhoado, e seus óculos de aviador de armação branca empoleirados sobre o nariz torto. É considerado um patologista extremamente dedicado e focado, e hoje está com um bom humor incomum.

Ele acena alegremente para a mulher na recepção, entra em sua sala, tira o paletó e veste o jaleco branco.

— *You know I'm a bad man...* [Você sabe que sou um cara mau] *la la la* — ele canta, ao entrar no laboratório.

O assistente do Agulha, Frippe, já retirou o corpo da gaveta e o posicionou, ainda dentro da sacola lacrada em que fora colocado para ser transportado, sobre a mesa preparada para a autópsia.

— Falei com Carlos, e ele me contou que Joona Linna está de volta — Nils diz. — Agora tudo vai ficar bem de novo.

Ele para de falar abruptamente, limpa a garganta algumas vezes, tira os óculos e os limpa na ponta do jaleco.

— Estou começando a entender por que tive que ir buscar o sr. Ritter de novo — Frippe diz, usando um elástico para prender o cabelo em um rabo de cavalo.

— Joona acha que ele foi assassinado — o Agulha diz, e os cantos de sua boca se contraem em um sorriso.

— Não é o que eu penso — Frippe diz.

— Três pessoas que estudaram na Escola Ludviksberg trinta

anos atrás foram mortas nesta semana. Mas como Joona acha que pode haver mais vítimas, Anja procurou nos bancos de dados todos os nomes dos antigos anuários. Há um suicídio no sul da Suécia que Joona planeja investigar... e a única outra morte relevante é esta — Nils conclui.

— Que foi um acidente — Frippe diz.

— Joona acha que deixamos de perceber um assassinato.

— Ele nem sequer viu o maldito corpo — Frippe diz com indisfarçada irritação.

— Não — o Agulha diz, sorrindo alegremente.

— Carl-Erik Ritter estava incrivelmente bêbado. Ele tinha uma taxa de 0,23 por cento de álcool no sangue. Caiu em uma vitrine no caminho para casa, no pub El Bocado, em Axelsberg, e abriu a veia jugular — Frippe continua, enquanto abre o saco com o cadáver.

Um cheiro repugnante e pantanoso se espalha pela sala.

O corpo nu de Carl-Erik Ritter está marrom e manchado, e sua barriga enegrecida está inchada.

O cadáver fora armazenado a uma temperatura de 7°C para retardar o processo de decomposição, mas eles estão perdendo a luta contra a putrefação.

Frippe se inclina sobre o rosto cinza e de repente percebe algo vermelho reluzindo em uma das narinas.

— Mas que diabos...?

Um líquido vermelho-amarronzado começa a escorrer do nariz, pelos lábios do morto e pela bochecha.

— Merda — Frippe diz, jogando a cabeça para trás.

O Agulha esconde seu sorriso, mas não diz nada — antes ele também reagiu dessa maneira. Durante o processo de decomposição, muitas vezes formam-se bolhas sob a pele e no interior do nariz; quando as bolhas estouram repentinamente e o líquido escorre, é fácil confundir isso com uma hemorragia nasal.

Frippe vai até o computador e fica lá por um tempo, antes de retornar com o iPad e começar a comparar fotos da cena com os ferimentos do morto.

— Bem, vou manter minha avaliação — ele diz depois de algum tempo. — É um clássico exemplo de acidente... mas, obviamente,

Joona pode estar certo sobre outras mortes, há outros distritos, talvez tenhamos deixado escapar um assassinato em Gotemburgo ou Ystad.

— Talvez — Nils murmura, calçando um par de luvas de vinil.

— A vitrine da loja se espatifou e Ritter caiu em cima do vidro e se rasgou. Tudo faz sentido. Dê uma olhada no relatório da equipe forense — Frippe diz, mostrando o iPad.

Nils não pega o aparelho, mas em vez disso começa a examinar os muitos cortes superficiais no corpo, que agora parecem finas linhas negras, concentradas principalmente nas mãos, joelhos, tronco e rosto. O único ferimento realmente grave é a incisão de fora a fora na garganta e que se prolonga até uma das orelhas.

— Um talhe reto e escancarado — Frippe lê enquanto Nils tateia o corte profundo. — As bordas internas são lisas e não estão particularmente encharcadas de sangue... nenhum dano no tecido e nenhum hematoma, e a pele ao redor está intacta...

— Tudo bem — o Agulha diz, passando o dedo pela parte interna do corte.

— A causa direta da morte foi uma combinação de perda de sangue e aspiração de sangue — Frippe continua.

— Sim, é um ferimento muito profundo — Nils murmura.

— Ele estava bêbado, perdeu o equilíbrio, espatifou-se contra a vitrine com todo o peso do corpo e seu pescoço deslizou ao longo de uma das bordas pontiagudas... como a lâmina de uma guilhotina.

Nils lança na direção dele um zombeteiro olhar de relance.

— Mas e se essas circunstâncias infelizes forem perfeitas demais? — ele diz. — E se ele teve a ajuda de alguém que fez pressão sobre a cabeça dele, alguém que deu um jeito de fazer o pescoço deslizar ao longo da borda irregular de modo a cortar a veia jugular e a garganta?

— Foi um acidente — Frippe diz, em tom obstinado.

— Ele se afogou lentamente em seu próprio sangue — o Agulha declara, empurrando os óculos ainda mais para cima do nariz comprido.

— Agora tenho a sensação de que Joona Linna está aqui perguntando quem é que está certo — Frippe geme.

— Mas você já se convenceu de que está certo — Nils diz em tom brincalhão.

— Foi um acidente. Tirei duzentas e dez lascas de vidro do corpo.

Nils move os dedos para a boca do morto e abre o ferimento congelado no lábio superior, deixando à mostra os dentes.

— Isso foi feito com uma faca — ele diz secamente.

— Uma faca — Frippe repete, e engole em seco.

— Sim.

— Então foi assassinato, afinal — Frippe diz, fitando o corpo.

— Sem dúvida — o Agulha sussurra, olhando-o nos olhos.

— Um único ferimento... porra, em mais de duzentos cortes, somente um foi infligido com uma faca.

— Para dar à vítima um lábio leporino... um lábio de lebre.

94

Os micro-ônibus pretos da Unidade Nacional de Operações bloquearam a estreita estrada a quatrocentos metros da casa de David Jordan, na ilha de Ingarö. Policiais fortemente armados estão isolando a área e estenderam faixas de pregos por todo o caminho até as valetas.

Após deliberação com Janus Mickelsen, da Polícia de Segurança, a operação de terra está sendo comandada por Magnus Mollander. Ele é um homem loiro e tímido, que se separou da namorada há alguns dias. Certa manhã, ela declarou, sem mais nem menos, que não podia mais viver com alguém que arriscava a própria vida toda vez que saía de casa para trabalhar. Ela estava irredutível e foi impossível argumentar. Ela simplesmente encheu de roupas sua mala florida e foi embora.

No trajeto até o endereço, Magnus verificou as imagens de satélite da propriedade, que consiste basicamente em bosques e rochedos íngremes perpendiculares à água do mar.

A equipe de Resposta é composta por oito policiais com equipamentos completos: capacetes, coletes à prova de balas, granadas de atordoamento, pistolas e rifles de precisão.

As botas pesadas ecoam enquanto os homens se movem pela estrada vazia.

A um sinal de Magnus, Janus e dois outros franco-atiradores saem da estrada e avançam em meio à vegetação rasteira. O restante do grupo segue em direção à cerca e caminha ao longo dela em silêncio. Das copas das árvores vem o canto dos pássaros. Algumas borboletas adejam por entre as flores silvestres.

A equipe de Resposta chega à entrada para carros da casa de David Jordan, que é muitíssimo bem cuidada. Com um aceno, Magnus instrui os colegas a avançarem. Ele recebeu um informe de Janus comunicando que os franco-atiradores atravessaram a cerca e agora estão subindo pelas pedras atrás da quadra de tênis.

Ele gesticula para o grupo se espalhar em duplas.

Magnus e seu parceiro Rajmo ficam imóveis e observam a casa.

Os franco-atiradores informam que já estão em posição.

Magnus está suando. Ele pode ouvir a própria respiração dentro do capacete enquanto levanta o braço e dá aos homens o sinal.

O primeiro grupo ruma para a casa de hóspedes e arromba a porta, ao passo que o segundo grupo acompanha Magnus e Rajmo em direção ao edifício principal.

Agachados, eles correm pelo espaço aberto em direção à casa. Aproximam-se de duas direções — Magnus põe abaixo a porta da frente enquanto outros homens do segundo grupo quebram uma janela e lançam granadas de efeito moral.

Rajmo puxa a porta para trás, usando o cano da arma para remover as lascas do caixilho, depois corre para a porta do primeiro quarto, agacha-se e a abre. Magnus está logo atrás dele. O alarme contra roubo soa enquanto os homens verificam os quartos, abrindo as portas do guarda-roupa e revirando os colchões.

À medida que vão saindo dos quartos de dormir, recebem informes dos outros membros da equipe no interior do edifício principal. Eles já revistaram o outro lado da casa, mas não encontraram nada.

Magnus faz sinal para que Rajmo se aproxime, depois corre pela sala de estar, protegendo os cantos escondidos antes de entrar na enorme cozinha, banhada na luz deslumbrante que vem do mar. Magnus avança e ouve a equipe na outra parte da casa gritar alguma coisa. Seus óculos de proteção saíram do lugar e ele os tira, mas então, pelo canto do olho, vê alguém sair correndo de um esconderijo no quintal. Magnus engole em seco e aponta a arma para a janela. Seu dedo está apoiado no gatilho, mas ele não consegue enxergar ninguém, apenas a fileira de espreguiçadeiras brancas.

Magnus se agacha para limitar o tamanho do alvo que ele representa. Seu coração martela no peito. Lá fora, as folhas das árvores balançam na brisa suave. Ele enxuga o suor dos olhos e depois vê novamente o vulto.

É Rajmo, de alguma forma refletido através de várias janelas, dando a impressão de que está do lado de fora no terraço, embora esteja contornando a mesa da sala de jantar a dez metros de distância.

Magnus se levanta de novo, olha pela janela, dá um passo para trás e vê seu parceiro refletido no vidro mais uma vez.

Ele se vira para Rajmo e diz que precisam revistar a casa novamente.

Na cozinha, sobre o balcão de mármore há um copo pela metade de uísque, ao lado de um saco de bolinhas de queijo aberto. Magnus tira uma das luvas e toca o copo. Não está frio. Nenhum cubo de gelo derreteu dentro dele recentemente.

Mas alguém estivera ali e saíra da casa às pressas.

Ele vai até a janela. O primeiro grupo chegou ao píer. Dois homens subiram na lancha e estão verificando as escotilhas da cabine e do convés.

Magnus abre a porta do pátio e sai. Vê uma raposa inflável em cima de uma árvore. O vento deve ter carregado o brinquedo para longe da área da piscina.

O alarme finalmente é desligado, e Magnus relata ao comando da UNO que não há ninguém em casa, mas que vão revistar o local mais uma vez, numa inspeção lenta e sistemática.

— Joona Linna estará com vocês em quinze minutos — o chefe de gabinete o informa.

— Que bom.

Magnus anda pela casa e faz sinal para os atiradores, mesmo sabendo que eles têm ordens para permanecer em posição de espera. A superfície de borracha vermelha da quadra de tênis está coberta com agulhas de pinheiro secas e amarronzadas.

Magnus começa a percorrer os fundos do prédio principal, pensando que deveriam revistar também a casa de hóspedes mais uma vez. Devia haver um galpão para abrigar a casa de bombas e a ventilação da piscina, e alguém poderia se esconder lá também.

A madeira escura do edifício irradia o duradouro calor do verão. Não há muitas janelas deste lado, de frente para a floresta.

O chão esfarela sob as botas pesadas de Magnus, e o ar está impregnado de odores infantis de seiva e musgo quente.

Ele descobre o que parecem ser grandes armadilhas de pescar lagosta penduradas sob os beirais nos fundos da casa e está prestes a mexer nelas quando recebe instruções do comando para voltar para o interior da casa, ligar o computador e tentar encontrar uma agenda ou algo que detalhe eventuais viagens iminentes.

Ao longe, ele pode ouvir as marteladas de um pica-pau. Magnus pensa em como sua namorada sempre cobria os ouvidos quando ouvia um pica-pau. Ela não suportava, porque estava convencida de que os pássaros deviam sentir terríveis dores de cabeça por terem que dar suas bicadas.

Ele começa a refazer seus próprios passos e sinaliza para Rajmo, que o seguiu pela casa, mas se detém quando vê na fachada uma escotilha de cerca de um metro e meio de altura. O fecho está solto e pendurado por fora.

Algum tipo de depósito de lenha, talvez, ele pensa, sacando a faca. Rajmo recua quando Magnus cutuca com a lâmina a porta aberta.

Apesar dos avisos que recebeu, ele não acredita realmente que a casa possa ter armadilhas.

Nada acontece.

Magnus sorri para Rajmo, guarda a faca, abre a porta completamente e vê um íngreme lance de degraus que leva ao alicerce do edifício.

— Vou descer e checar — Magnus diz, enquanto enfia a mão e aperta o interruptor da luz.

Ouve-se um clique, mas as luzes não se acendem. Ele acopla a lanterna na pistola e começa a descer o lance de escada.

— Que merda de cheiro é esse? — Rajmo diz enquanto enfia a cabeça pela abertura baixa.

A cada degrau o repugnante fedor de deterioração fica mais forte. A estreita escadinha de concreto parece levar muito abaixo da própria casa. Há teias penduradas por toda parte, com aranhas enormes balançando com seu próprio peso.

Na parte inferior dos degraus há uma passagem curta contendo duas portas de metal. Magnus faz sinal para Rajmo se preparar, e em seguida abre rapidamente a porta mais próxima. É uma sala contendo um filtro de radônio e um sistema de purificação de água. Rajmo abre a outra porta e balança a cabeça para Magnus.

— Bomba de calor geotérmica — ele diz, levantando a gola da sua jaqueta para cobrir o nariz e escapar do cheiro nauseante.

Pelejando para não vomitar, Magnus faz correr o facho de luz da lanterna ao longo do corredor e avista uma portinha de madeira no fundo.

Eles ouvem um zumbido alto e estridente.

Magnus tenta abrir a porta, mas está trancada. Rajmo dá um passo para trás e chuta a maçaneta com tanta força que a fechadura inteira se solta e a porta se abre.

O fedor de carne podre os atinge como uma onda nociva. O zumbido se torna ensurdecedor ao mesmo tempo que dezenas de milhares de moscas enchem o ar.

— Jesus Cristo — Magnus geme, colocando uma das mãos sobre o nariz e a boca.

O ar está tão denso de insetos que os homens não conseguem enxergar o que há no resto do recinto.

— Que porra é essa? — Rajmo consegue dizer.

As moscas se dispersam, seguidas pelo som de alguém arrastando um graveto sobre trilhos, e depois tudo silencia.

Magnus pode sentir suas pernas tremendo enquanto entra na sala fedorenta.

O facho da lanterna ilumina, instável, uma bancada coberta de sangue preto. O sangue escorreu por uma das pernas de madeira e caiu no chão. Há sangue salpicado nas paredes até o teto.

A lanterna de Magnus se move sobre carcaças dissecadas e esparramadas de coelhos, fervilhando de moscas negras.

Há uma jarra de vidro contendo facas com cabos de madeira manchados e lâminas cegas.

— Porra, isto é nojento...

Eles ouvem de novo o barulho estridente. Magnus aponta a arma para o chão e a lanterna ilumina uma gaiola. Vísceras de inúmeros animais jazem jogadas contra a parede ao lado de um ralo. Há um balde de plástico amarelo contendo uma tábua sangrenta e um raspador de pele.

O ruído estridente vem da pequena gaiola no chão. Um coelho em pânico está correndo de um lado para o outro, suas unhas arranhando a grade de metal.

95

Joona veste uma máscara de respiração e luvas de vinil e desce ao acanhado matadouro para examinar os animais mortos. Rapidamente passa os olhos pelas entranhas putrefatas e fedorentas no chão, depois observa os animais dissecados e as partes de carcaças penduradas, mas não consegue encontrar restos que sejam obviamente humanos. O que aconteceu ali parece ter sido uma mistura de abate de coelhos e tortura de animais. Ele pode ver tentativas de produzir peles de coelho e restos de couro desfiado estendidos em cima de um imundo cavalete, bem como perturbadoras evidências de dissecações violentas, coleta de troféus e mutilação.

Na parede manchada de salpicos de sangue atrás da bancada está afixado um recorte de jornal antigo com uma fotografia de Rex segurando na mão erguida um troféu de prata com a silhueta de um chef de cozinha.

Joona carrega o coelho vivo em sua gaiola para a luz do sol, depois caminha um pouco floresta adentro antes de libertá-lo.

Janus encostou o rifle de precisão na cerca ao redor da quadra de tênis e desabotoou o colete à prova de balas. Ele coloca na boca uma pastilha, ajeita o cabelo ruivo, bebe um gole de água de uma garrafa, inclinando a cabeça para trás e engolindo o comprimido.

— Eu vi você em algumas das filmagens de câmeras de segurança da casa do ministro das Relações Exteriores — Joona diz.

— Meu primeiro emprego, quando comecei na Polícia de Segurança, era limpar a bagunça dele... uma ótima maneira de gastar o dinheiro dos contribuintes. Algumas das garotas saíam dos encontros com ele tão machucadas que eu tinha que levá-las direto para o pronto-socorro... e depois era eu quem as obrigava a ficar de bico calado e desaparecer.

— Sei que você foi transferido.

— Isso foi a pedido do ministro. Tudo o que eu fiz foi apertá-lo contra a parede, agarrar aquele pauzinho minúsculo dele e dizer que eu era obrigado a protegê-lo, mas que tenho dois rostos, e um deles não é muito agradável.

Magnus Mollander está à espera de Joona, que retorna com a gaiola vazia. O rosto de Magnus está cinzento, como se ele estivesse com febre, e seu corpo treme apesar das gotas de suor em sua testa.

— Não há nada no computador — ele relata. — Os técnicos forenses fizeram uma avaliação inicial, mas não encontraram nada que possa sugerir o paradeiro de David Jordan.

Ele interrompe seu relatório quando Rajmo caminha até eles para informar que uma mulher está percorrendo a estrada em direção à casa.

— Livre-se de toda e qualquer barreira antes que ela consiga vê-las — Joona diz. — Escondam-se e saiam do caminho, e veremos se ela está vindo para cá.

Todos se amontoam atrás da casa de hóspedes, de onde não podem ser vistos desde a estrada: nove policiais fortemente armados, Joona e o técnico forense.

O portão se abre com um rangido suave.

Joona saca a pistola e a esconde ao lado do corpo enquanto ouve os passos da mulher na vereda de cascalho.

Ela está chegando muito perto deles agora.

Joona dá um passo à frente.

A mulher solta um grito de medo.

— Desculpe assustar você — Joona diz, com a pistola empunhada junto à perna.

A mulher o encara, com os olhos arregalados. Seu cabelo é liso e loiro, e ela usa calça jeans desbotada, sandálias simples e uma camiseta surrada com as palavras *Sinta o ardor*.

— Sou da polícia e preciso que você responda algumas perguntas — Joona diz.

A mulher tenta se recompor, tira o celular da bolsa e dá um passo na direção dele.

— Vou ligar pra polícia e verificar se...

Ela se cala abruptamente assim que vê os homens fortemente armados da unidade de Resposta esperando atrás da pousada. O rosto da mulher vai aos poucos perdendo a cor à medida que observa os coletes à prova de balas, capacetes, pistolas automáticas e rifles de precisão.

— Onde está David Jordan? — Joona pergunta, colocando a pistola de volta no coldre.

— O quê?

Com olhar espantado, a jovem fita a casa e vê a porta da frente caída no chão.

— David Jordan — Joona diz. — Ele não está em casa.

— Não — ela diz num fiapo de voz. — Ele está em Norrland.

— O que ele está fazendo lá?

Ela aperta os olhos, como se o sol a estivesse ofuscando.

— Eu não sei — ela diz. — Alguma coisa de trabalho, eu acho.

— Onde exatamente em Norrland?

— O que está acontecendo?

— Ligue para ele — Joona diz, apontando para o celular que ela ainda está segurando na mão. — Pergunte onde ele está, mas não diga nada sobre nós.

— Eu não estou entendendo — ela sussurra e leva o aparelho ao ouvido, mas o abaixa quase imediatamente. — Está desligado... o celular dele está desligado.

— Vocês dois estão juntos? — Joona pergunta, olhando-a com olhos cinzentos como pedra.

— Juntos? Na verdade, não pensei nisso... nós nos vemos com bastante regularidade... eu gosto de estar aqui, posso pintar quando estou aqui, mas não que sejamos tão próximos ou algo assim, não tenho ideia do que ele faz todos os dias, além de produzir os programas de culinária do Rex.

Ela fica em silêncio e arrasta um pé pelo cascalho.

— Mas você sabia que ele tinha ido viajar.

— Ele só me disse que estava indo para Norrland, mas sabe que não precisa me contar todos os seus movimentos.

— Norrland é do tamanho da Inglaterra — Joona diz.

— Talvez ele tenha mencionado Kiruna — ela diz. — Acho que foi pra Kiruna.

— O que você acha que ele faria em Kiruna?

— Eu não tenho ideia.

Sem dizer outra palavra, Joona começa a caminhar em direção ao carro.

Ele saca seu novo celular e liga para Anja a fim de lhe pedir que reserve uma passagem de avião.

— Você já conseguiu encontrar Rex Müller? — ele pergunta, entrando no carro.

— Nem ele nem seu filho Sammy estão em casa, e ninguém sabe onde foram parar. Conversamos com a tv4 e com a mãe do rapaz, que está fora do país, mas...

— Bem, parece que David Jordan viajou até Kiruna hoje de manhã — Joona diz, entrando na estrada.

— Não de acordo com as listas de passageiros.

— Verifique se algum avião particular pousou no aeroporto ou em alguma pista privativa.

— Certo.

— Estou indo para Arlanda agora — ele acrescenta.

— Claro que está — Anja diz calmamente.

— Enquanto isso, conto com você para rastrear os telefones deles.

— Estamos tentando, mas as operadoras relutam em entregar qualquer informação, para dizer o mínimo.

— Contanto que você obtenha as informações antes de o meu avião decolar.

— Posso falar com o promotor sobre...

— Foda-se a lei, passe por cima deles, viole a lei — ele a interrompe. — Desculpe, mas se não conseguirmos localizar Rex e o filho dele, os dois vão morrer muito em breve.

— Foda-se a lei — ela repete calmamente. — Passe por cima deles e viole a lei.

A sinuosa estrada que atravessa a floresta está vazia. Joona passa por um grupo de casas de veraneio em torno de um lago de águas cintilantes com uma plataforma de mergulho no meio.

Ele acelera e está prestes a sair para a estrada principal quando Anja liga de volta.

— Joona, não dá pra fazer — ela diz.

Ela explica que os técnicos da UNO tentaram localizar David Jordan e Rex usando o rastreamento por GPS. Não conseguiram ativar remotamente os telefones de modo a transmitir dados posicionais, e como nem mesmo as empresas de telefonia móvel são capazes de detectar sinais de suas torres repetidoras em Kiruna, os técnicos estão convictos de que os celulares de David Jordan e Rex não estão apenas desligados, mas foram destruídos.

— E o celular de Sammy? — Joona pergunta.

— Estamos trabalhando nisso — Anja responde de bate-pronto. — Pare de me estressar. Eu não consigo lidar com isso, todo mundo infeliz e nervoso o tempo todo, ninguém flerta comigo...

— Desculpe — Joona diz, entrando na estrada.

— Mas você estava certo sobre uma coisa... um Cessna sei lá o quê partiu de Estocolmo e pousou hoje de manhã no porto de hidroaviões de Kurravaara.

— Nenhuma lista de passageiros?

— Espere um segundo.

Ele ouve Anja falar e depois agradecer a alguém pela ajuda.

— Joona?

— Sim?

— Localizamos o celular de Sammy. Ele está em algum lugar perto de Hallunda. Temos um endereço exato, uma casa geminada em Tomtbergavägen.

— É bom saber que ele ficou em casa — Joona diz. — Envie um carro e peça a Jeanette Fleming para falar com Sammy... preciso saber onde estão Rex e David Jordan.

96

Rex está de pé no quarto de hotel, observando o equipamento de caça sobre a cama. Ele abre a caixa de madeira e tira a faca de caça de lâmina larga, depois a usa para cortar as etiquetas das roupas novas.

Naquela manhã, decolaram de Hägernäsviken em um avião anfíbio bimotor Cessna. Apesar da cabine pressurizada, a aeronave era barulhenta demais para que pudessem conversar. A paisagem abaixo deles foi mudando devagar: terras cultivadas e áreas de edificações transformaram-se em pinhais verde-enegrecidos, depois pântanos e tundra.

O avião pousou no porto de Kurravaara, onde um motorista os esperava para levá-los ao pavilhão de caça.

Ao passarem pelo centro turístico de Abisko, conseguiram distinguir ao longe a depressão em formato de meia-lua entre os picos gêmeos de Tjuonatjåkka.

No resort em Björkliden, o carro saiu da estrada principal para pegar um sinuoso caminho de cascalho que levava a Tornehamn.

O hotel é um edifício relativamente moderno, erguido no local onde antes ficava o antigo acampamento de base para os trabalhadores que construíram a ferrovia de minério de ferro, Malmbanan, mais de cem anos atrás.

Eles estão completamente sozinhos ali, duzentos quilômetros ao norte do Círculo Polar Ártico.

DJ destrancou a porta e desligou o alarme, depois mostrou a Rex e Sammy os arredores do hotel deserto.

Eles atravessaram a enorme sala de jantar e entraram na imensa cozinha do restaurante, inspecionaram nos freezers toda a quantidade de carne embalada a vácuo, centenas de pizzas, trinta caixas de hambúrgueres, pães e pãezinhos, linguado, truta-do-ártico e ovas de vendace.

Percorreram longos corredores forrados com carpete espesso, depois desceram as escadas curvas para o centro de spa, passando por uma piscina de exercícios vazia.

Na área de espera o piso estava sendo arrancado para reforma, e uma montanha de móveis bloqueava a entrada e parte do corredor.

Rex ainda está parado diante da cama, olhando pela janela: além do entroncamento na estrada e Pakktajåkaluobbalah, ele pode avistar montanhas, vales e incontáveis lagoas, como gotas de chumbo derretido.

Ele começa a se vestir para a caçada.

DJ escolheu pessoalmente as roupas, selecionando os tamanhos certos e procurando peças exclusivas com barreiras olfativas para impedir que os animais detectem a presença de humanos. O material abafa o som e repele a água e o vento.

Rex se vira para a porta. Tem a desconfortável sensação de que o quarto ficou subitamente mais escuro.

Ele veste o resto da roupa, enfia na bolsa o binóculo, a garrafa de água e a faca e depois estende a mão na direção da maçaneta da porta. Mais uma vez, é atingido por uma sensação de inquietude.

Ele para na frente do quarto 23 e bate. Todas as fechaduras eletrônicas foram desconectadas, mas as portas ainda podem ser trancadas por dentro.

— Está aberta — uma voz abafada responde.

Rex entra no pequeno vestíbulo, passando por cima dos sapatos em direção ao quarto espaçoso. Sammy trocou de roupa e está sentado na cama assistindo à televisão. Sua jaqueta impermeável está aberta e ele está usando rímel e sombra dourada.

— É ótimo que você venha junto com a gente — Rex diz.

— Não consigo ficar aqui sozinho — o filho responde.

— Por que não?

— Já estou com vontade de andar de triciclo corredores afora e começar a conversar com o meu dedo.

Rex ri e explica que DJ acha importante o rapaz participar da caçada.

— Só estou dizendo que seria mais legal ficar aqui e cozinhar — Sammy diz, desligando a televisão.

— Eu concordo — Rex assente.

— Vamos lá ver que tipo de velhos ricaços o DJ conseguiu atrair para este lugar? — Sammy propõe com um suspiro, pegando a bolsa.

Eles percorrem em silêncio o corredor frio e podem ouvir gargalhadas estridentes e o tilintar de copos. DJ está sentado em frente à lareira no saguão com três homens vestidos com roupas de caçadores, bebendo uísque.

— E aqui está o Rex — DJ anuncia em voz alta.

Os homens interrompem a conversa e se viram, sorrindo. Rex hesita. É como cair em um buraco. Um dos homens é James Gyllenborg. Rex não o vê desde a surra que levou, trinta anos atrás. James estava no estábulo e bateu nele com uma viga de madeira, depois chutou-o na virilha quando ele estava caído no chão, antes de cuspir nele.

Em busca de esteio, Rex apoia-se em uma das poltronas de couro e percebe que deixou a bolsa cair no chão e que a faca de caça deslizou sobre o tapete.

— Papai, o que foi?

— Eu deixei cair...

Rex pega a bolsa e a faca, tenta rechaçar a náusea e caminha até os homens para cumprimentá-los. Reconhece os outros dois homens também dos tempos da Ludviksberg, mas não consegue se lembrar do nome deles.

— Este é meu filho, Sammy — Rex diz, e engole em seco.

— Saúde, Sammy — James brinda.

Eles apertam a mão de Rex sem se levantar e se apresentam como James, Kent e Lawrence.

Todos eles envelheceram.

Há algo de cinza envolvendo o próprio ser de James Gyllenborg, como se os anos tivessem apagado a vida e a cor dele. Na lembrança de Rex, ele era um jovem loiro e vigoroso, com lábios finos e olhos azuis irrequietos.

Kent Wrangel é um homem corpulento e tem um rosto bastante corado. Usa óculos e uma correntinha de ouro. Lawrence von Thurn também é grandalhão, com barba grisalha e olhos injetados.

— Estamos felizes que vocês, senhores, tenham tanta fé neste projeto — DJ diz. — Porque isso vai ser um tremendo sucesso. E é claro que vocês já sabem que Rex acaba de receber o prestigioso prêmio Chef dos Chefs!

— Muito imerecido, é preciso dizer — Rex sorri.

— Vamos beber a isso! — James diz, e toma um gole.

Os outros dois batem palmas alegremente. Rex tenta, sem sucesso, chamar a atenção de DJ.

— Quero que vocês saibam que a razão pela qual confisquei todos os nossos celulares, incluindo o meu, é que esse acordo vai cair como uma bomba no setor em que atuamos — DJ diz, mais uma vez enchendo de uísque os copos dos homens. — E, depois que essa bomba explodir, tudo vai ficar muito mais difícil e muito mais caro. Portanto, trata-se de algo um tanto visionário, capaz de mudar as regras do jogo... independentemente de os senhores decidirem querer uma fatia do bolo ou abandonar o barco, a condição é que nenhuma informação vaze, de modo que todos tenhamos a liberdade de negociar com os fornecedores mais importantes antes que a notícia seja divulgada.

— Isso vai ser um negócio enorme — Kent diz, esticando as pernas.

— DJ, posso falar com você a sós um instante? — Rex diz calmamente, e arrasta consigo o amigo para longe.

— Empolgante, não é? — DJ diz em voz baixa enquanto entram na sala de jantar.

— O que é isso? Que brincadeira é essa? — Rex diz. — Não vou fazer negócios com um bando de filhos da puta da minha antiga escola.

— Eu pensei... bem, como vocês todos já se conhecem, então não poderia ser melhor, não é? E quem se importa se eles eram uns filhos da puta naquela época, se agora estão podres de ricos?

Rex balança a cabeça e se esforça para parecer mais sereno do que realmente está.

— Você deveria ter me avisado.

— Olha, falando com toda a seriedade, é praticamente impossível fazer qualquer tipo de negócio na Suécia sem tropeçar em pessoas que estudaram na Ludviksberg — DJ alega, quando vê Kent vindo na direção deles com dois copos de uísque.

DJ vai encontrá-lo, pega um dos copos e volta para junto dos outros.

Rex permanece parado na sala de jantar e observa os dois se afastarem. Sua cabeça está rugindo, mas ele diz a si mesmo que precisa aguentar, ainda que apenas por uma noite. Ele tem que resistir por mais algumas horas e depois inventará uma desculpa para que ele e Sammy possam voltar para casa na manhã seguinte.

Ele tenta se convencer de que está fazendo isso porque é importante. É uma maneira de ele assegurar seu futuro financeiro, caso Sylvia venha a ficar tão cansada dele que o abandone de uma vez por todas.

Como todo mundo na Ludviksberg, naquela época ele deve ter tratado muito mal um bocado de pessoas. Isso era parte integrante do pacote de ser privilegiado, mas Rex jamais aceitou a surra que levou. Ele saiu da escola antes do café da manhã no dia seguinte e nunca mais voltou.

— Tá legal, escutem — DJ diz, batendo palmas para atrair a atenção de todos. — As renas aqui são muito mais esquivas do que as selvagens.

A passos lentos, Rex volta para se juntar aos homens no salão enquanto DJ explica as regras.

— Fui caçar renas na Noruega — Lawrence diz em sua voz gutural. — Ficamos escondidos durante oito horas seguidas e não conseguimos disparar um único tiro.

— Mas aqui nós estamos no encalço das nossas presas — DJ lembra. — Aqui a gente caça em equipes pequenas, tenta se aproximar furtivamente das renas, lê o terreno, procura rastros. É emocionante pra caralho... pra chegar perto o suficiente, você precisa ficar em absoluto silêncio e saber em que direção o vento está soprando.

— E não temos plano B — Rex diz em tom de gracejo, com um sorriso largo. — Se nenhum de nós derrubar uma rena, não terei nada além de batatas para cozinhar no jantar.

97

Meia hora depois, DJ está parado nos largos degraus da escadaria da varanda, distribuindo armas e munições.

— O rifle que escolhi é um Remington 700 com coronha sintética — ele diz, mostrando um rifle azul-esverdeado com cano preto.

— Uma boa arma — Lawrence murmura.

— James, eu tenho uma de canhoto para você — DJ acrescenta.

— Obrigado.

— Ele pesa dois quilos e novecentos gramas, então vocês todos vão dar conta do recado numa boa — DJ sorri e exibe uma caixa marrom. — Estamos usando cartuchos .375 Holland & Holland, e cada um só recebe vinte balas.

Ele joga a caixa para Rex.

— Então, tenham muito cuidado na hora de fazer pontaria.

Os homens pegam seus equipamentos e começam a caminhar para o outro lado do hotel. O céu está cinzento e instável, o ar cheira a chuva, e uma ventania forte sopra por entre os arbustos baixos.

DJ os conduz ao longo de uma trilha que sobe a encosta e explica que terão pela frente uma caminhada de quarenta minutos até os portões e os comedouros.

— A área total da reserva é de duzentos e setenta e cinco hectares e inclui vales arborizados, colinas nuas e alguns pequenos lagos, entre eles o Kratersjön, bem como alguns penhascos íngremes mais para o sul; por isso, vocês devem agir com cautela.

A paisagem é marrom e o ar é fresco e cheio de umidade. Cheira a floresta, urze e folhas molhadas.

— Está se divertindo? — Sammy pergunta, com um ligeiro, mas inequívoco tom de zombaria.

— É apenas um trabalho — Rex responde. — Mas fico feliz que você esteja aqui.

O filho lhe dirige um olhar de canto de olho.

— Você não parece muito feliz, pai.

— Eu te conto depois.

— O quê?

Rex está prestes a admitir que não aguenta mais aquela situação, que quer fugir o mais rápido possível, mas nesse instante DJ se aproxima deles. Ele mostra como devem carregar a arma, demonstra o gatilho de estágio único e a trava de segurança lateral.

— Como você está, Sammy? — ele pergunta com um sorriso.

— Desculpe, mas eu não entendo qual é o sentido de atirar em renas em um espaço fechado... quero dizer, elas não podem ir a lugar algum. É como o filme *Jogos vorazes*, mas sem o direito de legítima defesa.

— Eu compreendo o que você está dizendo — DJ diz, com toda a paciência. — Mas, por outro lado, se você comparar isto com a indústria de produção de carnes, as renas estão em liberdade, são criadas soltas. O espaço da reserva cobre mais de três milhões de metros quadrados.

Rex olha para as costas largas de James e Kent, os rifles sobre os ombros. James se vira e entrega a ele uma garrafinha de bolso de prata. Rex a pega e passa adiante sem beber.

— Como está Anna? Ela parecia melhor quando a vimos na cerimônia de premiação — Kent diz.

— Ela recuperou o cabelo, mas acham que do inverno ela não passa — James responde. — Minha esposa tem câncer — ele explica para Rex.

— Vocês têm filhos?

— Sim... um rapaz de vinte anos que estuda direito em Harvard... e uma temporã, Elsa, de nove anos. Ela só quer ficar com a mãe o tempo todo, nada mais.

O grupo escala diagonalmente uma encosta e sai numa paisagem que se curva em um vale profundo. A vista é espetacular.

— Então, que tal se amanhã todos nós vestirmos o uniforme da escola? — Lawrence brinca.

— Ai, meu Deus — Kent suspira.

— Jesus Cristo, a gente era obrigado a ir para a igreja o tempo todo, e a chatice daqueles jantares de domingo... nunca teríamos sobrevivido sem as pizzas de micro-ondas e um pouco de conhaque.

— Ou sem o Wille, que ligava pro motorista da família dele e mandava o sujeito dirigir desde Estocolmo trazendo no carro uma caixa de champanhe — Kent ri, e de súbito fica sombrio.

— Eu não posso acreditar que ele e Teddy estejam mortos — James diz calmamente.

98

Jeanette Fleming está de pé ao lado de um arbusto lilás, olhando fixamente para fileiras de casas marrons. A presilha prateada em seu cabelo curto brilha à luz do sol. Ela está vestindo uma saia justa e tem uma Glock 26 em um coldre sob a jaqueta.

Ao longe, ela vê os colegas da polícia de Estocolmo à paisana tocarem a campainha da casa abandonada no outro extremo da rua.

É o endereço em que, segundo a UNO, está localizado o celular de Sammy.

O filho de Rex talvez seja a única pessoa que sabe onde estão seu pai e o assassino, David Jordan Andersen.

Os policiais aguardam alguns momentos antes de tocar mais uma vez a campainha.

Algumas crianças andam de bicicleta por ali, e uma mulher de burca passa puxando uma mala com rodinhas.

A porta se abre, e Jeanette vê os policiais dizerem alguma coisa a uma figura no corredor antes de entrarem.

A única tarefa de seus colegas é se assegurar de que a casa esteja segura para que Jeanette possa realizar um breve interrogatório de Sammy lá dentro.

Jeanette pensa em como o rosto de seu chefe estava pálido quando ele entrou na sala dela depois que Anja Larsson exigiu que Jeanette fosse colocada à disposição da UNO, como parte dos protocolos de colaboração contínua entre as duas unidades.

Ela contorna o quarteirão e se detém nos fundos da casa. Ao contrário dos outros quintais, este está abandonado e coberto de mato. Ela pode ver uma velha churrasqueira por entre as ervas altas, e no caminho de pedras rachadas há peças de bicicleta enferrujadas.

Não há sinal algum de movimento atrás das persianas fechadas.

Jeanette tira o batom da bolsa e retoca a maquiagem. Pensa no fato de que, embora seja psicóloga e a melhor entrevistadora forense do país, tem uma compreensão muito pequena acerca de seu próprio comportamento.

Ela estava trabalhando numa missão com Saga Bauer, na área de descanso de caminhoneiros num posto de serviços a sudoeste de Nyköping.

Jeanette ainda não consegue entender o que aconteceu.

A verdade é que ela não acreditava que as pessoas realmente faziam esse tipo de coisa.

Poderia ter sido trágico, cômico, mas sua surpresa e vergonha se transformaram em luxúria genuína, inesperada e inexplicável.

A cópula anônima durou no máximo alguns minutos, e ela não teve tempo de se arrepender de suas ações antes de sentir que o homem estava gozando. Ficou tão surpresa que balbuciou "Pare!" e se afastou, tropeçando e batendo o joelho no chão. Lavou a boca e a virilha e se sentou de novo no vaso sanitário para deixar escorrer o sêmen.

Em seguida, durante horas a fio, ela se sentiu mentalmente entorpecida e, desde então, tem oscilado entre se sentir uma idiota e experimentar uma estranha sensação de liberdade.

Às vezes, quando vê homens na rua, em geral mais velhos, feios e grosseiros, Jeanette é esmagada pela vergonha e precisa desviar o olhar, as bochechas queimando.

Mas, do ponto de vista moral, não é pior do que conhecer uma pessoa qualquer em um bar e ir para a cama com ela, não é pior do que uma fantasia sexual boba, uma trepada sem sentido.

Jeanette já perguntou a si mesma se, subconscientemente, fez aquilo para punir seu ex-marido moralista, que tinha medo até mesmo da possibilidade de ela se masturbar, ou para punir a irmã, que na adolescência era tão inconsequente e promíscua, mas agora banca a esposa perfeita.

Na verdade, Jeanette acha que precisou fazer aquilo por ela própria, para redefinir sua visão acerca de si mesma. Ela fez aquilo porque era possível e porque naquele momento o ato transgressivo a deixou excitada.

Desde então, vem esperando a chegada do mal-estar, tem a expectativa de ser punida de alguma forma, mas só ontem suas ansiedades se apoderaram dela.

Anteontem, ela se submetera ao exame físico no trabalho, como fazia todos os anos. Eles medem a pressão arterial, colhem amostras de sangue, fazem um eletrocardiograma, exame de TSH para diagnóstico de hipertireoidismo e hipotireoidismo — vinte e quatro horas depois do check-up, ela pode verificar on-line os resultados.

O médico só comentaria se algum dos resultados fosse anormal.

Jeanette não tinha pensado nisso até então, mas de repente se viu em pânico. Sentada na frente do computador e prestes a fazer login, sentiu-se totalmente aterrorizada pela possibilidade de ter sido infectada com o HIV.

Seus ouvidos estavam zunindo.

A lista de resultados na tela era incompreensível.

Quando viu que o médico havia escrito um comentário, seu campo de visão se contraiu de medo.

Ela foi ao banheiro lavar o rosto com água fria antes de conseguir voltar para a tela.

Não havia nada sobre HIV.

O único comentário que o médico fez foi que os níveis de hCG no sangue indicavam que ela estava grávida.

A ficha ainda não havia caído.

Ela passou oito anos esperando o marido se convencer a pensar em ter filhos, mas depois ele a abandonou. Após uma longa série de namoros fracassados, ela decidiu solicitar inseminação artificial. Há duas semanas, recebeu uma recusa definitiva do serviço de saúde, e agora está grávida.

Jeanette ainda está sorrindo quando recebe a ligação de um colega no interior da casa.

99

Jeanette ajusta a pistola no cóccix enquanto caminha até a casa decrépita. Antes que tenha tempo de tocar a campainha, o mais jovem dos dois policiais abre a porta e a conduz vestíbulo adentro.

— Sammy não está aqui. É apenas o celular dele — o policial diz.

Jeanette passa por cima de um par de botas e segue o colega pelo corredor. Há telas emolduradas encostadas na parede e um rolo de tela de pintura em branco caída no chão.

A cozinha tem cheiro de comida de gato e urina. A pia está lotada de louça suja e no chão de linóleo estão amontoados sacos com garrafas de vinho.

Em um gancho no teto está pendurado algo que evidentemente deveria ser uma obra de arte: uma dúzia de sapatinhos de crianças em uma gaiola de fios de arame vermelha.

Uma jovem vestindo apenas uma calça de agasalho esportivo lilás está sentada em uma das cadeiras. Tem piercings em ambos os mamilos e uma tatuagem de um sol cinza-acinzentado cobre o umbigo.

Ela tem olheiras escuras sob os olhos, uma erupção cutânea vermelha na testa, e um dos pulsos está engessado.

No chão à sua frente, um homem de bruços, com as mãos algemadas atrás das costas.

— Podemos tirar as algemas? — Jeanette pergunta.

Um dos policiais se inclina sobre o homem caído:

— Você vai ficar calmo agora?

— Porra, pelo amor de Deus, sim — o homem no chão geme. — Eu já disse isso.

O policial se agacha, apoia um joelho nas costas do homem e tira as algemas.

— Sente-se — Jeanette diz.

O homem se levanta do chão e massageia os pulsos. Ele também está de peito nu e é muito magro. Veste uma calça jeans rasgada de cintura baixa, e seus pelos pubianos pretos são visíveis por cima do cós. Seu rosto é bonito, mas prematuramente envelhecido. Ele encara Jeanette com olhar inexpressivo, como se estivesse com uma tremenda ressaca.

— Sente-se — ela repete.

— Qual é o seu problema, caralho? — ele pergunta, mas se senta de frente para ela.

Há um smartphone preto no centro da mesa.

— É o celular do Sammy? — Jeanette pergunta.

O homem olha para o aparelho como se tivesse acabado de perceber que está ali.

— Eu não sei — ele diz.

— O que o celular está fazendo aqui?

— Ele deve ter esquecido.

— Quando?

O homem dá de ombros e finge pensar.

— Ontem.

O homem, cujo nome é Nicolas Barowski, sorri para si mesmo e coça a barriga.

— Qual é a senha? — Jeanette pergunta após uma pausa.

— Não sei — ele diz.

Jeanette olha para a gaiola de sapatos de criança pendurada no teto.

— Você é artista?

— Sim — ele responde secamente.

— Ele é bom? — ela pergunta à garota, em tom de brincadeira.

— Ele é demais — ela responde, erguendo o queixo.

— Quem se importa... não vejo diferença entre a minha arte e um filme pornô tcheco cheio de orgias — Nico diz, sério.

— Eu sei o que você quer dizer — Jeanette responde.

— Prefiro participar de uma suruba do que pintar com tinta a óleo — ele diz, e se inclina para ela.

— Isso choca você? — a garota diz, rindo.

— Deveria? — Jeanette diz.

— A arte não é uma coisa bonitinha — Nico continua. — É suja, perversa...

— Não, agora você está indo longe demais — Jeanette o interrompe com fingida preocupação.

Nico abre um sorriso largo, assente e a encara, sustentando o olhar com ar paquerador.

— Onde está o Sammy agora? — ela pergunta.

— Não sei e não estou nem aí — ele responde sem desviar o olhar.

— Ele está mais apaixonado pelo Sammy do que por mim — a garota diz, tirando algo de um de seus mamilos.

Jeanette caminha até um iPhone conectado numa tomada do piso. Ela o desconecta, olha a foto de Andy Warhol na capa protetora e se vira para Nico.

— Qual é a sua senha?

— Isso é particular — ele responde, coçando a virilha.

— Então pedirei ajuda à Apple — brinca.

— Ziggy — ele responde, sem entender a piada.

Ele se senta encurvado com uma das mãos entre as pernas e olha para Jeanette enquanto ela desbloqueia o telefone e verifica o histórico de mensagens e ligações. Segundo o registro, a mensagem de texto mais recente foi recebida do celular de Rex.

— Rex Müller te enviou catorze coraçõezinhos hoje de manhã?

— Não — ele arreganha os dentes.

— Rex ligou para você ontem?

— Não — Nico responde, e olha para as próprias unhas.

— Então, o Sammy ligou para você do celular do pai dele — Jeanette diz. — O que ele disse? Vocês conversaram por seis minutos.

Nico solta um suspiro profundo.

— Ele estava chateado... por causa de uma porção de coisas, e disse que tinha que fazer uma viagem com o pai.

— Para onde?

— Eu não sei.

— Ele deve ter te contado — Jeanette insiste, procurando nos armários da cozinha um copo limpo.

— Não.

— Ele ficou chateado por você ter roubado o celular dele?

Nico se contorce e coça a testa.

— Isso também... mas ele disse que o pai estava tentando transformá-lo num cara hétero, ia fazê-lo atirar em renas em uma gaiola.

— Eles foram caçar juntos?

— Eu não sei — Nico diz, cansado.

— Eles fazem isso com frequência? Ir caçar juntos?

— Eles nem se conhecem. O pai dele é um idiota, nunca deu a mínima pro Sammy.

Jeanette tira as guimbas de cigarro de um copo e o lava.

— O que mais ele disse? — ela pergunta.

Nico se recosta na cadeira, franze os lábios e olha para ela.

— Nada, só o de sempre. Ele disse que sentia minha falta, que pensava em mim o tempo todo.

Ela coloca o dedo embaixo da torneira, enche o copo de água e bebe, enche novamente e fecha a torneira.

— Você pode ficar e assistir enquanto eu transo com a Filippa — ele diz suavemente, tocando o seio esquerdo da garota.

— Acho que não tenho tempo agora — Jeanette sorri, pega o celular de Sammy e sai.

100

Eles param em um banco de pedra dentro da reserva, junto aos portões. DJ serve café de uma garrafa térmica, distribui as canecas fumegantes e sorri para os homens.

Agora ele conseguiu reunir os quatro últimos em uma jaula, prontos para o abate.

Matar o primeiro exigirá certo cuidado, para que os demais não tentem fugir.

Perto do final, não vai se importar se descobrirem o que está acontecendo e começarem a entrar em pânico.

Todos eles sangrarão e gritarão, e sentirão a morte chegar de forma furtiva e encará-los, até finalmente chegar a hora derradeira.

— Vamos nos dividir em duas equipes, em duas zonas — ele explica. — A equipe um será composta por mim, James e Kent... e nós vamos ficar na zona um. Lawrence, Rex e Sammy serão o time dois, na zona dois. Todos de acordo?

Ele distribui mapas para as equipes, explica as fronteiras geográficas, os ângulos de tiro permitidos e as normas de segurança.

— Vamos parar a caçada às cinco da manhã em ponto e desmontar e tirar os cartuchos de nossos rifles. Depois disso, ninguém pode disparar mais tiros, mesmo que seja a primeira vez que vocês avistem uma rena. Vamos esperar dez minutos e depois nos reuniremos aqui antes de voltarmos juntos para o hotel... e não se preocupem com a refeição desta noite — ele acrescenta. — O Rex prometeu fazer os melhores hambúrgueres do planeta.

— Temos bastante carne moída de filé-mignon — Rex diz.

DJ olha para eles, bebe um gole de café e pensa na maneira como vai levar Kent e James pelo trecho de terreno desguarnecido e separá-los entre os penhascos escarpados. Seu plano é acabar no mesmo lado dos rochedos que Kent, depois eles avançarão pelo caminho em direção à ravina e descansarão lá antes de entrar no vale.

Kent está em pior forma física que os demais. Acima do peso, vem sofrendo de pressão alta. Enquanto descansam, DJ o parabenizará por sua recente nomeação como ministro da Justiça, sacará a faca de caça, rasgará a parte inferior de seu ventre protuberante, fará com que fique de pé na beira do penhasco e lhe dirá que vai empurrá-lo depois de precisamente dezenove minutos. Ele ainda estará consciente, então sentirá na pele cada instante da queda.

Os homens estudam os mapas e apontam para a paisagem e os cumes das montanhas. Rex coloca o rifle sobre o banco e se afasta, passa por cima da vala e se detém na vegetação rasteira, de frente para a cerca, para urinar.

— Se vocês abaterem um animal, verifiquem se ele está morto, parem e marquem o local no mapa — DJ diz. — Os machos maiores aqui pesam cento e sessenta quilos e têm chifres enormes.

— Estou empolgado demais — Kent diz.

Sammy sopra o café, bebe mais alguns goles e usa o polegar para limpar o batom da caneca.

— Você não pegou um rifle? — Lawrence pergunta, olhando para ele.

— Eu não quero. Não entendo como alguém pode achar divertido matar um animal — Sammy responde, fitando o chão.

— Chama-se caçar — Kent diz. — As pessoas vêm fazendo isso há um bocado de tempo...

— E homens de verdade gostam — Sammy conclui, voltando-se para DJ. — Eles gostam de matar, gostam de armas e carne crua, o que poderia haver de errado nisso?

— Alguém pode dar um tapa nessa bichinha? — Kent diz com um risinho.

DJ olha para Rex, que está voltando do meio do mato.

Ele não faz ideia de que é uma das presas na área da reserva.

Até agora, Carl-Erik Ritter fora o único que causara problemas, como um coelho ferido se escondendo em sua toca.

Quando DJ descobriu que Ritter estava morrendo de câncer no fígado, foi obrigado a repensar seus planos.

DJ teve que priorizar Ritter de modo a assegurar que ele não morresse de causas naturais antes de ter a chance de acabar com ele com suas próprias mãos.

O novo e acelerado plano envolveu encontrá-lo no bar e atraí-lo para o metrô de Axelsberg. DJ tinha vindo de carro de Skåne horas antes naquela manhã e talvez não estivesse suficientemente concentrado. Não contava com a hipótese de ser atacado na praça. Teve que improvisar para que parecesse um acidente. Ele empurrou Ritter contra a vitrine, quebrando o vidro com a nuca dele, depois o virou e empurrou seu pescoço contra a borda afiada, cortando sua jugular.

Mesmo tentando segurar o ferimento, Ritter sangrou ainda mais rápido do que o esperado. Levou apenas quinze minutos para morrer. Estava escapando fácil demais. Talvez tenha sido por esse motivo que DJ usou a faca para abrir os lábios dele antes que perdesse a consciência.

— Tudo bem, vamos indo — DJ diz, balançando a caneca. — O céu está muito escuro a leste, e há uma chance de termos mau tempo hoje à noite. Kent e James, vocês vêm comigo, temos uma caminhada um pouco mais longa que os outros.

101

Depois de ter subido um pouco mais alto, o grupo de Rex consegue enxergar nitidamente a vegetação abaixo e como a floresta vai rareando encostas acima até desaparecer por completo.

O pântano arqueia entre a planície Rákkasláhku e a montanha Lulip Guokkil. O vale inteiro é como a proa de um imenso navio apontando para o lago Torneträsk.

Sammy pega seu binóculo e olha em volta.

Lawrence está segurando o mapa e lidera o grupo vale abaixo, em direção à zona 2. A cordilheira inclui parte do pântano e das encostas a leste e se estende acima da linha das árvores até a charneca subalpina e através da ravina.

De repente, tudo está muito quieto.

Os únicos sons são o estrépito dos equipamentos, os pés batendo no chão e o vento soprando por entre as folhas.

O caminho lamacento está coberto por pegadas de caçadores anteriores. Tufos de galhos de amora-alpina roçam as botas dos homens.

— Como está indo? — Rex pergunta, e Sammy dá de ombros em resposta.

Entre os caules brancos das bétulas, a luz é da cor da porcelana. O vale é como uma vasta sala, um corredor de colunas com um dossel de tecido ondulante.

— Você sabe a profundidade da neve aqui no inverno?

— Não — Sammy responde calmamente.

— Dois metros e meio — Rex diz. — Olhe para as árvores... todos os troncos são muito mais brancos até dois metros e meio do chão...

Sem obter nenhuma resposta de Sammy, ele continua, em um tom exageradamente pedagógico:

— E isso ocorre porque o líquen preto que cresce na casca não consegue sobreviver sob a neve do inverno.

— Por favor, vocês dois podem tentar ficar em silêncio? — Lawrence pergunta, virando-se para eles.

— Desculpe — Rex sorri.

— Eu quero caçar, mesmo que vocês não estejam a fim. Estou aqui para isso.

Eles se enfiam no meio de um caminho de arbustos de empetráceas e saem em uma clareira mais iluminada.

— Eu mal sei como funciona um rifle de caça — Rex diz a Sammy. — Tirei minha licença de caçador aos trinta anos e ainda não entendi direito... de alguma forma você precisa puxar o ferrolho de volta quando inserir mais cartuchos.

Lawrence para e levanta as mãos.

— Vamos nos separar — ele diz, e aponta para o mapa. — Eu desço pro vale e vocês dois continuam ao longo da trilha... ou deste lado.

— Certo — Rex responde, olhando o caminho em direção à encosta da montanha.

— Vocês só podem disparar nessa direção... e eu vou atirar daquele lado — Lawrence diz, apontando.

— É claro — Rex responde.

Lawrence meneia a cabeça para eles, sai da vereda e desce a ladeira por entre as árvores.

— Acabei preso numa gaiola abarrotada de macacos furiosos — Rex murmura, prendendo a faca no cinto.

Eles avançam mais um tempo ao longo do caminho e começam a subir diagonalmente pela encosta da montanha. Depois de meio quilômetro, param ao lado de um rochedo. É como uma alta torre de ardósia, depositada ali quando as geleiras recuaram.

Eles estão de costas para a face da rocha e bebem um pouco de água.

Rex coloca seus óculos de leitura, desdobra o mapa e o analisa por algum tempo antes de determinar sua localização.

— Estamos aqui — ele diz, apontando para o mapa.

— Ótimo — Sammy diz sem olhar.

Rex pega seu binóculo e tenta identificar as fronteiras da zona. Ele avista Lawrence mais abaixo. Rex ajusta o foco e observa pelo binóculo: o rosto barbudo tem uma expressão cautelosa, seus olhos estão semicerrados. Ele rasteja em meio à vegetação baixa do vale, depois levanta o rifle, fica absolutamente imóvel, abaixa a arma sem disparar e segue em frente. Rex o segue através dos binóculos até que ele desaparece entre as árvores.

— Vamos subir mais alto — Rex diz.

Eles prosseguem ao longo da colina rochosa. O terreno está seco, e as bétulas baixas são cada vez mais esparsas.

— Você me ajuda com os hambúrgueres mais tarde? — Rex pergunta.

Amuado, Sammy olha fixamente para a frente, sem responder. Eles continuam andando, mas param quando veem três renas adiante. Os animais estão entre um grupo de árvores baixas e algumas pedras grandes.

Furtivamente, eles se aproximam mais, com o vento no rosto, enquanto contornam uma rocha quase negra.

Rex se agacha, levanta o rifle e olha a rena através da mira.

O animal levanta a cabeça com seus grandes chifres, observa a tundra, fareja, contrai as orelhas e fica absolutamente imóvel por alguns segundos antes de continuar comendo. Ele avança devagar enquanto pasta.

De repente, Rex encontra a linha de tiro perfeita. É uma rena magnífica, um imenso touro com pelagem cor de bronze e um peito branco cor de leite.

A cruz da mira treme sobre o coração da rena, mas Rex não tem a intenção de colocar o dedo perto do gatilho.

— Espero que você encontre um buraco na cerca — ele sussurra, e observa o macho erguer mais uma vez a cabeça.

As orelhas do animal se contorcem nervosamente.

Ouve-se um estalo quando Sammy pisa em um galho atrás de Rex. A rena reage instantaneamente e se afasta em direção à borda da floresta.

Rex abaixa o rifle e encontra o olhar de Sammy, mas em vez de ficar irritado, ele sorri.

— Eu não ia atirar — ele diz.

Sammy dá de ombros e eles caminham pela escarpa através da grama do prado. Encontram excrementos fumegantes de renas entre algumas flores alpinas e miosótis. O céu está nublado acima do cume da Lulip Guokkil e o vento tornou-se nitidamente mais frio.

— Mau tempo a caminho — Rex diz.

Eles continuam subindo até chegar a uma área plana e se veem em uma espécie de charneca que se estende em direção à encosta escura e íngreme da montanha.

— Você pode carregar o rifle um pouco? Eu só...

— Eu não quero — Sammy vocifera.

— Você não precisa ficar com raiva de mim.

— Estou sendo chato agora? Muito chato pro seu gosto?

Rex não responde, apenas aponta para a frente e segue por uma trilha que passa por entre arbustos espinhosos e moitas.

Ele pensa em seu alcoolismo, em todas as coisas que arruinou, e fica cada vez mais convencido de que nunca mais vai conseguir reconquistar a confiança de Sammy. Mas talvez possam se encontrar de vez em quando em algum restaurante, apenas para saber como o filho está, perguntar se precisa de ajuda.

O vento está ficando mais frio. Folhas secas soltam-se dos arbustos e voam para longe.

— Vamos grelhar os hambúrgueres — ele diz. — Cortar as crostas da massa, adicionar algumas fatias de queijo Vesterhav, um pouco de ketchup Stokes e mostarda Dijon... toneladas de rúcula, duas fatias de bacon... picles e molho à parte...

Assim que passa pelo maior afloramento rochoso, Rex sente as primeiras gotas de chuva. A rajada de vento faz a grama tremer, como se um animal invisível atravessasse correndo o descampado.

— E vamos fritar batatas em tiras fininhas no azeite — ele continua. — Pimenta-do-reino preta, um bocado de flocos de sal marinho...

Rex fica em silêncio quando avista um riacho branco espumoso que se precipita pela encosta de uma montanha à frente. Ele não consegue se lembrar de tê-lo visto no mapa e se vira para perguntar a Sammy, mas seu filho não está lá.

— Sammy? — ele chama em voz alta.

Ele começa a refazer seus passos ao redor do penhasco e vê a trilha vazia que se estende de fora a fora pelo platô. As árvores e arbustos baixos estão tremulando ao vento.

— Sammy? — ele chama. — Sammy!

Ele acelera o passo, perscrutando os arredores. Na face sul da Lulip Guokkil está caindo um temporal que se parece com uma cortina de barras de aço. Em poucos minutos a tempestade o alcançará. Rex volta correndo pela encosta. Mais adiante, algumas pedras pequenas se soltam e rolam em sua direção.

— Sammy?

Rex esquadrinha o terreno, depois sai da trilha e começa a subir a encosta íngreme. Anda o mais rápido que pode. Em pouco tempo fica sem fôlego e pode sentir o ácido lático nos músculos da coxa. Está suando e enxuga o rosto enquanto segue o leito seco de um riacho colina acima, escorregando numa pedra.

Seu avanço é dificultado pela vegetação espinhosa. Ao se afastar para o lado, ele tem a impressão de que viu alguém desaparecer atrás de uma pedra lá em cima.

Rex abre caminho à força através de uma abertura nos arbustos. Mantém o rosto abaixado, mas ainda assim acaba arranhando a bochecha, e o rifle por cima do ombro enrosca no emaranhado de galhos, então ele deixa a arma para trás. O rifle fica lá balançando, quando Rex tropeça e desaba para a frente.

Nesse momento ele vê James ao longe, no alto, entre dois grandes penhascos rochosos. De repente, James aponta o rifle em sua direção e mira.

Rex se levanta e endireita as costas, olhando para James, mas daquela distância não consegue ver direito o que o outro está fazendo. O reflexo da luz do sol no binóculo cintila, e Rex levanta a mão para acenar.

O cano do rifle chameja, amarelo, e em seguida ele ouve o estrondo.

Rex cambaleia ao ouvir o eco ressoar na encosta da montanha. Os arbustos atrás dele sussurram, e alguns galhos se quebram e caem no chão com um baque pesado.

Ele vê que James, lá no alto, se aproxima correndo, encurvado, depois se ajoelha e faz pontaria novamente.

Rex se vira e vê o enorme cervo tentando se levantar. O sangue jorra em golfadas de seu peito e ele está rapidamente perdendo as forças. O animal tomba de lado nos arbustos, escoiceia e enrosca os chifres nos galhos mais grossos, o que faz seu pescoço se torcer de maneira bizarra.

O cervo bufa e resfolega, tensionando o pescoço enquanto tenta ficar de pé. Outro tiro é disparado, e a enorme cabeça do macho é jogada para trás e seu corpo desmorona lentamente no chão, ainda se contorcendo.

James desce correndo a encosta em direção a Rex e ao cervo, fazendo pedras soltas rolarem ladeira abaixo.

— Mas que merda você está fazendo? — Rex grita. — Você perdeu o juízo, caralho?

Ele pode ouvir a raiva em sua voz, mas não consegue se conter. James se detém, ofegante. Seus olhos estão arregalados e seu lábio superior brilha de suor.

— Você está louco? — Rex continua.

— Eu atirei em uma rena — James diz, entre dentes.

— Meu filho poderia estar lá! — Rex grita, erguendo uma das mãos.

— Você está na minha zona — James diz, despreocupado.

Uma súbita rajada de vento sopra e traz consigo a chuva pesada, cujas gotas graúdas varrem as bétulas e começam a respingar na encosta ao redor delas.

Assim que o aguaceiro começa a despejar, eles ouvem uma chicotada do céu.

Os dois homens se viram.

Bem acima do solo, um sinalizador de emergência vermelho brilha em meio às nuvens do temporal. O foguete desliza para um lado e depois cai lentamente, desaparecendo da vista como se afundasse em um mar tempestuoso.

102

A tempestade está bem acima deles, e o vento sopra em fortes rajadas, empurrando a chuva para dentro dos olhos deles.

Quando chegam ao local de onde o sinalizador foi disparado, Rex encontra seu filho. Ele está sentado encolhido, encostado em um tronco de árvore junto com DJ. Suas roupas de caça verdes estão encharcadas, e a água da chuva escorre pelo rosto dos dois.

— Sammy? — Rex grita, correndo até ele. — O que aconteceu? Você simplesmente desapareceu e eu...

— Tá legal, escute — DJ diz, levantando-se. A água respinga da barba loira para a jaqueta, e seus olhos azul-claros estão injetados. — Houve um acidente. O Kent está morto. Ele caiu no desfiladeiro...

— Que porra é essa? — James grita através do pé-d'água.

— Ele está morto — DJ berra. — Não há nada que a gente possa fazer.

Por causa das intensas rajadas de vento, a chuva muda de direção e os fustiga, fazendo suas roupas chicotearem e adejarem em volta do corpo.

— O que aconteceu? — Rex balbucia.

— A beira do cânion está tomada de mato — DJ diz. — Ele não conseguiu ver o abismo. Talvez não soubesse em que ponto estava no mapa.

— Sammy? — Rex pergunta. — Você simplesmente desapareceu...

O rapaz olha para ele e depois vira o rosto.

— Ele caiu — Sammy diz com voz fraca.

— Você viu?

— Ele está caído lá — Sammy diz, apontando.

Rex e James caminham com cautela na direção da borda para olhar. A chuva escorre pelo pescoço, costas e calças dos dois homens.

— Cuidado! — DJ grita atrás deles.

Sob a chuva pesada é difícil dizer onde o chão acaba. Eles se aproximam lentamente da beira e veem a profunda ravina se abrir. O vento puxa com força a roupa de James e ele dá alguns passos trôpegos antes de recuperar o equilíbrio.

Rex avança de modo hesitante, certificando-se de que as botas estejam pisando terra firme, e se agarra aos arbustos emaranhados quando se inclina sobre a borda.

A princípio, não consegue enxergar nada. Aperta os olhos e passa a mão no rosto para tirar a água da chuva. Seus olhos percorrem as árvores, pedras, raízes reviradas, arbustos. E então ele vê Kent, cujo corpo está caído uns quarenta e cinco metros abaixo, junto à parede do abismo.

— Ele está se mexendo — James exclama ao seu lado. — Vou descer, deve haver um caminho.

Rex pega seu binóculo, mas tem que largar o arbusto para conseguir ver. Ele se move de lado ao longo do precipício e leva o binóculo aos olhos.

A borda do íngreme penhasco ainda está bloqueando sua visão. Ele chega mais perto, inclina-se e consegue enxergar a figura vestida de verde. De repente, o chão se move sob seus pés. Rex agarra alguns galhos e se joga para trás quando um torrão de musgo e terra compactada se descola da borda e desaba ravina abaixo.

— Meu Deus — ele murmura.

Um arrepio de pavor mortal percorre seu corpo, e seu coração está batendo forte quando ele levanta de novo o binóculo, se debruça e ajusta o foco. Apesar da água que escorre pelas lentes, agora ele vê claramente o corpo.

O sangue no ponto em que deve ter atingido o solo já foi quase completamente lavado pela chuva.

Kent está entalado numa fenda nas rochas. Seu pescoço deve ter se quebrado, porque seu rosto está virado para o lado errado, e uma das pernas está esticada em um ângulo impossível.

Não há dúvida de que ele está morto.

— Precisamos chamar um helicóptero de emergência pra cá! — James grita, seus olhos estreitos escuros de pânico.

— Ele está morto — Rex diz, abaixando o binóculo.

— Vou descer — James insiste.

— É perigoso demais — DJ diz atrás deles.

— Que merda — James choraminga, e depois se agacha no chão perto da beira do penhasco.

Lawrence finalmente chega, ofegante. Seus óculos estão molhados e ele deve ter trombado em alguma coisa, porque sua calça está rasgada e ensanguentada na altura da coxa. Sua barba grossa está cheia de agulhas de pinheiro e galhos.

— O que está acontecendo? — ele arqueja, limpando a água dos olhos.

— O Kent caiu no barranco — James responde.

— É grave?

— Ele morreu — DJ declara.

— Não sabemos disso — James exclama, irritado.

— Não há como ele ter sobrevivido à queda — DJ diz, apontando para o precipício.

— Ele está morto — Rex confirma.

— Cale a boca! — James grita histericamente.

— Escutem — DJ diz, erguendo a voz. — Vamos voltar para o hotel e chamar a polícia.

Lawrence se afasta, balançando a cabeça, e se senta em uma pedra com o rifle no colo, fitando o nada. James permanece completamente imóvel, os lábios brancos de raiva e choque.

— Eu sabia — ele diz baixinho para si mesmo.

— Não há nada que possamos fazer por ele agora — DJ diz. — Precisamos de um celular...

Rex se aproxima e se agacha na frente do filho e por fim chama a atenção dele.

— Vamos voltar para o hotel — ele diz com voz suave.

— Sim, por favor — Sammy responde.

DJ tenta argumentar com os outros dois homens, mas eles não lhe dão ouvidos.

— Sei que é horrível deixá-lo lá embaixo — DJ diz. — Mas precisamos trazer a polícia para cá o mais rápido possível.

Rex ajuda Sammy a se levantar. DJ indica uma direção longe da beira do penhasco e eles começam a andar.

— Vamos lá — DJ chama. — Não queremos mais acidentes.

Os outros dois homens olham para ele, depois começam lentamente a se mover. O grupo caminha ao longo da encosta da montanha, deslocando-se aos poucos vale adentro, rumo ao hotel.

— Isso é uma coisa doentia do caralho — James diz.

O temporal ainda está caindo com força, e as roupas pesam sobre o corpo.

— A gente não pode simplesmente ir embora pra casa? — Sammy diz.

— Sinto muito que você tenha sido arrastado para isto — Rex diz, depois se vira para os outros.

Ele olha para os três homens em meio à chuva. Poças estão se formando em todas as cavidades e depressões do terreno, e o chão parece estar borbulhando. A chuva que ricocheteia nas pedras as envolve em um halo fantasmagórico.

— Tome cuidado para não escorregar — ele lembra Sammy.

— Eu o vi cair — seu filho sussurra. — Eu estava chegando pelo lado... foi antes da chuva. Tudo aconteceu tão rápido, porra... eu não entendo...

— Não deveríamos ter vindo para esta caçada — Rex diz, ansiedade e arrependimento acumulando-se em sua garganta. — Eu sempre acho que tenho que fazer todas essas coisas, mas não sou um caçador e poderia ter deixado bem claro desde o início.

— Você é bonzinho demais para fazer isso — Sammy diz, com voz cansada.

— Em vez disso, poderíamos ter ficado esperando no hotel — Rex continua, tirando do caminho um galho. — Preparado a comida, sentado e batido papo, como você queria.

— A mamãe me disse que eu não estava nos planos de vocês. Pelo contrário, na verdade...

— Escute — Rex diz. — Eu era incrivelmente imaturo quando ela e eu nos conhecemos. Eu nunca tinha nem sequer pensado em ter filhos. Parecia que eu estava apenas começando a viver.

— Você quis que a mamãe fizesse um aborto? — o filho pergunta.

— Sammy, tudo mudou no momento em que vi você, quando a ficha de que eu era pai realmente caiu.

— A mamãe sempre tentou me dizer que você se importa comigo, mas tem sido difícil encontrar alguma evidência disso.

— Eu disse que estaria sempre ao seu lado nos momentos importantes, quando você realmente precisasse de mim, mas nunca fiz isso — Rex diz, engolindo em seco. — Nunca estive por perto.

Ele fica em silêncio quando sente sua voz começando a falhar. Tenta recuperar o fôlego e se acalmar.

— Quero que sua mãe aceite o tal emprego em Freetown e quero que você venha morar comigo de verdade... do jeito que deveria ser — ele diz por fim.

— Eu sou capaz de me virar sozinho — Sammy retruca.

Rex se detém e tenta fazer contato visual com o filho.

— Sammy — ele diz. — Você sabe que eu gosto muito de ter você morando comigo, certo? Você já deve ter notado que alguns dos melhores momentos da minha vida foram quando eu e você cozinhamos juntos, tocamos guitarra...

— Pai, você não precisa — Sammy diz.

— Mas eu amo você — Rex continua com uma voz espessa. — Você é meu filho. Estou superorgulhoso de você, e você é a única coisa no mundo que realmente importa para mim.

103

O vale inteiro desapareceu no aguaceiro; é como se a igreja e o antigo acampamento dos ferroviários jamais tivessem existido, apenas um mundo cinzento desprovido de profundidade real.

Com as roupas encharcadas, Rex e Sammy estão congelando quando por fim veem o contorno do hotel sob a chuva intensa.

DJ, James e Lawrence passaram por eles já faz algum tempo, nos portões da reserva. Os três homens correram à frente e desapareceram ao longo da trilha encharcada.

Quando estavam na metade do caminho, Sammy pisou em falso e torceu o pé. Agora seu tornozelo começou a inchar e ele está mancando com o braço apoiado em volta dos ombros de Rex.

— Pai, espere — Sammy diz, parando no pé da escadaria da varanda.

— Está doendo?

— Não é isso. Só quero dizer uma coisa antes de entrarmos. Eu disse que vi o Kent cair, mas... na verdade, pareceu mais que ele pulou.

— Talvez tenha dado essa impressão — Rex diz.

— E tem mais uma coisa... eu só o vislumbrei por uma fração de segundo antes de ele desaparecer no abismo... mas tive tempo de notar um lenço vermelho esvoaçando no ar atrás dele.

— Mas...

— Ele não estava usando cachecol, estava? Era sangue.

Eles sobem em silêncio os degraus, depois entram no vasto saguão enquanto tentam descobrir como era possível Kent estar sangrando antes de cair.

Talvez tivesse caminhado até a beira do penhasco e dado um tiro em si mesmo, Rex pensa.

No piso de pedra do saguão há pegadas molhadas. Espingardas e outros equipamentos estão empilhados em cima da mesinha de centro em frente à lareira.

DJ está parado no vestíbulo, revirando as almofadas dos sofás e poltronas.

— Você chamou a polícia? — Rex pergunta.

DJ crava nele um olhar sombrio.

— Os celulares sumiram — ele diz.

— Não, nós os deixamos na recepção — Rex diz.

— Então de alguma forma eles devem ter se desmanchado no ar — DJ diz, andando atrás da mesa.

— Tem mais alguém aqui além de nós? — Sammy pergunta.

Rex balança a cabeça, estremece e olha para as janelas. A chuva ainda está escorrendo pelo vidro.

— O que vamos fazer? — Sammy pergunta.

— Você precisa vestir roupas secas — Rex diz.

— Ah, claro, isso vai resolver todos os problemas — Sammy diz, caminhando em direção ao seu quarto.

— Eles não estão aqui — DJ murmura, procurando nos jornais.

— Não há um telefone fixo? — Rex pergunta.

— Não... e os computadores precisam de uma senha — ele diz, a voz vazia.

— Eu trouxe um iPad — Rex lembra. — Você acha que tem wi-fi aqui?

— Tente — DJ diz, enquanto vasculha atrás da mesa.

— Inferno do caralho — Rex suspira, vendo Sammy sair.

DJ se detém e olha para ele.

— É o Sammy?

— Estou tentando, eu... estou sentindo tantas emoções confusas, mas é claro que entendo que pro Sammy não é fácil simplesmente absorver o fato de que eu quero ser o pai dele depois de todos esses anos...

Rex se cala e depois sai, desabotoando a jaqueta molhada enquanto se dirige para sua suíte.

Quando abre a porta, parece ouvir alguém respirar fundo.

Talvez tenha sido o vento lá fora que causou uma diferença na pressão do ar, ele diz para si mesmo ao tirar as botas no corredor escuro.

Ele entra na sala principal e acaba de tirar a jaqueta quando percebe que há alguém parado no canto atrás da luminária.

A luminária amarela esconde o rosto, mas Rex pode ver a luz brilhando no reflexo da lâmina de uma faca de caça.

— Fique onde está — ouve-se uma voz atrás dele.

Rex se vira e vê James apontando-lhe o rifle de caça.

— Nada de movimentos bruscos agora — ele diz. — Coloque as mãos onde eu possa vê-las, bem devagar.

— O que você...

— Eu vou atirar, vou dar um tiro na sua cara — James grita.

Rex mostra as mãos vazias e tenta descobrir o que está acontecendo.

— Mate-o — Lawrence sussurra do canto atrás da lâmpada.

— Cadê seu rifle? — James pergunta, balançando o cano da arma na direção dele.

— Deixei em algumas árvores — Rex responde, tentando parecer o mais calmo possível.

— E sua faca? — Lawrence assobia. — Cadê a sua faca?

— No meu cinto.

James dá um passo à frente e o encara com um olhar alucinado.

— Tire o cinto e deixe a faca cair no chão.

— Atire nele — o outro homem diz, arrastando os pés, impaciente.

— Vou desafivelar o cinto agora — Rex diz com voz suave.

— Se você fizer alguma gracinha, está morto — James o adverte, apoiando o rifle no ombro. — Eu juro. Vou ficar feliz da vida de atirar em você.

— Ele matou o Kent — Lawrence diz, aumentando o tom de voz.

— Não faça nada estúpido — Rex implora.

— Cale a boca — James grita.

Rex desafivela o cinto, que por causa do peso da faca de caça cai ao chão, ao lado de sua perna.

— Chute a faca para cá — James ordena.

Rex dá um pontapé na faca, que, no entanto, rola apenas um metro sobre o tapete antes de parar.

— Chute de novo! — James diz, impaciente.

Rex avança e chuta com mais força, e a faca vai parar ao lado da poltrona.

— Agora se afaste e fique de joelhos — James manda.

Rex dá alguns passos para trás e se ajoelha.

— Atire nele — Lawrence repete. — Bem no meio da testa.

— Então vocês acham que eu tive alguma coisa a ver com a morte do Kent? — Rex pergunta timidamente.

James avança e o atinge no rosto com a coronha do rifle.

O golpe acerta a sobrancelha direita de Rex, faz seu pescoço dar um solavanco, e, durante alguns segundos, sua visão fica ofuscada. Ele tomba de lado. A dor arde e lateja.

— Você estava na nossa zona! — James grita, pressionando o cano do rifle contra a têmpora de Rex. — Vou atirar. Não estou nem aí para as consequências...

— Atire nele! — Lawrence o instiga com uma voz rouca.

— Eu estava procurando por Sammy — Rex suspira.

— Onde diabos estão nossos celulares? — James pergunta, pressionando o cano com mais força contra a cabeça de Rex.

— Eu não sei. Não cheguei nem perto deles — Rex se apressa em responder. — Mas eu tenho um iPad na mala da minha cama. Podemos usá-lo para pedir ajuda.

— Cale a boca — James rosna. — Você sabe perfeitamente que não tem wi-fi aqui...

A porta se abre e alguém entra na sala.

— Papai? — Sammy diz, dando um passo para dentro da suíte mal iluminada.

— Vá chamar o DJ! — Rex grita para o filho antes de ser atingido por outra pancada.

Ele cai de costas, levanta a cabeça e vê que Lawrence já chegou ao corredor.

— Sammy! — Rex suspira.

Lawrence agarra o rapaz pelo cabelo, arrasta-o pelo chão e o acerta no rosto com o cabo da faca de caça. Obriga Sammy a se deitar de bruços, senta-se em cima dele, puxa sua cabeça para trás pelo cabelo e encosta a faca na sua garganta.

A respiração de James está acelerada agora; ele fecha a boca e umedece os lábios antes de se escarranchar em cima de Rex, pressionando o rifle contra sua testa.

— A história termina aqui — ele diz. — Entendeu? A história acaba aqui. Você já era. Obter sua vingança não muda nada. Não melhora nada.

O cano da arma está tremendo, e James dá um jeito de firmá-lo, empurrando-o com mais força contra o rosto de Rex.

— Não sabíamos o que estávamos fazendo — James continua. — Simplesmente aconteceu. Sabíamos que era errado, mas não somos pessoas más, éramos apenas jovens e estúpidos.

— Você não precisa pedir desculpas — Lawrence grita para James.

— O que vocês fizeram? — Rex engasga.

— Eu nunca estupraria ninguém. Não fui eu, foi o Wille… e toda aquela porra de escola fingiu que não viu nada acontecer. Todos nós sabíamos disso, porque ninguém dava a mínima para o que a gente fazia na Toca do Coelho.

— Você está falando sobre a Grace? — Rex pergunta.

— Atire nele! Agora! — Lawrence diz, ofegando.

James vira a arma e acerta Rex no rosto com o cabo várias vezes. A cada golpe a sala desaparece, e reaparece, turva, antes de sumir de novo.

— Papai!

Rex ouve Sammy gritar enquanto mais pancadas atingem seu rosto. É como algo de um mundo diferente. Sua boca dói, e um olho está gravemente ferido. Aturdido, ele está despencando escuridão adentro. Tenta resistir, mas perde a consciência.

Quando recobra os sentidos, sua cabeça está latejando. Seu rosto está viscoso de sangue e seus ferimentos ardem. Vagamente, ele consegue ver que os homens estão rasgando tiras de pano e amarrando seus braços atrás das costas. Ele os ouve vasculhar suas coisas e percebe que estão procurando os celulares.

— Vou verificar o quarto do garoto — ele ouve Lawrence dizer.

Rex tenta virar a cabeça de modo a olhar para Sammy, mas não consegue se mexer. Tenta gritar, porém não consegue articular nenhuma palavra. O único som que emerge é o borbulhar de sangue em sua garganta.

104

Quatro seguranças do Centro de Tratamento Residencial Timberline Knolls levaram Saga até os portões, onde esperaram a chegada da polícia. Eles relataram a invasão dela à clínica de repouso e a entregaram aos dois policiais.

Saga cochilou em um banco na cela da delegacia. Ela não tinha permissão para falar com ninguém.

Na tarde seguinte, foi transferida para uma sala de interrogatórios sem janelas. Ainda não tinha autorização para fazer telefonemas, mas uma policial anotou todos os nomes e números de contato que Saga lhe deu.

Ao anoitecer, quando começaram a perceber que ela realmente estava dizendo a verdade, o FBI foi chamado. Mas, como os escritórios da agência já estavam fechados, ela foi levada de volta à cela, onde dormiu em um beliche de borracha dura.

São nove da manhã quando a agente especial Jocelyn López chega à unidade de custódia. A julgar pela aparência, ela já bebeu litros de café, e de alguma forma parece ainda mais infeliz do que no último encontro.

— Você gostou do hotel? — ela pergunta ao assinar a liberação de Saga.

— Não muito.

Elas saem da delegacia em silêncio e entram no Pontiac prateado de López.

— Preciso pegar emprestado um celular — Saga diz.

— Para ligar para o seu chefe? — López pergunta quando dá a partida no carro.

— Sim.

— Eu já falei com ele várias vezes.
— Então você sabe que preciso fazer uma ligação — Saga diz.
— Esqueça.
— É importante.
— Bauer, vocês suecos podem até ser bonitos, mas não são muito perspicazes, não é?

Saga não sabe exatamente como o incidente foi resolvido entre as várias autoridades, mas parece claro que o lado sueco tomou providências de modo a assegurar sua volta para casa sem mais problemas.

López conduz Saga Bauer ao Terminal 1 do Aeroporto Internacional O'Hare, agradece a ela por sua cooperação e prende com um alfinete na jaqueta dela um grande distintivo com uma cebola sorridente e as palavras "Meu tipo de cidade".

Um agente de transportes assume a responsabilidade pelo embarque de Saga. Ele parece ser um sujeito muito bem-humorado e, enquanto a leva para o check-in, diz que está assistindo a uma série de televisão sobre os vikings.

As filas de inspeção de segurança estão longas. Depois de quarenta e cinco minutos, chegaram apenas à metade do caminho. O policial recebe uma chamada via rádio, responde e depois olha para as escadas rolantes antes de se virar para Saga.

— Tenho que ir, mas você vai ficar bem, não vai? Seu avião sai em quatro horas. Coma um hambúrguer e fique de olho nos painéis para saber o número do seu portão.

Ele abre caminho através da multidão e sai correndo, falando no radiocomunicador.

Saga se move lentamente para a frente na fila.

Seu celular foi destruído, então ela não tem ideia do que Joona descobriu sobre Rex e Oscar.

É possível que mais pessoas tenham morrido, porque o trabalho dela foi interrompido antes que tivesse tempo de conversar com Grace.

Ela não vai causar mais problemas. Vai voltar para casa, mas, primeiro, precisa sair dali e voltar uma última vez ao centro de reabilitação e depois ligar para Joona.

Durante o estupro aconteceu alguma coisa que Grace não contou a ela.

Havia mais alguém na Toca do Coelho.

Poderia ser o assassino?

Saga pede desculpas e percorre a fila no sentido contrário, abrindo caminho em meio à multidão, joga a bolsa por cima do ombro e sai do salão de embarque.

O homem atrás do balcão da empresa de aluguel de carros parece ter ficado estranhamente esperançoso quando a vê voltar.

— Sem chance — ela diz antes que ele possa abrir a boca.

Ela aluga um Ford Mustang, como da última vez, e começa a dirigir de volta à clínica de repouso.

Os subúrbios de Chicago estão expostos à luz cinzenta.

Os portões do Timberline Knolls estão abertos; Saga passa direto pela guarita e para o carro no estacionamento de visitantes.

Ela ignora a área de recepção e caminha a passos largos entre os edifícios principais, atravessando o mesmo gramado que, não faz muito tempo, percorreu furtivamente na escuridão, até chegar ao prédio de Grace.

Ela abre a porta e passa direto pela lanchonete, onde alguns pacientes estão almoçando, bate na porta de Grace e entra sem esperar ser convidada.

Grace está sentada de costas para a porta, exatamente como da última vez, fitando o belo arbusto de rododendro atrás do prédio.

O frasco de comprimidos branco está no chão, a seus pés.

— Grace — ela diz com voz suave.

A respiração da mulher forma uma mancha de névoa no vidro, que ela limpa com o dedo antes de bafejar na janela novamente.

— Podemos conversar? — Saga diz enquanto se aproxima.

— Não estou me sentindo muito bem hoje — Grace responde, e se vira devagar. — Acho que já tomei três, melhor eu dormir um pouco.

— Três comprimidos são demais? — Saga pergunta.

— Sim — a mulher magra diz.

— Então vou chamar um médico.

— Não, eles me deixam cansada, só isso — ela murmura.

Grace abre a mão fina para revelar mais cápsulas cor-de-rosa, em seguida pega uma e a leva à boca antes de Saga, delicadamente, interromper o gesto.

— Acho que já chega agora — Saga diz.
— Sim.
— Eu não quero incomodar você — Saga diz. — Mas quando estive aqui da última vez, você me contou sobre a Toca do Coelho e o que os rapazes fizeram com você.
— Sim — Grace diz em voz baixa.
— Aconteceu mais alguma coisa na Toca do Coelho?
— Eles me bateram, eu desmaiei várias vezes e…
Grace fica calada e, com os dedos trêmulos, começa a mexer nos botões do casaco.
— Você desmaiou, mas ainda assim tem certeza de que todos os rapazes participaram do estupro?
Ela assente e depois coloca a mão na boca, como se estivesse prestes a vomitar.
— Devo chamar ajuda? — Saga pergunta.
— Às vezes eu tomo cinco comprimidos — Grace responde.
Ela olha para a janela e passa o dedo pela mancha de condensação, produzindo um ruído agudo. Saga vê duas mulheres de uniforme de enfermeira se aproximando pelo caminho da direita.
— Grace? Você diz que tem certeza de que todos participaram, mas…
— Eu me lembro de tudo — a mulher diz, com um sorriso. — Até dos menores grãos de poeira no ar…
— Você se lembra do Rex?
— Ele foi o pior — Grace responde, fitando-a com os olhos semicerrados.
— Você tem certeza? Você o viu?
— Foi por causa dele que acabei indo parar lá. Eu confiava nele, mas ele…
Grace pousa a bochecha na parede, fecha os olhos e solta um arroto silencioso.
— Ele foi com você ao clube?
— Não, me disseram que ele chegaria mais tarde.
— E ele chegou?
— Você já sentiu o fedor que sai de uma toca de coelho? — Grace pergunta, levanta-se e caminha até a poltrona. — É só uma

pequena abertura no solo, mas lá embaixo há um labirinto inteiro de corredores escuros.

— Mas você não viu o Rex, viu? — Saga pergunta com paciência.

— Eles não paravam de me puxar, nenhum deles queria esperar... eles rosnavam, todos usando umas orelhas grandes e brancas...

Ela pousa as mãos nas costas da poltrona e balança o corpo para a frente — é como se tivesse cochilado no meio de um pensamento.

— Você não prefere se deitar na cama?

— Não, tudo bem, são apenas os comprimidos.

Grace lentamente tenta se acomodar na poltrona, mas como não há espaço suficiente para se enrodilhar, ela volta a se levantar.

Saga pode ouvir batidas na porta e vozes alegres, e percebe que tiveram início as rondas médicas de quarto em quarto.

— Grace, o que estou tentando dizer é que a memória é uma coisa complicada. Às vezes, a pessoa acha que se lembra das coisas porque as repete sem parar para si mesma. O que você diria se eu dissesse que o Rex não estava lá, porque...

— Ele estava lá — Grace a interrompe, tateando o pescoço. — Eu vi... vi imediatamente que eles tinham os mesmos olhos.

— Os mesmos olhos?

— Sim.

— Você teve um filho — Saga sussurra, e um arrepio percorre sua espinha quando ela se dá conta de que esse filho é o fator desconhecido a respeito do qual Joona tinha falado.

— Eu tive um filho — Grace repete em um fiapo de voz.

— E você acha que Rex é o pai? — Saga pergunta, balançando a cabeça.

— Eu sei que ele é o pai — Grace responde, enxugando uma lágrima. — Mas eu não contei para minha mãe e meu pai... passei três semanas no hospital e disse que fui atropelada por um caminhão, e que tudo que eu queria era voltar para Chicago...

Ela cambaleia de novo e leva a mão à boca.

— Eu... é melhor eu me deitar — ela sussurra para si mesma.

— Eu ajudo você — Saga diz, guiando-a a passos lentos até o outro lado do quarto.

— Obrigada — ela diz, e afunda na cama, deita-se de lado e fecha os olhos.

— Você deu à luz sozinha?

— Quando percebi que era hora, fui para o celeiro para não estragar tudo — ela diz piscando, cansada. — Dizem que me tornei psicótica, mas para mim era realidade... eu me escondi para sobreviver.

— E a criança?

— A mamãe e o papai costumavam vir para passar alguns fins de semana e, quando vinham, ele precisava se virar sozinho, eu costumava escondê-lo em uma cama de lona... porque eu tinha que estar dentro de casa, sentar-me à mesa na hora das refeições, dormir na minha cama.

Grace estende o braço para abrir a gaveta na mesinha de cabeceira. Ela coloca a mão na gaveta e fecha os olhos por alguns momentos, reunindo forças antes de tirar uma fotografia emoldurada e entregá-la a Saga.

Na foto, um jovem de cabeça raspada está olhando de soslaio para a câmera. Veste um uniforme de combate cor de areia e um colete à prova de balas e está segurando ao lado do corpo um MK12.

Ele é o fator desconhecido no estupro.

O homem da foto está com as bochechas e o nariz queimados de sol.

No ombro, usa um distintivo oval de tecido preto e amarelo com uma águia, uma âncora, um tridente, uma pistola de pederneira e as palavras "Equipe Três dos Seals".

Os Seals.

— Este é seu filho?

— Jordan — ela sussurra com os olhos fechados.

— Rex sabe sobre ele?

— O quê? — Grace engasga e tenta se sentar.

— Ele sabe que você teve um filho e que ele é o pai?

— Não, ele nunca deverá saber — ela diz, e sua boca e queixo começam a tremer com tanta violência que ela passa a ter dificuldade para falar. — Ele não tem nada a ver com Jordan. Ele me estuprou, só isso. Ele nunca deve conhecer Jordan, nunca deve olhar para ele... isso seria horrível...

Ela se encolhe na cama, cobre o rosto com as mãos, balança a cabeça e depois fica imóvel.

— Mas e se ele não estivesse lá? — Saga começa a dizer, porém se cala quando percebe que Grace está dormindo.

Saga tenta acordá-la, mas é impossível. Ela se senta na beira da cama, verifica o pulso de Grace e ouve sua respiração normal.

105

DJ senta-se pesadamente numa das poltronas do saguão e se recosta no encosto de cabeça. A chuva tamborila nas janelas e no telhado. Na mesa à sua frente estão três dos cinco rifles de caça.

Seu coração está batendo muito rápido e seu corpo treme com espasmos esporádicos. Seu pescoço está tenso, como se alguém o segurasse com força. A narcolepsia ameaça dominá-lo.

Ele destruiu os celulares, o roteador sem fio e todos os computadores do hotel.

Está tentando pensar de forma estratégica, teima em se perguntar se há outros preparativos que precise fazer, mas seus pensamentos se convertem em bizarras fantasias.

DJ planejava liquidar todas as presas dentro dos limites da reserva, mas, por causa da tempestade, só conseguira dar cabo de uma.

Ele ficara parado em frente ao profundo precipício, observando a chuva deslizar com ímpeto em direção ao vale.

Ao longo de dezenove minutos, Kent Wrangel havia implorado por sua vida centenas de vezes e jurara inocência outras tantas.

DJ não o feriu com especial gravidade, apenas enfiou a faca de caça em sua barriga, logo acima do osso púbico, e manteve o corpo trêmulo na vertical na beira da ravina.

Ele ficou lá com a faca enterrada na barriga de Kent, explicando--lhe as razões por que aquilo estava acontecendo.

Kent resfolegava enquanto suas vísceras se enchiam de sangue.

DJ inclinou a lâmina afiada da faca para cima, de modo que, sempre que Kent se cansava ou se encurvava levemente para o chão, a faca penetrava mais fundo suas entranhas.

Ao fim, Kent estava em agonia. Um dos joelhos quase se dobrava várias vezes, e a faca deslizou na diagonal em direção às costelas.

O sangue encheu suas botas e começou a transbordar.

"E agora a linha da pipa se rompe", DJ dissera, puxando a faca, olhando Kent nos olhos e empurrando-o no peito com as duas mãos, por cima da beira.

DJ limpa a boca, olha de relance para o corredor que dá acesso aos quartos do hotel e começa a remover os cartuchos dos rifles. Abre a mochila no chão na frente dos pés e joga a munição no compartimento ao lado das cuecas.

Chegou a hora de acabar com tudo.

Primeiro Lawrence, ou talvez James, e, por fim, Rex.

Talvez ele tenha tempo para matar um deles antes que o inferno se desencadeie e o mundo venha abaixo, antes que comece a gritaria e eles saiam correndo.

Mas o medo nunca salvou os coelhos.

Ele sabe que o pânico deles segue padrões simples.

As mãos de DJ tremem um pouco enquanto ele encaixa o silenciador na pistola, insere um carregador cheio e coloca a arma de volta na mochila, ao lado do machado de cabo curto.

Se eles não saírem logo, ele terá que começar a ir de quarto em quarto.

Ele pega a adaga de combate SOCP preta, limpa a graxa da lâmina e verifica se o gume está bem afiado.

A mãe de DJ engravidara depois do estupro, mas provavelmente foi só depois de ele nascer que a psicose dela de fato se manifestou.

Ela tinha apenas dezenove anos e devia estar terrivelmente solitária e assustada.

DJ não se lembra de seus primeiros anos de vida, mas agora sabe que ela deu à luz sozinha e manteve a existência dele em segredo. Ela o manteve escondido no celeiro. Sua primeira lembrança é estar deitado debaixo de um cobertor, tiritando de frio e comendo feijão de uma lata.

Ele não faz ideia de quantos anos poderia ter nessa ocasião.

Ao longo de toda a infância, a psique caótica da mãe tornou-se parte integrante da vida dele, parte de sua percepção da realidade.

Seus avós maternos só voltaram para casa em definitivo depois que o longo período de Lyndon White Holland como embaixador na Suécia chegou ao fim.

DJ tinha quase nove anos quando seu avô o encontrou no celeiro.

Na época, o menino falava uma mistura de sueco e inglês e realmente não entendia que era um ser humano.

Levou tempo para se acostumar com as novas circunstâncias.

Sua mãe recebeu tratamento em casa, à base de fortes medicamentos, e passava a maior parte do tempo acamada, com as cortinas fechadas.

Às vezes, ela se sobressaltava e começava a gritar, e às vezes batia nele por deixar a porta aberta.

Às vezes, o menino contava a ela sobre os coelhos que eles haviam matado a tiros naquele dia.

Às vezes, mãe e filho se sentavam juntos no chão ao lado da cama, cantando sua cantiga de ninar até ela adormecer.

Mais ou menos um ano depois, ele gravou toda a cantiga infantil em uma fita cassete, para que ela pudesse ouvi-la toda vez que se sentisse agitada.

A mãe nunca quis falar sobre o pai dele, mas uma vez, quando o menino tinha treze anos e a medicação dela havia acabado de ser trocada, ela lhe contou sobre Rex.

Foi a única vez que isso aconteceu durante a infância de DJ, e ele ainda se lembra perfeitamente daquelas poucas frases. Desde que era criança, ele memorizou cada uma das breves palavras e se aferrou a elas, construindo mundos inteiros de esperança em torno do que a mãe havia dito.

Ele soube que eles estavam apaixonados e tinham que se encontrar em segredo, como Romeu e Julieta, antes de ela voltar para Chicago.

DJ não conseguia entender por que ele não tinha ido com ela.

Ela respondeu que Rex não queria filhos e que ela havia prometido não engravidar.

No começo, DJ acreditou nela, mas depois começou a pensar que ela fugira para Chicago a fim de se esconder de Rex porque tinha vergonha da maneira como havia cuidado de sua própria aparência física após o acidente de caminhão.

Ele ainda não sabe de onde veio a ideia do acidente. Não tem lembrança de terem falado sobre isso.

Quando ele tinha catorze anos, a mãe viu uma fotografia de Rex em um artigo na revista *Vogue*, sobre a nova geração de chefs em Paris. Ela foi direto para o celeiro e tentou se enforcar, mas o vovô subiu na viga de uma escada e cortou a corda a tempo de impedir que ela morresse.

A vovó e o vovô a internaram em um hospital psiquiátrico, e DJ foi enviado para a Academia Militar do Missouri, que aceitava meninos mais novos.

DJ enfia o punhal debaixo da toalha de mesa quando ouve alguém vindo pelo corredor.

Ele fecha a mochila com o pé, recosta-se de novo e pergunta a si mesmo qual dos homens o destino escolheu mandar até ele primeiro.

A cabeça de DJ crepita e ele pode ver a mãe encolhida no chão do estábulo, cobrindo as orelhas e choramingando de terror quando um dos coelhos que eles pensavam estar morto se sacode subitamente com um brusco solavanco e sai correndo de novo.

DJ se lembra de que capturou o coelho com um balde de plástico verde, enfiou a mão dentro para agarrá-lo e depois o pregou na parede. Tremendo incontrolavelmente, sua mãe vomitou de terror e depois, aos gritos, o repreendeu: ele jamais tinha permissão para trazer os coelhos para dentro.

106

DJ levanta os olhos quando ouve os passos se aproximarem; um instante depois, Lawrence aparece à luz de uma das lâmpadas. DJ levanta uma das mãos para saudá-lo, pensando que dali a pouco aquele homem sairá correndo de quarto em quarto, segurando com as mãos os próprios intestinos.

Lawrence está com a aparência de quem chorou um bocado. Seus olhos estão inchados e vermelhos, e ele ainda está vestindo suas roupas molhadas.

— Você encontrou os celulares? — ele pergunta, piscando com força.

— Não consegui encontrá-los em lugar nenhum — DJ responde.

— Estamos achando que foi Rex quem os pegou — Lawrence diz em uma voz tensa.

— Rex? — DJ diz. — Por que ele faria isso?

— Nós apenas achamos que foi ele — Lawrence vocifera.

— Você e James? É isso que vocês dois pensam?

— Sim — Lawrence diz, e seu rosto fica vermelho.

Ele vai para trás do balcão da recepção e liga um dos computadores. A chuva ainda está retinindo no telhado. A tempestade parece ter recuperado o fôlego e retorna com fúria ainda maior.

Apenas dois meses após o retorno de DJ de seu último turno de missões no Iraque, seu avô morreu, deixando uma fortuna para o único neto.

A avó de DJ falecera dois anos antes. Ele foi à clínica visitar a mãe, mas ela nem sequer o reconheceu.

Ele estava sozinho.

Foi quando decidiu ir para a Suécia, a fim de pelo menos ver o pai.

Rex já era um chef de sucesso. Ele participava de inúmeros programas de televisão e havia publicado um livro de receitas.

DJ abriu uma produtora, adotou o sobrenome de solteira da avó e se aproximou de Rex sem a intenção de revelar que era filho dele.

No entanto, antes do primeiro encontro cara a cara com Rex ele ficou tremendamente inquieto e sofreu um ataque de narcolepsia na ruela pouco iluminada que levava ao café Vetekatten.

Acordou caído no chão e chegou à reunião com meia hora de atraso.

Eles não eram fisicamente parecidos, exceto talvez ao redor dos olhos.

DJ apresentou a Rex uma proposta de negócios. Ele lhe ofereceu um contrato desvairadamente generoso, elaborou uma nova estratégia e, em menos de três anos, conseguiu para Rex um quadro fixo no mais importante e mais assistido programa das manhãs de domingo e o transformou no maior chef do país, uma legítima celebridade.

DJ passou a atuar como uma espécie de empresário e faz-tudo, os dois começaram a conviver e aos poucos se tornaram amigos.

Embora já tivesse certeza de ser filho de Rex, DJ não resistiu ao impulso de pegar alguns fios do cabelo dele. Um dia, quando Rex estava sentado em uma cadeira, ele se aproximou por trás e os arrancou com uma pinça. Rex gritou de dor e levou a mão à cabeça, depois se virou. DJ apenas riu e disse que era um fio branco que ele não tinha sido capaz de ignorar.

Sem tocar os fios, DJ colocou-os em saquinhos plásticos e os enviou a dois laboratórios diferentes, especializados em testes de paternidade.

Não havia dúvida sobre a compatibilidade. DJ tinha encontrado seu pai, mas fora obrigado a enterrar qualquer felicidade que pudesse ter sentido.

— Não tem wi-fi — Lawrence diz atrás do balcão da recepção.

— E se a gente tentasse outro computador? — DJ sugere.

Lawrence olha para ele, enxuga o suor das mãos e meneia a cabeça em direção à janela.

— Podemos caminhar até Björkliden daqui?

— São apenas vinte quilômetros — DJ responde. — Eu vou, assim que a tempestade passar.

Durante a infância de David Jordan, sua mãe recebera tratamento para depressão e comportamento suicida. Depois da visita mais recente, em que a mãe não o reconheceu, DJ a transferira para uma clínica de repouso mais exclusiva, o Centro de Tratamento Residencial Timberline Knolls. O médico-chefe diagnosticou um transtorno de estresse pós-traumático e alterou radicalmente sua terapia.

Pouco antes do Dia de Ação de Graças, DJ decidiu ir a Chicago a fim de pedir à mãe permissão para contar a Rex que ele era seu pai.

DJ nem sequer sabia se a mãe entenderia do que ele estava falando, mas no momento em que entrou no quarto, percebeu que ela estava diferente. Ela aceitou as flores e lhe agradeceu pelo presente, ofereceu chá e explicou que tinha adoecido como resultado de um trauma psicológico.

— A senhora já começou a conversar com seus terapeutas sobre o acidente de caminhão? — ele perguntou.

— Acidente? — ela repetiu.

— Mãe, a senhora sabe que está doente e que não tinha condições de cuidar de mim e que eu tive que morar com a vovó.

DJ viu a expressão de estranheza no rosto da mãe quando lhe contou sobre o teste de DNA, que tinha conhecido pessoalmente o pai e que queria lhe contar a verdade.

A xícara tilintou de leve quando Grace a pousou no pires. Com uma das mãos ela acariciou lentamente o tampo da mesa e depois contou o que havia acontecido. Embora o relato fosse ficando cada vez mais incoerente à medida que avançava, ela conseguiu descrever o estupro em detalhes horrendos, a intenção dos rapazes de machucá-la, e a dor, o medo, e como ela acabou se perdendo.

Grace mostrara a DJ a fotografia de um colégio interno nos arredores de Estocolmo, depois começou a balbuciar enquanto enumerava os nomes de todos os rapazes que haviam participado do estupro coletivo.

Ele lembra exatamente de como a mãe estava sentada, com a mão magra cobrindo a boca, soluçando ao lhe contar que ele era o fruto de um estupro, e que Rex tinha sido o pior de todos os agressores.

Depois de dizer essas palavras, sua mãe não conseguira mais olhar para ele.

Foi devastador.

— Nada está funcionando. Estamos completamente isolados — Lawrence diz com voz instável.

— Deve ser por causa da tempestade — DJ sugere.

— Acho que vou partir pra Björkliden imediatamente.

— Tudo bem, mas não se esqueça de se agasalhar, e cuidado com os penhascos — DJ faz questão de aconselhá-lo, com voz suave.

— Não se preocupe — Lawrence murmura.

— Posso te mostrar uma coisa antes de você ir? — DJ diz.

Ele desdobra a toalha de mesa e pega a faca de lâmina plana, escondendo-a na altura do quadril enquanto caminha até o balcão da recepção.

107

Lawrence ajeita os óculos, empurrando-os mais para cima do nariz, caminha até o balcão da recepção com o computador e olha para dj.
— É difícil chegar à estrada principal daqui? — ele pergunta.
— Não se você souber que caminho seguir — dj responde com uma voz estranhamente monótona. — Eu posso te mostrar em um mapa.
Em vez de um mapa, dj tira do bolso uma fotografia e a coloca sobre a mesa, virando-a para que Lawrence possa vê-la.
— Minha mãe — ele diz com voz suave.
Lawrence estica o corpo para pegar a fotografia, mas, ao reconhecer a jovem na fotografia, recolhe instantaneamente a mão, como se tivesse se queimado.
Nesse momento, uma faca preta é enfiada com força no balcão, exatamente no ponto onde tinha estado a mão de Lawrence.
A lâmina se enterra profundamente na madeira.
Sem pensar, Lawrence empurra o computador na direção de dj, e o canto arredondado da tela atinge um lado do rosto dele.
dj tropeça para trás e quase cai.
A trajetória do computador é interrompida e se altera quando o cabo se estica por completo. A tela fica pendurada e balança sob o balcão, se solta do cabo e desaba com estrépito no chão.
Surpreso, dj leva a mão ao rosto.
Lawrence corre por trás do balcão e desce os degraus de acesso ao spa, o mais rápido que seu corpo volumoso permite.
Seu primeiro pensamento é tentar escapar pela saída de emergência que ele notara antes.
Por alguma razão, o brilho verde da placa luminosa ficara gravado em sua mente.

Sem olhar, Lawrence passa rápido pelas fotografias de mulheres em banheiras de hidromassagem e deitadas em mesas de massagem brancas. Passa por um balcão de recepção menor, com toalhas e uma loja que vende roupas de banho, e entra no vestiário. Ao fechar a porta, percebe que ela tem uma maçaneta redonda.

Ele tenta girá-la, mas suas mãos estão tremendo tanto que seus dedos não conseguem agarrá-la.

A fechadura está travada.

Lawrence está ofegante e o coração martela enquanto ele enxuga as mãos na camisa.

Do outro lado da porta, passos se aproximam.

Ele puxa a maçaneta e mais uma vez tenta girá-la. Está emperrada, mas por fim há um som de raspagem e ele dá um puxão mais forte, gira, e a trava lentamente desliza até se encaixar; depois disso ele não consegue segurar por mais tempo e arranha os nós dos dedos.

Ele chupa o ferimento e fica à escuta; quando está prestes a verificar se a porta está completamente trancada, alguém do outro lado empurra a maçaneta.

Lawrence se afasta.

DJ sacode a maçaneta e empurra a porta com o ombro, fazendo ranger o batente.

Lawrence tropeça para trás, olhando fixamente para a porta, e sente vontade de pedir, aos gritos, que DJ mate James em vez dele, que James está no quarto de Rex.

Mas, em vez disso, ele recua ainda mais no vestiário escuro, com o desesperado pensamento de que precisa encontrar um lugar para se esconder.

DJ acabou de dizer que Grace é a mãe dele.

Então é DJ quem está se vingando, Lawrence pensa enquanto passa pelos armários.

Com um empurrão ele abre uma porta de vidro fosco e se vê em uma sala de chuveiros às escuras. Dá alguns passos e tenta acalmar a respiração.

A boca está completamente seca e o peito dói.

Ele fica de costas para a parede e olha para o ralo. Há um punhado de fios secos presos à grade.

O suor escorre de suas axilas pelos flancos do corpo.

Lawrence recorda o estupro na Toca do Coelho, relembra que ele e os outros fizeram fila, esperando sua vez, com receio de serem interrompidos antes de terem a chance de fazer aquilo com ela.

Quando viu Grace ali caída no chão embaixo dos outros, sentiu uma onda de adrenalina e fúria contra ela.

Lawrence sempre soube que Grace era bonita demais para ele, mas agora ela estava ali deitada com as pernas abertas.

Trocando cotoveladas com os outros, ele avançou, inclinou-se sobre Grace, bateu no rosto da garota com sua garrafa de cerveja e segurou o queixo dela com força para obrigá-la a olhar para ele.

De início, não sentiu nada além de uma sensação de triunfo exultante.

Em seguida, ele se levantou e cuspiu nela, mas duas semanas depois tentou se castrar no banheiro de seu dormitório. Infligiu em si mesmo um corte profundo, mas a dor o fez cambalear para o lado, escorregar e cair. Bateu o rosto na pia, que se espatifou e atraiu a atenção das pessoas, que vieram correndo.

Depois de um mês internado em uma ala psiquiátrica juvenil, foi autorizado a voltar para casa e imediatamente se entregou à polícia. Eles nem sequer lhe deram ouvidos: ninguém havia sido estuprado na escola e a garota de quem ele estava falando tinha voltado para os Estados Unidos.

Ele descansa a mão contra a lustrosa parede de granito, sente o gosto de sangue na boca e percebe que não pode ficar na sala de chuveiros.

Com as pernas trêmulas, Lawrence passa pela fileira de chuveiros, pela porta de vidro colorido da sauna, e então chega à área da piscina às escuras.

Ele não consegue ouvir outra coisa além da chuva que cai sobre as enormes janelas.

Sabe que precisa chegar à saída de emergência, fugir do hotel e tentar encontrar ajuda ou pelo menos se esconder na floresta.

A área da piscina é dividida ao meio por um grande bar hexagonal.

De um lado estão as banheiras de hidromassagem e a piscina principal, que ainda tem um pouco de água no fundo. No inverno é possível nadar através de uma cortina de plástico até a chegar à área externa revestida de neve, mas por ora a parte exterior da piscina está coberta.

Do outro lado do bar, além da área de refeições e da zona de relaxamento, fica a saída de emergência. Os operários escavaram o chão e deslocaram todos os móveis, que agora estão amontoados e bloqueiam a passagem entre o bar e as janelas. A montanha de cadeiras e mesas de vime é coberta com lona industrial cinza.

O único caminho para chegar à saída de emergência parece ser através da porta do vestiário feminino.

Lawrence aguça os ouvidos por alguns instantes, depois começa a rastejar ao longo da passagem sustentada por pilares. Mantém os olhos cravados no vidro fosco da porta do vestiário das mulheres. Cada pequena vibração faz seu corpo se retesar, em um esforço para não sair correndo em pânico. Pela fresta da porta pode ver que o vestiário está às escuras; ele prende a respiração e segue em frente, forçando-se a caminhar lentamente pela janela de acesso ao solário.

Ele olha de relance na direção da porta e avança às pressas.

Pela janela seguinte, vê uma academia de musculação repleta de aparelhos de exercício, esteiras e bicicletas ergométricas.

Lawrence está caminhando em direção ao outro lado do bar quando ouve um áspero estalido.

Desse ângulo, os pilares bloqueiam sua visão da entrada do vestiário feminino, mas uma sombra refletida está se movendo na parede.

Alguém deve ter entrado.

Lawrence não sabe o que fazer. Ele não se atreve a correr, então apenas contorna em silêncio a extremidade do bar, onde se encolhe no chão e tenta ganhar fôlego.

108

Lawrence está escondido atrás do balcão do bar, com uma das mãos tapando firmemente a boca. Sua pulsação acelerada ressoa com baques surdos nos ouvidos. Ele sabe que DJ está na área de spa, tentando encontrá-lo.

Mas tudo está imóvel e silencioso.

Um pouco de coca-cola escorreu pela folha de madeira compensada do bar, e alguém grudou um pedaço de chiclete por baixo da borda do balcão saliente.

Encolhido e trêmulo, Lawrence está suando em bicas e tenta reduzir ao máximo o próprio tamanho.

Ele está respirando com dificuldade pelo nariz e pensa em como o estupro o desviou completamente do caminho da felicidade. Ele nunca teve um relacionamento sério, jamais teve intimidade sexual, nunca formou uma família.

Para evitar que as pessoas próximas pensem que é um esquisitão, ele às vezes finge ter relacionamentos efêmeros.

Para os amigos, afirma preferir casos que não durem mais que uma noite. Mas a verdade é que nunca teve ninguém, nem homem nem mulher.

No ano anterior, manteve contato com uma garota que conheceu em um site de namoro. Ela é uma das dançarinas do musical da Broadway *Hamilton*. Lawrence sabe que isso pode ser uma mentira, que talvez ela esteja usando uma identidade virtual falsa, mas as conversas com ela são sempre interessantes e divertidas, e ela nunca lhe pediu dinheiro. Ele adora as fotos que ela envia. Ela é bonita de um jeito tão impressionante que faz todo o corpo dele se sentir feliz. O cabelo grande e encaracolado, aquelas bochechas e aquela boca sorridente. Ela é boa demais para ser verdade, mas acabou de enviar a ele um ingresso para o espetáculo que parece ser genuíno, com código de barras e tudo mais.

O mais provável é que ele esteja sendo enganado de alguma forma, mas e se realmente for um ponto de virada em sua vida?

Lawrence olha de relance para a saída de emergência, depois se levanta meio encurvado e desce um largo lance de escadas.

Toda a área do bar foi esvaziada, e os pedreiros começaram a assentar ladrilhos de mosaico no chão. A placa verde da saída de emergência reluz além de alguns paletes de construção.

A chuva ainda está escorrendo pelos grandes painéis de vidro.

Lawrence anda mais rápido, tentando respirar em silêncio.

Se conseguir chegar lá fora, só precisará continuar até a igreja, depois seguir pela rodovia E10 até Björkliden e se esconder em algum lugar até que tudo acabe.

Ouve-se um barulho estridente quando o pé dele tropeça em um balde preto, que desliza pelo chão empoeirado; as espátulas dentro dele se entrechocam quando o balde por fim se detém.

Lawrence começa a correr, já não se importa mais se alguém pode ouvi-lo, contorna os paletes e chega à saída de emergência. Agarra violentamente a maçaneta, empurra e puxa, mas a porta não se abre.

Um pesado cadeado está pendurado na maçaneta.

Ele ajeita os óculos, vira-se, e seu coração começa a disparar quando vê DJ descendo as escadas empunhando um machado.

Lawrence dá pontapés no vidro, mas nada acontece.

Seus olhos percorrem rapidamente o espaço ao redor e ele percebe que precisa tentar chegar ao outro lado do bar através da montanha de sofás, armários, vasos de plantas, cadeiras e mesas.

Ofegando, corre ao longo das janelas em direção à pilha de móveis. É uma montanha compacta, que chega até o peito. Ele levanta a cobertura de lona e se enfia entre uma pilha de cadeiras e uma mesa de mármore redonda.

Por baixo da lona a luz muda, torna-se nebulosa e estranhamente suave.

Ele usa uma das mãos para segurar a lona e se arrasta para um estreito vão entre alguns armários, mas se detém quando escuta um barulho atrás de si. Rapidamente se encolhe e ouve a lona se assentar em cima dos móveis de novo.

Inclinando-se para a frente e com os joelhos dobrados, ele empurra à força seu corpo volumoso entre dois armários cheios de pratos.

Não consegue deixar de pensar que é Grace vindo atrás dele.

Que foi esse o plano que eles armaram.

Em sua imaginação ele vê a saia plissada rosa, as coxas manchadas de sangue e os longos fios de cabelo grudados nas bochechas dela.

Ofegando, Lawrence abre caminho a duras penas por entre enormes panelas de terracota e espreguiçadeiras, e subitamente ouve passos atrás dele.

Em um nível, ele sabe que é DJ, mas seu cérebro continua evocando uma imagem de Grace.

Ela está aqui para se vingar. Ele pode ouvi-la se aproximando, arrastando atrás de si uma corda de pular, a alça de plástico quicando no piso irregular de mosaico.

Em pânico, ele empurra para o lado uma cadeira de vime que está atravancando sua passagem, pega a cadeira seguinte e abre caminho até uma grande mesa de bufê, mas a partir daí seu caminho está bloqueado.

Ele chegou a uma parede de armários pesados. É impossível alcançar a área da piscina por esse caminho. Precisa encontrar uma rota diferente, possivelmente sob a pilha de espreguiçadeiras.

A cobertura de lona se enfuna por causa de uma corrente de ar e depois se assenta com um suspiro farfalhante.

A dor no peito de Lawrence piorou, e seu braço esquerdo parece estranhamente entorpecido.

Quando se abaixa para verificar se seria possível rastejar por baixo das espreguiçadeiras, seus óculos caem.

Tremendo muito, ele se ajoelha para procurá-los, mas em vez disso acaba empurrando-os para debaixo de uma mesa baixa. Ele julga poder vê-los e estende a mão, mas não consegue agarrá-los.

Lawrence se deita de bruços e começa a deslizar para o espaço apertado. Arrastando-se para a frente, ele pisca e estica o braço, até que por fim consegue tocar os óculos com as pontas dos dedos e rapidamente os coloca de novo.

Ainda deitado de barriga para baixo, ele vira a cabeça e olha para o chão de mosaico, no momento em que de súbito DJ se agacha e olha diretamente para ele pelo meio das pernas e cadeiras da mesa.

Ele é parecido com Grace, com seu rosto belo e franco e o cabelo loiro.

A lona farfalha e Lawrence percebe que DJ está se espremendo por entre a pilha de móveis.

Lawrence faz força para avançar embaixo da mesa e ouve o zíper da jaqueta raspar no piso de ardósia.

Ele está respirando com dificuldade agora, e, cada vez que puxa o ar, suas costas pressionam a laje de pedra e ele tem a sensação de que está prestes a ficar entalado.

Pensa novamente no ingresso para o musical e em como ela jamais entenderá por que razão ele não apareceu.

Alguns móveis caem com estrépito atrás de Lawrence, que ouve o vidro se espatifando quando se aproxima do outro lado da mesa.

Ele está ofegando enquanto tenta agarrar algo que possa ajudá-lo a sair dali.

Há um ruído abafado no momento em que DJ pousa o machado no chão e estica o corpo para alcançá-lo.

— Me deixe em paz, porra! — ele grita.

DJ agarra seu pé e começa a puxá-lo para trás. Lawrence dá pontapés e se desvencilha, desliza para o outro lado da mesa e se levanta, as pernas trêmulas. Parece estar prestes a vomitar enquanto abre caminho entre alguns sofás pesados. Derruba uma pilha de almofadas brancas e a lona se assenta sobre ele novamente. Ele tropeça, escorrega, dá passos em falso, escala as almofadas e consegue manter algum equilíbrio.

Lawrence ultrapassa a barricada, vira o corpo e avança, batendo o ombro num dos pilares enquanto se apressa para dar a volta pela banheira de hidromassagem, mas de repente ele estaca.

A respiração de Lawrence está incrivelmente acelerada, e os dedos de uma das mãos estão dormentes agora.

Ele continua adiante, olha para trás na direção do bar e vê o reflexo de DJ na porta de vidro.

Com o machado na mão, DJ está correndo ao longo da passagem.

Ele se dirige à área da piscina, passando pelas portas dos vestiários.

Há estranhas tiras de couro penduradas na frente de suas bochechas.

Lawrence tosse e caminha rapidamente em direção à piscina principal, e imagina que pode sair dali.

Ele sente dolorosas fisgadas no coração agora e tem que se mexer mais devagar enquanto agarra o corrimão ao lado dos degraus de azulejos que levam à piscina. A água estagnada no fundo exala um cheiro podre.

Tremendo, ele desce os degraus rasos, chapinha na água e tenta correr, mas a resistência é grande demais.

A sujeira no fundo sobe, rodopiando através da água, e chega até a coxa dele.

Ele avança a duras penas pela água, sentindo salpicos na barriga e no peito.

Curativos, chinelos e tufos de cabelo flutuam na superfície.

Ele passa pela cortina de plástico pendurada e se dirige para a piscina externa coberta. Deve ser possível sair de lá. Afinal, a cobertura é apenas uma lona esticada sobre algumas vigas transversais baixas.

Avança ainda mais na água e tenta encontrar algum buraco no tecido.

Ouve salpicos pesados atrás de si e se vira.

DJ vem no seu encalço, vadeando com dificuldade pela água.

Lawrence se dá conta de que será quase impossível sair da piscina, e que inevitavelmente será pego.

As pontas de seus dedos estão coçando e formigando.

Arquejando, ele se vira e começa a atravessar a água em direção à borda mais próxima da piscina. Quase cai, mas consegue agarrá-la.

Ele empurra a lona com toda a força de que ainda é capaz. O tecido de náilon áspero e grosso está esticado com tanta força que ele não consegue abrir nem sequer uma mínima fresta.

Tenta puxar uma das vigas, em um esforço para removê-la, mas é impossível.

DJ vem caminhando pela água a passos largos.

As ondulações chegam ao lado da piscina e se quebram em Lawrence.

Lawrence não consegue colocar os dedos embaixo da lona e em vez disso tenta empurrá-la, mas é obrigado a desistir.

Lutando para puxar o ar, ele começa a entrar na água novamente, mas seu coração está batendo muito rápido. Não tem mais forças para continuar. Não há mais para onde correr. Ele para e se vira.

109

Lawrence fica imóvel, respirando com dificuldade pela boca. Tenta dizer alguma coisa, mas não tem fôlego. Ele não passa de um coelho, correndo em disparada em volta de seu próprio sangue no fundo de uma banheira.

O Caçador de Coelhos está se aproximando agora, arrastando o machado pela superfície da água.

Ele havia preparado o toca-fitas e a fita cassete, e sua intenção era deixar Lawrence pregado no balcão da recepção, com a mão transpassada pela adaga, quando os outros fossem procurá-lo.

Há salpicos de água suja na camisa xadrez de Lawrence, e grandes manchas de suor são visíveis sob as axilas.

— Eu sei do que se trata — Lawrence diz entre respirações espasmódicas.

Ele levanta as duas mãos, como se para impedi-lo de chegar mais perto. O Caçador de Coelhos dá um pequeno passo à frente, agarra uma das mãos de sua presa, estica o braço e o golpeia com uma violenta machadada logo acima do cotovelo. Com a força do golpe, Lawrence cambaleia para o lado, e seu grito de dor ecoa por entre as paredes da piscina.

Sangue escuro jorra do ferimento profundo.

Ele segura a mão de Lawrence, torce-a levemente e ataca de novo.

Dessa vez, a lâmina trespassa o osso.

Ele solta a mão de Lawrence e olha para sua vítima, que cambaleia para trás com o antebraço pendurado por alguns últimos tendões antes de, por fim, cair na água turva.

— Ai, meu Deus, ai, meu Deus — Lawrence choraminga, tentando pressionar o coto do braço para conter o sangramento. — Não sei o que você quer que eu faça. Por favor, apenas me diga. Preciso de ajuda, você não está vendo?

— Grace é minha mãe, e você...

— Eles me obrigaram a fazer aquilo. Eu não queria. Eu tinha apenas dezessete anos — ele soluça.

Lawrence se cala, respirando com dificuldade. Seu rosto está lívido, como se já fosse um cadáver. O Caçador de Coelhos o encara atentamente: os respingos nos óculos, a barba salpicada de ranho, as manchas de sangue nas roupas sujas.

— Eu entendo que você queira vingança — Lawrence diz, ofegando. — Mas eu sou inocente.

— Todo mundo é inocente — o Caçador de Coelhos diz em voz baixa.

Ele pensa em Ratjen, assassinado em uma cadeira na cozinha na frente dos filhos. Ratjen morreu porque forneceu as chaves, porque abriu a porta do internato e levou Grace para a Toca do Coelho. Foi assim que tudo tivera início. Se ele tivesse dito "não" naquela ocasião, poderia comer seu macarrão em paz e depois iria para a cama com sua esposa quando suas crianças estivessem dormindo.

— Quem tomou todas as decisões foi o Wille — Lawrence suspira.

— A mamãe identificou você. Ela me contou o que você fez — ele diz calmamente.

— Eles me forçaram — ele soluça. — Eu fui uma vítima, também fui uma...

A voz de Lawrence desaparece quando os ouvidos do Caçador de Coelhos ficam surdos. Ele cutuca uma das orelhas, mesmo assim não consegue escutar nada. Está perdido na recordação de uma tarde de verão, um dia antes da tentativa de suicídio da mãe.

Ele estava caçando com o rifle para além da estrada principal, passando pela linha férrea e descendo em direção ao silo. Ele se sentou na grama, recostou-se, e, quando acordou, já era noite.

Era como se tivesse despertado dentro de um sonho.

Ainda estava deitado na grama alta, pensando que o silo parecia a enorme cartola do Chapeleiro Maluco.

Naquele momento, ele era muito pequeno, do tamanho de um coelho.

Lawrence ainda tem esperança de escapar, e mais uma vez sai cambaleando na direção dos degraus azulejados.

Um rastro de sangue escuro se estende pela água ao seu redor.

O Caçador de Coelhos olha para o relógio e o segue.

Lawrence passa pela cortina de plástico, cambaleia para a frente, dá um passo na escada e depois se senta em um dos degraus mais baixos. Ele ergue o coto do braço, choramingando de dor. Resfolegando com um chiado muito alto, ele rasga a camisa e a enrola no que resta do braço, apertando com toda a força de que sua mão trêmula é capaz.

— Ai, meu Deus, ai, meu Deus — ele continua sussurrando para si mesmo.

O sangue escorre através do tecido até os degraus molhados.

— Você não precisa se preocupar, não vai sangrar até morrer — o Caçador de Coelhos diz, afastando do rosto as orelhas de coelhos mortos. — Porque antes de você perder os sentidos, eu vou dar uma machadada no seu pescoço, para que você tenha uma morte instantânea.

Lawrence lança um olhar de desespero na direção do Caçador de Coelhos.

— Nós matamos a Grace? Se ela ainda está viva, então por que você está matando a gente?

— Ela não está viva — ele interrompe. — Ela nunca teve a chance de viver.

Dali a pouco o Caçador de Coelhos vai voltar ao andar de cima e vai enforcar James Gyllenborg. Não sabe exatamente por que quer enforcá-lo. Foi apenas uma ideia que ele tivera enquanto o observava durante a caçada — a ideia de que queria vê-lo pendurado pelo pescoço.

Um lampejo de recordação: o som de quando o vovô cortou a corda em que a mãe estava pendurada na viga no celeiro.

— O que você vai fazer depois? — Lawrence balbucia com olhos injetados. — Quando você terminar de se vingar? O que acontecerá depois?

— Depois? — o Caçador de Coelhos pergunta, apoiando o machado no ombro.

110

Quando Rex volta a si, seu coração dispara de ansiedade. Ele está deitado de bruços no chão, os braços amarrados atrás das costas. Seu rosto está tenso e lateja de dor por causa das repetidas pancadas.

Sua mala vazia está no meio do quarto, o conteúdo espalhado.

Ele pode ouvir vozes e rola cautelosamente para o lado. Com cuidado, tenta libertar as mãos e percebe que não consegue sentir os dedos.

Através dos olhos entreabertos, vê Sammy sentado de costas para a parede, os braços em volta dos joelhos. Rex faz um movimento leve, encontra o olhar do filho e o vê balançar a cabeça com um meneio quase imperceptível.

Rex fecha os olhos de imediato e finge estar inconsciente. Ouve o filho falar em voz baixa.

— Não tenho nada a ver com isso... tenho certeza de que você já percebeu. Eu nem sequer estaria aqui se meu pai não estivesse tentando me impedir de ver meu namorado.

— Você é gay? — James pergunta, em tom de curiosidade.

— Não conte pro papai — Sammy brinca.

— O que há de tão bom nos caras, então?

— Eu também saí com garotas, mas o sexo é melhor com caras.

— No meu tempo — James revela —, eu jamais poderia ter dito isso. Tantas coisas mudaram, e para melhor.

Com os dedos gelados, Rex tenta afrouxar as tiras de pano firmemente atadas.

— Não tenho vergonha de quem eu sou — Sammy responde.

— Você sai com homens mais velhos? — James pergunta com um tom de voz estranho.

— O que me excita são indivíduos, situações. Eu não tenho um grande conjunto de regras — Sammy diz calmamente.

Rex permanece deitado em silêncio e ouve os passos de James pelo chão. Abre com cautela os olhos e vê James em pé na frente de Sammy. Ele está segurando frouxamente o rifle com uma das mãos, o cano da arma apontado para baixo rente à perna. As caríssimas garrafas de água e vinho que o hotel oferece a seus hóspedes estão de pé sobre a mesinha de centro.

James se vira e Rex rapidamente fecha os olhos e tenta deixar seu corpo flácido. James se aproxima e para na frente dele. O cheiro de metal diz a Rex que o rifle está apontado para o seu rosto.

— A maioria das pessoas que eu conheço se diz pansexual — Sammy continua.

— O que é isso?

— Quando a pessoa acha que a personalidade, e não o gênero, é a coisa mais importante.

— Parece sensato — James diz, voltando-se para ele. — Eu sinto muito que o Lawrence tenha cortado você. Está doendo?

— Um pouco...

— Você vai ficar com uma cicatriz nesse seu lindo rostinho — James diz, com inesperada ternura na voz.

— Que merda — Sammy suspira.

— É melhor você colocar algo por cima para manter as bordas do corte fechadas — James continua.

— O papai tem alguns curativos na nécessaire dele — Sammy sugere.

O quarto fica em silêncio e Rex mantém os olhos fechados. Tem quase certeza de que James está olhando para ele.

— Está ali, ao lado da poltrona — Sammy diz.

Rex percebe que James se afasta e chuta a bolsa pelo chão, em direção a Sammy.

— Obrigado.

Rex ouve Sammy abrir o zíper da nécessaire, o que é seguido por um farfalhar quando ele encontra os curativos.

— Você tem que lavar primeiro — James ressalta.

Tão logo ouve James pegar a garrafa de água de cima da mesa e desenroscar a tampa, Rex torce e retorce os braços e puxa com toda a força possível, até libertar uma das mãos das amarras. Seus dedos frios formigam e ardem enquanto o sangue recomeça a circular.

— Sente-se bem quietinho — James murmura. — Levante um pouco o rosto...

— Ai! — Sammy sussurra.

Rex abre os olhos e vê que James largou o rifle no chão e está curvado sobre Sammy, segurando a garrafa de água e um punhado de guardanapos de papel.

Muito vagarosamente, Rex se levanta. Suas pernas estão dormentes e parecem troncos. Uma das tiras de pano está pendurada no punho da camisa, mas se solta e cai, emitindo um som suave ao tocar o chão.

Rex para e espera.

James não ouviu nada. Ele vira a garrafa de água de cabeça para baixo a fim de molhar os guardanapos e continua limpando a bochecha de Sammy.

Rex se move lentamente até a mesinha de centro e pega a garrafa de vinho, tomando cuidado para não fazer o menor ruído.

— Um pouco mais de água — Sammy diz. — Ai... ai, isso realmente...

— Quase pronto — James diz, com uma estranha intensidade na voz.

Rex caminha em direção a James, mas acaba pisando numa das camisas novas que tinham escorregado para fora de sua mala. Como ainda estava embrulhada em plástico, a camisa produz um farfalhar sob o pé dele. Rex se precipita à frente, erguendo a garrafa de vinho, e vê James soltar os guardanapos e se virar para ele no momento em que o golpeia. James levanta o braço para se defender, mas a garrafa o atinge na bochecha e na têmpora com tanta força que o vidro se despedaça. Cacos verdes e o vinho vermelho-escuro caem por cima de James e do outro lado da parede atrás dele.

James solta um gemido pesado e cai de lado. Sammy sai do caminho, e Rex agarra o rifle e recua. James desaba de costas contra a parede, apalpa sua têmpora e olha, grogue, para Rex, que nesse exato momento dá um passo à frente e o golpeia no nariz com a coronha da espingarda, fazendo-o bater a cabeça contra a parede.

— Vamos — Rex diz para Sammy. — Temos que fugir daqui.

Eles saem do quarto, fecham a porta e se apressam pelo corredor frio em direção à área da recepção.

— Bom trabalho, pai — Sammy diz com um sorriso.

— Você também mandou bem — Rex diz.

Eles podem ouvir batidas secas e pesadas vindo de algum lugar, e Rex se vira, mas o corredor mal iluminado está vazio e a porta do quarto, fechada. O cano do rifle raspa a parede, e Rex levanta um pouco a arma. Nesse preciso momento, sente uma dor de cabeça tão lancinante que o obriga a parar.

— O que foi? — Sammy sussurra.

— Nada, apenas me dê um segundo — Rex responde.

— O que vamos fazer?

— Nós vamos fugir daqui... deixe-me olhar para você — ele diz, e leva o filho para a luz. — Talvez você acabe ficando com uma cicatriz...

— No meu belo rostinho — Sammy brinca.

— Sim.

— Você deveria ver como está o seu rosto, pai.

Rex olha de novo para o corredor e agora vê que uma das portas pelas quais eles passaram está entreaberta.

111

Em silêncio, Rex e Sammy caminham em direção ao saguão. O tapete grosso abafa seus passos.

Chegam ao saguão, que está deserto, mas um dos computadores está caído no chão. A chuva ainda chicoteia furiosamente as janelas negras. As calhas estão transbordando, e lá fora a água esguicha no terraço.

— *Dez coelhinhos, todos de branco enfeitados* — de repente eles ouvem uma criança dizer —, *tentaram chegar ao céu na ponta de uma pipa amarrados.*

Rex e Sammy se viram e veem um velho toca-fitas em pé sobre uma mesa.

— *Rompeu-se a linha da pipa* — continua a voz da criança —, *todos despencaram. Em vez de irem para o céu, todos eles acabaram...*

— O que está acontecendo? — Sammy sussurra.

Rex reconhece a cantiga de ninar do telefonema que recebera no restaurante. Ele caminha até a mesa e vê que há sangue nos botões do toca-fitas.

Dez coelhinhos, todos de branco enfeitados, tentaram chegar ao céu na ponta de uma pipa amarrados...

— Vá para a porta da frente — Rex diz, nervoso.

— Pai... — Sammy diz.

— Ande até a estrada principal, vire à direita e continue andando — Rex instrui o filho.

— Papai!

Rex gira o corpo e vê James Gyllenborg vindo rapidamente em sua direção. Está empunhando uma faca de caça, suas roupas estão manchadas de vinho e ele respira pela boca como se seu nariz estivesse quebrado.

— *Oito coelhinhos, todos de branco enfeitados* — a voz na fita continua.

James olha para a faca na mão e depois avança em direção a Rex.

— Apenas acalme-se, James! — Rex diz, erguendo o rifle.

James se detém e cospe um pouco de saliva ensanguentada no chão. Rex se afasta e coloca o dedo no gatilho.

—- Você é um idiota — James rosna, segurando a faca na frente dele.

Há um estalo quando uma das pernas de James se parte na altura do joelho. O sangue jorra no chão e ele desaba. Arqueia o corpo para trás e urra de dor.

Rex leva alguns momentos para entender o que está acontecendo.

DJ está parado na porta que dá acesso à área do spa e empunha uma pistola equipada com silenciador.

Na cabeça dele há uma tira de couro com orelhas de coelho amarradas.

Rex percebe que a calça dele está molhada até as coxas. DJ entra no saguão, joga no chão uma corda revestida de plástico e enfia a pistola em um coldre de ombro.

DJ estaca, fecha os olhos e dá um tapa na própria bochecha, acertando também uma das orelhas de coelho.

Aos berros, James tenta rastejar de volta pelo corredor.

DJ olha para ele, depois caminha até Rex e pega o rifle, remove os cartuchos e o coloca sobre a mesinha de centro com as outras armas.

— *Seis coelhinhos, todos de branco enfeitados, tentaram chegar ao céu na ponta de uma pipa amarrados* — a voz da criança entoa na fita.

James está caído no chão, ofegante. Uma poça de sangue se espalha ao redor de sua perna mutilada.

— Precisamos amarrar o ferimento — Rex diz a DJ. — Ele vai se esvair de sangue até a morte, a menos que nós...

DJ agarra James por sua perna ilesa e o arrasta para o salão de jantar. Rex e Sammy o seguem. James bate em uma das mesas, fazendo os castiçais rolarem para o chão.

DJ vira James de barriga para baixo, pressiona um joelho entre as omoplatas, amarra as mãos dele atrás das costas com braçadeiras, depois enfia um guardanapo de linho em sua boca. Com movimentos muito metódicos, puxa uma cadeira e insere a corda preta pelo gancho onde está pendurado o lustre no teto.

— O que você está fazendo? — Rex indaga.

DJ ignora a pergunta e amarra um nó, dentro do qual enfia a cabeça de James, depois aperta, enrola o resto da corda em torno de um pilar e então começa a içar o homem pelo pescoço.

O peso do corpo de James faz o lustre se inclinar, e os prismas tilintam à medida que o homem se contorce e se debate. Através do guardanapo em sua boca, James emite sons de pânico parecidos com grasnados. Alguns dos cristais se soltam e despencam no chão.

— Já chega — Rex diz, e se aproxima e tenta segurar o peso de James.

DJ enrola a corda várias vezes em torno do pilar, depois dá um nó e, com um empurrão, tira Rex do caminho.

James balança para os lados, as pernas escoiceando.

O lustre tilinta acima dele.

DJ observa James enquanto ele gira lentamente, depois empurra a cadeira em sua direção e observa como ele fica na vertical, apoiando-se sobre a perna ilesa tentando manter o equilíbrio.

No saguão, a fita chegou ao verso derradeiro sobre o último coelho que acaba indo para o inferno. DJ olha para o relógio, depois se aproxima e afrouxa levemente o laço. James puxa o ar pelo nariz quebrado. Lágrimas escorrem por suas bochechas, e todo o seu corpo está tremendo.

— Se você cair ou desmaiar, vai morrer — DJ diz calmamente.

— Você é louco? O que pensa que está fazendo? — Rex pergunta.

— Você ainda não entendeu — DJ diz em um tom inexpressivo. — Todos os outros entenderam, mas você não.

— Pai, vamos embora — Sammy diz, tentando afastar Rex.

— O que é que eu não entendo? — Rex pergunta, engolindo em seco.

— Que eu vou matar você também — DJ responde. — Assim que eu tiver acabado com o James vou... acho que vou retalhar suas costas e arrancar suas omoplatas.

Ele mostra uma antiga fotografia de Grace de seu primeiro ano no colégio. A fotografia tem uma dobra branca no rosto sorridente.

— Ela é minha mãe.
— Grace?
— Sim.
— Recentemente eu descobri que ela foi estuprada — Rex diz. — James me contou.
— Papai, vamos — Sammy diz calmamente.
— Você estava lá — DJ diz com um sorriso, balançando um pouco.
— Não, eu não estava — Rex diz.
— Sabe de uma coisa? Todo mundo me diz isso antes de eu...
— Fiz muitas coisas das quais me arrependo — Rex o interrompe. — Mas eu não estuprei ninguém, eu estava...

Ele é interrompido por uma batida vinda do saguão. Eles ficam em silêncio enquanto outra batida ecoa pelo hotel.

112

O Caçador de Coelhos permanece completamente imóvel na sala de jantar, seu olhar voltado para a porta do saguão; ele sente uma onda gelada de adrenalina percorrer suas veias.

Mas logo após a aceleração dos batimentos cardíacos vem uma onda de fadiga, e ele percebe que se esqueceu de tomar seu Modiodal. Não sabe ao certo se precisará de uma dose do remédio, mas um ataque violento de narcolepsia pode arruinar tudo.

Ele só precisa manter a calma.

Ouve Rex dizer que precisam tirar a corda do pescoço de James, mas é como se a voz viesse de longe, por detrás de uma parede.

O Caçador de Coelhos abre os olhos e encontra o olhar de Rex.

Ele sabia desde o início quem seria o último a morrer. Rex será deixado sozinho, cercado pela desolação do campo de batalha. Verá seu vingador se aproximar e cairá de joelhos, em sinal da aceitação de seu destino.

O salão de jantar está em silêncio.

Rex recua até onde está Sammy. James agoniza de dor, prestes a perder os sentidos.

Ouve-se uma terceira batida na porta, e faíscas voam dentro da cabeça do Caçador de Coelhos quando ele vê outra porta, a do celeiro, se escancarar e a neve rodopiar pelo chão.

A mãe dele está chorando como uma menininha assustada enquanto se arrasta para trás, apertando uma faca de açougueiro contra a própria garganta.

A tempestade grassava, furiosa, a noite toda, e sua mãe foi ficando cada vez mais apavorada, sem saber o que fazer. Ela permaneceu sentada por horas, apertando as mãos sobre os ouvidos, os olhos fechados com força, e depois ficou agressiva, pegando as vísceras e jogando-as na porta, ameaçando sufocar o menino quando ele começou a chorar.

Ele sabe que tem que parar. As lembranças muito nítidas ocupam espaço demais e ele precisa se impedir de se transformar na mãe, de abrir as portas para a psicose.

Quando criança, ele compartilhava a doença da mãe, mas não estava doente. Ele simplesmente não tinha alternativa, e isso não é um sinal de psicose, ele se lembra.

Para ela, o estupro sobrepujou a realidade do presente, seu medo de coelhos tornou-se uma fobia, e seu terror firmou uma aliança terrível com suas lembranças.

Há outra batida na porta, ainda mais violenta dessa vez.

O Caçador de Coelhos ouve a si mesmo começar a dar ordens, mas parece que tudo está acontecendo em outro mundo.

Ele chuta a cadeira por baixo dos pés de James e observa o corpo se estrebuchar enquanto tira da cabeça a coroa de orelhas de coelho, fecha as portas do salão de jantar e depois reposiciona o tapete para cobrir as manchas de sangue no chão.

Eles vão até a área da recepção e DJ leva consigo Sammy para trás do balcão, enquanto Rex vai abrir a porta da frente.

A chuva ainda fustiga as janelas negras, escorrendo pelo vidro, jorrando do telhado.

Do lado de fora, em meio à tormenta, vislumbra-se uma silhueta.

DJ coloca a tira com as orelhas de coelho em uma gaveta com canetas e clipes de papel. Ele saca a pistola, solta a trava de segurança e esconde a arma atrás da mesa.

Rex destranca a porta e deixa entrar um homem alto que segura nas mãos um galão de gasolina. O aguaceiro e o vendaval invadem o piso antes de Rex fechar a porta.

DJ estuda atentamente o rosto do desconhecido e seus movimentos cansados.

O cabelo loiro está grudado nas bochechas molhadas. Suas roupas estão encharcadas e os sapatos e a calça, cobertos de lama.

DJ não consegue ouvir o que ele diz para Rex, mas vê o homem pousar o galão de gasolina vazio sobre o tapete e caminhar rumo ao balcão da recepção.

— O hotel está fechado — DJ diz, fitando os olhos estranhamente cinza-claros do forasteiro.

— Eu sei disso, mas fiquei sem gasolina na E10 e vi as luzes — o homem com sotaque finlandês diz.

DJ pousa a mão esquerda no ombro de Sammy, e na direita segura a pistola escondida. É um atirador ambidestro, nem sequer precisa pensar quando troca de mãos.

DJ sabe que há uma chance de o desconhecido ser um policial.

É possível, mesmo que pareça improvável.

Ainda assim, DJ não pode permitir que suspeitas irracionais influenciem o que ele vai fazer nos próximos minutos.

Ninguém teria sido capaz de rastrear o paradeiro deles em tão pouco tempo, e um policial jamais iria atrás deles sozinho.

DJ olha para a maneira como as roupas molhadas do homem se agarram aos braços e ao peito, e tem certeza de que ele não está usando um colete à prova de balas.

Mas ainda assim pode ser que ele tenha uma pistola enfiada debaixo do braço esquerdo ou no tornozelo.

A explicação mais provável é que o homem não faz ideia da situação; ele simplesmente ficou sem gasolina.

— Adoraríamos ajudar, mas este é um evento particular — DJ diz, movendo a pistola para a outra mão embaixo do balcão. — No momento, não há funcionários aqui, e todos os telefones estão desligados.

113

Joona fica parado na frente do balcão da recepção, como se estivesse prestes a fazer o check-in. Sabe que Rex o reconheceu, mas o tratou como um estranho.

David Jordan tem um pequeno salpico de sangue na testa e o encara com curiosidade.

Provavelmente, está tentando descobrir se Joona pode representar uma ameaça ao seu plano, ou se vai simplesmente decidir ir embora.

Joona tira o cabelo molhado do rosto e sente a chuva escorrer pelas costas enquanto apoia as mãos no balcão.

Assim que pousou no aeroporto de Kiruna, Joona conversou por telefone com Jeanette Fleming, a psicóloga. Ela não tinha um endereço, mas confirmou que Sammy e Rex haviam viajado para Kiruna, depois repetiu o que Nico dissera sobre Rex tentar tornar seu filho hétero, forçando-o a atirar em renas em um espaço confinado.

Enquanto Joona alugava um carro, Anja encontrou a única reserva de caça com renas selvagens nos arredores de Kiruna. Descobriu também que naquele fim de semana o hotel anexo ao recinto havia sido alugado para um evento particular. Ela implorou a Joona que esperasse por reforços do Distrito Policial da Lapônia do Norte.

— Sinto muito, mas não podemos ajudar — David Jordan conclui.

Joona sabe que a maioria dos treinamentos militares de combate de elite pressupõe que o oponente será inferior em termos de equipamento e treinamento.

Porque em geral é o que acontece.

Os soldados de elite aprendem técnicas extremamente eficazes, mas também há uma dose de arrogância em tudo o que fazem.

— Vocês certamente devem ter um telefone celular, certo? — Joona pergunta com uma voz amigável.

— Seria o mais normal, mas tivemos um baita azar no que diz respeito a todas as coisas técnicas, por isso estamos abandonados à sorte até que venham nos buscar amanhã.

— Entendo — Joona diz. — Onde fica o lugar mais próximo em que se pode encontrar um telefone? Seria Björkliden?

— Sim — DJ responde, curto e grosso.

Ao entrar, Joona notou as quatro espingardas de caça sobre a mesinha de centro em frente à lareira, o que provavelmente significa que está faltando pelo menos uma pessoa.

Tanto Rex como o filho parecem ter sido espancados, mas, a não ser pelos ferimentos no rosto, não há sinais de lesões graves.

Há um computador caído no chão, e o tapete em frente à porta da sala de jantar está torto.

— Houve algum tipo de problema aqui? — Joona diz, cutucando o computador com o pé.

— Vá embora agora — DJ diz em voz baixa.

Quando Joona entrou, David Jordan pousou a mão esquerda sobre o ombro de Sammy, e depois moveu com a direita o livro de registro de hóspedes.

Ambos os gestos foram desnecessários.

Provavelmente quer que Joona veja que ele não está escondendo uma pistola embaixo do balcão, e quer verificar se Joona é de fato o primeiro policial a chegar ao local.

Mas Joona sabe que o assassino é ambidestro e sabe que chegou a uma cena de crime com reféns em cativeiro.

Sem dúvida o assassino teria tempo de atirar em Rex e Sammy antes que Joona conseguisse colocar a mão sob a jaqueta molhada e tirar a própria pistola do coldre.

Ele sabe que precisa esperar, mesmo que isso signifique sofrer baixas, e de repente se vê pensando em seu antigo tenente, Rinus Advocaat, que citou Wei Liao-Tzu antes de sua primeira sessão de treinamento em combates não convencionais.

O equilíbrio tático de forças está localizado nas extremidades do tau, ele disse em sua maneira habitual, desprovida de alegria. Se você tem algo, faça de conta que não tem; se lhe falta alguma coisa, faça de conta que a tem.

Até mesmo uma criança está familiarizada com a estratégia, mas é necessário ter muita força de vontade para manter-se aferrado a ela em uma situação de tensão e crise, na qual normalmente seria natural para um policial sacar sua arma.

Nesse momento, esse jogo extremo é a única chance que Joona tem para salvar a vida dos reféns.

Como todos os assassinos-relâmpago, David Jordan tem um plano, e vai querer cumpri-lo à risca.

Se ele achar que Joona é um policial, atirará de imediato. É a única opção racional, mesmo que signifique desviar-se do plano. Mas se Joona for apenas um homem qualquer que ficou sem gasolina, faz mais sentido esperar e deixá-lo ir embora.

O assassino tentou várias vezes demonstrar a Joona que está desarmado, a fim de instigá-lo a agir. Então, a essa altura, provavelmente começou a desconfiar de que Joona talvez seja um policial armado.

— O que vocês estão fazendo aqui por estas bandas? — Joona pergunta.

— Caçando.

A cada segundo que Joona demora a agir, ele leva os reféns para mais perto de uma situação perigosa, mas enquanto continuar a fingir que não tem uma arma, há uma chance de que consiga afastar Rex e Sammy do assassino.

— Bem, é melhor eu ir embora, mas... eu estava pensando com meus botões — Joona diz com um sorriso. — Aqui deve haver algum tipo de garagem de *snowmobiles*, esse tipo de coisa?

— Deve haver — Rex responde, aproximando-se do balcão.

— Seria ótimo se eu pudesse tirar do tanque de uma delas um pouco de gasolina... eu pago, obviamente — Joona diz, abrindo um dos botões da jaqueta.

— Temos apenas as chaves da entrada principal, e elas não servem para abrir o celeiro nem o anexo — David Jordan diz, com nervosismo na voz.

— Entendo — Joona assente. — Bem, mesmo assim, obrigado.

Ele vira as costas para David Jordan, abre o último botão da jaqueta e começa a caminhar em direção à porta.

— Você não quer esperar até a chuva amainar um pouco? — Rex diz atrás dele.

— É muito gentil da sua parte.

Ele se vira de novo e vê que Sammy começou a tremer, e que David Jordan manteve os olhos fechados por um tempo incomumente longo.

Espere, espere, Joona pensa.

David Jordan se move com a velocidade da luz, mas ainda assim a sensação é a de que está arrastando o braço em meio a uma corrente de água enquanto aponta a pistola e puxa o gatilho.

O cão da arma atinge o percussor, o gás da explosão da pólvora impulsiona a bala através do cano e a culatra clica.

Sangue esguicha nas costas de Rex quando a bala atravessa seu torso.

David Jordan já apontou a arma para Joona e sai de trás do balcão da recepção sem perder a linha de tiro nem por um segundo.

Com os dois olhos bem abertos, ele esquadrinha a sala inteira enquanto se move. Rex parece atônito e cambaleia para trás, segurando a mão na barriga ensanguentada.

— Pai! — Sammy grita.

Joona se obriga a não colocar a mão na jaqueta. David Jordan está apontando para o peito dele, com o dedo já no gatilho.

DJ vai até Rex, agarra-o por trás e o chuta na altura do joelho, fazendo-o cair no chão. Jamais tira os olhos de Joona.

— Isto não é da sua conta — ele diz a Joona. — Se você ficar de fora, sairá vivo daqui.

Joona assente e levanta as mãos à sua frente.

— Leve meu filho com você — Rex suspira para Joona. — Isso é entre nós dois, podemos dar um fim nisso sem mais ninguém aqui.

David Jordan faz uma pausa para respirar, pressiona a ponta do silenciador contra a têmpora de Rex e fecha novamente os olhos. Joona estende a mão e pega o braço de Sammy. Ele puxa o rapaz na direção da porta da frente, devagar e com cautela. Eles passam pela mesinha com os rifles e pela lareira apagada. David Jordan olha para eles. Parece estar tendo problemas para se manter acordado, embora os nós dos dedos da mão que empunha a pistola estejam ficando brancos.

Joona chega à porta e empurra suavemente a maçaneta para baixo. Os olhos do assassino começam a se fechar de novo.

— Sammy, eu te amo — Rex diz ao filho.

Os olhos de David Jordan se arregalam abruptamente e ele levanta a pistola em direção a Sammy. Joona puxa Sammy com força para trás no instante em que a bala arrebenta o vidro atrás deles.

Trôpegos, eles saem para a chuva e o vento cortante. Sammy cai na varanda de pedra, e uma rajada de vento arremessa a porta para trás, com tanta força que o vidro se estilhaça.

Joona ajuda Sammy a se levantar e vê, através dos cacos de vidro que voam pelos ares, que David Jordan vem correndo pelo saguão com a pistola erguida à frente do corpo.

— Temos que nos esconder — Joona grita por cima do ruído do vento e arrasta o rapaz para o lado.

A água escorre em cascatas do telhado, jorra das calhas transbordantes e sobe em golfadas dos canos de esgoto.

— Papai! — Sammy berra.

Joona arrasta o rapaz pelas pedras na lateral da varanda, direto para os arbustos. Eles tropeçam na borda, caem no chão e deslizam por uma encosta encharcada e enlameada, levando consigo pedriscos e terra.

Sammy solta um gemido quando a descida é interrompida por uma moita trançada de brotos de bétula.

Um segundo depois, Joona já está de pé e rapidamente puxa Sammy para mais longe do hotel. A chuva torrencial que desaba sobre eles forma novos sulcos no solo, regatos que arrastam terra e folhas.

Joona e Sammy se escondem sob a saliência de uma rocha e ouvem David Jordan chamando, aos gritos:

— Sammy! — David Jordan está na beira do terraço. — Seu papai está morrendo. Ele precisa de você.

Respirando com dificuldade e em rápidos espasmos, o rapaz tenta se sentar. Joona o segura no lugar e vê que seus olhos estão arregalados de choque.

— Eu tenho que falar com meu pai...

— Fique quieto — Joona diz.

— Ele acha que eu não dou a mínima, mas eu me importo, sim, e ele precisa saber disso — Sammy sussurra.

— Ele já sabe — Joona diz.

A chuva é iluminada pela luz que escoa das janelas, e uma silhueta passa em disparada através de um dos painéis de vidro. Os passos de DJ fazem algumas pedrinhas rolarem sobre a borda do terraço, e Sammy estremece quando elas chegam ao chão à frente deles.

Mas de repente os passos cessam.

David Jordan parou e está absolutamente imóvel, à escuta, esperando que eles saiam correndo e denunciem seu paradeiro. Como coelhos.

114

Saga tenta o máximo que pode, mas não consegue acordar Grace antes de o médico chegar ao quarto. Ela abre a porta, se afasta da equipe de enfermeiros, abre caminho até a lanchonete e se serve de uma caneca de café.

Uma mulher de meia-idade com belíssimos olhos verdes a encara e depois balança a cabeça.

— Ainda não está na hora das visitas — a mulher murmura, depois começa a esmigalhar um bolinho no colo.

Saga bebe o café ralo, abaixa a caneca e dá outra olhada na fotografia de David Jordan em seu uniforme. Os olhos e as maçãs do rosto fazem lembrar um pouco os traços de Rex, mas, de resto, os dois não se parecem em nada.

Ela ergue a caneca novamente e toma outro gole, depois caminha pela lanchonete e observa enquanto os funcionários saem do quarto de Grace e batem na porta ao lado.

Saga espera mais alguns segundos, depois corre de novo para o quarto, fecha cuidadosamente a porta, aproxima-se da mulher deitada e dá um leve tapinha em sua bochecha.

— Acorde! — ela sussurra.

As pálpebras da mulher tremem um pouco, mas permanecem fechadas. Saga pode ouvir que sua respiração está mais lenta agora e afaga novamente o rosto dela.

— Grace?

Devagar, a mulher abre as pálpebras pesadas, pisca e olha maravilhada para Saga.

— Eu peguei no sono — ela sussurra.

— Você pode voltar a dormir daqui a pouco, mas preciso saber por que você tem tanta certeza de que Rex é o pai de seu filho, já que ele não...

— Porque eu vi o teste de DNA — Grace a interrompe, tentando mudar de posição para se sentar na cama.

— Não houve nenhuma investigação policial — Saga diz. — Nenhuma amostra foi recolhida de você, lembra? Você disse que sofreu um acidente de carro... você não contou a ninguém sobre o estupro.

— Estou falando do teste de paternidade — ela responde.

Saga fita Grace com olhar surpreso, senta-se na beira da cama e, de repente, percebe o que aconteceu trinta anos atrás.

— Você estava saindo com Rex antes de ser estuprada, não estava?

— Eu fui boba. Eu estava apaixonada...

— Vocês faziam sexo?

— Apenas nos beijávamos — Grace diz, olhando com ar confuso para Saga.

— Era só isso?

Grace ajeita a camisola e fita o chão.

— Fazíamos no descampado atrás da escola... mas, quero dizer, parávamos antes que ele... você sabe, a maneira como é possível parar as coisas...

— Isso nem sempre é suficiente, como você talvez já saiba a essa altura, não?

— Mas...

Grace levanta até o rosto a manga da camisola e limpa as bochechas e o nariz.

— Escute — Saga diz —, Rex ficou trancado no estábulo enquanto você era estuprada... se ele é o pai do seu filho, você já devia estar grávida antes.

Um traço de compreensão perpassa o rosto de Grace.

— Ele estava trancado no estábulo... você tem certeza? — ela pergunta.

— Sim, tenho. Os outros caras espancaram Rex e depois o trancaram. Ele não fazia ideia do que estava acontecendo.

— Meu bom Deus — ela sussurra, e as lágrimas começam a escorrer por suas bochechas.

Grace se deita de novo e sua boca se abre, mas ela não consegue dizer nada.

— Você tem um celular? — Saga pergunta, dando um tapinha na mão de Grace.

Um painel de vidro se despedaça em algum lugar do edifício e um alarme começa a tocar no corredor. Saga vê uma guarda se aproximar por um dos caminhos.

— Grace — ela repete. — Preciso saber se você tem um telefone celular.

— Não temos permissão — Grace responde.

Em um quarto vizinho, algo bate forte no chão, fazendo balançar o quadro na parede.

— Não é hora de visitas! — uma mulher grita através da parede, com a voz embargada. — Não é hora de visitas!

Saga sai do quarto e anda a passos rápidos em direção à saída quando vê que o guarda corpulento dobra o corredor e vem correndo, um molho de chaves tilintando na cintura. Ele se detém quando a reconhece, respirando com dificuldade, depois tira o *taser* do cinto.

Sem hesitar, ela avança direto para ele, arranca da parede um extintor de incêndio vermelho e marcha a passos largos.

O guarda olha fixamente para ela, solta a trava de segurança da arma de eletrochoque e começa a caminhar em sua direção.

O extintor pesado é difícil de carregar com apenas uma das mãos, então ela o segura com ambas e corre na direção do guarda.

— Preciso de um celular emprestado — ela diz, acertando a base do extintor em cheio no peito do homem.

Ele geme e sente todo o ar abandonar seus pulmões, cambaleia para trás e procura esteio ao longo da parede quando ela acerta outra pancada com o extintor em seu peito.

Ele desaba, soltando o *taser*, estende o braço e arrasta consigo um quadro da parede.

Saga acompanha de perto a queda, chega perto dele e lhe dá um pontapé baixo na panturrilha. O homem escorrega, bate o ombro na parede e desmorona desajeitadamente com a bunda no chão.

— Mas que merda — ele tosse e olha, perplexo, para ela.

Saga deixa o extintor cair no chão, pisa entre as pernas do homem, agarra a cabeça dele com as duas mãos, puxa-a para si e golpeia o rosto com o joelho direito. Com um estalo, a cabeça salta bruscamente para trás, espalhando gotículas de suor. O corpo pesado do guarda cai logo em seguida, inerte. Ele jaz de costas, com os braços muito abertos e a boca sangrando.

— É tão difícil assim emprestar seu celular a alguém? — Saga pergunta, ofegante.

115

DJ volta da chuva, entra pela porta arrebentada, grita alguma coisa e depois joga a pistola contra a parede. Ouve-se um estrépito, e componentes da arma voam pelo chão e vão parar debaixo dos móveis.

Rex está deitado de lado e mal consegue respirar. Sua barriga arde de dor, e todo movimento produz pontadas tão intensas que ele precisa se esforçar para não desmaiar.

— O que você estava fazendo lá fora? — ele pergunta, entre arquejos rasos.

Ele tenta se levantar, mas cambaleia para a frente quando suas pernas se dobram, e cai de joelhos. Mantém uma das mãos pressionada contra o ferimento da bala. Seu campo de visão se contrai por alguns instantes, então ele vê que DJ está novamente colocando na cabeça a tira de couro com as orelhas de coelho e vindo em sua direção com uma faca preta na mão. As orelhas penduradas balançam a cada passo.

— Sammy é só uma criança — Rex diz, ofegante.

Por causa da dor e do choque, ele mal consegue entender o que está acontecendo. DJ o empurra para a frente e ele estende as mãos para baixo a fim de se proteger da queda, depois sente a faca cortar suas costas.

Seus braços cedem e ele desmorona no chão.

— Você não pode — ele choraminga quando DJ o força a se levantar novamente.

Rex não tem ideia de como o talho em suas costas é profundo — seu medo de que Sammy possa estar morto supera todo o resto. DJ o empurra à frente, através da porta quebrada, para a chuva.

Enquanto avançam em direção à igreja, Rex olha em volta, horrorizado, tentando ver o corpo de Sammy na estradinha.

A chuva torrencial faz com que suas roupas rapidamente fiquem ensopadas e frias. Ele ampara a barriga com as duas mãos e pode sentir sangue quente escorrendo entre os dedos.

As poderosas rajadas do temporal assolam a estradinha.

DJ segue empurrando Rex para a frente, e ele dá mais alguns passos antes de sentir um cansaço vertiginoso. Tudo ao seu redor parece estar se movendo aos solavancos.

— Sammy! — DJ grita na chuva.

Rex começa a chorar de alívio quando percebe que Sammy está bem, que DJ deve tê-lo perdido de vista na escuridão.

— Sammy! — DJ urra, afastando do rosto as orelhas de coelho. — Dê uma olhada no seu papai agora!

Rex tropeça e tenta falar, mas só consegue tossir sangue.

— Chame o Sammy! — DJ ordena. — Diga a ele para sair do esconderijo. Diga a ele que você o ama e que tudo ficará bem, contanto que ele...

Rex se detém na bifurcação da estradinha de acesso para carros. Ele não quer mais fazer parte daquilo. DJ se aproxima e o acerta com o cabo do punhal. Rex cambaleia, mas consegue manter o equilíbrio e levanta o queixo.

— Chame o Sammy — DJ diz em tom sombrio.

— Nunca — Rex suspira.

A chuva está chicoteando o ar, e as poças de água parecem estar fervilhando. A velha igreja de madeira no vale está pintada de vermelho-escuro e parece manchada de sangue no meio das cruzes brancas no cemitério.

— Entendi — Rex rosna. — Eu sei o que você pensa...

— Quieto! — DJ ruge.

— Eu não estuprei...

— Eu vou cortar sua garganta! — DJ grita.

Ao longe eles podem ver o brilho azul dos carros da polícia se aproximando do hotel pela saída da rodovia E10.

— Sammy! — DJ grita.

Tudo em que Rex consegue pensar é que Sammy ficará bem, desde que permaneça escondido.

— Continue andando! — DJ diz.

Rex o encara diretamente nos olhos e depois cai de joelhos. Já chega.

DJ tenta obrigá-lo a se levantar, agride-o no rosto e grita com ele, insistindo que continue a andar. Rex não se mexe. Já não dói tanto. DJ o puxa e o empurra e ele balança, mas não tenta se erguer.

Rex fecha os olhos, depois volta a abri-los e pensa que chegou seu fim, mas nesse instante avista um vulto no meio da chuva. Alguém está subindo a estradinha no sentido deles.

Joona chegou à bifurcação e está caminhando em direção às duas silhuetas. O próprio chão parece tremer. Ele sabia que dispunha de exatamente dezenove minutos para salvar Rex a partir do momento em que a bala atingiu a barriga do chef.

O assassino seguira o mesmo padrão todas as vezes.

Restam dois minutos.

Joona sabia que teria tempo suficiente para tirar Sammy do local e depois voltar antes que David Jordan decidisse que por fim chegara a hora de liquidar Rex.

A chuva escorre pelas sobrancelhas de Joona e ele está com dificuldade para enxergar. A cada passo, sente o balanço da pistola no coldre dentro da jaqueta ensopada. Ainda não revelou a DJ o fato de que está armado.

O Caçador de Coelhos agarra Rex pelo cabelo e puxa sua cabeça para trás, mas deixa a lâmina do punhal encostada no ombro de sua presa. Olha fixamente para o homem que vem caminhando na direção deles e tenta deduzir o que ele pode querer. Por que ele voltou? Ele já deveria ter percebido que a situação é extremamente séria e deveria fazer todo o possível para se manter longe.

Os veículos de emergência estarão aqui em cinco minutos.

Tudo bem.

Ele tem tempo para fazer o que precisa. Nada mais importa, ele pensa, e olha para o relógio de pulso.

A simetria da vingança é perfeita.

Durante aquele estupro, Rex gerou o próprio nêmesis. No exato momento do crime, duas células se uniram para formar a vida que cresceu no útero de Grace, o embrião que foi com ela para Chicago, a criança que nasceu em segredo e cresceu para se tornar um caçador de coelhos que, trinta anos depois, voltou para punir o estuprador.

O desconhecido está caminhando a passos largos na direção deles ao longo da estradinha.

A chuva que desaba sobre os três homens fustiga os arbustos até quase achatá-los.

Sem pressa alguma, o Caçador de Coelhos move a lâmina para o pescoço de Rex e observa como o homem alto parece desacelerar no meio de uma passada. Ele desabotoa o último botão da jaqueta, enfia a mão lá dentro para puxar uma pistola e depois aponta a arma, tudo no mesmo movimento fluido e concentrado.

O Caçador de Coelhos não tem tempo para reagir. É como se ele não fosse capaz de compreender, não pudesse aceitar que isso está acontecendo.

Ainda avançando a passos largos em meio à chuva, Joona atira três vezes em David Jordan, direto no peito.

O coice do disparo faz a pistola saltar para trás, e o derradeiro clarão branco do cano cintila na luz cinzenta como uma pequena explosão.

David Jordan é arremessado para trás e cai pesadamente de costas. O som dos tiros ecoa nas montanhas.

Joona dá os últimos passos em direção ao assassino com a pistola apontada e chuta para longe a faca. Ainda cai uma tempestade, e as gotas graúdas da chuva quicam no chão. David Jordan está deitado de costas, olhando fixamente para ele.

— Você tinha uma arma o tempo todo — ele diz, espantado.

Joona constata que os três orifícios de entrada estão todos no centro do peito, e sabe que David Jordan não tem mais do que alguns minutos de vida.

Não há esperança de salvá-lo.

A água escorre estradinha abaixo, levando consigo o sangue.

Joona segura a pistola contra a testa de David Jordan enquanto apalpa rapidamente suas roupas, depois se levanta e coloca a pistola de volta no coldre.

David Jordan tosse sangue e ergue os olhos para fitar o céu negro. A chuva que cai dá a ele uma sensação atordoante de ser carregado para cima a uma velocidade vertiginosa.

Rex não se mexeu. Ainda está ajoelhado na bifurcação. No começo, não quer se deitar quando Joona tenta ajudá-lo.

— Sammy — ele balbucia, ofegando.

— Não se preocupe, ele está bem — Joona diz, delicadamente deitando Rex de lado.

Os lábios de Rex estão pálidos e seu corpo inteiro treme, como se ele estivesse com febre. Joona rasga a camisa dele e vê sangue escorrendo do buraco de bala no abdome. Provavelmente um dos rins foi atingido. Rex está dominado pela dor e logo entrará em choque.

O celular de Joona toca. Ele vê que é um número dos Estados Unidos e deduz que é Saga. Atende e diz que não pode falar no momento.

— Isto é importante — Saga diz. — Conversei de novo com a Grace, e o Rex é o pai do David Jordan.

— Mas ele não participou do estupro — Joona diz.

David Jordan está deitado de costas com a boca aberta, mas seus olhos ainda piscam quando as gotas de chuva os atingem.

Os primeiros veículos de emergência passam pela pequena igreja, suas luzes azuis deslizando pela madeira vermelho-escura.

Joona põe o telefone no viva-voz e o coloca no chão.

— Você ouviu o que eu disse? — Saga pergunta.

— Sim — Joona responde, ajudando Rex a se levantar, dobrando bem devagar os joelhos para aliviar a pressão sobre o abdome cheio de sangue.

— Talvez não tenha mais importância — ela diz. — Mas David Jordan não foi o resultado do estupro, como ele pensava. Na verdade, ele era o fruto de um amor verdadeiro.

Saga continua falando, mas sua voz começa a crepitar e se transformar em ruídos, e por fim desaparece por completo quando a tela se apaga.

Rex tenta virar a cabeça de modo a olhar para DJ, mas não tem forças. O sangue verte por entre os dedos de Joona e escorre pela estradinha.

Policiais e paramédicos estão correndo na direção deles agora.

DJ parou de respirar. Seu rosto está completamente calmo. Talvez tenha ouvido as palavras de Saga antes de morrer e tenha compreendido o que ela disse.

Joona se levanta devagar e começa a descer a ladeira. Vê Sammy caminhar em direção à ambulância ao lado do pai. A chuva cor de pedra ainda castiga o vale e o lago, e toda a paisagem é desenhada em tons de prata.

Epílogo

Rex caminha até a beira da piscina e observa a fumaça que flutua sobre a água azul-petróleo. Levanta a cabeça e assiste ao voo das mariposas ao redor das luzes no jardim frondoso.

A gordura crepita ao pingar nos carvões, e minúsculas chamas ardem ao redor dos bifes grossos.

Sammy arrumou a mesa comprida na varanda e agora está enchendo um grande coelho inflável cor-de-rosa. A uma curta distância, Verônica está sentada na rede, bebendo vinho tinto com Umaru, um homem que ela conheceu em Serra Leoa. A filha dele, de nove anos, sai pela porta carregando uma tigela de salada.

Rex voou para Chicago acompanhando o corpo de David Jordan e se sentou ao lado de Grace no funeral, segurando a mão dela. Ela tinha tomado tanto tranquilizante que ele precisou ajudar a ampará-la na igreja. Enquanto passavam pelos bancos após a breve cerimônia fúnebre, ele a ouviu sussurrar "Me desculpe" diversas vezes.

Rex vai até a churrasqueira e vira os bifes, vê que estão no ponto perfeito e bebe um gole de água mineral antes de colocar os filés de soja de Sammy para grelhar. Está prestes a buscar na cozinha o gratinado de batata e alcachofra quando seu celular toca.

— Rex — ele atende, cutucando os bifes com um pegador.

— Oi, Rex, aqui é a Edith — uma voz alta diz.

— Oi — ele diz, hesitante.

— A gente se conheceu logo depois que você ganhou o prêmio Chef dos Chefs.

— Eu sei, eu estava pensando em te ligar, mas...

— Estou grávida — ela diz.

— Parabéns — ele diz sem pensar.

— E você é o pai.

* * *

Já é noite quando Valéria pega as maçãs e carrega os cestos para o depósito. Sobe até a casa e enche a banheira, adicionando um pouco de óleo essencial e algumas gotas de perfume.

Com um suspiro, ela afunda na água quente e sente os músculos relaxarem enquanto pensa no fato de que Joona jamais retornou sua ligação depois que ela deixara aquele recado na caixa postal dele.

Mas ela entende o porquê. Ela o afastou sem motivo, simplesmente por ele ser quem era.

Ele sempre será um policial.

Valéria deixou passar dois meses, mas não conseguiu parar de pensar em Joona; até que, na semana anterior, pegou o telefone e tentou entrar em contato com ele novamente. No fim das contas, descobriu que ele nunca chegara a receber sua mensagem.

Valéria sorri para si mesma, fecha os olhos e ouve o som da própria respiração, os pingos da torneira caindo na banheira e as suaves ondulações na água.

Por algum motivo, ela não consegue se lembrar se trancou a porta do porão.

Não que isso realmente importe, mas ela em geral tranca.

Valéria está quase pegando no sono, então coloca um pé na borda da banheira e se levanta lentamente, para evitar uma tontura. Sai com cuidado da banheira e começa a se secar. Sua pele está fumegante, e o espelho acima da pia está embaçado por causa do vapor.

Ela esprime o cabelo molhado para tirar o excesso de água, empurra a porta do banheiro e aguarda alguns momentos, observando as sombras no papel de parede ao longo do corredor.

Nos últimos dias, ela andou sentindo uma presença estranha em casa. Geralmente não tem medo do escuro, mas tem sido mais cautelosa desde o tempo que passou na prisão.

Valéria sai do banheiro e caminha nua pelo corredor, tirando os curativos molhados das mãos e pulsos. Dois dias antes, quando estava roçando o terreno e arrancando arbustos de um grande jardim de Saltsjöbaden, os espinhos furaram suas luvas.

Ela entra no quarto e vê pela janela que as copas das árvores para além das estufas estão ainda mais escuras que o céu. Vai até a cômoda e abre a primeira gaveta, tira uma calcinha e a veste, depois pega o vestido amarelo e o coloca sobre a cama.

Ela ouve um barulho no andar de baixo e congela. Absolutamente imóvel e quieta, fica à escuta, mas não consegue perceber nada agora.

Não faz ideia do que pode ter causado o ruído.

Será que o retrato emoldurado da mãe caiu depois que o prego cedeu?

Os pratos na pia mudaram de posição?

Valéria convidou Joona para vir hoje à noite. Eles vão jantar juntos, e ela planeja cozinhar filé temperado de cordeiro com coentro, uma receita que encontrou no novo livro do Rex.

Ela não disse a Joona que ele pode passar a noite se quiser, mas mesmo assim, por via das dúvidas, arrumou a cama no quarto de hóspedes.

Ela vai até a janela e começa a abaixar a persiana, quando vê alguém parado ao lado de uma das estufas.

Instintivamente, dá um passo para trás e solta o cordão, e a persiana se enrola de volta, ruidosamente.

Valéria apaga a luz da mesinha de cabeceira, cobre os seios com as mãos e olha de novo.

Não há ninguém lá, mas ela tem certeza absoluta do que viu.

Um homem magro, de rosto enrugado, estava parado, completamente imóvel, entre os troncos estreitos das árvores de folhagem decídua, com os olhos cravados nela.

Como um espantalho na borda da floresta escura.

Era um esqueleto, o cérebro dela teima em repetir.

Um esqueleto com uma capa de chuva verde, segurando numa das mãos a velha tesoura de jardim da própria Valéria.

Agora tudo que ela consegue enxergar é o lampejo de luz refletida no vidro das estufas, as árvores, a grama amarelada e o carrinho de mão velho e enferrujado.

Ela mora sozinha em uma casa de campo, então não pode se dar ao luxo de sentir medo do escuro.

Talvez fosse um cliente ou fornecedor querendo perguntar alguma coisa, e que depois mudou de ideia quando viu Valéria nua na janela.

Ela pega o celular na mesinha de cabeceira, mas está sem bateria.

Joona deve estar aqui em uma hora. Ela precisa começar a cozinhar, mas não consegue se livrar da sensação de que deveria sair para checar o jardim.

Valéria veste o velho roupão de banho e desce os degraus, mas se detém antes de chegar ao pé da escada. Uma corrente de ar frio roça suas pernas. Ela sente um arrepio quando constata que a porta da frente está aberta.

— Olá? — ela diz em voz alta, hesitante.

O vento soprou para cima do tapete algumas folhas úmidas de outono. Valéria calça as botas sem se preocupar em vestir meias, pega a lanterna pendurada no cabide de casacos e sai da casa.

Ela desce até as estufas e verifica se as portas estão todas fechadas, depois acende a lanterna e inspeciona o interior dos recintos envidraçados. Gotas de condensação reluzem no vidro, e as folhas pressionadas contra as janelas se acendem no feixe da lanterna, lançando sombras nas estufas.

Valéria caminha lentamente em direção à floresta. A grama farfalha sob o peso de suas botas, e um pequeno galho se quebra com um estalido quando ela pisa com mais força.

— Posso ajudá-lo em alguma coisa? — ela diz em voz alta.

À luz da lanterna, a casca pálida do tronco do salgueiro parece uma formação geológica. Os ramos iluminados escondem atrás deles os galhos mais escuros.

Valéria segue em frente, caminhando em direção ao carrinho de mão, e olha para os flocos marrons de ferrugem, os buracos no metal poroso, e então percebe que está tiritando de frio.

Ela se move com cautela para o lado, aponta o facho da lanterna para a frente e vê teias de aranhas cintilando na luz.

Não há ninguém ali. A grama silvestre parece intacta, no entanto, mais adiante, por entre as árvores, no exato ponto onde a escuridão toma conta da floresta, há uma nódoa cinza, um cobertor ou um tapete velho, que ela nunca viu antes. Ela se aproxima, embora seu coração tenha começado a acelerar.

O cobertor parece estar cobrindo alguma coisa no chão, algo que se assemelha a um corpo magro, uma forma humana enrodilhada, sem braços.

ESTA OBRA FOI COMPOSTA PELA ABREU'S SYSTEM EM ADOBE GARAMOND
E IMPRESSA EM OFSETE PELA LIS GRÁFICA SOBRE PAPEL PÓLEN SOFT DA
SUZANO S.A. PARA A EDITORA SCHWARCZ EM SETEMBRO DE 2020

A marca FSC® é a garantia de que a madeira utilizada na fabricação do papel deste livro provém de florestas que foram gerenciadas de maneira ambientalmente correta, socialmente justa e economicamente viável, além de outras fontes de origem controlada.